FEDERICA DE CESCO

Die Tibeterin

FEDERICA DE CESCO

Die Tibeterin

Roman

Marion von Schröder

Der Marion von Schröder Verlag ist ein Unternehmen
der Econ & List Verlagsgruppe.

ISBN 3-547-71764-7

*Gesetzt aus der Aldus bei Franzis GmbH, München
Druck und Bindung: Graphischer Großbetrieb Pößneck*

Im Traum des Mannes, der träumte,
erwachte der Geträumte zum Leben.
Jorge Luis Borges

Für Decken Dolkar, die mir das Tor öffnete,
und für Palden, die wußte, was Mut ist.
Und wie stets für Kazuyuki.

Prolog

Der Junge rannte durch Kälte und Dunkelheit. An einigen Stellen war der Boden schon gefroren. Moos knirschte unter seinen Füßen, der Wind blies ihm hart in den Rücken. Nebel hing dicht und weiß über der Bergflanke. Uralte, knorrige Kiefern klammerten sich an die Felsabsätze; sie ragten aus dem Dunst, steinhart geworden von jahrhundertealtem Schmerz und vom Widerstand gegen die Elemente. An manchen Stellen lichtete sich der Nebel. Dann wurde im Tal die Klosterstadt sichtbar. Der Widerschein der Brände färbte die unteren Dunstschichten purpur und gelb. Über den Ruinen formten Scheinwerfer ein von Rauchwolken umgrenztes Zelt, in dessen Kern das rote Riesenherz pochte. Das Erz würde drei Tage und drei Nächte glühen, ohne seine Form zu verlieren, bevor das Feuer abkühlte. Ein wirres Klagen erscholl seltsam gedämpft aus der rauchenden Stadt – nicht wie aus tausend schreienden Kehlen, vielmehr klang es, als seufze eine einzige Stimme halb erstickt in Todesqualen. Der Junge hörte sie kaum. Unten am Berghang vernahm er andere Stimmen, heiser vor Anstrengung und schwer vom Schnaps, und dazu das Geräusch stapfender Stiefel auf dem knirschenden Nadelteppich. Sie waren zu dritt. Der Befehlshaber sprach gerade so laut, daß seine Stimme am Berg zu hören war. Er lachte dazu. Irgendwann peitschte ein Schuß, viel zu weit daneben, wie es dem Jungen schien. Er duckte sich kurz hinter einen Felsen; er wollte nicht, daß sie seine Spur verloren. Er legte beide Hände trichterförmig an den Mund. Flüche und Verwünschungen kamen ganz mühelos über seine Lippen, er hatte sie oft genug bei den Kriegern gehört. Klar und schrill flogen die Worte über die Bergflanke.

»... Feigling, räudiger Hund! Ich werde dein Herz zwischen den Zähnen tragen! Ich werde deine Leber essen, deine Hoden als Tabaksbeutel auf dem Markt verkaufen!«

Er sprang auf, rannte weiter. Sein heftig pochendes Herz drohte zu zerspringen. Er rannte, bis ihm der Atem ausging und er mit vorgeneigtem Oberkörper keuchend nach Luft schnappte. Dabei spürte er, daß seine Verfolger aufholten, und lief weiter, weil er den Vorsprung bewahren wollte. Der Berg mit seinen Krüppelbäumen, Flechten und Moosen war ihm vertraut. Verschiedene Felsinseln umgehend, stapfte er weiter. Seine Kehle war trocken, jede Bewegung, jeder Schritt erfolgte völlig automatisch. Plötzlich fand er die Witterung, die er suchte: sie war scharf, beißend, stinkend. Hier, auf halber Höhe, überfiel ihn eiskalt und heulend der Ostwind, trug ihm das vertraute Schnaufen und Grunzen entgegen. Der Junge wandte sich um, mit bleichem, wutverzerrten Gesicht, und spähte lauernd um sich. Im Nebel war nichts zu erkennen, aber sein feines Gehör schätzte die Geräusche ab. Sein Verfolger befand sich etwa zweihundert Schritte hinter ihm, näher, als er zu hoffen gewagt hatte. Die zwei anderen waren nicht allzu weit gekommen. Der Junge wischte sich den kalten Schweiß aus der Stirn.

»Wo bist du?« Er schrie aus Leibeskräften. »Komm und hol mich, du stinkendes Aas!«

Abermals hörte der Junge, wie sein Verfolger lachte. Das Lachen klang stockend und erregt. Er war ein Mann im Vollbesitz seiner Kraft, auch wenn der Schnaps seinen Schritt unsicher machte. Lichteten sich die Nebel, würde er den Jungen wahrscheinlich sehen können. Aber er würde nicht schießen, nein, das hatte er sich fest vorgenommen. Er wollte ihn nicht töten. Nicht jetzt und nicht so. Er wollte seinen Spaß mit ihm haben. Er hatte Übung in diesen Dingen und ging sehr methodisch vor. Der Junge würde noch tagelang leben.

Der Wind verstärkte sich; Nebelschwaden glitten vorbei wie Traumschleier. Der Junge kletterte ohne Unterlaß, mit blutigen Knien, rutschend, strauchelnd und zitternd. Der Moschusgeruch war jetzt so dicht, daß er ihm wie eine schwere Decke entgegenschlug. Da teilte ein Windstoß die Nebel: Gestalten kamen in Sicht, zwei, drei, eine ganze Gruppe. Wie mächtige Felsblöcke ragten sie auf. Nur ihre Schwänze bewegten sich, und ihre Nüstern zogen die Witterung ein. Manche standen mit ihren gewaltigen Körpern dicht aneinandergepreßt, wandten die Köpfe in verschiedene Richtungen. Es war, als habe es auf diesem Berg seit Erschaffung der Welt nichts anderes gegeben als diese Tiere. Ihr Atem stand in kleinen weißen Wolken vor ihren Nüstern, und an den langen Mähnen klebten Eiszapfen. Hier in der Höhe gefror der Nebel, der Wind bewegte winzige, flimmernde Körnchen in der Luft. Sie wirbelten vor den Augen des Jungen, und plötzlich war ihm, als nehme der Nebelfrost Form an. Eine Figur bildete sich in der Dunkelheit, festigte sich zusehends, nahm die Gestalt eines Riesen an. Ein Tier mit Menschengesicht schimmerte durch den Nebel. Unter dem vereisten, zottigen Haarwulst blickte das Antlitz aufmerksam und kummervoll. Die langen messerscharfen Hörner glänzten. Ein trockenes Schluchzen entfuhr dem Jungen. Er legte zwei Finger an die Lippen und pfiff. Lang anhaltend und schrill, der Stimme eines Vogels ähnlich, schwang sich der Pfiff in den Himmel, kreiste über den schwarzen Felsen. Dann – plötzliche Stille. Der Pfiff verstummte. Nichts war mehr zu hören als der Atem der Tiere und weiter unten am Berghang das Stapfen eiliger, strauchelnder Schritte. Der Riese rührte sich nicht – eine ganze Weile lang. Seine schwarzen Augen spähten starr in die Richtung, aus welcher der Pfeifton gekommen war. Unvermittelt erschütterte ein Brummen den gewaltigen Tierleib. Umweht von seiner Mähne, den Kopf zum Angriff gesenkt, setzte sich der Riese in Bewegung. Die Hörner funkelten wie Säbel. Der Junge sah ihn kommen; sein Atem flog, doch seine Füße standen fest, und er wich nicht von der Stelle. Nun spielte sich alles mit schwindelerregender Schnelligkeit ab. Das Ungeheuer raste so nahe an dem Jungen vorbei, daß die schneeverkrustete Mähne sein Gesicht peitschte, und der Luftwirbel ihm das Gleichgewicht nahm. Er stolperte, fiel rücklings in ein Gestrüpp, rutschte abwärts, krallte sich an den Zweigen fest. Der Riese stürmte den Hang hinunter. Wie unterirdische Geistertrommeln erschütterten seine Hufe den Boden. Der Junge lauschte, atmete flach. Ein paar Sekunden vergingen. Ein Schuß krachte. Noch einer. Sein Herz klopfte zum Zerspringen. Und auf einmal – ein Schrei! Das Brüllen eines Mannes in Todesnot. Das gespenstische Geheul flog durch die Dunkelheit, getragen vom Donnern der Hufe. Und entfernte sich in weiten Kreisen, fortgeweht im Sturm, unter einem Meer von Nebel. Da hob der Junge beide Arme, wie ein Sieger, schrie seinen Triumph in die Nacht hinaus. Und dann fiel er auf die Knie, von heftigem Schluckauf geschüttelt, erbrach sich fast das Herz aus dem Leib. Aber nur Spucke und bittere Gallenflüssigkeit tropften aus seinem Mund auf die eiskalte Erde.

1. Kapitel

Ich erwachte in plötzlicher Angst. Ich konnte den Wind hören und das Prasseln des Regens gegen die Fensterscheiben. Wir waren spät zu Bett gegangen. Ich sah auf die Uhr. Halb zwei. Ich war mit Kopfschmerzen eingeschlafen und hatte von Chodonla geträumt. Meiner Erinnerung nach war Chodonla in früheren Träumen als Kinder vorgekommen: eine schmalgliedrige Fünfjährige, mit einem zu großen Kopf und gerade geschnittenen Stirnfransen. Die Wangen waren aprikosenfarben, die Augen schwarzblau, und über dem linken Mundwinkel befand sich ein Muttermal. Ich hatte auch eines, an der gleichen Stelle, nur kleiner. Wir waren als Zwillinge auf die Welt gekommen – Chodonla ein paar Minuten früher als ich. Mutter erzählte, daß wir als Kinder kaum zu unterscheiden waren. Sie ließ uns Kleider nach demselben Schnitt und in der gleichen Farbe anfertigen; es machte ihr Spaß, wenn man uns verwechselte.

Mein Herz klopfte stark. Warum nur? Ich fühlte in mir eine Welle undefinierbarer Erregung. Der Regen schlug an die Fenster; schon am Abend war der Himmel bewölkt gewesen. Roman lag dicht neben mir, atmete tief, etwas röchelnd. Seine Redaktion war in Basel, wir sahen uns nur am Wochenende. An diesem Abend waren wir im Kino gewesen, hatten anschließend gegessen, zu spät und zu viel. Gebratene Leber mit Zwiebeln, zum Schluß ein Stück Nußtorte. Der Wein war nicht gut gewesen. Das mochte der Grund sein, weshalb ich unruhig schlief und von Chodonla träumte. Und zum ersten Mal sah ich sie nicht als Kind, sondern als Frau, abgemagert und nicht mehr jung. Ja, das ist Chodonla, sagte ich mir im Traum. Ihr Gesicht, von eigentümlicher Schönheit, leuchtete wie Porzellan; über den Lippen lag das Muttermal als ein schwarzblauer Tupfer. Ich suchte nach den Augen; ich konnte sie mir zwar vorstellen, sah sie jedoch nicht. Ihr Mund, blutrot wie eine Wunde, öffnete und schloß sich wieder: Sie sprach einen langen, komplizierten Satz. Mit meiner ganzen Aufmerksamkeit versuchte ich ihn zu verstehen.

»Was sagst du, Chodonla?«

Sie stand vor meinem Bett, hielt die Hände verschlungen. Ihr Gesicht kam näher, und nun sah ich ihre Augen ganz deutlich: sie waren groß und haselnußbraun; mein Antlitz spiegelte sich in ihren Pupillen. Als wäre auch ich nur das Scheinbild, daß sie, die Träumerin, sah.

»Chodonla!«

Mein Herz schlug bis zum Hals. Was hatte sie gesagt? War ich wach? Und was war das für ein Geräusch? Da – schon wieder! Der Regen prasselte gegen die Balkontür. Ich stand auf, spähte durch die nassen Scheiben. Ein Blumentopf war umgefallen; der Wind rollte ihn über den Balkon. Ich drückte den Griff herunter; die Tür flog auf. Barfuß trat ich in die windgepeitschte Nacht. Der Regen fegte um die Ecken und über die Straße, hart wie der Wasserstrahl aus einem Feuerwehrschlauch. Ich hob den Blumentopf mit der kleinen Narzisse auf; der Rand war bereits zersprungen. Ich stellte die Pflanze in eine geschützte Ecke, bevor ich keuchend und durchnäßt die Balkontür schloß, in die Küche ging und Licht machte. Ich goß Milch in einen Topf und zündete die Gasflamme an. Als die Milch kurz vor dem Kochen war, füllte ich sie in ein Glas. Heiße Milch beruhigt, sagte *Amla* – meine Mutter. Sie hatte immer ein Rezept für jede Lebenslage, hielt ihre Ansichten für hieb- und stichfest, und meistens stimmten sie tatsächlich. So auch diesmal. Ich trank einen großen Schluck. Das Herzklopfen ließ nach, meine Muskeln entspannten sich. Nach einer Weile ging ich ins Schlafzimmer zurück. Ich öffnete leise eine Schublade, entnahm ihr ein Kästchen aus Sandelholz, *made in India* und kitschig. Roman wälzte sich auf die Seite, wurde aber nicht wach. Ich ging mit dem

Kästchen in die Küche, setzte mich und ließ den Deckel aufspringen. Zwischen zerknitterten Luftpost-Umschlägen und alten Briefmarken lag Onkel Thubtens Brief an meine Mutter.

Eine Woche zuvor hatte sie Möbel umgestellt, Schränke ausgeräumt und in Schubladen gewühlt. Von Zeit zu Zeit überkam sie die Ordnungswut, dann warf sie Dinge weg, die sie jahrelang behalten hatte. Man mußte sie machen lassen. Ich half ihr beim Sortieren, um zu vermeiden, daß wichtige Post im Papierkorb landete. Als wir alte Unterlagen durchstöberten, kam der Brief zum Vorschein, und Amla sagte:

»Du kannst ihn haben.«

In meinem Leben existierte dieser Brief nicht mehr. Von dem Inhalt hatte ich mich distanziert. Es war ein wohlüberlegter Entschluß gewesen, damals, ein Akt der Feigheit. Und helfen konnte ich ja doch nicht.

Ich steckte den Brief in meine Handtasche und abends in die Schublade zu den anderen Briefen. Womit ich das Problem aus der Welt schaffen wollte. Aber das Problem verschwand nicht in der Schublade, sondern verharrte in meinem Kopf.

Ich trank das Glas aus, wischte mir mit dem Handrücken über die Lippen. Na schön, sehen wir uns die Sache mal an. Der Brief hatte etwas in mir ausgelöst, merkwürdige Ideenverbindungen geweckt. Chodonla war wieder ganz nahe – näher, als mir lieb war. Ich befand mich in einem Zustand, der mir nicht gefiel, beobachtete meine Reaktionen, sezierte sie wie mit dem Skalpell. Irgendwann kam mir eine Geschichte von früher in den Sinn, eine volkstümliche Legende aus einer verlorenen Welt. Der tibetische Volksglauben weiß: Die Seelen der Frauen, die im Zorn gestorben sind, verwandeln sich in kleine Dämonen. Sie werden *Dumo* genannt, oder auch *Khandoma* – Engel – wenn man sich mit einer Fürbitte an sie wendet. Ihre kleinen Statuen, maskiert und mit ihrem persönlichen Schmuck behängt, werden im Kloster Sakya, unweit der Stadt Shigatse, in einem Tempel aufbewahrt. Ein Lama hat die Aufgabe, Gebete für sie zu sprechen. Wer es sich zutraut, kann die Maske einer *Dumo* in einer Schatulle an sich nehmen. Sie wird durch kleine Brandopfer freundlich gestimmt und ist ein wirksamer Schutzgeist, besonders auf Reisen. Es kommt aber vor, daß eine *Dumo* entflieht, durch die Straßen irrt und in die Häuser eindringt. Beim ersten Hahnenschrei verschwindet sie. Aber wer durch das Erscheinen einer *Dumo* geweckt wird, erlebt bald den Tod eines nahen Familienangehörigen.

Legenden dieser Art kannte ich viele. Amla konnte gut erzählen; als kleines Mädchen standen mir dabei die Haare zu Berge. Trotz meiner sachlichen Natur erweckten diese Geschichten in mir den tiefen, fast körperlichen Eindruck eines Geheimnisses, das irgendwie allgegenwärtig war, auch in dieser prosaischen Schweiz, in der ich aufwuchs. Sie gehörten zu jener Melodie der Kindheit, die nur einmal im Leben erklingt. Ich bedauerte es nie, aus einem so fernen Land wie Tibet zu kommen. Bilder und Namen waren mit räumlich und zeitlich schwebenden Erinnerungen verbunden. Bisher hatten sie mich nie aus dem Konzept gebracht. Dies hier war etwas anderes.

Wir sollten nicht heraufbeschwören, was wir nicht wahrhaben mögen. Aber unser Leben reicht weit zurück, und manchmal stößt man unfreiwillig auf Hinweise. Träume sind weniger persönlich, als man glaubt; sie sind eine mächtige Überlieferung, in vielen Jahrhunderten geformt. Wir sind die Erben dieser Erfahrung, sie hat uns wach und feinfühlig gemacht. Unser Unterbewußtsein arbeitet. Verschwommene Erinnerungen erwecken Sehnsüchte, die oft geradezu absurd sind. Daß ich von meiner Schwester träumte, hatte eine Bedeutung.

Als wir 1975 aus Lhasa flohen, ging Chodonla verloren. Jahrelang erfuhren wir nichts über sie. Amla sagte mir später, wenn sie verrückt werden könnte, wäre sie es in dieser Zeit geworden. Endlich hörten wir, daß sich Chodonla in China in einem Kinderheim befand. Die Nachricht war zuverlässig. Es gehörte zu Chinas Bildungspolitik, tibetische Kinder im sogenannten »Mutterland« aufzuziehen und kommunistisch zu schulen. Man appellierte an ihre Selbstlosigkeit, an die Notwendigkeit des Opfers, an Parteitreue und Moral. Schlagworte statt Märchen prägten ihre Kindheit; sie wuchsen auf in einer Welt, in der jedes Wort etwas völlig anderes bedeutete als bei uns. Welches Leben führte Chodonla dort? »Sie ist wohlauf, alles andere ist nicht so schlimm. Wir müssen an die Zukunft glauben und hoffen, daß sich alles zum Guten wendet«, sagte Amla. Zuversicht galt als eine Sache der Höflichkeit; wir praktizierten sie auch in tiefster Verzweiflung. Ich war, solange ich denken kann, von fröhlichen Menschen umgeben.

Dem Debakel der »Viererbande« folgten ein paar Jahre relativer Ruhe. 1988 spitzte sich die Lage zu. Demonstrationen erzeugten Vergeltungsmaßnahmen: der übliche Teufelskreis. Eine Regierung, die ihre Kinder unter Panzern zerdrückt, zeigt wenig Milde in einem besetzten Land. In Tibet herrschte das Kriegsrecht und in den Gefängnissen Platzmangel. Zu Chinas himmlischer Unberechenbarkeit gehörte das Wechselspiel von brutaler Gewalt und leutseliger Diplomatie, wie es den Gnomen in Peking gerade paßte. Ein Jahr später wurde das Blut von den Fliesen geschrubbt, die Tempel und Klöster schlampig vergoldet, und Reisegruppen zum Kommen aufgefordert. Die Volksarmee grapschte gierig nach den Dollars der Touristen: Sightseeing is money!

In dieser Zeit waren wir ohne Nachricht von Chodonla. Dann erfuhren wir, daß sie wieder in Lhasa war, wo sie die chinesische Sprache unterrichtete. Die Parteierziehung läßt kaum eine Wahl: Ein Kind kann sich entweder anpassen, oder es wird entsetzlich leiden, also paßt es sich in den meisten Fällen an. Mein Vater seufzte betrübt, murmelte etwas von karmischer Bestimmung. Amla verlor nicht ihre unbefangene Nachsicht. Es sei unwichtig, erklärte sie, wenn Menschen nach Bekenntnissen handeln, die sie im Grunde ihres Herzens nicht teilen. Der Kampf um das nackte Leben verlangt Härte, auch wenn es schmerzt. Das ist ja gut und richtig so, betonte Amla, und machte ein Gesicht, als ob sie keine Sekunde daran zweifelte.

Nach der Repression schlug das Pendel in die andere Richtung. Flüchtlinge durften wieder ihre Verwandten besuchen und auch in die Heimat zurückkehren, wenn sie wollten. Tibeter konnten ins Ausland reisen. Amla – die den Vornamen Gyala trug – hatte einen Halbbruder in Nepal. Thubten war über siebzig. Seine beiden Söhne waren Mönche im Kloster Ganden gewesen und von den Rotgardisten ermordet worden. Thubten war mit seiner Frau Tseyang und seiner jüngsten Tochter Karma geflohen. In Eis und Schnee war ihm die linke Hand erfroren. Sie hing eingeschrumpft und verdreht herab, aber Thubten wollte sie nicht amputieren lassen – aus Eitelkeit, wie Amla vermutete. Tseyang, die an Blutarmut litt, mußte viel liegen, so daß der finanzielle Unterhalt der Familie auf der sechsundzwanzigjährigen Karma lastete. Sie hatte im Bazar von Kathmandu einen Laden gemietet, wo sie Modeschmuck und billiges Kunsthandwerk verkaufte. Ihren Wunschtraum, die tibetische Heilkunst zu erlernen, hatte sie aufgegeben. Sie mußte für die Eltern sorgen.

Obwohl die Familie sehr bescheiden lebte, schrieb Thubten auf Amlas Bitte seiner Nichte einen Brief, in dem er sie zu sich einlud. Ihre Chancen, einen Paß zu bekommen, standen günstig. Chodonla konnte beweisen, daß sie Verwandte im Ausland hatte; ihre gut bezahlte Stelle in Lhasa garantierte ihre Rückkehr. Der Brief blieb unbeantwortet. In den folgenden Monaten versuchte Thubten vergeblich, mit ihr Verbindung aufzunehmen. Die Post kam nicht an oder wurde beschlagnahmt. Thubten vermutete, daß Chodonla unter Beobachtung stand, und entschloß sich, etwas in dieser Angelegenheit zu tun. Er schlug seiner Schwester vor, er werde Chodonla in Lhasa aufsuchen. Der alte Herr war von schlechter Gesundheit, aber er wollte die Heimat wiedersehen, und mit dem Reisen würde es bald vorbei sein. Amla schickte ihm Geld und Geschenke für Chodonla: Seife, Zahnpasta, Hautcreme. Thubten schickte ein Telegramm an Chodonla und kündigte sein Kommen an. Nach zwei Wochen war er wieder in Kathmandu, und sechs Monate später lebte er nicht mehr.

Herzversagen. Vielleicht war alles zu viel für ihn gewesen. Aber Karma teilte uns mit, der Vater hätte längst angefangen, sich den Tod zu wünschen. Kurz nach seiner Rückkehr aus Lhasa war die Mutter gestorben. Thubten vermißte seine Frau so sehr, daß er gemütskrank wurde. Karma beklagte bitter den Verlust ihrer Eltern; immerhin konnte sie aber jetzt tun, was sie wollte. Den Laden würde sie aufgeben. Ein tibetischer Arzt, der jahrelang in chinesischer Haft gewesen war, hatte in Kathmandu eine Medizinschule gegründet und eingewilligt, sie zu unterrichten. Das alles kam mir in den Sinn, als ich um drei Uhr morgens am Küchentisch saß und den vergilbten Brief aus dem Umschlag zog.

Als Schülerin war ich samstags zum tibetischen Unterricht gegangen, hatte dort gesessen, während meine Mitschüler frei hatten. Mir war schon klar, daß der Unterricht der Erhaltung und Weiterentwicklung unserer kulturellen Werte diente. Aber die Lehrmethode war so alt wie die Knochen eines Brontosauriers. Jahrelang schrieben wir immer das gleiche ab. Wir schrieben und lasen – fertig. Das fehlende Verständnis erzeugte Verwirrung oder – was mich betraf – Gleichgültigkeit. Daß ich mich dabei in einem gewissen Konflikt, im Widerspruch mit mir selbst befand, will ich nicht leugnen. Aber ich langweilte mich. Und wenn ich mich langweilte, wurde ich bockig.

Der Brief trug das Datum vom 11. Juni 1992. Onkel Thubten hatte die klare Schriftführung seiner Generation. Im feudalen Tibet galt eine deutliche Handschrift als Voraussetzung für die Regierungsarbeit. Für neuzeitige Begriffe verwendete er englische Wörter. Seine Aufzeichnungen waren eine merkwürdige Mischung aus Brief und Tagebuch. Tagebuchähnlich wurde sein Bericht dadurch, daß Thubten seine Begegnung mit Chodonla sehr ausführlich schilderte; hier zeigte sich deutlich das Mitgefühl, das ihm nur in Momenten größerer Betroffenheit entschlüpfte. Ein paar Zeilen weiter kamen wieder die Phrasen. Thubten war ein formeller Mensch; sein Schreiben war privat, *ma non troppo*. Er begann mit Fragen nach unserem Befinden, Betrachtungen über das Wetter und noblen Binsenweisheiten, bis aus dem Monolog eine Schilderung wurde.

»Es war eine traurige Reise. Überall begegnete ich nur Ruinen und Zerstörungen. Verwandte und Freunde lebten nicht mehr oder hatten Tibet verlassen. Das Haus unserer Familie war zugemauert worden. Ich sah nur wenig Vertrautes oder Erfreuliches. Vielleicht liegt es an mir. Es mag sein, daß ich zu wenig Nachsicht aufbringe. Ich fühle mich zu alt für Selbstkritik. Die Chinesen sagen von sich, sie lehren die Tibeter, frei zu sein, keinen Hunger zu leiden, kein Unrecht zu dulden. Vielleicht sind ihre Herzen ehrlich. Da sie aber mit brutaler Gewalt auf rasche Erfolge aus sind, machen sie ihre guten Absichten zunichte. Sie sind wie Ärzte, die Kranken ein Gift geben und schwören, es werde ihnen gut tun. Sie hassen alle Bräuche, ob sie nun überholt sind oder nicht. Sie bringen die bizarrsten und ungereimtesten Ideen in Umlauf und würden alle Ehre und Ehrfurcht auf Erden ausrotten, um ihre Anschauung schneller zu verbreiten. So herrscht zwischen uns großes Mißtrauen. Wir werden noch lange nicht in der Lage sein, gemeinsam etwas Wertvolles aufzubauen.«

Das Reisebüro hatte Thubten in einem neuen Hotel untergebracht. Die Fahnen der Volksrepublik China wehten im Wind. Auf der Suche nach Chodonla war Thubten zunächst auf Argwohn gestoßen. Überall waren Spitzel, die Leute hatten Angst. Dann, eines Abends, als Thubten bereits im Bett lag, ein Anruf der Rezeption: eine Dame wünsche ihn zu sprechen. Thubten zog sich eilig an und fuhr mit dem Lift hinunter in die Halle.

Sie saß in einem der niedrigen Sessel und rauchte. Thubten erkannte sie auf den ersten Blick. Sie erschien ihm überaus zerbrechlich mit ihren schmalen Wangen, ihren feinen Zügen und den langen Beinen. Ihre Brauen waren dicht und schwarz, sie sah blaß aus, war aber durchaus nicht ärmlich gekleidet. Ihre Steppjacke und ihre hochhackigen Schuhe schienen neu. Sie trug, wie alle modebewußten Chinesinnen in Lhasa, eine Steghose aus schwarzem Nylon. Auf Thubten wirkten ihre

Kleidung und ihr Auftreten eher unbescheiden. Ihre Nägel waren dunkel lackiert, ihre Lippen bemalt und das Muttermal schwarz betont. Ihre Hände waren klein und ausdrucksvoll, sehr weiß, so daß die Haut fast durchscheinend schimmerte. Ihr Haar hatte sie straff nach hinten gekämmt und zu einem Pferdeschwanz gebunden. Sie trug, von Goldohrringen abgesehen, keinen Schmuck.

»Ich setzte mich zu ihr«, schrieb Thubten, »und bestellte den rauchigen chinesischen Tee, den ich nicht mochte. Wir sagten, was die Höflichkeit erforderte. Chodonlas leise Stimme war kalt, ihr Ausdruck verschlossen. Sie musterte mich verstohlen. Das Gespräch kam nur stockend in Gang. Sie sagte, daß sie meine Briefe nie erhalten habe. Viele Briefe gingen auf dem Postamt verloren oder wurden konfisziert. Sie lachte, während sie sprach, in jener verkrampften Art, in der man über ein Unglück lacht. Das Telegramm war ihr zugestellt worden; offenbar war dem Postbeamten ein Fehler unterlaufen. Dabei zuckten ihre Mundwinkel höhnisch. Ich bat sie, von sich zu erzählen. Sie antwortete im Ton einer Wetterprognose. ›Ich bin in einem Kinderheim in Peking großgeworden und besuchte die *Schule der Nationalitäten,* wo ich chinesisch sprechen und schreiben lernte. Ich wurde als Lehrerin ausgebildet und beendete mein Studium auf einer Universität. Seit drei Jahren bin ich wieder in Lhasa. Ich unterrichte an einer Mittelschule.‹

Ich sah in das elfenbeinhelle Gesicht mit den roten Lippen und den seltsam glitzernden Augen. Ihre Worte sagten kaum etwas aus. Ich fühlte in ihr eine große Traurigkeit; es war, als verströme sie Kummer mit jedem Atemzug. Alte Menschen spüren solche Dinge. Aber gleichzeitig war da noch eine verbissene Kampfeslust und der besondere Mut der Verzweiflung. Ja, ja, meinte ich, das alles sei uns bekannt. Aber wie ging es weiter? Sie drückte ihre Zigarette aus, griff nach einer neuen. Ich sah, daß ihre Hände leicht zitterten. Sie hielt ihr Gesicht ein wenig abgewandt, als strebe sie von mir fort. Und obwohl ihre Stimme erstickt klang und auch jetzt noch ohne Modulation blieb, oder vielmehr gerade deswegen, erschien sie mir besonders erschreckend. Auf der Universität lernte sie Norbu kennen; man hatte ihn als Zehnjährigen von der Familie getrennt und – ebenso wie sie – im ›Mutterland‹ kommunistisch erzogen. Jahre später, in Lhasa, sah sie ihn wieder. Er hatte einen Zweijahresvertrag in Chamdo hinter sich und war jetzt im Rahmen eines Regierungsprogramms nach Lhasa versetzt worden.

›Wir stellten ein Gesuch. Man erlaubte uns zu heiraten. Wir bekamen ein Zimmer in unserer gemeinsamen Arbeitseinheit.‹ Ein plötzlicher Hustenanfall schüttelte sie. Sie lehnte sich über den Spucknapf aus Emaille neben dem Tisch. Ihr Taschentuch war mit Lippenstiftspuren verschmiert. Ihr Husten gefiel mir nicht. Ob sie erkältet sei? Sie verneinte. Nur der Staub, weiter nichts. Tatsächlich nahte der Frühling; Staubstürme wirbelten hoch über die Dächer, der Himmel war gelblich verfärbt. Auch ich verließ nicht das Hotel, ohne mir vorher einen Schal um Mund und Nase gebunden zu haben. Ich fragte, ob ich ihren Mann treffen könnte. Sie preßte die Lippen zusammen und starrte auf ihre Zigarette. Er sei tot, sagte sie. Im Gefängnis umgekommen. Von den Chinesen ermordet? Chodonla schüttelte den Kopf. Nein, er hatte sich das Leben genommen. Ich äußerte meine Betroffenheit. Im alten Tibet galt Selbstmord als schweres karmisches Vergehen. Chodonla verzog keine Miene. Ihr Gesicht glich einer Maske, in der sich nur die Lippen bewegten. Auch sie war eingesperrt worden, ein paar Monate später aber freigekommen. Sie lebte jetzt allein mit ihrer kleinen Tochter Kunsang. Ihre Arbeit als Lehrerin hatte sie aufgeben müssen, doch sie kam gut zurecht, und für das Baby war gesorgt. Sie erzählte sehr sachlich, und in ihren Augen stand Kälte. Ich sagte ihr, daß sie einen Paß beantragen sollte. Wieder glitt der höhnische Ausdruck über ihr Gesicht. Nein. Weil sie im Gefängnis gewesen war, konnte sie keinen Paß mehr bekommen. Es sei denn, illegal natürlich. Aber sie dachte an das Kind und wollte kein Risiko eingehen.

›Wir dürfen uns nicht darüber entrüsten und sollten es vom chinesischen Standpunkt aus sehen. Sie können es nicht darauf ankommen lassen.‹

Vieles, was mir vorher rätselhaft vorgekommen war, fand nun eine Erklärung. Reaktionäre, mögliche Spione und Verräter durften das Land nicht verlassen. Mein Herz wurde schwer.

›Und jetzt?‹ fragte ich. ›Was wird aus dir?‹

Sie erwiderte kalt:

›Versucht nicht, irgendetwas für mich zu tun. Ich komme schon zurecht.‹

Ihre Augen waren hart und fern; sie schob mich von sich fort und lehnte jede Verbindung mit mir ab. Ich sagte, daß ihre Eltern seit zwanzig Jahren ohne Nachricht von ihr waren und sich große Sorgen machten. Da veränderte sich ihr Ausdruck. Sie biß sich auf die Lippen.

›Einmal, im Heim, fand eine Erzieherin mich weinend. Sie sagte, daß meine Eltern der reaktionären Oberschicht angehörten, die das tibetische Volk ausbeuteten. Sie hätten mich zurückgelassen, weil sie schneller entkommen wollten. Ich war von zarter Gesundheit und hätte sie auf der Flucht bloß aufgehalten.‹

Ich wußte zuerst nicht, was ich sagen sollte.

›Und das hast du geglaubt?‹

Ihre Wimpern zuckten.

›Ich dachte, sie würde mich schlagen, weil ich weinte. Doch sie nahm mich lachend in die Arme, gab mir ein Bonbon und sagte, daß ich es noch erleben würde, eine gute Kommunistin zu sein. Es war das letzte Mal, daß ich geweint habe.‹

Wir starrten einander an im trüben Licht. Ich verstand sie jetzt besser. Sie hatte es kaum mehr gewagt, Zweifel zu empfinden oder Einzelheiten zu klären. Auch später nicht. Und doch war sie auf unglaubliche Weise unschuldig. Das verzweifelte Kind in ihr hatte früh verstanden, daß die Wahrheit nutzlos und gefährlich ist. Für sie mußte es die Zeit einer irrsinnigen Angst vor Gespenstern und Abscheulichkeiten gewesen sein. Aber sie war klug und tat, was in solchen Situationen das Beste ist: Sie tat gar nichts. Auf diese oder eine ähnliche Art war sie stark geworden. Und die Triebfeder in ihr war, wie ich jetzt erstaunt feststellte, nicht Hilflosigkeit, sondern Zorn. Sie brach als erste das lastende Schweigen.

›Meine Eltern … wie geht es ihnen? Sind sie gesund?‹

Vater und Mutter sind wohlauf, sagte ich. Als Flüchtlinge mußten sie Schweres durchmachen, aber die Ausübung ihrer Religion gab ihnen die Kraft, ihr Schicksal zu ertragen. Ihr ältester Sohn Tenzin lebte als Inkarnation in einem Kloster. Die Zweitälteste, Lhamo, war mit einem Schweizer verheiratet. Tara, die Jüngste, wollte Ärztin werden.

Unvermittelt lehnte sie sich vor. Für einen Augenblick zeigte ihr Gesicht einen Ausdruck, der sich schlecht mit ihren Zügen und ihrer anfänglichen Kühle vertrug: eine Art kindliche Neugierde. Verriet sich darin eine tiefere Regung ihres Wesens? Oder war es bloß eine Illusion, ein Nebeneffekt?

›Wir sind Zwillinge, wie Sie wissen. Gleicht sie mir noch?‹

Ich ahnte, welche Antwort sie erwartete, und erwiderte ernst: ›Wie aus dem Gesicht geschnitten.‹

Das stimmte nun freilich nicht. Chodonla sah zehn Jahre älter aus. Aber eine dunkle Regung trieb mich dazu, die Bequemlichkeit der Lüge vorzuziehen, die Chodonla selbst mir anbot. Die Zurückhaltung war von ihr abgefallen. In ihren Augen leuchtete kindlicher Glaube.

›Ist das wirklich wahr?‹

›Sie denkt viel an dich‹, sagte ich. ›Du fehlst ihr.‹

Plötzlich hielt sie im Lächeln inne, erschauderte. Mit einer Bewegung, die sie sicherlich gar nicht wahrnahm, so rasch und instinktiv war sie gewesen, zündete sie sich eine neue Zigarette an und sagte, scheinbar ungerührt:

›Wir haben ein unterschiedliches Schicksal erlebt.‹

Wieder saß sie mit abgewandtem Gesicht, in eine Art Abwesenheit versunken. Ihre Augen blickten so illusionslos, daß es die Augen einer alten Frau hätten sein können.

›Schmerzen erfahren mit der Zeit Mäßigung‹, sagte ich. ›Aber es ist nicht gut, wenn du die Dinge läßt, wie sie sind. Die Familie ahnt, daß dir Böses geschehen ist.‹

Ihre Ruhe war wie der Schatten ihrer wirklichen Gedanken. Ich entdeckte darin weniger Schmerz als eine gewisse krampfhafte Unnachgiebigkeit.

›Daran ist nichts zu ändern.‹

Ich ereiferte mich ein wenig, obwohl sich das für mein Alter nicht ziemte.

›Chodonla, sei vernünftig. Ich bin da, um dir zu helfen.‹

Jetzt sah sie auf, und es war ein Flackern in ihren Augen ›Sie lassen mich nicht weg.‹

Ich sah mich rasch um und sagte leise:

›Du könntest Tibet verlassen. Auch ohne Paß.‹

Die Sicherung der Grenzen wurde nicht immer genau eingehalten, und vielen Tibetern gelang es, über die Berge nach Nepal oder Indien zu entkommen. Ich fügte hinzu:

›Ich werde dir Geld geben.‹

Sie erwiderte ausdruckslos meinen Blick.

›Es tut mir leid, es geht nicht. Es liegt an mir.‹

Sie betonte, es sei keine Frage des Geldes, sondern der physischen Belastung. Den Strapazen der Reise sei sie nicht gewachsen. Und wer von den Grenzposten verhaftet wurde, verschwand für ein paar Jahre hinter Gittern. Was würde dann aus dem Kind?

Ihre Erklärung stimmte mich nachdenklich. Sie hatte einen Umstand klar erkannt, dem ich zu wenig Beachtung geschenkt hatte. Mir fiel auf, daß sie verstohlen meine verkrüppelte Hand musterte. Offenbar lag ihr eine Frage auf den Lippen, die sie nicht zu stellen wagte. Ich legte die Hand auf den Tisch. Ungern.

›Abgefroren. Auf der Flucht. Sie ist nichts mehr wert, aber es gibt noch einige Dinge, die ich tun kann.‹

›Dann wissen Sie ja selbst, wie schwierig es ist.‹

Ich gab es zu.

›Man muß bei guter Gesundheit sein.‹

Sie rauchte völlig mechanisch, mit diesem eigentümlich starren Ausdruck im Gesicht.

›Ich war eine Zeitlang krank. Lungenentzündung.‹

›Wie fühlst du dich jetzt?‹

›Ganz gut. Aber ich könnte nicht reisen. Verstehen Sie?‹

Sie glaubte nicht mehr an die Welt, in der sie lebte. Durch mich vernahm sie das Echo einer anderen Welt, fern und phantastisch wie ein Märchen. Eine Welt, die jenseits ihrer Reichweite lag. Und in ihrer Weisheit verlangte sie nicht nach ihr.

Ein neuer Hustenanfall schüttelte sie. Als der Anfall vorüber war, sagte sie, daß sie jetzt gehen müsse. Und daß es besser für beide sei, wenn wir uns nicht noch einmal begegneten. Ihr Gleichmut war plötzlich dahin; sie sprach in scharfem, nahezu hysterischem Ton. Noch während ich ihren Stimmungswechsel zu verstehen suchte, zog sie mit knappem Gruß ihren Schal über den Mund und verließ fluchtartig die Halle. Ich tastete nach der Lehne des Sessels, stütze mich unbeholfen mit meiner gesunden Hand auf. Sie war fort, ehe ich alter Mann auf die Beine kam. Wieder in meinem Zimmer, schlug ich mich an die Stirn. Mein Gedächtnis taugte nichts mehr: Ich hatte Gyalas Paket vergessen! Die halbe Nacht lag ich wach und grübelte und zählte die Stunden bis zum Morgen. Mein Zimmer war für zwei weitere Tage gebucht. Ich verbrachte die meiste Zeit auf der Suche nach Chodonla. Ich wollte ihr zumindest die Geschenke geben. Meine Bemühungen blieben vergeblich. Der Tag meiner Abreise kam. Im Hotel arbeitete eine Frau, die ihre Angehörigen während der Kulturrevolution verloren hatte. Sie putzte die Spucknäpfe und hielt die Toiletten sauber. Ich ließ ihr das Paket da. Mit Tränen in den Augen umarmte und segnete sie mich. Einem Menschen eine Freude zu machen, lohnt sich immer, auch wenn mein Kummer davon nur wenig Linderung erfuhr.«

Thubten schloß den Brief mit Wünschen für gute Gesundheit und Wohlbefinden. Die Formeln hatte er im Kopf; sie klangen nobel und erbaulich, blieben aber nur Worte. Er war seine Gefühlsfracht losgeworden.

Ich hörte, wie Roman sich im Nebenzimmer regte.

»Tara?«

Ich faltete den Brief zusammen, schob ihn in den Umschlag. Dann schloß ich das Kästchen, trug es ins Schlafzimmer und legte es an seinen Platz. Roman stützte sich verschlafen auf den Ellbogen auf.

»Wo warst du?«

»Draußen. Ein Blumentopf ist umgefallen.«

»Warum bist du nicht im Bett?«

»Ich habe eine Tasse Milch getrunken.«

Ich schlüpfte unter die Decke, suchte seine Wärme, legte beide Arme um ihn. Er schob mich weg.

»Du bist ja ganz kalt!«

Er drehte sich auf die andere Seite; bald ging sein Atem wieder gleichmäßig. Verwundert stellte ich fest, daß Schlafen Distanz schafft. Aber vielleicht ist das alles nicht wichtig, dachte ich, während sich mein Körper mit langsamem Pulsschlag beruhigte. Der Regen hatte nachgelassen. Gelöst lag ich da, zwischen Traum und Wachen. Acht Jahre, dachte ich. Und kein Lebenszeichen von Chodonla. Auch Karma hatte nie mehr etwas von ihr gehört. Und nun, ganz plötzlich, sprach Chodonla zu mir, aus dem Dunkel, aus der Ferne, zärtlich und eindringlich. Ich bin von Natur aus ein logisch denkender Mensch, aber Logik kann verschiedene Aspekte haben. Wenn wir unsere Wahrnehmung nicht absichtlich verschließen, so erscheinen uns gewisse Signale weder absurd noch abwegig. Ich empfinde sie als Zeugnisse eines inneren Wissens, das unsere Vernunft übersteigt. Zwischen Zwillingen besteht eine gedankliche Verbindung. Daß sie jahrelang unterbrochen gewesen war, bedeutete nicht, daß sie nicht wieder aufgenommen werden konnte. Träumst du auch von mir, Chodonla? Weißt du noch, wie wir mit unserem kleinen Hund spielten? Ich sah ihn noch deutlich vor mir: ein quirliges, langhaariges Geschöpf, mit Augen wie schwarze Kirschen. Wir nannten ihn Momo, was eigentlich ein gefüllter Knödel ist. Was mochte aus ihm geworden sein? Die Chinesen haben kein

Mitgefühl für Tiere. Sie waren besonders grausam zu unseren Haushündchen, weil sie in ihren Augen als Symbole der Müßigkeit galten. Die Soldaten riefen die Hündchen zu sich und spießten sie auf Bajonette auf. Es war leicht, diese Tiere zu töten, sagte Amla, weil sie so zutraulich waren. Du bist Kommunistin, Chodonla; vielleicht lastet auf deiner Seele kein Unbehagen. Vielleicht bist du – auf deine Weise – zufrieden. Daß du anders denkst, empfinde ich nicht als störend, aber nichts hasse ich so sehr wie den Gedanken, du könntest in Not sein. Irgendwann kommt die blitzartige Erkenntnis, die sagt: »Ich bin ein Teil von dir!« Solche Dinge stehen in den Sternen geschrieben, nicht im Anatomiebuch. Ich suchte nach dem Punkt, an welchem die ungeheure Weite, die uns trennte, überwunden werden könnte. Aber die Weite war dunkel wie der Schlaf.

2. *Kapitel*

Licht schimmerte durch die Vorhänge. Regungslos lag ich da und betrachtete den hellen Streifen. Sieben Uhr. Das Gewitter war abgezogen. Es würde ein schöner Tag werden. Eine Weile lauschte ich auf ferne Geräusche, sah zu, wie das Zimmer aus der Dämmerung wuchs. Dann warf ich die Decke zurück. Ich duschte, putzte mir die Zähne. Vor dem Spiegel bürstete ich mein Haar und flocht mit ein paar Handgriffen meinen Zopf. Dann trat ich vor den kleinen Hausaltar. In einer Vitrine stand, kaum handtellergroß, eine vergoldete Buddha-Statue. Gleich darunter hing ein Bild Seiner Heiligkeit, des Dalai-Lama, sowie ein schönes *Thanka* – ein Rollbild, mit Brokat eingerahmt. Mein Vater hatte es mir zum Abitur geschenkt. Es gehörte zu den wenigen Schätzen unserer Familie und stellte die Schutzgottheit Tibets dar: *Chenresig* – der Herr der Gnade, der seine ewige Wiedergeburt in der Gestalt Seiner Heiligkeit erfuhr. Ich knipste die kleinen elektrischen Lampen auf dem Tragbett an. Im Haus meiner Eltern, in Rikon, brannten noch echte Butterlampen. Amla stellte sie selbst liebevoll her, wobei sie die rußigen Flämmchen gerne in Kauf nahm. Ich bewegte mich lautlos, während ich die sieben Silberschalen mit frischem Opferwasser füllte. Abends wurde das Wasser wieder ausgeschüttet. Unser Wesen soll so klar wie eine Wasserhaut sein, hatte mir Amla als Kind beigebracht. Und sofort stellten sich bei mir Assoziationen ein: Wie ist Wasser? Weich, klar, geschmeidig, angenehm im Mund? Oder gewaltig, reißend, tosend, gefährlich? Unser Blut, unser Körper, jedes Tier, alle Pflanzen der Erde, bestehen vor allem aus Wasser. Hat Wasser Gedanken, hat Wasser Gefühle? Mein Verstand hatte eine natürliche Neigung, solchen Fragen nachzugehen. Seit ich denken konnte, verspürte ich einen starken Drang nach Wissen in mir. Meine Eltern hatten mich immer unterstützt; sie hatten gewollt, daß ich auf die Höhere Schule kam. Sie konnten mir kein Geld für das Studium geben, aber nach dem Abitur bekam ich ein Stipendium.

Ich legte die Handflächen aneinander und sprach das erste und einfachste Gebet. »Expressverfahren« nannte es Tenzin, mit Nachsicht und Ironie. Bei meinen Eltern war das allmorgendliche Herbeirufen von Segnungen lang und ausführlich. Aber ich sah das Beten nicht als Routine an; wenn ich aus irgendeinem Grund nicht dazu kam, fühlte ich mich – so trivial es klingt – wie jemand, der ohne die Zähne zu putzen aus dem Haus rennt. Das Morgengebet war ein Ritus des Wohlbefindens, weder ungewöhnlich noch exzentrisch, sondern in der Mitte des Herzens geboren. Ich liebte die friedvolle Stille, oder auch die vorherbestimmte, mit der jeder Tag begann. Vor dem Altar war diese Stille zugegen. Etwas war da, das mich in einer Umarmung hielt und froh machte; etwas, das es nicht nötig hatte zu atmen.

Ich schaltete die Kaffeemaschine ein, schob Weißbrot in den Toaster, als Roman erwachte.

»Warum bist du schon auf?«

»Gewohnheitssache.«

Täglich um zwanzig vor sieben mußte ich im Labor sein. Und vorher von Zürich nach Aarau fahren, dreißig Kilometer auf der Autobahn. Und abends das gleiche in umgekehrter Richtung. Ich maulte nie deswegen.

Roman ging ins Badezimmer. Ich hörte die WC-Spülung rauschen, die Dusche prasseln. Ich stellte gerade Butter und Marmelade auf den Tisch, als er fertig angezogen und rasiert in die Küche kam. »Riecht gut nach Kaffee!«

Er küßte mich auf den Mundwinkel, schob die Hand in mein T-Shirt. Ich lächelte ihn an. Die Kaffeemaschine blubberte. Ich goß Roman Kaffee ein. Er trank ihn schwarz und ohne Zucker.

»Hast du Lust, rauszufahren?« fragte er. »Nach Engelberg?«

»Wie du willst.«

Er betrachtete mich, die Brauen leicht gerunzelt.

»Du siehst müde aus.«

»Ich habe schlecht geschlafen. Und von Chodonla geträumt.«

»Von Chodonla?«

»Ich mache mir Sorgen um sie.«

»Hast du irgendwelche schlechten Nachrichten von ihr?«

»Nein. Aber wir sind Zwillinge, Roman.«

Er schlug einen sachlichen Ton an.

»Und deswegen glaubst du, daß du über besondere psychische Kräfte verfügst? Über Hellsichtigkeit, zum Beispiel?«

Eine Gänsehaut überlief mich. Telepathie war vielleicht nicht das richtige Wort. Womöglich gab es dafür kein richtiges Wort. »Ich weiß es nicht«, sagte ich.

»Du hast zuviel Phantasie.«

Fast hätte ich gelacht. Phantasie, ausgerechnet das, was mir am meisten fehlte! Ich stand zu dicht an den realen Dingen.

»Vielleicht. Es kann aber auch an einer Eigenart meines Charakters liegen.«

»Du machst es kompliziert«, erwiderte er.

Ich schlürfte den Kaffee; er war stark, und mir wurde heiß davon. Romans Uneinsichtigkeit rief in mir ein melancholisches Empfinden hervor. Roman war dreißig, zwei Jahre jünger als ich. Er hatte ein ebenmäßiges Gesicht, grüngesprenkelte Augen und ein jungenhaft verschmitztes Lächeln, das wie mechanisch seine Lippen hob. Er war auf seine ganz besondere Art anziehend, plauderte gut und gerne. Seine Stimme war sanft, sein französischer Tonfall charmant. Er wurde selten zornig, schmollte statt dessen, konnte trotz seiner guten Manieren plötzlich grob und trotz seiner Freundlichkeit plötzlich unausstehlich sein.

Laura hatte mal gesagt, um einen Mann richtig kennenzulernen, müßte ich mit ihm schlafen. So einfach sah ich das nicht. Man kann sich stöhnend umarmen und sich dabei weder lieben noch richtig verstehen. Ich hatte Roman aus seiner Art zu sprechen ganz gut kennengelernt.

»Du übertreibst mit deiner Familie«, brach er jetzt das Schweigen.

»Sie ist nun mal da.«

»Du hast sie ja dauernd im Kopf. Ich könnte das nicht.«

»Das verlangt ja auch keiner von dir.«

Roman stammt aus der Westschweiz, aus einer ursprünglichen französischen Hugenottenfamilie. Die Eltern waren geschieden, der Vater hatte eine Anwaltspraxis in Genf, die Mutter arbeitete in einem Schmuckgeschäft. Aus Liebhaberei, wie Roman betonte. »Elle a toujours eu une passion pour les gemmes.« Die Großeltern bewohnten ein »Seniorenheim«. Jeder lebte in seiner Kiste. Ich war in einer Großfamilie aufgewachsen, hatte dort viel Liebe und Wärme erfahren, aber auch eine starke gegenseitige Abhängigkeit erlebt. Eine Anzahl Tibeterinnen, die ich kannte, hatten seit Jahren ihren Beruf und wohnten noch immer bei *Amla* und *Pala*.

»Wie, du wohnst bei deinen Eltern?« wurde ich als Studentin oft gefragt. Man fand es kleinkariert. Ich sagte: »Bei den Eltern setze ich mich an den gedeckten Tisch. Meine Mutter kümmert sich um die Wäsche. Sie macht sogar mein Bett, wenn ich anderes im Kopf habe.«

»Und was sagt sie, wenn du abends ausgehst?«

»Nichts. Ich habe einen Hausschlüssel.«

In der ersten Zeit, als ich mein Studio gemietet hatte, hatte ich täglich mit der Familie telefoniert und nachts nicht schlafen können, weil mich das Alleinsein bedrückte. Roman meinte, daß ich am Rockzipfel meiner Mutter hing. Leute, die sich bei uns auskennen, würden das niemals sagen. Ich erklärte ihm, daß es bei uns anders lief. Daß die Familie eine mächtige Zelle war, in der wir frei waren. Die Eltern wollten, daß wir es im Leben zu etwas brachten; aber auch, daß wir die natürliche Sorglosigkeit, den Zauber der Kindheit lange bewahrten. Umgekehrt lag uns das Wohlergehen der Betagten am Herzen, obwohl uns ihr Anachronismus in akuten Fällen zur Weißglut brachte. Vorwürfe, Ermahnungen und Zähneknirschen gehörten zum Familienalltag. Das alles zählte nicht. Was wirklich zählte, war das Vertrauen, das gemeinsame Vorwärtskommen. Ich versuchte es Roman zu erklären, aber in seinem Gedächtnis blieb nur das Wort »Anachronismus« haften. Er entstammte einer Kultur der Selbstverwirklichung, handelte beflissen eigennützig und erwartete von seinen Mitmenschen das gleiche. Roman arbeitete im Redaktionsteam einer Monatszeitschrift, die von einer Bank finanziert wurde. Er hatte drei Jahre in New York verbracht, berichtete über Wirtschaft und Kultur und betreute eine wöchentliche Sendung im Fernsehen. Das Thema »tibetische Flüchtlinge« interessierte die Medien; ich wurde als Beispiel für »geglückte Integration« zu einem Interview eingeladen. Das Gespräch vor der surrenden Kamera verlief leicht und flüssig. Romans lockere Routine gefiel mir. Ich erzählte, warum wir Tibet verlassen hatten. Meine Eltern hatten zuerst geglaubt, sich mit den chinesischen Machthabern abfinden zu können. Als die Lage unerträglich wurde, entschlossen sie sich zur Flucht. Eine Zeitlang lebten sie in einem Auffanglager in Nepal. Der ältere Bruder meiner Mutter, Geshe Asur Tseten, war Abt im Kloster Sera. Von den Chinesen grausam gefoltert, war er 1960 mit einem Transport des Roten Kreuzes in die Schweiz gekommen. Acht Jahre später wurde im Dorf Rikon, im Tösstal, das »Tibet Institut« gegründet. Geshe Asur Tseten wurde als Berater zugezogen. Seiner Fürsprache verdankten wir die Einreisebewilligung. Ich wuchs in Rikon auf und ging dort zur Schule. Nach dem Abitur hatte ich Medizin studiert. Nach zwei Jahren war ich Internistin im Kantonsspital Aarau und bildete mich in Mikrochirurgie weiter.

Nach der Sendung gingen wir in die Studiokantine. Wir sprachen jetzt französisch. Ich erzählte Roman, daß ich mein Praktikum in einer Klinik in Lausanne absolviert hatte.

»Aber mit Ihrer Familie sprechen Sie tibetisch?«

»Meine Mutter spricht nur deutsch, wenn keiner da ist, der für sie übersetzt. Wir dachten, sie lernt es nie. In Wirklichkeit findet sie es bequemer, einfach dazusitzen und buddhahaft zu lächeln. Sie kommt perfekt im Leben zurecht.«

»Hat die Leidensgeschichte ihres Volkes Sie dazu gebracht, Ärztin zu werden?«

»Nein, der Ehrgeiz.«

Er sah mich an und blickte schnell weg. Tibeter umgibt eine Aura der Religiosität und Selbstaufgabe. Weisheit ist ihr Markenzeichen. Aber ich hegte eine gesunde Abneigung gegen jede Art von Verallgemeinerung. Und Schönfärberei lag mir nicht.

»Ich will den Facharzttitel. Und auf dem Gebiet der Mikrochirurgie sind Frauen im Vorteil.«

»Weil sie sticken und nähen?«

»In Tibet nähen auch die Männer«, entgegnete ich amüsiert. »Nein, Frauen haben einfach die sensibleren Hände. Das ist genetisch bedingt.«

Kleiner als eine Walnuß ist das Herz eines neugeborenen Babys. Man muß wirklich feinfühlige Hände haben, um ein so winziges und kostbares Gebilde zu flicken, wenn die Natur nicht perfekt gearbeitet hat.

»Wir lernen im Labor, unter dem Mikroskop zu nähen. Die Fäden entsprechen dem Drittel eines Frauenhaars. Man kann Gefäße zusammennähen, die nur einen halben Millimeter messen. Über ein Labor dieser Art verfügen nur wenige Krankenhäuser. Chirurgen kommen aus dem Ausland, um bei uns zu lernen.«

»Woran üben Sie?«

»Zumeist an frischen Schweinedärmen, hauptsächlich Dickdarm aus dem Aarauer Schlachthof. Der Darm des Schweines kommt dem des Menschen am nächsten.«

»Aufschlußreich!« seufzte Roman.

Ich lachte. Er nahm einen Schluck Kaffee.

»Haben Sie schon operiert?«

»In diesem Jahr einige Male. Ich assistiere Professor Kissling.«

»Verstößt unsere westliche Medizin nicht gegen die Auffassung der tibetischen Heilkunst? Haben Sie da niemals Zweifel?«

Ich blickte erst aus dem Fenster, dann auf ihn. Zweifel? Ja natürlich. Und sie kamen zu einer Zeit, da ich eigentlich jeden Grund hatte, zufrieden zu sein. Ich sagte:

»Die lamaistische Heilkunst geht auf zwei Jahrtausende zurück. Die Ärzte verwenden Präparate aus Mineralien, Kräutern, Wurzeln und Moos. Sie arbeiten auch mit Massage, Aderlaß, Hitzetherapie und Kauterisation. Dabei suchen sie nicht den schnellen Erfolg, sondern eine milde, langandauernde Wirkung.«

»Ist bei medizinischen Notfallsituationen die westliche Behandlung nicht wirksamer?«

»Sie ist eine Präzisionswaffe. Aber die Heilung der Organe wird wichtiger als die Heilung der Person. Wir forschen in der Subspezialisation und sind oft nicht mehr in der Lage, die Zusammenhänge im menschlichen Körper zu erkennen. Als Studentin glaubte ich, daß asiatische und westliche Medizin unvereinbar seien. Doch so, wie ich die Dinge jetzt sehe, wie ich sie fühle, betrachte ich unsere Kenntnisse als gemeinsamen Erfahrungsschatz. Manche Ärzte wenden schon beide Verfahren an.«

»Haben Sie je darüber nachgedacht, diesen Weg einzuschlagen?«

»Den Gedanken hatte ich oft.«

»Es ist nicht ganz realistisch, oder?«

»Ich weiß es nicht. Es ist nur eine Möglichkeit.«

Danach unterhielten wir uns über die Sendung. Sie wurde zwei Tage später, vor den Abendnachrichten, ausgestrahlt; ich hatte keinen Fernseher, aber meine Schwester nahm die Sendung auf Video auf. Roman rief ein paar Tage später an.

»Nun? Wie hat Ihnen die Sendung gefallen?«

»Gut.«

»Die Reaktionen sind ausnehmend positiv. Sie haben dazu beigetragen. Tibetische Flüchtlinge genießen viel Sympathie.«

»Wohl deshalb, weil sie keine Bomben legen.«

Er sagte, daß er mich gern wiedersehen würde, und lud mich zum Essen ein.

»Am Donnerstag, da ist doch Ihr freier Nachmittag?«

»Wenn kein Notfall eintrifft. Doch, ich komme gerne.«

Ich hatte im Augenblick eine sentimentale Flaute, war seit zwei Monaten im Labor eingesperrt. Roman sah gut aus. Ich fand ihn ausgeglichener, weniger von sich eingenommen und neuen Ideen gegenüber aufgeschlossener als meine Arztkollegen, die einen akuten Größenwahn mit sich herumschleppten.

Wir trafen uns bei einem Italiener an der Schifflände, bestellten Carpaccio, dann Risotto mit Safran und Pilzen; als Tibeterin mag ich Fisch nicht besonders. Es war ein dunstiger Septemberabend, mit einem Nachgeschmack von Sommer. Der See leuchtete lila; ein weißes Schiff legte vom Ufer ab. Die Sonne spiegelte sich in den Scheiben. Auf der Bellerivebrücke stauten sich Straßenbahnen. Zürich im Abendlicht zeigte sich wohlwollend, melancholisch und von jener leicht künstlichen Anmut, die Schweizer Städten oft zu eigen ist.

Roman war ein guter Weinkenner; der frische, sprudelnde Chianti betörte mit seinem Kirscharoma. Bald nannten wir uns bei den Vornamen. Roman erzählte von sich. Er war verheiratet gewesen und hatte eine kleine Tochter, die in Genf bei seiner geschiedenen Frau – eine Bodenangestellte bei der Sabena – lebte.

Er zog seine Brieftasche hervor, zeigte mir das Bild von einem Mädchen im Vorschulalter.

»Sie heißt Anna.«

Anna war blondgelockt. Naturkrause. Ich seufzte, hingerissen und etwas neidisch.

»Sie wird sehr hübsch werden. Sie ist es jetzt schon.«

»Und du? Warst du nie verheiratet?«

Ich drehte mein Weinglas zwischen den Fingern.

»Einmal traf ich einen Italiener im Labor. Er wollte, daß ich mit ihm nach Verona gehe, ihn heirate und Bambini zur Welt bringe. Ich war nicht einverstanden.«

»Und da ließ er dich in Ruhe?«

»So nach und nach ...«

»Hattest du viele Bekannte?«

Diese Frage hätte kein Tibeter gestellt. Der Anstand läßt es nicht zu, daß wir in die Privatsphäre eines Menschen eindringen. Zeitweise fühle ich mich als Schweizerin; in solchen Momenten werde ich ganz und gar Tibeterin, konservativ bis in die Knochen. Aber die Sprache der Medienmacher kennt keine feinen Nuancen. Ich reagierte locker.

»Dieser und jener. Nie etwas wirklich Festes.«

Jedes Leben kennt mehr oder weniger gefühlvolle Episoden. Ich glaubte eine Zeitlang zu lieben und zu leiden – auch das gehörte dazu. Viel Energie war dabei verlorengegangen, aber das machte nichts. Richtige Liebe schmerzt, wie eine Geburt schmerzen muß. Und ich wünschte mir ein ungemindertes Schmerzempfinden, um die lebendige Wunde zu spüren. Inzwischen bohrte Roman weiter.

»Hattest du nie einen tibetischen Freund?«

»Doch. Als Siebzehnjährige verliebte ich mich in Nambol. Ein hübscher Kerl, oh ja! Amla schleppte mich zu einem Frauenarzt, der mir die Pille verschrieb, und schickte uns ins Tessin in die Ferien. Die Reise war ein Reinfall, wir fuhren getrennt zurück. Amla wußte schon, was sie tat. Ob mein Vater informiert war, weiß ich bis heute nicht.«

Roman war überrascht.

»Deine Mutter ist sehr fortschrittlich.«

»Das ist sie.«

Auch später, als ich mein Studio bezog, lebte ich nur sporadisch als tugendhafter Single. Meine Eltern dachten sich ihren Teil, obwohl wir nie darüber sprachen.

Der Wein machte mich leicht benommen. Ich sagte zu Roman: »Nichts macht selbstsicherer, als Kranke zu heilen. Wir öffnen ihren Körper, entnehmen Gewebeproben, schneiden an ihren Organen herum, schnipp, schnipp!«

»Das klingt ziemlich zynisch.«

»Ich will damit nur sagen, daß wir eine Verantwortung tragen. Wir müssen immer das Richtige tun. Und dürfen nie unser Mitempfinden verlieren, das wäre das Ende.«

»Glauben Ärzte, daß sie Macht über den Tod haben?«

»Nein. Sie haben – bisweilen – Macht über die Krankheit.«

Der Risotto kam. Der Teller war heiß. Ich kostete vorsichtig.

»Unser Beruf verlangt menschliche Anteilnahme. Wer glaubt, es sich leisten zu können, am Bett eines Kranken unbeteiligt zu sein, sollte Steuerberater werden.«

Zuhören war eine Sache, die Roman gut konnte. Seine dunklen Augen blickten mich aufmerksam an. Vielleicht war es der Wein, aber ich war dabei, mich in ihn zu verlieben.

An diesem Abend schliefen wir miteinander, bei mir in der Ackersteinstraße, und im Laufe der nächsten Wochen pendelte sich unser Verhältnis recht gut ein. Er hatte einen festen, lebendigen Körper und Bewegungen, die er gut beherrschte. Er löschte nie das Licht; er wollte nicht, daß wir uns im Dunkeln liebten. Es machte ihm Spaß, mich anzuschauen. Er sagte, meine Haut sei ganz anders als die Haut der Europäerinnen, die immer – an irgendeiner Stelle – ein wenig rauh sei. Bei einer Asiatin, meinte er, ist alles anders: die Haut liegt fest und geschmeidig an, die Muskeln zeichnen sich wie eine Skulptur ab, die Knochen sind gelenkig. Es gefiel ihm, wie ich ihn anfaßte, mit sanftem, wissendem Griff. Freudig überließ er sich meinen Fingern, die alle empfindlichen Stellen kannten, Muskeln und Haut sanft zu kneten wußten. »Du bescherst mir Höhepunkte«, stöhnte Roman. »Wie machst du das nur?« Ich lachte leise: »Ich bin sehr geschickt!« Er war keineswegs der erste, der sich gerne von mir streicheln ließ. Die Arbeit unter dem Mikroskop machte mich feinfühlig. Oder vielmehr, ich glaubte, daß es so war; es gehörte zu meiner Art, daß ich mir über diese Dinge wenig Gedanken machte. Roman war zärtlich und aufmerksam, aber auch scharf auf Experimente, kam manchmal auf abwegige Gedanken. Tibeter sind in diesen Dingen nicht zimperlich. Aber mit Unterhaltung allein ist der Liebe nicht beizukommen. Eine Frau kann nicht nur mit den Händen, sondern mit dem ganzen Körper lügen; so wird die Liebe – oder was man dafür hält – zur erfundenen Wahrheit. Vor zehn Jahren hätte es mich geschmerzt. Später ist es nicht mehr schmerzlich, weil man kompromißbereit wird. Mir tat es leid zu sehen, wie ich mit meinen Gefühlen falsch umging. Ich könnte es auch anders ausdrücken: Mir war, als ob sich in einem komplizierten Gewebe eine Masche gelockert hatte. Ich zog an einem einzigen Faden und brachte das ganze Gewebe dazu, sich aufzulösen.

3. Kapitel

Vor der Kamera damals hatte ich unsere Flucht aus Tibet nur beiläufig erwähnt. Später wollte Roman mehr wissen. Ich ließ seine Fragen zu; sie waren konventionell, und ich rechnete es meiner Geduld hoch an, daß ich ihm immer wieder Antworten gab, die er sich kaum anhörte und auch nicht immer behielt. So kam ich auf Einzelheiten zu sprechen. Ich gestand ihm, daß ich über vieles schlecht unterrichtet war. Meine Eltern pflegten keinen rhethorischen Eifer. Amla war eine Frau mit Geschmack und von feiner Lebensart. Was sie erzählte, war durchdacht, überlegt, kultiviert und unterkühlt. Sie erweckte nie den Eindruck, daß sie bedroht und wehrlos sein könnte. Der Eindruck täuschte; die Erinnerungen waren lebendig in ihr. Sie brannten hell wie Feuer, waren oft unerträglich, auch ohne Wehklagen oder Geschrei. Und Vater – nun, Vater rauchte seine tibetische Pfeife und schwieg. Ich sah ihn wie hinter Wolken: ein schmaler, stiller Mann, der die Pfeife unendlich langsam zum Mund führte. Ich hatte ihn nie anders als wortkarg gekannt. Es handelte sich wohl weniger um eine psychologische Verschrobenheit als vielmehr um eine Art Unfähigkeit, seinen Gedanken Ausdruck zu geben. Als wisse er nicht, was er sagen wollte, wie er es sagen mußte … wenn er es hätte sagen können. Als sei Sprechen die komplizierteste Sache der Welt. Schon als Mädchen hatte ich mich gewundert, wie Amla mit ihm zurechtkam. Aber so lange ich denken konnte, war es zwischen *Amla* und *Pala* nie zu einer Meinungsverschiedenheit gekommen, geschweige denn zu einem Streit. Meine Eltern führten mich nie hinters Licht, erzählten auch nie etwas Großartiges, doch auch das Fadenscheinige hatte seine Wirkung.

»Wir wollen keine Würmer in der Gerste suchen«, sagte Amla, wenn ich sie mit einer direkten Frage überfiel. »Sobald die Gerste verschimmelt ist, hat das keinen Sinn mehr.« Wenn ich darauf bestanden hätte, gewisse Dinge zu erfahren, hätte sie vielleicht Auskunft gegeben – aber da sie nichts sagen wollte, schwieg auch ich. Tibetische Kinder widersprechen den Eltern nicht. So blieb mir – zumindest am Anfang – vieles verborgen. Was mich mit meinen Vorfahren verband, waren Sedimente in meiner Erinnerung – in Anbetracht der Umstände nichts oder kaum etwas. Immerhin ließ sich die Vergangenheit nachprüfen; ich wollte sie nicht als ein Stück Legende sehen. Im Laufe der Zeit manövrierte ich mich in die Sache hinein. Und die Geschichte, die ich Jahre später Roman erzählte, war, von gewissen Einzelheiten abgesehen, ziemlich ausführlich.

Als Mitglied der tibetischen Oberschicht hatte mein Großvater Tsering Dorje Kelsang in Indien studiert und sprach fließend Englisch. In den dreißiger Jahren war er als Ingenieur maßgebend für den Straßenbau in Lhasa gewesen. Meine Großmutter Dechen war die Tochter eines Regierungsbeamten und hatte neun Kinder, von denen sechs überlebten. 1959 fielen die Chinesen in Tibet ein; es folgte die inzwischen sattsam bekannte Tragödie. Aber die Geschichte macht deutlich, daß die Chinesen am Anfang bestrebt waren, die herrschende Elite zu schonen. Die Privilegien sogenannter »patriotischer« Familien, von denen man annahm, daß sie dem Regime nützlich sein konnten, blieben – jedenfalls teilweise – bis zur Kulturrevolution unangetastet. Als Ingenieur war Dorje Kelsang ein wichtiger Mann; seine reaktionäre Haltung nahm man in Kauf. Während Tausende flüchteten, glaubten meine Großeltern, sich anpassen zu können. Die Chinesen bauten Schulen und Krankenhäuser. Sie beschlagnahmten einen Teil der landwirtschaftlichen Erträge, die sie an die benachteiligten Klassen verteilten – was an sich eine gute Sache war. Sie behaupteten, hohe Ansprüche an die Moral zu stellen. Das gefiel den Großeltern, weil sie feudalistisch dachten und das Prinzip der

Tugendhaftigkeit als Weisheit ansahen. Wenn China tatsächlich ihrer Heimat aus Unwissenheit und Armut heraushalf, nun, dann wollten sie chinesisch lernen. Tashi, der älteste Sohn, wurde nach Peking geschickt, wo er Agrarwissenschaft studierte. Nach vier Jahren erreichte ihn ein Telegramm seiner Mutter: Tsering Dorje war von einem Gerüst gestürzt und lag mit einem Schädelbruch im Krankenhaus. Als Tashi in Lhasa eintraf, war der Vater bereits tot. Nach der Trauerzeit arbeitete Tashi für die chinesische Regierung. Ein paar Monate später heiratete er Gyala Tschodak. Gyala verwaltete damals das Gut, das sie als einziges überlebendes Kind beim Tod ihrer Eltern geerbt hatte. Die tibetischen Familiennamen stammen von den Gütern, und der Tschodak-Besitz lag bloß eine Tagesreise zu Pferd von Lhasa entfernt. Gyala kümmerte sich um die Gersten-, Weizen- und Erbsenernte, verbrachte viele Tage zu Pferd, um die Herden zu überwachen. Sie erledigte alle Papierarbeit, führte Buch über Ausgaben und Einnahmen, verglich, kalkulierte und sprach sich mit dem Verwalter ab, der bereits ihren Eltern gedient hatte. Daneben war sie sehr großzügig, sorgte dafür, daß alle Bauern gut gekleidet waren und ausreichend Nahrung hatten, und daß ihre Kinder – wenn sie das Zeug dazu hatten – eine Schule besuchten. Sie war bei jedem Wetter draußen, stand den Leuten bei ihren Problemen mit Rat und Tat zur Seite. Das Getreide wurde gespeichert, das *Tsampa* – Gerstenmehl – in einer eigenen Mühle gemahlen. Das Senfsamenöl stammte aus der eigenen Presse. Gyala überwachte all diese Arbeiten. Sie studierte landwirtschaftliche Broschüren und Magazine, die sie in Indien bestellte, träumte von modernen Pflügen, von Traktoren und elektrischen Melkanlagen.

Gyalas erstes Kind, Tenzin, kam ein Jahr später zur Welt. Im Alter von drei Jahren wurde er als Wiedergeburt Chensal Tashis, eines berühmten Mönchgelehrten erkannt, der 1953 im Großkloster von Chamdo gestorben war. Ein wiederverkörperter Erwachter, wie wir diese Wesen nennen, heißt bei uns in Tibet *Tulku*. Wir hatten schon einige in der Familie.

Tenzins *Labrang* – so wird die Wohnstätte oder der Landbesitz einer hohen Inkarnation genannt – befand sich in der osttibetischen Provinz Kham. Fortan sollte der Junge nach den Regeln der *Gelupga* (der Gelbmützen, der reformierten Tradition also) erzogen werden. In der Hierarchie der *Tulkus* – der Inkarnationen – nehmen sie einen hohen Rang ein. Kleine *Tulkus* wurden möglichst bald in den *Labrang* ihres Vorgängers gebracht, damit sie die Erziehung und den religiösen Unterricht bekamen, die ihrer Stellung gemäß waren. Tenzin jedoch war ein zartes Kind; bei jeder Erkältung floß ihm Eiter aus den Ohren. Gyala machte sich Sorgen. Sie bat den Abt des Großklosters, den Kleinen in der Familie zu lassen, bis er ein paar Jahre älter und kräftiger war. Diese Bitte wurde ihr gewährt.

Roman meinte, ich sollte mal ein Buch darüber schreiben. »Das wäre keine Literatur«, sagte ich. »Jeder Tibeter könnte seine Memoiren verkaufen. Wir sind gegenwärtig im Trend.«

Gyalas zweites Kind war ein Mädchen, Lhamo. Ein Jahr später kamen Chodonla und ich als Zwillinge auf die Welt. Wenn ich an meine Kindheit denke, sehe ich eine Welt, die so ganz anders war als die Welt, in der ich heute lebe. Mein Gedächtnis ist angefüllt mit verworrenen Erinnerungen. Natürlich waren die Chinesen da, mit ihren Paraden und Umzügen und Versammlungen, aber Chodonla und ich ängstigten uns nicht vor ihnen, weil unsere sanftmütige und fröhliche Umgebung das Bedrohliche ihrer Uniformen, Waffen und Sprechchöre dämpfte. Wir erlebten selten, daß sie sich nicht gut oder wohlerzogen benahmen, ob dies von ihrer Disziplin herrührte oder Verstellung war. Wir bewunderten ihre roten, goldbesternten Flaggen, ihre Paraden bei Fackelbeleuchtung, ihre eingängige Musik. Wir merkten nicht, wie die Lage sich allmählich verschlechterte. Die chinesischen Behörden führten sogenannte »demokratische Reformen« durch, beschlagnahmten Häuser und Grundbesitz. Sie richteten Volkskommunen und landwirtschaftliche Kooperativen ein. Einflußreiche Tibeter waren gezwungen, ihre Propaganda zu unterstützen, wenn sie ihre

Familien schützen wollten. Die Kommunisten glaubten, daß die Landbevölkerung Tibets sie unterstützen würde, doch die anti-chinesischen Gefühle nahmen zu. Das alles erzeugte Wirrwarr und Chaos. Praktisch von einem Tag zum anderen brach die tibetische Wirtschaft zusammen. Zum ersten Mal seit Menschengedenken erlebte Lhasa eine Hungersnot.

Die Lage spitzte sich zu, als in China die »Viererbande« an die Macht kam. Die Rotgardisten fielen über unser Land her wie Geierfalken. Sie marschierten in Bataillonen durch die Straßen, spielten Ziehharmonika, reckten die Fäuste, während die Anführer der Sprechchöre mit hohen schrillen Stimmen ihre Schlagwörter brüllten. Ansprachen und Trommelfeuer riefen Ausbrüche hysterischer Gewalt hervor. Die Rotgardisten zerstörten Tempel und Klöster, ermordeten Gelehrte und Mönche, verwüsteten das Land mit der Raserei eines fanatischen Geistes. Meine Eltern wußten, daß ihre Verhaftung nur noch eine Frage der Zeit war. Heimlich bereiteten sie die Flucht vor. Gyala ahnte, daß sie Tibet nie wiedersehen würde. Sie verpachtete das verbleibende Ackerland und die Herden an die Kleinbauern und öffnete ihren Getreidespeicher.

Einige der Bauern zogen es vor, mit unserer Familie ins Exil zu gehen. In einer stürmischen Frühlingsnacht machte sich unsere kleine Karawane auf den Weg. Wir waren als Nomaden verkleidet, trugen Fellmäntel und Stiefel. Ich saß hinter Wangdup, einem jungen Bauern, im Sattel. Er war jung und kräftig und als guter Reiter bekannt, was mich sehr beeindruckte. Beim Aufbruch geschah es, daß meine Schwester Chodonla verloren ging. Ihr Fehlen wurde erst bei Tageslicht entdeckt. Auch Momo, unser kleiner Hund, war nicht da. Wir vermuteten, daß Chodonla auf der Suche nach dem Tier den Aufbruch der Karawane verpaßt hatte. Was nun? An eine Umkehr war nicht zu denken, sie hätte uns alle in Gefahr gebracht. Da erbot sich Wangdup, zurückzureiten und Chodonla zu holen. Ich wollte mit ihm reiten, aber die Eltern gestatteten es nicht. Sogar Wangdup sagte, es sei zu gefährlich. Ich bat ihn schluchzend, Momo nicht zu vergessen.

Wangdup versprach es. Die Eltern segneten ihn, gaben ihm Geld, und setzten ihre Flucht fort. Wangdup verschwand in der Nacht. Wir sollten ihn niemals wiedersehen. Die Regenfälle hatten Erdrutsche verursacht, der Kyiuschu-Fluß war über die Ufer getreten. Jahre später erfuhren wir, daß Wangdup im Hochwasser ertrunken war.

Was denn aus Chodonla geworden war, fragte Roman.

»Sie wuchs in einem chinesischen Kinderheim auf und wurde als Lehrerin ausgebildet. Heute ist sie wieder in Lhasa. Mein Onkel hat sie vor ein paar Jahren getroffen.«

»Geht es ihr gut?«

»Wir nehmen es an.«

»Eine große Erleichterung für euch, nicht wahr?«

»Eine große Erleichterung, ja.«

Danach sprach ich nicht mehr von der Sache, selbst dann nicht, als Roman wieder von dem Buch anfing und sich als Ghostwriter empfahl. Es sei doch ein großartiges Thema, meinte er. Ein Fluchtabenteuer wie im Kino, wir alle nur um Haaresbreite dem Tod entkommen. Tragik und Action, und Kinder im Mittelpunkt. Eine Geschichte, wie das Publikum sie liebte. Ich zeigte wenig Entgegenkommen. Ich sah mein Leben nicht als eine Unterhaltungsstory, die man von progressiven Intellektuellen aufblasen läßt und den Konsumenten als Betthupferl serviert. Eine Frage des Takts, was Roman nicht erkannte. Ich dachte ungern an Zeiten des Leidens zurück, wollte die Narben des Kummers nicht zum Bluten bringen. Chodonla erwähnte ich nicht mehr. Aber sie war bei mir, in jedem Augenblick eines jeden Tages meines Lebens.

Mein Badezimmer hatte kein Fenster; die Beleuchtung war schummrig. Manchmal, wenn ich abends müde in den Spiegel blickte, sah ich die Dinge wie durch einen Tränenschleier. Dann war mir, als leuchte ihr Antlitz durch mich hindurch. Ich verrenkte den Hals, meine Augen waren dem Spiegel sehr nahe. Ich sah mich, kaum stecknadelgroß, als glänzenden Reflex in der eigenen Pupille. Das Gesicht darunter schimmerte weiß. Ich vergaß, die Lider zu bewegen, versank in meinem Bild, verwirrt und beunruhigt, sprach leise einen Namen aus, sah, wie die Fläche vor dem Mund sich trübte, das Spiegelbild verblaßte. Ich wischte die Trübung mit dem Ellbogen fort. Der Schmerz der Trennung war sehr intensiv, ein Krampf, der den ganzen Körper erfaßte. Aber dieser Schmerz muß Zwillingen wohl zu eigen sein.

4. Kapitel

Meine Schwester Lhamo wollte sich scheiden lassen. Matthias, mit dem sie seit drei Jahren verheiratet war, ging fremd. Matthias war mir, trotz seines attraktiven Aussehens, nie sympathisch gewesen. Er lachte selten, was sehr schade war, trug eine Fliege und hielt sich übertrieben gerade. Er war voller Hemmungen, hypersensibel und zugleich bestrebt, durch ein forsches Auftreten seine Empfindsamkeit zu vertuschen. Mit solchen Männern hatte ich nie etwas anfangen können. Zeitverschwendung. Lhamo gab sich große Mühe, aber man konnte nicht sagen, daß sie gut zueinander paßten. Matthias hatte – trotz der Wirtschaftsflaute – einen gut bezahlten Posten innerhalb der Geschäftsleitung eines Warenhauses. Seit ein paar Monaten schlief er mit einer Kassiererin aus der Lebensmittelabteilung. Für Lhamo war das ein Schlag ins Gesicht. Matthias, zur Rede gestellt, machte aus seinem Verhältnis kein Geheimnis. Der firmaeigenen Blondine wurden vorbildliche Eigenschaften nachgesagt: sehr feminin, sympathisch, anpassungsfähig. Mit ihr hatte er das Gefühl, im Himmel zu sein.

»Kastrationsängste«, sagte ich. »Ein klassischer Fall.«

Lhamo war eine intelligente, gebildete Frau und zugleich gutgläubig wie ein Kind. So wahrheitsliebend, daß sie die Kunst des Kompromisses nicht beherrschte. Matthias fühlte sich Lhamos Redlichkeit nicht gewachsen und suchte Bestätigung bei einer anspruchsloseren Frau. Unlängst hatte Lhamo mir gestanden, daß es bei ihnen im Bett schon lange nicht mehr klappte.

»Er sagt, ich sei kalt. Bin ich kalt, Tara?«

»Du kannst dich nicht für ihn begeistern wie eine Gans.«

Lhamo rang ihre langen, ausdrucksvollen Hände.

»Aber wie soll es weitergehen,«

»Warum mußt du für seine Komplexe aufkommen?«

Lhamo war groß, und in ihrer Haltung lag etwas, das sie noch größer erscheinen ließ. Ihr Haar war schwarz wie Rabenfedern, ihre Augen leuchteten, der Mund trat üppig und sinnlich hervor. »Lhamo ist schön«, hatte man stets von ihr gesagt, was für mich bedeutete, daß ich wohl nicht so schön war. In meiner Pubertät hatte ich darunter gelitten. Lhamo wurde Direktionssekretärin, kaufte sich teure Kleider und Kosmetik, als ich noch die Schulbank drückte und eine Zahnspange trug. Ihre gut bezahlte Stelle hatte sie aufgegeben, weil Matthias sie darum gebeten hatte. Jetzt wußte sie nicht, was sie tun sollte. Sie schämte sich vor den Eltern. Schließlich zog sie mich ins Vertrauen. Obwohl ich die Jüngere war, verließ sich Lhamo auf mein moralisches Urteil. In ihrer naiven Art glaubte sie, ich bekäme solche Geschichten von den Patienten fortwährend aufgetischt. Sie war verstört, hatte das Gesicht einer Sechzehnjährigen. Sie sah im Scheitern ihrer Ehe einen Widerspruch zu den Idealen, die sie beseelten. Ich erfuhr auch, daß Matthias sie schlug.

»Ich halte das nicht mehr aus, Tara! Es ist so demütigend.«

»Er hat ein konventionelles Frauenbild im Kopf. Du bist auf dem falschen Dampfer.«

Sie starrte zu Boden.

»Was soll ich den Eltern sagen?«

»Die Wahrheit.«

»Das kann ich nicht!«

»Dann rede mit Tenzin.«

»Unmöglich!« rief sie entsetzt.

»Sei nicht töricht. Tenzin lebt nicht auf dem Mond.«

Immerhin bewirkte das Gespräch, daß Lhamo ihren Mann verließ und die Scheidung einreichte. Sie stellte keine Unterhaltsansprüche und machte ihm auch die Wohnung nicht streitig, obgleich sie mitgeholfen hatte, den Umbau zu finanzieren. Die Eltern mischten sich nicht ein, aber Amla war in Sorge. Ich hatte schon durchblicken lassen, daß Matthias meine Schwester nicht »gut« behandelte. Lhamos blaue Flecken hatte sie auch gesehen. Daß ein Mann seine Frau zu respektieren hat, war für uns selbstverständlich. Tibeter leiden weder unter einem Sexspleen noch unter Neurosen. Machogehabe kommt ebensowenig auf wie der Gedanke, jemandem Gewalt anzutun.

Amla schwang keine langen Reden, umarmte Lhamo und sagte, sie würde es dem Vater mitteilen. Lhamo sollte ihr Mädchenzimmer beziehen, bis die Sache durchgestanden war. Bei der Angelegenheit vergoß Lhamo viele Tränen. Ich an ihrer Stelle hätte Matthias zähneknirschend verwünscht. Amla meinte, daß ich meinen aufbrausenden Charakter einer Großtante, der heiligen Yüdon Rimpoche, verdankte, die in unserer Familie in berüchtigter Erinnerung stand.

»Lhamo glaubt, daß sie die einzige Tibeterin in der Familie ist. Dabei ist sie durchweg ausländisch geworden. Keine Tibeterin würde dulden, daß ihr Mann sie schlägt. Sie würde noch am gleichen Tag ihre Koffer packen.«

Ich brach in Lachen aus. Amla lachte mit mir. Ihre kräftigen weißen Zähne leuchteten. Sie stand vor dem Hausaltar, goß aus einem kleinen Zinnkrug zerlassene Butter auf die Lampen. Ihre Hände waren gelenkig und wohlgeformt. Bei jeder Bewegung klirrten ihre Armreifen leise. Sie hatte ein wundervolles Gesicht mit scharf geschnittenen Zügen und breiten Wangenknochen. Ihr Haar, von einigen Silberstreifen durchzogen, war zu zwei langen Zöpfen geflochten. Um den Hals trug sie eine Kette aus Türkisen und Si-Perlen – Augensteine –, die als besonders wirksame Amulette gelten. In Glas und Zinngefäßen flackerten die Flämmchen der Butterlampen, züngelten mit sanfter Neugierde. Eine Anzahl *Mani Mechors*, durch warme Luft betriebene Gebetsmühlen, drehten sich mit leisem Flirren. Rollbilder schillerten in leuchtenden Farben. Es roch nach Essen, Weihrauch, Orangenschalen und Kampfer, Gerüche, die eng mit meiner Kindheit verwoben waren.

Wir hatten früher in Rikon gewohnt. Jetzt lebten meine Eltern seit Jahren in einem Zürcher Außenquartier. Der Stadtteil bestand aus einfachen Häusern, zu denen kleine Rasenflächen und Obstgärten gehörten. Rentner und junge Familie wohnten hier. Vor den Türen standen Fahrräder, Kinderwagen und Skateboards. Das Haus war schon ziemlich alt, der graue Verputz blätterte ab. Der prachtvolle Garten wurde von den Nachbarn bewundert. So wie der Gläubige sich an die Säule des Tempels anlehnt, um aus ihr Kraft zu empfangen, so schöpfte mein Vater Zuversicht aus dem Wachstum seiner Bäume und Sträucher. Er war seit einem Jahr pensioniert; der Garten war sein Lebensinhalt, seine Zuflucht, in gewissem Sinne eine heilige Stätte.

»Komm«, sagte Amla. »Trinkst du Buttertee? Ich glaube, er ist noch ziemlich warm.«

Wir gingen in die Wohnküche. Amla holte Gläser aus dem Schrank. Es war ein milder Sonntag im Oktober. Auf der Straße spielten die Nachbarskinder; ihr Geschrei und das Rumpeln der Skateboards erfüllten die diesige Luft. Es roch nach verbranntem Laub. Durch das Fenster sah ich meinen Vater. Er kauerte in abgetragenen Kleidern am Boden, rupfte Unkraut aus, stocherte dann mit einem Spaten in einem Gemüsebeet. Amla folgte meinem Blick. Ein Seufzer hob ihre Brust.

»Dein Vater ist ein Träumer.«

Ich zuckte zusammen.

»Wie meinst du das?«

Sie schüttelte stumm den Kopf. Und wie üblich funktionierte der alte Automatismus. Dazu bin ich erzogen, dachte ich, nicht zu fragen und mir meinen Teil zu denken. Andernfalls würde ich mich einmischen. Jetzt war ich erwachsen, aber die Form wurde gewahrt.

Inzwischen setzte sich Amla zu mir, schraubte eine Thermoskanne auf und goß Tee ein. Der Tee schmeckte nach Sahne, Mandeln und Fleischbrühe, ein würziges Getränk, das nur meine Mutter so gut mischen konnte. Sie hielt jetzt die Hände im Schoß, betrachtete mich prüfend. Die Art, wie sie den Kopf neigte, war so graziös, wie ich es noch nie bei einem Menschen gesehen hatte. Frauen wie sie, überlegte ich, sind nicht in einer Generation so geworden; sie sind das Ergebnis einer Kultur von kaum ermeßlichem Alter.

»Was gibt's?« fragte sie, als sie mich zögern sah.

Lhamos Eheprobleme hatten wir besprochen. Meine Art war es, die Dinge schnell ans Tageslicht zu bringen. Mir fiel es schwer, behutsam voranzugehen. Ich glaubte nicht, daß Mutter oft an Chodonla dachte. Die Situation ließ sich nicht ändern, daher war es sinnlos, darüber nachzudenken.

Amla mußte ihre Frage wiederholen, ehe ich reagierte.

»Du bist verstockt«, bemerkte sie nachsichtig. »So warst du schon als Kind.«

Ich schüttelte den Kopf und strich ihr über die Hand.

»Ich bin nicht verstockt, ich bin verwirrt. Oder vielleicht bin ich auch verstockt. Ich denke die ganze Zeit an Chodonla und träume sogar von ihr. Das macht mich nervös.«

Ein Schatten verdunkelte ihr Gesicht.

»Seit wann?«

»Eigentlich seit ich Thubtens Brief gelesen habe. Ich hatte den Inhalt nicht mehr im Kopf, weißt du …«

Sie starrte vor sich hin. In ihren Augen war das Licht erloschen. Schließlich legte sie zwei Finger an die Stirn.

»Ich muß in meinem früheren Leben etwas Böses getan haben.«

Ich blieb stumm. Amlas Schmerz sowie ihre Deutung der Ursache waren mir vertraut. Als Tibeterin, im Westen erzogen, vereinte ich verschiedene Wesenszüge in mir. Sie erschienen mir nicht disharmonisch. Mutters Gedanken widersprachen der Rationalität, aber nicht dem tibetischen Glauben. Und normalerweise sprachen wir nicht darüber.

»Es tut mir leid«, sagte ich.

Ihre nächsten Worte verursachten mir Herzklopfen.

»Das braucht dir nicht leid zu tun. Wir haben alle einen Geist in uns, der uns lenkt.«

Ich runzelte die Stirn. Das half mir nicht weiter. Amla fuhr fort:

»Früher hattest du es gerne, wenn ich Geschichten erzählte. Lhamo nicht, die saß lieber vor dem Fernseher.«

»Ja, ich weiß. *Denver* und *Dallas*.«

Wir lächelten beide, unwillkürlich.

»Erinnerst du dich noch an die Sage der Götterkönige?« fragte Amla.

»Sie ist mir ein Begriff.«

»Es heißt, daß sie nur tagsüber auf Erden weilten. Nachts kehrten sie in den Himmel zurück. Durch ein Seil, ähnlich dem Regenbogen, waren sie mit den Göttern verbunden.«

Amla sprach ganz prosaisch, wobei sie meinen Vater nicht aus den Augen ließ. Mir fiel auf, daß sie unruhig war.

»Das ist eine Allegorie«, sagte ich. Sie nickte.

»Wir alle tragen einen Geist in uns, der uns sagt, was wir zu tun haben. Wir sollten auf ihn hören.«

»Ja, aber wir stopfen uns lieber Watte in die Ohren.«

Amla redete genau wie früher, aber ich gab jetzt vorlaute Antworten. Verlegen sah ich weg, doch sie lächelte.

»Du hast einen freien Willen. Aber du solltest wissen, was richtig und was falsch ist.«

»Ich weiß es meistens nicht.«

Sie schwieg. Ich liebte sie von ganzem Herzen, aber es gab Momente wie diesen, da hatte ich ihre Ermahnungen satt. Nach einer Weile sagte sie, daß ihre Schulter schmerze. Das Wetter änderte sich: ihre Arthrose machte sich bemerkbar. »Warte, ich helfe dir.«

Ich trat hinter sie, lockerte den Kragen ihrer Bluse aus grünem Satin. Sie bewegte sich nicht. Ihre Muskeln fühlten sich steif an. Meine Hände wanderten über ihre Schultern, den Nacken empor, forschten behutsam nach dem Sitz des Schmerzes. »Hier, nicht wahr?«

»Du hast es gefunden!« sagte sie erfreut.

Mit beiden Daumen drückte ich den obersten Halswirbel. Kein Tasten, sondern harte kleine Schläge, dort, wo die Knochen am empfindlichsten waren.

Sie seufzte glücklich.

»Oh, das tut gut! Du nimmst mir die Schmerzen.«

»Man muß nur die richtige Stelle finden.«

Die Haustür ging auf. Tashi klopfte die matschige Erde von den Sohlen, zog seine Schuhe aus und schlüpfte in Pantoffeln. Er ging zur Toilette, wusch sich die Hände, spülte sich den Mund mit frischem Wasser aus, bevor er in die Küche schlurfte. Amla zupfte ihre Bluse zurecht, ordnete den Kragen. Ihre Bewegungen waren wieder ganz locker.

»Tee, Tashi?«

Er nickte, ließ sich schwerfällig auf die Eckbank fallen. Ich holte für ihn ein Glas. Amla goß Tee ein. Er bedankte sich höflich und begann, seine Pfeife zu stopfen. Sein braunes Gesicht war eingefallen, sein oberer Schneidezahn stand zwischen den trockenen Lippen hervor.

»Du siehst müde aus«, stellte er fest. »Zuviel Arbeit?«

Ich verzog das Gesicht.

»Ich schlafe schlecht in letzter Zeit.«

Amla hob gelassen den Blick.

»Tara denkt viel an Chodonla. Das macht sie unruhig.«

Er suchte ein Streichholz, zündete langsam und umständlich seine Pfeife an. Der vertraute Tabakgeruch erweckte in mir eine seltsame Sehnsucht. Sehnsucht an Zeiten, die vorüber waren.

Bevor Tashi pensioniert wurde, hatte er in einer Schreinerei gearbeitet. Dort konnte er seine Fingerfertigkeit brauchen; seine Arbeit wurde geschätzt. Tashi sprach deutsch, aber seine Unsicherheit kam zum Ausdruck, wenn er mündlich oder schriftlich mit Behörden – Schule, Post, Bank – verkehren mußte. Lhamo oder ich mußten alles für ihn erledigen.

Sein Schicksal hatte die für ihn endgültig befriedigende Fassung gefunden. Er nahm an nichts teil, oder nur oberflächlich. Er telefonierte nicht, las selten die Zeitung, saß gleichgültig vor dem Bildschirm. Bei tibetischen Versammlungen trug er stets die *Tschuba*, die Stiefel, die nach Mottenkugeln riechende Fellmütze. Dann saß er da, die Pfeife im Mundwinkel, flüsterte mit alten Männern, die das gleiche

Gesicht hatten wie er, die sich alle zurückzogen und fast unsichtbar wurden.

»Ich träume auch«, brach er jetzt das Schweigen.

Ich starrte ihn an.

»Von Chodonla?«

Er blinzelte, weil er wie üblich seine Brille nicht trug. Er ließ sie immer irgendwo liegen und klagte dann: »Wo ist meine Brille?« Amla suchte sie und fand sie auf den ersten Blick.

»Nein, sie spricht nicht mehr zu mir.«

Er seufzte plötzlich, tief und röchelnd.

»Ich wünschte, sie wäre hier. Sie hat Familie in der Schweiz. Sie könnte leicht eine Wohnung bekommen ...«

Amla und ich tauschten einen Blick. Sie hob die Kanne.

»Noch etwas Tee, Tara?«

»Nein, danke, ich gehe gleich.«

Vater sprach weiter, wie zu sich selbst. Er hatte seit Jahren einen Bronchialkatarrh, und bei feuchtem Wetter wurde es schlimmer. Ich hatte ihm Tropfen verschrieben. Seine Stimme klang brüchig.

»Ich bin zur Zeit erkältet. Meine Nase läuft, und ich muß mich ständig schneuzen. Man sagt, die Zeit heilt alle Wunden. Aber nicht meine, nein. Warum habe ich Wangdup geschickt, damals? Warum bin ich nicht selbst gegangen? Diese Fragen beschäftigen mich sehr ...«

Er unterdrückte einen drohenden Hustenanfall. Ich sagte:

»Nimm deine Tropfen, Pala. Und mach dir keinen Kummer. Du konntest nicht zurück, die Chinesen hätten dich umgebracht.«

Er zog ein schmutziges Taschentuch hervor.

»Das ist zu einfach. Es führt mich nicht zur Wurzel in.«

»Wie meinst du das?«

Er spuckte in das Taschentuch, wischte sich die Lippen ab.

»Es ist möglich, daß ich es geschafft hätte.«

Amla holte gepreßt Luft.

»Sei ruhig, Tashi. Nichts ist endgültig, das Gute nicht und auch das Böse nicht.«

Er nickte vor sich hin.

»Der Fluß führte Hochwasser. Wangdup opferte sein Leben. Ich habe eine Schuld abzutragen.«

Ich war betroffen. Wie hätte ich ahnen können, daß er sich selber derart die Schuld gab? Das Zimmer war plötzlich voll aufgescheuchter Erinnerungen, eine kranke Unruhe wühlte die Dämmerung auf. Ich fühlte mich unsicher und überfordert und wäre am liebsten davongelaufen.

»Du tust dir ja nur weh«, sagte ich. »Es ist doch alles schon so lange her. Und du bist müde …«

Er nahm mit behutsamer Gebärde die Pfeife aus dem Mund. Die Hände hast du von deinem Vater, sagte Amla. Ich dachte, ja, das stimmt, sogar, was Größe und Form anbelangt.

»Müde? Ja, das mag sein. Da sind viele Körper in mir. Die Mutter, der Vater, die Vorfahren, die Tiere … Die einen sind müde, die anderen nicht.«

Ich starrte ihn erschrocken an. Die Besorgnis füllte meinen Hals mit einem dicken Kloß. Was redete er da? »Denk an deine Gesundheit, Pala. Du mußt auf die Symptome achten.«

Er rieb sich die rötlich entzündeten Augen.

»Ich brauche mehr Zeit, Kind. Der Kampf mit den Dingen in meinem Kopf strengt mich an. Die Gedanken verschwinden auf halbem Weg, das beunruhigt mich. Vielleicht sind es nicht meine Gedanken? Mein Kopf scheppert wie eine Blechbüchse. Das macht schlapp, weißt du. Aber sei ruhig, ich werde mich schon in Gang halten …«

Erneutes Schweigen. Die Stille nahm eine andere Dimension an, dauerte so lange, daß sie unheimlich wurde. Schließlich straffte sich Pala. Er nickte mir zu.

»Ich … ich weiß nicht, was ich gesagt habe, Tara. Ich sehe noch nicht klar. Da ist etwas in den Sternen, das leuchtet. Es kommt mir sehr merkwürdig vor. Wirklich einzigartig. Laß mich, Tara. Ich habe zu denken. Das Wichtigste ist, daß ich mich erinnere …«

Er streckte das Kinn vor, spähte angestrengt vor sich hin. Schließlich nickte er mir gewichtig zu.

»Wenn ich mich nicht täusche, brennt da ein Feuer.«

Er starrte vor sich hin. Es war wie ein Sichverlieren in einem fernen Land. Er rang mit Erinnerungen, die immer sichtbarer und bedrängender wurden. Künstlich erschaffen oder einem Traum entstiegen? Ich wußte es nicht, aber es beunruhigte mich sehr. Ich trank meinen Tee aus.

»Ich muß jetzt gehen.«

Amla fragte mit erstarrtem Gesicht:

»Willst du wirklich nicht zum Essen bleiben?«

»Nein, ich habe noch zu tun. Und morgen operieren wir.«

Ich stand auf, sprach die Worte der Höflichkeit, mit denen sich eine Tochter von den Eltern verabschiedet, selbst wenn sie Ärztin ist und feststellen muß, daß der Vater meschugge wird. Tashi nickte mit fast übertriebener Würde, das war alles. Er hatte das Gesicht dem Fenster zugewandt. Amla brachte mich an die Haustür. Ihre Augen blickten stumpf. Ich fragte:

»Wie lange ist er schon so?«

Amlas Stimme klang gedämpft, aber deutlich und klar. Trotz meiner Verwirrung spürte ich, wie die Spannung, die von ihr ausging, mich beinahe körperlich berührte.

»In letzter Zeit sagt er oft seltsame Dinge.«

»Depressionen darf man nicht unterschätzen«, erwiderte ich. »Ein Fünftel aller pensionierten Männer ist davon betroffen. Ich werde mich nach einer entsprechenden Therapie umsehen.«

Sie schüttelte den Kopf.

»Es ist nicht das, was du glaubst.«

»Wir sollten das nicht auf die leichte Schulter nehmen, Amla. Die Kosten übernimmt die Krankenkasse.«

Sie antwortete nicht. In ihren Augen konnte ich lesen, was sie dachte. Also gut. Wo war der Autoschlüssel? Ich durchsuchte meine Tasche, als sie im beiläufigen Ton hinzufügte:

»Übrigens, Tenzin hat vor ein paar Tagen angerufen.«

»Wie geht es ihm?«

»Gut. Er hat nach dir gefragt. Du solltest ihn mal besuchen.«

Ich versprach es. Sie legte beide Hände auf meine Arme und

hielt mich einen Augenblick lang fest, bevor sie mir die Tür öffnete. Ich knöpfte meine Daunenjacke zu. Die Kälte kroch mit dem anbrechenden Abend heran. Die Kinder waren verschwunden. Nur das Brausen des fernen Verkehrs drang durch den Herbstnebel. Meine Mutter stand an der Tür, in ihrer gewohnten Haltung, die Hände unter der seidenen Streifenschürze verborgen. Ich ging auf den Wagen zu, schloß auf. Bevor ich einstieg, winkte ich ihr zu. Sie winkte zurück. Dann wandte sie sich um, schloß die Tür hinter sich. Ich wartete einen Augenblick, aber in der Küche ging kein Licht an.

5. Kapitel

Am Donnerstag hatte ich frei. Ich rief Tenzin an, daß ich kommen würde, und fuhr in Richtung Winterthur. Gleich nach der Ortschaft Rikon, wo ich meine Kindheit verbracht hatte, wurde die Straße steil und kurvig. Die Berge verschwanden im Nebel, die Felder waren matschig und grau. Von den Zweigen tropfte Feuchtigkeit. Das Klosterinstitut war, wie alle tibetischen Häuser, nach Süden ausgerichtet. Bald kam das Gebäude zwischen den Bäumen zum Vorschein. Es war in den Hang gebaut und wirkte klotzig. Der 1969 verstorbene Schweizer Heinrich Kuhn-Ziegler hatte das Institut gestiftet. Zuerst hatte er nur ein Haus für die Flüchtlinge zur Verfügung gestellt. Dann begann er, sich für die tibetische Glaubenswelt zu interessieren. Er beschloß, für die Tibeter im Exil und auch für die Menschen im Westen einen Ort zu schaffen, an dem sich beide Kulturen begegnen konnten. Beim Bau des Klosters wurde mein Großonkel Geshe Asur Tseten zu Rate gezogen. Ich hatte ihn noch gut in Erinnerung; er war klein und schwerfällig, trug eine Hornbrille, und sein rundes Gesicht glänzte vor Fröhlichkeit. Über die Abscheulichkeiten, die er hatte erdulden müssen, sprach er nie, jedenfalls nicht zu uns Kindern. Ich war traurig gewesen, als er vor zwölf Jahren starb.

Das Klostergebäude wirkte massiv und auf besondere Art zeitlos. Die Fenster waren tief in die Fassade eingelassen, die Mauern des oberen Stockwerkes in kräftigem Braunrot gehalten. Ein vergoldeter *Tschorten* – ein Reliquienschrein, aus zwei glockenförmigen Aufbauten gebildet – überragte das Dach. Über dem Eingang des Klosters befand sich ein vergoldetes Relief, das ein Rad mit acht Speichen darstellte. Flankiert wurde das Rad von zwei niedergekauerten Gazellen. Die Legende sagt, daß Buddha seine erste Rede im Gazellenhain gehalten hat. Die acht Radspeichen entsprechen dem achtfachen Weg der Erleuchtung, Grundlage der buddhistischen Glaubenswelt. In den Dachfirst war der Name des Klosters in tibetischer Schrift eingraviert: *Tscho Khor gön* – Kloster zum Rad der Lehre.

Ich betrat das Institut durch eine Halle, die auch als Unterrichtsraum diente. Die Wände bestanden aus unverputztem Ziegelstein, die Decken aus Beton. Um einen großen hölzernen Tisch standen viele Stühle. Rundherum befanden sich die Mönchszellen, daneben die Küche und der Eßraum. Die Bibliothek lag unter dem Dach, der Kultraum im Untergeschoß. Junge Mönche konnten hier so studieren wie an den großen Staatsklöstern Indiens und Nepals. Das Kloster empfing stets einen großen Zustrom von Besuchern, Tibeter zumeist, aber auch Europäer. An gewissen Feiertagen umschritten alte Tibeter – darunter auch meine Eltern – das Kloster und ließen ihre Gebetsmühlen kreisen. Da der Zweck des Klosters der Erhaltung der tibetischen Religion und Kultur diente, waren auch westliche Schüler willkommen.

»Aber wenn sie sich über das Leben beklagen, können wir ihnen nicht helfen«, sagte Tenzin, als er mich nach dem Essen in seine Zelle führte. »Wir haben anderes zu tun. Setz dich!«

Die Zelle war farbenfroh und gemütlich. Von dem kleinen Stehbalkon aus konnte man weit über Wälder und Hügel hinausschauen. Am Waldrand flatterten Gebetsfahnen. Während er sprach, schaltete Tenzin einen elektrischen Kocher an, ließ Wasser in einen kleinen Kessel laufen.

»Nicht, daß es ihnen an Strebsamkeit fehlt. Im Gegenteil, sie lernen sehr eifrig und zielgerichtet. Sie sind sehr fromm. Offen gestanden, wir Tibeter sind selten so fromm. Und genau da liegt das Problem. Sie verlassen ihre Überlieferungen wie überlebte Irrtümer und vergessen dabei die Normen, die ihre Seele prägen. Religionen sind dafür da, den Menschen zu stärken, nicht um ihn in Konflikte zu stürzen. Eine Bekehrung mag zu einer angenehmen Selbsttäuschung führen. Und das soll alles sein?«

»Ach«, sagte ich, »das meinen viele.«

Kürzlich hatte Roman verlangt, ich sollte ihm den tibetischen Glauben näherbringen.

»Was versprichst du dir davon?« fragte Terzin mich.

»Welche Frage. Ist es dir unangenehm, darüber zu sprechen?«

»Nein, aber ich möchte wissen, warum dich das interessiert. Du interessierst dich ja sonst nicht für Religionen.«

»Weil ich neugierig bin. Und auch, weil ich mehr über dich wissen möchte.«

Das Merkwürdige war, daß mir gar nicht viel daran lag, über diese Dinge zu sprechen. Ich sagte:

»Unsere Götterbilder sind mit Figuren aus dem griechischen Pantheon vergleichbar; sie stellen gewisse Ideale dar, erfüllen besondere Funktionen. Bei uns ist der Mensch nicht die Krone der Schöpfung – so wichtig ist der Mensch nicht. Den kosmischen Kern bilden die Gottheiten und ihre Welten. Im Grunde beruht unsere tibetische Glaubenswelt auf tiefen, umfassenden Kenntnissen der Seele. Wir wissen, daß etwas in uns mit außermenschlichen Kräften verbunden ist. Das soll nicht heißen, daß wir die besseren Menschen sind. Immerhin aber beschert uns die Vorstellung, zur Vollendung der Welt gebraucht zu werden, eine beträchtliche geistige Kraft. Bist du mit dieser Erklärung zufrieden?«

Er war es – zumindest teilweise. Nachträglich kam mir in den Sinn, Tenzin hätte die Sache imposanter erklärt, mit Metaphern und Allegorien. Es war ja schließlich sein Job. Aber Roman hätte nicht viel damit anfangen können. Während das Teewasser kochte, ließ ich meine Augen umherschweifen. Auf dem kleinen Altar, neben verschiedenen Kultgegenständen und einer vergoldeten Buddhastatue, hing ein Rosenkranz aus Bergkristall. Das Foto vom Dalai Lama trug eine persönliche Widmung in der Handschrift Seiner Heiligkeit. Tenzin erledigte für ihn die PR-Angelegenheiten in Europa. Zu dem Bücherregal gehörte eine Schreibtischplatte, auf der ein Computer und ein Faxgerät standen. Die Heiligen Schriften wurden in gemusterten Seidenhüllen aufbewahrt. Auf dem Bett lagen eine bunte Tagesdecke und seidene Kissen. Keine Kargheit, keine harte Pritsche. Ich lehnte mich bequem zurück.

»Eigentlich hast du es schön hier.«

»Warum auf harten Brettern meditieren, wenn man auf einer Matratze bequemer sitzt?«

Wir lachten beide. Er betrachtete mich, aufmerksam und voller Zuneigung.

»Du bist immer die gleiche. Und trotzdem bist du jedesmal anders. Du wirst älter, Tara.«

Ich seufzte lächelnd.

»Ach, findest du?«

Tenzin hatte ein ebenmäßiges Gesicht, große strahlende Augen. Basketball und Judo hatten aus dem einst schmächtigen Jungen einen Athleten gemacht, starkknochig mit breiten Schultern. Das geschorene Haar brachte seine schöne Kopfform zur Geltung. Sein Lächeln war lebhaft, durchaus nicht weltabgewandt, aber die Tiefen seines Unterbewußtseins reichten weit zurück, in andere Zeiten.

Roman las Bücher über Tibet. Sein Eifer machte mir Spaß, seine Ernsthaftigkeit bezweifelte ich. Tibet war heute »in«, morgen würde es wieder »out« sein. Spätestens nach dem dritten Hollywoodfilm würde man sich an den Mönchen sattgesehen haben. Im Augenblick war Roman fest entschlossen, das Thema zu vertiefen. Als ich ihm mitteilte, daß ich Tenzin treffen würde, wäre er am liebsten sofort mitgekommen. In seiner Vorstellung war mein Bruder eine romantische Figur, ein geheimnisumwitterter Mann, der fliegen konnte. Ich sagte:

»Ein andermal, sei mir nicht böse. Diesmal geht es um eine Familienangelegenheit.«

»Empfängt er keine Besucher?«

»Er ist nicht in Klausur.«

»Ich möchte ihn gern kennenlernen.«

»Das läßt sich machen.«

»Phantastisch! Hör zu, Tara, dein Bruder ist eine Inkarnation. Mal ganz konkret: Wie wird man das?«

In Büchern hatte er einige nützliche Informationen gefunden und jede Menge illusionäre Aufbauten, an denen er sich den Schädel einrannte. Ich sagte:

»Reden wir lieber vom Wetter.«

»Was ich über das Thema lese, ist derart kompliziert, daß ich nichts anderes tun kann, als mich hinzulegen und Kopfweh zu kriegen.«

»Ich will dir kein Kopfweh machen, Roman.«

»Du gehst an Spiritualität sehr locker heran.«

»Es tut mir leid, ich bin nicht in Mystizismus vernarrt. Und in diesem präzisen Punkt weiß ich weniger als andere.«

»Aber du glaubst daran.«

»Es genügt doch zu wissen, daß eine Sache ein logischer Teil dessen ist, was schon immer war. Es muß nicht mehr sein.«

Er kräuselte spöttisch die Lippen.

»Also doch. *Credo ad absurdum.* Wie alle.«

»Laß es dir gesagt sein.«

»Aber wie sieht es – verdammt nochmal – in der Praxis aus?«

Ich hatte Roman nie für dumm gehalten, entschloß mich zu einem Kompromiß. Ich hoffte, daß ich die richtigen Worte fand.

»Also, wir glauben, daß alle fühlenden Wesen viele Leben durchlaufen und mit jeder neuen Existenz mehr Einsicht gewinnen, bis ihnen die Erleuchtung zuteil wird. Nun gibt es die sogenannten ›Erwachten‹, die *Bodhistatva,* die das schneller schaffen als andere. Aus Mitgefühl sind sie bereit, sich selbst immer wieder und wieder neu zu verkörpern, und ihre Erfahrungen und Weisheit mit anderen zu teilen. Solche ›Erwachten‹ sind überall am Werk, auf der ganzen Welt und sogar in Tiergestalt. Sie weigern sich zu ruhen, bevor nicht alle Lebewesen befreit sind.«

Roman sah nicht überzeugt aus, aber gut gelaunt. Er gab zu, daß diese Vorstellung durchaus ihren Reiz hatte.

»Wer kommt heutzutage noch mit Kirchendogmen zurecht? Der Begriff ›Paradies‹ inspiriert höchstens die Werbebranche. Ein paradiesischer Ferienort – darunter kann sich jeder etwas Tolles vorstellen. Wenn ich dich also verstanden habe, gibt es bei euch verpfuschte Leben und spätere Leben, die besser sind, richtig?«

»Im Prinzip, ja.«

»Sehr klar ist das nicht, was du da sagst.«

»Ich habe mein Bestes getan.«

»Warte!« rief er. »Was ich noch wissen möchte: Wie erkennt man eine Wiedergeburt?«

Ich zwang mich zur Geduld. Langmut gehört zum Tibeter wie Sushi zum Japaner.

»Wenn weise Lehrer oder Äbte bedeutender Klöster aus dem Leben gehen, bittet man sie, sich der Menschheit wieder zur Verfügung zu stellen. Dann geben die Sterbenden Hinweise, wo gesucht werden muß, machen auf Besonderheiten aufmerksam. Orakel und Träume sind auch sehr hilfreich. Und wenn ein Kind gefunden wird, das den Angaben entspricht, wird es sich selbst ausweisen.«

»Wie kann es das?«

»Indem es ehemalige Familienmitglieder oder Freunde wiedererkennt, sein früheres Wohnhaus beschreibt oder unter einer Anzahl von Gegenständen sofort jene herausgreift, die es in seinem vorherigen Leben benutzte. Das Kind muß sehr jung sein – zwischen drei und fünf. Es ist dann schon in der Lage, sich sprachlich auszudrücken, gleichzeitig sind seine Erinnerungen an früher noch frisch. Später überlagern sich die Eindrücke zu sehr.«

»Können auch Männer als Frauen wiedergeboren werden und umgekehrt? Jemand müßte mal einen Film darüber drehen. Das wäre doch komisch, oder?«

»Die Welt ist nicht nur magisch, sondern auch komisch. Wir Tibeter würden uns krummlachen.«

Ich erzählte von meiner Großtante Yüdon Rimpoche, die ab und an in Trance zu fallen pflegte und dann mit der Stimme ihrer früheren Inkarnation, eines hohen Gelehrten aus Amdo, sprach. Er erteilte Ratschläge, wie man Kranke heilen konnte.

Weil Yüdon, wenn sie erwachte, sich an nichts mehr erinnerte, mußte stets jemand dabei sein, der die Anweisungen aufschrieb. Aber sobald sie die Aufzeichnungen las, wußte sie genau, was zu tun war. Kranke kamen von weither, um von ihr geheilt zu werden. Daneben war sie für ihr böses Mundwerk bekannt. Klatsch war ihre Lieblingsbeschäftigung. Später wurde sie Äbtissin in einem Frauenkloster und starb erst im Alter von hundertundzwölf Jahren.

»Und wie steht es mit dir?«

»Ob ich ein böses Mundwerk habe?«

»Nein! Ob du deine Großtante bist?«

Ich konnte nicht anders als lachen. Ich gab zu, daß sich das Ganze ziemlich surreal anhörte.

»Leider nicht. Das hätte mir nämlich gefallen.«

»Du bist doch auch Ärztin.«

»Nicht so, wie sie es war. Sie nannte sich eine ›einfältige Frau‹. Damit wollte sie ausdrücken, daß ihr jede Gelehrsamkeit abging. Sie sprach sehr höhnisch über ihre Visionen. Ihre frühere Inkarnation nannte sie ›den Phrasendrescher‹. Aber unser Leben ist voller Energien, die von den Vorfahren kommen. Im Laufe der Zeit nehmen wir beachtliche Kräfte auf. Was wir lernen müssen, ist, sie gut anzuwenden.«

»Autosuggestion, ich sehe schon. Aber kann man sich von der Erde erheben, indem man sich irgendwelche Dinge einredet?«

»Siehst du eine bessere Möglichkeit?«

Tibeter wissen, daß sich die Kette der Kontinuität von einem Leben zum anderen spannt. Die Anfangslosigkeit und die Endlosigkeit der Kette bringen uns nicht in Verwirrung; im Gegenteil, die Vorstellung macht uns beherzt. Sie zieht uns in eine Stimmung hinein, die das innerste Zentrum ergreift. Vorfahren und Nachkommen bilden diese Kette; die einzelnen Glieder mögen aus Gold, aus Kupfer oder aus Blech sein, alle leuchten im ewigen Licht.

Roman sah nicht diese Ganzheit; er erkannte sie nicht. Er kam nicht einmal nahe genug an sie heran, um zu sehen, ob es sie tatsächlich gab. Immerhin, die Sache mochte für ihn ein Erlebnis darstellen, wenngleich nur ein verbales.

Mein Bruder war also ein *Rimpoche* – ein Erleuchteter. Das machte mir kein Kopfzerbrechen. Tenzin hatte im Goetheinstitut Deutsch gelernt, sein Englisch in Cambridge vertieft. Als Studentin hatte ich ehrfurchtsvoll zu ihm aufgeblickt. Nun war ich Ärztin, mit Bedacht unsentimental, durch die Berührung mit dem menschlichen Leid gestärkt, und zwischen uns war vieles anders geworden.

Das Wasser kochte. Tenzin hängte zwei Teebeutel in den Kessel.

»Wie geht es Lhamo?«

»Sie wohnt jetzt in Bern. Sie arbeitet in einem Reisebüro und hat sich das Haar geschnitten.«

Er hob neugierig die Brauen.

»Oh, wie steht es ihr?«

»Ihr steht jede Frisur.«

Wir lachten beide und wurden im gleichen Atemzug wieder ernst.

»Der Mensch ist sein eigener Lehrmeister«, sagte Tenzin. »Ich finde es richtig, daß sie ihr Haar geschnitten hat. Jede Erfahrung führt eine Entwicklung herbei.«

»An manchen Tagen kennt man sich selbst nicht«, sagte ich.

»Nun?« fragte er sanft.

Ich rieb mir die Stirn.

»Ich denke so oft an Chodonla. Ich träume sogar von ihr. Das will doch etwas heißen, oder?«

Er wartete, daß ich weitersprach. Ich sagte ihm, daß ich voller Mißtrauen sei. Vielleicht steckte nichts Geheimnisvolles dahinter, keine Eingebung, keine Vision. Vielleicht.

»Ein Analytiker würde zu ernüchternden Einsichten kommen. Aber du kennst mich besser.«

Er nickte mit ernstem Gesicht.

»Ich kenne dich, in gewisser Weise.«

»Ich kann mich nicht konzentrieren«, sagte ich. »Ich bin total frustriert.«

»Ist das alles?«

»Ist das nicht genug?«

Er schmunzelte.

»Der Ausdruck ist nicht von dir.«

»Nein?«

»Den hast du aus einer Frauenzeitschrift.«

Ich grinste zerknirscht zurück.

»Aber er paßt wie der Deckel auf den Topf.«

»Bist du da ganz sicher?«

»Wenn du mir sagst, was das zu bedeuten hat, wäre ich erleichtert.«

»Wirst du dich damit zufrieden geben?«

Die jungen Mönche schulen ihren Verstand in der *Chora* – im Debattierhof. Sie lernen dort mit Worten umzugehen. Jeder Begriff bringt unweigerlich eine weitere Verwendung, eine zusätzliche Bedeutung. Auf diese Weise schärfen sie ihre Einsicht, steuern ihre Gedankenschiffe geschickt an geistigen Klippen vorbei.

Ich gab mich geschlagen.

»Ich glaube nicht.«

Sein Lächeln war beruhigend.

»Gut. Sehen wir uns das mal an. In jedem Menschen verläuft ein Riß – ein Spalt zwischen Unbewußtem und Vernunft. ›Das Unheimliche‹ hat Sigmund Freud diesen Bereich benannt. Durch ihn sickern Erinnerungen, Bilder, Gefühle. Wir wissen nicht, woher sie kommen; sie rühren an unser tiefstes, ursprüngliches Leben. Ihr seid Zwillinge, mit dem gleichen Denkvermögen. Die Trennung ist wie eine Mauer auf einem Weg. Aber Gedanken überwinden jedes Hindernis. Das meine ich.«

Ich spürte ein Prickeln unter der Kopfhaut. Zwischen uns war ein Flattern wie von unsichtbaren Vögeln. Tenzin füllte die Stille mit einem Lächeln.

»Wir sind bis zu einem gewissen Grad objektiv, möchten über uns selbst genau Bescheid wissen. Du fühlst dich unausgefüllt und willst es nicht wahrhaben. Was tust du? Du erschaffst dir Bilder. Chodonla verkörpert dein Bedürfnis nach Weiterentwicklung. Sie leitet in dir einen Meditationsprozeß ein.«

»Wenn ich dich richtig verstehe, bin ich mit meinem Leben nicht zufrieden.«

»Auch mit deiner Arbeit nicht.«

»Weißt du was?« sagte ich. »Du solltest das Mönchsleben aufgeben, eine Privatpraxis eröffnen und als Analytiker das große Geld machen.«

Er verschluckte sich vor Lachen, wobei er sich auf die Schenkel schlug. Ich staunte immer wieder, daß der Gelehrte und der fröhliche Junge in seinem Herzen so dicht beieinander wohnten.

»Großartig! Das wäre genau das richtige für mich!«

Ich lachte auch, aber weniger heftig als er.

»Ohne Frage, ich habe oft das Gefühl, daß ich es besser machen könnte.«

Tenzin wischte sich Teetropfen von der Mönchsrobe.

»Vielleicht bist du lediglich am falschen Ort?«

Ich erzählte ihm von meinem Nachdenken über die tibetische Heilkunst. Daß ich dabei die Schulmedizin verließ, um mit Spekulationen zu jonglieren, sah ich mit hellwachen Augen.

»Ich glaube, ich habe die Wahl. Ich will nicht Gefangene einer Kultur, einer Wissenschaft sein. Ich möchte vielen Dingen auf den Grund gehen. Um das Leiden anderer zu lindern, sollte man selbst im Gleichgewicht sein. Ich bin nicht im Gleichgewicht. Mir fehlt etwas.«

Er ließ mich nicht aus den Augen.

»Chodonla?«

»Ja, Chodonla auch. Ich war nie unvernünftig, emotional. Aber ich will wissen, was aus meiner Schwester geworden ist. Und gleichzeitig etwas über tibetische Medizin lernen. Kürzlich sah ich alte Briefe durch. Als Onkel Thubten vor acht Jahren starb, schrieb Karma, daß sie bei einem Arzt in die Lehre gehen würde.«

Er nickte.

»Ja, ich entsinne mich.«

»Vielleicht wäre das auch etwas für mich.«

»Du mußt tun, was du fühlst«, sagte er.

»Ich weiß nicht, was ich fühle.«

Er stand auf, trat vor das Fenster, reckte seinen großen, schlanken Körper. Dann wandte er sich um, schenkte mir sein schönes, warmherziges Lächeln.

»Wer mit einem Kiesel spricht, sollte nicht zuviel reden und nicht zuviel nachdenken. Sonst bewegt er sich auf dem Berg und springt von dem Felsen.«

Ich holte tief Luft. Ich würde darüber nachdenken müssen.

»Noch etwas, Tenzin. Pala geht es nicht gut.«

Sein Lächeln verschwand.

»Ja, ich weiß.«

»Bisher habe ich noch nie seinen Geisteszustand in Frage gestellt, doch jetzt hätte ich allen Grund dazu. Er leidet unter Depressionen. Ich werde ihm Medikamente verschreiben.«

»Nein«, sagte er. Seine Antwort klang sehr bestimmt.

Ich biß mir auf die Unterlippe.

»Was ist mit ihm, Tenzin?«

Er schwieg. Ach, zerbrich dir nicht den Kopf, sagte ich mir.

»Na gut, ich nehme an, er muß selbst damit fertig werden.«

Ruhig bewegte Tenzin sich durch den Raum, goß frischen Tee auf.

»Er sagt, er muß einen Menschen erträumen. Und von diesem Vorhaben läßt er sich nicht abbringen.«

Mir lief es kalt über den Rücken.

»Dein Vater ist ein Träumer«, hatte Amla gesagt. Das Wort Träumer kann in unserer Sprache auch Seher bedeuten.

Ich nahm den Becher, den Tenzin mir reichte.

»Was hat er dir erzählt?«

»Daß er von Dingen träumt, die weit zurückliegen, die sich irgendwo in Tibet abgespielt haben vor zwanzig oder dreißig Jahren, meint er. Er verbraucht dabei viel Kraft. Aber er sagt, die Erinnerungen werden deutlicher.«

Der Becher zitterte in meiner Hand. Ich stellte ihn behutsam auf den Tisch neben mir.

»Dinge, die er erlebt hat? In seinen früheren Leben?«

Tenzin verneinte mit langsamem Kopfschütteln.

»Nein, nein. Er weiß nicht, woher sie kommen.«

Es dauerte ein paar Sekunden, bis mir der Sinn seiner Worte klar wurde. Ich sagte lebhaft und ziemlich irritiert:

»Das verstehe ich nicht. Bis zu einem gewissen Punkt, vielleicht. Aber darüber hinaus ...«

»Mach dir jetzt keine Gedanken, Tara.«

Ich wurde plötzlich vehement.

»Kannst du mir das nicht erklären, Tenzin? Ich mache mir Sorgen um ihn!«

»Das brauchst du nicht.«

»Doch, Tenzin. Hilf mir, es zu verstehen.«

Er strich sich über die Stirn, die mit einem leichten Schweißfilm überzogen war. Seine Stimme klang sanft und voller Mitgefühl.

»Es ist sehr merkwürdig, Tara. Die Erinnerungen sind nicht die seinen.«

Die Worte hallten; auf eigentümliche Weise sah ich sie ebenso, wie ich sie hörte. Sie glimmerten vor meinen Augen wie kleine Migränefunken.

»Wessen Erinnerungen denn?«

Wieder schüttelte er den Kopf.

»Tashi hat von einem Mann gesprochen. Und er ist nicht einmal sicher, ob er ihn nicht erfunden hat.«

Ich unterdrückte ein Schaudern.

»Aber sicher hat er ihn erfunden! Ganz bestimmt sogar.«

Er antwortete nicht sofort. Sein Blick verlor sich ins Leere. Unvermittelt seufzte er.

»Tashi weiß nicht, wer er ist. Er nennt ihn: ›der Reiter‹.«

Als ich mich von Tenzin verabschiedete, wartete draußen vor der Zelle ein Mönch in Begleitung einer jungen, hochschwangeren Frau. Sie verneigte sich ehrerbietig und brachte die Bitte vor, der Ehrwürdige Tenzin Rimpoche möge ihren

Leib segnen und dem Kind einen Namen geben. Tibetische Lamas legen ihre Hände auf den Leib der Mutter und wissen, ob das Ungeborene ein Mädchen oder ein Knabe sein wird. Sie benötigen dazu keine Echographie. Und sie irren sich niemals.

6. Kapitel

Im Kantonsspital war allerhand los. Es gab solche Tage. Arnold Kissling und ich verbrachten sieben Stunden am Operationstisch. Ein Blinddarm, ein Nierentumor. Dann zwei Notfälle, fast gleichzeitig: einen Dealer hatte ein Messerstich in der Leber erwischt. Der zweite Patient war ein Landwirt. Die Männer von der Ambulanz brachten ihn auf einer Bahre. Sein linker Fuß hing als blutiger Klumpen an den Sehnen. Ein Traktorunfall. Ich hatte selten etwas Schlimmeres gesehen. Wir mußten amputieren. Professor Kissling erinnerte mich in mancher Hinsicht an meinen Vater. Er war kleingewachsen, wortkarg, mit einem sanften Gesicht. Seine ganze Kraft lag in seinen ruhigen, aufmerksamen Augen, in seinen sensiblen Händen, Seismographen der Empfindlichkeit. Die Hände der Ärzte hatten mich stets fasziniert. Es gab unsichere Hände und geschulte, doch mit unpersönlichem Griff; manche enthüllten das Wesen des Arztes, zuvorkommend und einfühlsam sogar unter dem Operationshandschuh. Arnold Kissling hatte solche Hände. Wir arbeiteten zu dritt: der Chefarzt, ein junger Internist aus Ghana und ich. Wunden spülen. Knochen stabilisieren. Blut erneuern. Der Landwirt erwachte aus der Narkose und bekam einen Schock. Die Schwester holte mich gerade rechtzeitig. Der Mann war naß vor Schweiß, atmete flach, sein Herz raste. Der Blutdruckabfall war lebensbedrohend. Da die Venen des Mannes durch den Blutdruckabfall nicht sichtbar waren, entschloß ich mich zu einer Punktion der Schlüsselbeinvene. Ich führte eine Punktionskanüle ein, schob den Venenkatheder vor, schloß das freie Ende an eine Infusionsflasche an. Nachdem ich die richtige Lage des Katheders geprüft hatte, zog ich ihn vorsichtig zurück. Das Heftpflaster hielt. Ich atmete erlöst auf. Ich spürte, wie ich innerlich zitterte.

»Er hat vier Kinder«, sagte die Schwester leise. »Armer Kerl!«

Was ich jetzt brauchte, war Ablenkung. Ich rief meine Freundin Laura an, die ihre Praxis in der Nähe des Kantonsspitals hatte. »Hast du Zeit?«

Wir verabredeten uns bei Roberto. Laura kam zu spät, mit erhitztem Gesicht, und zündete sich gleich eine Zigarette an.

»Die habe ich nötig! Willst du auch eine?«

Sie hielt mir das Päckchen hin. Ich schüttelte den Kopf.

»Du weißt doch, ich rauche nicht mehr.«

Sie stieß den Rauch durch die Nase.

»War's schlimm heute?«

»Ein bißchen happig. Und bei dir?«

»Föhnwetter leitet die Geburten ein.«

Laura war ein Jahr älter, Frauenärztin und von nüchterner Ehrlichkeit. Wir hatten uns an der Uni getroffen und eine Zeitlang zusammen gewohnt. Seit acht Monaten hatte Laura eine gut laufende Privatpraxis. Laura hatte deutsche Eltern, sie selbst war in Basel geboren. Ihre Mutter führte eine exklusive, sehr teure Modeboutique. Der Vater war ein berühmter Cellospieler, gab Konzerte und lehrte an der Musikhochschule. Diese Mischung von Künstlertum und Sachlichkeit entsprach Lauras Charakter, prägte sogar ihr Aussehen. Es schien, als ob ihr Gesicht zu zwei verschiedenen Frauen gehörte. Die eine verfügte über die scharfen, spöttischen Augen, die andere über den empfindsamen Mund. Laura konnte sich nicht über zu wenig Arbeit beklagen, im Gegenteil. Besonders Frauen aus den Entwicklungsländern, die in der Schweiz Asyl suchen, bevorzugten eine Ärztin. »Oft verstehen sie kein Wort Deutsch«, erzählte Laura. »Ihre Männer wollen nicht, daß sie Kurse besuchen. Das könnte ihnen Flausen in den Kopf setzen. Die Männer begleiten sie bis ins Untersuchungszimmer, sehen zu, wie ich ihnen das Spekulum zwischen die Beine schiebe. Ich kann nichts dafür, ich finde das pervers.«

»Aber du verdienst gut dabei«, sagte ich.

Laura gab es zu.

»Aber es ist immer ein komisches Gefühl, mit einem Mann über das Einsetzen der Spirale, prämenstruelles Syndrom und Wechseljahresbeschwerden zu reden. Die armen Geschöpfe nehmen ihre Bevormundung überhaupt nicht wahr. Weibliches Schicksal, und so weiter. Ich hoffe, daß ihre Töchter diesen hirnverbrannten Psychoterror abschütteln. Sonst sehe ich schwarz für die Zukunft der Menschheit. Himmel, habe ich einen Durst! Auf dein Wohl!«

Sie hob ihr Glas. Sie trank nur Cola, was Roberto, waschechter Toskaner, zu verzweifeltem Augenrollen veranlaßte. Nach einer Weile hatte sie sich beruhigt.

»Und du, bist du immer noch mit Roman zusammen?«

»Er ist ein angenehmer Mann.«

»Ist das alles?«

»Das ist alles.«

Wir lachten beide verkrampft und etwas kindisch. Laura war mit einem Molekularbiologen befreundet, der in einem amerikanischen Forschungsinstitut in Baden arbeitete.

»Eigentlich spricht nichts dagegen, daß wir heiraten.«

»Und warum heiratet ihr nicht?«

»Er sagt immer wieder, ohne Routine hältst du es nicht aus, Laura. Aber ich will ihn nicht aus Routine heiraten. Mit der Zeit muß es langweilig werden. Und wie steht es mit dir?«

»Ich versuche herauszufinden, wieviel Roman mir eigentlich bedeutet. Aber ich möchte mich lieber selbst richtig kennenlernen, bevor ich mich an andere heranmache.«

Laura hob spöttisch die Brauen.

»Suchst du einen Analytiker? Ich kann dir eine Adresse vermitteln.«

»So akut ist das nun wieder nicht. Ich frage mich nur, ob ich nicht auf dem falschen Weg bin.«

»Und wo wäre, deiner Meinung nach, der richtige?«

Sie kaute Salatblätter und sah mich von der Seite an, wobei sie sich den Mund abtupfte.

»Ich mache mir nicht das Leben zur Hölle. Aber in letzter Zeit habe ich wirklich viel an diese Dinge gedacht. Darf ich es mir erlauben, acht Jahre für nichts gearbeitet zuhaben? Der Gedanke hindert mich am Schlafen, weißt du …«

Sie unterbrach mich.

»Deine Tortellini werden kalt.«

Ich spießte eine Teigtasche, mit Käse und Spinat gefüllt, auf die Gabel. Die Tortellini von Robert schmeckten am besten. Wenn man sie auf der Gabel in Augenhöhe hob, sah man genau, daß die Ränder nicht zerkocht waren. Laura nickte mir zu.

»Gut, nicht wahr? Sag mal, was stimmt bei dir nicht? Du hast keinen Appetit, hörst nur mit halbem Ohr zu und bist mit deinen Gedanken weit weg. Wo, möchte ich wissen.«

»In Nepal. Ein Exiltibeter gründete eine Medizinschule in Kathmandu. Meine Cousine lernt bei ihm, und zwar ohne vorherige medizinische Kenntnisse.«

»Und da willst du auch hin?«

Ich hatte mir vorgenommen, mit Laura darüber zu reden. Ich vertraute ihrem Urteil. Wer sein Leben durcheinander wirft, braucht Bestätigung.

»Unter dem Mikroskop sehen wir, wie die Bakterien sich spalten. Wir wenden Cortison und Mefenaminsäuren an. Inzwischen erleben sogenannte alternative Behandlungsmethoden Hochkonjunktur. Die tibetische Medizin ist sehr empirisch. Faktoren wie Verhalten, Eßgewohnheiten, Privatleben und Umwelt werden in den Heilungsvorgang miteinbezogen. Das fasziniert mich.«

»Wann hast du diesen Entschluß gefaßt?«

»Vorerst spiele ich noch mit dem Gedanken.«

»Du zweifelst also daran?«

»Nein, eigentlich nicht. Vor ein paar Tagen unterhielt ich mich mit Tenzin darüber. Mein Bruder, du kennst ihn ja.«

»Und was meint er zu der glänzenden Idee?«

»Er sagt, ich muß tun, was ich fühle.«

»Was du fühlst? Merkwürdig, bei solchen Sachen bin ich

auch für Gefühle, warum weiß ich nicht. Fühlen ist besser als reden.«

»Das sagt Tenzin auch.«

Sie nahm einen großen Schluck Cola.

»Und Roman?«

»Weißt du, es ist sehr merkwürdig. Er versucht nicht, mir die Sache auszureden. Im Gegenteil. Ich glaube, er traut mir nicht zu, daß ich mich durchsetze. Vielleicht will er nicht wahrhaben, daß ich gehe.«

»Vorläufig bist du ja noch da.«

»Ich beabsichtige zu kündigen.«

Ich war fast erschrocken über die sachliche Art, mit der wir den Fall besprachen. Ich hatte es mir komplizierter vorgestellt.

»Arnold wird untröstlich sein«, seufzte sie. »Wie sieht es finanziell aus? Hast du Geld?«

»Nicht viel, aber es geht. Und in Nepal kann man billig leben.«

»Für wie lange?«

»Schon für ein paar Jahre, nehme ich an. Oh, Laura, ich möchte nichts Falsches tun!«

»Klar«, sagte sie. »Du mußt gehen.«

»Meinst du wirklich?«

Sie zeigte ihr schnelles, trockenes Lächeln.

»Warum fragst du mich? Du willst dich ja nur selbst überzeugen. Und dabei findest du es schwer, nicht zu lächeln. Du bist ja schizophren. Und altmodischer, als du glaubst.«

Ich lehnte mich zurück.

»Jetzt ist mir besser.«

7. Kapitel

Entschlüsse können auf zweierlei Art gefaßt werden. Manche tauchen wie Blitze in unserem Bewußtsein auf; andere schlagen nur langsam Wurzeln. Von einem Tag zum anderen verwandelte sich meine Lethargie in Tatendrang. Ich schrieb Karma, kündigte ihr meinen Besuch an. Der Brief – und auch die beiden nächsten – blieben unbeantwortet, was mich allerdings nicht beunruhigte. Die nepalesische Post war für ihre Unzuverlässigkeit bekannt. Ebenso erfolglos versuchte ich, mit Karma über Fax in Verbindung zu treten. Ihre Nummer war nicht ausfindig zu machen. Seit ihrem letzten Brief waren Jahre vergangen. Wahrscheinlich hatte sie ihren Laden aufgegeben, eine neue Wohnung bezogen. Oder sie war verheiratet. Die Ungewißheit brachte mich nicht aus der Ruhe. Exiltibeter verfügen über ein netzartiges Clandenken; jeder weiß über jeden Bescheid. Buschtelefon. Das hat nicht nur Vorteile. Diesmal konnte es von Nutzen sein.

Ich teilte Dr. Kissling meine Kündigung mit. Ich wies auf die Gründe hin, die mich zu diesem Schritt bewogen, und zwar ausführlicher als nötig. Der Chefarzt nickte in seiner spröden Art. Er würde mich vermissen, sagte er. Arnold Kissling war gut zu mir gewesen, als ich vor zwei Jahren, als junge Internistin, mit Hemmungen zu kämpfen gehabt hatte. Das blasse Gesicht und die blauen Augen dieses Mannes blickten illusionslos in die Zukunft. Er zeigte Verständnis, gestand mir seine eigenen Zweifel. Ich saß in dem niedrigen Sessel vor seinem Schreibtisch. Natürlich konnte er das Moralisieren nicht lassen. Aber ich wußte, daß er ein weiches Herz hatte.

»Eine Karriere schafft eine gesicherte Existenz, ohne Garantie für Wohlbefinden. Sehen Sie, Tara, ich brauche kein Blut mehr abzuzapfen, keine Krankengeschichten zu tippen und habe Zeit für eine Zigarettenpause. Dabei bin ich langweilig und kleinkariert geworden. Ich wünschte, ich hätte frühzeitig etwas Neues angepackt. Jetzt bin ich zu alt. Und bedauere, daß ich kein Landarzt geworden bin. Wie lange gedenken Sie in Nepal zu bleiben?«

Ich sagte, daß die Ausbildung bei einem tibetischen Arzt mindestens acht Jahre dauerte. Er zog die müde Stirn kraus. »Acht Jahre sind eine lange Zeit. Der medizinische Fortschritt ist enorm. Denken Sie daran, am Ball zu bleiben.«

»Aber ich will ja zurück«, sagte ich. »Meine Familie ist hier.«

Er beugte sich über den Schreibtisch und gab mir einen leichten Klaps auf die Finger, eine Vertraulichkeit, die er sich bisher nie gestattet hatte.

»Ich wollte es Ihnen schon lange mal sagen: Ich habe nie geübtere Hände als die Ihren trainiert. Eines Tages werden Sie großartige Sachen vollbringen. Ihre Hände sind Ihr Kapital. Hüten Sie sich also vor Läsionen und Frakturen!«

Ich fing an, mich von meinem Leben in der Schweiz zu distanzieren; auch von Roman. Für sein geplantes Buch über Exiltibeter hatte er einen Verleger gefunden. Es würde ein gutes Buch werden. Er hatte zwei Wochen Urlaub genommen und wollte sie mit mir in Nepal verbringen. Er war sehr darauf aus, daß ich ihm die nötigen Kontakte vermittelte. Später würde er auch Tibet bereisen, falls ihm die chinesischen Behörden keine Steine in den Weg legten. Ich hatte nichts dagegen, wirklich nicht. Auch, daß er mich nach Nepal begleiten würde, störte mich nicht – es beruhigte mich sogar in gewisser Weise. Auf der anderen Seite empfand ich Roman gegenüber eine Art unterschwelligen Groll, dem Unbehagen ähnlich, Neujahr in abgetragenen Kleidern zu feiern: Das Gefühl des Wiederanfangs, der Erneuerung, wurde dadurch geschmälert. Als ich Laura traf, um mich von ihr zu verabschieden, sprachen wir kurz darüber.

»Im Grunde willst du ihn los sein.«

Ich war ihre kühle Offenheit gewohnt.

»Hätte ich ihm sagen sollen, daß ich allein fahren möchte?«

»Zu spät. Er hat schon die Flugkarte.«

»War es ein Fehler, Laura?«

Sie steckte sich eine Zigarette an.

»Eine Kinderei. Gib doch zu, du hast trotz allem ein behütetes Leben gehabt. Gut, auch das ist in Ordnung. Jetzt willst du frei sein und dich gleichzeitig anklammern. Das ist eine Phase. Du wirst schon lernen, die verschiedenen Häute der Zwiebel selbst zu schälen.«

Ihre Klarsicht machte mich betroffen.

»Vielleicht muß ich das erst üben.«

»Es wird langsam Zeit.«

»Ach, und was ist mit Roman?«

Sie stieß einen Rauchring in die Luft.

»Kümmere dich nicht um Roman. Er will es ja nicht anders. Er drängt sich auf.«

Am letzten Abend ging ich zu meinen Eltern. Es wurde ein seltsamer Abschied. Mein Vater brütete vor sich hin, rauchte seine Pfeife. Amla gab mir Geschenke für Karma. Strumpfhosen, Kugelschreiber, ein Paar bequeme Schuhe. Sie ging auf und ab, mit klirrenden Armreifen, und erteilte mir Ratschläge. Ich ließ sie reden. Das lenkte sie ab.

»Hast du genügend warme Kleider eingepackt? Unterwäsche auch? Nimm keine synthetischen Sachen mit. Denke auch an Hautcreme. Hautcreme ist teuer in Nepal.«

Sie blieb plötzlich stehen, rieb sich die Stirn.

»Was noch? Wenn du ein Taxi nimmst, mußt du den Fahrpreis vorher aushandeln, sonst wirst du übers Ohr gehauen. Ach ja, und sei vorsichtig, wenn du selbst fährst. Die Nepali rasen immer so. Ich mache mir Sorgen.«

Lhamo rief zum Abendessen. Sie war aus Bern gekommen und hantierte in der Küche. Sie trug einen figurbetonten Pullover und einen Wickelrock, beides rot, eine Farbe, die sie sonst nie gemocht hatte. Ihr kurzes Haar, mit Gel in Form gelegt, glänzte wie Lack. Auch ihre sanfte Stimme schien sie trainiert zu haben; sie sprach schnell, hart und scharf. Mit dieser Stimme wirkte sie kühl und kompetent, und gleichzeitig so, als spiele sie die falsche Rolle in einem falschen Film.

Amla hatte Teigtaschen mit Gemüse gekocht, ein Gericht, das ich früher besonders gemocht hatte. Ich hatte wenig Appetit. Das Essen kam mir geradezu exotisch vor, es schmeckte auch nicht mehr so wie früher. Das Lampenlicht flackerte auf dem Wachstuch; immer, wenn ich Vater ansah, fühlte ich eine beklemmende Unruhe in mir aufsteigen. Tashi schwieg. Seine Augen blickten an mir vorbei; sie sahen auch nicht auf Amla oder auf meine Schwester. Sie starrten ins Leere. Seine Brille lag neben ihm auf dem Tisch. Er brachte kaum einen Bissen herunter.

»Ein wenig Suppe, vielleicht?« fragte Lhamo. Er hob die Lider, streifte sie mit einem flatternden Blick.

»Oh, Suppe? Danke, nein …«

Aufgewühlt, wie ich war, schlug ich einen ärztlichen Ton an. »Du solltest dich hinlegen, Pala.«

Das Essen verlief in bedrückter Stimmung. Wir gaben uns Mühe, Konversation zu machen. Du mußt früh starten, nicht wahr? Der Flug dauert lange, nicht wahr? Ja, in Nepal kann es sehr kalt sein. Je länger wir miteinander sprachen, desto weniger wurde im Grunde gesagt, und als es Zeit zum Gehen war, war ich ziemlich erleichtert. Im schummrig beleuchteten Gang schlüpfte ich in meinen Daunenmantel, warf meine Tasche über die Schulter und suchte den Autoschlüssel. Und in diesem Augenblick trat mein Vater zu mir. Er war kleiner als ich. Seine vergilbte Haut spannte sich über die Knochen, und die Lippen waren gekräuselt wie dünnes Seidenpapier. Zwischen ein paar Bartstoppeln stand der Mund leicht offen. Seine hellen Pupillen erinnerten mich an die eines Nachtvogels, die sich tagsüber bläulich verschleiern. Er ergriff meine beiden Hände, drückte sie an seine Stirn, was er zuvor nie getan hatte. Seine Stirn war heiß und trocken wie die eines Fieberkranken.

»Laß sie nicht warten!« flüsterte er. »Sie ruft dich. Sie ist müde und krank.«

Mein Atem stockte. Ich faßte seine Gelenke, die gebrechlichen Knochen unter der lockeren Haut.

»Chodonla? Meinst du Chodonla?«

Seine Stimme klang flach und heiser.

»Du kannst ihr helfen … Jetzt noch, heute noch!«

»Helfen?« murmelte ich.

»Schnell!« keuchte er. »Folge ihm!«

Atemnot hinderte ihn daran, weiterzusprechen. Er schnappte nach Luft. An seinen Schläfen klopfte der Puls ungleichmäßig und stürmisch.

»Von wem redest du, Pala?«

»Von ihm. Von dem Reiter. Du weißt doch, wer er ist …«

»Wer, Pala? Ich verstehe dich nicht.«

»Hier fragt niemand nach ihm. Und auch nirgends sonst. Du weißt ja, er ist schon lange tot. Erinnerst du dich? Er sah das rote Herz Buddhas und starb. Mit ihr. Als er sie tötete. Als sie starb und in seinem Geist wieder lebendig wurde. Sie ist jetzt dort. Ja, ja, er erzählte mir alles. Er konnte es nicht ungeschehen machen. Da rief er den weißen Yak und führte seine Rache zu Ende. Aber du kennst ja die Geschichte. Kommst du wieder? fragte sie ihn. Bald, war die Antwort. Jetzt sucht er einen Weg. Für ihn ist sie verloren, das ist Fügung. Jedes Tun offenbart einen neuen Zweck, eine neue Wirkung. Hast du Angst, Tara? Glaubst du, es ist sinnlos? Bedenke dies: Wo der Mensch ehrlichen Herzens ist, entsteht etwas Neues. Geh jetzt! Verlaß dich auf ihn! Du hast nur wenig Zeit, Kind – nur ganz wenig Zeit.«

Ein Hustenanfall schüttelte ihn. Er gab meine Hände frei. Sein Gesicht war aschfahl geworden. Er senkte die Lider, und es war, als fiele ein Vorhang über die blassen Augen.

»… schlafen!« murmelte er.

Ich hielt ihn fest, als er taumelte. Lhamo machte ein entsetztes Gesicht. Amla gab ihr ein Zeichen, und sie führte den alten Mann behutsam aus dem Zimmer. Als sie gegangen waren, seufzte Amla tief. Ihr dunkelgoldenes Antlitz wirkte eingefallen. Ich sah ihre Augen feucht glänzen. Als sie sprach, klang ihre Stimme stockend.

»Jetzt wird er Ruhe finden. Endlich.«

Ich stand wie erstarrt. Ich konnte nicht glauben, was ich gehört hatte. In mir überstürzten sich die Gedanken. Wie sollte ich klar sehen, wenn sogar Tenzin vor einem Rätsel stand? Mir war schlecht. Geschichten wie diese brachten mich aus den Fugen.

»Amla, wer ist der Mann, von dem er gesprochen hat?«

Sie hob hilflos die Hände.

»Ich weiß es nicht. Er sitzt da und redet mit ihm. Stundenlang.«

Überdrehte Reaktionen, dachte ich. Ein neurotisches Temperament… Wahrscheinlich hing es mit meiner Reise zusammen.

»Du meinst, er führt Selbstgespräche?«

»So hört es sich jedenfalls an. Er stellt Fragen und gibt sich selbst die Antwort. Ich kann daraus keine Schlüsse ziehen. Du vielleicht?«

Vor meinen Augen war eine Blindheit, wie nach dem Aufflackern eines Blitzes. Aber ich war entschlossen, nüchtern zu bleiben.

»Er spricht mit einer imaginären Figur. Das kommt bei Gemütskranken vor. Was er braucht, ist Abwechslung. Geht spazieren! Fahrt in die Berge, er liebt doch die Natur.«

»Er wird nicht wollen. Er arbeitet lieber im Garten.«

Ich bewahrte meine Geduld, ich mußte doppelt behutsam sein.

»Also gut. Er soll tun, was ihm Freude macht, das ist vermutlich das Beste. Und noch etwas, Amla: Wenn er morgen die Sache vergessen hat, ist es vielleicht besser, ihn nicht mehr daran zu erinnern. Verstehst du? Er soll sich nicht so aufregen. Das ist nicht gut, in seinem Alter.«

Sie hielt die Augen auf mich gerichtet, ein langer dunkler Blick.

»Ich verstehe.«

»Es ist gleich elf«, sagte ich und knöpfte meinen Mantel zu. Ihre Brust hob sich in einem tiefen Atemzug.

»Paß gut auf dich auf und geh mit Buddhas Segen.«

Sie streckte beide Arme aus; ich barg das Gesicht an ihrer Schulter. Ich atmete ihren Geruch nach Weihrauch, warmer Suppenbrühe und Orangenschalen ein, den Geruch meiner Kindheit. Das Herz sank mir in den Magen. Ich fühlte mich verzweifelt und ratlos. Im Leben gibt es einen Bereich, den man lernen kann, und einen Bereich, der vielleicht nicht lernbar ist. Die Verbindung ist schwierig herzustellen. Pala hatte es geschafft, irgendwie. Er hielt Zwiesprache mit einem Phantom und war verwirrt von der Genauigkeit seiner Trugbilder. Da war etwas, das er sah, düster und mit verzweifeltem Vorwissen.

Amla brachte mich an die Haustür. Sie drückte auf den Schalter. Die kleine Lampe am Gartentor ging an. Es war eiskalt; Schneeflocken wirbelten in der dunklen Luft. Wir küßten und umarmten uns ein letztes Mal. Der blasse Schein fiel auf Amlas Gesicht. In ihren Augen glänzten Tränen. Zwischen uns flackerte Chodonlas Bild wie ein Irrlicht, aber ihren Namen sprachen wir nicht mehr aus. »Dir bleibt nur wenig Zeit«, hatte Pala gesagt. Und ich erbebte vor Angst, daß es wahr sein könnte.

8. Kapitel

Die Lufthansa-Maschine war eine der letzten, die von Zürich aus im Direktflug nach Kathmandu ging. Ein paar Wochen später sollte die Flugroute eingestellt werden. Aus diesem Grund war das Flugzeug voll besetzt. Indische Beamte, Amerikaner, Schweizer, Japaner; Touristen zumeist, aber auch Geschäftsleute. Der Flug dauerte sieben Stunden. In Karachi – wo wir Zwischenlandung hatten – erlebte ich die Farben Asiens: ein helles, staubiges Beige, ein verwaschenes Rostrot; ich sah die flachen grauen Häuser, die Menschen mit ihrer olivfarbenen Haut, den dunklen Augen, dem schönen schwarzen Haar. Als sich das Flugzeug mit einer neuen Besatzung eine Stunde später erhob, wußte ich, daß ich jetzt in einer anderen Welt war – eine Welt, mit der ich mich auf verworrene Weise verbunden fühlte. Schon verblaßten die Erinnerungen an die Schweiz, verwandelten sich in Bilder, in diffuse Gefühle. Ich hatte einen Zustand erreicht, da alles weit weg und unverbindlich schien. Es war ein Zustand, der mich auch von Roman trennte. In meiner Kindheit und auch später hatte ich selten darüber nachgedacht, was es hieß, Asiatin zu sein. Jetzt war es wieder da, dieses Gefühl, dieses plötzliche Wiederversinken in eine Vergangenheit, deren Bild ich in den Pupillen trug. Und gleichwohl war es ein beklemmendes Gefühl, das Vertraute so entfernt zu wissen und sich selbst so abgesondert, nur auf sich verwiesen. Hatte ich mich aus diesem Grund im letzten Augenblick entschieden, meine Zürcher Wohnung nicht aufzugeben? Die Bank würde die Miete überweisen; später würde ich weitersehen.

Roman las ein Buch: »Einführung in die Grundlagen der tibetischen Religion«. Vorher hatte er andere Bücher gelesen, massenhaft Bücher, immer neue dazu. Manchmal rief er: »Du, ich glaube, ich habe etwas begriffen!« und las mir voller Begeisterung einzelne Passagen vor. Er ist wie ein Mensch, dachte ich, der mit der Lampe in ein hell erleuchtetes Zimmer tritt. Ich lächelte dazu, aber ohne Ironie, denn er war ernsthaft interessiert, wenn auch nur aus Eigennutz. Ich schlief viel auf dieser Reise, obwohl mir die Arme dabei steif wurden. Irgendwann weckte mich Roman. Ich blinzelte, öffnete die Augen. Die Maschine hatte an Höhe verloren, flog bereits über Nepal. Die ockergelbe flache Landschaft ging in wellige Täler über. Grüne Kuppen wölbten sich im Sonnenlicht. Und weit darüber aufragend, langsam immer größer werdend, bauten sich die schneeweißen Giganten in den Himmel. Unendlich viele weiße Spitzen, ungeheuer, fast überirdisch. Berge über Berge.

»Phänomenal!« sagte Roman.

Ich besaß eine kleine Ammonite; Pala hatte sie mir geschenkt, als ich elf oder zwölf war. Man fand sie im Himalaya. Die Nepali sahen in ihnen eine der unzähligen Verkörperungen Vishnus, Schöpfer und Erhalter der Welt. Vor 250 Millionen Jahren, als die ersten Reptilien auftraten, bedeckte das Hochland zwischen Indien und Zentralasien die Thetis, das gewaltige Urmeer. Die Geburt des Himalayas begann zweihundert Millionen Jahre später, als das austrocknende Meer Sedimentgestein bildete. Das Primärgebirge und die tiefen Meeresschluchten der Thetis türmten sich auf; Gletscher formten sich, Sturzbäche aus Lava glühten im Dampf der Wolkenbrüche, gewaltige Flüsse schwangen sich durch Steppen und Urwald. Die Berge schwollen heran, bekämpften die Schwerkraft des Erdensterns; Sonne und Mond rissen sie hoch, schleuderten sie weit über die Lufthülle hinaus. Nun war die Macht der ersten Schöpfungstage verausgabt, die Wucht des Ansturms gebrochen, doch die Kräfte standen noch nicht auf der Seite des Zerfalls. Die Berge lebten ihr Felsenleben, mit den Sternen verwandt, aus dem Urschlamm geboren.

»Die Entstehung der Kontinente«, murmelte Roman. »Als ob wir sie mit eigenen Augen erlebten.«

Ich lächelte.

»Vielleicht sprechen die Berge.«

Er ging plaudernd darauf ein.

»Haben sie uns etwas zu sagen?«

»Jedem Stein ist eine Kraft zu eigen. Wenn du deine Handfläche seiner Form anpaßt, hörst du sein Herz schlagen. Auf diese Weise spricht er zu dir.«

Er lachte leise, schmiegte seine Wange an meine.

»Du hältst mich so nett zum Narren, daß ich dir glauben muß.« Seine Lippen suchten meinen Mund. Jetzt gerade war es, als ob ich glücklich mit ihm sein könnte. Zweifellos war ich es auch, solange mein Denken nicht in tiefere Schichten drang: Dort stand dann eine Wand zwischen uns.

Kathmandu. Für die Piloten ein schwieriger Anflug. Das Flugzeug verlor an Höhe, drehte sich schräg gegen die glühende Sonne. Die Berge schossen plötzlich in den Himmel, versperrten den Horizont. Die Maschine rumpelte und zitterte, das Blau des Himmels wurde dunkel und gläsern. Die Berge, von Schatten erfüllt, tauchten in unermeßliche Tiefen. Weit unten lag ein Tal mit schachbrettartigen grünen und gelben Feldern. Einem blauen Seidenband gleich durchzog ein Wasserstreifen die Landschaft. Die Maschine senkte sich über Backsteinhäuser, die planlos in alle Himmelsrichtungen wucherten. Die Ziegeldächer der Heiligtümer und Pagoden schimmerten wie dunkle Drachenflügel. Immer tiefer senkte sich das Flugzeug. Bald schwebten wir parallel zu der langen Bergkette, dicht über dem smaragdgrünen, langgestreckten Hochtal. Die braunroten Gebäude des Tribhuvan-International Airport kamen in Sicht. Noch ein Stoß: Die Berührung mit der Landepiste war erstaunlich sanft. Das Flugzeug rollte über den Teerboden und blieb stehen. Wir waren in Kathmandu, vierzehnhundert Meter über dem Meeresspiel.

Im Gewühl der Fluggäste standen wir auf, griffen nach unserem Kabinengepäck. Roman wischte sich den Schweiß aus dem Gesicht. Wir waren in euphorischer Stimmung. Das muß die Höhenluft sein, dachte ich, und lachte, weil Auspuffgase und alle möglichen Absonderungen Kathmandus Höhenluft seit Jahrzehnten in stinkenden Smog verwandelt hatten. In größter Unordnung, müde von der Reise, drängten sich die Fluggäste in die Ankunftshalle und warteten auf ihr Gepäck, während die Beamten, in zugeknöpften schwarzen Jacken, mit schwarzer Kappe auf dem Kopf, in aller Ruhe die Pässe stempelten. Es dauerte eine ganze Weile, bis das Gepäck kam, wir waren in Asien, und Effizienz lag nicht in der hiesigen Mentalität. Endlich kamen unsere Taschen, die von den Zöllnern lange und gründlich untersucht wurden. Dann hatten wir die Prozedur hinter uns. Vor dem Flughafengebäude wartete eine Schar zumeist halbwüchsiger Gepäckträger, die uns heftig gestikulierend zu einer Reihe vorsintflutlicher Taxis brachten. Bevor wir einstiegen, kamen mir Amlas Ratschläge in den Sinn, und ich handelte mit dem Chauffeur den Fahrpreis aus. An Kathmandu hatte ich nur verschwommene Erinnerungen; jedenfalls entsann ich mich des lebensgefährlichen Durcheinanders von Autos, Fahrrädern, Lastwagen, japanischen Motorrädern und großen, dreirädrigen Rickschahs, die sich in scheinbar labilem Gleichgewicht einen Weg durch das Gewühl bahnten. Große Teile Kathmandus waren noch ohne Kanalisation, Kloaken die Straßengräben. Für die Säuberung der Stadt sorgten Ratten und kleine, schwarzborstige Schweine. Kühe wanderten gelassen umher, Hunde schliefen, wo es ihnen gerade paßte. In das Labyrinth der Gassen, Sträßchen, Höfe, Läden, Buden und Stände fiel schräg die Sonne. Wir fuhren zwischen Körben mit Gewürzen, Getreide, Früchten und Gemüse. Gewaltige Fleischstücke, übersät von Fliegen, waren in der prallen Morgensonne ausgebreitet. Die Metzger trennten mit ihren Messern gelbes, glänzendes Fett vom Fleisch. Ziegenköpfe mit geschlossenen Augen lagen auf Gestellen, der Lehmboden war schwarz von Blut. Licht und Schattenspiele warfen geheimnisvolle Schimmer auf Kleider und Gesichter, auf Strohmatten, Töpfe und Tongeschirr. Kinder in marineblauer Uniform gingen zur Schule. Die Saris der Frauen leuchteten wie Bühnengewänder, die großen Kupferkessel funkelten wie dunkles Gold. Unter dem Netzwerk der Stromversorgung wehten buddhistische Gebetsfahnen; nicht verputzte und bereits abgewohnte Betonklötze verschimmelten zwischen großen und kleinen Pagoden, Tempeln und Schreinen. Verwitterte Balken stützten Götterfiguren, Spitzbogenfenster und Balkone waren von zerbröckelndem Schnitzwerk umrahmt, das wie eine klumpige schwarze Masse, von Vogeldreck beschmiert, an den Hauswänden klebte. Roman schüttelte den Kopf. Fassungslos. »Warum läßt man solche Kunstwerke verkommen?«

»Kein Geld«, sagte ich. »Die Regierung setzt auf die Dollars der Entwicklungshilfe, aber die lassen heutzutage auf sich warten.« Kleinkinder krabbelten am Straßenrand; Lastwagen donnerten um Haaresbreite an ihnen vorbei, hüllten sie in stinkende Auspuffgase ein. Vor den Haustüren kauerten Frauen in bunten Saris, lachsrosa, smaragdgrün oder dottergelb, die einander lachend die Haare kämmten. Viele Männer kleideten sich modern, aber zahlreiche ältere Nepali trugen noch Beinkleider aus Baumwolle, Wickelhemden und kleine, dunkle, wie Schiffchen geformte Kappen, die etwas schief saßen. Fast alle waren kleingewachsen, schmächtig und hatten einen Schnurrbart. Einige tibetische Mönche und Nonnen eilten in ihren roten Gewändern durch die Menge. Ihr schwungvoller, zielbewußter Gang fiel auf. Die Tibeter beeilten sich; die Nepali schlenderten dahin, als sei das ganze Leben ein geruhsamer Spaziergang. Ich schmunzelte, weil der unterschiedliche Elan ihrer Schritte die Wesenszüge beider Völker so bildhaft zum Ausdruck brachte.

Auf einer Betonbrücke überquerte das Taxi einen Flußarm. Das Wasser sickerte durch Müllablagerungen, ein geleeartiges Braun, in dem Kinder plantschten. Flußabwärts wuschen Frauen ihre Wäsche, die sie auf den flachen Steinen plattschlugen. Zwischen roten Backsteinmauern fuhren wir dem Hotel zu. Das Hotel *Varja* war mir in Zürich von einem tibetischen Freund empfohlen worden. Es hatte lange Treppenflure, verschnörkelte Geländer, getäfelte Türen und Erkerfenster. Im

Garten gurrten Tauben, Königskrähen segelten durch die blaue Luft. Anemonen und Stiefmütterchen blühten in Töpfen, an den Wänden rankten Kletterrosen. Die Myrte wuchs dicht und wirr, die Walnußbäume und Bougainvilleabüsche warfen frische Schatten. Es duftete nach Holzkohle, Jasmin und nassem Rasen. Vor kleinen Buddhastatuen brannten Kerzen. Der Garten, ganz von Düften durchzogen, war eine Oase der Ruhe im brodelnden Hexenkessel der Stadt.

»Hier riecht es gut«, sagte Roman aufatmend.

Gleich darauf, im Zimmer, zog er wieder die Nase kraus: Es roch wenig angenehm nach Mottenkugeln. Das Fenster war mit einem feinmaschigen Gitternetz versehen, zum Schutz gegen die Moskitos. Die Decke war grün gestrichen, die Wände leuchtend weiß. Der alte Holzboden quietschte. Auf den Bettenlagen rostfarbene *Razas*, nepalische Steppdecken. Im Badezimmer waren die Wasserhähne verrostet und die Wanne zersprungen. Sobald ein Hotelgast die Wasserspülung zog, husteten sämtliche Rohre. Wir packten unsere Sachen aus. Roman gähnte ein paarmal. Auch ich war benommen. Zeitverschiebung.

»Gehen wir etwas trinken«, schlug ich vor. Auf einer Terrasse aus Backsteinen standen ein paar verschnörkelte Eisentische und Stühle. Die Sonne schien warm, ohne zu brennen. Die Stadt, inmitten sanfter Hügel ruhend, vibrierte vor Leben. Die Stimmen, das ewige Hupkonzert, die Musik aus Lautsprechern wehten wie durch blaue Luftschichten über uns hinweg. Ich machte Roman auf ein Bauwerk auf einer Anhöhe aufmerksam, das im Gegenlicht einem gigantischen Kegel glich.

»Swayambhunath, das Wahrzeichen von Kathmandu. Der *Stupa* ist über 2500 Jahre alt und eigentlich eine tibetische Kultstätte. Sie wurde mehrmals beschädigt und wieder aufgebaut, aber immer mußte ein hoher Lama aus Tibet geholt werden, der die Sterne befragte und die Arbeit segnete.«

»Interessant. Wer hat sie erbaut?«

Ich schüttelte den Kopf.

»Es gibt nur Legenden.«

»Ja, was«, sagte er, »das ist ja gerade das Schöne.«

»Eine davon erzählt, daß sich einst auf dem Hügel ein klarer, tiefer See befand. Als der Bodhisattwa Manjushri an seinem Ufer betete, sah er die ewige Flamme Buddhas aus dem Stengel einer Lotosblüte wachsen und über der Seefläche leuchten. Der Heilige zog sein Schwert und schlug eine Bresche in den Hügel, worauf das Wasser abfloß und das Kathmandutal überflutete. Als die Wasser abzogen, hatten sie die Erde in fruchtbares Ackerland verwandelt. Da dankte Manjushri dem Ewigen Buddha und ließ auf dem trockenen Seeboden eine Kultstätte errichten, die er *Swajambhu*, dem ›Selbst Existierenden‹, widmete.«

»Du erzählst gut.«

»Das habe ich von meiner Mutter.«

Ein Kellner mit sanften, glutvollen Augen brachte stark gesüßten Milchtee in einer Silberkanne. Der Tee war für mich. Roman hatte einen Whisky bestellt.

»Black and White, nicht übel!« meinte er, angenehm überrascht.

Der Kellner schenkte ihm ein halbes Glas puren Whisky ein. Roman stutzte leicht.

»Mit Wasser, bitte! Und Eis.«

Der Kellner lächelte, spritzte etwas Wasser in den Whisky und fügte ein paar dünne Eiswürfel hinzu.

»Oh«, sagte Roman, »ich dachte, der Genuß von Alkohol sei den Hindus aus religiösen Gründen untersagt.«

»Man betrinkt sich reichlich im Kathmandutal.«

»Der westliche Einfluß?«

»Sicher. Darüber hinaus findet es niemand komisch, wenn ein streßgeplagter Manager plötzlich Urlaub nimmt, sich den Körper mit Asche bestreut und in einem Tempel von Almosen lebt, um Buße zu tun.«

Roman ließ die Eiswürfel kreisen.

»Bei uns vergißt er die Alltagshektik im Wellness-Center. Beides ist sinnverwandt, würde ich sagen.«

Wir sprachen von Kathmandu, von seinem Ruf als Mekka der »künstlichen Paradiese«. Ich erzählte, daß Junkies heutzutage toleriert, aber nicht mehr gerne gesehen wurden. *Gantscha* – der hiesige Name für Marihuana – und ähnliche Produkte hatten zwar als Volksrauschmittel Tradition, waren jedoch strengen Regeln unterworfen. Man rauchte nicht während der Arbeitszeit und nicht auf der Straße. Haschisch wurde vorwiegend bei religiösen Festen zu Ehren der Götter geraucht, oder man benutzte es für medizinische Zwecke.

»Und was die Quantitäten betrifft«, sagte ich, »gibt es ein Sprichwort: Ein Tier weiß, wann es genug hat. Ein Mensch sollte es daher erst recht wissen.«

Roman erwiderte, daß er sich auf dem Weg zur inneren Einsicht den maßvollen Genuß von Rauschmitteln durchaus vorstellen konnte. Ich nippte an meinem Tee, der nach Kardamon duftete. Ich konnte seine Meinung nicht teilen.

»Geistige Erfahrung kommt von innen. Anders ist es keine Erfahrung, sondern Halluzination. Die Erkenntnis – so wie Tibeter sie verstehen – ist keine Wahnvorstellung, sondern Empirie. Unser Lebensweg führt uns zu Prüfungen, die wir zu bestehen haben. Das geht nicht, wenn wir Ecstasy schlucken oder Koks sniffen.«

Roman nahm einen kräftigen Schluck.

»Ich sehe schon, du gibst mir keine Chance. Ich wollte, ich wäre wie du. So solide, meine ich.«

Roman war ein bißchen beschwipst. Den Glaubenskern vermeinte er in Asien zu finden. Asiaten hatten die Weisheit gepachtet. Er glaubte an den Wert der großmütigen Aussprüche, an die Früchte alter Kulturen – seien sie nun reif oder faulig. Die Spiritualität war hier, und alles Materielle draußen.

»Das Leben dieser Menschen ist viel ausgefüllter als das so nüchterner, konsumverblendeter Leute, wie wir es sind.«

Ich erwiderte ungerührt, daß nahezu jeder Asiate, im Besitz der erforderlichen Kreditkarten, der Konsumverblendung hemmungslos erliegen würde. Ich war – zumindest in dieser Hinsicht – gegen beweihräuchernde Illusionen immun.

Wir aßen im Restaurant, das im Parterre lag, zu Mittag. Die Wände waren mit tibetischen Motiven bemalt: rosa Lotusblumen, Greifenvögel, Rehe, schwebende Buddhafiguren. Ausländer, die es als einen Teil ihrer Touristenpflichten ansahen, nepalisch zu speisen, aßen stoisch Lamm mit Curry, so scharf gewürzt, daß der Gaumen brennt und die Nase läuft. Manche wurden rot und husteten, und alle tranken Unmengen von Mineralwasser. Da wir müde und überdreht waren und Roman etwas blau, sagte ich:

»Ich werde meine Cousine morgen aufsuchen. Heute wollen wir spazieren gehen.«

So wanderten wir Hand in Hand durch die New Road, an den engen, mit Waren vollgestopften Läden vorbei. Touristen, mit den üblichen Mineralwasserflaschen versehen, schlenderten in Gruppen zu zweit oder zu dritt, drängten sich in den Werkstätten der Goldschmiede, der Holzschnitzer und in den mit Geschmacklosigkeiten prallgefüllten *Curiosity-Shops*. Tauben schwirrten empor, Glocken läuteten. Plakatfetzen klebten an den Wänden, es stank nach Fäulnis. Aus den vorspringenden Balkonen blickten Kindergesichter; Frauen in bunten Saris winkten einander zu. Sie wirkten wie lebende Bilder in einem wundervoll geschnitzten, zerbröckelnden Rahmen. Ich sagte zu Roman:

»Alle Skulpturen sind Werke der *Newari*, der Ureinwohner des Kathmandutals. Man sagt, es sei das künstlerisch begabteste Volk der Erde. Aber es gibt immer weniger Handwerker, die imstande sind, wie ihre Vorfahren zu arbeiten.«

Ich erzählte ihm, daß die *Newari* seit Jahrhunderten im Durchgang ganz verschiedenartiger Völker standen. Irgendwann hatten sie aufgehört, sich weiter zu entwickeln und ihre eigene Kultur zu vollenden.

»Für jetzt, für lange, ist da nichts zu machen. Die Rückbesinnung schafft vielleicht die nächste Generation.«

»Aber dann ist es zu spät«, meinte Roman. »Vieles wird zerstört sein. Würden die Menschen ihren eigenen Traditionen treu bleiben, wären sie doch viel glücklicher.«

Ich widersprach.

»Die Geringschätzung der eigenen Kultur macht jedes Entwicklungsland durch. Die Menschen lassen das Alte verkommen, begehren nur noch Dinge, die zweckmäßig, laut und häßlich sind. Im europäischen Industriezeitalter war es kaum anders.«

»Aber das ist nicht dasselbe!« protestierte Roman. »Bei uns hat das Umdenken längst stattgefunden.«

»Wo ist der Unterschied? Jede Kultur folgt ihrem eigenen Rhythmus. Kennst du ein einziges Volk, das Dummheiten und Irrtümern fern bleibt? Ich nicht.«

Mädchen mit seidenweicher Haut füllten ihre Messingkrüge an den kleinen, öffentlichen Brunnen, während unmittelbar daneben Leute ihre Notdurft verrichteten – schamvoll mit dem Gesicht zur Hauswand hin. Auffallend schöne Frauen, in ihren wehenden Saris Schmetterlingen ähnlich, schritten in dünnen Sandalen durch den Staub. In den Händen hielten sie Tragbretter mit Opfergaben für die Götter. Sie knieten vor den Heiligtümern nieder, warfen Körner aus. Sie bestrichen mit Zinnoberpuder die blumenbekränzten *Lingams,* die steinernen Phallusfiguren, die durch das Streicheln und Einreiben abgenutzt und abgewetzt waren. Und überall, auf den Wandreliefs, auf den Kapitellen der Säulen und auf marmornen Sockeln, vergoldete die schräge Sonne die vielköpfigen, vielarmigen Steinfiguren, triefend und glänzend von dem Wasser, das die Pilger aus kleinen Kupfergefäßen über sie gossen. Götter mit Tiergesichtern, siebenköpfige Nagaschlangen, brünstige Widder, Nymphen, die aus Bäumen wuchsen, zeigten die wechselnde Mehrschichtigkeit der Schöpfung, ihre Abgründe und Widersprüche. Die Teilhabe am magischen Ganzen der Natur, die dem Primitiven und dem Kind im Märchenalter gewährt war, trat tausendfach in Erscheinung.

Wir schlenderten weiter, die Augen auf Balken und Giebel gerichtet; jeder fingerbreit Holz war mit geschnitzten menschlichen Gestalten in den unverblümtesten Positionen des

Sexualaktes ausgeschmückt. Roman ließ ein kleines, etwas geniertes Lachen hören.

»Auf alle Fälle sind die Nepali nicht prüde. Schau dir an – wenn du all diese Familien mit acht, zehn, zwölf Kindern siehst, dann weißt du, daß sie nachts rege sind.«

»Dabei muß man das verstehen können«, antwortete ich. »Die Schnitzereien dienen als Blitzableiter.«

»Sehr logisch ist das nicht, was du da sagst.«

»Doch. Der Liebesakt ist Segen und heiliges Tun. Die Hindus schenken diesen Bildern ebensowenig Beachtung wie Katholiken ihren Kirchenfiguren. Aber die Göttin des Blitzes ist eine scheue Jungfrau und ergreift vor solchen Szenen die Flucht.«

Roman lachte.

»Da kommt immer wieder der Punkt, wo ich deine Behauptungen einfach hinnehmen muß.«

Gegen Abend wurde es kühl. Am dunklen Himmel funkelten die Sterne groß und diamantenklar. Die Händler schlossen ihre Ladentüren, die Straßen leerten sich schnell. Aus den Fenstern schimmerte fahles Licht, Obdachlose kauerten unter Torbögen, Hunde wühlten im Abfall. Kneipen und Restaurants waren hell erleuchtet, aber Kathmandus Nachtleben schien uns eine ziemlich reizlose Angelegenheit. Wir aßen ein Sandwich an der Bar, tranken einen Brandy; durch schummrige Korridore und über knarrende Treppenstufen gingen wir in unser Zimmer, badeten und legten uns zu Bett. Als wir entspannt in der Dunkelheit lagen, wälzte sich Roman auf mich. Er knöpfte meinen Pyjama auf, seine Hände legten sich zwischen Haut und Stoff. Er ließ meine Hose über meine Schenkel und Füße gleiten. Ich umschlang ihn mit Armen und Beinen. Er preßte seinen heißen Körper an meinen, fuhr mit seiner Hand über meine Hüften, dann strich er mit den Fingern die Innenseite meiner Schenkel entlang. Ich schloß die Augen, während er stoßweise in mich eindrang und sich mit langsamen, festen Stößen in mir bewegte. Vor meinem inneren Auge funkelten Blitze; und sogar die Dunkelheit hinter den Lidern wies Lichtflecken auf, die nicht im Auge selbst waren.

»Was ist das?«

Das Gefühl, das sein Körper auf dem meinen hervorrief, verursachte eine Art Schwindel. Ich keuchte leise. Rötliche Pünktchen schwammen mir entgegen.

»Wer bist du?«

Romans Zunge tauchte in meinen Mund. Seine Hände glitten unter meine Hüften, hoben mich hoch. Das Brennen meines Körpers überfiel mich in Wellen. Roman stöhnte leise. Sonst war ich es, die den Rhythmus bestimmte, aber diesmal ließ ich ihn gewähren. Mein Atem flog. Ich hielt die Augen geschlossen, was ich sonst nie tat, blickte nach innen, auf der Suche nach fernen Bildern. Jetzt versteiften sich Romans Muskeln; seine Zuckungen waren überall in mir. Sein Herz pochte, während das Erschauern sich durch seinen ganzen Körper zog, und vor mir sah ich eine Feuergestalt glühen.

»Irgendwie finde ich die Worte nicht ...«

Ich dachte, ich müßte sehen können, was diese Sache da zu bedeuten hatte. Doch während ich hinsah, verblaßte die Feuergestalt, löste sich auf zu einer schwach leuchtenden Spiegelung und erwies sich als ebenso substanzlos wie meine Gedanken.

»Ich begreife das nicht.«

»Was sagst du, Tara?«

Roman war erschöpft. Er stützte sich auf die Ellbogen; sein helles Gesicht glänzte in der Dunkelheit, naß vom Schweiß.

»Nichts ... ich habe nichts gesagt.«

Sein Brustkasten hob und senkte sich.

»Wie war's, Schätzchen? Bist du gekommen?«

Seltsam, dachte ich, daß es ihm immer um die Leistung geht. Ich lächelte ihn an.

»Aber natürlich. Selbstverständlich.«

Er war immer noch in mir. Ich streichelte sein klebriges Haar. Sein Kopf lag schwer auf meiner nackten Brust. Draußen bellte ganz nah ein Hund; ein anderer gab Antwort, unerwartet und von fern erklang weiteres Gebell, widerhallend von Gasse zu Gasse, wie die vielfältigen Stimmen der schwarzen Nacht, atemberaubend und unheimlich. Etwas später lärmte eine Touristengruppe in den Korridoren; der Holzboden knarrte, Schlüssel klapperten, Türen wurden aufgeschlossen und wieder zugeknallt. Ersticktes Gelächter und Stimmen drangen durch die Wände.

»Woran denkst du?« brach Roman das Schweigen.

Ich blickte mit starren Augen in die Dunkelheit.

»An das, was mein Vater gesagt hat.«

Mein Arm wurde steif. Ich bewegte mich. Auch Roman bewegte sich. Er löste sich von mir, setzte sich auf und knipste das Licht an.

»Was hat er denn gesagt?«

Ich blinzelte, legte die Hand über die Augen.

»Ach, nichts von Bedeutung. Er ist nicht mehr klar bei Verstand, weißt du ...«

9. Kapitel

Kinder sehen jede Einzelheit mit überdeutlicher Schärfe, auch wenn sie den Anschein erwecken, daß sie Tagträumen nachhängen. Ihre Wahrnehmung ist sehr bewußt. Die Überlagerung durch Erfahrungen, die damit verbundene Konfusion, kommen erst später. Meine Erinnerungen an Kathmandu waren erstaunlich klar. Worauf dieses tiefe, vertraute Gefühl beruhte, konnte ich nicht sagen; unser Gedächtnis besteht aus vielen Schichten. Aber aus meiner Sicht war es ganz selbstverständlich, daß ich mich erinnerte und zurechtfand. Onkel Thubten und seine Familie hatten damals in Bodhnath gewohnt, einem Randbezirk unweit des Flughafens. Karmas letzter Brief trug immer noch diese Adressen. In Bodhnath erhob sich der höchste *Stupa* Nepals. Viele Exiltibeter hatten sich im Laufe der Jahre dort niedergelassen. Mit etwas Glück würde ich mich schon zurechtfinden. Ich ließ ein Taxi kommen. Wir fuhren über die Brücke, die von Geschäften flankierte New Road entlang und dann über den Basantpur weiter nach links. Kathmandu war zu jeder Tageszeit ein Chaos, aber frühmorgens war es besonders schlimm. Altersschwache Autobusse, mit Menschen vollbepackt, mörderisch stinkende Lastwagen, Motorräder, Handwagen, Fahrräder und Rickschas drängten sich auf engstem Raum, darüber Geschrei, heiser oder schrill, ohrenbetäubendes Radiogeplärr und das ungeduldige Hupen wartender Wagen. Wir kamen nur im Schrittempo vorwärts und standen bald eingekeilt in einem Stau. Der Fahrer stieß resignierte Grunzlaute aus, steckte sich eine Zigarette an. Die Sonne schien prall auf die Windschutzscheibe, die stickige Luft trieb uns den Schweiß aus den Poren. Ich sagte: »Ich glaube, wir sollten zu Fuß gehen.«

Wir entschädigten den Fahrer, stiegen aus und traten aus der Gluthitze in den weichen, kühlen Schatten, überquerten ein paar Straßen und stellten bald fest, daß Bodhnath eine einzige Baustelle war. Die alten Gebäude mit ihren bröckelnden Schnitzereien, verfault und grau vor Moder, wurden abgerissen. Frauen in Saris schleppten Backsteine, zerlumpte Arbeiter mischten Zement mit der Kelle, rostige Pfeiler ragten als Skelette auf. Kaum stand ein Haus mit noch nassem Verputz, wirkte es schon verkommen. Die schummrigen Läden im Erdgeschoß waren zum Bersten voll. Ein Durcheinander von Geschirr, japanischen Elektroapparaten, Schuhen, Strümpfen, Unterwäsche in grellen Reizfarben und verstaubten Drogerieartikeln häufte sich in den Regalen. Von den Wänden lächelten vollbusige Hinduschönheiten oder die – vorzugsweise blonden – *Playmates of the Month*. Die hübschen einheimischen Steppdecken stapelten sich staubbedeckt in großen Körben. Roman bewunderte sie sehr. Um uns herum flutete rufend, spuckend, Körbe tragend und Karren schiebend die anonyme Masse der Bewohner von Kathmandu. Zwischen den Füßen der Passanten hatten Händler ihre Matten ausgebreitet, verkauften gebündeltes Gemüse, klebrige Süßigkeiten, Knabbergebäck und *Curd*, den nepalischen Joghurt aus Büffelmilch, auf dem die Fliegen klebten. Wir irrten durch die Menge, schüttelten einige Bettler ab, als sich am Ende der Straße eine blaustrahlende Lücke auftat. Hoch über den Dächern schwebte ein goldenes Riesenantlitz, ließ die Häuser mit ihren Stromkabeln und Fernsehantennen klein wie Spielzeug erscheinen. Es war, als blicke das Gesicht auf die Stadt, ein Antlitz der Macht, mit heiteren, prophetischen Augen. Die Lider, lapisblau und golden, senkten sich über die schwarze Iris, die Nase – ebenfalls golden und blau – war geformt wie ein Bischofsstab. Über den geschwungenen Brauen kennzeichnete eine tellergroße Kupferplatte das »Dritte Auge« – die *Tika* der Hindus. Die Straße mündete auf einen großen Platz. Hier wuchs das goldgekrönte Antlitz aus einer marmornen Halbkugel, schneeweiß und mit Blütenstaub bestreut.

Ob der *Stupa* eine Grabstätte sei, fragte Roman etwas atemlos.

»Ursprünglich ja. Aber zugleich ist er ein Abbild des Kosmos und Symbol der Allgegenwart Buddhas.«

Die goldblauen Riesenaugen verströmten Faszination.

»Ich fühle mich hypnotisiert wie ein Huhn«, seufzte Roman. »Ich könnte stundenlang zurückstarren.«

»Die Augen stellen Sonne und Mond dar, aber gleichzeitig auch die Seele. Wir sagen, daß die Seele zwei Augen hat; das eine blickt auf die Zeit, das andere auf die Ewigkeit.«

Jeder *Stupa,* erklärte ich Roman, war ein architektonisches Mandala. Sockel, Treppe, Halbkugel und Turm zeigten die fünf Elemente, aus denen sich alles Geschaffene, Geborene und Gewordene zusammensetzt.

»Auch die Farben sind den Elementen angepaßt: Zuerst das physikalisch schwerste Element, die gelbe Erde; dann das weiße Wasser, das rote Feuer, die grüne Luft, der blaue Äther und schließlich die transzendentale Flamme. Die dreizehn Turmringe zeigen den Weg des Menschen von der Stufe der Unwissenheit bis zur Erleuchtung, dargestellt durch die Goldkrone.«

Von der Spitze des Heiligtums flatterten, an Seilen befestigt, unzählige bunte Gebetsfahnen, mit Beschwörungen beschriftet. Steinerne Buddhafiguren säumten die Marmorstufen. Große Gebetszylinder aus Messing leuchteten in Nischen. Frauen und Männer, Kinder und Jugendliche umkreisten mit energischen Schritten den *Stupa,* stets im Uhrzeigersinn, wobei sie jeder Gebetsmühle beim Vorbeigehen mit der Hand einen kleinen Stoß versetzten, so daß diese sich schneller drehte. Roman sah mich perplex an. Ich lächelte.

»Sie halten die Schöpfung in Bewegung.«

Der Platz war von Kneipen gesäumt, die meisten mit Vorhängen aus blauen Holzperlen versehen, und es roch nach Schnaps. Hinduschnulzen wimmerten aus Transistoren. Eine Männerstimme kreischte aus einem Lautsprecher. Roman runzelte die Stirn, auf zurückhaltende Art beunruhigt.

»Eine politische Versammlung?«

»Aber nein, der gibt bloß Lottozahlen durch.«

Stämmige Frauen schleppten Stoffballen oder schwere Körbe, die durch ein Stirnband gehalten wurden. Staub klebte an ihren kräftigen halbnackten Beinen mit den tätowierten Schlangen und Lotusblumen. Sie hatten braune, ausgesprochen mongolische Züge. An ihren Zöpfen baumelten Türkisamulette und Bergkorallen.

»Das sind Gebirglerinnen«, sagte ich. »Sie kommen, um Ware zu verkaufen. Inzwischen besorgen die Männer Feld und Haushalt.«

Wir irrten durch die Menge, gefolgt von einer hartnäckigen Kinderschar, die mit ausgestreckter Hand die Worte »Bonbon« und »Bakschisch« kreischten. Nach einer Weile hatte es Roman satt und griff in seine Hosentasche.

»Nein, Roman! Kein Geld!« warnte ich ihn.

Schon kam ein mürrischer Mann, scheuchte die Kinder fort, wie ein Bauer das Geflügel scheucht. Ich zeigte ihm den Umschlag mit Karmas Adresse. Der Mann schüttelte den Kopf und ging. Während wir unschlüssig dastanden, zupfte mich eine alte Tibeterin am Ärmel. Sie hatte ein braunes Apfelgesicht, verschmitzte Augen und runzelige Finger. Männer, bekam ich zu hören, gehörten einer unterbelichteten Gattung an, und jede Frage an sie sei Zeitverschwendung. Zum Glück war sie hier und konnte helfen. Wohin wir denn wollten?

Ich erzählte von Karma. Die Frau studierte die Adresse sehr sorgfältig und nickte dann. Den Laden gab es nicht mehr. Vor drei Jahren war der Straßenzug abgebrochen worden; man hatte ein Warenhaus gebaut. Ein Betonkasten, knurrte die Frau. Die Kunden blieben aus: was es dort zu kaufen gab, war zu teuer und Ramsch obendrein. Die enteigneten Händler hatten etwas Geld bekommen und in einem anderen Viertel neue Läden aufgemacht. Doch wir sollten uns keine Sorgen machen und die Mönche im nahegelegenen *Gompa* – im tibetischen Kloster – aufsuchen.

»Die Heiligen Lamas wissen alles!«

Die Frau kicherte. »Die Leute bringen Spenden und reden. Die Mönche sperren die Ohren auf.«

Ich fragte die Frau nach dem Weg. Sie packte mich am Arm. »Komm!«

Wir bogen um ein paar Ecken und sahen schon bald die klotzigen, ockergelb- und karminroten Wände, die Einfassungen aus massivem Holz. Die Mönche waren bei der Andacht, sangen die heiligen Texte. Ihre Stimmen sanken und stiegen, sanken tiefer, stiegen höher. Der Gesang erzeugte ein machtvolles, pulsierendes Dröhnen, das wir in dem Boden unter unseren Füßen spürten. Zwei Hängetrommeln folgten und verstärkten den Rhythmus wie ein Echo, und das silberhelle Klingeln großer Zimbeln schlug die Begleitung. Wir dankten der Frau, die vergnügt davonschlenderte. Das Portal des Heiligtums stand offen. Schuhe und Sandalen häuften sich auf den Stufen. Neben dem Eingang kauerte ein junger Mönch, der die Hände zum Gruß faltete. Wir grüßten zurück, spähten durch die flatternden Stoffbahnen. Die Mönche saßen auf Holzbänken, mit Matten bespannt, die Geistlichen höheren Ranges auf gepolsterten Sitzen unterhalb des Altars. Die Novizen – fast noch Kinder – saßen ganz hinten an der Tür. Alle Mönche hatten Bücher vor sich, die sich aus langen, auf beiden Seiten bedruckten Einzelblättern zusammensetzten. Die Blätter waren zwischen zwei Holzdeckel geklemmt, von denen der obere mit kunstvollen Schnitzereien bedeckt war. Ich wußte, daß jedes Buch nach dem Unterricht sorgfältig zusammengeklappt und in eine Schutzhülle aus Brokat geschoben wurde. Die vergoldeten Statuen auf den Altären leuchteten, Kultobjekte und Heiligenfiguren schimmerten hinter Vitrinen. An den Wänden hingen Rollbilder, in kostbaren Brokat gefaßt, manche mit Schutzschleiern versehen. In kleinen Gefäßen aus Messing brannten Butterdochte. Das Helldunkel, das tiefe Schwingen der Stimmen, die mächtigen Schläge der Trommeln schufen eine eigentümliche Stimmung, zugleich theatralisch und voller Frieden. Auf dem Boden vor der Tür, im leuchtenden Rechteck der Sonne, lag ein Kätzchen und putzte sich. Ich fragte den Novizen am Eingang, wie lange die Andacht dauern würde. Er warf einen Blick auf die Uhr an seinem Handgelenk, und sagte, sie wäre gleich vorbei.

»Lunch-Zeit!« rief er fröhlich.

Ich sagte, daß ich einen der Heiligen Lamas zu sprechen wünschte. Er würde mal nachfragen, antwortete der Junge unbefangen. Wir warteten, bis das Dröhnen der Hängetrommeln erstarb. Der Gesang verstummte fast gleichzeitig. Stille kehrte ein, doch nur kurz. Schon war das Heiligtum vom Schlurfen nackter Füße, von Stimmen und Gelächter erfüllt. Die Mönche strömten hinaus; die Älteren gemessen, die Novizen kichernd und prustend wie Schuljungen. Verhalten neugierige Blicke streiften uns. Ich sagte zu Roman:

»Viele arme Familien schicken ihre Söhne in die Klöster, weil sie wissen, daß den Mönchen stets ein Dach über dem Kopf und genug Essen sicher sind.«

»Dann haben sie also nicht die Berufung?«

Ich grinste.

»Nun, die kann sich einstellen.«

Der Novize bedeutete uns zu warten, bevor er in dem Menschenstrudel verschwand. Nach einer Weile war er wieder da, verbeugte sich mit respektvollen Zischlauten: der Heilige Dondup Trungpa erwartete uns in seinem Gemach.

Dondup Trungpa lehnte an einem Stapel Seidenkissen. Sein dunkles Gesicht glänzte, und die wachen Augen verschwanden fast völlig zwischen den Falten. Seinem Rang entsprechend erhob er sich nicht. Ich verneigte mich dreimal, wie es die Ehrfurcht gebot. Roman tat es mir nach; wir empfingen seinen Segen, und er lud uns mit einer höflichen Handbewegung ein, Platz zu nehmen. Sein bloßer Arm und seine Schulter waren glatt und braun wie Erz. Die Würde war ihm angeboren, er konnte keine ungeschickte Bewegung machen. Doch der Heilige Lama hatte Hunger – wir hörten, daß sein Magen knurrte. Die Übungen im Kloster beginnen vor Tagesanbruch; ich war etwas beschämt, daß er unseretwegen sein Mittagessen warten ließ. So verlor ich keine Zeit mit Floskeln und erzählte ohne Umschweife, warum ich hier war. Dondup Trungpa schenkte mir echtes Interesse. Er hatte ein gewinnendes Lächeln, bei dem er den Kopf ein wenig zur Seite legte. Es stellte sich heraus, daß er Europa gut kannte, daß manche mir vertraute Namen auch ihm durchaus geläufig waren. Wir sprachen Tibetisch; mit Rücksicht auf unseren Gastgeber verzichtete ich auf Übersetzung. Roman fragte auch nicht und verhielt sich sehr formell; er saß im Schneidersitz, den Rücken kerzengerade, eine verkrampfte Haltung, zu der Europäer sich in Gegenwart asiatischer Würdenträger oft genötigt fühlen. Dondup Trungpa ließ Orangensaft und *Kabse* bringen, ein Gebäck, das ich nicht mochte, aber aus Höflichkeit kostete. Die alte Tibeterin hatte sich nicht getäuscht: Es war schon so, daß alle Gerüchte zu den Mönchen drangen. Ja, Dondup Trungpa wußte, daß Karma Dolkar – er nannte meine Cousine bei ihrem vollen Namen – ihren Laden verkauft hatte und von Jonten Kalon, einem berühmten Arzt, unterrichtet worden war. Jonten Kalon, erfuhr ich, führte den Titel *Menrampa,* was in Europa dem Rang eines Professors entsprach. Er hatte viele Jahre in einem chinesischen Gefangenenlager verbracht, weil er sich für die Menschenrechte eingesetzt und verletzten Demonstranten erste Hilfe geleistet hatte.

»Demonstranten haben keinen Anspruch auf ärztliche Betreuung«, sagte Dondup Trungpa mit gleichmäßiger Stimme. »Wenn die Chinesen in die Menge schießen, ist es besser, die Wunden sind tödlich. Denn die Verletzten sterben unter der Folter oder werden medizinischen Versuchen unterzogen.«

Die Ruhe, mit der er sprach, war erschütternd. Ich dachte auf einmal an Chodonla. Meine Kehle wurde trocken. Angesichts der nüchtern vorgebrachten Tatsachen stieg Furcht aus dem Grund meiner Seele, bedeckte mich wie eine Haut aus Eis. Vergeblich rang ich nach Worten, bis Roman beunruhigt das Schweigen brach:

»Hat er etwas Besonderes gesagt?«

Seine Frage brachte mich in die Wirklichkeit zurück. Ich

trank einen Schluck, dann faßte ich das Wesentliche in zwei Sätzen zusammen.

»Herrgott!« murmelte Roman und wurde blaß.

Dondup Trungpa nickte ihm zu, voller Nachsicht. Sein Gesicht verriet mir, daß er längst aufgehört hatte, sich über menschliche Grausamkeit mit großem Geschrei zu empören.

»Es gibt Güte, und wie die Welt nun einmal ist, beweist das, daß die Götter leben. In jedem Menschen sollten wir einen Geist sehen, der Erleuchtung sucht.«

Und weiter sagte er, Jonten Kalon habe schon immer das Schwergewicht seiner Heilungen auf Kräutermixturen gelegt. Die Präzision seiner Diagnose sei unfehlbar gewesen. Nur ausgewählte Schüler lehrte er seine Kunst. Karma Dolkar hatte er zehn Jahre lang unterrichtet. Und es hieß, er habe sie zu seiner Nachfolgerin bestimmt und viele seiner Geheimnisse an sie weitergegeben.

»Wo ist sie jetzt?« fragte ich.

Dondup Trungpa legte den Kopf zur Seite, zeigte sein lebhaftes, jugendliches Lächeln.

»Das Beste ist wohl, wenn Sie den Ehrwürdigen Doktor selbst fragen. Sein jüngerer Bruder, der Heilige Gyatso Tonpa, ist Abt des Tritan Norbutse Klosters. Jonten Kalon hat sich dorthin zurückgezogen.«

Der *Menrampa* sei inzwischen neunzig Jahre alt, fuhr er fort. Er unterrichtete nicht mehr, aber empfange noch Patienten. Seine Worte brachten mich in die Welt der Hoffnung zurück, aus meiner dunklen Angst in das Licht der Zuversicht, der Möglichkeiten und Chancen.

»Wie kommen wir zu diesem Kloster?«

Nun, das sei nicht schwer. Die *Gompa* befand sich zwei Autostunden von Kathmandu entfernt. Wir sollten ein Taxi nehmen, einen Tagespreis ausmachen und gut aufpassen, daß wir nicht übers Ohr gehauen wurden. Dondup Trungpa lachte jetzt frei heraus und wünschte uns viel Glück. Wir sollten dem Ehrwürdigen *Menrampa* Grüße von ihm ausrichten sowie die dringende Bitte, mit seinen Kräften schonend umzugehen. Wir dankten ihm und entschuldigten uns, daß wir seine Zeit in Anspruch genommen hatten, zumal ein junger Mönch mit besorgtem Gesicht an der Tür stand; offenbar wurde die Suppe kalt. Dondup Trungpa bewegte raschelnd seine Gewänder, erhob sich mit federndem Schwung. Eine Handbewegung, ein freundliches Lächeln; wir waren entlassen.

10. Kapitels

Es war halb sieben. In den frühen Morgenstunden war Wind aufgekommen. Gelbe Staubschleier wehten über die Straße, der Himmel leuchtete wie stumpfes Glas. Der Fahrer, der mit dem Taxi vor dem Eingang des Hotels auf uns wartete, war knapp zwanzig, hatte ein rundes Kindergesicht und lustige Augen. Er war *Sherpa,* hatte er uns stolz erzählt, und sein Name lautete Thapa Tsering.

»Die *Sherpas*«, erklärte ich Roman, »gehören eigentlich zu den Tibetern, bilden aber eine Gruppe für sich. Viele arbeiten als Lastträger oder Bergführer. Sie sind besonders kräftig und zäh, stimmt das, Thapa?« Er lachte und bestätigte es. Ja, und er selbst machte keine Ausnahme, obwohl er die High-School besucht hatte und studieren wollte. Das Taxiunternehmen gehörte seinem Onkel. Der bekam die Hälfte des Geldes, den Rest legte Thapa auf die Seite, um sein Studium in Indien zu finanzieren.

»Warum in Indien?« fragte Roman.

Das nepalische Schulsystem sei antiquiert, meinte Thapa. Wer in Indien studierte, hatte im Beruf die besseren Chancen.

Der Morgen war eiskalt, und Schwärme von Vögeln zwitscherten auf den Telefondrähten. Der Wagen holperte zwischen bröckelnden Mauern aus rotem Backstein die Straße entlang an Läden und Wohnhäusern vorbei, deren Türen weit offen standen, so daß man die unteren Räume sah, und Gestalten, die sich darin bewegten. Am Straßenrand begossen sich Frauen und Männer bei ihrer morgendlichen Waschzeremonie an den öffentlichen Brunnen mit Wasser. Bald erreichten wir *Swayambudnath,* den Lotushügel. Eine steile Treppe führte zum Tempelbezirk. Schon frühmorgens strömten Pilger die

Stufen hinauf, zogen sich außer Atem am Geländer hoch, während heilige Affen zankend und kreischend über die Steine turnten. Unter sanft gleitenden Königskrähen träumten Buddhafiguren im Schatten alter Bäume, und die Gottheiten des Hinduglaubens erzählten ihre eigene Fabel. Wir fuhren weiter über Schlaglöcher, inmitten einer Prozession von Lastwagen, die mit grellfarbigen Plakaten, künstlichen Blumen und Flitter geschmückt waren wie Karnevalswagen.

»Das sind ja chinesische Fahrzeuge!« bemerkte Roman überrascht.

Ich nickte.

»Die Chinesen machen mit Gebrauchtwagen gute Geschäfte.«

Zum Glück schwenkte der Weg bald ab. Wir fuhren durch eine Landschaft in lieblichen Pastellfarben. Die Obstbäume schüttelten sich im Wind, ein funkelndes Wasserband zog sich durch das Tal, und Schwalben schossen dicht über den Boden. Braune und gelbe Felder, wie Staffeln angelegt, senkten sich stufenförmig ins Tal. Frauen, in rote Saris gehüllt, legten Backsteine zum Trocknen aus. Die Straße, ständig steigend, wand sich in langen Schleifen durch die Hügel. Bald krochen wir im Schneckentempo vorwärts. Um Erschütterungen zu vermeiden, umging Thapa jedes Schlagloch. Die Federung quietschte, wir spürten bald sämtliche Knochen. Auch die Hitze im Wagen war mörderisch; kurbelten wir die Fenster herunter, schluckten wir Staub. Der Wind brauste, die Zündung bebte und spuckte.

»Dieser Wagen schafft den Weg hinauf nicht!« stöhnte Roman.

»Das glaube ich auch nicht«, pflichtete ich ihm bei.

Doch Thapa grinste uns im Rückspiegel an; wir sollten uns keine Sorgen machen. Und wahrhaftig, bald hatten wir die Paßhöhe erreicht; die Straße schwenkte nach Westen ab, und vor unseren Augen öffnete sich eine weite, gelblich-flimmernde Hochebene. Soweit das Auge reichte, schien die Erde aus winzigen Terrassen zu bestehen, auf denen Bauern arbeiteten. In immer höheren Serpentinen führten enge Wege zu den Häusern aus roten Backsteinen. Kinder hüteten langhaarige Ziegen am Straßenrand. Große Pappeln bogen sich im Wind, das Laubwerk flimmerte wie Silber. Dunst verhüllte die Berge, und die gewaltigen Schneefelder waren nur ferne Schatten am Himmel. Wir dösten vor uns hin, benommen von der Hitze, bis der Weg plötzlich eine scharfe Kurve zog.

»Tritan Norbutse!« rief Thapa vergnügt.

Wir blickten in die Richtung, die er uns zeigte. Das Kloster klebte wie eine riesige Bienenwabe an der Bergflanke. Die steilen, leicht überhängenden Mauern waren in sattem Gelb gehalten. Die Südflanke ragte hoch über das Hochtal, während sich die Nordmauern an den Berghang lehnten. Das Dach war vergoldet, Gebetsfahnen flatterten im Wind. Von der Straße aus gesehen schien es, als bestehe der Bau aus einem Teil des Berges selbst. Unterhalb des Klosters, inmitten eingefriedeter Äcker und Gärten, lag ein kleines Dorf. Thapa lenkte den Wagen an den Straßenrand und stellte den Motor ab. Wir stiegen aus. Thapa deutete auf einen Pfad, der in Windungen empor führte. Wir begannen den Aufstieg. Der Pfad führte eine Schlucht entlang, in der ein Wildbach schäumte. An einigen Stellen hatte man Stufen in den Felsen gehauen. Wir schleppten uns keuchend hinauf. Der Wind wehte uns Sand in die Augen.

»Oh, dieser Weg hat es in sich!« ächzte Roman.

Wir standen und schnappten nach Luft. Ich lachte atemlos.

»Weit vom Schuß widersteht man den Versuchungen dieser Welt.«

Das Kloster hing über uns wie eine phantastische Kulisse, eine Bastion aus einer anderen Welt. Auf einmal regte sich etwas in mir, undeutlich zwar, ein altererbtes Wissen. Und als ob Thapa in meinen Gedanken las, nickte er mir zu, mit einem kleinen Lächeln in den Mundwinkeln.

»Tritan Norbutse ist ein *Bon*-Kloster.«

»Ach«, murmelte ich. Es war ein Gefühl in mir – weder angenehm noch unangenehm –, das ich nicht identifizieren konnte. Irgendwie hing es mit meinem Vater zusammen. In dieser windgepeitschten Weite war er mir ganz nahe, viel näher, als ich ahnen konnte.

»Was ist ein *Bon*-Kloster?«

Romans Frage brachte mich in die Wirklichkeit zurück. Ich wischte mir den Schweiß von der Stirn.

»*Bon* ist die alte Religion Tibets, sie war schon vor dem Buddhismus da. Sie stützt sich auf die Lehren der Schamanen, auf die Urerfahrung der Menschen also. Götter und Dämonen sind ja nichts anderes als die Darstellungen seelischer Vorgänge. Aber im Westen wurden diese Urbilder erst mit dem Aufkommen der modernen Psychoanalyse wieder beachtet.«

»Mir scheint, hier war man weitsichtiger.«

»Das Denken war der Elite vorbehalten, das ist auf der ganzen Welt so. Aber es verstopften keine moralischen Scheuklappen den Zugang zum Psychischen.«

Wir zogen weiter. Der Wind trug uns die Stimmen der Mönche entgegen, die im Heiligtum sangen. Wir kletterten endlose Stufen empor, umgingen einen Felsen, und da kam ein gewaltiges Holztor in Sicht, mit Riegeln und Stangen versehen. Schlecht ausgebesserte Risse klafften an der Mauer: Der Bau hatte etliche Erdbeben überstanden. Große Gebetsmühlen aus Messing funkelten in den Nischen. Eine letzte Treppenfolge brachte uns in einen Innenhof, der von einer Galerie umgeben war. Von einem Stockwerk zum anderen führten Holzleitern, auf denen jetzt einige Novizen herunterkletterten, um uns zu begrüßen. Ein junger Mönch trat uns höflich entgegen. Er war mager, drahtig und trug eine Brille. Ich erklärte den Zweck unseres Besuches. Der Mönch erwiderte, der Heilige Gyatso Tonpa sei gerade bei einer Kontroverse; wenn wir uns eine Weile gedulden könnten, würde er gerne mit uns reden. Ob allerdings sein Bruder, der Ehrwürdige *Menrampa*, in der Lage sei, Besucher zu empfangen, konnte er nicht sagen.

»Es geht ihm nicht gut, und er liegt meistens zu Bett. Aber wir werden ihm Ihre Ankunft melden.«

Wir folgten ihm, und Roman sagte:

»Ich finde es so leicht, mit dem Lamas umzugehen. Sie lassen Fremde ohne weiteres vor, das hätte ich nie gedacht.«

»Die Lamas leben in Abgeschiedenheit, nicht auf dem Mond«, sagte ich. »Und ich nehme an, daß sie die Abwechslung schätzen.«

Der Mönch führte uns durch den Hof auf das Hauptgebäude zu. Wieder eine Tür, mit Eisenbeschlägen versehen. Ein Balken, im Boden eingelassen, kennzeichnete die Schwelle. Der Mönch ging voraus. Die dicken Mauern, die gelbe Farbe der Wände, die gewaltigen Balken verstärkten den Eindruck, daß wir uns in einer Festung befanden. Der Ort war nicht im geringsten unheimlich. Man hätte hier nur Stille erwartet; statt dessen brüllten uns Stimmen entgegen. Zwei hochgewachsene Mönche mit steinernen Gesichtern bewachten eine Tür. Auf dem Boden standen zwei Paar Sandalen, durchgewetzt und staubig. Unser Begleiter bat uns mit einer Geste zu warten. Ein karminroter Vorhang bedeckte den Eingang, aber die offenen Türflügel ließen die Stimmen in voller Lautstärke nach draußen schallen. Die eine war jung, eifrig und nervös, die andere kühl und belustigt. Das Wortgefecht erfolgte Schlag auf Schlag, wobei sich die jugendliche Stimme zunehmend hysterisch anhörte. Roman sah mich perplex an. Es klang nach Streit, war aber keiner.

»Meinungsaustausch zwischen Lehrer und Schüler«, erklärte ich. »Der Novize bringt eine These vor, der Meister widerlegt sie.«

»Ähnlich also wie in der Talmudschule?«

»Ja. Buddhisten halten nicht viel von blindem Gehorsam. Wer religiöses Denken kritiklos akzeptiert, gilt als unreif.«

Unser Begleiter blinzelte hinter den dicken Brillengläsern, als ob er die Worte verstanden hätte. Er schob den Vorhang ein wenig zur Seite, so daß wir einen Blick in das Zimmer werfen konnten. Der Raum war mit einer Holztäfelung versehen. Im Hintergrund erhob sich die typische Altarwand mit schön polierten Kultgegenständen aus Silber und Messing. Zwischen antiken Rollbildern, mit golddurchwirktem Brokat eingefaßt, hing ein großes, koloriertes Porträt des Dalai Lama. Der Abt saß mit untergeschlagenen Beinen auf einem dunkelrot bezogenen Ruhebett. Vor ihm stand ein etwa sechzehnjähriger Novize, platzend vor Energie. Seine Stimme überschlug sich fast. Er sprang vor und zurück, stampfte mit den Füßen, schlug mit der Faust in die Handfläche, furchte grimmig die Stirn und rollte die Augen, als liege er mit unsichtbaren Dingen im Kampf. Roman sah eine Weile verblüfft zu. Dann fragte er:

»Darf er so toben?«

»Die Körpersprache wird im *Chora* im Debattierhof gelernt«, sagte ich leise.

»Sehr eindrucksvoll. Und das vor einem Lehrer …«

Dem Novizen fehlte es nicht an Überzeugung. Er brachte seine Meinung mit äußerster Vehemenz vor. Das Ganze war wie eine Mischung aus Tanz, Kampfsport und Deklamation, bis der Lehrer mit einem kurzen Befehl dem Disput ein Ende setzte. Sofort warf sich der Junge zu Boden, verneigte sich, kam wieder auf die Beine, verneigte sich ein zweites, dann ein drittes Mal, wobei er stets einen Schritt zurückging, bis er die Tür erreichte und atemlos aus dem Raum stürzte. Sein erhitzter Atem streifte uns, der Schweiß rann ihm die Schläfen herab. Blindlings schlüpfte er in seine Sandalen, stolperte davon wie ein aufgescheuchter Vogel. Das Echo seiner hastigen Schritte verhallte in den Gängen. Inzwischen betrat unser Begleiter den Raum. Ein leiser Wortwechsel folgte. Die Türhüter standen da, die muskulösen Arme verschränkt, und warfen uns Seitenblicke zu. Nach kurzer Zeit rief der Mönch drinnen ein paar Worte. Die Türhüter verneigten sich, hielten den Vorhang auf. Wir traten ein. Der Abt begrüßte uns zwanglos, wobei er die Falten seines Gewandes ordnete und eine bequemere Stellung suchte. Ein knapp vierzigjähriger Mann, drahtig und geschmeidig, mit ebenmäßigen Zügen und kurz gestutztem Bart. Er hatte pechschwarze Augen unter dichten Brauen, deren äußere Enden nach oben verliefen. Lächelnd empfing er unsere Verbeugung; seine Zähne waren weiß und ebenmäßig wie zwei Perlenschnüre. Der Mönch mit der Brille brachte drei Kissen; wir setzten uns, wobei sich Thapa ehrfürchtig im Hintergrund hielt. Dann verbeugte sich unser Begleiter, verließ den Raum. Ein Novize, das Gesicht respektvoll zur Seite gedreht, brachte Buttertee. Gyatso Tonpa sprach nur tibetisch. Aber wie jeder hohe Lama hatte er routinierte Umgangsformen und verstand es sehr wohl, seinen Gästen die Befangenheit zu nehmen. Darüber hinaus merkte ich, daß ihn unser Besuch freute. Er machte gewandt Konversation, interessierte sich für unsere Antworten und zeigte seine prachtvollen Zähne. Ich sagte, daß Roman ein Buch über Exiltibeter schreiben wollte.

Gyatso Tonpa nickte ihm freundlich zu.

»Wir sind dankbar für jede Unterstützung.«

Ich übersetzte. Roman machte ein erfreutes Gesicht und sagte, es sollte ein gutes Buch werden. Ein Buch aus der Sicht der Opfer, eine Anregung zum Engagement. Er sei hier, um Informationen zu sammeln und Probleme zu klären.

»Informationen können täuschen, Probleme ablenken«, erwiderte Gyatso Tonpa. »Aber wenn Sie schreiben, was Sie fühlen, dann ist es schon richtig.«

Roman runzelte leicht die Stirn.

»Oh, das ist aber nicht so einfach!«

Gyatso Tonpas Augen blitzten wie Gemmen.

»Auf der Ebene der Sprache gibt es viele Schichten. Die gesamte Welt, jedes Erlebnis hängt mit unseren Gefühlen zusammen. Sie wirken nicht nur auf alle Lebewesen, sondern in alle Sphären ein. Aber das muß man persönlich erfahren.«

Ich übersetzte auch das. Roman sah ihn aus übergroßen, verblüfften Augen an. Gyatso Tonpa lächelte, und die Spitzen seiner Brauen hoben sich höher. Roman war aus dem Konzept gebracht und sichtlich in Verlegenheit. Den Abt interessierte es, daß wir aus der Schweiz kamen. Er selbst, betonte er, sei nie in Europa gewesen, aber die Reisen Seiner Heiligkeit verfolge er mit größter Anteilnahme. Der Novize goß frischen Tee ein. Roman hielt sich kerzengerade und trank. Thapa schien in Reglosigkeit erstarrt. Der Abt lächelte jetzt nicht mehr, sondern sprach mit nachdenklichem Gesicht.

»Daß unser Volk aus seiner schönen Heimat in alle Welt hinaus verstreut wurde, erscheint mir wie eine merkwürdige Tat des Schicksals. Was mich betrifft, ich stelle Fragen. Ohne Unterlaß Fragen zu stellen, das nennt man Leben. Doch ich weiß, daß ich die Arbeit vieler Leben brauche, um die Antworten zu finden.«

Er blickte mich fest an. Ich erwiderte:

»In Europa gibt es ein Sprichwort: Wenn es dem Bären zu wohl wird, fängt er an zu tanzen. Daneben besteht die Meinung, daß man nur durch Entbehrungen zur Einsicht kommt.«

Er nickte vor sich hin.

»Ach? Tatsächlich kommt mir oft der Gedanke, daß die Prüfungen, die uns auferlegt wurden, uns in Wirklichkeit helfen. Der Schmerz stärkt den Glauben und festigt die Seele. Derzeit erdulden wir Qualen. Und es werden neue Nöte hinzukommen, die wir nicht kennen. Unsere Zukunft ist wie Wasser, das wir von so weit herholen, daß wir jeden Tropfen mit einer Träne bezahlen. Aber eines Tages werden wir wissen, wofür wir kämpfen. Nicht für eine bessere Welt, nein, sondern für einen besseren Menschen.«

Nach einem Schweigen schüttelte er den Kopf, wie um einen Gedanken loszuwerden, und schenkte uns sein helles, aufgeräumtes Lächeln.

»Genug! Ich bin ein Schwätzer. Ich weiß, daß Sie gekommen sind, um meinen Bruder zu treffen. Doch was führt Sie zu ihm?«

»Ich bin Ärztin«, sagte ich.

Er antwortete ernst.

»Sie dienen den Menschen. Nicht alle haben dieses Glück.«

Für gewöhnlich fiel es mir schwer, von mir zu erzählen. Roman konnte sich nicht einmischen; dadurch formten sich meine Gedanken leichter.

»Ich idealisiere Tibet nicht, so wie manche es tun. Ich liebe meinen Beruf, könnte auch gut verdienen dabei. Aber ich bin an einem toten Punkt angelangt. Was mich belastet, ist das Bewußtsein, daß ich nicht mein Bestes gebe. Ich möchte in erster Linie mir selbst gegenüber aufrichtig sein. Der Ehrwürdige *Menrampa* unterrichtete meine Cousine Karma Dolkar. Ich habe mir sagen lassen, daß er ihre Fähigkeiten schätzte. Ich möchte ein paar Jahre bei ihr lernen. Es sei denn, sie findet mich unzureichend.«

Unvermittelt lächelte er. Seine Zähne glitzerten unter dem Schnurrbart.

»Es gibt ein Feuer, das von Geist zu Geist springt.«

Ich verzog leicht das Gesicht.

»Ich wünschte, es würde brennen.«

Er blinzelte mit beiden Augen gleichzeitig.

»Wenn es nur raucht, werden Sie es schnell erfahren.«

Inzwischen war auch unser Begleiter wieder da. Der Abt forderte ihn mit einem Blick zum Sprechen auf. Der Mönch deutete eine Verbeugung an: der Ehrwürdige *Menrampa* sei bereit, uns zu empfangen.

»Am besten, Sie gehen gleich zu ihm«, sagte Gyatso Tonpa. Ein Schimmer von Besorgnis glitt über sein Gesicht. »Sein altes Herz ist noch gut dabei. Aber er darf sich nicht anstrengen.«

Wir erhoben uns; ich entschuldigte mich für die Störung, dankte dem Abt für seine Hilfe. Er lachte leise und belustigt.

»Es war mir eine Freude. Lamas können nicht den ganzen Tag meditieren: ich existiere, und du existierst, und wir beide existieren nicht, und so weiter. Dazu brauchen sie einen klaren Kopf. Sie müssen essen und ein paar Stunden schlafen oder sich Geschichten anhören. Und bisweilen auch eine neue Geschichte erleben, eine, die gerade erst beginnt.«

Er gab ein Zeichen. Der junge Mönch trat vor, reichte ihm drei *Katas* – Glückschärpen – mit denen die Tibeter ihre Gäste ehren. Gyatso Tonpa winkte uns zu sich, legte jedem von uns eine *Kata* um die Schultern. Er sah mir geradeaus ins Gesicht; ich empfand die tiefe Kraft seines Segens; es war, als berührten sich unsere Seelen. Dann gingen wir, und Roman streckte erlöst den steifgewordenen Rücken. Er ließ die Unterlippe hängen, woran ich merkte, daß er schmollte.

»Ich hatte gehofft, hier etwas zu lernen.« Seine Stimme klang ungehalten. »Ich bin ohne Bezugspunkte und komme mir etwas dumm vor. Und der Abt hat bloß mit Firlefanz gespielt. Ich möchte ihn nicht als leichtfertig bezeichnen. Aber trotzdem ...«

»Lamas haben ihre eigene Logik. Die zu verstehen, erfordert Übung. Und sie denken, daß Emotionen wesentlich sind. Es tut mir leid, Roman.«

Er seufzte gereizt, legte mir versöhnlich die Hand auf die Schulter.

»Sei mir nicht böse, Tara. Ich bin etwas müde. Die lange Fahrt ...«

Er war in der Lage, freundlich zu sein, auch wenn ihm etwas nicht paßte. Ich wollte Romans Hand nicht abschütteln, bloß sanft ergreifen und wegschieben. Er war mir – im wahrsten Sinne des Wortes – im Weg.

Wir gingen über den Innenhof, auf ein anderes Gebäude zu. Die Sonne schien heiß, der Wind wehte Staub empor. Unser Begleiter stieß eine Tür auf; ein Korridor führte zum rückwärtigen Teil des Gebäudes. Eine Tür standhalb offen; der Mönch kratzte daran mit zwei Fingern. Eine alte Stimme sagte ein paar Worte. Der Mönch trat ein und verbeugte sich. Wir taten es ihm nach.

Der Raum war groß und hell und diente offenbar als Refektorium. Jedenfalls roch es nach Essen, und in der Mitte stand ein langer Tisch. Am Tischende saßen zwei Männer: Der eine war jung, hatte ein pockennarbiges Gesicht und grobe Züge, der andere war ein Greis. Seine Gestalt schien unter dem Mönchsgewand nur aus Haut und Knochen zu bestehen. Auch das wohlgeformte Gesicht war eingefallen. Die Haut voller Falten und Risse gleich einem sehr eng geknüpften Netz. Noch nie hatte ich ein Gesicht gesehen, das auf so edle Weise Trauer und Ruhe zeigte. Das kurz geschorene Haar war schneeweiß. Während er unseren Gruß mit leichtem Kopfneigen erwiderte, ließ ein Lächeln seinen Blick plötzlich hell aufleuchten. Er bat uns, Platz zu nehmen. Auf dem Tisch stand eine Kanne mit Tee. Der Pockennarbige füllte unsere Tassen. Der Arzt hatte ein Glas Wasser vor sich stehen. Draußen meckerte eine Ziege, aber im Raum herrschte völlige Stille, bis der abgemagerte alte Mann das Schweigen brach. Er sprach mit flatteriger Stimme das elegante, formelle Tibetisch der alten Generation.

»Karma Dolkar war zehn Jahre lang meine Schülerin. Sie sind ihre Cousine. Das sehe ich.«

Es war keine Frage, sondern eine Feststellung. Ich lächelte.

»Ja.«

»Sie sind auch Ärztin.«

Und wiederum war es keine Frage.

»Ich bin im Westen ausgebildet«, sagte sie. »Mein Spezialgebiet ist die Mikrochirurgie.«

Er wollte mehr darüber wissen. Wie jeder Mensch, der sich auf seinen Beruf versteht, war er begierig, Neues zu erfahren. So erzählte ich. Er hörte äußerst konzentriert zu, wobei er die Stirn furchte und mir fast unverwandt ins Gesicht schaute. Seine Augen schimmerten wie Onyx. Schließlich nickte er und sagte, ja, ja, die tibetische Medizin ginge andere Wege. Aber chirurgische Techniken seien nützlich, wenn die Natur ihr Werk nicht selbst vollbringen könne, oder wenn jede Behandlung sich als machtlos erwiesen habe. Während er sprach, belebten sich seine Züge, die Stimme, seinem Willen gehorchend, klang fester. Die Sache hatte ihn gepackt.

»Unsere Tradition sagt: Chirurgie ist nicht Medizin, sondern Verstümmelung. Sie sagt auch, der Kranke kommt von der Krankheit, die Person von ihren Organen, der Mensch vom Universum. Und ferner sagt sie, die Behandlung sollte dem Kranken, dem Ort, den Jahreszeiten angepaßt sein. Nun, das ist schon viel. Aber auch wir hatten Ärzte, die vor zweitausend Jahren im Herausschneiden von Tumoren, im Entfernen von Fremdkörpern und Nähen von Därmen geschickt waren. Der indische Chirurg Sushruta, ein Zeitgenosse Buddhas, operierte sogar den grauen Star. Die westliche Medizin steht uns näher, als wir glauben. Würden wir beide Richtungen ernsthaft studieren, könnte eine neue Medizin entstehen, die das Beste aus beiden Schulen in sich vereint.«

»Dies zu lernen«, warf ich ein, »wäre mein Wunsch. Es gibt nichts, was ich lieber möchte als das. Deswegen bin ich gekommen«, setzte ich hinzu.

Beunruhigt wartete ich, was er sagen würde. Ich hatte unbedacht gesprochen, nicht anders als ein Kind, das auf Geschenke aus ist. Er indessen betrachtete mich prüfend und sehr genau.

»Ich bin zu alt und habe auch zu viel Zeit verloren. Aber Sie könnten es bei Karma lernen.«

Ich erwiderte, daß ich sie vergeblich in Kathmandu gesucht hatte. Er schüttelte den Kopf.

»Sie ist nicht mehr da. Sie hat ihren Laden aufgegeben und lebt jetzt in Pokhara, im Tashi Packhiel Camp. Sie arbeitet dort in der Krankenstation.«

Ich übersetzte für Roman. Er hatte die Karte Nepals gut im Kopf.

»Pokhara? Das liegt doch beim Annapurna-Massiv? Zweihundert Kilometer westlich vom Kathmandu-Tal, soviel ich weiß?«

»Ja, an der tibetischen Grenze.«

Der Arzt, dessen Augen aufmerksam zwischen uns hin und her sprangen, nickte. In Pokhara befanden sich mehrere Auffanglager. Viele Tibeter sahen für sich keine Zukunft im chinesisch besetzten Gebiet und flohen über den Himalaya. Die Strapazen waren furchtbar. Erwachsene und Kinder kamen meistens krank über die Grenze: Lungenentzündungen, Typhus, Durchfall, Erfrierungen. Im allgemeinen waren die Krankenstationen gut ausgerüstet, sagte Jonten Kalon. Das nötige Geld komme von der tibetischen Exilregierung oder von Privatspenden. Aber es herrsche ein Mangel an Ärzten und geschultem Pflegepersonal. Ich sagte:

»Ich muß mich nach den Flügen erkundigen.«

Er sah mir in die Augen.

»Sie werden schlecht verdienen und sich eingesperrt fühlen.«

Ich schüttelte den Kopf.

»Das macht das Leben einfacher für mich. Es geht mir nicht um Geld. Ihr Wissen zu lernen, ist mir wichtiger.«

Er hob die Brauen, als hätte ihn die kleine Schmeichelei gefreut und erwiderte, versonnen lächelnd:

»Wenn ein Mensch merkt, daß sein Atem dem Ende zugeht, möchte er denen, die nach ihm kommen, den Rhythmus des eigenen Atems übermitteln. Und der Atem des Arztes ist seine Erfahrung. Er möchte sein Wissen weitergeben. Nicht etwa, weil es seiner Endbestimmung entspricht – denn diese zieht sich durch mehrere Leben –, sondern weil es seine Pflicht ist.«

Ein heiserer Husten schnitt ihm das Wort ab. Der Pockennarbige machte ein besorgtes Gesicht und reichte ihm das Glas. Jonten Kalons linke Hand tastete ungeschickt aus seinem Gewand hervor. Seine zarten Finger schlossen sich um das Glas, führten es an die Lippen. Ich versuchte herauszufinden, was mir an seiner Bewegung seltsam vorkam, als Roman sich plötzlich vorlehnte.

»Mich würde interessieren, ob die Chinesen ihm erlaubt haben, in Tibet seinen Beruf auszuüben.«

Ich dolmetschte. Jonten Kalon stellte behutsam das Glas auf den Tisch. Seine klaren Augen wandten sich Roman zu. »Die chinesischen Ärzte«, sagte er, »kümmern sich wenig um die Einheimischen. Sie sind für die Chinesen da. Tibeter werden zumeist von Medizinstudenten behandelt. Tibet ist für sie ein ausgezeichnetes Experimentierfeld. Manchmal – es steht außer Zweifel – erzielen sie Erfolge und werden gute Ärzte.«

Sein ironischer Tonfall ließ in mir ein Unbehagen zurück, einen fast körperlichen Eindruck von Schrecken. Doch Roman sprach weiter.

»Wir hörten, daß Sie verhaftet wurden, weil Sie verletzte Demonstranten gepflegt haben. Stimmt das?«

Seine Worte hörten sich brutal an. Ich schämte mich für

ihn. Doch Roman blieb stur. Es war nicht seine Art, auf Umwegen zum Kern der Sache zu kommen. Und bisher hatte er reichlich Geduld gezeigt.

»Frag ihn, ob das stimmt, Tara!«

Ich tastete mich vor, als ginge ich auf rohen Eiern. Ich hatte Angst, an diese Dinge zu rühren. Doch Jonten Kalon, der Roman nicht aus den Augen ließ, nickte gleichmütig.

»Der Leidensfähigkeit der Menschen ist eine Grenze gesetzt. Die Chinesen versuchen, die Grenzen immer weiter zu verschieben. Das kommt ihrem Forschungsdrang zugute. Sie denken praktisch, wollen sich aber nicht blamieren. Die Menschenrechte, nicht wahr?«

Ich atmete etwas auf und dolmetschte. Roman starrte ihn an. Der alte Mann sprach weiter, mit unentwegt ruhiger Stimme.

»Offiziell gibt es keine Folter und keine politischen Gefangenen. Man geht sehr vorsichtig vor. Aber auch sehr radikal.«

Gelassen schob er sein Gewand zurecht. Ich starrte auf den Armstumpf, der aus seiner nackten Schulter ragte; die Narbe war dunkelrot, die Knochen waren unter der eingeschrumpften Haut sichtbar. Ich bemerkte aus den Augenwinkeln, daß Roman eine Art Schluckauf bekam. Er preßte die Hand vor den Mund, stieß seinen Stuhl zurück und verließ taumelnd den Raum. Ich gab Thapa ein Zeichen; er sprang auf und lief mit verstörtem Gesicht hinterher. Als beide draußen waren, holte ich tief Luft.

»Die Wunde ist gut vernarbt.«

Der alte Mann antwortete ebenso sachlich:

»Wie Sie sehen, nahmen sie dazu eine Säge. Sie taten das nötige, damit ich nicht verblutete. Sie wollten Informationen. Sie würden sie schon bekommen, sagten sie. Ich hätte ja noch den linken Arm. Wenn jemand sterben will, dann ist es nicht schwer, den Weg zu finden. Doch es sollte nicht sein. Ich hatte Freunde. Nicht alle Chinesen sahen sich als Werkzeuge für eine Veränderung der Welt an. Ich kam frei, doch für wie lange? Sie hatten mich in der Hand. Ich war jeden Tag darauf gefaßt, wieder verhaftet zu werden. Nicht, daß ich meinem Leben übermäßige Bedeutung beigemessen hätte, aber ich konnte meinem Volk noch nützlich sein. Sobald ich bei Kräften war, wagte ich die Flucht. Ein Lastwagen brachte mich über die Grenze.«

Ich schwieg. Die beiden Mönchen starrten vor sich hin. Die Hand des Arztes tastete nach dem Wasserglas. Ein paar Tropfen rannen über sein Kinn. Ich hörte an seiner Stimme, wie müde er war.

»Mir blieb nur noch eine Hand, die linke. In den folgenden Jahren wurde ich mein eigener Lehrer. Demütig schulte ich diese Hand, erzog sie für ihre zweifache Aufgabe. Die Jahreszeiten vergingen. Ich merkte, wie die Gesten, die sich in meinem Körper im Laufe der Jahre angesammelt hatten, durch meinen linken Arm in die Hand strömten. Ich konnte meine Tätigkeit wieder aufnehmen, neue Schüler ausbilden. Die Chinesen hatten mir den Arm genommen, mir dafür ein vertieftes Empfinden, ein umfassenderes Denken geschenkt. Sie wollten mir schaden, sie haben mich bereichert. Die Götter ließen mich alt genug werden, um es fühlen zu können.«

Seine Stimme brach. Husten schüttelte seine magere Brust. Der Pockennarbige hielt ihm sein Glas hin. Jonten Kalon trank; das Wasser beruhigte den Hustenreiz. Er straffte sich, zog sein Gewand über den Armstumpf und ordnete die Falten. Seine Gesten waren sehr langsam, aber leicht und geschickt. Dann wandte er sich mir zu und lächelte ein wenig.

»Ihr Begleiter ist kein Arzt, nicht wahr?«

»Nein, er ist Journalist.«

»Er hat keine starken Nerven.« Jonten Kalon zeigte eine Spur der Herablassung, die das Alter für die Jugend manchmal aufbringt. »Wird er mit Ihnen nach Pokhara gehen?«

»Nein«, erwiderte ich, »das glaube ich kaum.«

11. Kapitel

Täglich – außer am Samstag – ging von Kathmandu aus ein Flugzeug der Air Everest nach Pokhara. Die Maschinen verfügten über keinen Radar, und die Piloten flogen auf Sicht. Pokhara lag zweihundert Kilometer westlich von Kathmandu. Die Flugzeuge waren stets ausgebucht, und ich hatte tagelang warten müssen, bis ich ein Ticket ergatterte. Bei schlechtem Wetter wurden die Flüge oft in letzter Minute abgesagt. Auch in dieser Nacht hatte es geregnet, rings um den Horizont schwammen weiße Wolken, die der Wind gegen die Berge preßte. Die kleine Maschine war gerammelt voll: eine Delegation von Beamten, alle in dunklen Anzügen, deutsche Rucksacktouristen, blond und braungebrannt. Eine Gruppe von Japanern wollte auf den Annapurna. Männer und Frauen waren mit farbenfrohen Daunenjacken, Pullovern, Wollmützen, Handschuhen und Schals ausstaffiert, die reinste Bergsteigermodenschau. Wir saßen vierzig Minuten lang angeschnallt, bis die Maschine, von Windböen geschüttelt, endlich startete. Das Flugzeug hüpfte und taumelte in den Luftlöchern. Eine Stewardess, schweißgebadet vor Übelkeit, verteilte süßsaure Bonbons, rosa wie ihr Ṣari. Der Zwischengang war so schmal, daß sie sich nur seitwärts voranschieben konnte. Die Sitze waren voller Flecken und eingebrannter Zigarettenlöcher. Endlich flog die Maschine ruhiger. Die Beamten lasen die *Kathmandu-Times*, die Japaner photographierten durch die trüben Fenster. Unter uns dehnte sich das Vorgebirge aus, braungefleckt wie ein Leopardenfell. Schatten erfüllten die Schluchten; Felder, in Staffeln angelegt, leuchteten grün und gelb, und Wege ringelten sich schlangengleich über Hügel und Täler. Kleine, hellrote Dörfer klebten an den Hängen wie

Vogelnester. Und hoch über den goldbraunen Kämmen schwebten, glasig schimmernd wie Eiswellen, die höchsten Gipfel dieser Erde. Kein Auge, kein Gedanke, schien stark genug, ihr Geheimnis zu durchdringen. Der Schatten des Flugzeuges lief neben uns her, sprang vor und zurück über dunkelweiße Wolkenballen. Ich bin da, dachte ich, in diesem fliegenden Schatten. Mir war, als ob sich sämtliche Fäden, die mich mit dem verbanden, was einmal gewesen war, plötzlich gelöst hätten.

»Es tut mir leid«, hatte Roman damals gesagt, als wir das Tritan Norbutse Kloster verließen. »Ich fürchte, ich habe mich daneben benommen.«

»Du hast nicht allzuviel Selbstbeherrschung gezeigt.«

»Ich war einfach nicht darauf vorbereitet ...«

»Er hat es dir nicht übel genommen.«

»Herrgott! Man kann es sich nicht vorstellen.«

»Manchmal sägen sie den Gefangenen beide Arme ab. Und die Beine auch. Und lassen sie verbluten. Tashi Kalon hat Glück gehabt.«

Am Morgen hatte er mich zum Flughafen gebrach, zwei gute Stunden mit mir gewartet. Die Lufthansa nach Zürich ging erst drei Tage später. Roman meinte, er wollte sich noch ein wenig in Kathmandu umsehen. Er sagte das in einem besonderen Ton, und ich lächelte im stillen. Viele Männer werden nach einer Trennung sentimental. Eine exotische Episode würde ihn auf andere Gedanken bringen. Präservative hatte er immer dabei. Seit unserem Besuch im Kloster – eine Woche zuvor – hatte eine merkwürdige Stimmung zwischen uns geherrscht. Wir gehörten zusammen, und doch auch nicht mehr. Wir waren ein paarmal in Bodhnath gewesen, hatten mit Flüchtlingen gesprochen. Es war niemals schwierig, mit Tibetern ins Gespräch zu kommen, sie legten Wert darauf, angehört zu werden. Roman war sehr darauf aus zu lernen. Er wollte auch nach Indien gehen und Tibet bereisen – bevor ihm die chinesischen Behörden als »subversiver Autor« die Einreise verweigerten. Er erkannte allmählich, daß er nicht alles sofort greifen konnte, daß es zudem besser und höflicher war, das nicht zu tun.

Am Morgen meiner Abreise begleitete er mich zum Schalter, wo die Flugscheine gestempelt wurden.

»Inzwischen ist mir einiges klargeworden«, sagte er. »Und das mit den Gefühlen … so unrecht hatte er nicht, dieser Lama.«

»Ich bin froh, daß du das einsiehst.«

»Das habe ich dir zu verdanken.«

Ich lächelte.

»Doch wohl eher Jonten Kalon.«

Wir gingen Hand in Hand, während die Menschen an uns vorbeiströmten. Vor uns die Kontrolle, wo das Handgepäck durchleuchtet wurde. Die Passagiere nach Pokhara wurden bereits aufgerufen. Roman schloß mich in die Arme.

»Wie wär's, wenn ich dich im nächsten Jahr besuche? Wir könnten zusammen nach Tibet gehen.«

»Ich glaube nicht, daß es allzu schwer sein wird.«

Er küßte mich; ich drücke mein Gesicht an das seine und streichelte seine Wangen mit den Fingerspitzen. Ich mochte ihn eigentlich sehr. Er war jemand, der verstehen wollte; er setzte sich für Gerechtigkeit ein, zielstrebig und ohne Vision. Menschen mit Erfahrung durchschauten das, übten Nachsicht und fanden ihn nett. Unser Zusammensein war angenehm gewesen; aber kaum etwas bot sich als gehaltvolle Erinnerung an. Ein Gefühl zunehmender innerer Distanz milderte die Melancholie. Und so nahmen wir Abschied. Wir fühlten uns nicht besonders wohl dabei, aber auch nicht übermäßig traurig. Wir hatten beide etwas gefunden, das uns mehr interessierte.

Nach einer Stunde Flug senke sich die Maschine; sie verlor an Höhe, ruckartig, als vollführe sie kleine Sprünge. Sie durchbrach die wehenden Wolken, flog am Halbkreis der Berge entlang. Der Himmel leuchtete in metallisch hellem Blau. Über dem Grün der Ebene und dem Braun der oberen Hänge ragte eine schlanke, atemberaubende Bergspitze, von gleißendem

Neuschnee ziseliert: der *Machupuchare*, der »große Himmelsfisch«, der – wie die Sage weiß – einst von der Milchstraße auf die Erde stürzte und aus seinem Rogen das Leben hervorbrachte. Und bald kam, in neunhundert Meter Höhe, das Städtchen in Sicht. Terrassenförmige, braun-weiße Häuser schienen in dunkle Wälder getaucht, mitten im Tal schimmerte der Phewa-See wie ein blaues Auge. Die Maschine zog eine Schleife über dem Flughafen, setzte zur Landung an. Auch in Pokhara hatte es geregnet; die Sonne blitzte in den Pfützen. Das Flugzeug rasselte, als die Räder auf die Rollbahn drückten und die Maschine ihren Bremsweg auf der kleinen Landepiste hart abkürzte. Wir waren am Ziel.

Zehn Minuten später pferchte ich mich mit Rucksack und zwei Taschen in ein Taxi. Das Flüchtlingscamp verfügte über ein Faxgerät. Jonten Kalon hatte mir die Nummer gegeben, so daß ich Karma meine Ankunft hatte mitteilen können. Das Taxi, von Rost zerfressen, rumpelte durch Pfützen und Schlaglöcher. Noch vor zwei Jahrzehnten war Pokhara ein verträumter Marktflecken gewesen, der nur in den Wintermonaten zum Leben erwachte, wenn die Gebirgler mit ihren Maultierkarawanen herbeikamen, um Waren zu tauschen. Der Bau der Hauptstraße, die Installierung großer Wasserkraftwerke, rissen das Städtchen aus seinem Dornröschenschlaf. Pokhara entwickelte sich zum regionalen Zentrum der Bauindustrie und Behörden. Die Bergbauern wollten mehr Geld verdienen. Man ließ sie Steine klopfen. Ganze Familien hausten in Bretterbuden oder Backsteinhütten ohne Wasser. Die Zivilisation brachte Schrottplätze und Müllhalden, Abgase und Lärm. Auf einem Inselchen im Phewa-See befand sich ein Luxushotel, durch Zierbüsche und Bäume gegen die Widrigkeiten der Realität geschützt. Ein Floß fuhr hin und her, beladen mit seiner kostbaren Touristenfracht. Rund um den See drängten sich Garküchen und Restaurants. Es roch nach Fäulnis und gebratenem Öl. Händler verkauften Souvenirs, billigen Schmuck, ausgediente Trekkingausrüstungen und Bergschuhe. Trekker, erschöpft von ihren Kämpfen gegen Blutegel und Flöhe, schleppten sich in Gruppen dahin, von zerlumpten Kindern umringt und begafft. Zwischen Ziegen, Schafen und dösenden Hunden stapften tibetische Mönchsschüler durch den Schlamm, uralte Frauen drehten Gebetsmühlen, heilige Kühe suchten ihre Nahrung im Abfall. Bald ließen wir den Stadtkern hinter uns, fuhren auf einer Straße, die hügelauf und hügelab in Richtung des Vorgebirges führte. Die Straße bestand teilweise aus Schlamm, teilweise war sie mit Steinen frisch aufgeschüttet. Das Taxi hopste, ratterte und kuvte. Zehn Minuten, nachdem wir Pokhara verlassen hatten, hörte die Steigung auf; wir fuhren hinunter in ein Tal. Ich erblickte eine Ansammlung von Baracken und kleinen Steingebäuden, dahinter eine Wiese mit zwei Fußballtoren.

»Hier tibetisches Camp Tashi Packhiel«, verkündete der Fahrer. Der Wagen rollte durch ein Tor und hielt auf einem Platz, einer sandigen, viereckigen Fläche. Die Siedlung machte einen überraschend gepflegten Eindruck. Aus einem Gebäude drangen die Stimmen der Schulkinder, die nach tibetischer Art die Buchstaben sangen. Daneben befand sich der Klosterbau, gelbgetüncht wie ein massiver Lehmblock; Stoffbahnen flatterten vor dem Eingangsportal. Auf dem Dach funkelte ein *Tschörten* – ein Reliquienschrein – aus vergoldetem Kupferblech.

Während ich den Fahrer bezahlte, kam ein junger Mann über den Platz. Er hatte ein dunkles Gesicht und freundliche Augen. Ich stellte mich vor, und er schüttele mir kräftig die Hand.

»Schön, daß Sie da sind. Mein Name ist Tsering Dadul. Ich arbeite hier in der Verwaltung.«

Er war es, der Karma von meinem Kommen unterrichtet hatte; das Faxgerät stand bei ihm im Büro. Tsering Dadul nahm mir beide Taschen ab und führte mich zur Krankenstation. Die singenden Stimmen der Schulkinder wehten über den Platz; einige Halbwüchsige spielten Fußball. Tsering Dadul ging voraus, munter plaudernd, hob ein zerknülltes Papier auf, warf es in einen Abfallkorb. Die Krankenstation, ein einstöckiges

Backsteingebäude, lag hinter dem Kloster. Wir betraten ein kühles, sauberes Vorzimmer. Ein Medikamentenschrank nahm fast eine ganze Wand ein. Pillen und Kräuter verschiedener Art waren sorgfältig in Glasbehälter gefüllt. Eine hohlwangige Tibeterin, die stark hustete, hielt ein Kind auf dem Schoß, das ein Stück Fladenbrot zerkrümelte. Eine Krankenschwester saß an einem Schreibtisch vor einem Computer. Sie drehte ihren Stuhl herum, warf ihren langen Zopf zurück und begrüßte mich lebhaft. Ich erfuhr, daß Karma gerade bei einer Untersuchung war. Es würde nicht lange dauern, sagte die Krankenschwester. Tsering Dadul verabschiedete sich mit der Bemerkung, daß wir einander noch sehen würden. Ich setzte mich neben die Tibeterin. Sie trug eine verblichene *Tschuba* und die *Pangden,* die gestreifte Schürze der verheirateten Frauen. Ob sie schon lange im Camp lebte, fragte ich. Sie verneinte; erst seit ein paar Wochen. Sie erzählte, daß sie aus der Grenzstadt Lho stammte. Ihr Mann war an Asthma gestorben. Sie hatte den Kleinen auf den Rücken gebunden und den Himalaya in zwanzig Tagen überquert. In Nepal machte sie Zwischenstation; sie wollte zu ihrem Bruder nach Indien. Der kleine Junge betrachtete mich neugierig und zutraulich. Ich fragte die Frau, wie er die Reise überstanden hätte.

»Dawa ist kräftig« erwiderte sie stolz. »Ich bin krank geworden, er nicht. Jetzt bin ich froh. Er soll leben, wie er will, und eine gute Schule besuchen. Das ist in Tibet nicht möglich. Zu viele Chinesen wohnen jetzt in unserem Land.«

Da ging eine Tür auf; ein alter Mann mit einem Fuß im Gips humpelte hinaus. Hinter ihm betrat eine Tibeterin im weißen Ärztekittel den Raum. Sie hielt eine Krankenkarte in der Hand. Unsere Augen trafen sich. Ich stand auf und lächelte.

»Tara«, sagte sie, »wie geht es dir?«

»Wie kommt es, daß du mich gleich erkannt hast?« fragte ich.

»Wie sollte ich nicht?« erwiderte sie verschmitzt. »Du gleichst deiner Mutter.«

Ich versuchte die Person, die nun vor mir stand, mit dem Bild in meiner Erinnerung zu vergleichen; nichts paßte zusammen, es war schon zu lange her. Karma lachte, als ob sie in meinen Gedanken las, und strich ihren Kittel über den Hüften glatt. Ihre Stimme war tief und melodisch.

»Ich bin fett geworden, siehst du?«

»Unsinn. Du siehst gut aus.«

Karma war großgewachsen, kräftig. Sie trug lange, schwarze Zöpfe, der Mittelscheitel betonte ihr volles, herzförmiges Gesicht. Ihre Haut war wie heller Honig, die Augen schmal und leuchtend, die kleinen Hände unberingt. Ihr ganzes Wesen strahlte Gelassenheit aus. Heiter begrüßte sie die Frau, die amüsiert und nicht im geringsten verlegen zuhörte, und bat mich um ein paar Minuten Geduld.

»Keine Anmeldungen mehr, Dechi?« fragte sie die Krankenschwester, die verneinte. Zu mir sagte sie: »Dr. Shankar kommt zum Schichtwechsel. Ich sage ihm, was es Neues gibt, und er löst mich ab. Wir können gleich gehen.«

Sie führte die Frau in ihr Sprechzimmer. Dechi, munter und gesprächig, erzählte mir, daß die Krankenstation über zwei Achtbettzimmer verfügte, so daß Frauen und Männer getrennt liegen konnten. Es gab auch fünf Einzelzimmer für die Schwerkranken oder für Patienten, die wegen einer Infektion isoliert wurden.

»Aber in diesem Jahr«, sagte Dechi zufrieden, »hatten wir nur zwei Fälle von ansteckender Gelbsucht.«

Zwei Pflegerinnen, die gerade die Schule hinter sich hatten, und eine Hebamme gehörten zum Personal. Die meisten Kranken waren Flüchtlinge, erschöpft von den Strapazen.

»Alte Menschen liegen selten bei uns«, erklärte Dechi. »Sie werden, so lange es geht, zuhause gepflegt. Wir besuchen sie regelmäßig und sehen zu, daß die hygienischen Vorschriften eingehalten werden. Manchmal leben sechs oder acht Menschen unter einem Dach, aber das stört die Alten ebensowenig wie das Geschrei der Kinder. Sie fühlen sich in der Familie geborgen.«

Die Tibeterin kam aus dem Untersuchungszimmer und gab Dechi einen Zettel. Dechi ging zu dem Medikamentenschrank und öffnete einen Behälter. Sorgfältig zählte sie eine Anzahl größerer Pillen und füllte sie in einen kleinen Plastiksack, den sie der Frau mit der Bemerkung reichte, jeden Abend acht dieser Pillen mit Wasser zu zerkauen. Die Frau dankte zufrieden; sie bückte sich, hob den kleinen Jungen mit geübtem Griff auf ihren Rücken und ging. Das Säckchen mit den Medikamenten steckte sie in die Brusttasche ihrer *Tschuba*. Inzwischen war auch Karma wieder da. Sie hatte ihren Kittel ausgezogen, trug ihre *Tschuba* aus blauem Tuch, darüber eine Strickjacke, und bestand darauf, meine Tasche zu schleppen.

»Du kannst bei mir wohnen«, sagte sie. »Ich lebe allein.« Sie verzog den Mund auf eine komische Art, halb Lächeln, halb Grimasse. »Ich komme langsam in das Alter, wo mich Männer nicht mehr interessieren.«

»Ach, das glaube ich nicht. Du bist ja noch jung.«

»Zweiundfünfzig«, erwiderte sie.

Ich starrte sie verblüfft an. Sie sah zehn Jahre jünger aus. »Das hätte ich nie gedacht.«

Sie lachte; ihre Zähne waren weiß und gesund.

»Tja«, gestand sie, »da gibt es manchmal jemanden. So ein Camp ist eine kleine Stadt, du wirst schon sehen; man weiß nie, was in einer Weltstadt alles passieren kann. Und du, bist du verheiratet?«

»Ich hatte nicht die Zeit dazu.«

Sie blinzelte schelmisch.

»Ich glaube dir kein Wort.«

Karma wohnte unweit der Krankenstation, in einem Haus, das sie mit einem älteren Ehepaar teilte. Hinter der Hecke lag eine kleine Rasenfläche. In zahlreichen Töpfen blühten Tausendschönchen und kleine weiße Nelken. Ein schmaler Sandweg führte zur Haustür, die nicht abgeschlossen war. Meinen erstaunen Blick beantwortete Karma mit einem Schulterzucken.

»Es gibt hier keine Diebstähle.«

In der Wohnung schlug mir ein ungewöhnliche Geruch entgegen, frisch, würzig, etwas bitter; mir war, als vereinen sich alle Düfte der Gräser, der Rinden und Bäume in ihm.

»Woher kommt das?« fragte ich verwundert.

»Gewisse Medikamente bereite ich hier zu. Ich arbeite zumeist mit Pflanzen. Manche müssen in der Sonne trocknen, andere in der Dunkelheit. Stört dich der Geruch?«

Ich schüttelte den Kopf, ließ meinen Rucksack von den Schultern gleiten. Karma bewohnte zwei kleine Räume. Dazu gehörte eine Kochnische. Und seit kurzem sogar ein Badezimmer.

»Vor einem halben Jahr wurde das Camp kanalisiert. Wasser haben wir morgens und abends jeweils drei Stunden lang.«

Sie öffnete eine Tür neben der Küche. Man hatte einen Duschkopf in die Wand montiert, und der Lehmboden war mit einem Abflußrohr versehen. Eine Toilette mit dem üblichen Blechkrug stand auch da.

»Großartig«, sagte ich.

Sie blinzelte vergnügt.

»Wir leben – wie du siehst – im Luxus.«

Ich sah mich um. Im Wohnzimmer befand sich, wie in allen tibetischen Häusern, eine Altarwand mit dem vergilbten Porträt des Dalai Lama, die sieben Silberschalen, frische Blumen und zwei kleine Butterlampen. Die Regale zu beiden Seiten beherbergten Bücher in englischer und tibetischer Sprache. An der Wand gegenüber war eine Sitzbank angebracht, mit Kissenrollen und dunkelblauen Teppichen belegt. Auf dem niedrigen Tisch lag ein Spitzendeckchen. Die Wände schmückten einige Rollbilder aus verblichenem Brokat.

Der zweite Raum war so klein, daß zwei Sofabetten ihn fast gänzlich ausfüllten. Karmas Kleider – es waren nur wenige – hingen an Drahtbügeln hinter einem geblümten Vorhang. Karma wies auf einen Koffer alter Machart, der mit Fell bezogen war.

»Er gehörte meiner Mutter. Das Fell ist schon ganz mottenzerfressen. Aber ich kann mich nicht entschließen, mich von ihm zu trennen.« Sie verzog leicht das Gesicht. »Mitunter klammert man sich an Belanglosigkeiten ...«

Sie machte sich in der Küche zu schaffen, kam mit einer Flasche Orangensaft und zwei Gläsern zurück und stellte eine kleine Dose mit Keksen auf den Tisch. Inzwischen erzählte ich von den Eltern, von den Geschwistern. Keine Einzelheiten, das kam später. Aber auch später sprach ich nicht von Chodonla, und Karma stellte auch keine Fragen.

»Ich mag Leute, die unerwartet kommen«, sagte Karma. »Wie hast du mich gefunden?«

Sie stützte ihre Wange in ihre feingegliederte Hand. Ihr Gesicht war wunderbar ruhig. Sie schien weder jung noch alt, vertraut und zugleich rätselhaft. Ich erzählte, daß ich ihr vergeblich aus der Schweiz geschrieben hatte und auf gut Glück nach Nepal gekommen war. Als ich von Jonten Kalon sprach, verwandelte sich ihr Gesicht, zeigte Besorgnis und etwas Angst.

»Wie geht es ihm?«

»Er ist gut in Form, scheint mir.«

Sie lächelte ein wenig und entspannte sich.

»Nach allem, was er durchgemacht hat, ist es ein Wunder, daß er überhaupt noch lebt. Ich bin froh, daß es ihm gut geht.«

»Seit ich mit ihm gesprochen habe, sehe ich die Dinge klarer.«

»Hat er dir gesagt, wieviel Jahre die Ausbildung dauert?«

»Ich kann bleiben, so lange es sein muß.«

»Wie bist du darauf gekommen?« fragte sie.

»Alles, was ich tat, war auf irgendeine Weise blockiert. Ich fühlte mich, als ob ich mit dem Kopf gegen eine Mauer rannte. Ein paar Monate war ich innerlich sehr unruhig und eine kurze Zeit lang auch nicht ganz sicher. Aber ich glaube, daß ich bei dir am richtigen Ort bin.«

Sie erwiderte in nüchternem Tonfall:

»Was du tun willst, ist schwer. Dein Leben ändern, meine ich.«

Vielleicht hätte ich jetzt von Selbstfindung reden können.

Aber die Gefühle in mir ließen sich schlecht beschreiben, so als läge es in ihrer Natur, nicht ausgedrückt werden zu können. Es handelte sich um eine Einsicht, die sich von selbst und auf konsequente Weise vollzogen hatte. Und irgendwie hing sie mit Chondonla zusammen, mit ihrem Geheimnis. Ich sagte:

»Hör zu, Karma. Ich kehre der westlichen Medizin in keiner Weise den Rücken. Meine Frage lautet: Was kann die tibetische Medizin mehr? Ich weiß, sie hat stets die Zusammenhänge im Auge und achtet auf das Gesamtbild des Menschen. Kräuterheilmittel und Mineralien wurden auch in Europa angewendet, bis sie das Aufkommen chemikalischer Wirkstoffe verdrängte, und sie als Kurpfuscherkram mißachtet wurden. Heute macht man sich die Mühe, die »Hausmittel« zu analysieren und staunt über ihren wissenschaftlichen Wert. Du hast diese Heilmittel erprobt, du wendest sie an. Das möchte ich auch lernen.«

Ihre Augen ließen von mir nicht ab. Sie waren sehr klar, lagen haselnußbraun unter langgezogenen Brauen.

»Ich an deiner Stelle würde mich fragen, ob es sich lohnt. In Europa könntest du viel Geld verdienen.«

»Ich habe mich an den Gedanken gewöhnt, ein paar Jahre lang nichts zu verdienen.«

Sie runzelte tadelnd die Stirn.

»Du denkst nicht praktisch.«

»Ich habe das Gefühl, daß es nicht immer nötig ist.«

Sie goß mir mehr Orangensaft ein.

»Trink, die Luft ist trocken in Pokhara, auch wenn es regnet. Man hat immer viel Durst.«

Ich trank fast das ganze Glas aus. Ich empfand ein Gefühl der Intimität und Nähe, als ob ich Karma mein Leben lang gekannt hätte. Sie sagte:

»Meine Lektionen hier brauchen eine Menge Zeit.«

»Ich kann dir den Unterricht bezahlen.«

Sie schüttelte den Kopf zum Zeichen der Ablehnung.

»Darauf kommt es überhaupt nicht an.«

Daß ich als Volontärin in der Krankenstation arbeiten und etwas zu unserem gemeinsamen Haushalt beitragen würde, genügte vollkommen. Aber ich sollte wissen, daß ich viel zu lernen hatte.

»Und wenn du vor dem Ende aufgeben willst, kannst du gehen, und ich werde dir deswegen nicht böse sein.«

»Schön«, sagte ich.

Ihr ruhiger Ausdruck veränderte sich; sie lächelte auf besondere Art, als wollte sie ihre Kraft verbergen. Gleichzeitig drückte sie leicht mein Knie.

»Du kehrst hier an eine Quelle zurück, die seit Jahrtausenden fließt. Warte nur ab, die Erfahrung wird zum Vorschein kommen, Tropfen für Tropfen. Aber es kann sein, daß du ungeduldig wirst. Ich war es am Anfang auch.«

»Ungeduld ist nicht immer negativ«, sagte ich. »Als Mittel zum Zweck kann sie recht nützlich sein.«

»Ich habe geweint, weil ich mich so dumm fühlte.«

»Ich weine nie, außer im Zorn.«

Sie lehnte sich zurück. Ein Lächeln breitete sich auf ihrem Gesicht aus.

»Du willst also bleiben.«

»Ich werde tun, was ich kann.«

»Das steht allerdings zu hoffen, denn sonst …«

Wir brachen in Lachen aus, lachten, bis uns die Luft ausging und wir einen Schluck trinken mußten. In uns war der Widerhall eines gleichklingenden Gefühls. Das liegt in der Familie, würde Amla sagen. Man tut die Dinge richtig – oder gar nicht. Karma und ich teilten wohl dieselbe Willenskraft, ein Verhalten, das sich auf das ganze Leben erstreckte, nicht auf diese oder jene einzelne Tat. Unnütz, das anders zu erklären als in Gelächter; wir verstanden uns.

»Wann beginnen wir?« fragte ich, als ich wieder sprechen konnte. Karmas Lachen erlosch im gleichen Atemzug; sie legte mir die Hand auf die Schulter und sah mich ernsthaft an. Mein Herz schlug wild. Ihre Augen waren voller Leuchtkraft, als spiegelte sich in ihnen die Farbe des Himmels.

»Gleich, wenn du willst.«

»Sobald ich meinen Rucksack ausgepackt habe.«

Sie nickte. Ihre Stimme klang plötzlich sehr sachlich. »Wir dürfen keine Zeit mehr verlieren. Ein Drittel deines Lebens hast du schon gelebt. Aber du hast nachgedacht und dich von vielen Sachen getrennt. Das ist ausgezeichnet. Je mehr du hergibst, desto mehr kommt zurück. Du wirst es schon gut machen.«

12. Kapitel

Dr. Mathai Shankar, der Leiter der Krankenstation, war kleingewachsen, höflich, mit melancholischen Augen. Über seinem weißen Kittel waren ein zerknitterter Hemdkragen und eine ungeschickt geknotete Krawatte zu sehen. Sein Haar war blauschwarz und lockig. Er hatte in Bombay studiert und war auf Pathologie spezialisiert. Die nepalische Gesundheitsbehörde hatte ihn vor drei Jahren nach Pokhara geschickt.

»Du wirst gut mit ihm auskommen«, hatte Karma gesagt. »Er ist ein feiner Kerl, gar nicht hochnäsig, obwohl er ein *Rana* ist.« Die *Ranas* – ursprünglich aus dem Geschlecht der indischen Radshpuen – hatten ein Jahrhundert lang despotisch über Nepal geherrscht. Die Sippe war nicht mehr an der Macht, verfügte aber nach wie vor über das meiste Geld. Sie waren, wie man so sagt, »große Tiere«, ihr Standesdünkel war enorm. Nur ab und zu tanzte ein Mitglied aus der Reihe. Mathai Shankar war zu wirklichkeitsnah, um als Schmarotzer leben zu können, und zu klug, um in einem vollklimatisierten Büro die Daumen zu drehen. Daß ich als Volontärin arbeiten wollte, freute ihn. Sein einfühlsames Gesicht wirkte müde, und er bot mir eine Zigarette an, die ich ablehnte. Sein Bedürfnis, sich auszusprechen, hatte etwas Rührendes.

»Eine gute Sache, daß Sie da sind, Doktorin. Nach der Regenzeit ist hier allerhand los, müssen Sie wissen. Da kommen die Flüchtlinge.«

Er sprach mit leiser, wohlklingender Stimme, bewegte seine schmale Hand mit der Zigarette hin und her. Ich erfuhr, daß die meisten Flüchtlinge an Magen-Darmbeschwerden litten, an Lungenerkrankungen, Infektionen und Kropfbildung. Es gab auch Pocken und Dysenterie-Krankheiten.

»Und Erfrierungen natürlich. Erfrierungen kommen fast immer vor. Sie haben nicht die richtigen Kleider, kein geeignetes Schuhwerk. Chinesische Qualität, verstehen Sie? Früher, da hatten sie Stoffe aus guter Wolle, wasserabweisend, und warme Fellstiefel. Und heute? Plastik, Polyester, billiger Ramsch!«

»Sie amputieren?« fragte ich.

»Was sonst? Es geht einfach nicht anders, wenn das Gewebe schon verfault ist.«

Er schwieg, beschäftigte sich mit seiner Zigarette und sagte dann:

»Wissen Sie, diese Menschen fliehen nicht, weil sie in Armut leben. Armut können sie ertragen. Sie setzen ihr Leben aufs Spiel, um Kultur und Sprache zu bewahren. Vielleicht sollte ich sagen, daß ich sie bewundere. Aber als Arzt muß ich Entscheidungen treffen. Helfen kann ich nicht immer. Und das ist auf die Dauer belastend …«

Karma ging mit mir zum Sekretariat, das im Erdgeschoß eines alten Gebäudes neben der Schule lag. Der Raum, in den sie mich führte, war ebenso herunterkommen wie zweckmäßig: Aktenschränke aus Metall, abgewetzte Stühle, altmodische Schreibtische, auf denen die Bildschirme der Computer flimmerten und Berge von Unterlagen sich häuften. Kein Versuch, durch kosmetische Maßnahmen das Wohlgefallen der Besucher zu erregen – hier wurde gearbeitet. An der fleckigen Wand, gegenüber der Eingangstür, hing das übliche Porträt des Dalai Lama, handkoloriert, daneben eine Anzahl verblichener Kalenderbilder. Durch die Fenster war das Klostergebäude zu sehen; der vergoldete *Tschörten* funkelte im Sonnenlicht. Eine Sekretärin sprach lebhaft ins Telefon. Dorje Sandup, der Vorsteher, kam um seinen Schreibtisch herum, um uns zu begrüßen; ein lebhafter Mann, der das Bein etwas nachzog und mit dröhnender Stimme lachte. Er fegte zwei Aktenstöße auf den Boden, machte Stühle für uns frei. Ein schüchterner junger Mann brachte Orangensaft in Pappbechern. Im Raum herrschte ein ständiges Kommen und Gehen, jede Minute klopfte jemand an die Tür. Die Sekretärin sprach gleichzeitig in den Telefonhörer, händigte den Besuchern Unterlagen aus und arbeitete an ihrem Computer. Als endlich eine Pause eintrat, stand sie von ihrem Stuhl auf und schüttelte uns in die Hand. Pema Thetong trug Jeans, Turnschuhe und ein T-Shirt mit der Aufschrift »Free Tibet«. Sie war in Berlin als Sozialarbeiterin tätig gewesen und sprach außer tibetisch und nepalisch noch englisch und deutsch. »Ohne Frau Thetong läuft hier nichts«, sagte Dorje Sandup mit einem Lachen, das den ganzen Raum erfüllte. Pema lachte auch, widersprach aber nicht. Sie vertrat das Camp bei der tibetischen Exilregierung in Dharamsala, reiste ein paarmal im Jahr nach Indien und förderte Berichte von erstaunlichen Umfang zutage; ihre Statistiken galten als sehr aufschlußreich.

Um die religiösen Fragen kümmerte sich ein Abt, während Tsering Dadul, den ich bereits kannte, für die Arbeitsverteilung zuständig war. Zu der Verwaltung gehörten ferner ein Kassenwart, ein Landwirtschaftsexperte, eine Gruppe Erzieher und zwei Mönche.

»Wir verfügen natürlich nur über begrenzte Möglichkeiten«, sagte Pema Thetong. »Zum Glück sind wir nicht nur auf Spenden angewiesen.« Das Camp funktionierte nahezu autark. Die nepalische Regierung hatte das Land zur Verfügung gestellt, mehr aber auch nicht. Die Siedlung baute Getreide, Erbsen und Weizen an. Die Erde war üppig und ermöglichte zwei bis drei Ernten im Jahr. Die Tibeter züchteten auch ihr eigenes Obst und Gemüse. Die Mönche hielten eine Herde Schafe, sowie einige *Dzo* – die Kreuzung zwischen einem Yak und einer Kuh – die vorzügliche Milch gaben, während die männlichen Tiere sich gut zum Pflügen eigneten. Den Großteil ihrer Gewinne bezog die Siedlung aus der Weberei. Für die hergestellten Wollstoffe benutzten die Weber traditionelle Pflanzenfarben. Die Teppiche mit ihren urtümlichen Mustern waren in Amerika und Europa beliebt. Die Möbelhäuser wurden ohne Zwischenhändler beliefert, und die Produkte waren von allerbester Qualität. Die Gewinne waren zufriedenstellend, obwohl die Krise in den westlichen Ländern nicht ohne Auswirkungen blieb: Die Leute kauften weniger Teppiche. »Aber sie sollen ja auch lebenslang halten«, bemerkte stolz Dorje Sandup, der wenig Sinn für das Praktische hatte. Früher lebten die Flüchtlinge in Baracken, heute in Steinhäusern, die über sanitäre Einrichtungen und ein paar Quadratmeter Rasenfläche verfügten. Im Camp befanden sich ein Lebensmittelgeschäft, eine Wäscherei, eine Souvenirladen und eine Kantine.

»Sie funktioniert als Kooperative, wir sagen natürlich ›Restaurant‹, das hört sich besser an. Jeder dort tut, was er kann.« Pemas Mundwinkel zuckten. »Im Zweifelsfall ist Suppe zu empfehlen.«

Einige Flüchtlinge arbeiteten in der Ziegelwerkfabrik. Aber die Zahl der Arbeitslosen war hoch, und natürlich gab man Nepalis den Vorrang. Die Frauen fuhren täglich mit dem Bus oder dem Fahrrad nach Pokhara. Sie betätigten sich als fliegende Händlerinnen oder führten kleine Läden, wo sie Schmuck und im Camp hergestellte Decken, Jacken und Umhängetaschen verkauften.

»Am meisten Sorgen machen uns die Jugendlichen«, gestand Pema. »Sind sie unbeschäftigt, hängen sie herum. In Pokhara begegnen sie Touristen, die alles haben. Dazu kommt die offene Drogenszene. Wir versuchen sie zu schützen, können sie aber nicht ständig im Auge behalten.«

Die Grundschule befand sich im Lager; für die höhere Schule mußten die Kinder nach Pokhara. Eltern, die es sich leisten konnten, schickten ihre Töchter und Söhne nach Indien in ein Internat oder zu Verwandten, damit sie studieren konnten.

»Die Analphabetenrate Nepals ist hoch«, sagte Dorje Sandup. »Weniger als 26 Prozent der Bevölkerung können lesen und schreiben. Bei uns soll es anders sein. Dank einer besonderen Spende Seiner Heiligkeit können auch Kinder aus armen Verhältnissen studieren. Ihre Traumziele sind die Vereinigten Staaten oder Kanada. Aber wenn sich der Bildungsmangel nicht aufholen läßt, müssen sie in Kauf nehmen, daß sie Straßenbauer werden. Das führt nicht selten zu Konflikten.

Jugendliche wollen leben, nicht nur existieren. Wir müssen da sehr wachsam sein.«

Nach wie vor bestand die Auffassung, daß in jeder Familie ein Sohn – oder eine Tochter – ins Kloster gehen sollte, um für die hart arbeitenden Angehörigen zu beten. In Wirklichkeit waren die Eltern froh, wenigstens ein Kind auf Lebzeiten versorgt zu wissen.

»Was die Mädchen betrifft, da suchen sie niemals die Hübschen aus.« Pema grinste mich an. »Ich aber sage den Eltern: Seid ihr sicher, daß dies euch nicht nur als bequeme Lösung dient?«

Sie schlug mir vor, die Schule zu besichtigen. Das Gebäude war alt, die Klassenzimmer befanden sich im ersten Stock. Im Gang war eine große Zahl von Kinderschuhen sorgfältig aufgereiht. Die gleiche Ordnung herrschte auch in den Klassen. Die Kinder saßen auf bunten Kissen am Boden und arbeiteten an langen, niedrigen Tischen. An den Wänden hingen Zeichnungen in leuchtenden Farben. Die Erzieher – zwei Frauen und zwei Männer – hatten in Indien studiert. Eine Lehrerin kam aus Cambridge. Die Unterrichtssprache war tibetisch, aber schon im ersten Schuljahr lernten die Kinder nepalisch und englisch dazu. Man vertraute ihrer raschen Auffassungsgabe. Die Lehrerin, eine muntere Frau in tibetischer Tracht, führte uns in einen Raum, wo einige Halbwüchsige an Computerterminals arbeiteten. Die Maschinen waren nicht die neuesten Modelle, schienen aber brauchbar und gut.

»Die Kinder sollen ihre Kultur bewahren, sie aber nicht als Beschränkung erleben«, sagte die Lehrerin. »Der Computer trennt nicht die Menschen, sondern verbindet sie. Es ist wohl überflüssig zu erwähnen, daß die Kinder das besser wissen als wir.«

Während wir sprachen, schrillte die Pausenglocke. Die Schüler stürmten in den Hof, füllten ihn mit Stimmen und Gelächter. Zierliche, buntgekleidete Mädchen und Jungen, das schwarze Haar wippend wie Vogelgefieder. Einige Kinder blieben in unserer Nähe, ergriffen scheu unsere Hände und klammerten sich daran fest. Die zu uns aufschauenden Gesichter waren still und ernst.

»Waisenkinder«, sagte die Lehrerin leise. »Sie haben Schweres durchgemacht.«

Das Verhalten dieser Kinder verriet ein starkes Bedürfnis nach Zuwendung und Geborgenheit. Die Sehnsüchte ihrer Eltern bezahlten sie mit einem hohen Preis. Die Lehrerin seufze.

»Wir sind hier so etwas wie eine Familie, aber Vater und Mutter können wir nicht ersetzen. Das verstehen Sie doch?«

Es ist eine zu einfache Behauptung, daß der Mensch, sobald er in Not ist, zu wahrer Menschlichkeit aufblüht. Es stimmt nicht, nicht einmal im Tashi Packhiel Camp. Tibeter leben mit eigenen, ganz besonderen Erfahrungen. Sie besitzen ein starkes kollektives Gedächtnis. Ihre Ideale, Erinnerungen, Hoffnungen hängen mit ihrer Religion zusammen, die es zu bewahren gilt. Die Menschen im Westen leben von dem, was fertig an sie herangebracht wird. Vielleicht achten sie darum nicht auf gewisse Dinge, an denen uns viel liegt: auf die Nächstenliebe, zum Beispiel.

»Was redest du dir zusammen?« sagte Karma. »Nächstenliebe ist eine Theorie.«

Man konnte die Dinge auf verschiedene Arten betrachten. Es gibt Völker, die bei jedem Unrecht so markerschütternd jammern, daß die ganze Welt von ihren Klagen widerhallt. Tibeter verstehen es, würdig zu sterben: im Augenblick, da man sie umbringt, lösen sie durch Schweigen mehr Betroffenheit aus als durch lautes Wehgeschrei.

Ich versuchte Karma das deutlich zu machen; sie blickte mich spöttisch an und schüttelte den Kopf.

»Es ist alles viel weniger kompliziert. Wir haben uns Maßstäbe gesetzt und müssen sie einhalten. Was können wir denn nach unseren Grundsätzen anderes tun, als Nächstenliebe zu praktizieren? Und gleichzeitig hoffen, daß die Regierungen mitsamt der Presse uns beachten? Ohne Terroranschläge läuft da nichts. Verstehst du, was ich meine?«

Ich widersprach.

»Aber das ist ja genau unsere Stärke! Wir sind der restlichen Welt um Jahrhunderte voraus.«

Sie zuckte mit den Schultern.

»Das hilft uns nicht weiter.«

»Du bist zynisch.«

»Nur der Einfachheit halber. Das Problem ist, daß wir idealisiert werden und kaum Vorteile daraus ziehen. Würden wir Gebetsmühlen drehen statt Computer zu bedienen, wären alle entzückt.«

Ich dachte an Roman und lachte ein wenig.

»Ja. Das ist manchmal ein sehr krampfhaftes Sich-Bemühen.«

»Ich bin froh, daß du es einsiehst. Jeder will, daß wir der Welt erhalten bleiben, aber in einem Glaskasten, mit einem Schild um den Hals. Erhalten bleiben sollen auch die Pandas, die weißen Tiger und der Regenwald.«

Ich sah zu, wie sie eine Mischung aus Tee und Salz auf die Herdplatte stelle und unter ständigen Umrühren Wasser hinzu goß. Sie ließ den Tee ziehen und schwenkte dann den Krug, bis sich die Butter ganz auflöste. Inzwischen sprach sie weiter.

»Die hehre Volksrepublik kann Tibet nicht aufgeben. Das wäre ein skandalöser Gesichtsverlust und ein großer strategischer Fehler. Beijin will zum alleinigen politischen Kartengeber in Ostasien aufsteigen und meldet territoriale Ansprüche in alle vier Himmelsrichtungen an. Der Mythos vom harmonisch-historischen Vielvölkerstaat? Eine aalglatte Lüge. Und keiner protestiert.« Sie goß den Tee aus dem Krug in kleine Tonschalen.

»Selbst wenn sich ganz Tibet gegen China erheben würde, hätten wir keine Chance. Keine Nation dieser Welt würde auch nur den kleinsten Finger rühren. Man würde Krokodilstränen vergießen, CNN einschalten und zusehen, wie man uns in Stücke hackt. Streitest du das ab?«

»Nein.«

Sie reichte mir eine Schale Tee. Ich nahm sie und fragte:

»Hat China nicht auch Positives geleistet, wirtschaftlich gesehen?«

»Zum eigenen Nutzen. Was ist Tibet heute? Eine Kolonie. Keine einzige Straße wurde gebaut, um uns den Fortschritt zu bringen. Straßen wurden nur zu Gebieten gebaut, in denen Rohstoffe zu holen sind. Die Chinesen zerstören unsere Lebensräume, schlachten die wilden Tiere ab. Sie haben Freude am Töten, wußtest du das? Sie nehmen alles, was sie kriegen können. Es wird nie enden. Die Wälder werden kahlgeschlagen, das Holz ins Mutterland gebracht. Die Chinesen machen unser Land zum Versuchsgelände für Raketen, lagern Atommüll, verseuchen die Flüße. Im Westen seufzt man ein wenig und hält dann den Mund. Kleine Staaten setzt man unter Druck. Einer Großmacht pfuscht keiner ins Handwerk.«

Ich nahm einen Schluck Tee.

»Oh, der ist gut!«

»Die *Dzo* werden im Hochtal schnell fett, und ihre Butter schmeckt besonders. Zu süß, finden manche.«

»Finde ich nicht.«

»Das freut mich.«

Ich schlürfte den Tee mit Genuß. Karma fuhr fort: »Wer in Tibet demonstriert, setzt nicht nur sein Leben, sondern auch das seiner Angehörigen aufs Spiel. Und was bleibt uns sonst? Passiver Widerstand? Nach längerer Zeit vergeht der Eifer, man resigniert. Natürlich haben wir auch die Vorzeigetibeter, die es mit beiden Seien halten und Vorteile suchen. Wir sollen sie nicht tadeln. Der Mensch braucht Sicherheit.«

»Und die Flüchtlinge?«

Sie betrachtete mich unter gerunzelten Brauen.

»Ach ja, die Flüchtlinge. Sie gehen den Weg, von dem sie glauben, daß er besser für sie und ihre Kinder ist – nicht aus Feigheit, sondern aus Stolz. Sie wählen das Exil, um Tibeter zu sein.«

Im Tashi Packhiel Camp machte ich die Erfahrung, daß ich im Kreis gehen konnte und trotzdem vorwärts kam. Die Gegenwart wurde nicht der Vergangenheit geopfert und die Zukunft mit leichter Hand gehalten. Alles, was dort geschah, war provisorisch, anregend, erregend. Hier traf man Leute aus aller Welt. Ein kanadisches Paar, das sich auf der Hochzeitsreise befand, blieb vierzehn Tage, um für die Schüler eine Datenbank aufzubauen. Carole hatte grüne Nixenaugen und überlange Beine, von Flöhen zerstochen. Sie machte die Kinder mit dem Internet vertraut. Alan komponierte Songs; er sang wie auf Knopfdruck, mit kraftvoller Stimme und in französischer Sprache. Keiner verstand ihn, und alle waren hingerissen.

Als sie gingen, war im Camp eine Zeitlang nicht viel los. Dann hielt, mit quietschenden Reifen, ein schlammbespritzter Rangerover vor dem Kloster. Der nepalische Fahrer hob, behutsam und zuvorkommend, einen Rollstuhl aus dem Wagen. Im Rollstuhl saß eine zierliche Person, weißhaarig und perfekt zurechtgemacht. Lady Helen Anderson hatte Geld für ein Heim gespendet, das alte und mittellose Flüchtlinge beherbergte. In den achtziger Jahren war sie mit ihrem Privatflugzeug über Kenia abgestürzt. Sie war mit dem Leben davongekommen. Querschnittsgelähmt. Jetzt war sie Witwe, schwerreich, hatte keine Kinder, dafür zwei Nichten, die sie nicht mochte. Zu Tibet hatte sie stets eine enge Beziehung gepflegt. Bevor die Chinesen das Land besetzten, war ihr Großonkel in Lhasa Regierungsvertreter gewesen. Vor ein paar Jahren war der Dalai Lama auf ihrem Landsitz in Cornwall zu Gast gewesen. Lady Anderson reichte mir ihre blaßgeäderte Hand, lächelte mich aus strahlenden violetten Augen an. Sie mußte bemerkenswert schön gewesen sein; sie war es immer noch. Ich ging neben ihr her; eine Pflegerin schob den Rollstuhl. Lady Anderson hielt meine Hand und kicherte herzhaft, während sämtliche Mönche sie ehrfürchtig bestaunten.

»Sehen Sie, *my dear*, ich werde dreiundachtzig, habe einiges erlebt, und der Rollstuhl ruft bei mir Gereiztheit hervor. Reichtum ist eine Opernwelt, und um Geld können schöne Raufereien entstehen. Ich spiele lieber Vorsehung, solange mein Gehirn nicht verkalkt ist.«

Ihr Testament lag beim Notar. Das Vermögen ging an verschiedene Stiftungen. Den verhaßten Nichten hatte sie ihre Netsuke-Sammlung vermacht. Und zwei Abendroben von Schiapparelli, die sie nicht tragen konnten, weil sie zu dick waren.

Ein japanischer Photograph kam mit seinem *Sherpa* in die Krankenstation. Der Sechzehnjährige hatte sich an der Wade verletzt. Die Wunde eiterte. Ich behandelte die Entzündung, gab dem Jungen eine Spritze. Während er sich ausruhte, kam ich mit Tadashi Imada ins Gespräch. Er erzählte, daß er einen Bildband als Beitrag zum Umweltschutz herausgeben wollte und bei den Chinesen auf taube Ohren gestoßen war.

Luftaufnahmen waren ihm nur über ganz begrenzen Gebieten gestattet worden.

»Und stets war ein Chinese dabei, der seinen Kopf zwischen mich und den Sucher stecke. Wie kann man da ungestört arbeiten? Ich lese Heidegger, aber ich halte einen Sonnenuntergang nicht für kitschig. Ich sehe, wie unser Planet zur Müllhalde wird. Und was übrig bleibt, zum Militärgebiet. Glauben Sie wirklich, daß die Gebete für den Frieden auf Erden jemals erhört werden?«

Ich glaubte es nicht. Der Japaner nickte. Seine Augen blickten illusionslos und sarkastisch hinter der randlosen Brille.

Karma hatte die Siedlung als kleine Weltstadt bezeichnet. Ich hatte das als Witz aufgefaßt. Allmählich merkte ich, daß es ihr ernst damit gewesen war. Ein Besucher trat in die Fußstapfen des anderen, zerstörte sie nicht, grub sie tiefer. Und schließlich war es so, als ob man Briefe versiegelte. Briefe an die Erde, bittende, vertrauensvolle und warmherzige. *»Findest Du fünfzig Gerechte in dieser Stadt …«*

Hoffnung hat eine magische Wirkung. Außerdem hatten wir noch Zeit. Nicht mehr viel, nahm ich an, aber ich fühlte mich keineswegs in trostloser Stimmung.

13. Kapitel

Hände hatten mich schon immer fasziniert, die von Karma rührten mich. Ihre Art, mit den Patienten umzugehen, so sanft und geschickt, erfüllte mich mit Bewunderung und Ehrfurcht und einer Spur Neid. Mittelfinger und Ringfinger legte Karma auf die Pulsader; bei einer Frau zuerst am rechten Handgelenk, dann am linken, bei einem Mann in umgekehrter Folge. Ihre Atemzüge paßten sich dem Atem der Patienten an. Sie schloß die Augen, kehrte alle Sinne nach innen, während jeder Finger einen anderen Druck ausübte, um die kleinste Störung der Haut, der Muskeln und der Knochen zu ertasten. Sie horchte auf das Blut, auf den inneren Rhythmus. Heilkunst ist Erfahrung, aber sie ist es nur zum Teil. Das übrige ist Mitteilung, ich erkannte es inzwischen ganz genau. Und gleichzeitig wurde ich von einem geradezu körperlichen Gefühl leidenschaftlicher Gewißheit befallen. Eines Tages, eines wirklichen Tages und nicht in der Phantasie, würde auch ich zu diesen Dingen fähig sein. Die Konsultationen kosteten Karma viel Kraft; nach jeder Untersuchung entspannte sie sich wie eine erschöpfte Athletin. Ihre Nasenflügel waren eingesunken, das Haar klebte an den nassen Schläfen.

»Du kannst dir nicht vorstellen, wie ermüdend das ist. Fünf bis acht Patienten am Tag, und ich stehe kaum noch auf den Beinen.«

Mein Wissen über die tibetische Medizin war nichts Halbes und nichts Ganzes. Genaugenommen fand ich ihr Postulat zu vereinfacht. Ich stand vor einer Art hypothetischer Situation, zu der ich keine Verbindung fand. Bis ich mir vornahm, sie als eine Angelegenheit der Erfahrung anzusehen, ohne Verschönerung durch Esoterik, Romantik oder Religion.

In der tibetischen Medizin bestimmten fünf Aggregate die Gesundheit: Gestalt, Empfindung, Gedanken, geistige Vorstellungen und Bewußtsein. Diese Aspekte äußern sich biologisch in drei Körpersäften. Der Gallensaft erzeugt das sogenannte »Zentralfeuer« zwischen Herz und Nabel. Störungsfaktoren wie Alkohol, Übermüdung, übermäßiger Geschlechtsverkehr oder Jähzorn drohen den Organismus »auszubrennen«. Da wirkt die zweite Substanz, der »Schleim« kühlend. Er wird jedoch durch zuviel Essen, zu wenig Bewegung und Mangel an frischer Luft erzeugt; der Mensch fühlt sich unlustig und träge. Als Ausgleich dient die dritte Substanz, nämlich die »Luft«, die Wohlwollen und Zufriedenheit bringt. Ihr Sitz ist im unteren Teil des Rumpfes.

»Aus diesen Gründen«, erläuterte Karma, »sollten wir die wichtigen körperlichen Ausscheidungen – Harn, Kot, Tränen – niemals zurückhalten. Nur solange die Mischung, die Menge und die Wirkung der verschiedenen Körpersubstanzen im Gleichklang steht, bleibt der Mensch gesund. Der Ursprung der Krankheit liegt ebenso in unserer Lebensweise wie in unserer Gefühlslage begründet.«

Und es ist weiter nicht verwunderlich, fügte sie hinzu, daß die Kontrolle des Ichs, ein atemberaubender, mühevoller Vorgang, als höchstes Ziel der Mönche und Philosophen gilt. Das meiste, was sie sagte, kam mir durchaus logisch vor. Tief im Innern erreichten mich Dinge, die sich zusammenfügten. Und gleichzeitig war mir bewußt, daß ich nicht einmal auf der ersten Stufe stand. Es würden noch viele Stufen folgen, und inzwischen mochten Jahre vergehen.

»Du stellst wenig Fragen«, meinte Karma.

»Ich finde es lieber selbst heraus.«

Sie lachte.

»Du machst es wie ich.«

Tibetische Forscher haben mehr als vierhundert Krankheiten aufgelistet; heutzutage kommen neue dazu: Krebs, Hepatitis, Aids. Sie verfügen über eine große Auswahl an Medikamenten.

»Je nach Krankheitsbild braucht es dazu sehr komplexe Mischungen«, sagte Karma. »Aber viele sind nur wirkungsvoll, wenn der Kranke mitmacht.«

»Inwiefern?«

»Nun, indem er in manchen Fällen zugibt, daß die Störung nicht von außen an ihn herangeflogen kam, sondern durch seine eigene innere Einstellung verursacht werden konnte.«

»Du willst, daß er sein eigener Psychotherapeut wird?«

»Wieviele Kranken manchen sich selbst zu Kranken.«

Gewiß war die tibetische Medizin nicht frei von Irrtümern und Fehlspekulationen. Doch das Vermächtnis zahlloser Jahrhunderte stand auf solidem Boden. Der Blutkreislauf beispielsweise war den Ärzten seit Generationen bekannt, ebenso wie die Reinigung des Blutes durch die Nieren. Die Urinalanalyse galt als Spiegel des inneren Körpers. Man wußte auch, daß eine Arznei nicht länger als sechs Tage eingenommen werden durfte. »Weil sich der Körper an das Medikament gewöhnt oder sie ablehnt. Manche Heilmittel sind gut am Anfang und schlecht, wenn man sie länger gebraucht.«

Die Tibeter arbeiten mit natürlichen Heilmitteln, mit Pflanzen und Kräutern, zerstampft oder mit Kampfer gemischt und zu kleinen Kugeln geformt. Sie verwenden auch Lehm, Mineralien, pulverisierte Metalle und glauben an die Kraft der Edelsteine. »Der Türkis hat die Fähigkeit, zusammenzuhalten, was sich sonst zersplittern würde. Auch die Seele. Er hilft bei Angst und Selbstzweifel, lindert Nervenleiden und Muskelschmerzen. Korallen bringen Blutungen zum Stillstand, verhindern Depressionen. Der Bernstein, in dem urzeitliche Fragmente schimmern, steigert die Energie der Frau und bewahrt die Manneskraft. Warum lachst du nicht darüber?«

»Weil dazu kein Anlaß besteht. In Europa belächelte man die ›Wunderheiler‹, die Spinnweben oder schimmeliges Brot auf eine Wunde legten. Bis Fleming 1928 das Penicillin entdeckte und man feststellte, daß Penicillin ein Schimmelpilz ist.«

Eines Abends sagte Karma zu mir:

»Ich habe dich beobachtet. Du solltest lernen, deine Hände zu gebrauchen.«

Ich war ein wenig überrascht.

»Wie meinst du das?«

Es war kurz vor dem Schlafengehen. Wir saßen auf meinem Bett, jede auf einer Seite, und unterhielten uns. Karma war ziemlich müde und gähnte. Sie bürstete ihr Haar im Licht der trüben Lampe. In der kraftvollen, blauschwarzen Masse schimmerten die ersten weißen Strähnen; sie standen ihr gut.

»Du arbeitest mit dem Skalpell. Das ist gut und nützlich. Aber deine Hände können mehr. Sie können ohne Hilfsmittel heilen.«

Ein Schauer überlief mich.

»Magnetismus?« frage ich. »Ist es das, was du sagen willst?«

»Hast du es noch nie gespürt?«

Ich erinnerte mich an vieles; an die Schmerzen meiner Mutter, die ich mit Massagen linderte; an die vielen zutraulichen Kinder, an Tiere aller Art, die sich von mir streicheln ließen. Das war schon immer so gewesen. Auch Arnold Kissling hatte meine Fähigkeit wahrgenommen, sie jedoch rational gedeutet. Und was die Männer sonst betraf … O ja, alle hatten das Fluidum meiner Hände empfunden, es als erotischen Reiz genossen. Ich biß mir auf die Lippen. Karma blinzelte mir zu.

»Das gibt dir zu denken, was? Heilende Hände sind eine natürliche Gabe; wenn du diese Gabe nicht schulst, verschwindet sie. Du mußt dich verstärkt um sie kümmern.«

»Warum habe ich es nicht früher bemerkt?«

»Weil du glaubtest, daß deine Fingerfertigkeit im Labor entstanden ist. Aber ich sage es dir: Du hattest diese Kraft seit deinem ersten Atemzug.«

Ich betrachtete meine Hände lange, als ob mir der Anblick fremd war. Es waren kleine Hände, sehnig und gelenkig. Der Handrücken war gewölbt, fast grob, die Finger gelenkig, nicht besonders lang, mit wohlgeformten Nägeln. Die Haut war dunkel und straff, der Handteller auffallend hell, und die kräftigen Linien zeugten von mehr Willen als Empfindsamkeit.

»Nun?« brach Karma im spöttischem Ton das Schweigen.

»Na ja, wenn du es sagst ...«

»Hast du je vor dem Heilen Angst gehabt?«

»Nein, niemals.«

»Dann mußt du diese Angst lernen. Zittern deine Hände nicht, wenn sie sich auf einen kranken Körper legen, wirst du das Geheimnis des Heilens nie verstehen. Denn das würde bedeuten, daß kein Mitgefühl dein Herz erreicht.«

In dieser Nacht ließ der Schlaf lange auf sich warten. Die kleinen Fenster hatten keine Vorhänge; im schwarzen Rechteck funkelte der Vollmond grell und scharf. Er war fast doppelt so groß wie in Europa, seine eisige Pracht beherrschte den Himmel, tauchte die Berge in Kobaltblau und Silber. Im Zimmer warfen die Mondstrahlen scharfe Schatten, jeder Gegenstand trat deutlich hervor. Die Bewohner des Himalaya glauben, daß der Mond die Berge geschaffen hat, indem er sie aus der Erde zog. Geologisch ist das gar nicht so falsch, dachte ich. Heißt es nicht, daß der Mond vor Millionen von Jahren in einem viel kleineren Abstand als jetzt die Erde umkreist hat? Nach einer Weile schlief ich ein, doch es war ein leichter, unruhiger Schlaf. Ich träumte, daß sich der Mond in himmelsweiter Höhe in ein Gesicht verwandelte. Es war vollkommen deutlich, schattenlos weiß, mit starren schwarzen Augen. Das Gesicht sah mich von der Seite an, bevor es plötzlich hinabschwebte. Es kam näher, blickte mich an. Die Augen schimmerten wie Kieselsteine; der blasse Mund öffnete sich, zitterte in dem verzweifelten Versuch, etwas herauszuschreien. Ich hörte Atemzüge; sie füllten jeden Zeitbruchteil mit röchelnden Geräuschen aus, während der Mund schrecklich erstickte Worte formte. Und gleichzeitig erkannte ich, daß ich es war, die schreien wollte und es nicht konnte. Ich zitterte am ganzen Körper, pumpe und preßte die Luft aus meinen Lungen. Endlich löste sich der Krampf; endlich drang der Schrei aus meiner Kehle; kalte Luft strömte in meinen Mund, die Anstrengung zerriß mir fast die Stimmbänder. Und gleichzeitig mit dem Schrei trennte sich das Gesicht von der Scheibe, glitt empor, zog eine Lichtbahn durch den Himmel, die schmerzhaft meine Augen traf. Dann flossen Gesicht und Mond ineinander. Jemand berührte mich, eine Stimme sprach unverständliche Worte; es war nicht meine Stimme, nein. Meine Kehle brannte, die Zungenspitze fühlte sich wie Sandpapier an; ich wußte nicht, ob ich jemals wieder würde sprechen können. Ich schluckte Speichel, hustete und wurde wach. Im Mondlicht blickte Karma auf mich herab; ihre Hand klopfte leicht meine Schulter. Mein ganzer Körper war steif; ich fror bis in die Eingeweide. Schwerfällig zog ich die Knie an, setzte mich hoch und kam mir mit einem Mal sehr dumm vor.

»Ach Karma, entschuldige, ich habe geträumt.«

Meine Stimme war ein heiseres Krächzen. Sie drückte beruhigend meinen Arm. Aus einer Thermosflasche goß sie Wasser in ein Glas und reichte es mir. Ich trank langsam einen Schluck nach dem anderen. Karma betrachtete mich. Etwas in ihrer Haltung, in ihrer Stille, kam mir befremdlich vor. Alles war ruhig; nur in der Ferne bellte ein Hund. Nach einer Weile brach sie das Schweigen:

»Besser?«

»Danke ja, besser.«

Sie nahm mir das leere Glas aus der Hand. Ich wischte mir mit dem Handrücken über die nassen Lippen.

»Habe ich gesprochen?«

Sie nickte ganz leicht.

»Was habe ich gesagt?«

Sie stand mit verschränkten Armen vor mir. Ihr Gesicht war merkwürdig starr.

»Du hast deine Schwester gerufen.«

»Chodonla?«

Sie nickte ein zweites Mal, wortlos. Unsere Blicke trafen sich. Eine gewisse Spannung war da, die sie gut verbarg. Mein Herz pochte. Ich wollte eigentlich nicht sprechen, aber ich mußte es tun.

»Ich träume oft von ihr, weißt du. Es kommt wohl daher, weil wir Zwillinge sind ...«

Sie schwieg nach wie vor. Ihre Brauen waren zusammengezogen, ihr Mund hatte etwas Hartes an sich. Und plötzlich hatte ich Angst. Angst vor dem, was sie zu wissen schien. Angst vor allem, was mit Chodonla zusammenhing.

»Karma, was ist los?«

Ihre Augen schienen irgendein Bild in der Dunkelheit zu suchen. Mein Herz klopfte in der Brust, in den Schläfen. Was sollte ihr ganzes Benehmen? Das Entsetzen stieg höher, ich ertrank fast darin und erschauerte.

»Sie ist tot, nicht wahr?« hörte ich mich sagen.

Sie sah mich prüfend an; ich nahm an, daß mein Gesichtsausdruck sie beunruhigte. Es war, als ob sie sich innerlich krümmte.

»Karma!«

Ein Seufzer hob ihre Brust. Als sie antwortete, klang ihre melodische Stimme fast tonlos.

»Sie ist nicht tot, Tara.«

Mein Gaumen wurde kalt.

»Karma, was ist mir ihr? Ich möchte, daß du es mir sagst.«

Sie saß da in einer Haltung, die plötzlich ihr richtiges Alter zum Vorschein brachte. Sie hatte die Gesetztheit einer Fünfzigjährigen, und gleichzeitig schien sie ratlos, verwirrt. Zum ersten Mal verstand ich sie überhaupt nicht mehr und wurde allmählich böse.

»Willst du es mir nicht sagen, Karma? Zum Donnerwetter, ich weiß, wo hinten und vorn ist! Ich kann mich mit den Tatsachen schon abfinden.«

Sie schluckte schwer.

»Gut. Besser, du erfährst es von mir, als von anderen. Sie arbeitet in einem chinesischen Bordell.«

Ich starrte sie an. Ich begriff nicht sogleich, aber eine gewaltige Übelkeit stieg in mir auf. Es dauerte eine ganze Weile, bis ich wieder fähig war zu sprechen, wobei ich meine eigene Stimme kaum erkannte. »Das wußte ich nicht. Auch die Eltern nicht. Keiner.«

Sie antwortete nicht darauf. Ich konnte uns beide atmen

hören. Ich hoffte – wider alle Vernunft – daß es nur Gerüchte waren. Aber sie mußte es besser wissen. Die Erstarrung war vorüber, aber meine Haut war klamm, die Handflächen feucht. Ich fühlte mich im Innersten erschüttert, wie ausgelaugt. Doch Karma hatte ihre Erregung überwunden; ihr Gesicht war wieder ruhig, und ihre Stimme hatte fast den gewohnten Klang. »Sie ist keine Prostituierte der untersten Klasse – wenn dich das trösten kann.«

Es tröstete mich etwas, aber nicht genug. Meine Kieferknochen krampften sich zusammen. Aber ich wollte Gelassenheit zeigen.

»Dein Vater hat sie doch in Lhasa getroffen. Er hat Amla sehr ausführlich geschrieben. Kürzlich habe ich den Brief wieder gelesen. Er hat mir keinem Wort erwähnt …«

Sie legte ihre Hand auf mein Knie.

»Vater war etwas weltfremd. Es gab Dinge, die er einfach nicht sah … oder nicht sehen wollte.«

Ich kräuselte unfroh die Lippen.

»Vielleicht hat er seine Gedanken lieber für sich behalten?«

Sie strich mit müder Bewegung ihr Haar aus der Stirn.

»Ich kann es nicht sagen. Er war nie sehr gesprächig. Besonders in letzter Zeit nicht, als Mutter so krank war.«

»Und wie lange ist es her, daß du es weißt?« fragte ich, Qual in der Stimme.

»Drei Jahre oder so. Ich erfuhr es von einer Frau, die bei Chodonla chinesisch lernte. Das war, bevor sie verhaftet wurde und ihre Stelle verlor.«

»Ihr Mann hat sich umgebracht.«

»Vielleicht sah sie keinen anderen Ausweg? Sie hatte ein Kind, sie war krank und konnte Tibet nicht verlassen.«

Ich fragte niedergeschlagen:

»Warum hast du mir das alles nicht schon vorher gesagt?«

»Ich schob die Sache immer wieder hinaus.«

Die Worte klangen steif; sie waren ihrer Zunge fremd. Karma war immer aufrichtig gewesen. Sie setzte hinzu:

»Mir war nicht wohl dabei.«

»Die ganze Zeit hast du mich also geschont. Das war sehr unfair.«

»Ich fürchtete mich davor, es dir zu sagen.«

Ihr Gesicht war beherrscht, aber sie schien nachzudenken und schüttelte ganz plötzlich den Kopf, als wäre ihr unvermittelt etwas klar geworden.

»Nein, das stimmt nicht. Die Wahrheit ist, daß ich mich selbst schonen wollte. Ich habe diese Sache verdrängt. Sie war mir peinlich. Das war ein großer Fehler von mir. Es tut mir leid.«

Wir waren uns beide sehr ähnlich. Ausflüchte lagen uns nicht. Ich sagte matt:

»Du brauchst dich nicht zu entschuldigen. Ich hätte wahrscheinlich dasselbe getan.«

Sie entspannte sich ein wenig.

»Ich bin froh, daß du es so siehst. Was nun? Wirst du es den Eltern sagen?«

Darüber mußte ich nachdenken.

»Amla macht sich schon Sorgen genug. Vater ist nicht ganz klar im Kopf.«

»Ja, das hast du mir gesagt.«

»Er bildet sich ein, daß er ein anderer ist, ein Mann, der irgendwo in Tibet lebt. Er verwechselt seine eigene Vergangenheit mit der irgendeiner Phantasiegestalt.«

»Warum sollte er seine Träume nicht weiter verfolgen?«, sagte Karma. »Solange sie ihm nicht schaden?«

»Inzwischen zieht er Chodonla und mich dabei in seine Gedankenkreise. Das gefüllt mir nicht.«

»Alte Menschen haben viel Zeit, mit der sie nichts anzufangen wissen. Sie wollen am Leben teilhaben.«

»Wir haben alle unsere beschissenen Träume.«

Obwohl wir uns danach sehnten, über die vergangenen zehn Minuten das dunkle Tuch der Vergessenheit ziehen zu können, siegte die langsam einkehrende Vernunft. Unser Glaube lehrt uns, daß das Leben aus Leiden besteht, und daß man seinen Kummer überwinden kann, wenn man die Hoffnung bewahrt. »Was entstanden ist, wird auch aufgelöst.« Daß Chodonla aus Not oder Opportunismus eine Hure geworden war, bedrückte uns stark. Aber wir durften nicht verurteilen, was wir nicht verstanden. Wir kannten ihre Motive nicht. Ich sagte zu Karma:

»Ich habe seit Jahren das Verlangen, sie zu sehen. Es läßt mir keine Ruhe und gehörte auch zu den Gründen, warum ich nach Nepal gekommen bin. Ich werde Chodonla schreiben, daß ich nach Lhasa komme und sie besuchen will. Ich glaube nicht, daß ich mit Schwierigkeiten rechnen muß.«

Ihre Antwort gab mir einen Stich ins Herz.

»Du wahrscheinlich nicht. Aber Chodonla.«

»Ich kann sie nicht sehen?«

»Natürlich. Wenn sie dich sehen will. Schon damals hatte sie große Angst, meinen Vater zu treffen. Die chinesischen Bürokraten sind sehr gewissenhaft. Sie werden auch in deiner Vergangenheit wühlen.«

Man könnte, dachte ich wütend, einen schönen Film daraus machen.

»Nur zu. Chodonla ist meine Schwester. Was hat das mit Politik zu tun?«

Sie schüttelte den Kopf über soviel Begriffsstutzigkeit.

»Sie war doch in Haft, nicht? Ihr Mann hat sich im Gefängnis das Leben genommen, nicht wahr? Die Polizei hat ein Auge auf Aktivisten. Chodonla arbeitet in einem Puff; sie hört und sieht vieles. Du kommst aus dem Ausland, könntest Fragen über politische, militärische oder wirtschaftliche Probleme stellen. Fragen, die den Behörden ein Greuel sind. Du bist eine Reaktionärin, Tara. Eine mögliche Spionin.«

»Aber das ist ja lächerlich!«

»Jede Diktatur ist paranoid. Du mußt Geduld haben.«

»Geduld? Die habe ich seit Jahren.«

Ich war gewohnt, über meine Gedanken Register zu führen und Entscheidungen zu treffen, wann und wo es mir paßte; jetzt war ich hilflos und überfordert; ein Zustand, den ich nicht mochte.

»Sei nicht töricht«, sagte Karma. »Wir hatten eine Phase der Entspannung, aber letzthin hat sich die Lage verschlechtert. In Tibet geht es auf und ab.«

Was war los mit mir? Warum war ich so verwirrt, so verzweifelt in meinem Kopf und in meiner Seele? Wie, um alles in der Welt, war es dazu gekommen? Meine Verbohrtheit löste ein schmerzhaftes Schuldgefühl aus. Was Karma sagte, war einleuchtend, wenn ich es auch nicht gerne hörte. Ich sagte:

»Ach Karma, entschuldige! Ich bin ganz durcheinander. Es ist schon gut, daß ich die Wahrheit weiß. Doch, ich meine es ehrlich. Es ist viel besser so. Jetzt muß ich zunächst an Chodonla denken. Aber wenn du sagst, ich soll abwarten, so werde ich das tun. Ich möchte sie nicht durch irgendeine Unachtsamkeit in Gefahr bringen.«

14. Kapitel

Der Monsun setzte früher ein als gewöhnlich. Aus Tälern und Schluchten quollen Dämpfe empor. Schon vormittags wurde es drückend warm. Das Gebirge war nebelverhüllt, und darüber schoben sich die Wolken – weiß und schiefergrau und schmutzig gelb – unaufhörlich in die Höhe und in die Breite. Manchmal öffneten sich dunkle Löcher im Gewölk; irgendeine Windströmung löste die Wolken auf und drängte sie zur Seite. Sie schlossen sich ganz langsam und öffneten sich an einer anderen Stelle wieder. Mit dem anschwellenden Donnerrollen kam auch der Regen. Schwere Wassertropfen klatschten in den Sand. Ein scharfer Geruch nach Schwefel und nassem Staub drang aus der Erde. Die Bäume schüttelten sich und knirschten, abgerissene Blätter kamen in Büscheln geflogen. Aufgescheuchte Vögel und Fledermäuse flatterten über die ächzenden Sträucher. Der Himmel war von einem Muster zitternder Blitze überzogen wie von einem Spinnennetz. Violette Scheine zuckten auf; phosphoreszierende Bänder sprangen von Wolke zu Wolke. Der Regen, von Sturmböen getragen, prasselte unaufhörlich, bis sein gewaltiges Trommeln jedes andere Geräusch übertönte. Im Süden von Nepal brach ein Damm. Ein Tal stand unter Wasser, verschiedene Dörfer wurden vernichtet. Die Zahl der Opfer kannte niemand, denn sämtliche Verbindungen waren zerstört und die betroffenen Gebiete tagelang von der Außenwelt abgeschlossen. Alle fühlten sich müde und reizbar; auch ich spürte einen schmerzhaften Druck im Kopf, als presse von innen her ein Gewicht gegen meine Augäpfel. Meine Nerven waren überempfindlich, und nur die Arbeit half mir, meine innere Unruhe loszuwerden.

Der Sturm griff die Hochspannungsleitung an. Licht und Telefon setzten tagelang aus. In Pokhra waren die Straßen voller Schmutz, stand der Schlamm knöcheltief. Jeder vorbeirumpelnde Wagen schleuderte Wassergarben hoch, die Fahrradfahrer strampelten aus Leibeskräften durch den Regen. In den Häusern war es eiskalt. Der Geruch nach Holzkohle machte die Luft noch stickiger. Dann ging – ganz allmählich – die Regenzeit vorüber. Die schweren grauen Wolken brachen auseinander, und die Sonne kam durch. Strahlend blauer Himmel wölbte sich über dem Hochtal. Die Berge, die großen weißen Berge, kamen in Sicht, sahen aus wie mit frischem Zuckerguß überpudert. Sofort leuchteten die Reisterrassen grün wie Smaragd. In der feuchten Wärme sprossen Wildblumen und Pflanzen in üppiger Fülle. Die Jahreszeit war günstig: Karma und ich brachen täglich frühmorgens zum Kräutersammeln auf. Der Wind wehte in Wirbeln, wie kleine Dampfwolken fast, man spürte die Tropfen weich auf der Haut. Wir trugen hohe Bergschuhe zum Schutz gegen die Blutegel; sie fielen uns trotzdem an, fraßen sich durch die Jeans, die dicken Strümpfe, die abends blutgetränkt waren. Auch die Flöhe waren eine Plage; überall am Körper spürten wir ihre Bisse, und wir entwickelten bald eine fabelhafte Geschicklichkeit, sie zu fangen. Die Erde duftete schwer und feucht vom Regen des Vortages. Die ferneren Berge bildeten rings um den Horizont eine weiße Mauer, die sich mit zunehmender Tageshitze im Dunst auflöste. Wir wanderten sechs, acht Stunden am Tag, unaufhörlich hinauf und hinab. Dünne Schweißbäche rannen über unsere Wangen, machten unsere Gesichter ölig. Karma suchte den großblättrigen Bergrhabarber, den sie sorgfältig ausgrub, um die Wurzeln zu nutzen. Er wurde geschält und über dem Feuer getrocknet und geräuchert, ebenso wie die Arnika, sobald sie in voller Blüte stand. Gewisse Wurzeln wurden nur bei zunehmendem oder abnehmendem Mond ausgegraben, andere bei Feuchtigkeit und Morgensonne. Buchsbaumblätter heilten eiternde Wunden, Rittersporn half bei Verstopfung und Blasenentzündungen. Eine besondere Flechtenart galt als gutes Antibiotikum. Farne, von denen es viele Sorten gab, halfen bei Erkrankungen der Atemwege, Wurmbefall des Darms und dienten zudem zur Heilung von Schnittwunden und Prellungen. Kamille, Pfefferminz, Kiefernnadeln, Akazie, wilder Thymian, Terpentine: Jede Pflanze hatte ihre besondere Eigenschaft. Insgesamt wachsen in Nepal über sechshundert therapeutische Pflanzensorten, die Hälfte davon in der subtropischen Zone. Manche wirken nur in Verbindung mit Metallen. Gold, Silber, Zink, Kupfer und Eisen werden ebenso verwendet wie Metalloide – Arsen und Antimon – und pulverisierte Smaragde, Saphire und Rubine. Tatsächlich vermögen diese Arzneien synthetische Pharmaka zu ersetzen. Alles kommt auf die Dosierung an. Karma wurde nicht müde, mich zu warnen: Falsch angewendet, konnten diese Präparate Gift für den Menschen sein. Auch die natürlichen Heilkräfte der Erde wurden genutzt. Besonders wichtig war der Lehm, der sich in der Monsunzeit voll Wasser saugt, aber gleichzeitig auch die Fähigkeit hat, das Sonnenlicht einzufangen.

»Der Lehm ist dein guter Freund, Tara. Verbinde seine Kraft mit der Kraft deiner Hände, und er zieht den Schmerz aus dem Menschen heraus.«

Lehm wirkt wie Penicillin. Aber Penicillin muß erst hergestellt werden. Der Lehm ist Teil der Erde.

»Wir sind aus dem gleichen Material gemacht«, sagte Karma. »Die Erde ist unsere Mutter. Wir müssen große Sorge für sie tragen. Wenn sie krank ist, sind wir auch krank.«

Ich nahm diese Lehren an, so wenig ich auch über ihre Gesamtheit wußte. Sie zogen mich in ein ganzes Netz von Verwandlungen und Geheimnissen. Gleichwohl empfand ich niemals das Gefühl einer Fremdartigkeit. Es war mir, als führte mich Karmas Wissen Dingen entgegen, die schon in mir waren, vielleicht seit Jahrhunderten. Dabei empfand ich eine tiefe Freude, eine nahezu euphorische Leichtigkeit der Sinne. Diese Gefühle gaben der Landschaft ringsum ein noch magischeres Licht. Nie hatte ich eine ähnliche Verzauberung empfunden wie jene, von der ich mich mitten in dieser Bergwelt umstrickt fühlte. Mir war, als verschärfte sich mein Geist, als dehne er sich in alle Richtungen aus. Und Karma, die mich in diese Wunderwelt einführte, vergaß niemals, wem sie ihre Weisheit verdankte. Einmal, als wir auf einem Baumstamm saßen und Stengel sortierten, sagte sie zu mir:

»Glaube nicht, daß ich viel weiß. Unsere Erfahrung steht im Verhältnis zu der durchlebten Zeit. Gemessen an Jonten Kalon bin ich ein Kind. Ich denke täglich an ihn und danke ihm, daß er sein Wissen mit mir teilte. Und jetzt bist du hier, damit ich dir auf den Weg helfen kann.«

»Du bist eine gute Lehrerin.«

»Warte nur, deine Zeit wird kommen. Du lernst schnell von mir. Jonten Kalon wollte nie, daß ich ihm den Unterricht zahle. ›Ich gebe Erfahrung‹, sagte er, ›ich verkaufe sie nicht.‹«

»Du hast auch kein Geld von mir genommen.«

Sie blinzelte vergnügt.

»Wenn das Lernen so sinnlos viel Geld kostet, macht es doch keinen Spaß mehr, oder?«

Im September war der Himmel blau wie Türkis, wunderbar durchsichtig. Die Berge zeigten sich in ferner, klarer Pracht. Die schöne Jahreszeit begann, aber im Camp herrschte Bestürzung. Aus Tibet sickerten schlechte Nachrichten durch. Offenbar war es in der Klosterstadt Drepung, ein paar Kilometer westlich von Lhasa, zu schweren Krawallen gekommen. Ein Abtransport wertvoller Rollbilder aus dem Haupttempel war der Auslöser gewesen. Die *Thankas* sollten in Beijin ausgestellt werden, aber die Mönche argwöhnten – nicht zu Unrecht –, daß sie die Rollbilder nie wiedersehen würden. Und diese Mönche hatten einen besondere Ruf.

»Die Chinesen sagen, in Drepung sitzt eine Eule unter hundert Geiern«, erklärte Pema Thetong mit grimmigem Spott. »Ich würde sagen, nicht genug, um etwas zu bewirken, aber viel zu viel, als daß sie keine Unruhe stiften könnten.«

Wie ein Lauffeuer hatten die Proteste auf die Hauptstadt übergegriffen. Das Militär hatte geschossen. Die Zahl der Toten und Verletzten war nicht bekannt.

»Wie üblich kam es zu Verhaftungen. Die Leute wurden zusammengeschlagen und ins Gurtsa-Haftzentrum gebracht. Schon mal davon gehört?« fragte mich Pema etwas überheblich.

Ich schüttelte den Kopf. Dorje Sandup, dem das Lachen gründlich vergangen war, reichte mir einen Becher Tee. »Das Gurtsa-Gefängnis ist ein Folterzentrum. Das schlimmste, wie man so hört.«

Dorje Sandup kannte sich in Folterzentren aus; in einem hatte man ihm die Zähne ausgeschlagen, im nächsten beide Beine gebrochen.

Was die Menschenrechte betraf, zeigte sich China äußerst ungefällig. Menschenrechte waren Nebensache und dem steigenden Bruttosozialprodukt im Weg.

»Die Han-Chinesen sind Meister im sprachlichen Purzelbaumschlagen«, sagte Pema. »Und die USA wollen 450 Millionen Chinesen mit amerikanischer Unterwäsche beglücken. Immerhin drehen sie Filme über den Dalai Lama. Aber auch nur, solange Seine Heiligkeit in Mode ist.«

Pema war ohne Illusionen. Ihre Eltern, wohlhabende Geschäftsleute, hatten seit den frühen fünfziger Jahren in Neu Delhi gelebt. Pema war in einem englischen Internat erzogen worden. Ihre politische Weltanschauung war mit einem starken Erinnerungsaroma an Mao, Trotzki und Rudi Dutschke gewürzt. Das Erwachen war brutal gewesen. Die Welt des schönen Scheins explodierte mit erheblichem Radau. Pema ließ sich nicht gerne – wie sie sagte – »verarschen«. Sie schlug sich noch ein paar Jahre mit der Frage herum, was Gut und was Böse sei, aber zuletzt hörte die Frage auf, sie zu beschäftigen.

Dorje Sandup pustete über seinen Tee.

»Jede Festnahme von Demonstranten löst eine neue Verhaftungswelle aus. Die Polizei übt Vergeltung. Es kommen schreckliche Dinge vor.«

Ich dachte an Chodonla und war sehr erschüttert. Aber Dorje Sandup sagte, daß die Unruhen nie lange anhielten.

»Das Volk ermüdet schnell und fügt sich wieder in das Schema.« Irgendwelche Superhirne sind zu der Überzeugung gekommen, daß man die Flucht rebellischer Elemente nicht um jeden Preis verhindern sollte. Sobald die Querulanten das Weite suchen, beruhigen sich die Massen. Der Prozeß der Sinisierung geht weiter; alles läuft wie geölt in Big Brothers schöner neuer Welt.

»Darin liegt die Gefahr. Die Chinesen zermürben den Widerstand, machen das Volk apathisch.« Dorje Sandup schlürfte trübsinnig ein paar Schlucke. »Aber kann man es den Menschen verübeln, wenn sie versuchen, ihr Leben zu retten?«

Und die Flüchtlinge kamen; solange die Pässe noch nicht zu tief verschneit waren, trafen sie fast täglich ein. Sie hatten gefährliche Umwege auf sich genommen, um nepalische Grenzposten zu umgehen. Man wußte, daß die Zöllner die Flüchtlinge erpreßten, ihnen das letzte Geld aus der Tasche zogen, so daß sie völlig mittellos über die Grenze kamen. Aus Angst, entdeckt, aufgehalten oder gar zurücktransportiert zu werden, hatten sie sich kaum Rast gegönnt. Alle waren abgemagert und erschöpft. Einige waren schneeblind, und fast alle hatten irgendwelche Erkrankungen der Atemwege. Viele der Flüchtlinge litten unter einer Mittelohrentzündung. Tagelang waren sie durch eisigen Wind, über spiegelglatte Flächen gewandert. Ein plötzlicher Schneefall konnte den Tod bringen. Nicht selten litten Flüchtlinge unter bösen Erfrierungen. Mathai Shankar und ich mußten einem alten Mann beide Füße über den Knöcheln abtrennen. Der Verstümmelte bekam Asyl im Kloster. Als ich ihn besuchte, drückte er meine Hand; er sei zufrieden, sagte er, daß er sein Leben hier beenden könnte. Wir impften die Flüchtlinge gegen Malaria, Hepatitis und Cholera, denn Tibeter sind das subtropische Klima nicht gewöhnt. Viele wollten weiter nach Indien, wo der Dalai Lama residierte und sie Verwandte hatten. Wer noch keinen Pilgerpaß hatte, konnte jetzt einen beantragen. Offiziell wurde den

Tibetern der Flüchtlingspaß nur dann gewährt, wenn sie beweisen konnten, daß sie in Tibet persönlich in Gefahr waren. Die UNO sah nur diese als »echte Flüchtlinge« an. Oft kamen Zehn- oder Elfjährige in Begleitung Erwachsener, die nicht ihre Eltern waren. Sie wurden auf Schleichwegen über die Grenze geschmuggelt, damit sie im Ausland eine bessere Ausbildung bekamen, ihren Glauben und ihre Muttersprache bewahren konnten. Wir brachten sie in das »SOS-Kinderdorf«, das nach dem Prinzip von Hermann Gmeiner in Pokhara aufgebaut worden war. Dort lebten die Kinder in kleineren Gruppen unter der Leitung einer »Familienmutter«. Nach der Volksschule können sie auch das Gymnasium besuchen. Die Eltern hatten sich nicht von ihren Kindern getrennt, ohne ihnen genau zu sagen, worum es ging. Wir hörten herzzerreißende Geschichten. Diese Halbwüchsigen würden ihre Eltern vielleicht nie wiedersehen. Das machte sie frühreif und melancholisch. Sie wußten, welches Opfer ihre Eltern für sie gebracht hatten, und auch, welches ihnen selbst abverlangt wurde.

15. Kapitel

Ende September reise Karma nach Kathmandu, um Material für die Krankenstation zu besorgen. Wir hatten etwas Geld übrig, und der Ausschuß hatte den Kauf genehmigt. Ich fuhr mit Karma zum Flughafen; in der Abflughalle lärmten Trekking-Touristen, fröhlich, braun gebrannt und von Moskitos zerstochen. Wie üblich hatte das Flugzeug Verspätung. Der Wind schob in geringer Höhe große weiße Wolkenfetzen über den Himmel; Regentropfen klatschten an die Scheiben. Karma wollte eine Woche fortbleiben. Sie würde bei Freunden wohnen, sagte sie unbestimmt, aber ich dachte mir meinen Teil. Ferner wollte sie Jonten Kalon im Tritan Norbutse Kloster besuchen. Es bestand wenig Aussicht, daß er noch lange leben würde, und seitdem Karma in Pokhra war, hatte sie ihn nicht mehr gesehen.

»Wir haben viel zu besprechen. Das Besondere an ihm ist«, Karma lächelte plötzlich, als falle ihr das zum ersten Mal ein, »daß er im Kloster lebt und dabei den genauen Überblick hat, was so alles in der Welt geschieht. Er wird natürlich nach dir fragen.«

»Und was wirst du ihm sagen?«

»Daß du eine begabte Schülerin bist.«

»Ich gebe mir Mühe.«

Sie drückte meine Hand. Sie hatte eine rauhe Haut, aber ihr Händedruck war weich.

»Das wird ihm Freude machen.«

Das Flugzeug landete, eine große Schleife drehend, und bald wurden die Passagiere aufgerufen.

Eine halbe Stunde später startete die Maschine, verschwand in den Wolken. Der holprige, überfüllte Bus brachte mich nach

Tashi Packhiel zurück. Ich ging auf dem schnellsten Weg zur Krankenstation. Im Vorzimmer warteten schon die Patienten. Dechi lächelte nervös, während sie beflissen Namen, Alter und Herkunft in den Computer speicherte. Eine Großmutter war mit der vollzähligen Familie – drei Söhne, deren Frauen und fünf Kinder – über den verschneiten Nangpa-la-Paß gekommen. Alle hatten Bronchitis – außer der Großmutter, die nicht wußte, wie alt sie war. Sie sah aus, als könne ein Hauch sie davonwehen, aber ihre pechschwarzen kleinen Augen glänzten wie Vogelaugen. Ich durchleuchtete die alte Dame. Nichts. Keine Spur von Erkältung, kein Schatten auf der Lunge, keine Arthrosebildung. Sie freute sich auf eine warme Suppe. Nachdem ihr diese gebracht worden war, fragte sie, zufrieden schlürfend:

»Wo kann ich Seine Heiligkeit sehen?«

Dechi erwiderte etwas verstört, daß Seine Heiligkeit nicht hier, sondern in Dharamsala, in Indien, zu finden war. Und daß man mit dem Flugzeug dorthin reisen mußte.

»Dann fliege ich eben.« Die flinken Knopfäuglein funkelten trotzig. »Im Angesicht Buddhas versprach ich, nicht zu sterben, bevor er mich nicht gesegnet hat.«

Ich impfte einen dreizehnjährigen Bauernjungen gegen Tuberkulose. Pasang war mit einer Gruppe von Flüchtlingen eingetroffen. Beide Eltern waren an Tuberkulose gestorben. Er hatte ein liebenswertes rundes Gesicht und kluge Augen. Nachdem ich ihn geimpft hatte, sagte er: »Thank you«.

Ich lächelte ihn an.

»So so, du kannst also englisch?«

Er wühlte in seinen Habseligkeiten und zeigte mir ein englisch-tibetisches Lehrbuch, abgegriffen und zerfleddert. Eine englische Touristin hatte es ihm geschenkt. Seit zwei Jahren lerne Pasang die Worte auswendig.

»Wenn ich richtig gut englisch kann, fahre ich nach Southampton, wo Mrs. Jardine wohnt. Sie hat mir ihre Adresse gegeben und gesagt, daß ich sie besuchen soll.«

Abends löste mich Mathai Shanka ab. Ich war müde, aber

ich schrieb noch ein paar Briefe, bevor ich einige Stunden schlief. Frühmorgens war ich wieder im Sprechzimmer, Flüchtlinge kamen in schlechtem Zustand an. Eine junge Frau war im vierten Monat schwanger. Sie blutete und hatte große Angst, ihr Kind zu verlieren. Ich sagte der Frau, sie solle ein paar Tage hierblieben. So ging es weiter. Noch mehr Lungenkranke, noch mehr Keuchhusten, ein schlimmer Armbruch. Ein Junge war in eine Gletscherspalte gefallen; sein Handgelenk war zersplittert, zwei Knochen staken aus der Haut, und alles hatte sich entzündet. Ich flickte zwei Stunden lang, bohrte Löcher, setzte Schrauben ein. Der Bruch würde heilen. Vor Müdigkeit hatte ich kaum noch ein Gefühl in den Händen, aber der Tag war noch nicht zu Ende für mich. Ich hatte gerade einem jungen Mönch eine Typhusimpfung gegeben und klebte ein Heftpflaster auf den Einstich, als ein Mann hereinkam, den Arm um eine erschreckend bleiche Frau gelegt. Der Mann trug einen Wolfspelz, der über seinem Kopf eine Art Kapuze bildete. Das erste, was ich dachte, war: Wie groß er ist! Ich hatte selten so große Tibeter gesehen. Schlagartig wirkte der ganze Raum zu klein, so daß alle unwillkürlich zur Seite rückten. Die Frau konnte sich kaum auf den Beinen halten; ihr Röcheln kam und ging mit den stockenden Atemzügen. Der Mann hielt mir ein Fellbündel hin, aus dem ein wimmernder Laut kam.

»Was hat das Kind?« fragte ich.

Die Frau bewegte die Lippen; ein Hustenanfall zwang sie geradezu in die Knie. Die Antwort kam von dem Mann, von dem ich unter der Kapuze nur ein braunes Gesicht, scharfe Augen und verfilzte Haarsträhnen sah.

»Sie hatte keine Milch«, sagte er. »Sie fürchtet, daß es sterben wird.«

Nach seinem Aussehen hatte ich eine andere Stimme erwartet. Sie war sehr tief, heiser und weich zugleich, und hatte einen leisen Tonfall. Eine heimliche Stimme, kam mir in den Sinn, als ob dieser Mann es sich schon seit Jahren abgewöhnt hätte, laut zu sprechen. Inzwischen wickelte ich das Bündel auseinander. Zum Vorschein kam ein Baby, in dreckige Tücher gewickelt. Es war ein Mädchen, nicht älter als zwei, höchstens drei Wochen, von erschreckend geringem Gewicht. Die Knochen zeichneten sich unter der dünnen Haut ab, sein Köpfchen war völlig kahl, die trüben Augen verklebt. Der winzige Körper war mit eiternden Wunden bedeckt. Kalkmangel. Der Atem war schwach, aber es hatte weder Fieber noch Erfrierungen. Offenbar hatte es der Mann durch seine Körperwärme geschützt. Etwas zögernd sagte ich zu der Mutter:

»Die Kleine kann sich erholen. Sie muß viel trinken. Aber sehr vorsichtig, sonst nimmt ihr Magen die Nahrung nicht auf.« Die Frau straffte sich ein wenig; sie tauschte einen Blick mit ihrem Mann; beide deuteten ein Lächeln an. Ich rief Yangdol, eine Pflegerin, die Erfahrung mit Säuglingen hatte. Yangdol hielt das Baby mit geübtem, liebevollem Griff und lächelte der Mutter, die vor Schwäche taumelte, beruhigend zu. Ich nahm behutsam ihren Arm und führte sie ins Sprechzimmer, während ihr Mann draußen wartete. Ich half der Frau, sich zu entkleiden. Sie zitterte, und an ihrem Hals klopfte der Puls ungleichmäßig und stürmisch. Ich erfuhr, daß sie Sonam Yangtschen Delok hieß und aus Lhasa stammte. Unter ihrer dickwattierten Jacke trug sie die tibetische Tracht. Ihre Kleider waren entsetzlich zerrissen und fleckig, aber von gutem Stoff; ihre abgenutzten Stiefel waren mit Pelz gefüttert. Als ich ihren Oberkörper entblößte, erblickte ich unterhalb des Schlüsselbeins eine Schußwunde, schlecht vernarbt und sehr häßlich anzusehen.

»Die Chinesen …«, flüsterte Sonam. Ich untersuche die Verletzung.

»Sie haben Glück gehabt. Ein paar Zentimeter tiefer, und die Kugel hätte Ihre Lunge zerfetzt.«

Sonam nickte. Sie wußte es offenbar.

»Atan hat die Kugel beseitigt. Er hat mir auch … bei der Geburt geholfen. Ich … ich fühlte mich entsetzlich. Aber ich mußte fliehen. Sie hätten mich festgenommen und mein Kind getötet …«

Ihre Sprache war die einer gebildeten Frau. Der Arzt, der sie behandelt hatte, schien sich wenig um die Wunde gekümmert zu haben. Das Gewebe war schlecht nachgewachsen, hatte sich entzündet und Wülste gebildet. Schlampige Arbeit! dachte ich. Die Perfektionistin in mir war verärgert. Sonams Augen glänzten vor Fieber, ihre Lippen waren trocken wie Seidenpapier. Nachdem ich sie untersucht hatte, sagte ich: »Sie haben Lungenentzündung und müssen ein paar Tage liegen. Sobald es Ihnen besser geht, können Sie das Kind zu sich nehmen.«

Ich hoffte, daß es durchkommen würde, aber das sagte ich ihr nicht. Nach den körperlichen und psychischen Strapazen setzte die Reaktion ein: Sonam begann zu zittern und mit den Zähnen zu klappern. Sie ließ sich jetzt gehen, und war nur noch halb bei Bewußtsein. Ich gab ihr ein leichtes Beruhigungsmittel. Die Pflegerin kam, um Sonam zu waschen. Die Kleider warf sie in eine Ecke. Ich ging nach draußen. Sonams Mann saß an der Wand, in sein Fell gehüllt. Die Kapuze fiel auf seine Schulter, als er sich schwerfällig erhob. Sein Haar, mit roten Bändern geflochten, hing wirr um sein Gesicht, das vor Schmutz und Schweiß fast ölig glänzte.

»Wie geht es ihr?« fragte er dumpf.

»Sie sind rechtzeitig gekommen.«

Er nickte und rieb sich die Stirn. Ich sagte: »Ihre Frau ist sehr schwach. Sie können sie in zwei, drei Tagen besuchen. Dann wird es ihr besser gehen.«

»Sie ist nicht meine Frau«, sagte er.

Er sprach nicht wie ein einfacher Bauer. Ich konnte seine leise, klare Stimme nicht mit seinem verwilderten Aussehen in Verbindung bringen.

»Die Verletzung sieht schlecht aus«, fuhr ich fort. »Die Wunde hätte genäht werden sollen.«

Er verzog die Lippen.

»Das hätte ich mir nicht zugetraut.«

Ich glaubte, mich verhört zu haben.

»Soll das heißen? ...«

Er nickte mit unbewegtem Gesicht.

»Ja. Ich habe die Kugel entfernt.«

»Und auch das Kind zur Welt gebracht?«

»Die Natur kennt ihre Stunde; wir haben uns zu fügen.«

Ich mußte ihn auf eine merkwürdige Art angestarrt haben, denn in seinen Augen erschien ein ironisches Funkeln.

»Ich bin mit Pferden großgeworden. Im Frühling, wenn die Stuten werfen, mußte ich oft Geburtshilfe leisten …«

»Ich verstehe.«

Er ließ den Blick über mich gleiten auf eine Art, die man als unverfroren bezeichnen konnte. Ich schluckte und fragte: »Sind Sie verletzt?«

»Nicht durch Wunden«, war die lakonische Antwort.

Dieser Mensch war nicht die erste harte Nuß, die ich in meinem Leben zu knacken hatte.

»Was kann ich für Sie tun?«

Unvermittelt lächelte er. Es war nur kurz, dieses Lächeln – ein flüchtiges Aufblitzen weißer Zähne hinter dem harten Mund.

»Gibt es vielleicht so etwas wie eine Dusche?«

Ich unterdrückte ein Auflachen. Dieser Wunsch kam selten, genauer gesagt nie aus dem Mund der Flüchtlinge.

»Im Reception Center finden Sie, was Sie brauchen.«

Ich wollte in mein Sprechzimmer gehen, doch er hielt mich zurück.

»Wer sind Sie?«

Seine unverblümte Art entsprach weder der Diskretion der Gebildeten noch der Ehrerbietung der einfachen Leute, für die ich eine Wohltäterin im weißen Kittel war. Ich sagte ihm, wie ich hieß und worin hier meine Aufgabe bestand.

»Sie haben eine merkwürdige Aussprache«, stelle er fest.

Seine Dreistigkeit begann mich zu faszinieren. Ich versuchte, es mir nicht anmerken zu lassen.

»Ich bin erst seit fünf Monaten in Nepal.«

»Und vorher, wo waren Sie da?«

»Vorher? Da war ich in der Schweiz.«

»Sind Sie mit Ihrer Familie aus Tibet geflüchtet?«

Es war, als ob er mich einem Verhör unterzog. Alle Patienten saßen da wie zusammengeschrumpft. Sogar Dechi schaute verblüfft von ihrem Bildschirm auf. Ihr Mund stand leicht offen. Unwillkürlich, wie hypnotisiert, beantwortete ich seine Fragen.

»Ja. Ich war fünf, als wir Lhasa verlassen mußten.«

Er nickte langsam.

»Man nennt mich Atan.«

Nur ein Vorname. Sonam hatte ihn auch so genannt. Es mochte ein Deckname sein. Ich dachte, was geht es dich an? Er fuhr fort, mich anzustarren. Etwas wie Verwirrung lag in seinem prüfenden Blick. Meine Neugierde wuchs, je länger ich mit diesem Mann beisammen war. Ich wollte mehr über ihn und seine Begleiterin erfahren. Fast ohne es zu wollen, hörte ich mich sagen:

»Ich wohne bei meiner Cousine. Man wird Ihnen zeigen, wo das ist. Kommen Sie, wenn Sie fertig sind. Ich mache Ihnen etwas zu essen. Ich kann mir vorstellen, daß Sie hungrig sind.«

Er lächelte.

»Danke. Ich könnte schon etwas vertragen.«

Als er ging, fingen die Patienten an, sich unruhig zu bewegen, sie tauschten Blicke und flüsterten. Ich ging die Treppe hinauf, in das Seitenzimmer, wo Sonam lag. Ich trat an ihr Bett und legte ihr die Hand auf die heiße Stirn. Sonam öffnete die Augen und hustete, von Fieberfrösteln geschüttelt. Ihre Wangen waren gerötet. Die Pflegerin hatte sie von Kopf bis Fuß gewaschen und ihre Temperatur gemessen. Ich verzog das Gesicht und gab Sonam eine Penicillinspritze, um das Fieber zu senken. Der Pflegerin sagte ich, daß die Kranke viel Flüssigkeit brauchte. Dann sah ich auf die Uhr. Mathai Shankar würde mich ablösen; ich erwies ihm oft den gleichen Dienst. Ich zog meinen Ärztekittel aus, sagte Dechi, daß ich für einen Notfall jederzeit zu erreichen war, und verließ die Krankenstation.

16. Kapitel

In der kleinen Kochnische wühlte ich in unseren Vorräten; zum großen Teil Konserven, Reis, Nudeln und Tütensuppen. Ich drehte die Gasflamme an, setzte Wasser für eine Portion Teigwaren auf, putzte Rüben, schälte Zwiebeln und öffnete eine Dose Cornedbeef. Dabei befaßten sich meine Gedanken mit Atan. Er beschäftigte mich mehr, als ich es für möglich erhalten hätte. Diese Mischung aus Neugier und Anziehungskraft traf mich unvorbereitet. Ich war hier sozusagen in Klausur, hatte einen beachtlichen Lerneifer entwickelt und mir vorgenommen, nicht zu versagen. Tara, die Nonne? Mitten in meinen Gedanken mußte ich fast lachen. »Auf dich ist offenbar kein Verlaß. Jeder Flüchtling erzählt dir eine Schauergeschichte, und du hast noch für keinen Nudeln gekocht. Warum ausgerechnet für diesen?« Im schummrigen Licht der Lampe betrachtete ich mich in dem fleckigen Spiegel über dem Waschbecken. Meine Augen schienen etwas eingesunken, und über meiner Nasenwurzel hatten sich zwei kleine Falten gebildet. Die Ehrlichkeit verlangte, daß ich sie nicht nur der schlechten Beleuchtung unterstellte. Ich seufzte und wandte mich ab.

Eine halbe Stunde später klopfte Atan an die Tür; es war allerdings eher ein verstohlenes Kratzen. Dieser Mann vermied Lärm auf alle erdenkliche Weise. Ich hatte ihn durch das Fenster gesehen, und es hatte mir einen Stich geben, doch hatte ich mich rechtzeitig wieder in der Gewalt. Man hatte ihm frische Kleider gegeben: Jeans, eine dicke Windjacke. Den Pelz hatte er mit einem Gürtel um die Taille geschlungen.

»Das riecht aber ausgezeichnet«, meinte er. »Ein Mann bekommt es allmählich satt, von Flechten und Rinden zu leben.«

Ich lachte ein wenig.

»Setzen Sie sich. Sie müssen müde sein.«

»Ich bin nie müde.«

Bevor er eintrat, zog er gewohnheitsmäßig seine Stiefel aus; man hatte ihm auch frische Socken gegeben. Aus dem dicken Wolfsfell strömten Gerüche nach Fett, Yakdung, Holzkohle und Talg; Gerüche, die tief in meine Erinnerung eingegraben sein mußten, so daß ich sie nicht als störend, sondern als fast vertraut empfand. Ich gab ihm gleich Bericht, wie es um Sonam stand. Er hörte ausdruckslos zu. Ich war unfähig, meinen Blick von seinem Gesicht zu lösen, diesen harten, fast mahagonidunklen Zügen, die vollen Lippen, den tiefliegenden Augen, schwarz wie Obsidian.

»Sie hat eine schwere Lungenentzündung«, sagte ich. »Ich habe eine Blutentnahme nach Kathmandu ans Institut geschickt und habe ihre Temperatur nach Möglichkeit heruntergedrückt. Morgen kann es schon viel besser aussehen.«

Er hielt die halb zugekniffenen Augen unentwegt auf mich gerichtet. Schließlich sagte er:

»Die Reise war hart für sie. Ich habe oft gedacht, sie schafft es nicht. Aber sie hat mehr Kräfte, als man ihr zutraut. Und sie dachte an das Baby.«

Ich fragte mich, ob das Kind von ihm war, doch er gab mir von selbst die Antwort.

»Ihr Mann wurde erschossen. Rigdzin – so hieß er – pflegte Kontakte zu Nationalisten. Sie hätten Sonam nicht nur eine Pistole an den Kopf gehalten und zehn Sekunden Zeit gegeben, sich zu entschließen, ein paar Namen zu nennen. Sie hätten andere Methoden angewandt.«

Seine Worte sagten nicht viel aus, bloß ein dürres Mindestmaß an Information. Doch er brauchte mir keine unappetitlichen Einzelheiten zu erzählen, ich wußte Bescheid.

»In dem Fall war es wirklich das Beste, daß sie Tibet verlassen hat.«

»Sie wird nach Indien gehen. Sie hat Verwandte in Agra.«

»Das Klima dort ist gut für sie. Trocken und nicht zu heiß.«

»Ja. Und es läßt sich vielleicht machen, daß sie keinem Chinesen mehr begegnet.«

Sein feuchtes Haar, am Hinterkopf mit Seidenbändern befestigt, fiel offen bis auf die Hüften, damit es trocknen konnte. Keine staubige Masse mehr, sondern eine unglaublich dichte, lockige Fülle, in den Schattierungen von braunrotem Herbstlaub. Im alten Tibet galt langes Haar als Vorrecht des freien Mannes. Bei den Nomaden war es Symbol der Lebenskraft und durfte nicht geschnitten werden; man hätte es als Verstümmelung empfunden; zudem konnte jemand es in die Hand bekommen und zu einem bösen Zauber mißbrauchen. Das geschorene Haupt der Mönche und Nonnen zeigte, daß sie ihre Lebenskraft dem Glauben opferten, sich schutzlos den Gottheiten darboten. Und wenn eine Sitte bei einer Volksgruppe derart in Fleisch und Blut übergegangen ist, wird sie nicht von einer Generation zur anderen aus der Welt geschafft.

Ich beobachtete ihn, verstohlen und hingerissen, während ich mich mit dem Essen befaßte. Er trug, ziemlich weit hinten am Ohrläppchen befestigt, einen Ring aus schwerem Silber, mit einem großen Türkisstein. Er stand ihm gut. Ich dachte, würde ich so einen Mann in Europa treffen, ich wäre unfähig, ihn irgendeiner Abstammung zuzuordnen. Er konnte ebensogut aus dem äußersten Rand des Irans wie von den Grenzen Indiens oder Bhutans stammen. Er verwirrte mich und machte mich neugieriger als je ein Mann vor ihm. Ich schalt mich selbst. »Du sentimentale Idiotin! Laß dich von ihm nicht durcheinanderbringen, bloß, weil er ein Mann ist und du schon lange keinen Mann mehr gehabt hast. Du hast Wichtigeres zu tun.«

Ich füllte den Teller und kehrte zum Tisch zurück. Ich fragte ihn, ob er Bier wollte, und stellte die Flasche vor ihn hin. Für gewöhnlich essen Tibeter schnell und geräuschvoll. Atan aß langsam und ruhig, ohne zu sprechen, völlig achtlos gegenüber Tischsitten, aber merkwürdig beherrscht. Er mußte unaufhörlich in der Erwartung einer Gefahr leben, sie nie herausfordern, aber immer für sie bereit sein. Beim besten

Willen vermochte ich sein Alter nicht einzuschätzen. Jung war er nicht; seine Wangen waren eingefallen, und die Falten um seinen Mund tief wie die Einschnitte eines Messers.

Nach einer Weile hob er die Augen.

»Danke. Sie sind eine gute Köchin.«

Das war so falsch, daß ich es ihm sagen mußte.

»Nein. Die Nudeln sind angebrannt. Es schmeckt Ihnen nur, weil Sie so lange von Rinden und Flechten gelebt haben.«

Er brach in Lachen aus. Seine Zähne waren weiß und kräftig. Der Charme, die Offenheit dieses Lachens wischten zehn Lebensjahre aus seinem Gesicht weg.

»Ich bin selbst auch ein guter Koch.«

»Aber Sie können Kugeln entfernen und Kinder zur Welt bringen.«

Sein Lachen erlosch ebenso plötzlich, wie es sich gezeigt hatte.

»Es gibt Dinge, die gemacht werden müssen. Und dann ist es besser, daß man sich nicht wie ein Dummkopf anstellt.«

Ich stützte mein Kinn in die Handfläche und ließ ihn nicht aus den Augen. Seine Härte schien tief in seinem Wesen zu wurzeln; sie war wie eine schnell zupackende, gefährliche Kraft, aber ohne Grausamkeit. Quellen der Sanftheit, die in ihm fließen mochten, konnte man nur erahnen. Was für ein Mann ist er? fragte ich mich immer wieder. Ich hob die Flasche und goß ihm neues Bier ein.

»Ich würde gerne die Geschichte hören.«

Er zog das Glas an sich heran; seine Augen, auf mich gerichtet, sahen durch mich hindurch. Irgendetwas schien ihn an andere Orte und andere Menschen zu erinnern. Er war hier und zur selben Zeit weit weg. Nach einer Weile sagte er:

»Wer demonstriert und verlangt, daß man ihn als Menschen wahrnimmt, verliert – offiziell – einen Monatslohn. Die Touristen loben den Fortschritt. Leider ist Tibet kein Disneyland für Metaphysik. Tibet ist ein Land der starken Seelen. Wer demonstriert, weiß nicht, ob er den nächsten Tag erlebt.«

Er warf mir einen dunklen Blick zu. Ich schwieg.

»Rigdzin hatte in Shanghai chinesische Literatur studiert. Tibeter sind ein schlechtes Rohmaterial, um daraus überzeugte Kommunisten zu formen. Rigdzin war ein aufrichtiger Mensch, ein moderner Intellektueller und folglich ein schlechtes Parteimitglied. Keiner erkannte es, am allerwenigsten er selbst. Wieder zurück in Lhasa, wurde er als Chefredakteur einer Zeitschrift eingesetzt; und da er nicht wußte, was er wollte, eignete er sich gut für die Aufgabe. Daneben schrieb und inszenierte er Theaterstücke, Ableger von Lady Maos Revolutionsopern, zur Unterhaltung der Volksbefreiungsarmee und zur Erbauung der Massen. Die Kultur hat inzwischen solche Fortschritte gemacht, daß auch ein Kommunist mit Bühnenwerken Geld verdienen kann.«

Seine Augen funkelten spöttisch.

»Wir haben ein Sprichwort: Mißtraue dem Honig, den man dir auf der Messerschneide anbietet. Kennen Sie es?« Er wartete nicht, daß ich antwortete, und sprach weiter:

»Ich traf Rigdzin, als er unsere Ernte- und Hochzeitstänze auf Video aufnahm und Kulturshows daraus machte. Die Kraft, die ganze unverbrauchte Kraft war dahin. Er merkte es nicht einmal. Dazu mußte ich mir sein Gerede anhören. Rigdzins Erfolg gab ihm eine schöne Sicherheit. Nicht die Armut der Menschheit sei die Ursache ihrer Unruhe, dozierte er, sondern ihr nahendes Glück in Gestalt des Kommunismus. Und wer das nicht begreife, der stünde zwischen der Menschheit und ihrem heiß ersehnten Glück und müsse beseitigt werden. Der Spaß dauerte so lange, bis ich ihn satt hatte. Rigdzin war kein Opportunist, er war ein Mensch, der nicht erkannte, womit er es zu tun hatte. Seine Sehnsucht nach Gerechtigkeit ließ ihn schwanken wie ein Schilfrohr im Wind. Es gab Dinge, die ich ihm sagen mußte. Wenn ich es nicht tat, würde es niemand tun. Es waren kaum Menschen übrig, die dazu fähig waren. Ich wußte das. Es stand ganz bei mir. So zeigte ich ihm gewisse Orte und erzählte ihm, was sich dort abgespielt hatte. Nicht alles, nur einen Teil. Aber das genügte. Als er ging, war er sehr nachdenklich. Er hatte noch einen anderen Menschen in sich, einen Menschen, den er nicht kannte und der jetzt zum Vorschein kam.

Rigdzin heiratete eine Schauspielerin, die eine hübsche Stimme hatte und in kleineren Rollen auftrat. Sonam Yangtschen Delok war die Überlebende einer von den Rotgardisten gänzlich ausgerotteten Familie der alten Aristokratie. Ihre Mutter hatte fünfzehn Jahre lang ohne Bezahlung auf Baustellen gearbeitet und ihr Essen zusammengebettelt. Sonam war es nicht erlaubt worden, eine Schule zu besuchen. Ihre Mutter war es, die ihr Lesen und Schreiben beibrachte. Als die Mutter an Darmkrebs erkrankte, wurde sie nicht im Krankenhaus aufgenommen: Für die Nachkommen der Adeligen gab es keine Betten. Die alte Frau starb unter furchtbaren Schmerzen, und Rigdzin schrieb in seiner Zeitung: ›Alles, was an einer Revolution menschlich sein mag, hat die Zeiten nicht überdauert. Wir sprechen von der Zukunft und lassen es zu, daß die Vergangenheit die Gegenwart beschmutzt.‹ Den Chinesen gefiel das nicht; aber da seine Theaterstücke beliebt waren, übte man Nachsicht. Rigdzin gewann eine Schlacht und verlor den Krieg, als er ›demokratische Reformen‹ verlangte, und Sonam, im siebten Monat schwanger, Spottverse auf der Bühne sang. Ich sagte zu ihnen: ›So geht es nicht!‹ Früher hielt ich viel vom Heldentot, aber dieser Ehrgeiz hat mich inzwischen verlassen. Sie erwiderten, Buddhas Hand sei ihnen genügend Schutz. Als man die *Thankas* aus dem Haupttempel in Drepung holte, veröffentlichte Rigdzin einen Leitartikel, der ihre Rückkehr im dramatischem Ton in Frage stellte. Damit hatte er die Grenzen überschritten: Er verlor seinen Chefsessel, und Drepung rief zu Protesten auf. Die Mönche trugen die Flagge mit der Sonne und dem Schneeleoparden, forderten in Sprechchören die sofortige Rückgabe der *Thankas*. Viele Menschen schlossen sich dem Zug der Demonstranten an, alle liefen wie die Hasen und schrien, sogar alte Leute und Mütter mit kleinen Kindern. Die Tibeter sind ein sentimentales Volk. Sonam und Rigdzin verteilten Flugblätter und verbotene Fotos vom Dalai

Lama. Opferrausch, ich kenne das. Es ist, als ob der Himmel sich dreht.

Zu Beginn also warfen die Polizisten Tränengasbomben, drängten die Menge mit elektrischen Schlagstöcken zurück. Als die ersten Steine flogen, schossen die Polizisten. Der Mönch mit der Flagge war sofort tot. Rigdzin hob die Flagge auf und trug sie weiter, worüber die Chinesen nur froh sein konnten. Ein Scharfschütze schoß aus dreißig Metern und spaltete ihm den Schädel. Aus. Sonam warf sich schreiend über ihn. Wolken von Tränengas wehten über den Platz. Ich teilte einige Kinnhaken aus und zerrte Sonam weg, bevor die Polizei sie fassen konnte. Ihre Tschuba war rot und naß; ich dachte, es sei Rigdzins Blut, zumal sie wie erstarrt war, keinen Schmerzenslaut von sich gab. Daß sie verletzt war, merkte ich erst später. Die Wunde war ungefährlich, aber die Kugel mußte entfernt werden. Einen Arzt aufzusuchen, kam nicht in Frage. Die Chinesen hatten überall Spione, und die Zeit war knapp. Sonam fragte mich: ›Kannst du es tun?‹ Ich warnte sie vor den Schmerzen. Ich sollte sie fesseln und knebeln, sagte sie. Also band ich ihre Handgelenke über dem Kopf fest zusammen und steckte ihr ein Stück Stoff als Knebel in den Mund. Dann hielt ich das Messer über das Feuer, um es zu reinigen, und machte mich an die Arbeit. Ich war froh, daß sie bald das Bewußtsein verlor. Ich gönnte ihr ein paar Stunden Schlaf; zur Stunde des Tigers machten wir uns auf den Weg. Einige tausend chinesische Soldaten lagen rund um die Hauptstadt in ihren Garnisonen; die ganze Nacht rollten Militärfahrzeuge über die Zufahrtsstraßen. Vor Morgengrauen mußten wir den Kyiuschu-Fluß überqueren. Ich kannte eine Sandbank, die sich weit in den Fluß hinaus erstreckte. Das Wasser war reißend, aber nicht tief. Mein Pferd ging schräg gegen die Strömung in den Fluß und erreichte mühelos das andere Ufer. Ein Gestrüpp gab uns bis zum ersten Tageslicht Deckung. Dann ritten wir dem Hochland entgegen.«

Er trank noch einen Schluck. Ich starrte ihn an. Ich hatte das merkwürdige Gefühl, daß die Luft in Bewegung geraten war, daß etwas Unsichtbares von weither herangeweht kam. Eine plötzliche Gänsehaut überlief mich.

»Sie sind mit dem Pferd von Lhasa hergekommen?«

»Ein Wagen hätte die Strecke unter keinen Umständen geschafft.«

Meine Unruhe war verworren, zusammenhanglos; sie stand mit gewissen Dingen in Verbindung, die ich nicht ergründen konnte. Irgendwo in mir war eine vage Erinnerung. Was war es nur? Ich holte tief Luft.

»Wie lange haben Sie für die Reise gebraucht?«

»Über einen Monat. Sonam litt an ihrer Wunde, und allzu lange Etappen konnte ich ihr nicht zumuten. In einem Dorf kaufte ich für sie ein robustes, aber sanftes Reittier. Wir verbrachten die Nächte unter freiem Himmel oder fanden in Hirtenzelten Obdach. Als die Wehen einsetzten, waren wir hoch oben im Gebirge und weit entfernt von jedem Dorf. Ich suchte im Wald eine geschützte Stelle, schürte das Feuer und schmolz Schnee in einem Topf. Sonam lag ruhig in ihrem Schmerz, blaß, Schweiß auf der Stirn. Da sie jung war und nie unter Krankheiten gelitten hatte, meinte ich, es werde rasch vorüber sein. Doch sie plagte sich die ganze Nacht, und die Stimme des Kindes ertönte erst in den kalten, frühen Morgenstunden. Ich hob es auf; es schien mir klein und schwach. Ich tat das Nötige und legte es zu Sonam unter die Decke. Sie hatte nicht viel Milch. Ich schwang mich auf mein Pferd, erreichte nach ein paar Stunden ein Dorf und kaufte eine Ziege, damit wir Milch für das Kind hatten. Nach einigen Tagen hatte sich Sonam so weit erholt, daß wir weiterreiten konnten. Bald sahen wir vor uns die Gipfel der Everest-Gruppe, schneebedeckte Eisriesen über grünen und blauen Hügelketten. Wir nutzten die warmen Stunden im Sonnenschein, um so schnell wie möglich zu reiten. Doch wir hatten Zeit verloren, und die Pässe waren bereits verschneit. Der Wind schnitt uns wie ein Messer in die Haut. Sonam erkältete sich und hustete. Das alles war zu viel für sie gewesen. Doch es half alles nichts, wir mußten weiter. Unser Ziel war der Nagpa La, der Grenzpaß zwischen Indien und Nepal. Der Gipfelhang war steil, Wind wehte Schnee auf, wir ritten bis zur Erschöpfung über Eisflächen, über Schutt und lockeres Geröll. Endlich erreichten wir die Paßhöhe, aber der Abstieg ins Tal begann unter schlechten Voraussetzungen: Die Ziege brach sich das Bein, und ich mußte sie töten. Ich befürchtete, daß das Baby nicht überleben würde. Auch Sonam ging es nicht gut, und das Reiten wurde beschwerlich. Unsere Tiere begannen zu gleiten und zu stolpern. Dazu kam, daß zu beiden Seiten der Grenze Patrouillen lagerten; wir mußten beträchtliche Umwege einplanen. In Namche – der ersten nepalischen Ortschaft – bin ich mit einem Gutsverwalter befreundet. Hier konnten wir uns ausruhen und bekamen Milch für die Kleine. Gegen angemessene Bezahlung überließ mir Birman seinen Jeep, und den letzen Teil der Strecke konnten wir mit dem Fahrzeug zurücklegen.«

Atan wischte sich mit dem Handrücken über den Mund und schloß seinen Bericht mit den Worten:

»Man muß etwas wagen, wenn man es weiter bringen will. Und wo der eine versagt, kann der andere taugen.«

Ich starrte ihn wortlos an. Mein Herz hämmerte seltsam erregt. Ich war unfähig zu begreifen, was in mir ausgelöst worden war. Es hing mit der Erinnerung zusammen, die irgendwo in meinem Kopf erwacht war und mich in meiner Konzentration störte.

»Und jetzt?« brach ich das Schweigen. »Was werden Sie tun?«

»Ich gehe wieder zurück.«

»Wohin? Nach Tibet?«

»Tibet ist nicht mehr Tibet. Tibet ist jetzt China. Ja, ich gehe dorthin zurück.«

»Kann das nicht gefährlich für Sie werden?«

Er bewegte den Kopf hin und her.

»Es ist eine komische Sache mit der Gefahr. Man kann sich gut an sie gewöhnen.«

Was für einen Mann habe ich da vor mir? fragte ich mich.

Ich konnte mir immer noch keine Vorstellung davon machen, wie sein bisheriges Leben ausgesehen haben mochte. Ich schüttelte den Kopf.

»Sie sind ein seltsamer Mensch, Atan.«

»So?« Er hob die Brauen und sah mich an. Die Brauen waren dicht und schwarz, die eine lag etwas höher als die andere, was seinem Gesicht ein asymmetrisches Aussehen verlieh – einen Ausdruck von Hochmut und zugleich Verträumtheit.

»Warum meinen Sie das?«

»Mir scheint, Sie sind viel herumgekommen.«

Er nickte, die geschlossenen Lippen zu einem Lächeln verzogen.

»Eine Zeitlang habe ich in Burma gelebt. Zwei Jahre in Taiwan und zwei weitere in den Vereinigten Staaten.«

»Und ursprünglich?«

»Ursprünglich bin ich aus *Kham*.«

»Ich habe es mir gedacht. Sie tragen einen Ohrring.«

»Sie können mich jetzt zum Teufel jagen«, sagte er. »Das Essen war fabelhaft.«

Er hatte die merkwürdigsten Augen, die ich je gesehen hatte: rätselhaft, von fast violettem Schwarz. Ich konnte darin nichts erkennen, außer vielleicht einen winzigen Funken Schalk. Aber ich war da nicht ganz sicher. Dieser Mann war also ein Khampa. Das ist wahrhaftig etwas, dachte ich. Die Khampas der östlichen Region, der uneinnehmbaren Festungen … verwegene Krieger, tollkühne Reiter, Räuber und Plünderer aus Leidenschaft. In ihren geheimen Werkstätten fertigten sie Dolche und Säbel an, auch Gewehre. »Das Volk der Könige« nannten sie sich. In ganz Tibet gab es keinen Mensch, der diesen Namen nicht kannte und nicht Unbehagen verspürte, wenn er genannt wurde. Und doch widerlegte manches ihren gefährlichen Ruf. Stellten sie nicht seit Menschengedenken die Leibwachen der Dalai Lamas? Sie waren jeder Gefahr gewachsen, die Tapferen schlechthin. Schon möglich, daß manche sich in Klosterburgen seltsam benahmen. Aber in den Steppen konnten nur jene überleben, die rasch lernten.

Oft war ihr Benehmen vornehmer als das in den Häusern Lhasas aufgewachsener Aristokraten. Nicht selten erreichten sie als Regierungsbeamte die höchsten Ränge. Und als 1959 in Tibet der Aufstand losbrach, waren es die Khampas, die den blutjungen Dalai Lama und seine Angehörigen durch alle Gefahren hindurch ins indische Exil geleitet hatten. Nein, die Khampas kannten nicht die Kälte der Furcht, die die Menschen schneller erfrieren ließ als der Eishauch der Schneestürme; sie hatten Krieg gegen China geführt, jahrelang. Doch manchmal fällt ein Volk in die Falle der Geschichte. Das Schicksal, in seiner ganzen Unbestimmtheit, war gegen die Khampas. Die siegreichen Zeiten waren vorbei. Aber der erlangte Ruhm hatte die bleibende Legende geschaffen. Ich sagte zu Atan:

»Laufen Sie noch nicht fort. Ich will zuerst wissen, was Sie in Taiwan und in Amerika gemacht haben.«

Er schüttelte den Kopf, wobei er leise lachte. Er trug einen Wolfspelz, und er war ein Wolf. Ich fühlte mich wie ein Kind, das ein fremdes Tier in sein Haus läßt, ihm Wasser und Nahrung vorsetzt und wartet, ob es sich streicheln läßt. Welche Sache beschäftigt dich eigentlich, Tara? Setz mal dein verflixtes Gehirn in Bewegung!

Alan trank noch einen Schluck.

»In den sechziger Jahren hatte die CIA in Amerika die ›Vereinigung für ein freies Asien‹ gegründet. Es war die Zeit des Kalten Krieges. China verbreitete Angst. Gleichzeitig wurde bekannt, daß im tibetischen Hochland unzivilisierte Wilde ihr Unwesen trieben. Sie ermordeten die Helden der Befreiungsarmee, wenn sie kamen, um die Hungrigen zu speisen und den Unterdrückten Gerechtigkeit zu bringen. Das bewirkte, daß Tschiang-Kai-Schek und seine amerikanischen Verbündeten ein wohlwollendes Auge auf uns warfen. Man machte uns ein Angebot. Wir Khampas waren in dieser Zeit noch geneigt, uns selbst in einem Spiegel zu bewundern; daß uns der Kuomintang gegen Rotchina unterstützen sollte, löste in den Jurten Gelächter aus. Aber wir sahen die Ursachen nüchtern. Wir hatten gute Waffen. Die Chinesen hatten zwar bessere, aber die konnten wir nicht bekommen. Ich war achtzehn Jahre alt, mit schrecklichen Erinnerungen beladen. Daß ich in meiner Ruhelosigkeit zu heftigen oder überstürzen Handlungen neigte, war mir nicht dunkel, sondern hell bewußt. Jedenfalls fuhren wir nachts in Lastwagen über die indische Grenze. In Assam setzte man uns in einen Zug nach Siliguri; von da aus ging es nach Kalimpong, wo man uns in Zivilkleider steckte und dringend ersuchte, unsere Amulette abzunehmen und unser Haar zu schneiden. Also opferte ich meine Zöpfe nicht dem Heiligen Buddha, sondern der Zweckmäßigkeit. Abermals brachte man uns zur Eisenbahnstation; ein ziemlich trauriger Haufen, der mitsamt seiner Haarpracht jede Herrlichkeit eingebüßt hatte. So kamen wir in Kalkutta an; um zwei Uhr nachts startete eine Maschine vom Dumdum-Flughafen nach Bangkok. Die zweite Zwischenlandung war Hongkong. Gleich nach unserer Ankunft in Taiwan kamen wir in ein Militärlager. Hier erhielten wir eine Grundausbildung im Umgang mit Bazookas, Handgranaten, Funkgeräten und Sprengstoff. In einer Schule wurde uns chinesisch und englisch beigebracht. Da ich bereits lesen und schreiben konnte, zog ich Nutzen aus dem Unterricht. Instruktoren zeigten uns vertrauliches Kartenmaterial. Luft- und Radaraufnahmen. Die ›Fliegenden Tiger‹ der amerikanischen Luftwaffe hatten den sogenannten ›Buckel‹ im Zweiten Weltkrieg überflogen und kartographisch festgehalten. Dieser ›Buckel‹ war der Himalaja des Mittleren Khams. Wir sahen solche Aufnahmen zum ersten Mal; aber der Lauf der Flüsse, die Konfiguration der Berge waren uns vertraut. Faszinierend, wirklich. Ein Teil von uns wurde als Fallschirmtruppe ausgebildet, wobei festgestellt wurde, daß wir völlig schwindelfrei waren. Man gab uns ein Armband mit einer Zyanidkapsel und den Befehl, sie zu schlucken, falls wir dem Feind in die Hände fielen. Für Befehle habe ich nichts übrig, aber die Kapsel behielt ich. Nach einer Reihe von Tests gehörte ich zu den Auserwählten, die eine zusätzliche Ausbildung in den USA erhalten sollten. In Camp Hale, in Colorado, wurden wir von amerikanischen Instruktoren in die Zange genommen. Sie verschwendeten eine Menge Zeit mit Herumbrüllen, Drill und ähnlichem Unsinn. Ein Khampa ist kein Spielzeug, das man schüttelt und aufzieht. Es wurde eine harte Zeit – für die Instruktoren, meine ich. Inzwischen hatte ich alles versucht und ausprobiert. Hatte alles getrunken und geraucht, was ein bißchen high machte, hatte Verkehrsregeln mißachtet, einige Zwangsvorstellungen aus bleichen Betonköpfen herausgeprügelt und mit blonden Frauen geschlafen. Ich war ein paarmal vors Kriegsgericht gekommen und ein Kenner von Gefängniszellen geworden. Alles in allem war es keine verlorene Zeit, und in diesen zwei Jahren lernte ich mehr, als ich in zwanzig Jahren in unseren Jurtenlagern gelernt hatte.«

Er hatte noch immer diese sanfte Aussprache, die so wenig zu seinen ungerührten Worten paßte und seine Stimme so klar und fesselnd machte.

»Dreißig Jahre sind inzwischen vergangen. Die USA, die uns eine Zeitlang mit Waffen belieferte, ließ uns wie eine heiße Kartoffel fallen, als Nixon und Mao sich 1972 die Hände schüttelten. China wurde plötzlich salonfähig. Als Tribut stopfte man Tibet dem Drachen ins Maul. Die Politik schlägt wie ein Pendel in die eine oder andere Richtung. Kein Wunder, daß sich Manipulierte und Erregte überfordert fühlen. Wie sollen sie das Richtige vom Falschen unterscheiden, wenn es dauernd wechselt? Was man aufbringen muß, ist das nötige Maß an Geduld. China macht Amerika nervös; China hat eine große Fläche auf der Karte. Amerika fürchtet den Verlust amerikanischer Arbeitsplätze durch chinesische Billigimporte. Verschwindet ein Volk, kann die Welt perfekt weiterleben. Und Jahrhunderte später über zerbrochene Steine und verbrannte Knochen Rätsel raten. Wir haben keine andere Wahl, als wieder und wieder Phönix zu spielen, das sagt Ihnen jeder Lama, und das in besseren Worten, als ich es kann.«

Es folgte ein langes Schweigen. Er blickte mich an, das Glas in der Hand. Ein paar Atemzüge lang wurde mir richtig schwindlig. Ich spürte eine nagende Unruhe, mehr noch: das

Gefühl, das etwas begonnen hatte. Alles, was ich empfand, wurde von dieser Vorstellung unmittelbarer Erwartung geprägt.

Auf einmal kam Bewegung in ihn. Er trank sein Glas leer und stellte es auf den Tisch.

»Setzen Sie mich jetzt vor die Tür?«

»Sie scheinen es wirklich sehr eilig zu haben.«

Ich war leicht benommen, krampfhaft bemüht, die richtige Verbindung herzustellen zwischen diesem neuen Gefühl und einem alten, das sich von mir zurückzog, je mehr ich versuchte, mich daran zu erinnern.

»Sie sollten sich Sorgen machen«, meinte er. »Wir haben einen schlechten Ruf.«

»Sie tun alles, um mich davon zu überzeugen.«

Wieder flog das kaum merkbare Lächeln über sein Gesicht.

»Vieles, was man über uns sagt, ist natürlich gelogen. Wir streiten es nicht ab, weil wir ausgesprochen eitel sind, bloß deswegen.«

»Den Eindruck gewinne ich auch.«

»In gewissem Sinne stimmt es ja. Wir geben es den Chinesen auf ganz schön brutale Art.«

»Oh je. Heute noch?«

»Wir hoffen, daß sie weniger werden, so nach und nach.«

Ich starrte in die großen, funkelnden Auen; sie reflektierten, was das Licht ihnen zuwarf, mehr nicht. Er gab mir keinen Einblick, blieb unsichtbar dahinter. Doch mit einem Mal begriff ich, daß er eine Verletztheit verbarg, von der ich nichts ahnen konnte.

»Damit müssen Sie nicht unbedingt prahlen«, sagte ich sanft.

Sein Ausdruck wurde düster.

»Sie haben recht. Es hat den Anschein, als werden immer mehr eingeflogen.«

Ein weiteres Schweigen folgte. Seine Augen glitten über mein Haar, von der Stirn über mein Gesicht, den Hals hinab zu den Schulten. Ich schauderte leicht unter diesem Blick und spürte, wie meine Brüste an den Spitzen empfindlich wurden. Ich hatte es schon lange nicht mehr erlebt. Soll das alles sein, Frau Doktor? Nein, da war mehr. Ich vermutete es wenigstens. Ich versuchte mit aller Kraft und vergeblich, eine entscheidende, verschüttete Erinnerung an die Oberfläche meiner Gedanken zu bringen.

Er sagte, langsam und nachdenklich:

»Sie erinnern mich an jemanden.«

Wieder das seltsame Prickeln. Ich spürte – sah buchstäblich – die Erregung in mir aufsteigen.

»Ach!« sagte ich beherzt. »An eine Frau, die Ihnen nahe steht?«

Er nickte, ohne mich aus den Augen zu lassen. Ich schluckte.

»Wie kommen Sie auf diesen Gedanken?«

»Sie meinen, warum Sie mich an sie erinnern? Ich weiß es nicht. Es ist schwer zu sagen. Ich habe darüber nachgedacht. Die Form Ihres Gesichtes? Ihre Stirn? Ihr Haaransatz? Das Muttermal vielleicht? Kommt es vor, daß Sie es schwarz schminken?«

Mich erfaßte ein Zittern. Mein Gesicht wurde heiß. Ich flüsterte rauh: »Nein. Eigentlich nie.«

Er gab keine Antwort; in dem dunklen, scharfen Gesicht verengten sich die schwarzen Augen, als sie von mir abschweiften und sich starr auf die Tür richteten. Das von ihm wahrgenommene Geräusch – ein leises Klopfen – hörte ich erst ein paar Atemzüge später. Gleichzeitig bemerkte ich, wie sich Atan unmerklich entspannte; diesem Mann entging wahrhaftig nichts, seine Sinne waren wachsam wie die eines Tieres. Ich stand langsam auf, die Augen unverwandt auf ihn gerichtet, ging an die Tür und öffnete. Vor mir, in der Dunkelheit, stand Natara, die nepalische Nachtschwester, und entschuldigte sich atemlos. Mathai Shankar schickte nach mir. Ein Notfall. Um zwei Uhr früh hatte man einen Novizen aus dem Kloster gebracht. Bauchfellentzündung. Ich rieb mir nervös die Stirn. Ich haßte Notfälle mitten in der Nacht.

»Gut … ich komme sofort.«

Natara nickte erleichtert, verschwand ebenso rasch, wie sie gekommen war. Der Augenblick der Verwirrung war vorbei. Wortlos begann ich, Teller und Schüsseln ineinander zu stellen. Wasser war nicht da, das schmutzige Geschirr mußte bis morgen warten. Ich sah, wie Atan sich erhob, seinen Fellumhang aus dem Gürtel zog und um die Schultern schlang. Sein Schatten glitt über die Wände, und die Messingschalen auf dem Hausaltar warfen kleine Goldfunken.

»Danke für das Essen. Ich will mir jetzt einen Platz zum Schlafen suchen.«

Ich antwortete, geistesabwesend:

»Sie können hierbleiben, wenn Sie wollen. Meine Cousine ist in Kathmandu, und ich habe eine Notoperation. Ich bin mindestens drei Stunden weg – wenn alles gut geht.«

Er sah sich im Raum um, die Hände in die Hüften gestemmt.

»Sie haben viel Ramsch. Aber auch schöne Sachen. Haben Sie keine Angst, daß ich etwas mitgehen lasse?«

Ich deutete auf den Hausaltar.

»Buddha wacht.«

Er lachte kurz auf.

»Schön. Ich werde beten: fern von mir die Versuchung, etwas in dieser Art ...«

Ich holte eine Steppdecke und wollte ihm ein Kissen geben, doch er schüttelte den Kopf.

»Ich brauche nie ein Kissen. Höchstens meinen Sattel. Ein Mann kann nicht gut hören, wenn ihm ein Kissen die Ohren verstopft.«

»Aber Sie schlafen doch nachts?«

»Gewiß. Aber ich wache sehr leicht auf. In Tibet ist das besser.«

Ich starrte ihn an.

»Haben Sie nie daran gedacht, daß Sie in Nepal ruhig schlafen könnten?«

Er bedachte mich mit einem langen, dunklen Blick. Seine Worte fielen sanft in die Stille, die meine Frage hinterlassen hatte.

»Doch. Ich glaube, daß ich daran gedacht haben muß.«

Ich zog meine Windjacke an und ging. Die Nacht war klar, die leuchtenden Septembersterne waren wie weißglühende Funken, die der Wind weit über den schwarzen Himmel gestreut hatte. In ihrem Licht lag das Tashi Packhiel Camp totenstill da. Es roch nach Rauch, nach getrocknetem Dung. Ich atmete ein paarmal tief aus und ein. Kein Klopfen mehr in der Stirn. Sei ruhig, Tara. Der Wolf hat die Nahrung angenommen, den Lagerplatz auch. Augen erfinden eigene Gestalten. Träume sind unberechenbar. Jemand hatte von einem Traum gesprochen. Wer nur? Ich war im Begriff zu verstehen, daß es etwas Gemeinsames gab zwischen ihm und mir. Das Erkennen kam langsam – aber es kam schließlich doch. Und es war keine Überlegung oder Vermutung, es war eine Eröffnung. In jener Nacht, um zwei Uhr früh, ging ich zögernd einige Schritte, blieb in der Dunkelheit stehen und hörte die Stimme meines Vaters. Und dann endlich brachte ich die Dinge miteinander in Verbindung. Meine Welt. Die Welt meines Vaters. Ich sah beide einen Bogen machen, wie zwei scharfe, glitzernde Mondsicheln. Sie trafen sich in ihm, in dem Reiter, und spalteten ihm das Herz.

17. Kapitel

In der Krankenstation herrschte aufgeregtes Kommen und Gehen. Ein paar Mönche kauerten trübsinnig im Vorzimmer. Ihre kahlgeschorenen Köpfe ragten aus den Umhängen wie Vogelköpfe. Mathai Shankar machte seine Instrumente bereit und lächelte mir unglücklich zu.

»Danke, daß Sie gekommen sind.«

»Wie geht's dem Jungen?«

»Schlecht.«

Ich ging in den kleinen Waschraum und benutzte die Wasserreserve, um mir gründlich die Hände zu waschen und zu desinfizieren. Dann zog ich einen frischen sterilen Kittel an, streifte sorgfältig die Gummihandschuhe über, Kappe und Mundschutz. Im Operationssaal lag der Novize schon in der Narkose. Ein schmaler Dreizehnjähriger, mit langem, kindlichem Hals und schmalen Gelenken. Seine Haut glühte. Es war höchste Zeit.

Die Operation begann, und ich vergaß meine Gefühlsregungen. Mathai Shankar und ich arbeiteten lange und konzentriert im Licht der Neonröhren. Als wir den Einschnitt geschlossen hatten und ich mit dem Nähen fertig war, dämmerte es bereits. Mathai Shankar nahm den Mundschutz herunter und nickte mir zu. Auf seiner Stirn schimmerten kleine Schweißtropfen.

»Ich denke, daß er durchkommt. Ein Junge in dem Alter hat Reserven.«

Er sprach mit besorgter Hingabe – ein Arzt, der mit dem Herzen dabei war. Wir fuhren den Novizen auf dem Rolltisch aus dem Operationssaal. Nach einer weiteren halben Stunde bekam der Junge eine Tropfeninfusion und sank aus der Narkose in den Schlaf. Etwas später saßen wir in dem kleinen Büro des Chefarztes, neben dem Vorzimmer. Natara hatte Tee und heißen Toast für uns gemacht. Mathai Shankar hatte geschwollene Augen vor Müdigkeit. Er lächelte dennoch.

»Sie sind eine vortreffliche Chirurgin. Es macht Freude, Ihnen zuzuschauen.«

Ich erwiderte matt sein Lächeln.

»Auch bei schlechter Beleuchtung?«

Er bot mir eine Zigarette an. In uns war jener Friede, den wir stets fühlten, wenn unsere Hände die Not eines Kranken gelindert und geheilt hatten. Die ganze Zeit hatte ich mich gezwungen, nicht an Atan zu denken; ich hatte es mit einer so übermäßigen Energie getan, daß ich mir dabei mehr als einmal lächerlich vorgekommen war. Nun unterhielt ich mich über dieses und jenes, über den sturen, dummen Widerstand gewisser Mönche, die Eingriffe menschlichen Körper verweigerten, bis es – nicht selten – zu spät war. Der Novize hatte Glück gehabt: Ein Lama hatte es mit der Angst bekommen und ihn zur Untersuchung geschickt.

»Es war fünf vor zwölf.«

Mathai Shankar meinte es bildlich. Wir tranken Tee, mit Kardamon gewürzt. Wir stellten uns die Frage, was Glaubensapostel auf der ganzen Welt veranlaßte, sich gegen jeden Fortschritt zu stellen, und fanden nur eine Antwort: Sie fürchteten, ihre Privilegien zu verlieren. Mathai Shankar war ein Idealist, der sich über die Leiden der Massen bis zur Wut oder zum masochistischen Mitleid entrüsten konnte. Er träumte von einem ethischen Weltgewissen in der Entwicklung der Staaten und der religiösen Systeme. Ich brachte ihn auf den Boden zurück.

»Nicht alle Länder sind gleich weit entwickelt. Die Entfernungen kann man in Stunden, die Unterschiede der Mentalität in Jahrhunderten messen.«

Er seufzte dazu. »Ich glaube aber an den Fortschritt. Das ist eine entscheidende Sache, und ich kann sie einfach nicht als nebensächlich betrachten.«

Mathai Shankar nahm das Leben ernst. Ein Scherz tat ihm ab und zu ganz gut.

»Vergessen Sie dabei nicht, daß sich unser Gehirn in Maß und Form nach der letzten Eiszeit nicht verändert hat. Es wird sich auch in den nächsten Jahrtausenden nicht weiterentwickeln.«

Er entspannte sich und lachte; ich lachte auch. Wir waren beide todmüde, hellwach und überdreht. Bevor ich ging, machte ich eine Runde durch die Krankenzimmer, ging von Bett zu Bett. Es war kurz vor Tagesanbruch, die Patienten schliefen. Nur einige waren wach; ihre Augen folgten mir, als ich die Reihen entlangging. Sonam lag in tiefem Schlaf. Leise trat ich an ihr Bett, fühlte den Puls und legte die Hand auf ihre Stirn. Die Spritze hatte gewirkt, das Fieber war gesunken. Ihr Baby wurde von einer Tibeterin gestillt, die gerade ein Kind geboren und zuviel Milch hatte. Säuglinge haben mehr Kraft, als man annimmt. Es war gut möglich, daß die Kleine am Leben blieb.

Im zunehmenden Morgenlicht wusch ich Gesicht und Hände im kalten Wasser, glättete mein Haar vor dem Spiegel und trat nach draußen. Der Tag wollte gerade erst beginnen. Jetzt war alles in Nebel gehüllt. Schwach erkannte ich am anderen Ende des Platzes das goldene Emblem des Klosters. Hastig, mit gesenktem Kopf, ging ich durch den Garten auf das Haus zu, drückte leise die Klinke hinunter. Ein Gefühl von seltsamer, nervöser Intensität vibrierte in meiner Brust. Kaum trat ich über die Schwelle, da vernahm ich im dunklen Raum eine Art Schleifen, so leise, daß ich zwei Herzschläge lang zweifelte, überhaupt etwas gehört zu haben. Fast im selben Augenblick schien sich die Dunkelheit zu bewegen; ein undefinierbarer, warmer Geruch schlug mir entgegen. Ich hörte ein leises Klicken, sah Lichtfunken auf einer Klinge blitzen. Dicht vor mir stand ein pechschwarzer Schatten. Das stoßbereite Messer war auf meine Kehle gerichtet, doch nur einen Atemzug lang – dann senkte sich die Klinge. Ich holte tief Luft und bemühte mich, ruhig zu sprechen.

»Sie haben mir Angst gemacht.«

Ich konnte sein Gesicht nicht sehen, nur seine reglose Gestalt in der Dunkelheit. Das Weiße seiner Augen schimmerte im Lichtschein, der durch den offenen Türspalt in den Raum fiel.

»Es tut mir leid.« Atans leise, klare Stimme klang im Gegensatz zu meiner vollkommen ruhig. »Geräusche stören mich nicht. Nur die ungewöhnlichen. Sie haben die Tür zu leise geöffnet.«

»Ich wollte Sie nicht wecken.«

»Ich wache sehr leicht auf«, sagte er.

Meine Augen gewöhnten sich an die Dunkelheit, ich sah ihn jetzt deutlicher. Er trug nur Jeans, sein Oberkörper unter dem kupferbraunen Haar war nackt. Weil ich so dicht vor ihm stand, wurde sein Geruch noch gegenwärtiger; ich versuchte mich an irgendetwas Vergleichbares zu erinnern. Mir kam in den Sinn, daß die Nomaden das Fett von Lammnieren mit Spänen von Pferdehufen einkochen, es mit Moschusöl, Birkensaft und Holunderrinde mischen. Sie machen daraus einen Balsam, der die Muskeln entspannt, die Mücken verscheucht und die Haut bei starken Temperaturschwankungen geschmeidig hält. Der Geruch, den ich jetzt einatmete, ein leicht öliges, eindringliches Aroma, mußte seine Haut seit frühester Kindheit tränken. Ein Geruch aus der Welt der Steppen und Salzseen; er kam von dorther, wo der Sturm einem Reittier die Beine unter dem Leib wegschlägt, wo es nach Rohfellen und Feuerstätten aus Mist riecht, nach Winterschnee und Sommergras, nach tiefer, von modrigen Wurzeln durchsetzter Erde. Ein Geruch jenseits der Träume; ich konnte nicht einmal sagen, ob ich ihn als angenehm empfand oder nicht. Er strömte durch alle Poren seiner Haut, weckte merkwürdige Bilder und Assoziationen in mir. Ich konnte mich nicht erinnern, je etwas ähnliches empfunden zu haben. Hätte das Begehren einen Geruch gehabt, wäre es dieser gewesen. Wie lange wir so verharrten, weiß ich nicht. Meine Wahrnehmung in diesem Augenblick war merkwürdigerweise nicht auf Atans Erscheinung gerichtet, sondern auf einen nebensächlichen Gegenstand. Um Atans Hals hing eine lederne Schnur, und daran baumelte ein etwa handtellergroßes Amulett. Eine Art Kästchen aus schwerem Silber, von der Zeit bereits geschwärzt, mit Türkisen und Korallen besetzt. Ich wußte, das Kästchen enthielt ein Pergament, mit alten Beschwörungsformeln beschriftet. Es diente dazu, seinen Träger vor Krankheiten zu schützen und im Kampf die Kugeln fernzuhalten. Einige Momente lang warf der blaßrote Lichtschein aus der Tür pupurne Funken auf das Silber. Dann schlug die Tür leise zu; Atan mußte sie geschlossen haben. Dunkelheit umfing uns. Wir standen Brust an Brust, ich fühlte das Heben und Senken seiner Atemzüge. Mein Mund war trocken; die Schläge meines Herzens mußte er ebenso hören wie ich. Er verströmte eine seltsam fließende, elektrische Kraft. Er war ein Mensch, der sich jeden Augenblick fest in der Gewalt hatte, selbst im Schlaf mit allen Sinnen auf Selbstbewahrung bedacht war. Seine Selbstsicherheit hatte etwas fast Gespenstisches. Er kam mir vor wie der Bewohner einer fremden Welt und gleichzeitig wie der einzig reale Mann, den ich kannte. Aber da war in ihm noch etwas anderes, etwas Schemenhaftes, das ich nur mühevoll deutete. Er schien, mit Wesen und Sein, den Vorfahren zu gehören, die ihn zum Leben erweckt und ihn ihrer Gesinnung und ihrer Bedürfnisse entsprechend gestaltet hatten. Nun waren sie dahin, erloschen wie das rauchige Licht eines Herdfeuers; in Atans hohlwangigem Gesicht lag die Einsamkeit des Überlebenden, die Traurigkeit eines enteigneten Volkes. Doch gleichzeitig fühlte ich in ihm eine echte, schwingende Lebenskraft, etwas Unzerstörbares: Die Fähigkeit, sich jedem Umstand anzupassen und sich dabei selbst keinem Umstand zu verpflichten. Er war ein durch die Tragödien vieler Jahre furchtlos gewordener Mann.

Meine Empfindungen erinnerten mich an nichts, was mir je widerfahren war; sie waren vollkommen neu. Und gerade diese Distanz erschien mir als ein Schutz, gab mir ein Gefühl der Sicherheit. Das Begehren ist ein biologischer Vorgang, das

Schicksal würde mich von diesem Körper schon morgen trennen. Gut. Doch jetzt – in diesem bewußt erlebten Augenblick der Schwäche – nahm er mich ganz gefangen. Verlangen entsteht in aller Stille, aber aus dem geheimen Bereich des Geschlechts flackert, wie ein Funke, die wache Erkenntnis um die Absichten und Gedanken des anderen. Und so hob ich mein Gesicht zu ihm empor, im selben Augenblick, da er mit beiden Händen meinen Hals umfing. Seine Pupillen schienen sich noch weiter zu öffnen. Sein Haar, intensiv duftend wie seine Haut, fiel über mein Gesicht. Meine Kehle schnürte sich zusammen. Seine Hand glitt meinen Hals hinunter, legte sich auf meine Brust. Ich bewegte die Lippen an seiner Wange, fuhr mit der Zungenspitze über seine Lippen, teilte sie mit einem kleinen Biß. Es war ein langer, harter Kuß, und er entflammte mich wie Feuer ein Stück trockenes Holz. Mein Atem flog, mein Blut kreiste schneller. Erregung stieg in Wellen in mir auf, auch als meine Hände über seine Brust strichen und ich Narben auf der glatten Haut spürte. Narben. Im Dunkeln konnte ich sie nicht sehen; ich nahm sie nur durch meine tastend fühlenden Finger wahr, die ihre Umrisse erforschten. Er hatte Narben auf der Brust, auf den Schultern, auf den Oberarmen. Manche hatten Verschrumpfungen gebildet. Verbrennungen, offenbar. Ich mußte sie mir bei Licht ansehen.

Er jedoch schob die Windjacke von meinen Schultern, hob mich hoch und trug mich zum Bett. Ich hatte das Gefühl, nicht mehr Gewicht als eine Puppe zu haben. Ich streifte meine Schuhe ab, ohne die Schnürsenkel zu lösen; ich trug nicht, wie Karma, die tibetische Tracht, sondern Jeans, Hemdbluse, einen wollenen Pullover. Er öffnete den Reißverschluß meiner Hose, ließ sie über meine Beine gleiten, zog den Pullover über meinen Kopf, knöpfte die Bluse auf. Weil es kalt war, trug ich Unterwäsche aus dicker Baumwolle. Keinen Büstenhalter, mein Körper war straff und geschmeidig, eher untersetzt, der Busen spitz und sehr klein. Früher, als Mädchen, hatte mir das Kummer gemacht. Als ich ausgekleidet war, deckte er den Pelz über mich; das Fell, noch warm von seinem Körper, hatte seinen Geruch angenommen. Als er sich nackt auf mich legte, spürte ich die außergewöhnlich harten, festen Muskeln. Dieser Körper, der sich so sanft und elastisch bewegte, verfügte über eine Stärke, so ausgewogen und beherrscht, daß keiner sie wahrnehmen konnte, solange er es nicht bewußt darauf abgesehen hatte.

»Ich möchte deine Zöpfe lösen«, sagte er, dicht an meinem Mund.

Ich nickte wortlos. Nacheinander entfernte er die Spangen. Seine langen Hände waren schwielig und narbenbedeckt, aber locker. Die Knöchel und Adern traten deutlich hervor. Seine Bewegungen waren leicht, fast schwebend; eine Frau hätte es nicht geschickter gemacht. Auf diese Weise löste er das Haar, bis es schwer und geringelt auf meine Schultern fiel. Dann schob er es nach oben, breitete es wie einen Fächer unter meinem Kopf aus. Er vergrub sein Gesicht in meinem Haar, nahm eine Strähne in den Mund und kaute daran. Er sah mir gerade in die Augen, und ich hatte das Gefühl, daß er mich nicht richtig wahrnahm, daß er qualvoll und gedankenschwer auf etwas schaute, was dicht hinter dem Rand seiner Erinnerungen schwebte. Doch gleichzeitig sah er aus wie ein Mann, der Frieden mit seinem Schicksal gemacht hat. Sein Geheimnis bestand in Widersprüchlichkeiten. Wo auch immer er im Geist war, er wußte, was zu tun war und wie er es tun mußte. Es war, als ob eine Kraft, die seinem Willen überlegen war, ihn lenkte.

Ich beobachtete ihn voller Neugierde, mit unbeteiligtem Herzen und schauderndem Begehren. Einen Augenblick später aber war mein Gefühl bar jeden Denkens, befreit von allem bis auf die Empfindungen, die in mir erwachten, als seine Hände meine Brüste berührten, sie ganz bedeckten, daß nur die Warzen, sanft und braun wie Honig, zwischen seinen Fingern sichtbar wurden. Und jetzt neigte er das Gesicht tiefer, nahm die Spitzen, zuerst die eine, dann die andere, mit den Lippen, leckte ganz leicht mit der Zunge darüber, als wagte er nicht, sie fester zu berühren, aus einer unerklärlichen Scheu heraus, die ich unsagbar aufregend fand. Er streichelte mich, unendlich zart, unendlich lang. Seine Hand bewegte sich, schloß sich um meine schmalen Hüftknochen, wanderte über die Bauchgrube, dann die Innenseite meiner Schenkel aufwärts. Die Finger tasteten sich vor, erreichten meine Schamlippen, drückten sie geschickt auseinander. Seine Finger wanderten durch die weiche, feuchte Vertiefung, erreichten die empfindsame Knospe, und der lustvoll atemberaubende Schmerz sprang in mich ein wie ein Speerstoß, löste jeden Gedanken, ließ nur Gefühle zu. Gefühle, die fast zu stark für meinen Körper waren. Flüssige Feuerzungen, süß und pulsierend, flackerten in meinem Rückenmark auf, strahlten zu den Lenden aus. Mein Gesicht brannte, mein Herz pochte mit lauten, fordernden Schlägen. Immer wieder suchten Atans Finger die gleiche Stelle auf, ich war gebannt von diesem Schmerz, ich war verdammt, ihm zu folgen, ihn selbst herbeizuführen, indem ich meine Hand auf die seine legte, den Druck verstärkte, bis zur Raserei trieb. Ich brach innerlich auf im Taumel, unter schneidenden Schmerzen, wie eine Frucht, angefüllt mit Dunkel und tropfender Süße. Ich hatte eine blitzartige Vision von meinem Leben, das zwischen seinen Händen zerknetet und zerdrückt wurde. Die Vernunft hatte jede Macht über mich verloren. Ich dachte, alles in mir wird auseinanderfallen, alles wird sich lösen, bis seine Hand mich verließ und ich in mich zusammensank, überwältigt von der Lethargie der Entrückung. Doch jetzt preßte er seine Lippen auf meinen Mund, rieb und drückte ihn, bis er zu einer salzschmeckenden Muschel wurde, zu einer schwellenden Blase. Und gleichzeitig spreizten Atans lange Beine schmerzhaft meine Knie. Seine harten, schmalen Hüften – die Hüften eines Reiters – drängten sich zwischen meine Schenkel. Ich hob beide Beine, schlang sie um seinen federnden Rücken. Mein Körper flog ihm in leidenschaftlichem Krampf entgegen, meine Lenden schnellten hoch, um ihn eindringen zu lassen. Er hielt mich an den Hüften fest; seine festen Bewegungen glichen den Wolken, die sich übereinanderschoben, ehe sie die Erde befruchteten. Sein Gesicht, dicht über meinem, war glatt, als wären Wangen und Stirn aus poliertem Stein. Er beobachtete das Herankommen der Lust in mir, schien sie gleichsam durch mein Fleisch zu spüren. Er behielt beide Hände unter mir, sein warmes Haar hing über meinem Gesicht wie ein Vorhang. Ich spürte den verstärkten, fordernden Druck seiner Hüften und legte alle Anstrengungen hinein, ihn noch tiefer in mir aufzusaugen. Nichts war wirklich außer der zwingenden Notwendigkeit, ihn gefangenzuhalten. In einer Art glühender Besessenheit leitete ich alle Kraft, die in mir steckte, in meinen Unterleib, preßte die Muskeln im Rhythmus meines Atems zusammen; und bei jeder Bewegung entzündete ich seine Lust, steigerte sie ins Unermeßliche. Ekstatischer Triumph schwoll in mir an, als er endlich, wild und heftig, kam. Ich fühlte die Welle durch seinen Körper laufen; er knirschte mit den Zähnen, seine Arme bedeckten sich mit Gänsehaut. Die Luft über uns schien lautlos zu explodieren, als sein Haar wie eine dunkle Wolke auf mich herabfiel und ein Lustkrampf ihn fast besinnungslos auf mich zurückwarf. Dann erloschen die schwirrenden Lichter; wir ruhten in tiefer Erschlaffung, und die ausklingende Besessenheit erfüllte unsere Körper mit Müdigkeit. Meine Schamlippen waren klebrig und geschwollen, und ich spürte Salzgeschmack im Mund. Ich lag in sein Haar gehüllt, die Welt war dunkel und duftend wie das Steppengras. Neben ihm, der leise, ruhig atmend dalag, hörte ich in Gedanken die Stimme meines Vaters, diese zitternde, erstickte Stimme, die mich noch in der Rückerinnerung verwirrte. »Der Reiter«, hatte Tashi gesagt. »Du weißt doch, wer er ist…« Ich? Nein. Überhaupt nicht. Zugegeben, auch ich hatte beunruhigende Traumbilder. Sie gaben mir zu denken, und ich fühlte mich schuldig, daß ich sie nicht besser zu deuten vermochte. Das Ganze war unerklärlich, ja nahezu gespensterhaft. Ich mußte Atan befragen und konnte mich nicht dazu entschließen. Ich kannte ihn kaum, auch wenn ich mit ihm vögelte, und diese Geschichte war allzu neurotisch. Ich schämte mich, über solche Dinge zu reden; es war – verdammt nochmal – entwürdigend. Ich fühlte mich unsicher, aufdringlich, ratlos. Es lag in meiner Natur, jede Frage im Geist minutiös zu zergliedern. Dabei ging ich stets von dem aus, was ich tatsächlich sah und empfand, von einer genau definierbaren Tatsache also. Hier trat etwas Unberechenbares in Erscheinung, eine beunruhige Tatsache, die ich nicht sezieren konnte. Und so schlief ich ein.

18. Kapitel

Ich lag, das Gesicht zum Fenster gekehrt, und die Morgensonne schien hell. Der Himmel war blau wie Glockenblumen, und über dem Klosterdach schwang sich ein Taubenschwarm empor. Die Mönche waren bei der Andacht; die Stimmen erklangen gleichmäßig und summend, und die Trommel pochte wie ein stetiges Herz. Ich konzentrierte mich auf den Gedanken, was jetzt zu tun war. Atans Kopf lag schwer auf meinem Arm. Die langen, federnden Locken in der Farbe reifer Kastanien waren über meine Schultern gebreitet. Mein Arm begann zu schmerzen, und ich bewegte mich. Da bewegte auch er sich, wandte sich mir mit blinzelnden Augen zu. Er berührte meinen zurückweichenden Arm; seine tastende Hand schloß sich um mein Handgelenk. Verspätet zuckte ich zurück, ließ mich aber doch ein ganzes Stück hinabziehen, tiefer und tiefer, bis meine Lippen seine Schulter berührten. Verwirrt und fasziniert verlor ich mich in dem dunklen Geruch seiner Haut, wünschte nichts sehnlicher als wieder hinabzusinken in die warme, schläfrige Fellkuhle und ewig mit ihm darinzubleiben. So weit ist es also mit dir gekommen, Tara, du sentimentale Gans! Als ich den Blick hob, begegneten sich unsere Augen. Da sah ich, wie sein Gesicht erstarrte, sich mit diesem abwesenden Ausdruck überzog. Sein langer, brauner Körper war reglos wie ein Baum oder wie eine Schlange auf einem Stein. Etwas war in ihm, für das ich schwer eine Bezeichnung finden konnte, eine Unsicherheit, die sich mit meiner deckte. Das machte mich von einem Augenblick zum anderen sachlich. Ich streckte mich neben ihn aus. Da er nichts sagte, blieb ich auch stumm; doch etwas bedrückte mich an seiner Stille, und schließlich brach ich das Schweigen.

»Wer bist du?«

Eine alberne Frage, zugegeben, aber ich konnte nicht klar denken. Er führte sein Leben, wie er es für richtig hielt. Ich hätte längst wissen müssen, daß Fragen zwecklos sind, und daß Menschen ja doch nur so viel verraten, wie sie sich vorgenommen haben. Aber es mochte die richtige Frage gewesen sein, denn er antwortete nach einer Pause.

»Ich bin ein Toter auf Bewährung.«

Mein Magen krampfte sich zusammen. Über die halbe Weltkugel hinweg, über den Abgrund der Erinnerung, wehte Tashis Stimme an mein Ohr: »Du weißt ja, er ist schon lange tot. Er sah das rote Herz Buddhas und starb. Mit ihr – als er sie tötete ...«

Das, oder etwas ähnliches, hatte Tashi gesagt. Was um alles in der Welt mochte das bedeuten? Mein Herz pochte heftig. Ich wußte nicht, was ich tun oder sagen oder wie ich mich verhalten sollte. Ich hatte mich schon lange nicht mehr so unbehaglich gefühlt.

»Das sind wir alle«, entgegnete ich brüsk, worauf er in schallendes Gelächter ausbrach. Es war wirklich ganz erstaunlich, wie Tragik und Unbeschwertheit in dem Herzen dieses Mannes nahe beieinander wohnten. Als er wieder zu Atem kam, sagte er:

»Das Leben bringt uns so viel Übel, daß es uns ebenso viel Genuß schuldet. Das, was wir hier machen, ist ein Teil davon.«

»Dagegen läßt sich nichts sagen.«

Er fuhr im gleichen Ton fort:

»Wir bieten uns an; die Person, die darauf eingeht, tut es, weil sie Lust dazu hat.«

»Ganz umsonst ist es nie.«

»Das kann man wahrhaftig, ohne sich zu irren, behaupten.«

Er lächelte. Wir lachten beide.

Der Augenblick der Befangenheit war vorbei. Die Sonne fiel auf sein Gesicht mit der kaffeebraunen Haut, den ausgeprägten Wangenknochen, den üppig geschwungenen Lippen; ein Gesicht, das die Sonne, der Wind, die Müdigkeit und das Alter gezeichnet, aber noch nicht verbraucht hatten. Wie bei den meisten Asiaten war sein Bartwuchs spärlich, so daß die untere Hälfte seines Gesichtes jugendlich wirkte im Gegensatz zu der oberen Partie mit der Adlernase, dem hervorstehenden Jochbein, den fast violett schimmernden Augen. Unsere Beziehung hatte sich unmerklich gewandelt. Zu dem körperlichen Verlangen war Vertrautheit gekommen. Sie war den Umweg über das Spiel unserer Körper gegangen; man muß dem anderen beim Liebesakt trauen, sonst ist es Mühsal statt Lust, und ein Risiko obendrein. Ich dachte darüber nach, während ich Atans rätselhaft bitteres Gesicht betrachtete. Niemand erkennt die Bedeutung einer ganzen Sache auf einmal. Das Verständnis kommt schrittweise und manchmal unerwartet. Meine Gedanken kreisten wie ein Rad, bis aus diesen Überlegungen eine Frage entstand.

»Die Frau, von der du gesprochen hast, schminkte sie ihr Muttermal?«

Er zögerte, bevor er langsam nickte. Die Antwort kam eigentümlich melancholisch über seine Lippen.

»Ja. Sie macht einen dunkelblauen Tupfen daraus. Es steht ihr gut. Sie hat einen schönen Mund.«

»Wie sieht sie aus?«

Er betrachtete mich. Sein Ausdruck war steinern geworden. Dann hob ein Atemzug seine nackten Schultern.

»Sie könnte deine Schwester sein.«

Mein Rückgrat prickelte; ich spürte, wie mein Haar sich im Nacken sträubte. Ich vermochte weder zu denken noch zu sprechen. Endlich bewegten sich meine Lippen. Ich hörte meine Stimme, sie klang wie die einer fremden Person, so voller Staunen und rauh und fern.

»Sie ist meine Schwester.«

»Chodonla?«

Er hatte den Namen genannt, den Namen, der tief in meinem Herzen wohnte. Er traf mich von fern, wie der Klang einer Glocke. Vernunft und Menschenverstand sagten mir, daß dies nicht sein konnte. Daß es unmöglich, undenkbar war.

Doch das Rad in meinem Kopf kreiste schneller, erzeugte ein Licht, das kreidig hell und schmerzhaft mein Hirn erleuchtete.

»Chodonla …« flüsterte ich. »Ja, so heißt sie …«

Eine lange, erregende Stille folgte. Wir starrten uns an: ein zweifacher Schock. Der Wille meines Vaters hatte die Vision verwirklicht. Alles, was jetzt geschehen würde, geschah durch ihn. Seit jener verhängnisvollen Nacht, da er seine kleine Tochter dem Schicksal ausgeliefert und es zugelassen hatte, daß ein anderer für ihn in den Tod ging, hatte Tashi weder Ruhe noch Trost gekannt. Depressionen sind klar zu definieren und heilbar. Tashi aber hatte die Überzeugung, daß es nichts in der Welt gibt, das nicht durch etwas anderes aufgewogen wird. Er hatte diesen Gedanken stur und bis zur letzten Konsequenz gesponnen. Er hatte Vergangenheit und Gegenwart gemischt, Raum und Zeit als Dinge angesehen, die ihm im Weg standen, und sie einfach fortgeschafft. So dachte ich, im Banne einer großen Verwirrung.

Atan brach als erster das Schweigen.

»Als ich dich zum ersten Mal sah, in der Krankenstation, da fiel es mir schon auf. Die Ähnlichkeit, meine ich. Ich habe mich an deine Stelle versetzt. Eine Unverfrorenheit, wenn ich dich gefragt hätte …«

Sein Gesicht trug eine merkwürdige Mischung aus Spott, Widerstreben und Verlegenheit, als ob er etwas sehr Intimes preisgab. Ich dachte plötzlich, dieser Mann liebt sie. Ich wußte nicht, weshalb, aber diese Vorstellung erregte mich mehr als alles andere.

»Gestern abend«, fuhr er fort, »war ich nahe dabei, es dir zu sagen. Aber dann kam die Pflegerin und holte dich.«

Ich holte tief Luft. Die Wendung, die unser Gespräch genommen hatte, war einigermaßen verblüffend.

»Kennst du Chodonla schon lange?«

Er erwiderte ruhig meinem Blick.

»Schon lange, ja.«

Ich hatte einen trockenen Geschmack im Mund.

»Willst du Kaffee?«

Er nickte bejahend. Ich war einen Morgenmantel über, steckte die Gasflamme an und setzte Wasser auf. Dann drehte ich mich um und schaute ihn an.

»Wir sind Zwillinge.«

Er saß mit untergeschlagenen Beinen, entwirrte seine Locken mit beiden Händen. In der unbefangenen Art, wie er sich unbekleidet bewegte, lag nichts Herausforderndes, sondern sie gab einer vollkommenen Natürlichkeit Ausdruck, die mir meine Kindheit in Erinnerung rief. Jetzt warf er die Locken aus dem Gesicht, um mich anzusehen.

»Sie sagte mir, daß sie eine gleichaltrige Schwester hat.«

Ich holte zwei Tassen aus dem Schrank.

»Was hat sie dir sonst noch erzählt?«

»Nicht viel, außer, daß sie von ihrer Familie getrennt wurde. Sie sprach ungern von ihrer Kindheit.«

Ich merkte jetzt, daß ich kaum geschlafen hatte. Mein Kopf begann zu schmerzen, und meine Schultern taten mir weh.

»Sie hat vielleicht nie richtig verstanden, warum … warum alles so kommen mußte.«

»Was ist geschehen?« fragte er sachlich.

Ich wandte ihm das Gesicht zu.

»Weißt du es denn nicht?«

Er schüttelte den Kopf.

»Darüber wollte sie nie sprechen.«

Ich starrte ihn fasziniert an. Er flocht nicht sein Haar, wie eine Frau es tun würde. Seine gelenkigen Finger drehten es zu einer Art Seil, das er mehrmals eng um den Kopf wickelte und mit dem roten Garn befestigte, an dem verblichene Quasten baumelten. Dabei hielt er das eine Ende des Garns mit den Zähnen fest, während er das andere verknotete. Ein letzter Griff, dann ließ er die Arme fallen. Das schimmernde Haar wirkte jetzt wie eine gerollte Krone, die bis zu den finsteren Augenbrauen herabreichte. Ich wandte mich verstört wieder ab. Das Wasser kochte. Ich gab zwei Löffel Pulverkaffee in die Tassen, schüttete Wasser auf das Pulver. Ich fügte Zucker hinzu und brachte Atan den Kaffee. Er nahm die Tasse. Seine Arme waren sehr schön, sehr männlich. Doch im Sonnenlicht sah ich die Narben, die ich in der Nacht berührt hatte. Die Haut war stellenweise verfärbt, zeigte helle Flecken und verhärtete Wucherungen.

»Verbrennungen«, murmelte ich. Es war eine Feststellung, keine Frage. Er nickte gleichmütig. Die Narben, mit der geschmeidigen festen Haut und den langen Muskeln verwachsen, hatten sich im Lauf der Zeit zurückgebildet. Und ohne biosynthetische Brandwundendeckung, dachte ich. Eine Infektion war offenbar nicht eingetreten. Das Leben in den Hochsteppen ist hart. Eine unbarmherzige Auslese beseitigt Schwache oder schwächlich Veranlagte schon im Säuglingsalter. Und bei den Nomaden galten Wundmale als Siegeszeichen. Ich stellte keine weiteren Fragen. Statt dessen erzählte ich, was sich auf der Flucht zugetragen hatte. Ich schloß sorgfältig jede Einzelheit ein. Gedanken und Erinnerungen zogen durch meinen Kopf. Ganz deutlich spürte ich die entsetzliche Angst, die mich damals ergriffen hatte, als ich merkte, daß Chodonla nicht mehr bei uns war. Diese Angst war mit Worten nicht annähernd zu beschreiben. Ich versank in dem Schmerz, der von dieser Erfahrung zurückgeblieben war. Meine Augen brannten, doch ich brachte keine Träne hervor.

»Meine Eltern haben den Verlust niemals überwunden. Und ich … ich hatte solche Sehnsucht nach ihr, wenn du wüßtest! Und ich bin überzeugt, daß sie das gleiche empfindet … über all die Jahre hinweg. Es kann nicht anders sein! Wir sind Zwillinge, Atan. Zwillinge sind etwas Besonderes.«

Er nickte. Seine Stimme klang dumpf und ruhig, als spreche er mit sich selbst.

»Ja. Wir sagen, daß sie zusammengehören wie die zwei Hälften eines Sterns, zersprungen und erloschen nach einem Sturz auf die Erde …«

Ich hob den Kopf.

»Ach! Du verstehst diese Dinge …«

Wir tranken unseren Kaffee, kauten Fladenbrot dazu. Ich

erzählte, daß wir jahrelang nicht gewußt hatten, ob sie überhaupt noch am Leben war.

»Später erfuhren wir, daß sie in China in einem Waisenhaus erzogen wurde und dann wieder nach Lhasa kam, wo sie als Lehrerin arbeitete. Vor acht Jahren reiste mein Onkel nach Tibet; er wollte Chodonla helfen, das Land zu verlassen. Sie lehnte den Vorschlag ab. Seitdem sind wir ohne Nachricht von ihr.«

Er kniff leicht die Augen zusammen, blieb jedoch weiterhin stumm. »Und dann kam diese Sache mit meinem Vater. Er hat von dir gesprochen ...«

Er runzelte die Stirn.

»Was meinst du damit? Ich kann dir nicht folgen. Dein Vater hat etwas über mich gesagt?«

»Ja, oh ja! Er hat von einem Reiter gesprochen, dem ich in Nepal begegnen würde.«

»Ich bin ein Reiter. Und wir sind in Nepal.«

Ich schluckte zitternd. Er beobachtete mich.

»Noch was?«

»Ja. Er sagt, daß Chodonla in Not ist. Und daß du ihr helfen kannst.«

Kein Muskel regte sich in seinem Gesicht. Wir alle lehnen es ab, dachte ich, wenn jemand sich an unser inneres Selbst heranmacht. Doch er antwortete ganz ruhig:

»Ich kenne deinen Vater nicht. Wie kommt er auf diesen Gedanken?«

Meine Stimme klang unwirklich und tonlos.

»Ich weiß es nicht. Er hat merkwürdige Dinge gesagt.«

Atans dunkles Gesicht schien wie aus Mahagoni geschnitzt.

»Erzähle es mir.«

»Er leidet an einer Sinnesverwirrung«, seufzte ich.

Der Ausdruck seiner Augen änderte sich nicht. Er wartete, daß ich weitersprach. Ich zögerte, kam mir linkisch vor. Die Worte meines Vaters hallten in meiner Erinnerung.

Ich begann, schnell und betont leichthin zu sprechen.

»Er sagte, du hättest Buddha als Flammengestalt gesehen.

Und der weiße Yak sei zu dir gekommen. Solche Sachen. Weiße Yaks gibt es doch nicht, oder? Er schloß die Augen, vermeinte diese Dinge zu sehen. Nicht nur nachts. Tagsüber sogar, oder wenn wir beim Essen waren. Ich machte mir Sorgen um ihn. Meine Mutter hatte sich damit abgefunden. Laß ihn in Ruhe, er träumt, sagte sie.«

Ich lachte ein wenig, aus lauter Verlegenheit. Doch Atan lachte nicht. Sein Schweigen war ungewöhnlich. Ich suchte seinen Blick. Er schien abwesend. Betäubt war nicht das richtige Wort. Versteinert, vielleicht? Die pechschwarzen Augen blickten mich nicht an, sondern durch mich hindurch. Ein beklemmendes Gefühl stieg in mir hoch, und allmählich dämmerte mir die Wahrheit: Ich sah in Tashis Visionen ein chaotisches Durcheinander. Er aber mochte darin die unverfälschten Elemente einer Geschichte erkennen.

Als er endlich sprach, klang sein Tonfall düster, aber vollkommen beherrscht und merkwürdig respektvoll.

»Dein Vater … ist er ein Mensch, der in die Schatten blickt?«

In Europa hatte ich meine Heimatsprache in mancher Hinsicht verlernt; gewisse Nuancen waren mir nicht mehr vertraut. Doch nach kurzem Nachdenken kam mir in den Sinn, daß sich Atans Formulierung auf Menschen bezog, die Zwiesprache mit den Geistern hielten – auf Orakel also. Nomaden haben eine tiefe Ehrfurcht vor der Bedeutung von Träumen. Atan mochte unvergleichlich viel mehr erlebt haben als ein gewöhnlicher Mann seines Volkes. Doch in seinem Blut hatte sich durch Generationen der alte Glauben vererbt. Auf einmal fühlte ich mich unsagbar erleichtert.

»Du redest von einer … Veranlagung. Auf diese Weise kann man es wohl erklären.«

Er suchte nicht nach einer tiefenpsychologischen Interpretation.

»Ein Träumer lauscht den Stimmen all derer, die sich auf der Erde bewegen, auch der Tiere. Er ist eins mit ihnen.«

Ich stand auf und schenkte frischen Kaffee ein.

»Aber warum hat mein Vater ausgerechnet dich … gefühlt? Als ob er dich erfunden hätte? Das geht doch nicht, Atan!«

»Ein Träumer erfindet nichts; er erträumt es. Von allen Lebewesen fließt ständig etwas in ihn hinein, und etwas fließt von ihm zu ihnen. Indem er seine Augen schließt, sieht er bis an den Rand er Welt.«

Mein Geist klammerte sich an eine Vorstellung, die alles erklärte, eine präzise, logische Vorstellung.

»Könnte es sein, daß du meinen Vater kennst, und ihn bloß vergessen hast?«

Er kniff die Augen zusammen. Dann sagte er:

»Es ist nicht so, daß von allen Erinnerungen Bilder bleiben. Jedes Schicksal besteht aus einem einzigen Augenblick. Seine Wirkung überdauert ein Menschenleben.«

Mein Studium hatte mich das naturwissenschaftliche Denken gelehrt. Atan ging jede Gelehrsamkeit ab; er kleidete seine Gedanken in schlichte Worte. Aber den Kern der Dinge erkannte er sofort. Ich war betroffen.

»Gänzlich ausgeschlossen ist es nicht.«

Er kaute gleichmütig.

»Die Geister erkennen die Geister.«

Es war denkbar, daß Atans Natur, die im Archaischen wurzelte, mir mit seiner intuitiven Spürkraft weit überlegen war. Unser Leben, jahraus, jahrein, besteht aus Erfahrungen, die tief in unsere Zellen einsickern. Irgendwo in uns ist der Keim, aus dem sich die Erinnerungen entwickeln. Aber was, wenn die Zweige abgestorben sind? Wenn keine Verbindung mehr zur Wurzel besteht? »Du hilfst mir ein wenig zu begreifen, was diese Geschichte bedeuten könnte«, sagte ich. »Die Bedeutung, die sie für mich haben könnte, meine ich …«

Er nickte.

»Glaube nicht, daß es für mich anders ist. Das Leben eines Menschen ist kurz, und alles wächst im Dunkeln.«

Man müßte so weit kommen, so zu sein wie er, dachte ich. Nomaden sind stabile Wesen. Die unsichtbare Welt ist keine solche Hürde für sie, wie sie es für die Menschen des Abendlandes sein mag. Vielleicht habe ich zu lange in Europa gelebt.

Und doch war in Atans Haltung eine gewisse Unsicherheit zu spüren. Ich ahnte mit wachsender Gewißheit den Grund.

»Du brauchst kein Blatt vor den Mund zu nehmen, Atan. Ich weiß, daß Chodonla nicht mehr als Lehrerin arbeitet.«

Wir sahen uns an. Seine Lippen kräuselten sich, aber es war kein Lächeln. Ich setzte hinzu:

»Ich nehme an, daß sie keine Wahl hatte.«

Er erwog dies. Ein paar Sekunden lang.

»So ist es auch wieder nicht ...«

»Liebst du sie?«

Die Frage war mir entschlüpft; ich bereute sie sofort. Diskretion ist bei Tibetern eine Frage der guten Manieren. Daß ich immer wieder das Bedürfnis hatte, den Dingen auf den Grund zu gehen! Aber er zuckte die Achseln und antwortete:

»Ich weiß nicht. Ich brauche sie.«

»Es tut mir leid, Atan«, sagte ich, sehr erregt. »Es war albern von mir, das zu fragen. Mein Gefühl für sie beschränkt sich nicht auf den Wunsch zu erfahren, warum sie ... in einem Bordell arbeitet.«

Er beobachtete mich, machte aber keinerlei Bemerkungen. Sein Blick drückte Wärme aus. Eigentlich eher ein Frauen- als Männerblick. Deshalb fiel es mir so stark auf. Und da waren auch die breiten Schultern, die Narben und die tiefen Furchen in seinem Gesicht, die zu diesem Blick in fesselndem Gegensatz standen. Ich biß mir hart auf die Lippen. Was ich sagen wollte, war kompliziert.

»Du mußt nicht glauben, daß ich sie verurteile. Mir ist die Wahrheit lieber, sogar wenn sie wehtut. Ich sehne mich danach, sie zu sehen, sie in meine Arme zu schließen. Ich weiß, daß sie unglücklich ist und Hilfe braucht. Mein Vater hat das irgendwie geahnt, obgleich das, was er sagte, sehr irreführend war. Ich muß etwas für sie tun, soviel ist sicher! Ich versuche mir einzureden, daß ich das kann. Aber wie? Es ist nicht ohne Risiko. Und ich möchte so gerne verstehen ...«

Er schwieg weiterhin. Sein Blick ließ von mir nicht ab; er schwankte zwischen Momenten des Betrachtens meines wirklichen Gesichtes, und solchen, da sein Auge sich auf ein Bild in der Ferne richtete. Und ich stellte mir vor, wie es sein mußte, wenn beide Bilder zu einem einzigen verschmolzen – ein Mysterium, das niemals existieren würde.

Nach einer Weile straffte er die Schultern, wie um eine Schwäche abzuschütteln; sein Blick kehrte zu mir zurück, scharf und aufmerksam wie zuvor. Als er sprach, klang seine Stimme sachlich, als hätte er über das Thema gut nachgedacht und einen Entschluß gefaßt.

»Du bist ihre Schwester. Du hast das Recht, Fragen zu stellen. Und es ist meine Pflicht, dir Antwort zu geben. Daß sie Hilfe braucht, kann man wohl sagen. Wenn ich überhaupt je den Tod gesehen habe, dann in ihrem Gesicht.«

19. Kapitel

Mein Herz stockte. Und obgleich ein heftiger Schmerz über mich hereinbrach, überwand ich das Entsetzen und zwang mich zur Vernunft. Ich preßte meine Hände zusammen, um ihr Zittern zu unterdrücken.

»Was fehlt ihr, Atan?«

»Sie ist krank. Tuberkulose.«

Mir fielen die Symptome ein, die mein Onkel schon vor Jahren an ihr beobachtet und beschrieben hatte. Einen Augenblick lang haßte ich mich, weil ich es nicht bemerkt hatte. Mehr als dumm war ich gewesen: blind! Ich hatte nicht aufgepaßt, die Anzeichen nicht wahrgenommen. Nur mein Vater war sehend gewesen.

»Aber wie konnte es so weit kommen? Tuberkulose ist heilbar!«

»Ich fürchte, da ist nichts mehr zu machen.« Atans Tonfall war düster. »Ihr Lebenswille hat sie verlassen. Sie hat den Kampf aufgegeben, das ist ihr Unglück.«

Ich schüttelte verbissen den Kopf. Irgendeine Hoffnung bestand immer. Ich war es gewohnt, den Kranken meinen Willen aufzuzwingen. Für ein Sichgehenlassen hatte ich nie Verständnis gehabt.

»Was brachte sie in diesen Zustand, Atan? Ihre … Arbeit?«

Er zog die Stirn kraus.

»Es ist nicht nur das. Es ist alles zusammen. Ihre Erschöpfung, ihre Vergangenheit, die Umgebung. Ihr Kind gab ihr bisher den Mut, durchzuhalten. Jetzt hat sie keine Kraft mehr. Wenn nicht die Tuberkulose sie tötet, tut's eine andere Krankheit. Es kommt auf dasselbe heraus.«

Ich flüsterte rauh:

»Auf einmal?«

»Sie bemüht sich nicht zu leben, weil sterben leichter ist. Ich kann das verstehen.«

Ich sah sein Gesicht vor mir, hager und verschlossen, die Mundwinkel hart, die Augen umschattet. Wie dieser Mann sie lieben muß! dachte ich, man braucht ihn nur anzusehen. Eigentlich liebt er sie viel zu sehr, um von alten Dingen zu erzählen. Aber er wird es tun, weil ich darauf bestehe. Und ich fragte mich, was für ein Mensch Chodonla war, daß sie derartige Gefühle zu erwecken vermochte.

»Und das Kind?« fragte ich.

Er verzog bitter den Mund.

»Für die Kleine stehen die Aussichten schlecht. Die paar Verwandte, die Chodonla noch hat, sind am Verhungern. Sie will nicht, daß man ihre Tochter in ein Waisenhaus steckt. Ich habe ihr mein Wort gegeben: Wenn ihr etwas zustößt, werde ich Kunsang über die Grenze bringen. Das Kind soll als Tibeterin aufwachsen, auch wenn es einen chinesischen Vater hat.«

Ich starrte ihn benommen an. Ich hatte das Gefühl, das Opfer eines schlechten, ja eines grausamen Scherzes zu sein. Von Chodonla hatte ich nur verschwommene Vorstellungen. Vereinzelte Lebenszeichen, die, auch wenn man sie vervielfachte, kaum etwas aussagten. Innerlich betrachtet, hing ich in einem leeren Raum.

»Es klingt abgedroschen«, sagte ich bitter, »aber von dieser Geschichte weiß ich nichts.«

Er antwortete ruhig:

»Was geschehen ist, ist geschehen.«

Meine einzige Führung war nun Atan; wollte ich nicht an Chodonla zweifeln, mußte ich sie durch ihn sehen. Ich schluckte und sagte:

»Mir ist klar, daß sie Schweres durchgemacht hat. Aber ich will jetzt endlich die Wahrheit wissen!«

Er blickte mir fest in die Augen. Ich gab meine Zustimmung durch Kopfnicken. Er war ein Bote aus einer anderen Welt, auf dessen Stärke ich mich einstellen mußte. Doch sobald er zu sprechen begann, fühlte ich einen Schauder, tief in der Gegend des Herzens. Eine unbekannte Kälte kroch mir den Rücken hinunter. Atans Worte wurden sichtbar wie Bilder; wenn sie gesprochen wurden, blieben sie bestehen. Ich war nicht gegen sie gewappnet. Mir war, als geränne mir das Blut.

Chodonlas Leben, sagte Atan, bestand aus drei Zeitabschnitten. Der erste setzte ein, als sie von ihrer Familie getrennt wurde. Die Besatzungsmacht hatte begonnen, tibetische Kinder nach China zu depotieren. Sie wurden ihren Eltern entrissen und ins chinesische »Mutterland« gebracht, um dort kommunistisch erzogen zu werden. Atan nahm an, daß man das kleine Mädchen auf der Straße aufgelesen hatte. Ein Lastwagen brachte sie nach Beijin. Tibetische Kinder wurden dort in Heimen untergebracht. Das hochintelligente Mädchen fiel auf. Sie besuchte die »Schule der Nationalitäten«, wo sie chinesisch sprechen und schreiben lernte. Man machte ihr klar, daß sie aus einer rückständigen Gesellschaft kam, daß Mönche, Großgrundbesitzer und überfütterte Reiche das tibetische Volk jahrhundertelang geknechtet hatten. Ihr buddhistischer Glaube wurde zunächst milde belächelt, dann als Instrument kultureller Ausbeutung auf schärfste verurteilt. Ihren Lehrern, die nur für die Partei lebten, fiel jede Dialektik leicht; sie löschten ihre Phantasie, paukten ihr Strebsamkeit und Selbstverleugnung ein. China hatte Tibet befreit. Das soziale Gewissen war geweckt, das Volk zu einem neuen Leben aufgerufen. Chodonla wurde als Lehrerin ausgebildet. Als Werkzeug für eine Veränderung der Gesellschaft war sie von Bedeutung. Sie gehörte zu den Auserwählten; man hatte sie dies feierlich wissen lassen. So kehrte sie mit zwanzig in ihr Land zurück, vom besten und aufrichtigsten Willen beseelt, ihrem Volk zu dienen. Die Ernüchterung traf sie wie ein Schlag. Die Rotgardisten waren über Tibet hergefallen wie Heuschrecken. Lhasa war eine armselige, staubige, schmutzige Stadt. Die Klöster waren geplündert und zerstört worden, Mönche und Nonnen in Arbeitslager verbannt. Die Wälder hatte man abgeholzt, Straßen durch fruchtbares Ackerland gezogen, viele Tierarten ausgerottet. Chodonla , bestrebt, gute Arbeit zu leisten, erlebte, wie die Tibeter ihrer Hingabe und ihren guten Absichten mißtrauten. Sie schämte sich ihrer Verzagtheit, verhärtete ihr Herz. Ja, es war gut und richtig, daß die alte Welt in Trümmern lag; daß Mönche verprügelt wurden; daß offene Lastwagen die »Feinde des Volkes« angekettet in den Tod fuhren. Im neuen Haus mußte Ordnung herrschen. Ein System konnte die menschliche Natur verändern. Chodonla wollte daran glauben. Sie nahm an Umzügen und Paraden statt, hob die geballte Faust unter flatternden Fahnen und verbarg ihr Haar unter der Kappe mit dem roten Stern.

Atan sprach sehr besonnen, formulierte sorgfältig.

»Chodonlas zweiter Lebensabschnitt begann, als sie Norbu kennenlernte. Norbu war zwölf gewesen, als man ihn gewaltsam nach China verschleppte; alt genug, um sich der Verzweiflung seiner Eltern zu erinnern. Lange Zeit galt er als verhaltensgestört, bis er lernte, seine Gedanken für sich zu behalten. Auch Norbu wurde als Lehrer ausgebildet. Die Chinesen rühmten sich mit Vorliebe, daß sie Tibet »intellektuelle Unterstützung« gewährten. Rhethorik und Realität klafften wie üblich weit auseinander. Es gab in allen Dingen zweierlei Maß, ob es sich um Wohnungen, Gehälter, Vorrechte oder Schulbildung handelte. Das hat sich bis heute nicht geändert. In der Schule sind die Klassen nach Nationalitäten getrennt, wobei chinesische Kinder auf chinesisch unterrichtet werden. Für die Tibeter ist dieser Vorsprung kaum einzuholen: Sie bekommen vom neunten Lebensjahr an nur drei Stunden Chinesischunterricht pro Woche, was ihnen die Aufnahme in die Mittelschule fast unmöglich macht. Tibetische Kinder seien genetisch dumm, sagen die Chinesen, das bewirkte der Mangel an Sauerstoff. Dazu kommt, daß man in ganz China die gleichen Lehrbücher benutzt; die Abschlußprüfung, die über die Zulassung zu einem Universitätsstudium entscheidet, verlangt, daß die Schüler in allen Fächern die Lehrbücher durchgearbeitet haben. Und wie sollten tibetische Kinder das schaffen? Sozialer Aufstieg und berufliche Karriere hängen ohnehin von den *guanxi* – den Beziehungen – ab, die tibetische Eltern selten haben. Nur Tibeter, die in der Verwaltung arbeiten, schaffen es manchmal, ihre Kinder in chinesischen Klassen mitlaufen zu lassen. Diese Kinder werden dann wie Chinesen, sie wachsen auf, ohne in ihrer eigenen Sprache lesen und schreiben zu können. Das ist für uns Tibeter das größte Problem. Hochtrabende offizielle Parolen vertuschen die unerfreuliche Wahrheit: Die Ausbildung der Tibeter ist miserabel und soll es bleiben. Ziel und Zweck ist, unsere Kultur aus dem Weg zu räumen und ins Völkerkundemuseum zu verbannen.«

Ich hielt wortlos mein Knie umklammert. Atan verzog das Gesicht zu einer Grimasse und fuhr fort:

»Nun gut, Chodonla und Norbu unterrichteten in der gleichen Grundschule, Norbu sah die Mißstände und übte Kritik, wohlwissend, daß er Argwohn damit erregte. Er schickte einen Bericht an die Bildungsbehörde, in dem er alle Fehler aufzählte, die die Chinesen im Schulsystem gemacht hatten. Dafür wurde er gerügt. Wo es sich um Fragen der allgemeinen Politik handelte, durfte es nur eine Meinung geben. Chodonla hatte nie die Möglichkeit gehabt, immun zu werden gegen die Rhethorik, ja, sie war ihrem Zauber bedingungslos erlegen. Norbu war kein durchschnittlicher Mann; es drängte ihn dazu, sich gegen die Zwänge und den Druck der Partei aufzulehnen. Norbus Mutter war gestorben, nachdem sie Schweres durchgemacht hatte. Der Vater war von den Chinesen verurteilt und hingerichtet worden. Die Verwandten waren enteignet worden oder lebten im Exil. Norbus Haus war zugemauert worden; die Dienstboten bettelten auf der Straße. Chodonla fiel auf, daß Norbu gerne stritt, wie gelegentliche und sehr heftige Zornausbrüche mit seiner angeborenen Spottlust im Widerspruch standen. Er verhöhnte die herrlichen Worte, die alles beschrieben, was Chodonla bis ins tiefste Herz teuer war. Etwas stimmte nicht mehr. Chodonla sah, wie Alkoholismus und Spielsucht die Tibeter apathisch machten. Wie junge Frauen, die gesunde Babys erwarteten, zur Abtreibung gezwungen wurden. Sie fühlte die Verzweiflung über das Massaker an Tausenden von Frauen und Männern. Sie sah wucherndes Elend und arrogante Korruption, abstoßende Krankheiten und bettelnde Hände. Sie begriff die Niedergeschlagenheit der Bevölkerung, die ihren einzigen Trost – den Glauben – verboten sah. Aber die Han-Chinesen planten langsichtig. Ihr Sinn für Zweckmäßigkeit brachte diese von Natur aus erfindungsreichen Menschen dazu, höchst komplizierte Gedanken zu entwickeln und Ziele zu verfolgen, die sich so gut wie nie auf eine wirkliche Kenntnis der Probleme stützten. So strebten sie unverdrossen einem Ergebnis entgegen, das ihren Behauptungen auf nahezu groteske Weise widersprach. Chodonla begann, auf fürchterliche Weise darunter zu leiden. Das sichere Haus, das sie um ihr Herz gebaut hatte, zerbröckelte. Die noblen Theorien gerieten in Auflösung, die Revolution zeigte ihr wahres Gesicht. Im neuen China wurde Liebe geduldet, solange sie sich auf gleichgerichtete politische Ideen gründete und die Arbeit nicht störte. Chodonla und Norbu heirateten, ohne daß man ihnen Steine in den Weg legte, sie bezogen ein gemeinsames Zimmer in ihrer Arbeitseinheit. Da beide im Staatsdienst standen, hatten sie jetzt Anrecht auf dreißig *jin* Tsampa-Mehl und Reis, eine Ration Kohle und einen elektrischen Heizring. Das Bewußtsein, der Besatzungsmacht zu dienen, schürte Norbus Haß, aber er gab sich liebenswürdig und undurchdringlich und kam im allgemeinen mit den Menschen gut aus. Er war, wie gesagt, kein Dummkopf. Man konnte jedoch nicht leugnen, daß er vorlaut war.

Nach zwei Jahrzehnten politischen Drucks hatten sich die Lebensbedingungen gebessert. Auch erlaubte die Regierung eine gewisse religiöse Freiheit. Das war 1987, als der Dalai Lama vor dem Kongreß in Washington einen Fünf-Punkte-Friedensplan vorstellte und darin die Umwandlung Tibets in eine Friedenszone vorschlug. Die Behörden in Lhasa inszenierten daraufhin eine Hetzkampagne gegen ihn, und es kam im ganzen Land zu Demonstrationen. Die Unruhen griffen um sich. Die chinesische Zentralregierung rief das Kriegsrecht aus. Bis der Aufstand zerschlagen war, wurde es Frühling. Überall herrschte Terror. Gerüchte von Massenverhaftungen und Hinrichtungen nahm man im Ausland betrübt zur Kenntnis. Die Chinesen erschossen fünfzig Zivilisten für einen einzigen Soldaten? Höchst bedauerlich, wahrhaft, und gegen die Genfer Konvention. Aber warum mußte eine Minderheit, die sich unter Chinas aufgeklärter Schirmherrschaft so prächtig entwickelte, derart fanatisch randalieren?

Chodonla hatte nicht gewußt, daß Norbu Beziehungen zu den Rebellen unterhielt. Er wollte mich nicht in Gefahr bringen, erzählte sie mir, Jahre später, noch immer verwirrt. Ich für meinen Teil neige dazu zu glauben, daß er ihr nicht vollständig traute. Wie dem auch sei, er wurde denunziert. Schäbig, aber nur natürlich. Bei den Chinesen ist es gar nicht möglich, in Grausamkeiten zu übertreiben; die Methoden haben sich bestens bewährt, seit Jahrtausenden. Die Soldaten kamen vor Morgengrauen und brachen die Tür auf. Norbu gehörte zu der Sorte Menschen, die etwas bei sich behalten können, wenn sie verhört werden. Sie folterten ihn acht Tage lang, immer im Beisein von Chodonla. Die Folterkammern sind klein und schmutzig, leer bis auf einen Tisch und einen Stuhl. Eine kreideweiße Lampe hängt an der Decke. Der Gefangene muß sich seiner Kleider entledigen. Man erwartet von ihm, daß er die Kleider nacheinander zusammenfaltet und auf einen Stuhl legt. Das gehört dazu, das ist ein Teil ihrer Methoden, wußtest du das? Ein nackter Mensch unter Fremden ist ein hilfloser Mensch. Er steht da und schlägt die Augen nieder, er fröstelt und zittert, weil es kalt ist, weil er sich schämt. Das alles gehört dazu. Ein Mensch zieht sich aus, wenn er zum Arzt geht; vertrauensvoll, weil er weiß, daß der Arzt da ist, um seine Gesundheit wiederherzustellen. Hier weiß er, die Soldaten sind dazu da, um seine Gesundheit zu zerstören. Sein starker, unversehrter Körper wird in ein blutiges Bündel verwandelt, bis die Welt nur noch aus dem Dunst des Schweißes, dem Geruch des Erbrochenen, dem Gestank der sich entleerenden Därme besteht; bis der Mund des Gefolterten nur noch ein Loch ist, wild schreiend, blutend und zahnlos.

Um es kurz zu machen: Sie verlangten von Chodonla, daß sie Flaschen zertrümmerte, die Glasscherben eigenhändig auf dem Boden verstreute. Sie ließen Norbu zuerst auf den Glasscherben knien, dann schleiften sie ihn über das Glas. Stück um Stück rissen die Scherben, die nicht glatt einzudringen vermochten, das Fleisch heraus, bis sein Körper nur noch eine einzige Wunde war, breiig und matschig, eine Mischung aus Blut, Fleisch und Sickerflüssigkeit. Seine Henker waren von einer absoluten Gleichgültigkeit gegenüber dem menschlichen Schmerz, sie machten das schon seit Jahren. Sie lächelten manchmal oder rauchten Zigaretten. Norbu versuchte, seine Todesqualen zu verkürzen, indem er Scherben verschluckte, die ihm den Mund und die Halsschlagader aufritzten. Er verblutete innerlich, schneller als es seinen Henkern recht war. Ein wenig Eile schien hier erforderlich: man stach ihm die Augen aus und schnitt ihm die Nase ab. Die Ohren und die Zunge nicht; es waren noch einige Namen fällig. Norbu rückte nicht damit heraus; ich nehme an, es wäre ihm unmöglich gewesen, sie zu artikulieren, selbst wenn er es gewollt hätte. Genug, er starb. Selbstmord im Gefängnis, lautete der offizielle Bericht.«

Atan verfiel in Schweigen. Ich zitterte innerlich, und mir brach der kalte Schweiß aus.

»Und Chodonla?«

»Man war zu der Überzeugung gekommen, daß sie in der Tat nichts wußte. Sie blieb nur ein halbes Jahr in Haft, für chinesische Begriffe eine sehr kurze Zeit.«

»Wurde sie gefoltert?«

Er schüttelte den Kopf.

»Nicht auf diese Weise. Sie war eine schöne, junge Frau. Wie oft sie vergewaltigt wurde, konnte sie nicht sagen. Sie wußte nicht einmal, daß sechs Monate vergangen waren. In der Hölle existierte die Zeit nicht. Über das, was man sonst mit ihr gemacht hatte, schwieg sie sich aus. Sie erzählte mir lediglich, daß sie mit blutigem Büstenhalter aus dem Gefängnis kam und sich draußen auf der Straße schämte. Man hatte ihr beide Brustwarzen abgeschnitten. Sie dachte daran, sich umzubringen, aber sie tat es nicht.«

Meine Haut klebte. Ich dachte, ich weiß nicht, ob ich je wieder schlafen kann. Atan sprach weiter.

»Vielleicht ließ man sie frei, weil sie krank war. Eine Lungenentzündung war in Tuberkulose ausgeartet, und man hielt es für besser, wenn sie außerhalb des Gefängnisses starb. Sie war schwanger. Der Vater des Kindes konnte jeder sein, der sie im Gefängnis gehabt hatte. Ihre Schwangerschaft war unbemerkt geblieben, sonst hätte man sie zur Abtreibung gezwungen. Sie brachte ihr Kind zur Welt mit dem festen Vorsatz, es zur Adoption freizugeben. Doch als Chodonla ihre Tochter in den Armen hielt, änderte sie ihren Entschluß. Sie gab ihr den Namen Kunsang. Verstümmelt wie sie war, konnte Chodonla das Neugeborene nicht nähren; schließlich fand sie eine zuverlässige Amme. Wenn in Chodonla das Bedürfnis nach einem Fleckchen Klarheit und Reinheit blieb, stellte es in ihren Augen Kunsang dar. Noch bevor das Kind sprechen konnte, wurde es für Chodonla der einzige Mensch, der ihr noch etwas bedeutete. Und hiermit begann der dritte Abschnitt in ihrem Leben.«

Atans Gesicht war reglos, seine Lippen schmal, doch er sprach mit der ganzen Sanftheit seiner Muttersprache.

»Es ist nicht leicht, Chodonla Beweggründen auf die Spur zu kommen. Auch ich brauchte Zeit. Zumal sie selbst nicht klar sah. Im Gefängnis hatte man sie nackt gefesselt, mit Alkohol vollgepumpt und Drogen in die Venen gespritzt. Man hatte ihr Dinge beigebracht, die ihr trotz allen bewußten Abscheus, gefielen. Wir Menschen sind nun einmal so. Aus den Tiefen unserer Blutes dringen seltsame unsichtbare Einflüsse hinauf, die an unserem Willen nagen und uns langsam aber sicher zerstören. Dieses Unbekannte ist wie ein Fieber; ein betäubender und zugleich aufreizender Wahn. Ein Teil von Chodonla war verdorben; der andere, der bewußte Teil ihrer selbst, haßte sich deswegen. Für sie gab es nur noch die Verbindung, die ihren lebenden Körper mit dem toten Körper ihres Mannes zusammenhielt. Sie hatte Rache geschworen, aber es dauerte lange, bis sie eine Möglichkeit dazu sah. Inzwischen sammelte sie ihre Kräfte.«

Ich nickte matt. Ja, dergleichen konnte ich verstehen. Atan fuhr fort:

»Jeder konnte über ihren Körper verfügen, aber keiner berührte ihr Herz. Ihr Herz war tot. Vernehmungsoffiziere, die sie im Gefängnis benutzt hatten, kamen jetzt zu ihr und gaben ihr Geld. Sie mochten Lhasa nicht und hatten Heimweh. Sie fühlten sich zu Chodonla hingezogen, weil sie in China erzogen worden war und Chinesisch sprach. So konnte sie eine Zeitlang überleben. Einer dieser Männer vermittelte ihr eine Stelle im *Amy*. Ein Bordell der höheren Klasse, das von chinesischen Beamten und Offizieren besucht wurde. Die Mädchen tanzten und tranken mit den Männern, bevor sie sich mit ihnen in ein Zimmer zurückzogen. Die Offiziere lehrten Chodonla tanzen; ihre Unbeholfenheit machte ihnen Spaß. Sie trank mit ihnen. Der Whisky, der ihr früher die Eingeweide verbrannt hatte, begann ihr zu schmecken. Bald hatte sie ihren festen Kundenkreis. Und im Bett redeten die Männer, unweigerlich. Das ist auf der ganzen Welt so. Im Bett rede ich sogar ich. Wir Idioten schütten den Frauen unser Herz aus, freuen uns über jede Frage, sehen sie als Zeichen von persönlichem Interesse an. Chodonla plauderte heiter auf dem Kopfkissen, bekam vieles heraus und merkte sich die Einzelheiten. Und entdeckte nach und nach, wie sie ihr Verlangen nach Rache befriedigen konnte. Aber zuerst mußte sie von ihren eigenen Hemmungen loskommen. Sie litt Qualen unter ihrem Laster, doch das, was sie als Verderbtheit empfand, war in Wirklichkeit nur zäher, verbissener Selbsterhaltungswille. Chodonla aber schämt sich, konnte sich nicht mit ihrer eigenen Natur versöhnen. Sie hatte auch Angst, sich zu irren. Ihre Kontakte mit den Nationalisten erfolgen zögernd. Im Tempel, wo sie für die Seele ihres Mannes betete, traf sie Mönche. Diese waren vielleicht nicht ganz sicher, ob sie sich auf Chodonla verlassen konnten. Sie müssen lange darüber beraten haben. Gewisse Informationen, die Chodonla weitergab, hätten sie auch selbst erfahren – aber erst viel später. Und gerade darauf kam es an: daß man die Dinge rechtzeitig erfuhr. Chodonla merkte, daß sie etwas bewirken konnte. Aber das wurde nicht zur Befreiung, sondern zerstörte das Gleichgewicht, das sie in mehreren Jahren mühselig hergestellt hatte. Sie war allein mit der neuen Lebensweise, die für sie in kurzer Zeit eine übergroße Wichtigkeit angenommen hatte. In ihrem Fall paßten Pflicht und Trieb gut zusammen, aber der Wille, sich noch tiefer zu verstricken, brachte sie in zusätzliche Not. Die Angst war nach wie vor da. Sie war im Gefängnis gewesen, also immer unter Beobachtung, immer verdächtig. Sogar ihr Schweigen konnte Mißtrauen erregen. Chodonla lebte in ständiger Furcht, wieder verhaftet zu werden. Aber sie hatte einen Glauben, etwas, das ihr teuer war. Sie ging das Risiko ein.«

Ich rieb mir die Stirn. Die Zusammenhänge wurden klar. Ich begriff Chodonla Angst, ihre Scham, die Not ihres Herzens. Sie war die Witwe eines notorischen Aktivisten. Man wußte, daß sie im »Amy« mit chinesischen Offizieren zu tun hatte. Das *Gong An Ju* – das Amt für Öffentliche Sicherheit – hatte sie unter Bewachung gestellt. Chodonla konnte nirgendwohin gehen. Sie bekam keinen Paß.

Atan schien in meinen Gedanken zu lesen.

»Einmal wurde ihr gesagt, sie könne ihre Familie im Ausland besuchen, aber ohne das Kind. Sie wollten die Kleine zurückbehalten. Als Druckmittel.«

Ich schüttelte stumm den Kopf. Atan sprach weiter.

»Vor zwei Jahren lernte sie im Amy Sun Li kennen. Er ist Ingenieur, Sachverständiger für Bauprogramme, die Millionen kosteten. Der Mann war gut zu ihr. Auch zeigte er dem Mutterland gegenüber eine kritische Haltung. Chodonla wurde seine Konkubine, was offiziell nicht erlaubt ist, aber stillschweigend geduldet wird. Sie wohnt jetzt in einem neuen Haus, mit fließendem Wasser. Chinesische Kader in Tibet verfügen über ein Einkommen, das achtmal so hoch ist wie ein vergleichbarer Arbeitslohn im Mutterland, und beziehen moderne Wohnungen. Sun Li wünscht natürlich, daß Chodonla zu Haus bleibt. Chodonla will, daß ihre Tochter satt wird und warme Kleider hat und leistet sich die Komödie der Reue. Sie spielt ein gefährliches Spiel. Das erschüttert ihre Überzeugung nicht, ganz im Gegenteil. Wir lieben unseren Aufstand, weil er unser Lebenszweck ist. Manche werden sagen, daß es zwecklose Kämpfe gibt, und daß gewisse Spiele von vornherein verloren sind. Damit haben wir uns abgefunden. Die Geschichte lehrt, daß das Recht niemals auf der Seite des Unterdrückers ist.«

Antans Worte werden von einem eindringlichen Blick begleitet. Langsam nahm ich den Blick und Worte auf. In mir fühlte ich steigende Erregung.

»Und was ist mit dir, Atan? Gehörst du auch dazu?«

»Ich bin ein einsamer Wolf. Aber manchmal jage ich mit dem Rudel.«

Irgendwie hatte ich dergleichen vermutet. Ich deutete mit einem Nicken an, daß ich verstanden hatte. Atan fuhr fort:

»Chodonla braucht das Gefühl, daß sie für etwas kämpft, für ihr Land und für alle die Menschen, denen die Han-Chinesen das Leben unmöglich machen. Und viele haben ihr zu verdanken, daß sie nicht mit einer Kugel im Nacken in Massengräbern verfaulen …«

Er schwieg. Ich spreizte hilflos die Hände.

»Du hast gesagt, sie ist krank …«

Ein Schatten glit über sein Gesicht.

»Die Belastung geht über ihre Kräfte. Nachts schläft sie nur wenige Stunden. Sie ist hochgradig schwindsüchtig. Sie behauptet, ganz in Ordnung zu sein, aber ich weiß, daß ihr nur noch wenig Zeit bleibt.«

Nur wenig Zeit … Genau das hatte Tashi gesagt. Ich vermeinte plötzlich, seine Stimme zu hören. Meine Kehle wurde trocken. Ich würgte die Worte hervor.

»Was verstehst du unter wenig Zeit, Atan?«

»Sie hat noch ungefähr ein halbes Jahr zu leben. Vielleicht.«

Er mochte erwarten, daß ich frage, woher weißt du das? Doch ich sagte nichts. Es war ein Mann, der solche Dinge erkannte. Chodonla Leben schwand dahin; ein halbes Jahr noch, dachte ich schmerzerfüllt, Vater hat es nicht umsonst eilig gehabt. Ich mußte mich zu einer Entscheidung aufraffen.

Es war schon spät am Morgen. Die Sonne stieg langsam über den Bergen auf, ließ ihr schweres Licht herabströmen; die Steinhäuser hoben sich grau vom türkisblauen Himmel ab.

20. Kapitel

In der Krankenstation war ständig etwas los. Kaum hatte ich meinen Kittel zugeknöpft, als zwei Arbeiter einen bleichen, taumelnden Verletzten brachten. Der Mann war von einem Gerüst gefallen, ein Nagel steckte in seinem Kopf. Ich gab dem Mann eine Injektion, zog den Nagel heraus. Die Routine half, wo mein Bewußtsein streikte. Ich stillte das Blut, desinfizierte und untersuchte die Wunde. Das Röntgenbild ergab, daß der Nagel die Schädeldecke zwar beschädigt, wichtige Gehirnfunktionen jedoch nicht beeinträchtigt hatte. Alle Reflexe waren gut. Ich ließ Natara die Wunde verbinden, verordnete dem Mann Bettruhe. Ich hörte die Stimmen gedämpft, sah alle Gesichter wie hinter einem Schleier. Die Reaktion setzte ein; ich dachte an Chodonla, an den Schatten in ihr. Ihr Tod war noch nicht ganz wahr. Aber ich würde mich daran gewöhnen müssen, schon bald. Und was nun, Atan? Was soll ich tun? Ich weiß es beim besten Willen nicht mehr. Manchmal frage ich mich, ob ich dich auch erträumt habe. Aber du bist aus Fleisch und Blut und real. Und über die Sache mit meinem Vater will ich mir nicht allzuviel Gedanken machen. Nein.

Im Lager gab es zwei alte Khampas, an denen man die Kinder möglichst schnell vorüberzog. Hagere Männer mit lauernden Bewegungen; ihre Glieder waren mager und knotig. Sie hatten die Haltung von Männern, die immer bereit sind, beim Zischen einer Gewehrkugel nach den Waffen zu greifen oder in Deckung zu springen. Ihr Ausdruck war hochmütig und verbissen. Für Land- oder Bauarbeit hatten sie nichts übrig, dafür waren sie gute Mechaniker. Der Jeep, mit dem Atan den letzten Teil der Strecke zurückgelegt hatte, stand noch vor der Krankenstation. Ich sah die beiden um den Wagen streichen, als Atan die Haube hob und sich den Motor besah. Einer stieß mit dem Fuß an die Reifen, der andere kletterte flink auf den Vordersitz. Er zeigte auf die Nadel des Treibstoffmessers, rief heiser ein paar Worte. Atan hob den Kopf und grinste. Als ich am Abend die Krankenstation verließ, saßen alle drei in der Kantine. Sie tranken Bier und sprachen mit leiser Stimme, wobei sie einander die Hände auf die Arme legten und die Finger in einer Art Zeichensprache bewegten. Grußlos ging ich an ihnen vorbei; auch Atan streifte mich mit keinem Blick. Ich wußte, daß er bald kommen würde.

Im nahen Kloster pochte die Trommel. Über dem Fenster war der Himmel nun beinahe rot; die Berge flammten wie an jedem Abend um diese Stunde, als ich ein Kratzen an der Tür vernahm. Draußen hatte ich keine Schritte gehört, nicht das geringste Geräusch. Ich strich mein Haar hinter die Ohren und öffnete. Atan trat lautlos ein; es war, als ob die Dämmerung Gestalt annahm. Atans Körper war mir so nahe, daß seine Wärme selbst durch den dichten Wolfspelz zu mir drang. Ich hatte das Gefühl, daß ein dunkler Wind aufwühlende Schauder durch mich jagte. Die magische Verbundenheit des Begehrens bedarf keine Sprache; sie vibriert in den Ohren, im Blut; sie erfaßt den Körper wie ein niedergehaltenes Feuer, das plötzlich lodert. Atan empfand, was ich fühlte, im gleichen Atemzug.

»Es war ein langer Tag«, brach ich das Schweigen. »Vielleicht ist es in unserem Fall notwendig?«

»Ich weiß es nicht«, erwiderte er kehlig. »Und auf die Zeit kommt es wohl nicht an.«

Ich wandte mich brüsk ab:

»Wie wäre es mit etwas zu essen?«

Ich hatte *Tsampa* – geröstete Gerste – zu Kügelchen geknetet, mit ein paar Brocken Käse, Pilzen und eingelegtem Rettich vermischt. Dazu hatte ich frischen *Dahi* – Joghurt aus Büffelmilch – gekauft. Alle Tibeter mögen Joghurt. Atan nahm die Speisen mit einem dankbaren Nicken. Er aß und trank schweigend und ohne Hast; erst nach einer Weile fragte er beiläufig nach Sonam.

»Die Antibiotika wirken«, sagte ich. »Heute morgen fiel das Fieber, aber abends kommt es wieder, das wird noch einige Zeit so gehen. Es könnte auch ein Virus sein, wir müssen das beobachten.«

»Kann ich sie sehen? Ich will mich von ihr verabschieden.«

Ich holte tief Luft.

»Ich werde es ihr sagen. Wann gehst du?«

Er antwortete mit einer Gegenfrage.

»Wann kommt deine Cousine zurück?«

»In zwei Tagen.«

»Dann werde ich nicht mehr da sein.«

Ich stand auf, holte die Kanne mit Tee und füllte Atans Schale. Er nahm die Schale in die eine Hand und ließ, wie es in Tibet Brauch war, die Finger der anderen Hand leicht auf dem Rand der Schale ruhen.

»Hast du keinen Durst?« fragte er mich.

»Ich habe schon getrunken.«

Er schlürfte den Tee; ich betrachtete ihn, auf beide Ellbogen gestützt.

»Kennst du die Alten, mit denen du in der Kantine warst?«

Er schüttelte den Kopf.

»Ich komme aus der Heimat. Sie stellten Fragen.«

Ich blickte ihn neugierig an und bewegte dazu die Finger, wie ich es bei den Khampas gesehen hatte. Er blinzelte mir über sie Schale hinweg zu.

»In chinesischen Zellen sind Worte gefährlich.«

Ich war erschöpft von der seelischen Belastung, von dem Mangel an Schlaf. Ich begriff langsam.

»Willst du damit sagen, daß auch du im Gefängnis warst?«

Ein merkwürdiges Flackern trat in seine Augen, während seine Stimme völlig gleichmütig klang.

»Sechsmal, wenn ich gut nachzähle. Zweimal im Militärgefängnis in den USA. Das war lustig. Ich las jede Menge Bücher, spielte Basketball und hatte einen Job im Fotoatelier. Ferien im Paradies sozusagen, von denen ich in chinesischer Einzelhaft nur träumen konnte.«

Mir wurde plötzlich kalt.
»Schlimm?« flüsterte ich heiser.
Sein Ausdruck verfinsterte sich.
»Ich komme selten auf diese Dinge zu sprechen, das schiebt dem Gedächtnis einen Riegel vor. Die Schatten der Vergangenheit sollte man ruhen lassen. Ins Feuer mit den Erinnerungen! Das wäre wohl das Beste.«
Ich riß meinen Blick mit Mühe von ihm los.
»Es tut mir leid. Ich werde dich nicht mehr fragen.«
Er spielte mit seiner Schale, dreht sie in den gelenkigen Händen.
»Es kommt vor, daß man sich erinnert. Und dann ist es besser, wenn man reden kann. Wer draußen ist, vergißt nie ganz, wie es war. Etwas Mitgefühl wäre wohl angebracht. Für die anderen, meine ich, die es nicht schafften. Was sehe ich in meinen Erinnerungen? Lumpen und Knochen und Blut. War es in Changtang, wo wir Steine ausgruben? In der Frühe sank die Temperatur tief unter Null, so daß die Fleischfetzen von unseren Händen an den Schaufeln klebten. War es dort, wo wir Schweinefutter stahlen? Wo ich Bäume ohne einen Fetzen Rinde an den Stämmen sah? Baumrinde war ein Leckerbissen. War es in Dartsedo, wo sie ehrwürdige alte Mönche aneinanderfesselten wie Tiere? Ja, es mußte in Dartsedo gewesen sein; sie hatten ein ausgeplündertes Kloster als Gefängnis umfunktioniert. Wir sollten die Mitwisser und die Mithelfer der Revolte in Osttibet preisgeben, sonst würden sie die Männer hinrichten. Die Mönche schrien, wir sollten nichts verraten, sie seien alt und ihr Leben sei nutzlos. Die Chinesen drehten ihnen mit Stacheldraht Schlingen um den Hals; sie wollten verhindern, daß die Mönche ein letztes Wort des Widerstandes herausschrien, bevor sie einen Genickschuß erhielten. Ich dachte, es wäre leichter, auf diese Art zu sterben als durch Messerstiche in die Hoden, womit ich mich gewiß nicht täuschte. Die Chinesen amüsierten sich bei solchen Spielen. War es im Drapchi-Gefängnis, wo ich zwanzig Tage in einer Hochsicherheitszelle knieend gefesselt verharren mußte, die Hände erho-

ben und mit Eisen beschwert? Ja, es muß in Drapchi gewesen sein. Ich bekam nur jeden fünften Tag zu essen, eine kleine Schale mit *Tsampa* und kaltes Wasser. Täglich wurde ich einem Verhör unterzogen. Sie gingen dabei sehr gewissenhaft vor und hatten ihren Spaß daran. Sie brachen mir die Rippen, überbrühten mich mit kochendem Wasser und träufelten Säure in die Verbrennungen. Sie sagten, ich sei ein zäher Brocken. Aber sie hätten Zeit, sie würden mich schon kleinkriegen. Sie meinten es wörtlich. In ein paar Tagen, sagten sie, wirst du schreien mit all den verbliebenen Kräften deines Leibes, der Stück um Stück verkürzt wird. Als ich die Gelegenheit fand zu entkommen, hatten sie mich vorher fast bewußtlos geschlagen. Sie hatten meine Hände mit Draht gefesselt, das übliche Verfahren. Aber ich hatte die Gelenke auf besondere Art gedreht, so daß die Drähte locker saßen. Diese Tricks kann man lernen. Der Wächter sah mich in meinem Blut liegen, ging und holte sich ein Bier. Als er zurück kam, kauerte ich hinter der Tür. Ich packte ihn, steckte ihn kopfüber in den Latrinenspalt am Boden. Nach einer Weile wurden seine Bewegungen schwächer; ich nahm seinen Schlüsselbund und sein Gewehr. Es war spätabends, die Soldaten spielten Karten. Ich wollte mich nicht alleine davonmachen, aber was ich in den anderen Zellen vorfand … die Schilderung will ich dir und mir ersparen. Einige flehten um ein schnelles Ende. Und da es wirklich das Beste für sie war, stieß ich mit dem Bajonett zu und erlöste sie. Später suchte ich einen Lama auf und sagte ihm, daß es gegen mein Herz gewesen war. Er hieß mich den Verstorbenen opfern, und sprach mich frei von meiner Schuld.«

Atan stockte, fuhr sich mit der Hand über die Stirn.

»Man sagt, wir haben die Wahl. Aber das Schicksal ist stärker. Wir tun, was uns zu tun übrig bleibt.«

Mein Kopf war leer, so leer. Ich hatte genug gehört. Wie in dem Leser von Krankheitsgeschichten leicht das Gefühl aufkommt, selbst die beschriebenen Krankheiten zu haben, wurde mir bei alldem fast übel.

»Kam dir nicht manchmal der Wunsch zu sterben?«

Ich würgte die Worte fast heraus. Im täglichen Leben ist es leicht, die Schlechtigkeit der Menschen zu vergessen. Aber es scheint ein Gesetz, daß jede Revolution sich der Rachsüchtigen bedient, der Perversen und der pathologisch Hassenden.

Atan nahm einen großen Schluck.

»Nicht manchmal. Oft. Ich hätte die Chinesen nur scharf genug verhöhnen müssen, sie hätten dann mit mir ein schnelles Ende gemacht. Aber dann dachte ich an meine Mutter; an das, was sie erduldet hatte, an ihre Schönheit, an ihren Mut. In solchen Momenten führt man Selbstgespräche. Was ist mit dir, Atan? fragte ich mich. Hat ein Khampa keine Verpflichtungen? Zeigt ein Mann aus großer Jurte dem Feind die Fersen seiner Ehre? Hat der Sohn einer Kriegerin seinen Stolz vergessen? Fällt der Regen nach oben, wächst das Gras nach unten? Ich bin ein Wolf in dieser Hundemeute hier. Und Hunde räumen den Wölfen das Feld.«

Er sah mich an; in seinen Augen glühte das Wissen um eine ältere, von großen Kräften erfüllten Welt. Ich spürte ein Zittern im Nacken und sagte:

»Erzähl mir von deiner Mutter.«

»Meine Mutter war die Herrin der Pferde.« Atans Blick löste sich von mir, wanderte weit fort wie seine schweifenden Gedanken. »Ihr Name war Shelo. Die Götter schenken den Menschen vielfältige Gaben; dem einen geben sie das Sehertum, dem anderen das Wissen, diesem die Kunst des Erzählens und jenem wieder die Körperkraft. Shelo hatten sie die Gabe des Gesangs verliehen. Noch heute – dreißig Jahre nach ihrem Tod – singen Frauen und Männer ihre Lieder, auf den Marktplätzen wie in den Klöstern, am häuslichen Herd wie um die Feuer auf dem Feld. Ihre Melodien bewegten Tänzer und Tänzerinnen, erfreuten die Reiter beim Fest der Sonnenwende. Shelo rief bei Dürre die Regenwolken an; sie sang im Dunst der Wacholderzweige, wenn die Ernte gutes Wetter forderte. Und zuletzt sang sie für die Sterbenden. Ihre Stimme, verwoben mit dem Feuer, trug die weinenden Seelen auf Adlerschwingen empor zu den Sternen.«

Atan verstummte ganz plötzlich, lehnte sich zurück. Tiefe Verwunderung erfüllte mich. Etwas an diesem Mann war weit und unerreichbar wie der Himmel. Er trug den Zauber seiner Heimat in sich, das weite Land der Pferde, der Salzseen, der Geisterberge, das ein paar Atemzüge lang in seinen Worten gegenwärtig gewesen war und sich mit einem Mal verschlossen hatte. Und wieder stellte ich mir die Fragen: Wer bist du, Atan? Ein Söldner? Ein Vagabund? Ein Weiser oder ein Kind, das sein Leben lang eine Tote beweint?

Ich streckte die Arme aus, legte beide Hände an seine Wangen.

»Deine Mutter … wie starb sie?«

Ich spürte, wie er das Gesicht gegen meine Handflächen preßte.

»Sie starb wie eine Heldin. Von ihr, siehst du, wird noch heute gesprochen. Es macht mich froh, wenn meine Mutter von Unbekannten gelobt wird. Einen Augenblick lang ist es, als ob sie wieder leben würde. In Wirklichkeit ist sie fort und dahin. Ich aber höre ihre Stimme, wann und so oft ich will. Ich höre sie in dem Rauschen funkelnder Gebirgsbäche, in dem Flüstern des Windes. Was ist Ruhm? Der Fortklang eines Namens. Und wozu, denke ich dann, wozu eigentlich ein so langes Leben, wenn ein einziger Tag Unsterblichkeit beschert?«

Er hob das Gesicht; ich sah den leuchtenden Spalt seiner Augen. Ich wollte die Hände fortziehen, doch er faßte nach meinen Gelenken, preßte meine Handflächen an sein Gesicht. Seine Haut war mit einem leichten Schweißfilm überzogen. Mein Herz stockte, aber dann klopfte es so heftig, daß es mich beinahe erstickte. Nach einer Weile flüsterte ich rauh:

»Wer hat deine Mutter umgebracht, Atan? Die Chinesen?«

Er zuckte leicht zusammen. Seine Lippen bewegten sich in meinen Händen.

»Nein, die Chinesen nicht.«

21. Kapitel

Als er die Arme um mich schloß, versank die Welt; es war wie das Schwimmen auf einem Strom; wir überließen uns den Wellen. Es war jetzt Nacht; nach allen Seiten hin erstreckte sich die dunkle Welt; nur die Buddhastatue und die silbernen Schalen darunter warfen das Licht zurück wie kleine Spiegel. Atan hielt mich eng umklammert, gegen seine Brust gepreßt. Sein Haar war duftend und weich wie eine Decke, ich nahm es in den Mund, ich kaute auf den Strähnen und hörte sie in meinem Mund knirschen. Er zog mit beiden Händen meinen Kopf zu sich, suchte meine Lippen. Während sein Mund sich fest um den meinen schloß, drückten meine Finger seinen Nacken und glitten zu seinen Schultern, die sie abwechselnd faßten und losließen. Erregungsschauer durchliefen seinen harten, geschmeidigen Körper. Wir sprachen kein Wort. Wozu der banale Liebeswortschatz, abgedroschen wie jede automatische, empfindungslose Höflichkeitsformel? Worte lassen Gefühle welken. Ich hätte neue, noch nie gehörte Ausdrücke erfinden müssen, Ausdrücke, die nur Atan galten. Es war, als ob mein eigenes Leben mich verließ, um in ihm zu leben; bei allen anderen Männern zuvor war ich allein geblieben. Alles, was ich bisher empfunden hatte, war nichts gegenüber diesem Schmerz und Begehren. Ich wollte ihn schmecken wie eine reife Frucht und spürte zugleich Angst. Nicht physische Angst, nein, die kannte ich schon seit Jahren nicht mehr. Sondern die andere, die wie ein Tor ist, das sich plötzlich in den Tod öffnet. Ich streichelte sein Rückgrat, ließ Wirbel für Wirbel meine Hand tiefer wandern, über sein Kreuz, über die festen Lenden. Er atmete flach, genoß die Liebkosung. Ich legte meine Hände um sein Becken, glitt langsam an ihm entlang, liebte ihn mit den Lippen und mit meinem heißen Mund, wie Frauen das tun seit dem Anfang der Welt. Ich spürte, wie er die Liebkosung aufnahm, wie zitternde Wellen durch seine Muskeln flogen. Ich streichelte und knetete seine Haut; sein Körper war so stark und lebendig unter meinen Fingerspitzen, trotz der vielen Narben, der inneren Verletzungen, von denen ich nichts wußte, von denen er nicht sprach. Nach einer Weile hob er mich hoch, drehte sich auf den Rücken, und ließ mich wieder hinuntersinken. Ich setzte mich auf sein Becken; er glitt in mich hinein, langsam zuerst und sehr tief. Seine Bewegungen waren geübt, vollkommen beherrscht; jeder Stoß verfeinerte mein Empfinden. Ich wurde weit bis zu den Hüften, ließ mich tiefer sinken. Ich hatte innen harte Muskeln und forderte seinem Körper Kraft ab. Die höchste Lust schien mir schmerzhaft bis zur Grenze des Erträglichen. Viele Frauen schließen die Augen dabei, ziehen sich zurück, richten ihre Blicke nach innen. Ich sah ihn entschlossen an; ich wollte ihn nicht verlassen, sondern mitnehmen. Meine Handflächen lagen auf seinem Gesicht, die Daumen drückten zart auf die Augenlider, spürten die beweglichen Augäpfel darunter. Die Beine taten mir weh, die Schenkel, alles tat mir weh vor Verlangen. Ich wollte ihn ganz und gar besitzen. Er sollte mich lieben, wie er Chodonla liebte, denn sie war immer da, ein Phantom, fest in mein Gehirn eingewoben. Auch jetzt. Atans Lippen waren voller und glänzender, so daß er jünger aussah, und seine geweiteten Augen hatten hatten die Farbe schwarzer Johannisbeeren. Er lag unter mir, sein Kopf zurückgesunken, bis er mich plötzlich mit seinem Becken hob, in mir mit langsamem Pulsschlag anschwoll. Die feste, harte Wärme in mir war etwas Magisches, ein ungezügeltes, unzerstörbares Wunder, das Leben selbst, das ich festhalten und bewahren mußte, wie einen Fötus, wie mein eigenes Fleisch und Blut. Ich stemmte mich empor, zog mich enger zusammen, mein Rückgrat krümmte sich wie ein Bogen. Mein Kopf schwang hin und her, ich zitterte unter der Anstrengung. Schwindelnd, bebend, atemlos fühlte ich die Welle durch meinen Körper rieseln. Ganz plötzlich versagten meine Kräfte; schlaff und schwer fiel ich vornüber, mein Gesicht lag auf seiner keuchenden Brust. Ich hörte mein Blut rauschen, krallte mich an seinen Schultern fest.

»Warte!« Flüsterte ich. »Bewege dich nicht.«

Er legte beide Arme um mich herum, streichelte meine Lippen mit der Zungenspitze. Ich schmiegte mein Gesicht an seines, zog mich eng zusammen, behielt ihn in mir. Ich wußte, ich hatte eine Entscheidung zu treffen, jetzt gleich, in dieser Nacht. Der Gedanke kam und ging, während ich langsam wieder zu Atem kam, mit seinen Locken spielte, sie unter meiner Handfläche glättete. Nach einer Weile glitt ich an seine Seite, wobei ich eines seiner Beine zwischen meinen Schenkeln festhielt. Ich sah seine geschlossenen Augen, unter denen die Wimpern wie ein schwarzer Strich lagen. Lange Augen mit stark gewölbten Lidern, die sein Gesicht vergrößerten, wenn er sie, wie im Augenblick, geschlossen hielt. Mir kam in den Sinn, daß es kein Gesicht Asiens war. Ich richtete mich auf den Ellbogen auf.

»Bist du ganz und gar Khampa?«

Er runzelte die Stirn, als dächte er nach. Vielleicht dachte er wirklich nach. Schließlich sagte er:

»Ich bin weder dieser noch jener.«

»Du bist darin geübt, scheint mir.«

»Es ist für uns nicht schwierig«, sagte er.

Ich betrachtete sein leicht phosphoreszierendes Gesicht. Aus Atans Zügen sprachen seine Ahnen, ihre unterschiedliche Herkunft: Berge, Täler, Wüsten und Ebenen, Einwanderungen, Eroberungen. Er war ein Nachkomme jener, die einst unter Iskander – dem großen Griechen – südwärts gewandert waren, und ihr Blut mit dem Blut der Steppenbewohner gemischt hatten. Es gab viel Hochmut in ihm. Das gefiel mir. Und sicher war auch, daß die Quellen in seinen Adern oft entgegengesetzte Wege gingen.

»Ich möchte auch so größenwahnsinnig sein wie du«, sagte ich. Er grinste.

»Wir sind unverbesserliche Reaktionäre, dumm, faul, betrunken und kleptoman.«

Nomaden lösen ihre Zöpfe aus Achtung vor Höhergestellten. Ich wurde nachdenklich, weil ich die Sitte kannte.

»Du hast es vor mir getan …«

»Du bist eine Frau, und ich nur ein Mann. Der Mann bringt den Tod, aber die Frau trägt das Kind.«

Ich lachte. Er blinzelte mir zu.

»Es ist nicht allein deshalb«, sagte er. »Wir haben viel Einbildungskraft. Die Han-Chinesen machen uns keinen Spaß. Ihre Bücher schreiben das tägliche Leben des Menschen für jedes Tagesstunde, für alle Phasen des Lebens, ja selbst für die Dauer des Schlafes vor. Der alte Konfuzius, der Vorsitzende Mao, wo ist der Unterschied? Zuviel Vollkommenheit macht benommen. Unterwürfigkeit steckt in ihnen seit Jahrtausenden. Wie zum Teufel, wollen die wissen, was Freiheit ist? Wir denken nie über die Freiheit nach, wir haben sie.«

Ich fuhr mit dem Finger über seinen Mund: er öffnete die Lippen, saugte sanft an dem Finger.

»Weißt du immer, was Freiheit ist?« fragte ich leise. Seine Zähne blitzten in der Dunkelheit.

»Immer. Hauptsächlich dann, wenn ich mit den Füßen an der Decke hänge, das Gesicht im Urinkübel.«

Meine Kehle wurde eng.

»Du bist wirklich bescheuert«, seufzte ich.

Er lachte kurz auf. Dann wurde sein Gesicht wieder ernst.

»Chodonla sagt, Khampas tragen einen Regenbogen im Herzen. Sie will damit sagen, daß unser Mischblut stärker ist.«

»Ach«, murmelte ich, »sagt sie solche Dinge?«

Ein Seufzer dehnte seine Brust.

»Manchmal.«

Ich wälzte die Sache seit Stunden im Kopf, hatte mich die ganze Zeit auf diesen Augenblick vorbereitet. Nun hing alles von ihm ab, von dem, was er jetzt sagen würde. Ich setzte mich hoch, warf mein Haar zurück.

»Die Begegnung mit dir ist mir sehr wichtig, Atan. Du hast

mir geholfen, Chodonla ein wenig...zu begreifen. Aber wie bringt mich das weiter, wenn ich nichts für sie tun kann? Angenommen, ich würde ein Visum als Touristin beantragen und sie in Lhasa besuchen?«

Er schnalzte leicht mit der Zunge.

»Man wird dir die Einreise schon erlauben. Aber du mußt es darauf ankommen lassen, daß die Behörden dich im Auge haben. Chodonla wird überwacht. Du könntest sie in Gefahr bringen – und sie dich auch, ohne es zu wollen.«

Ich erwiderte kindisch:

»Ich habe einen Schweizer Paß.«

Er hob wegwerfend die Schultern.

»Der nützt dir nichts. Auch Touristen werden bedroht. Paß, Kameras und Filme werden beschlagnahmt. Die Polizei durchstöbert jedes Hotelzimmer; sie scheucht die Touristen aus dem Schlaf, beschnüffelt die Bettwäsche, wühlt in den Koffern und sucht an Türklinken nach Fingerabdrücken. Natürlich empfinden das die Touristen als Frechheit, aber sie haben Angst, und darum geht es ja. Sich schlecht zu fühlen ist ein Zeichen, daß man irgend etwas falsch macht. Leider haben Tibeter, die sich mit Ausländern anfreunden, selten die Zeit, so klug zu werden. Für sie gilt ein besonderes Schnellverfahren: Landesverrat. Bestrafung ohne Gerichtsprozeß. Offiziell heißt es, wir hinterwäldlerischen Exoten leben in Wohlstand und Entzücken, und die Probleme entstehen erst durch den Kontakt mit reaktionären Elementen und ausländischen Spionen. Man könnte dich erfolgreich zur Heldin machen, Tara. Bleibt die Frage, ob du das willst.«

Karma hatte mich bereits gewarnt, Atan bestätigte schonungslos ihre Befürchtungen. Aber es war keine Angst in mir, nur Widerspruchsgeist. Das Leben hatte es mir bisher leicht gemacht, das war in Ordnung so, ganz normal. Irgendwie war ich jetzt dran. Warum sollte ich da meine Kraft sparen?

»Soll ich sagen, was ich denke?«

»Sag es.«

»Hör zu, Atan, ich habe in solchen Dingen tatsächlich wenig

Erfahrung. Den Horror dieser Welt sieht man bei uns im Fernsehen, aber wenn einem das Zeug zuviel wird, schaltet man das Gerät ab. Ich bin nicht vermessen und will auch keine Heldin werden. Nein, danke. Aber Chodonla soll nicht mit dem Gedanken leben, daß ihre Familie sie verachtet. Außerdem kann sich ihr Zustand mit Antibiotika bessern. Und wenn nicht, gebe ich ihr das Nötige. Wenn sie es für richtig hält, kann sie es nehmen. Sie soll keine Schmerzen mehr aushalten. Nach allem, was sie mitgemacht hat, ist diese Vorstellung für mich absolut unerträglich. Aber das kann ich von hier aus nicht beurteilen: Ich muß sie sehen. Und noch etwas, Atan: ihre Tochter ...«

Er sagte kehlig:

»Ich habe Chodonla ein Versprechen gegeben.«

»Ja, das hast du mir gesagt. Chodonla vertraut dir. Sie soll wissen, daß sie sich auch auf mich verlassen kann. Für den Fall daß ... daß ihr etwas zustößt, werde ich Kunsang zu mir nehmen und wie mein eigenes Kind aufziehen. Das bin ich Chodonla schuldig. Ich will ihr in diesem Punkt Gewißheit verschaffen. Verstehst du jetzt, warum ich sie sehen muß? Kannst du mich mitnehmen, Atan? Auf Schleichpfaden über die Grenze bringen?«

»Ich gehe immer auf Schleichpfaden.«

»Und bisher hat dich keiner erwischt.«

Seine Lippen kräuselten sich spöttisch.

»Wenn die Chinesen verrückt genug sind zu glauben, sie könnten mich fassen, dann bin ich gerade verrückt genug, um zu beobachten, wie sie es versuchen.«

Ich lachte, aber nur mit halbem Herzen.

»Dann lohnt es sich ja, mit dir zu gehen.«

»Die Reise ist beschwerlich. Du bist in Europa aufgewachsen.«

»Ein bißchen verweichlicht, meinst du?«

»Ein bißchen verweichlicht, ja.«

»Du wirst dich wundern.«

»Möglicherweise schon.«

Ich erhaschte ein kleines, nach innen gekehrtes Lächeln auf seinem Gesicht.

Ich legte meine Hand auf die seine. »Ich habe dich etwas gefragt, Atan!«

Er streichelte meine Brüste, und sogar in der Verwirrung fiel mir auf, wie zart seine Finger meine Haut berührten.

»Ich habe mir die Sache überlegt.«

»Und wie lautet deine Antwort, Atan?«

»Eine Frau tut, was sie will.«

Ich legte mein Gesicht auf seine Brust; sein Herz pochte unter meiner Wange. Ich küßte die Stelle, an der ich es hörte. Wie lange noch, ehe es stillstand, weil dieser Mann starb? Eine Kugel genügte. Mein Atem stockte, ein Krampf schnürte mir die Kehle ein; ich empfand den heftigen Drang, in Tränen auszubrechen. Irgendetwas Ungewöhnliches hatte mich gepackt. Idiotisch. Was die Flüchtlinge erzählten, konnte ich dann und wann vergessen, mir im stillen und versuchsweise sagen, das kommt allenthalben auf dieser Welt vor. Wurden Gebete für den Frieden auf Erden jemals erhört? Besser, man legte sich frühzeitig eine dicke Haut an. Gewiß, an dem einen oder anderen Tag wurde ich stärker davon ergriffen, da spürte ich den Todesgeschmack, da waren Schrecken überall. Blut und Schreie. Ich konnte nicht sagen, warum mir seine Schmerzen so nahegingen. Ich mußte eine Grenze ziehen, hob den Kopf und sagte in vernünftigem Ton:

»Im Gebirge, da fühlt man sich doch sicherer zu zweit? In manchen Fällen, meine ich.«

So ruhig ich schien, meine Lippen zitterten doch. Er sah mich sehr aufmerksam an. Dann flog ein Lächeln bis zu seinen Augen. Er zog das Wolfsfell über uns, schloß fest beide Arme um mich.

»Das sogar in jedem Fall«, sagte er.

22. *Kapitel*

Ich holte Karma am Flughafen ab. Der Wind blies heftig; Wolken türmten sich am Himmel, verbargen die höheren Schneegipfel. Ich sah die Maschine taumeln, in einer großen Kurve niederschweben, zur Landung ansetzen. Die Räder berührten die Landepiste, das Flugzeug drosselte die Geschwindigkeit, drehte sich schwerfällig und hielt vor dem kleinen Gebäude des Flughafens. Schon schoben Beamte eine Treppenleiter zu der sich öffnenden Tür. Ein paar Minuten später stiegen die Fluggäste, europäische Touristen zumeist, leicht wankend die Treppe herunter. Männer und Frauen, beladen mit Rucksäcken und Videokameras, grün und schweißgebadet vor Übelkeit, dann zwei Nepalesen in dunklen Anzügen, einige hübsche Frauen im Sari, von Kindern umringt und mit Säuglingen in den Armen. Schließlich erschien Karma, in Kordhosen und Windjacke; ihre Zöpfe baumelten bis zu den Hüften hinab. Sie schleppte zwei große Taschen, von denen ich ihr eine abnahm, sobald sie durch die Tür kam.

»Warte, ich habe noch zwei Koffer.« Sie lachte etwas atemlos. »Hoffentlich bist du mit dem Taxi hier. Von Kathmandu komme ich immer wie ein Packesel zurück. Ich habe für jeden etwas mitgebracht.«

Ich lachte auch; sie betrachtete mich und kniff leicht die Augen zusammen. Ich wandte den Blick ab. Wir warteten auf die Koffer, die bald ausgeladen wurden. Ein junger Träger schleppte Karmas Gepäck zu dem wartenden Taxi und verstaute die Koffer. Wir quetschten uns in den Wagen, der, wie die meisten Autos in Pokhara, so aussah, als ob er sich gleich von Scheiben, Kühlerhaube und Kotflügel trennen wollte. Der Chauffeur drehte den Kontaktschlüssel, nach ein paar ruckartigen Erschütterungen setzte sich der Wagen in Bewegung.

Karma lehnte sich zurück, das Gesicht mir zugewandt.

»Du siehst seltsam aus.«

»Ja, das kann schon sein. Sag zuerst, wie geht es Jonten Kalon?«

»Gut. Viel besser, als ich dachte. Er hat nach dir gefragt.«

»Und was hast du ihm gesagt?«

»Daß du dir Mühe gibst.«

»Das ist nicht fair. So schlecht bin ich nicht. Oder?«

»Du bist sogar ausgezeichnet.«

»Das klingt schon besser. Und was hat Jonten Kalon dazu gesagt?«

»Daß er es von Anfang an gewußt hätte.«

»Großartig!«

Sie warf mir erneut diesen tiefen Blick zu.

»Du scheinst ein Problem zu haben.«

Ich seufzte.

»Woher du das weißt, ist mir schleiferhaft. Aber du hast schon recht. Wir werden darüber reden müssen.«

Es dunkelte bereits. Nur vereinzelt blinkten trübe Lichter. Der Wagen rumpelte über die Schlaglöcher. Als wir das Tashi Packhiel Camp erreichten, verschwand das Hochtal bereits im Schwarz der Nacht. Das Taxi hielt mit knirschenden Bremsen vor dem Tor. Wir entließen den Fahrer mit einem Trinkgeld und schleppten das Gepäck über den Platz. Auf dem Weg zum Haus sprachen wir nur wenig, die Koffer waren viel zu schwer. Karma hatte sich neue Schuhe gekauft, ihre Absätze klapperten auf den Steinen. Als ich die Tür aufstieß und Licht machte, warf sie einen raschen Blick umher und richteten ihn dann auf mich.

»Du hattest Besuch«, sagte sie in die Stille hinein.

Ich schluckte.

»Er ist noch da.«

Sie hob ihre flaumigen Brauen.

»Gehört er auch zu deinem Problem?«

»Man kann es wohl so sagen.«

»Und wo ist er jetzt?«

»In Pokhara. Er holt Benzin für den Jeep. Er fährt zurück nach Tibet. Übermorgen. Ich fahre mit ihm, Karma. Mir liegt sehr viel daran.«

Sie ließ sich auf der Sitzbank nieder, strich sich das Haar aus dem Gesicht und wartete. Ich schraubte die Thermosflasche auf, goß braunen nepalischen Tee ein. Sie nahm wortlos den Becher und trank. Ich setzte mich neben sie. Das Leben hat schon eine ganz eigene Art, einen Menschen zu verwandeln. Jedenfalls hatte ich diesen Eindruck. Ich spürte keine Erregung mehr und wollte auch keine verbreiten.

»Ich habe Nachrichten von Chodonla. Sie ist schwer krank. Tuberkulose. Sie wurde gefoltert und vergewaltigt. Ihre Tochter ist von einem Chinesen. Sie spioniert für die Nationalisten. Wußtest du das?«

Sie zuckte zusammen, aber nur ganz leicht, bevor sie den Kopf schüttelte.

»Ich habe oft versucht, mehr zu erfahren. Die Leute fingen an, dieses oder jenes zu erzählen. Aber nie etwas Genaues.«

»Vielleicht wußten sie es nicht.«

Ich sah ihr unglückliches Profil.

»Sie fühlten sich zu Achtung und Mitgefühl verpflichtet. Sie wollten es mir nicht sagen.«

»Jetzt weißt du es also, sagte ich hart

»Ich will sie sehen, Karma. Mir bleibt nichts anderes übrig, sonst verbringe ich schlaflose Nächte. Aber Chodonla hat in die Politik hineingepfuscht. Wenn ich etwas mit ihr zu tun habe, werden wir beide verdächtig sein. Das will ich lieber vermeiden. Atan hat versprochen, mir zu helfen.«

»Wer ist er, Tara?«

Ich nahm einen Schluck, drückte den Becher an meine Wange.

»Wenn man von Atan spricht, muß man sich Zeit nehmen.«

Während ich erzählte, dröhnte die Klostertrommel, die das Abendgebet skandierte; mir war, als poche mein eigenes Blut.

Nachdem ich alles gesagt hatte, was zu sagen war, trank ich meinen Tee aus und stellte den Becher ziemlich laut auf den Tisch. Karmas Gesicht war wieder ruhig. Ihre Augen glänzten matt im Neonlicht.

»Du mußt natürlich gehen.«

»Jede an meiner Stelle würde es genauso machen.«

Sie nickte.

»Ich denke schon. Aber was ist mit ihm?«

Meine Kieferknochen krampften sich zusammen.

»Ich bin keine sentimentale Natur. Aber ich lebe nicht, ohne von Zeit zu Zeit Männer zu haben. Und dann weiß ich gerne, woran ich bin. Bestimmt werde ich eines Tages so weit kommen, daß er mir nichts mehr bedeutet.«

Sie ließ mich nicht aus den Augen.

»Mir scheint aber, du hast dich verliebt.«

Ihre Worte verstärkten das feine Pochen in meinem Unterleib, dieses flüssige, warme Gefühl in den Lenden. Ich fühlte ihn in mir, immer, die ganze Zeit. Was war los mit mir? Warum war ich plötzlich so verletzlich? Er allein wußte, was er mir angetan hatte. Ich schluckte. Ich durfte nicht weich werden, nicht auf diese Art. Schwäche rief bei mir jedesmal Widerwillen hervor. Was ich jetzt brauchte, war ein klarer Kopf, kein schmelzendes Fleisch im Unterleib.

»Wenn man unbedingt etwas will, was man nicht haben kann, dann wird das Leben unerträglich. Das ist nichts für mich, Karma.«

»Wenn du das immer vermeiden kannst, hast du mehr Einsicht als andere Menschen«, erwiderte sie, nicht ohne Ironie.

Ich sagte mit schwacher Stimme:

»Ich erwarte nicht, daß du meine Gefühle verstehst. Sie sind ein bißchen billig, gebe ich zu.«

Sie hob ihre Hand, die warm und stark war, und legte sie auf meine. Die Berührung gab mir Kraft. Ich brauchte das jetzt. Meine eigene Hand fühlte sich kalt an, kalt wie die einer Frau, die unter Schock steht.

»Vielleicht verstehe ich dich ein wenig.«

»Ich erwarte nichts. Ich warte ab, was geschieht. Aber da ist noch etwas anderes in mir, das etwas will. Ich weiß nicht, was es ist. Ich kann das nicht erklären«, setzte ich aufgebracht hinzu.

Sie drückte meine Hand und lächelte ein wenig. Sie behandelte mich mit großer Geduld.

»Wozu Wort verschwenden?›«

Ich seufzte neiderfüllt.

»Wie ruhig du bist! Wie überlegen und ruhig. Ich wünschte, ich könnte auch so sein.«

»Und was hast du davon? Spiel nicht die Scheinheilige. Wann kommt er wieder?«

»Morgen, irgendwann mal. Er übernachtet in Pokhara.«

»Ich möchte ihn sehen.«

Karmas Wesen war einfacher als meines, weiblich intuitiv und von großer Sachlichkeit. Auf mein Vorhaben reagierte sie mit Einsicht, Fürsorge und schonend vorgebrachten Bedenken. Als Atan sich ihr am nächsten Tag vorstellte, prüfte sie ihn neugierig und gründlich, musterte ihn von seinem dichten Haar über sein Wolfsfell bis zu den Ledergamaschen und wieder zurück.

»Setzen Sie sich«, sagte sie.

Daß Sonam und ihr Baby ihm das Leben verdankten, hatte ich ihr schon gesagt. Sie fragte nach Einzelheiten, schaute ihm dabei beharrlich in die Augen. Karmas Art, keine Gefühle zu zeigen und auf Umwegen zum Kern der Sache vorzudringen, verunsicherte ihn keineswegs. Er erwiderte ihren Blick, wobei er unmerklich lächelte.

»Was suchen Sie auf meinem Gesicht?« fragte er unverblümt, als eine Pause im Gespräch eintrat.

Sie sagte ganz kühl:

»Nun, ich sammle Heilkräuter mit eigenen Händen auf den Bergen, ob es regnet oder klar ist, in der vorgeschriebenen Art. Ich weiß seltene Pflanzen zu schätzen.«

Er nickte gleichmütig.

»Einige sind bei falschem Gebrauch tödlich.«

Karmas Antwort war so gelassen wie der Blick, der sie begleitete.

»Keine Sorge deswegen. Ich erkenne sie, auch wenn manche Menschen es nicht tun.«

Eine weitere Pause folgte. Karma schien zu überlegen. Etwas an dem Benehmen und der sanften Sprechweise dieses Mannes paßte nicht zu seinem verwegenen Aussehen und dem üblen Ruf eines Steppenreiters. Sie hatte offenbar ein instinktives Zutrauen zu ihm gefaßt; tibetische Ärzte lernen vor allem eines: das Wesen eines Menschen schnell und unfehlbar zu deuten. Sie fragte ihn nicht, woher er seine Auskünfte über Chodonla hatte, sondern ließ ihn über ihre Gesundheit sprechen. Ein chinesischer Arzt hatte Chodonla untersucht und durchleuchtet. Er hatte ihr gesagt, sie sollte nach Hause gehen und sich ausruhen. Als Tibeterin hatte sie keine Vorzugsberechtigung für ein Bett. Tuberkulose war eine Seuche, die sich aufs neue stark ausbreitete. Und im Krankenhaus gab es lange Wartelisten.

»Sie sieht sehr mager aus und hat jede Nacht Fieber. Ihr Herz schlägt zu schnell. Sie sagt, sie kann ihren Kopf nicht mehr tragen. Die Pillen und Kapseln, die sie nimmt, taugen nicht viel. Und was am schlimmsten ist: Das Sterben läßt sie gleichgültig.«

Ich hörte jedes Wort und zitterte. Ich fühlte mich so eng mit ihr verbunden, daß es mir unmöglich erschien, daß die eine von uns sterben könnte, ohne daß die andere es wahrnahm. Ich mußte etwas tun, um den Tod zu bannen. Ihren Tod. Chodonla wollte sterben, aber ich würde es nicht zulassen.

Ich sagte zu Karma:

»Ich denke, ich sollte alles versuchen. Vielleicht muß ich mit ihr reden, lange und viel reden, ehe sie wieder Mut faßt. Wenn ich mich nicht von der Stelle rühre, wird sich nichts, gar nichts ereignen. Dann wird sie sterben, und ich trage die Schuld.«

Atans Augen waren wie dunkle Spiegel, die mein Bild zurückwarfen. Er sagte:

»Ja, das ist wahr. Wer verzagt ist, kann neue Kräfte in sich freimachen. Mut ist das nicht mehr zu nennen. Das ist ein Instinkt.«

Karmas betrachtete ihn forschend und lächelte. Es war das erste Lächeln, daß sie ihm schenkte.

»Sie hätten Arzt werden sollen.«

Seine Lippen zuckten spöttisch.

»Nicht alle von uns sind Wilde, wissen Sie. Aber wir müssen praktisch denken. In den Staaten habe ich meine Lektion recht gut gelernt.«

Sie zog leicht die Brauen zusammen.

»Und das Prinzip der Gewaltlosigkeit? Denken Sie nie darüber nach? Seine Heiligkeit erinnert uns daran, daß man ein totalitäres System nicht mit Waffen aus der Welt schafft. Warum folgen Sie nicht diesem Weg?«

Atans Zähne blitzten, aber es war kein Lächeln in seinem Gesicht.

»Weil der Weg steil und lang ist. Seine Heiligkeit ist ein Mönch – ich bin ein Nomade. Ein Mönch mag die Freiheit in einer Zelle erleben. Für mich weht sie über den Schneegipfeln. Es ist leichter, einer gereizten Grizzly-Bärin ihr Junges wegzunehmen, als einen Han-Chinesen von seinem Standpunkt abzubringen, daß Tibet eine chinesische Provinz ist. Ich vertraue weniger dem Segen Buddhas als meiner Trefferquote. Bisher sind viele Mönche umgebracht worden. Aber nur wenige Nomaden.«

Karma saß mit geradem Rücken und leicht gespreizten Knien, die Hände ineinander verschränkt; es war eine Angewohnheit von ihr. Ihre Art Haltung zeugte von Entspannung.

»Das müssen Sie vor Ihrem Gewissen verantworten.«

Er strich seine dichten Flechten aus der Stirn, lachte leise.

»Sie dürfen es nicht allzu wörtlich nehmen. Wir töten nicht alle, die uns über den Weg laufen. Das wäre Munitionsvergeudung. Wir beschlagnahmen ihre Fahrzeuge und lassen sie in der Steppe zurück. Außer in der Umgebung einiger Wasserlöcher wächst dort nichts, was selbst dem Vieh schmecken würde. Bloß wissen die Chinesen nicht, wo diese Wasserlöcher zu finden sind. Das mag, in manchen Fällen, ihr Pech sein.«

Später sagte Karma zu mir:

»An der Art, wie eine Frau einen Mann ansieht, spürt man ihre Gefühle. Du mußt aufpassen, Tara, du verschlingst ihn mit den Augen. Nimm dich in acht, dieser Mann ist nichts für dich. Er führt einen Privatkrieg gegen die Volksrepublik China.«

Ich seufzte.

»Er hat gute Gründe dafür.«

Ich brauchte ihr keine Erklärungen zu geben. Karma war mit solchen Geschichten vertrauter als ich. Auch über Wesentlicheres sprachen wir nur wenig. Tibeter behandeln ihre Liebschaften mit größter Zurückhaltung. Wir reden lieber über physische Vorgänge als über Gefühle, und zweifellos waren meine sehr heftig. Ich sagte, mit einem kleinen Auflachen:

»Es tut mir leid, Karma. Ich muß lange auf einen Mann gewartet haben.«

Und wie stets kannte mich Karma besser als ich selbst. Sie wußte, daß ich unglücklich und verwirrt war, und auch, daß meine Empfindungen für Atan mich scheinbar von ihr entfernten.

»Du wirst nie mit ihm leben können, Tara. Würde dich das sehr treffen?«

Ich kannte den Schmerz; ich hatte bereits eine Ahnung davon. Aber Angst konnte meine Gefühle nicht verhindern. Auch wenn mir die Vernunft unerbittlich enthüllte, was ich vor mir selbst zu verbergen suchte. Einstweilen gab es nur einen Ausweg für mich: die Befürchtungen einfach zu verdrängen. Viele Leute in verschiedenen Lebenskrisen hatten sich auf diese Weise beruhigt. Ich sagte:

»In letzter Zeit mußte ich ständig an Vater denken. Er hat diese Dinge vorausgesehen. Zwischen Atan und mir besteht eine Verbindung, wenn ich auch nicht genau weiß, welche. Ich muß meinen Weg gehen, Karma.«

Atan war fort. Er hatte nicht gesagt, wo er die Nacht verbringen würde. Morgen, bei Sonnenaufgang, würden wir das Camp verlassen. Ich packte meine Tasche: Medikamente, Toilettenartikel, die Gletscherbrille, Wäsche, Pullover, dicke Strumpfhosen, Jeans zum Wechseln, Handschuhe, Mütze, ein zweites Paar Bergschuhe. Schrecklich, dieses ganze Zeug! Aber unentbehrlich. Und alles zusammengepfercht auf engstem Raum, weil ich später würde reiten müssen. Inzwischen machte sich Karma am Kochherd zu schaffen, wusch Reis, schnitt Gemüse. Sie drehte mir den Rücken zu und brach erst nach langen Minuten das Schweigen.

»Du wirst seinetwegen leiden, Tara.«

Ich kniete am Boden, rollte zwei T-Shirts zusammen. Ein Frösteln überlief mich.

»Es ist schon soweit«, sagte ich tonlos.

23. Kapitel

In der Nacht hatte es geregnet; die Straße war feucht, an einigen Stellen sumpfig. Wir fuhren durch ein Gewirr von Hügeln, zwischen denen sich die Straße in engen Kurven und Serpentinen entlangwand. Schwärzliche Auspuffgase verpesteten die Luft. Die Straße war so steil und schmal, daß die mit Flitter und Talismanen behängten Busse und Lastwagen nur im Schneckentempo vorwärts krochen. Nicht selten gerieten sie gefährlich dicht an die Seite, streiften mit den Rädern den bröckelnden Rand am Abgrund. Infolge ihrer Last, die stets erheblich das erlaubte Gewicht überstieg, waren sie auf der steilen Straße noch schwerer zu lenken. Atan fuhr gewandt und sicher, nahm die Kurven scharf, überholte unter Motorendröhnen die schwerfälligen Fahrzeuge. Er liebte schnelles Fahren. Wenn der Jeep stark schwankte, wurde ich gegen ihn geworfen, fühlte seinen harten, straffen Schenkel. Dann wandte er kurz den Kopf und blinzelte mir zu, bevor er wieder seine volle Aufmerksamkeit der Straße zuwandte. Kurve folgte auf Kurve. Manchmal staute sich der Gegenverkehr wie eine lange, schmutziggraue Raupe dicht an der Felswand, während der Wind Staub aufwirbelte. An den Hängen häufte sich der übliche Zivilisationsabfall, bloß daß er hier eine beängstigende Menge erreicht hatte: Bücher, Batterien, leere Bierdosen, Flaschen und Plastikfetzen, so weit das Auge reichte. *Sherpas,* fast alle barfuß, stapften in Kolonnen daher. Männer mit mageren, safranfarbenen Gesichtern hockten am Straßenrand, sahen dem Verkehr zu. Mädchen und Knaben in hellblauen Uniformen gingen zur Schule. Schweine grunzten, zartgliedrige Frauen wuschen sich an Brunnen, deren Wasser frisch sprudelte. Die überfüllten Raststätten waren eine Mischung aus Imbißstuben und Läden, in denen man Dosen und Flaschen, Tee, Milchpulver, Streichhölzer, Kekse und alle möglichen Gegenstände – von der Wollmütze bis zum Schlafsack – kaufen konnte, die die Trekker brauchten. Die Bauern nutzten jeden Quadratmeter, um ihre steinigen Terrassenfelder zu beackern. Selbst in diesen Hochtälern wurde Reis angepflanzt. Aber der Ertrag war armselig und ließ sich nicht steigern. Die rostroten Berghänge wurden krümeliger Staub in der trockenen Hitze und breiiger Schlamm in der Regenzeit. Oberhalb eines Hanges klaffte eine riesige, braunrote Wunde. In der Talmulde befanden sich Zelte und Bretterbuden. Ein Bagger räumte Schutt und Steinmassen, aus denen ein paar Mauerreste ragten, zur Seite.

»Der Erdrutsch hat ein Dorf begraben«, sagte Atan. »Alle Berge hier sind Schlammkegel. Die Straße haben die Chinesen gebaut, sie spinnen ihr Netz nach Süden. Was sie nicht bauen, sind Stützmauern. Geld ist in Hülle und Fülle vorhanden, nur nicht dafür. Daß die Berge den Bauern auf den Kopf rutschen, ist eben Pech.«

Am Nachmittag ließ der Verkehr nach. Fahren bei Nacht galt als gefährlich. Atan kannte eine Sherpafamilie im nächsten Dorf; wir würden in ihrem Haus übernachten. Allerdings trennten uns noch mehrere Kämme von unserem Ziel, und als wir es erreichten, sank bereits die Sonne. Die Hänge leuchteten wie reines Kupfer. Eine kleine Maschine der Air Everest flog eine Ladung Touristen durch das goldglühende Abendlicht.

Das Dorf, unter Nuß- und Obstbäumen versunken, hatte sich geöffnet, um der Straße Durchlaß zu gewähren. An beiden Seiten standen Bretterbuden, in denen für die Reisenden Tee gekocht wurde, schwarzer oder grüner. Im Dorf befanden sich eine Mühle mit Dieselmotor und ein paar Läden für die Trekker. Die Lehmhäuser hatten flache Holzdächer und enge Fenster zum Schutz gegen die Kälte. Es roch nach Holzkohlenfeuer, Kuhmist und Harz. Ein paar Kinder liefen auf den Wagen zu. Ich sah im letzten Tageslicht ihre kupferbraunen, schmutzigen Gesichter. Ich rief ihnen Scherzworte zu, sie kicherten fröhlich und scheu. Zutraulich faßten sie meine Hand, während ich neben Atan die Straße entlang stapfte. Das Haus, zu dem er mich führte, war mit Rundhölzern gedeckt und in kräftigen Orange getüncht. Vor dem Eingang wehten Gebetsfahnen an einen Bambusmast. Eine rotwangige junge Frau, ein kleiner Junge mit feinem Profil und zwei Männer versammelten sich vor der Tür, um uns zu begrüßen. Die Frau trug eine Kette mit dicken Korallenkugeln und ein Tuch um die Schultern, in dem ein Kleinkind eingewickelt war. Die beiden Männer – der eine älter, der andere jünger – waren mit Jacken aus Schaffellen bekleidet, die mit bunten Stoffstreifen verziert waren. Die Frau hieß Tsewang, die beiden Männer Ullal und Dorje.

Polyandrie ist bei den *Sherpas* und in manchen Gegenden Tibets noch heute üblich. Dorfverwaltung und Handel liegen in den Händen der Frauen. Heiratet ein Mädchen, so ehelicht es gleichzeitig den jüngeren Bruder seines Mannes. Der Brauch entspricht einer praktischen Erfahrung: Stirbt das Familienoberhaupt, wird das wenige ackerträchtige Land unter den Söhnen aufgeteilt. Und für den Einzelnen reicht es als Lebensunterhalt meistens nicht aus. Haben die Brüder nur eine Frau, bleibt der Besitz ungeteilt. Die Kinder aus solchen Verbindungen betrachten stets den älteren Bruder als Vater, auch wenn es der Jüngere ist, der sie gezeugt hat. Die Frau verwaltet den Besitz, die Männer bestellen die Felder. So ist für den Wohlstand der Sippe gesorgt; Frau und Kinder fühlen sich sicher, denn auf einen einzigen Mann – sagt der Volksmund – ist ja kein Verlaß. Im früheren Tibet war Polyandrie verbreitet. Oft heiratete eine Frau nur unter der Bedingung, daß ihr Mann einer zweiten Ehe, zumeist mit einem jüngeren Partner, im voraus zustimmte. Daneben gab es Tibeter, die mehrere Frauen hatten, aber Polygamie übten nur jene aus, die es wünschten und es sich leisten konnten. Die anderen Frauen mußten einverstanden sein und jede ihren eigenen Haushalt haben.

Das Haus, in das wir geführt wurden, war karg und zweckmäßig gebaut: Zu ebener Erde lagen zwei kleine Zimmer mit Holzdecken. Gleich daneben befand sich der Ziegenstall, Hühner spazierten ein und aus. Der Boden war aus Lehm, wir saßen auf niedrigen Bänken. Ein Feuer aus Holzkohle und trockenem Kuhmist brannte. Dies war der Raum, der am meisten benutzt wurde, der schmutzigste, aber auch der lebendigste und gemütlichste. In der Mitte ragte ein dicker Baumstamm bis unter die Luke. Er hatte offensichtlich keine praktische Funktion, die Dachbalken wurden von den Mauern getragen. Ich fragte Tsewang, wozu der Baum diente; sie wußte es nicht. Ich sagte zu Atan: »Vielleicht erinnert er an die Zeit, als Menschen unter Bäumen Schutz vor den Naturgewalten suchten.«

Draußen war das Quietschen einer Reismühle zu hören. Dorje, der jüngere Mann, schaukelte das Weidenkörbchen, in dem das Baby schlief. Er sang mit leiser, angenehmer Stimme ein Wiegenlied dazu. Das alles war neu für mich und gleichzeitig merkwürdig vertraut. Mir kam in den Sinn, daß das, was wir »Wurzeln« nennen, nichts anderes ist als ein Geheimwissen unserer Zellen, das uns wie eine lange Kette mit den Ahnen verbindet.

Tsewang bereitete den Tee. Ihre mit Muscheln und Amuletten geschmückten Zöpfe umrahmten ihr freundliches Gesicht, das im Feuerschein glänzte. Sie schnitt ein großes Stück Butter in einen Plastiktopf, füllte heißen Tee ein, schüttelte den Topf, bis sich die Butter aufgelöst hatte. Dann goß sie das Getränk in einen Krug und füllte unsere Tassen. Es stellte sich heraus, daß Atan hier mit Sonam und dem Kind übernachtet hatte. Tsewang fragte nach ihr. Alle freuten sich zu hören, daß es ihr besser ging und daß auch das Baby überleben würde. Das Essen bestand aus einem scharf gewürzten Reisgericht mit Gemüse und Hühnerfleisch. Die moderne Welt hatte überall Einzug gehalten: Die kunstvoll aus Holz gedrehten Butter- und Milchgefäße wurden durch Aluminium und Plastik ersetzt. Der achtjährige Porong trug eine Mütze mit der Aufschrift »Honda« und ging zur Schule wie alle

Kinder im Dorf. Die *Sherpas* legen großen Wert auf Bildung, sind der Welt gegenüber sehr aufgeschlossen. Für die Lastwagenfahrer und Trekker hatte man Unterkünfte – *Lodgen* genannt – gebaut, und die meisten *Sherpas* hatten Arbeit. Das Dorf hatte ein gesünderes Trinkwassersystem bekommen, was die Kindersterblichkeit verringerte. Die Straße hatte Fortschritt, aber auch Lärm und Müllhalden gebracht. Die Leute waren zufrieden, hier ging es um Notwendigkeiten.

Ich mußte mich in einer anderen Lebensweise zurechtfinden. Einfach würde es nicht sein: Zum Waschen war nur ein Eimer da, ich bemerkte die Fliegen, den Ziegendreck. In der Nacht schlief ich schlecht, einträchtig mit der Familie auf einem Schafsfell am Boden neben der Feuerstelle. Der Kälte wegen wurde Tag und Nacht unter der Asche Glut unterhalten. Es roch nach allem möglichen, vornehmlich nach Ziegenfett und Urin. In den Wolldecken saßen Flöhe. Ungeübt, wie ich war, gelang es mir erst am Morgen, sie zu fangen, indem ich mich im Nebenraum splitternackt auszog und meine Kleider ausschüttelte. Tsewang sah kichernd zu, während sie Maiskörner in einem Steinmörser zerstieß. Ich kratzte mich, schlotterte, hatte Stiche am ganzen Körper. Atan war gegen Ungeziefer immun. Er fragte sich auch nicht: Ist das Wasser abgekocht? Sind die Decken sauber? Ist der Topf hygienisch? Er wanderte auf einem Seil zwischen den Welten und fiel nie herunter. Ich war von akademischen Abstraktionen und ein bißchen Menschlichkeit geprägt. Das war nicht genug. Ich hatte viel zu lernen.

Wir verließen unsere freundlichen Gastgeber und fuhren westwärts, auf die Pässe zu. Die Straße stieg ständig an; zuerst waren die Hänge noch mit Feldern bedeckt, die wie grüne Stufen in die Täler hinabstiegen. Allmählich veränderte sich die Landschaft. Es gab weniger Rhododendronwälder, krumme Kiefern und Eichen wuchsen auf federnden Moosflächen. Tief unten schäumten Wildbäche über weiße, flachgewaschene Steine. Falken segelten in der seidenblauen Luft. An manchen Stellen war die Straße noch im Bau. Arbeiter saßen am staubigen Straßenrand, klopften Steine. Lastwagen standen herum, die Fahrer versuchten vergeblich, sie in Gang zu bringen. Von allen Seiten ertönte das wütende Hupen der Wagen, die nicht vorbeifahren konnten. Endlich erreichten wir die Paßhöhe, sahen hinunter in die jenseitigen Täler, hinter denen neue Berge emporragten: die nahen dunklen Berge mit dichten Wäldern, weiter entfernte Berge, strahlend im Licht, und endlich noch andere Berge, noch höhere, mit blauen Gletschern. Und hinter diesen Bergen lag Tibet.

Das Städtchen Namche mit seinen zwei- und dreistöckigen Häusern lag in einem halbmondförmigen Tal. Auch hier hatte man sich auf die Trekker eingestellt. Es gab verschiedene *Lodgen*, und zahlreiche Lädchen verkauften alles, was Bergsteiger brauchten. Auf den kargen Feldern, durch Steinmauern voneinander getrennt, wuchsen Weizen und Kartoffeln.

Atans Freund Birman Shesthra war Verwalter eines Gutes, das einem tibetischen Kloster gehörte. Ich sah vor mir einen dunkelhäutigen, lebhaften Mann, der zwar ein rauhes Leben führte, aber Vieh, Geld, vor allem jedoch seine Handlungsfreiheit besaß. Von Gestalt war er kräftig und gedrungen, er hatte einen mächtigen Kopf und kurzgeschorenes Haar unter der schwarzen nepalischen Kappe. Er trug noch die altmodischen, selbstgewebten Baumwoll-Jodhpurs, doch er fuhr einen Traktor und besaß einen Fernsehapparat. Seine Frau Yangchen war Tibeterin, eine vollbusige Schönheit mit einem Teint wie dunkler Honig. Ihre beiden erwachsenen Kinder lebten bei Verwandten in Kathmandu. Der Sohn besuchte eine Landwirtschaftsschule, die Tochter wollte Zahnärztin werden. Wir saßen um einen kleinen Ofen aus Lehmziegeln, der Rauch zog durch eine in der Mitte angebrachte Öffnung ab.

Steinplatten schützten vor Regen und Schnee. Auf den Sitzbänken lagen schöne, bunte Steppdecken und dienten der Familie nachts als Betten. Yangchen rührte den Tee in einem großen, zylinderähnlichen Holzfaß an. Dazu wurde *Tsampa*, geröstetes Gerstenmehl, gereicht. Wir mischten es in den Tee, legten ein Stück Butter hinein, und rührten es mit den Fingern um, bis die Masse teigig wurde. Dieser Tee hatte mir immer am besten geschmeckt. Bei seiner Ankunft, erzählte mir Atan, hatte er Sonam sofort zur Krankenstation gebracht. Aber kurz zuvor war ein Bus mit australischen Touristen in einem Abgrund zerschellt. Es hatte Tote und Verletzte gegeben, und alle Ärzte waren zur Unglücksstelle beordert worden. Yangchen hatte ihr Möglichstes getan, um Sonam und ihr Baby zu pflegen, aber der Zustand des Kindes hatte sich stündlich verschlimmert. Dazu war Atan mit Birmans Jeep nach Pokhara gefahren. Er erzählte kurz, daß ich eine Schwester in Lhasa besuchen wollte, die auf der schwarzen Liste stand. Birman und Yangchen nickten verständnisvoll und wechselten besorgte Blicke. Die Nachrichten aus der Hauptstadt waren schlecht; es hatte wieder Demonstrationen gegeben. »Die Chinesen sind nervös«, murmelte Birman. »Man hört sie bis über die Grenze brüllen.«

»Brüllen können sie, das ist wahr«, sagte Atan. »Eine wahre Freude, ihnen das Maul zu stopfen.«

Yangchen fuhr mit der Hand in die Tasche ihrer *Tschuba* und zog einen Rosenkranz aus Bernsteinkugeln hervor, die sie durch die Finger gleiten ließ, um das Böse zu bannen.

»Gib acht, Herr!« seufzte sie kummervoll. »Du bist ein Dorn in ihrem Fleisch!«

»Ich hoffe, daß sich die Wunde entzündet«, erwidert Atan mit schiefen Lächeln. Er warf einen Blick aus dem Fenster und sagte:

»Bevor es dunkelt, will ich nach den Pferden sehen.«

»Du kannst sicher sein, sie wurden gut gepflegt!« rief Birman stolz. »Auf unseren Weiden hält sich das Gras am längsten, wegen der Quellen.«

Sein Gesichtsausdruck zeigte, daß er auf angemessene Belohnung hoffte. Er führte uns zu einer Koppel hinter dem Haus. Neben einem Wassertrog standen, mit einer Leine an einem Pfahl festgebunden, zwei Pferde. Ein zottiger, brauner Wallach und ein Hengst. Ich hatte zuerst nur Augen für den Hengst. Es war von einem ganz besonderen perlmuttweiß, das im Abendlicht fast aprikosenfarben schimmerte. Das Pferd war gedrungen, kräftig, hatte einen wunderschönen Kopf. Der lange Schweif berührte fast den Boden. Die gekräuselte Mähne fiel tief herab zwischen die Augen. Die Beine waren leicht und doch stark. Atan musterte schweigend beide Pferde, als wollte er mit dem Blick ihre Kräfte erforschen, ihr Wohlbefinden und ihre Ausdauer. Schließlich meinte er:

»Ich glaube, die Tiere sind gut erholt.«

Birman warf beide Arme hoch.

»Gut erholt?« rief er. »Herr, diese Pferde gehen über die höchsten Pässe wie über einen Teppich aus Gras!«

Statt zu antworten, stieß Atan einen kurzen, schrillen Pfiff aus. Der Hengst ließ die Ohren spielen, wandte den Kopf mit anmutigem Schwung. In den kaffeebraunen Augen erwachte ein Schimmer. Er trabte heran, mit wippender Mähne, willig, aber ohne Hast. Der stämmige Wallach drängte neugierig hinter ihm her. Atan umfaßte mit beiden Armen den Kopf des Hengstes, preßte ihn an seine Schulter.

»Sein Name ist Ilha«, sagte er zu mir. »Wir sind gute Freunde. Aber Ilha dient mir nur aus eigenem Willen. So sind unsere Pferde.«

Er wies auf den Wallach. »Das ist Bemba. Ich habe ihn für Sonam ausgesucht, weil er ein umgängliches Wesen hat.«

Als Schulmädchen hatte ich einmal die Ferien auf einem Gestüt am Bodensee verbracht, die Boxen ausgemistet und dafür reiten dürfen. Das war schon lange her. Mir schwante nichts Gutes. Reine Willenssache, dachte ich, und lächelte etwas verkrampft. Immerhin wollte ich mich nicht zu sehr blamieren. Atan blinzelte mir zu. Er schien genau zu merken, was in mir vorging.

»Bemba ist nicht mehr jung und wird dich zuverlässig tragen. Aber zuerst muß er wissen, wer du bist.«

Er nahm meine Hand, legte sie dem Wallach auf die Stirn. »Reib ihn zwischen den Augen«, sagte er. »So!«

Mit der Spitze seiner Fingernägel strich er dem Tier leicht und zärtlich über das Fell. Ich tat es ihm nach. Der Dunkelbraune schien die Berührung zu genießen. Seine Nüstern bebten leise. Nach einer Weile stieß er ein sanftes Schnurren aus. Das Geräusch kam tief aus seiner Brust, wie eine Welle der Zuneigung, die mich liebkosend umfaßte. Das Gefühl war ganz eigenartig. Ich wandte Atan mein erstauntes Gesicht zu und sah, wie er zufrieden nickte.

»Es ist gut, jetzt kennt er dich.«

Ich lachte.

»Mir scheint, du bist ein Zauberer!«

Atan antwortete nicht sogleich. Seine Augen waren ins Leere gerichtet, als ob er in der Ferne alte Bilder erblickte, Schatten, die in seiner Erinnerung vorbeizogen. Die Sonne war verschwunden, der Himmel war ganz blank und von lockender Leichtigkeit. Auf den hohen Gipfeln begann der unbewegliche Schnee in einem geheimnisvollen Aufwallen zu leben; jeder Hang hatte seine eigene Farbe: purpur der eine, orange, golden, dunkelblau die anderen. Es war ein Augenblick der magischen Farben, bevor die Mondnacht ihren schwarzen Glanz über die Berge senkte. Wir standen alleine bei den Pferden. Birman hatte sich entfernt, um die Ziegen heimzutreiben. Nach einer Weile brach Atan das Schweigen.

»Ich habe immer ein Pferd gehabt, ein eigenes.«

Unsere Blicke trafen sich; Schmerz und Zorn auf seinem Gesicht waren im Helldunkel deutlich erkennbar. Wieder war es, als ob er meine Gedanken fühlen könne. Das bronzefarbene Gesicht wurde ausdruckslos. In gleichmäßigem Ton sprach er weiter. »Meine Mutter setzte mich auf ein Pferd, kaum daß ich auf eigenen Beinen stand. Natürlich wurde ich einige Male abgeworfen. Als ich einmal wieder aus dem Sattel flog, ergriff ich blindwütig einen Stein und zielte auf das Pferd. Das Tier setzte sich augenblicklich zur Wehr: Seine Hufe sausten haarscharf an meinem Schädel vorbei. Shelo war gleich zur Stelle. Es war das erste Mal, daß sie hart zu mir sprach: »Laß deinem Unwillen nie an dem Pferd aus. Der Reiter ist schuld, wenn er nicht im Sattel bleibt. Er hat seinem Pferd nicht genügend vertraut!«

Sie stieß einen besonderen Ruf aus. Sofort sprengte ihr das Pferd in raschem Galopp entgegen. Es gab kein Reittier, das Shelo nicht gehorchte. Khampa-Frauen lernen früh, die Pferde zu rufen. Darum wird auch unser Land ›das Land der Rufe‹ genannt. Shelo gab mir einen Klumpen Salz; sie hob mich in ihre Arme, und ich hielt dem Pferd das Salz entgegen. Seine Zähne waren groß wie Elfenbeinplatten, doch seine Lippen, als es das Salz von meiner flachen Hand leckte, fühlten sich weich an. Das Tier hatte seine Ehre gerächt. Jetzt war sein Zorn verraucht; es vergab mir meine schlechten Manieren. Shelo setzte mich wieder in den Sattel. Meine Tränen waren getrocknet, aber ich hatte ein schlechtes Gewissen und fürchtete mich. Das Tier spürte meinen Argwohn, trabte behutsam und freundschaftlich mit mir davon. An diesem Tag lernte ich meine Lektion: Es gibt kein edleres Geschöpf auf der Welt als ein Pferd.«

Über den Bergen war der Himmel gelb; nur ein Gletscher leuchtete glutrot, während das Gebirge ihm gegenüber im Schatten versank. Eisige Kälte stieg aus dem Boden. Ich verschränkte fröstelnd die Arme. Atan sprach weiter. Er hatte seinen Wolfspelz um die Hüften gewickelt. Er trug nur eine Tschuba aus Rohseide und schien den Wind kaum zu spüren.

»Unsere Pferde vereinen in sich die gegensätzlichsten Fähigkeiten: Ungestüm und Geduld, Geschwindigkeit und Ausdauer. Sie sind klug wie Jagdhunde und tapfer wie Leoparden. Wir reiten unsere Tiere niemals mit Sporen, das würden sie nicht dulden. Sie spüren die Gedanken des Reiters. Ein Wink von Knie oder Zügel, und sie wechseln vom wilden Galopp zum Stand über, von Flucht zur Verfolgung, vom listigen Aufbruch zum offenen Angriff. Keine Spur, keine Fährte ist ihnen zu steil. Sie stolpern nie. Es ist, als ob sie mit den Hufen sähen. Und wenn die Zeit der großen Reiterfeste naht, beginnt für sie ein hartes Training. Nach jedem Ausritt wird das erhitzte Pferd mit eiskaltem Wasser übergossen, dann in warme Decken gehüllt und getrocknet. Seine Hufe stehen weich auf einer Mischung aus trockenem Mist und Sand, die jeden Morgen gewechselt wird. Das Tier darf sich nicht hinlegen; ein Halfter sorgt dafür, daß es seinen Kopf nicht senken kann, damit es nicht zuviel frißt und sich aufbläht. Wir sagen, das Pferd ›muß seinen Hochmut entwickeln‹. Während dieser Zeit bekommen die Tiere nur ein ganz besonderes Futter: Gerste und Hafer, mit rohen Eiern und Butter vermischt. Dadurch werden sie besonders kräftig. Solche Pferde galoppieren nicht… nein, sie fliegen. Wir schmücken sie mit kostbaren Satteldecken, mit Zaumzeug aus purem Silber. Und jedes Jahr war es Shelo, die die besten Pferde trainierte und die begehrtesten Preise gewann. Sie trug Männerkleidung aus buntschillerndem Brokat, steckte ihre Zöpfe unter den breitkrämpigen Hut der Nomaden, um sich auf ihrem Lieblingspferd an dem Rennen zu beteiligen. Dies brachte ihr große Bewunderung ein. Denn es braucht äußerste Kräfte und eine eisenharte Hand, um die pfeilschnellen Reittiere zu führen. Nicht jedesmal gewann sie das Rennen, aber es kam nie vor, daß sie nicht unter den Besten war…«

Atan verstummte. Nebel stieg aus dem Hochtal. Noch war die Mondsichel hinter den Gipfeln verborgen, doch ihr Widerschein ließ auf den Gletschern ein silberweißes Flimmern spielen. In den Häusern flackerten die Feuer aus Yakdung, mit ihrem herben, aromatischen Geruch. Die Pferde neben uns standen still. Die Wärme ihrer großen Körper strahlten zu uns herüber. Atan hatte beide Hände in Ilhas Mähne vergraben. Nach einer Weile sagte er dumpf:

»Das alles ist lange her. Ilha hat diese Zeiten nicht gekannt. Was soll's? Sein Blut weiß darum…«

Er sah erneut an mir vorbei. Ich fragte: »Hast du noch im Kopf, wie es war?«

Seine Augen kehrten zu mir zurück. Ein Seufzer hob seine Brust. »Bis in meine Träume hinein. Doch die Menschen müssen zerstören, wenn sie weiterkommen wollen. Sie erhalten das Leben auf Kosten der Toten, das liegt in ihrer Natur. Zu den Pferden aber sprechen die Götter. Sie sind dem natürlichen Guten zugewandt und begehen niemals Verrat. Sie sind weiser als wir.«

24. Kapitel

Die Gipfel waren nur in den ersten Morgenstunden sichtbar; sobald die Sonne stieg, verhüllte sie der Dunst wie ein Traumbild. Wir ritten auf schmalen Pfaden bergan. Die Hügel erhoben sich stufenweise, mit ihren schachbrettförmigen Feldern, betupft vom Dunkel der Baumgruppen und den glitzernden Adern der Bewässerungskanäle. Bauern waren bei der Kartoffelernte. Der Wind wehte gleichmäßig, die Rauchfäden ihrer kleinen Feuer stiegen friedlich in die kalte Luft. Wir sprachen nur wenig. Eine Zeitlang waren das Schleifen der Hufe, die Atemzüge der Pferde die einzigen Geräusche in der Morgenstille. Seit zwei Stunden saß ich nun im Sattel und fand es nicht allzu schlimm. Ich hatte meine Füße in die Steigbügel gebracht. Der Wallach war ein geduldiges Tier, das weder mit dem Kopf schlug noch unaufgefordert trabte. Sein Schritt war gleichmäßig. So ritten wir über die mit Kiefern bewachsenen Hänge. Der gewundene Pfad blieb deutlich erkennbar, nicht breit ausgetreten, aber auch nie überwachsen; Pferdeäpfel und die Spuren von Hufen waren oft zu sehen. Die Gebirgsluft war frisch und würzig. Als wir durch einen Tannenwald ritten und die Hufe unserer Tiere weich über den nadelgepolsterten Boden stapften, brach Atan plötzlich das Schweigen.

»Als ich Kind war, gab es mächtige Wälder in Tibet; die Sagen der Vorfahren erzählten, daß sie seit jeher dagewesen waren. Im Zeitraum von dreißig Jahren haben die Chinesen sechzig Millionen Bäume gefällt, unser Land in eine Wüste verwandelt. Es gibt eine Redensart: Mit den Schätzen, die sie aus unseren Klöstern raubten, haben sie eine goldene Brücke nach Beijin gebaut. Mit dem Raub unserer Wälder fügten sie noch eine hölzerne hinzu.«

Er sprach leichthin, aber ich hörte seine Erbitterung.

»Die wenigen Bäume, die wir in Tibet erhalten konnten, schützen wir mit kleinen Mauern vor weidenden Tieren. Aber das Regenwasser schwemmt die Steinmauern weg, trägt den Humus unter den Bäumen fort. Wenn es wieder trocken ist, sterben die Wurzeln ab. Sind die Winter kalt, werden sie zu Brennholz zerschlagen.«

Die Sonne schien zwischen den Bäumen und fiel auf sein Gesicht. Seine ledergegerbte Haut trug die Spuren der Leiden vieler Jahre; er hatte zuviel gesehen, zuviel erlebt. Mein Herz wurde schwer. Er war ein Mann mit dem Lächeln eines Knabens, dessen Antlitz schon die Falten zeigt, die er im Alter tragen wird. Und doch pulsierte in ihm eine tiefe, unzerstörbare Freude am Leben.

Der Tag wurde still und heiß. Wir hatten nur kurz gerastet. Weil die Höhenluft dünn war, brannte die Hitze auf unsere schwitzende Haut. Der Himmel ruhte gleißend und klar auf den unbeweglichen Wellen der Berge. Wolken trieben wie Baumwollflocken dahin, zeichneten Schatteninseln auf den Steilhängen. Nach einigen Stunden ritten wir aus den Wäldern in ein braungelbes Hochland des Schweigens, wo die einzige Bewegung das träge Dahinschwingen der Adler war. Hier schweifte der Blick in immer fernere Weiten; ein Zauberschein lag über der Landschaft, und ich spürte diese Verzauberung, obwohl ich allmählich müde wurde. Schob ich von Zeit zu Zeit die Füße aus den Steigbügeln, um die Beine zu strecken, merkte ich, wie alle Muskeln schmerzten. Die Zeit verging; ich zitterte, meine Beine wurden schwer wie Blei. Bald fühlte ich nur einen einzigen Wunsch: mich auszuruhen, mich hinzulegen … zu trinken! Doch je heftiger und sehnsüchtiger dieses Bedürfnis in mir wurde, desto schonungsloser bemühte ich mich, es zu vergessen. Nein, ich würde nicht nachgeben!

Der Boden schien völlig trocken, als ein leichtes Plätschern die Stille brach. Eine Quelle strömte murmelnd zwischen Farnkräutern und Bergblumen dahin. Im selben Augenblick stand Ilha; ich hatte nicht gesehen, daß Atan ihm irgendein

Signal gegeben hatte. Nun wandte er mir das Gesicht zu; ich sah die Fältchen in seinen Augenwinkeln, das schneeweiße Aufblitzen der Zähne hinter den harten Lippen.

»Wir rasten hier. Warte, ich halte dich!«

Er sprang mit geschmeidiger Bewegung aus dem Sattel, näherte sich dem Dunkelbraunen und streckte mir die Arme entgegen. Ich stützte beide Hände auf seine Schultern, schwang mit Mühe mein Bein herum; er hob mich aus dem Sattel. Als ich den Boden berührte, knickte ich ein. Ich lachte und erstickte gleichzeitig ein Stöhnen, während ich ein paar humpelnde Schritte machte. Atan hielt mich fest. Das Lächeln stand immer noch in seinen Augen.

»Es war ein harter Tag, aber du hast dich gut gehalten. Wir werden hier rasten. Morgen wirst du Schmerzen haben, aber dann nie mehr.«

Ich setzte mich in den Schatten. Inzwischen sattelte Atan die Pferde ab, befreite sie von dem Gepäck. Er führte sie an den Bach und ließ sie etwas trinken, doch nicht zuviel. Dann löste er eine Handvoll Bergkresse vom Grund des Baches und rieb damit ihre klebrigen Flanken ein. Bei den Reitervölkern kommen stets die Pferde an erster Stelle. Das verlangt ein uraltes Gesetz, denn die Menschen sind ja auf ihre Pferde angewiesen. Sie sorgen für die Tiere wie für sich selbst, vielleicht sogar noch besser. Ich sah aufmerksam zu; schon morgen würde es meine Aufgabe sein, Atan dabei zu helfen. Das kühle Wasser beruhigte die Pferde, und bald darauf führte Atan die Tiere auf einen Grasstreifen neben dem Bach. Er beobachtete die Pferde genau; als er sah, wie sie zu fressen begannen, nickte er mir zu.

»Sie werden sich schnell erholen.«

Wir ließen das kristallklare Wasser über Gesicht und Arme laufen, wuschen auch den Oberkörper. Doch es war gefährlich, das Gletscherwasser zu trinken. Alle Einheimischen kochten das Wasser ab. Touristen, die diese Vorsicht nicht einhielten, erlebten oft tagelang, wie es in ihren Mägen und Därmen rumorte. Atan wanderte suchend den Bach entlang und kam mit ein paar trockenen Zweigen zurück. Er entfachte ein kleines Feuer zwischen drei Steinen. Dabei erklärte er mir, daß Brennholz stets vorhanden war. Man mußte es nur gut aussuchen.

»Dieses Holz brennt mit heißen, fast rauchlosen Flammen. Vorsicht ist besser, nicht wahr?«

»Ist die tibetische Grenze noch weit?«

»Morgen werden wir sie überschreiten.«

Er deutete auf die schattigen Hänge gegenüber.

»Die chinesischen Grenzposten sind in Steinhütten am Berghang untergebracht. Die Wächter haben Feldstecher, aber keine Infrarot-Detektoren. Die Amerikaner sind da besser ausgerüstet. Zwischen den Felsen sind die Wege meistens sicher. An offenen Stellen nicht immer. Ein Schatten am Boden kann gesehen werden. In solchen Augenblicken ist Geduld eine Tugend. Wer sich Zeit läßt und wartet, bis die Sonne senkrecht steht, kann leicht hinüberkommen.«

Das alles waren keine einzelnen Überlegungen mehr bei ihm. Sein Erfahrungsschatz hatte sich durch ein langes Leben in den Bergen in ihm gebildet.

Aber die Chinesen waren nicht die einzige Gefahr. Im Grenzgebiet hatte die Habgier das zeitlose Recht auf Gastfreundschaft verdrängt. Oft kam es vor, daß Flüchtlinge ausgeraubt oder ermordet wurden.

»Nicht nur die Natur ist krank, der Mensch auch.« Atan verzog unfroh die Lippen. »Wenn er anfängt, seine eigene Ehre zu mißachten, ist er nicht gerade auf dem besten Weg.«

Das Wasser kochte; Atan öffnete ein Päckchen Ziegeltee, warf die Blätter in die Kanne und schüttelte sie im abgekochten Wasser. In einer kleinen Holzschale mischte er den Tee mit *Tsampa*-Mehl. Geschickt drehte er die Holzschale in der linken Hand, während er mit den Fingern der Rechten den Teig umrührte. Er streute Salz hinzu, bis er zähflüssig wurde, und gab mir den Tee zu trinken. Er schmeckte nicht gut. Ich schnitt eine Grimasse. Atan nickte mir zu.

»Trink! Der Körper braucht viel Salz in dieser Höhe.« Die

Trekker waren mit ganzen Küchenbrigaden unterwegs, die dreimal am Tag eine vollständige Mahlzeit kochten. Atan hatte für solchen Luxus nur ein Achselzucken übrig. Er wußte, wie man den Saft gewisser Gräser einsaugte, wo bestimmte Pilze, Nüsse und Beeren zu finden waren, oder wie man mit der Steinschleuder kleine Tiere erlegen konnte. Er hatte trockenes Yakfleisch bei sich, mit Salz und rotem Pfeffer gewürzt. Das Trockenfleisch, mit Tee und *Tsampa*-Mehl vermischt, führt dem Körper alle notwendigen Vitamine zu. Während er sprach, wuchs mein Staunen. Ich reiste mit einem Mann, den ich mir in meinem früheren Leben nie hätte vorstellen können. Er war ein Jäger und Fährtensucher wie seine Ahnen. Die Kraft, die ihn antrieb, war jene Kraft, mit der sich die Eiszeitjäger einst gegen Mammuts behauptet hatten. Seine Sicherheit und Ausgewogenheit verdankte er der ihn umgebenden Natur; er hing von ihr ab, wie ein Blatt von einem Zweig. Berge und Hochsteppen vermochten jederzeit jedes Wesen aus Fleisch und Blut zu vernichten, wenn diesem die Kräfte versagten. Die im Westen verbrachten Jahre hatten Atan auch die »andere Seite« gezeigt. Wenn Atan auch gleichsam wie aus Versehen in unser gefährlich technokratisches zwanzigstes Jahrhundert geraten war, so war er auch schlau genug gewesen, seine Errungenschaften zu nutzen. Er beugte sich den Umständen gerade so viel, als nötig war, mit der widerstrebenden Biegsamkeit einer stählernen Säbelklinge, paßte sie kühl seinen eigenen Maßstäben an. Dazu kam der hochmütige Individualismus der Nomaden. Ich erfuhr, daß er als einzigen Ausweis einen gefälschten Pilgerpaß besaß, den ein Freund ihm besorgt hatte. Geriet er durch Zufall in eine Kontrolle, spielte er perfekt den bornierten Eingeborenen. Er machte es mir vor, verzog einen Mundwinkel und schielte; in Sekundenschnelle verwandelte sich ein Gesicht, zeigte eine Mischung aus bäurischer Verschlagenheit und stumpfsinniger Unterwürfigkeit. Ich lachte Tränen. »Ach, Atan! Du bist ja der geborene Schauspieler!«

Er grinste. »Eine Begabung, die genutzt werden sollte.«

Die Steinblöcke waren noch warm von der Sonne; die Kiefern warfen lange Schatten. Wie große weiße Segel lagen Wolken um die Bergkette, bis sie der heiße Südwind ins Schweben brachte und weitertrieb. Ich zog meinen Pullover über den Kopf. Atan breitete sein Wolfsfell auf dem Boden aus. Er knotete seine *Tschuba* um die Taille, so daß sein Oberkörper nackt war. Ich legte mich in die Beuge seines Armes. Mein Körper schmerzte, als sei er geprügelt worden. Ich glaubte, einschlafen zu müssen, und schloß die Augen. Er zog mich enger an sich, sein Atem streifte mein Gesicht. Ich blinzelte, legte die Hand auf seinen Hals, dann den Mund auf seinen Mund. Seine Lippen öffneten sich, bevor er mich mit lähmender Kraft in seine Arme schloß. Er lag auf mir mit seinem ganzen Gewicht, ohne mir im geringsten weh zu tun. Ich umfaßte seinen Hals unter den starken Flechten, hingegeben an das lustvolle Erleben dieses Augenblickes; die rötlich verfärbte Sonne, die blauen Schatten, die Pferde, die am Bach friedlich grasten. Wir küßten uns lange und heftig, bis unsere Lippen taub wurden und pochten. Ich trank den Salzgeschmack aus seinem Mund. Mit wenigen Griffen streiften wir die Kleider von uns. Wir liebten uns in einer Art stummer Trägheit, in der Unschuld und Lust des Körpers unter dem Sprühfeuer der sinkenden Sonne, wurden eins mit dem lebenden Berg, dem Wasser, den Vögeln, den duftenden Gräsern. Atan kannte meinen Körper besser als ich selbst. Er wußte, daß ich müde war und Schmerzen hatte, aber auch, daß ich ihn heftig begehrte. Als er in mich eindrang, tat er es langsam, nahm sich Zeit. Wir lagen, Mund gegen Mund, streichelten uns mit den Zungenspitzen, so eng vereint, wie zwei Menschen es nur sein konnten. Ich legte beide Hände auf seine Lenden, während ich ihn tiefer und tiefer in mich einzog. Ich erinnerte mich kaum, daß andere Männer solche Empfindungen in mir ausgelöst hatten; es lag an ihm selbst, an seinen geschmeidigen Bewegungen, an diesem sanften und pochenden Gleiten in mir. Ich zog mich zusammen, ganz eng, schmerzlich verzaubert. Der Genuß kam und ging, in mir kreisten samtige Schauer vom

Schoß bis zum Spann, kehrten um, brachen aus allen Poren heraus, ein seliges, süßes Brennen, mit einem letzten Stoß sich erfüllend. Er stöhnte leise, seine Muskeln versteiften sich, während sich das Erschauern noch weiter durch meinen Leib zog und sein Herz an meinem Brustkorb schlug. Nachher lagen wir da, die Augen geschlossen, noch immer miteinander verbunden. Träge hob ich die Hand, ließ sie über seinen schweißnaßen Rücken gleiten. Die Berührung mit der lebendigen Wärme seiner Haut erfüllte mich mit schmerzlichen Entzücken.

Leise sagte ich:

»Man glaubt, man könnte alles verstehen. Und dann doch nicht, niemals.«

»Das kam unerwartet«, sagte er.

»Für dich auch?«

»Für mich ganz besonders.«

Er richtete sich auf, um mich anzusehen. Seine Augen glänzten in dem braunen Antlitz. In der Sonne leuchteten sie klar wie die eines Kindes. Ich legte meine Hände an sein Gesicht, streichelte es voller Zärtlichkeit.

»Mach dir keine Gedanken, Atan. Wir werden schon damit klar kommen.«

Der Wind wurde plötzlich kühl. Wir wuschen uns in dem Bach, zogen uns an. Dann setzten wir uns dicht nebeneinander auf das Wolfsfell und sahen zu, wie die Sonne unterging. Der Himmel leuchtete wie Bernstein, das Wasser gluckste leise. Mein Blick fiel auf das Amulett, das im Ausschnitt der *Tschuba* in der Abendsonne glänzte. Ich berührte das Silber mit den Fingern und strich über das eingelegte Muster, um die Feinheit der Arbeit zu fühlen. Das Amulett mußte schon sehr alt sein.

»Shelo gab es mir, als ich zehn wurde«, sagte Atan, als Antwort auf meinen fragenden Blick. »Es stammt von meinem Vater. Er hatte es mir vermacht, bevor er nach Lhasa ging.«

»Was bedeuten diese Schriftzeichen?«

»Sie gehören einer alten Geheimsprache an – der *Dakini*-Sprache. Man nennt sie auch die ›Sprache des Zwielichtes‹. Dieses Amulett vereint einige frühere Bezeichnungen. Das ›Blaue‹ (*a-sngon*) für den Himmel, das Viereck (*gru-bzhi*) für die Erde. Dazwischen steht das Symbol für das ›sechsfache Lächeln‹, das gleichzeitig den Krieger bezeichnet. Den Sinn dieser Ausdrücke weiß heute kaum noch jemand. Auch ich habe vieles vergessen. Aber ich habe noch erlebt, wie meine Mutter die Trommel ritt.«

Ich runzelte die Brauen.

»Was bedeutet das, Atan?«

Er lächelte, wenn auch nur flüchtig, ganz seinen Erinnerungen hingegeben.

»Das bedeutet, daß sie eine Schamanin war. Es gibt Schamanen, die ihr Gewerbe als Beruf ausüben, und von den Menschen gefürchtet und geehrt werden wie Heilige. Meine Mutter war beides: Klanführerin und Schamanin. Es heißt, daß solche Menschen von Dämonen entführt werden, die ihnen ihr Handwerk beibringen. Diese Dämonen sind nicht bösartig, sie sind Hüter des Wissens. Schon frühzeitig zeichnete sich Shelo durch außergewöhnlichen Mut aus. Sie ritt die größten und schnellsten Pferde, in einem Alter, da sie sich noch auf die Fußspitzen stellen mußte, um ihnen Salz zu geben. Sie liebte alle Tiere. Selbst die Schlangen und die Skorpione sah sie als Freunde an. Im übrigen war sie liebenswürdig zu jedermann, von großer Einfachheit und Güte. Doch als Kind hatte sie eine Eigenart, die sich immer dann zeigte, wenn Sänger und Tänzer das Lager besuchten. Diese Wanderschauspieler wurden jedesmal mit großer Freude empfangen. Sie zogen durch das Land unter dem Schutz des heiligen Milarepas. Sie tanzten zum Klang der Trommel, ließen Schellen rasseln und die Laute erklingen. Shelo freute sich immer auf ihren Besuch. Und jedesmal geschah das gleiche: Kaum sangen die Musiker die ersten Strophen, da fielen dem kleinen Mädchen die Augen zu. Sie sank in tiefen Schlaf, was in den Jurten viel Gelächter auslöste.

›Was bist du doch für ein seltsames Kind‹, neckte sie Uma,

ihre Mutter. ›Zuerst brennst du darauf, die Musiker zu hören. Doch sobald sie vorsingen, schläfst du vor Langeweile ein.‹ Shelo wurde immer sehr verlegen dabei; ihre lustige, schlagfertige Art ließ sie im Stich. Sie versprach, in Zukunft wach zu bleiben, doch jedesmal geschah das Gleiche. Eines Tages, als Shelo zwölf Jahre alt war, erblickte sie unweit ihrer Jurte eine Wölfin. Obwohl diese Tiere für gewöhnlich die Menschen meiden, ließ sich das Tier von dem kleinen Mädchen streicheln. Shelo hatte Spaß an der Wölfin. Ganz in ihr Spiel vertieft, merkte sie nicht, wie sie sich immer weiter vom Lager entfernte. Als es Nacht wurde, und sie nicht in die Jurte kam, machten sich die Eltern Sorgen.

›Es ist dunkel geworden‹, sagte Uma und beobachtete unruhig den Himmel. ›Shelo hat eine Wölfin gefunden und spricht mit ihr, als ob sie ein Mensch wäre.‹

Djigme, der Vater, ließ in seinem Hirn alle Möglichkeiten vorbeiziehen, die ihre Worte wachgerufen hatten. Dann sagte er: ›Ich will sie suchen gehen.‹

Er sattelte sein Pferd und machte sich mit ein paar Nachbarn auf den Weg. Es war Herbst, und in der Nacht sank die Temperatur unter den Gefrierpunkt. Bald entdeckten sie die Spuren der Wölfin, und daneben Shelos kleinen Fußabdruck. Die Spuren führten den Fluß entlang, in Richtung der Berge. Immer tiefer hingen die Wolken herab, es wurde mit jedem Augenblick dunkler. Djigme flehte die Götter an, sein Kind zu beschützen. Die Wölfin mochte die Kleine getötet haben, und sie würden nur ihre halbverzehrten Reste finden. In der Nacht fiel der erste Schnee und verwehte die Spuren. Doch die Männer gaben ihre Suche nicht auf und verbrachten zwei Nächte im Gebirge. Am morgen des dritten Tages sah Djigme über der höchsten Granitwand einen Adler schweben. Sieht der Adler nichts unter sich, fliegt er mit ruhigem Flügelschlag. Bei der Jagd fliegt er hin und her, wie ein spurensuchender Hund. Hat er Beute gesichtet, sieht er in immer engeren Kreisen tiefer und tiefer hinab. Doch wenn er Menschen entdeckt, schwebt er sehr hoch und bewegt sich nicht. Da wußten die

Männer, daß der Adler etwas gesehen hatte. Sie ritten einen Kamm entlang und entdeckten eine Höhle. Dort, im Licht der aufgehenden Sonne, saß das Mädchen ganz ruhig unter einem Felsen und lächelte sie an. Djigme sprang aus dem Sattel, schloß seine Tochter in die Arme. Shelo erzählte, die Wölfin habe sie zu dieser Höhle geführt. Sie hatte sich von den Körnern ernährt, die sie dort vorfand. In der Nacht sei die Wölfin zu ihr gekrochen, um sie zu wärmen. Während sie sprach, stellte Djigme an seinem Kind eine Veränderung fest. Zuerst konnte er nicht sagen, was es war. Doch als er Shelo auf sein Pferd hob, sah er Blutflecken auf ihrem Kleid: Sie war in diesen Nächten zur Frau geworden. Und weiter erzählte Shelo, daß verschiedene Tiere zu ihr gekommen seien. Ein Blaufuchs sei dagewesen, und auch ein Zobel, ein Adler und eine Schlange. Und – wie erstaunlich – sie habe die Sprache dieser Tiere verstanden! Später, im Lager, kamen Shelos Eltern zu dem Schluß, daß wohl ihre erste Blutung zusammen mit der Kälte und der Erschöpfung Fieberträume bei ihr ausgelöst hatte. Was auch immer in diesen zwei Nächten geschehen war, Shelos Verwandlung blieb niemandem verborgen. Sie hatte auf einmal mehr als eine Stimme: sie sprach wie eine Frau, dann wie ein Kind, dann wieder wie ein erwachsener Mann. Und manchmal kamen Laute aus ihrem Mund, die wie Tierstimmen klangen. Von nun an behandelten sie alle Leute mit großer Verehrung. Man wußte, daß die Geister Shelo entführt hatten, um ihr ein Geheimwissen anzuvertrauen. Sie war jetzt eine Schamanin, eine heilige Frau. Die Tiere, die sie in der Höhle besucht hatten, standen ihr als persönliche Schutz- und Hilfsgeister zur Seite. Alle Geister lieben das Schöne, und so begann Shelo, sie durch ihren Gesang zu erfreuen. Auf diese Weise erbat sie Schutz und Hilfe für den Stamm, damit er unbeschadet die kalte Jahreszeit überstehen und in seinen Traditionen weiterleben konnte. Zu ihren Aufgaben gehörten auch die Sicherung des Jagdglücks und die Pflege der Herden. Die Lieder, die sie vortrug, werden bei uns ›das Pferd der Melodie‹ (*dbyangs-rita*) genannt. Das Wort ›musizieren› heißt im übertragenen Sinn ›sich auf das Pferd schwingen‹. Und alle, die Shelos Gesang lauschten, entsannen sich nicht, jemals derartiges gehört zu haben. Wo mochte das junge Mädchen diese Lieder gehört haben? Die Lieder unserer heimatlichen Steppen, vom Norden bis zum Süden? Welch unglaublich feines Gehör mußte das Mädchen besitzen, daß es all diese vielleicht nur einmal gespielten oder gesungenen Melodien behielt! Und ihre Eltern erinnerten sich an ihre seltsame Angewohnheit, bei den Darbietungen der Wandermusikanten in Schlaf zu fallen. Träumend hatte sie jedes Wort der uralten Lieder und Balladen in ihrem Gedächtnis bewahrt. Aber sie erfand auch neue Gesänge, und diese waren die schönsten. Heute weiß ich, daß sie im höchsten Maße das war, was wir in unserer alten Sprache eine *Gter-bton* eine ›Erfinderin der Schätze‹ nennen, eine Frau nämlich, die aus Visionen Gesänge schuf …«

Atan schwieg so plötzlich, daß ich das Gefühl einer unerträglichen Leere empfand. Sein Gesicht war wie vom Schmerz verdüstert. Ich blickte ihn an, voller Kummer und Wehmut. Er hatte eine fremde Welt für mich heraufbeschworen, eine Welt voller Zeichen und Wunder. Er hatte noch Zugang zu dieser verwunschenen Welt, die mir fern und unerreichbar bleiben würde. Ich sagte bitter:

»Ich bin ein halbes Jahrhundert zu spät geboren.«

Er nickte.

»So ist es. Man zerstört die Geschichte eines Volkes und nennt das Integration.«

Ich lehnte meine Stirn in die Beuge zwischen seiner Schulter und dem Hals.

»Ich denke oft an Träume, die ich früher hatte. Sie reichen in mehr oder weniger weit zurückliegende Jahre zurück. Was bedeutet das, wenn man von der Vergangenheit träumt? Sie soll nicht allzu wichtig für mich werden.«

Er schüttelte den Kopf.

»Wir brauchen solche Träume. Sie vermitteln uns in verschlüsselter Form, wer wir waren, woher wir kommen und was uns vorausbestimmt ist.«

»Ich habe Durst«, seufzte ich.

Atan ergriff den kleinen Kessel, füllte Tee in die Holzschale und reichte sie mir. Wir tranken abwechselnd. Atan fuhr fort.

»Ich weiß noch, wie Shelo sagte: ›Bin ich es, die die Laute spielt? Oder ist es die Laute, die meine Hand führt? Bin ich es, die eine Melodie ersinnt? Oder ist es die Melodie, die aus mir entsteht? Alle Dinge sind eins und entspringen der gleichen Lebenskraft.‹«

Ich sagte:

»Wer viel Kraft hat, kann einen Teil davon entbehren. Chodonla soll sie haben. Sie braucht das jetzt. Daß es nicht leicht sein wird, ist klar. Und wenn keine Aussicht besteht …«

Ich biß mir auf die Lippen. Er nickte langsam.

»Es könnte immerhin sein.«

Mir war, als hätte ich ein Paradies wiedergefunden, von dem ich oft geträumt und das ich in früheren Zeiten, an die mir jede Erinnerung längst verlorengegangen war, gut gekannt hatte. Aber dieses Paradies war für mich verboten und unerreichbar. Ich berührte eine Schwelle, die ich nie überschreiten würde, und diese Erkenntnis löste Schmerz in mir aus. Ich sagte leise:

»Wenigstens Lhasa wiedersehen …«

Eine letzte Sonnenbahn ließ den Gipfel aufleuchten. Die Schneefelder schwangen ihre glitzernden Kurven in das Abendgold, Wolken krochen die Schluchten herauf. Ich fror ein wenig, neigte die Stirn und lehnte sie an Atans Brust. Er zog mich an sich, hielt mich eng umschlungen. Mein Kopf ruhte an seiner Schulter. Ich lauschte seinen gepreßten Atemzügen, hörte das Schlagen seines Herzens. Es klang, als wäre es mein eigenes.

25. Kapitel

Als ich erwachte, leuchtete der Himmel aprikosenfarben. Vögel sangen in den Büschen, die Zweige knisterten im Wind. Mein Gesicht fühlte sich feucht und kalt an. Schlaftrunken kuschelte ich mich in die Wärme des Wolfspelzes und merkte, daß Atan nicht mehr bei mir lag. Nach einer Weile sah ich ihn kommen. Er trug trotz der Kälte nur die locker geknotete *Tschuba* über der Jeans. Lautlos bewegte er sich in seinen Stiefeln mit den Yakledersohlen. Er hielt eine Blechschüssel in der Hand, die er behutsam neben mich stellte.

»Ich habe dir Wasser geholt.«

»Du denkst an alles.«

»Immer«, erwiderte er und wandte sich ab, um die Glut zu entfachen. Ich wusch mir das Gesicht und putzte mir die Zähne, kämmte und flocht mein Haar. Der junge Bergmorgen erfüllte mich ganz. Ich atmete in vollen Zügen, spürte das Blut erwachen und in meinen Fingerspitzen prickeln. Die Pferde schnaubten, warfen den Kopf in den Nacken. Die Helligkeit nahm langsam und stetig zu. Zuerst färbte sich ein Eiskegel rosa, während alle Hänge im Schatten blieben. Dann glitt das Licht von Berg zu Berg. Der Himmel erglühte wie ein Schild aus Messing, und die Sonne zog hinter den Gipfeln hervor. Nachdem ich mit einigen Bewegungen meine schmerzenden Muskeln gelockert hatte, setzte ich mich neben Atan, hielt meine erstarrten Hände in die Wärme. Er füllte eine Feldflasche mit Tee und blinzelte mir zu.

»Nun, wie fühlst du dich? Kannst du reiten?«

Ich verzog das Gesicht.

»Bäume kann ich nicht ausreißen. Aber im Sattel sitzen, schon.«

Während ich das Gepäck einrollte und festschnürte und das Kochgeschirr in die Taschen stopfte, löschte Atan das Feuer, zerstreute die Glut und sattelte die Pferde. Die Tiere hatten die ganze Nacht geweidet und waren gut ausgeruht. Atan half mir in den Sattel. Als wir losritten, war es noch kalt, aber sobald die Sonne stieg, nahm die Hitze zu. Es dauerte nicht lange, und ich konnte meine Daunenjacke zusammenrollen und hinten am Sattel festschnallen. Die Pferde gingen vorsichtig den bald ansteigenden, bald abschüssigen Pfad entlang. Atan ritt als erster; er schien den unsicheren, gefährlichen Weg genau zu kennen. Ilhas schöne, gerade Fesseln schenkten dem Tier eine ausgreifende Gangart, und seine Hufe schienen so sicher wie die einer Bergziege. Der Pfad verlief fast immer am Rand einer Schlucht entlang; zum Glück war ich schwindelfrei. Ich nahm an, daß ich es meinen Ahnen verdankte. Schwärme von kleinen Rotschwänzchen tanzten in den Gräsern, die sich unter dem Atem des Windes kräuselten. An den Hängen blühte purpurnes Heidekraut. Hier und da stiegen Rauchstreifen am Fuß der Bergkette oder auf halber Höhe auf. Winzige Dörfer verbargen sich in den Kiefernwäldern. Stunde um Stunde verging. Ein harter Tag! Atan hatte mich gewarnt. Bald schwappte die Müdigkeit bleiern in mir, meine Beine hingen wie abgestorben in den Steigbügeln. Endlos und unerbittlich zog die Zeit vorüber. Ich dachte, nun verfaulen meine Beine, nun sterben sie unter mir ab; ich werde als Krüppel weiterleben, in einem Rollstuhl. Wenn dieser Mensch doch endlich anhalten würde! Aber nein. Er reitet und reitet, er dreht sich nicht einmal um und fragt, wie es mir geht. Ich könnte aus dem Sattel kippen, es würde ihm gleich sein.

Ich flüsterte zwischen den Zähnen:

»Er muß ja einmal stehenbleiben, der verdammte Kerl!«

Wieder verging eine Stunde oder mehr. Der Ritt würde kein Ende nehmen. Schon fielen die Sonnenstrahlen schräg; die ersten blauen Schatten erwachten. Atan schien weder Hunger noch Durst oder Müdigkeit zu verspüren. Halb benommen überließ ich mich dem Instinkt meines Pferdes, als Benba unvermittelt den Kopf hob und schnupperte. Der Wind trug uns ein fernes Rauschen entgegen. Im selben Augenblick war es, als ob die Felsen wie ein bewegliches Bühnenbild zurückwichen. Vor uns, fünfhundert Meter tiefer, mündeten zwei Gletscherarme. Das Wasser lief im weiten Bogen durch das Hochtal, schäumte in Kaskaden in die weite Ebene hinab. Atan hatte sein Pferd im Schatten eines Felsens angehalten. Nun endlich wandte er mir den Kopf zu. Ein fast unmerkliches Lächeln zuckte um seine Augen.

»Die Grenze verläuft entlang dem Wasser. Auf der anderen Seite liegt Tibet.«

Ich bewegte mit Mühe die trockenen Lippen.

»Und wie kommen wir hinüber, Atan?«

Er streckte mit knapper Bewegung die feingliedrige Hand aus.

»Siehst du die Brücke dort? Da ist der Grenzposten.«

Die Brücke aus roh gezimmerten Ästen und geflochtenen Seilen hing in der Mitte ziemlich stark durch. Tragseile waren an Holzpfeilern befestigt. Man sah einige schwarze Punkte, die sich bewegten. Die Brücke konnte nur von Fußgängern benutzt werden. Reisende mußten ihre Maultiere oder Pferde am Zügel führen.

»Hier sind die Paßkontrollen sehr gründlich«, sagte Atan. »Aber weiter unten im Tal gibt es seichte Stellen im Fluß. Wir müssen vor Tagesanbruch hinüber. Wir rasten hier, bis es dunkelt.«

Er half mir aus dem Sattel; ich machte ein paar taumelnde Schritte und erblickte einen Steinhaufen – *Lahrtsen* genannt. An jedem Gipfel und an jedem Paß steht ein solcher Steinhaufen. Hier sprechen alle Reisenden die Beschwörungsformel »Om mani pd ame hum«, bitten die Götter um Beistand und legen einen Stein dazu, damit der *Lahrtsen* höher in den Himmel wächst. Auch wir vollführten diese rituelle Handlung. Nachdenklich und erschöpft betrachtete ich die Gebetsfahnen – verblichene Baumwollfetzen, die an einer dünnen Stange flatterten. Auf den Flügeln des Windes trugen sie Segensbotschaften für alle lebendigen Geschöpfe, Menschen und Tiere, den Wolken entgegen.

Inzwischen stapfte Atan zu seinem Pferd, schüttelte die Feldflasche und schraubte sie auf. Ich sollte sparsam mit dem Trinkwasser sein, meinte er.

»Wir können hier kein Feuer machen, die Luft ist zu klar.«

Meine ausgetrocknete Kehle brannte. Atan zeigte mir, wie man den Durst löscht, indem man den Tee lange im Mund behält und langsam schluckt. Die kalte Flüssigkeit schmeckte herb und erfrischend. Wir kauten getrocknetes Yakfleisch, tranken abwechselnd ein wenig und warteten auf die Dämmerung. Zwei Adler stiegen mit langsamem Schlag ihrer Schwingen bis hoch zu den violetten Gipfeln. Ich verfolgte mit den Blicken die Raubvögel, die in ihre Nester zurückkehrten. Nach Art der Nomaden hockte Atan ruhig auf den Fersen. Mit größter Sorgfalt erforschte er das Gelände. Seine spähende Suche begann weit in der Ferne und rückte näher und näher, ohne einen Felsen oder eine vorspringende Kante auszulassen. Schließlich nickte er mir zu.

»Schlaf! Nur eine Weile, und du wirst dich besser fühlen.«

Ich versuchte, seinen Rat zu befolgen, lehnte den Kopf an den warmen Felsen. Die leisen und undeutlichen Eindrücke für Augen und Ohr, die zu mir heraufdrangen – das blaugoldene Zwielicht, das Wasserrauschen, der duftende Wind, der weiche Ruf einer Eule – das alles mischte sich zu einem Strudel, der sich schneller und schneller in meiner Wahrnehmung drehte. Ich schlief ein.

Eine Hand schüttelte leicht meine Schulter. Ich schreckte hoch. Atans Gestalt ragte vor mir in der Dunkelheit auf.

»Es ist Zeit«, sagte er.

Ich rieb mir benommen die Augen. Vereinzelte Lichter blinkten im Hochtal. Oberhalb der Hängebrücke war der Grenzposten hell erleuchtet.

»Sie haben einen eigenen Generator«, sagte Atan.

Ich hatte mit dem Kopf gegen den Stein gelehnt; jetzt taten

mir nicht nur Rücken und Schenkel, sondern auch der Nacken weh. Mühsam kam ich auf die Beine. Atan öffnete die Feldflasche. Jeder von uns trank einen langen Schluck. Doch der kurze Schlaf hatte Wunder gewirkt, ich fühlte mich wieder kräftig. Wie immer bei Nachtanbruch war die Temperatur stark gesunken. Die Mondsichel stand tief und schräg. Weiße Sternenschwärme funkelten am Himmel.

Während ich tastend den Reißverschluß meiner Windjacke schloß, sagte Atan:

»Wir müssen die Pferde am Zügel führen. Weiche niemals einen Schritt zur Seite.«

Langsam und vorsichtig setzten wir uns in Bewegung. Atan ging voraus, wobei er sich mit der freien Hand an der Felswand entlang tastete. Selbst bei Tageslicht wäre der Abstieg kein Spaziergang gewesen. Und Atan wußte zu gut Bescheid, als daß er sich – so dunkel es auch sein mochte – hoch zu Pferd an der Horizontlinie gezeigt hätte. Während ich schlief, hatte er die Hufe der Pferde mit Stoff umwickelt. Das dämpfte ihren Schritt und verhinderte gleichzeitig, daß sie uns allzu schmerzhaft in die Fersen traten. Stellenweise kam mir der Pfad wie eine Leiter vor. Manchmal löste sich ein kleiner Stein unter den Pferdehufen, fiel hinunter. Dabei hatte ich das Gefühl, daß wir entsetzlich viel Lärm machten. Aber das Brausen der Gletscherwasser erstickte jedes Geräusch. Das Licht des Grenzpostens brannte jetzt viel näher. Atan ging mit wachsender Vorsicht. Es kam vor, daß er stehenblieb, den Boden aufmerksam untersuchte, bevor er sich mit Ilha vorwärtsbewegte. Hier und da war der Boden so steil, daß die Pferde ins Rutschen kamen; dann drängte Atan sie an die Bergflanke. Stundenlang – wie mir schien – arbeiteten wir uns verbissen den Berghang hinab. Der Atem der Pferde ging rascher, ihr Gang war steifer geworden; ihre schwere Ausdünstung schlug mir bei jedem Schritt entgegen. Der letzte Abschnitt des Hanges war der schlimmste. Atan nahm mir Bembas Zügel aus der Hand, führte beide Tiere, während ich ungeschickt und schwitzend hinter ihm her rutschte. Meine Knie schmerzten bei jedem Schritt. Krämpfe liefen durch die Muskeln meiner Waden und Schenkel. Endlich wurde der Boden flacher. Eine schwere, kalte Luftschicht ließ mich frösteln. Das Wasser toste. Noch ein paar Schritte, und plötzlich stapften wir auf sandigem Boden. Atan nickte mir zu, gab mir ein Zeichen, in den Sattel zu steigen. Ich zog mich an dem Pferd hoch, wobei ich vor Schmerz mit den Zähnen knirschte. Ich hatte mir an der Felswand einen Finger blau geschlagen; er tat heftig weh, und ich steckte ihn in den Mund, eine lächerliche, kindliche Geste. Von den nassen Flanken der Pferde stiegen Dampfschwaden auf. Sie bewegten sich nervös hin und her, wie das Pferde oft nach größerer Anstrengung tun, und wir mußten sie fest am Zügel halten. Atan versuchte nicht, sie anzutreiben. Er wußte genau, wann er die Pferde zu schonen hatte. Er streichelte Ilha zwischen den Ohren, beugte sich tief herunter, sprach leise zu ihm in den sanften Lauten der *Khampa*-Sprache. Im Schritt gingen wir weiter, bis die Tiere sich beruhigt hatten. Der Pfad, der zur Brücke und zum Grenzposten verlief, machte einen großen Bogen nach Süden. Wir ritten weiter in westlicher Richtung, nahezu unsichtbar im Schatten der Berge. Die Tiere hatten sich wieder erholt und behielten jenen leichten, raumgreifenden Trab bei, in dem die Pferde ganz natürlich laufen, wenn man ihnen die Zügel freigibt. Unter ihren Hufen war der Boden schwarz und steinig. Die Landschaft erstreckte sich vor unseren Augen in Schwarz- und Grauschattierungen. Aber gleichzeitig hatte die dunkle Luft auch eine eigenartige Klarheit. Die weißen Kiesel leuchteten schwach im Schein des zunehmenden Mondes, und zwischen dem Buschwerk kräuselte sich das Wasser in glitzernden Schuppen. Es mußte an der farbenschluckenden Klarheit der Nachtluft liegen, daß ich jedes Empfinden für die Entfernung verlor. Ich fühlte, wie mein Körper sich entspannte, wie mir die Augen zufielen. Ich hatte nur noch ein einziges Bedürfnis: Schlafen! Doch wir hatten unser Ziel noch nicht erreicht. Und wenn ich mich nicht täusche, dachte ich müde, steht uns der schwierigste Teil der Strecke noch bevor.

26. Kapitel

Ich täuschte mich nicht. Nachdem wir nahezu eine Stunde im Schatten der Berge geritten waren und fast das Ende des Hochtals erreicht hatten, lenkte Atan sein Reittier auf den Flußarm zu. Die Strömung trieb schwarz und geheimnisvoll dahin. Die Wellen schlugen und schäumten an vereinzelt aus dem Strom ragenden Felsen. Vorsichtig schritten die Pferde über Sand und angehäufte Kiesel. Atan hatte mir gesagt, daß die Stelle, an der wir den Fluß überqueren konnten, nie die gleiche war, weil der Gletscherarm Schlamm und große Mengen Treibholz führte. Mehrmals im Jahr veränderte die Strömung ihren Lauf, teilte sich in Bäche, fraß sich durch Sandbänke. Lange Zeit ritten wir dicht am Ufer entlang. Schon schimmerte im Osten das Silber der Dämmerung hervor, als Atan plötzlich anhielt.

»Hier«, sagte er.

Durch kleines Buschwerk sahen wir den Fluß in seiner vollen Breite. Das Wasser schien sehr tief. Ich fragte, ob es keine flachere Stelle gab. Er schüttelte den Kopf.

»Flußabwärts sind Stromschnellen.«

»Und das Gepäck?«

»Wird naßwerden, natürlich. Aber wir haben keine andere Wahl.«

Er empfahl mir, die Sattelgurte zu lockern für den Fall, daß die Pferde eine kurze Strecke schwimmen mußten. Mit steifen Fingern tat ich, was er sagte. Das eiskalte schwarze Wasser kam mir unheimlich vor.

»Bleib immer hinter mir«, sagte Atan.

Schritt für Schritt trieben wir unsere Reittiere in den Fluß. Atan ritt schräg gegen die Strömung hinein. Hier und da trieben Bruchholz und Wurzeln auf der Oberfläche. Der Wind wehte in Wirbeln, warf kleine, harte Wellen auf. Der Wasserarm brauste zwischen Schlammbänken, Büschen und abgestorbenen Bäumen dahin, die von der Strömung seitlich ans Ufer getragen worden waren. Atan lenkte sein Pferd mit größter Vorsicht, wobei er mir von Zeit zu Zeit einen flüchtigen Seitenblick zuwarf. Bald erreichte das Wasser die Knie der Pferde, stieg höher, erfaßte meine Bergschuhe, die sich gluckernd mit eiskaltem Wasser füllten. Mir war, als ob sich tausend Nadeln in meine Füße bohrten. Allmählich wurde mir klar, warum Atan diese Stelle gewählt hatte: In der Flußmitte befanden sich kleine Erhöhungen, Stücke fester Erde, mit Gräsern bewachsen. Gletscherflüsse warfen ab und zu solche Hügel auf und trugen sie nach ein paar Monaten wieder ab. Atan ritt zielsicher vorwärts; ich vergewisserte mich immer wieder, daß ich genau hinter ihm blieb. Plötzlich schnellte ein schwerer Ast dicht vor Bemba empor. Der Wallach machte einen Schritt zur Seite. Sein Fuß sackte ab; ich verlor fast das Gleichgewicht, während Bemba mit krampfhaften Bewegungen festen Grund suchte und auch fand. Ich zitterte am ganzen Körper, jeder Herzschlag dröhnte bis in den Hals hinauf. Ich sagte mir, das ist nur die Kälte, Tara, das eisige Wasser. Das geht vorbei, wenn du erst warme Socken zum Anziehen hast! Der Boden hier war sumpfig. Bemba rutschte ein zweites Mal aus, das Wasser spritzte bis zu meinen Schultern hoch. Eine Weile ritten wir stromabwärts, dann führte Atan sein Pferd dem Ufer entgegen. Ilha schnaubte, schüttelte den Hals, arbeitete sich durch das dichte Gebüsch empor, bis er mit ein paar kräftigen Sprüngen die Böschung erklomm. Einen Augenblick später stand Bemba mit bebenden Flanken neben ihm. Ich strich atemlos mein nasses Haar aus der Stirn. Atan wandte mir das Gesicht zu. Seine Augen leuchteten im tiefen Schatten der Bäume.

»Willkommen in Tibet!«

Ich lachte mit klappernden Zähnen.

»Es war nicht allzu schwer.«

Er zwinkerte mir zu.

»Das freut mich aber.«

Er stieg aus dem Sattel, ich tat es ihm mit steifen Knochen nach. Atan sagte, daß wir hier Feuer machen konnten.

»Der Fluß macht einen großen Bogen. Von der anderen Seite sehen sie uns nicht.«

Wie immer galt seine erste Sorge den Pferden. Er nahm ihnen Sattel und Zaumzeug ab, rieb sie mit einer Decke trocken und gab sich erst zufrieden, als sie getrunken hatten und friedlich grasten. Das kleine Feuer entfachte er unter einem Baum, so daß selbst die geringe Rauchbildung beim Aufsteigen durch die Äste verteilt wurde. Inzwischen zog ich meine nassen Schuhe und Strümpfe aus, legte sie nahe an die Glut, um sie zu trocknen. Ich zog dicke Wollsocken an, die zum Glück nur feucht waren, und wickelte mich eng in meine Daunenjacke. Atan schöpfte Wasser aus dem Fluß und brachte es zum Kochen. Bald sang der kleine Kessel über den Flammen. Wir schlürften den herben, kräftig schmeckenden Tee. Ich trank so hastig, daß ich mir fast den Mund verbrannte. Doch nach einigen Schlucken trat die ersehnte Entspannung ein. Ich fühlte in mir die Glut des Tees, an meinen klammen Händen die Wärme des Feuers. Ringsum war nichts zu hören als das schwere Geräusch des strömenden Wassers. Atan saß neben mir, den Rücken an den Sattel gelehnt.

»Wir schlafen jetzt ein paar Stunden«, sagte er. »Sobald es Tag wird, reiten wir.«

»Gibt es hier einen Weg?«

»Ich reite stets abseits der Wege.«

Ich drückte die heiße Schale an meine Wange.

»Was machst du, Atan, wenn dich ein chinesisches Flugzeug sichtet, und du nicht in Deckung gehen kannst?«

»Dann winke ich zum Gruß oder schwenke meinen Hut. Für gewöhnlich grüßt der Pilot zurück.«

Ich lachte.

»Du bist verflixt gerissen, Atan.«

»Deswegen bin ich noch am Leben. Es hat wenig Sinn, sich vor einer Maschine in Tiefflug verbergen zu wollen.«

Die Spannung der letzten Stunden war verflogen. Der trockene Sand gab unter mir nach, bildete eine weiche, bequeme Mulde. Atan hatte seinen Wolfspelz über mich ausgebreitet. Ich sah ihn im Feuerschein, wie er mit einem Zweig in der Glut stocherte. Der Himmel über der Bergkette schimmerte veilchenblau, die Sterne verblaßten. Ich bin in Tibet, dachte ich im Rhythmus meiner Atemzüge, ich bin auf dem Weg zu dir, Chodonla. Bitte, bleib am Leben. Bitte, warte auf mich ... Unvermittelt schlief ich ein, und das Glucksen und Rauschen des Wassers verfolgte mich im Schlaf. Plötzlich sah ich am anderen Ufer eine weißgekleidete Gestalt. Ich erkannte sie sofort. Chodonla! Ich dachte erschrocken, warum trägt sie ein weißes Kleid? Weiß ist bei uns die Farbe der Reinheit, aber auch die des Todes. Ich winkte ihr zu, rief ihren Namen. Sie lächelte, ihr Lächeln war hell und wunderbar. Langsam begab sie sich in die Strömung. Sie schien auf dem Wasser zu schweben, wie ein Geist. Freude erfüllte mich. Da bemerkte ich voller Entsetzen, daß sie bei jedem Schritt tiefer in die Fluten sank. Es schien ihr nichts auszumachen; ihr Gesicht war heiter und unbeschwert. Ich rief erneut ihren Namen, streckte die Hand nach ihr aus. Doch das Wasser erreichte bereits ihre Brust. Die Strömung trug sie fort, einem Strudel entgegen. Sie überließ sich dem Wasser, ein schwebendes Lächeln umspielte ihren Mund. Plötzlich – in meinem Traum – bewegte sich etwas im Dickicht am anderen Ufer. Wo Chodonla soeben gestanden hatte, stand jetzt ein Kind. Ein kleines Mädchen im roten Kleid, mit langen, blauschwarzen Haar. Ihr Blick war ernst und durchdringend. Auf ihrem Gesicht war kein Gefühl zu erkennen. Plötzlich drehte das Mädchen sich um. Ich sah seine Haare fliegen. Und dann war es weg, im Schatten verschwunden. Und was nun, ging es mir durch den Kopf? Was soll ich jetzt machen? Ich hörte mich die Fragen sehr deutlich aussprechen und wachte auf. Mein Herz pochte heftig, als ich blinzelnd die Augen öffnete. Die Bäume hoben sich wie Scherenschnitte vor dem gelben Himmel ab. Aus dem Unterholz erklang das erste Zwitschern, mit dem die Vögel den Tag verkündeten. Schon brannte das Feuer warm und hell, das Teewasser kochte. Ich hörte ein Klirren von Zaumzeug. Atan war dabei, die Pferde zu satteln. Er warf mir einen scharfen Blick zu.

»Noch müde?«

Ich setzte mich auf.

»Atan?«

»Ja?«

»Habe ich im Schlaf gesprochen?«

Er nickte.

»Du hast gesagt: Und was nun? Was soll ich jetzt machen?«

Eine feuchte Luftschicht lag auf meinem Gesicht. Ich holte fröstelnd Atem.

»Ich habe von Chodonla geträumt. Und auch von Kunsang. Es war kein schöner Traum.«

Wortlos wandte er sich um, fuhr fort, beiden Tieren Satteldecke und Sattel aufzulegen. Ich ging zum Fluß, putzte mir die Zähne, tauchte die Arme ins Wasser und wusch mir das Gesicht. Das Wasser war eisiger als die Luft. Meine Bergschuhe waren noch naß. Ich behielt die frischen Socken an und zwängte meine Füße in die feuchten Schuhe, in der Hoffnung, daß die Körperwärme das Leder bald trocknen würde. Die Wärme des flackernden Feuers, der heiße Tee, mit *Tsampa*-Mehl dick verrührt, verliehen mir neue Kraft.

Als wir aufbrachen, flammte die Bergkette in allen Farben von mohnrot bis rosa, von lila bis blau. Eine Stunde lang ging es sehr steil bergauf. Das Tal war wie ein Kessel, der von senkrechten Wänden umschlossen wurde. Im Westen ergoß sich der Fluß in tosenden Stromschnellen bergabwärts, um jenseits der Grenze die Äcker zu befruchten. Abgesehen von dem Pfad, auf dem wir ritten, konnte ich keine Möglichkeit entdecken, wie Menschen Zutritt zu dieser Schlucht erlangten. Ein Weg war nicht zu sehen, die Atmosphäre des Ortes war wild und einsam wie der Schrei eines Brachvogels im Wind.

Sogar die sicheren Pferde gingen sehr vorsichtig; streckenweise mußten wir absteigen und sie am Zügel führen. Bald zeigte sich, daß auf der Rückseite des Tals ein Pfad hinaufführte, der auch für die Pferde zu erklimmen war. Der verlassene Weg zog sich unter überhängenden Felsformationen hindurch. Man konnte mit den Armen die steinernen Mauern berühren. Doch je höher wir stiegen, desto breiter öffnete sich vor uns das Hochland. Die Fichtenwälder leuchteten smaragdgrün, und dazwischen schimmerte kupferfarben der nackte Fels. Die Riesengipfel des Himalaya säumten in weitem Kreis den Horizont; und doch waren sie irgendwie nahe, weil das Tal selbst, in zweitausend Meter Höhe, bereits zu ihnen gehörte. Das Azurblau des Himmels war hart und gespannt, der Wind eiskalt. An den fernen Gipfeln klebten flache Wolken. Atan ritt oder ging voraus, sprach nur das Nötigste. Ich tat es ihm nach, schonte meine Kräfte. Lange Zeit war nur das Schleifen der Hufe, das schwache Quietschen von Sattelleder zu hören. Plötzlich zügelte Atan sein Pferd; er hielt seinen Kopf in den Wind und drehte ihn leicht hin und her. Ich hörte, wie er leise zu dem Pferd sprach.

»Ilha, alter Freund, witterst du, was ich rieche?«

Der kleine Hengst reckte die samtene Nase in den Wind, schnupperte leise und legte dann die Ohren flach an den Kopf; er drehte den Rumpf gegen den Wind und krümmte den Rücken wie ein Yak im Schneesturm.

Atan nickte finster.

»Ja, du witterst es auch. Unser Pech, Ilha!«

Er wandte mir das Gesicht zu.

»Der Schnee kommt. In einer Stunde ist hier die Hölle los.«

Atans unheimliche Naturkenntnisse flößte mir Achtung ein. Ich bewunderte seine Fähigkeit, immer, zu jeder Zeit, genau das Richtige zu tun. Vielleicht war ich mit ähnlichen Fähigkeiten geboren worden, hatte sie jedoch nie entwickelt. Sie waren irgendwo in mir verschüttet, unauffindbar. In meiner Welt hatte ich sie nie gebraucht.

»So schnell?« fragte ich.

»Es wird ziemlich arg werden. Reiten wir los!«

Wir ließen die Tiere ausgreifen. Noch schien die Sonne, aber im Norden hing eine große, dunkle Wolke über den Gipfeln:

ein lauerndes, blauschwarzes Ungeheuer. Schleierarme erfaßten die tiefer stehende Sonne, löschten sie aus. Der Himmel leuchtete wie stumpfes Glas; Nebelfetzen, vom Gebirge herbeifliegend, wirbelten in großen Höhen, jagten förmlich in den Äther hinein. Plötzlich begann die Luft zu knistern, zu vibrieren. Und von einem Augenblick zum anderen riß mich der Wind fast vom Pferd. Der heulende Sturm hatte die Gewalt eines Orkans. In hundertfachem Echo warf das Hochtal sein Brausen zurück. In Minutenschnelle sank die Temperatur tief unter den Gefrierpunkt. Der kalte Luftstrom brannte in meinen Lungen, ich keuchte, als müsse ich ertrinken, in meinen Ohren summte und klopfte es. Durch Zeichen gab mir Atan zu verstehen, daß ich mir einen Schal um Mund und Nase wickeln sollte. Die Wolkenfront wuchs mit atemberaubender Geschwindigkeit. Auf einmal kam Wetterleuchten auf. Es war, als zuckte und loderte hinter den dunklen Wolkenmassen ein Feuer. Mit jedem Atemzug wurde es dunkler, ein riesiger, bronzebrauner Teppich, am Himmel ausgerollt, löschte alle Farben aus. Schon wirbelten die ersten Schneeflocken. Der Orkan fiel wie ein zermalmender Hammer auf uns nieder; ich hatte das Gefühl, daß mein Trommelfell platzte, daß sich jeder Nerv unter meiner Haut zitternd zusammenkrümmte. Der Himmel öffnete sich mit Pfeifen und Brüllen, Lichter sprangen von Wolke zu Wolke. Der Schnee fiel nicht senkrecht, sondern prasselte mit ungeheurer Gewalt auf Rücken und Schultern. Mein Kopf fiel hintenüber, wurde wieder nach vorn geschleudert. Atan schrie mir etwas zu, doch der Sturm trug seine Stimme fort. Seine Flechten hatten sich gelöst, wirbelten um seinen Kopf wie dunkle Schlangen. Mein Gesicht fühlte sich an, als würden mir Messer die Haut aufritzen, ich schwankte im Sattel hin und her. Die Welt war erfüllt von Brüllen und Tosen, der Schnee verklebte mir die Augen, meine blaugefrorenen Hände konnten die Zügel kaum halten. Mit einem Mal war Atan an meiner Seite. Er beugte sich im vollen Trab weit aus dem Sattel, riß mir die Zügel aus der Hand und schrie:

»Halt dich fest!«

Ich umklammerte den Sattelknauf, spürte, daß Atan beide Tiere einen Hang hinauf lenkte. Mir war, als würde mein Reittier bei jedem Sprung unter mir weggerissen. Und immer das unaufhörliche Heulen des Windes, der auf Pferde und Reiter einhämmerte, bis das Gehirn der Reiter von dem Lärm wirbelte, und die Pferde unter der Wucht des Sturmes zu taumeln begannen. Schemenhaft sah ich Felsen durch das Schneetreiben auftauchen. Atan ritt darauf zu, suchte einige Augenblicke lang seinen Weg und brachte die Pferde endlich am Fuß einer Klippenwand zum Stehen. Sedimentgestein hatte in der Felswand klaffende Löcher gebildet, von denen einige sehr groß waren. Atan sprang zu Boden, während ich wie ein schlotterndes Bündel im Sattel saß, halb erfroren und keiner Reaktion mehr fähig. In einem Blizzard werden alle Sinne betäubt, die Instinkte erlahmen in wirbelnder Dunkelheit. Atan lief auf mich zu, zerrte mich aus dem Sattel. Keuchend fiel ich an seine Brust, verzweifelt Schneebrocken speiend, bekam einen Schluck Luft in die Lunge, der Schnee mitriß, und konnte nur husten und husten, bis ich röchelnd auf die Knie fiel. Meine Beine hatten jede Kraft verloren, und meine Zähne schlugen aufeinander. Atan riß mich hoch, zog mich über die Steine, einer Nische entgegen, die groß genug war, daß auch die Pferde darin Unterschlupf finden konnten. Atan führte mich in das Loch, half mir, mich hinzusetzen. Er warf mir den Wolfspelz zu, in den ich mich schlotternd hüllte. Dann verschwand er im stürmenden Schnee. Einen Augenblick später war er wieder da, schob und zerrte die Pferde in die Höhle. Teilnahmslos und erstarrt kauerte ich am Boden. Die Felsnische war nicht tief, bot aber ausreichend Schutz. Deckengewölbe und Wände bildeten eine glatte Fläche, wie von Menschenhand gehauen. Mein Kopf tat mir zum Verrücktwerden weh. Ich legte beide Hände an die Stirn, massierte zuerst die Schläfen, dann den Nacken. Alle Geräusche kamen mir dumpf und fern vor; nicht einmal das Scharren der Hufe drang an mein Gehör; es war, als ob sich die Pferde völlig lautlos bewegten. Atan schien mehrere Dinge gleichzeitig zu tun; den Tieren Sattel und Gepäck abzunehmen, sie trockenzureiben, in den Felsritzen nach Büschen zu suchen, ein Feuer zu entfachen. Jede seiner Bewegungen war flink und überlegt, sparsam und auf das Wesentliche gerichtet. Das feuchte Holz qualmte stark; es dauerte eine ganze Weile, bis die Flammen hochschlugen. Ich fror bis ins Mark, meine Kopfschmerzen wurden nicht besser. In der Feldflasche war noch Tee. Atan schüttete den Rest in den Kessel, wärmte ihn auf, vermischte ihn mit *Tsampa*. Dann kam er zu mir, umfaßte meine Schultern und flößte mir das heiße Getränk ein. Ich trank, verbrannte mir den Mund, holte tief Atem. Atan sagte etwas. Ich sah wenigstens, daß er etwas sagte, denn hören konnte ich nichts. Ich schluckte und versuchte zu gähnen, meine Ohren freizumachen. Es verschaffte mir keine Erleichterung. Atan sagte wieder etwas. Ich sah im fahlen Feuerschein, wie sich seine Lippen bewegten; nur ein ganz feines Geräusch summte in der watteweichen Stille, die mich umgab.

»Kann nicht hören ... tut mir leid!« stieß ich hervor, hörte aber die Worte nur im Geist. Er nickte, sprach weiter. Nichts. Ich verstand nichts. Ich sah ihn verzweifelt an, versuchte seine Lippenbewegungen zu lesen. Meine Zähne schlugen aufeinander, ich fror bis ins Mark. Atan rieb mir die klatschnassen Haare trocken, massierte mit kräftigen Bewegungen meine Arme und Hände. Nach und nach kam das Blut wieder in Bewegung. Langsam lockerten sich meine erstarrten Muskeln. Auf einmal sauste und zischte es in meinen Ohren. Ich bohrte mit den Fingern darin herum, bewegte den Kiefer. Es gab einen schmerzhaften Knacks. Das Summen platzte wie eine Blase, und mein Trommelfell wurde frei. Die Welt erfüllte sich mit Knistern, Hufescharren, heulenden Pfeifen und orkanartigem Tosen. Atans Stimme, dicht neben mir, klang wunderbar deutlich.

»Besser?«

»Ich war ganz taub.«

Er nickte.

»Das kommt vom Luftdruck.«

Nach und nach kam ich wieder zur Besinnung.

»Ist die Welt schon untergegangen?«

Er zeigte den Anflug eines Grinsens.

»Noch nicht.«

»Ich bin ziemlich erledigt«, seufzte ich.

Jetzt grinste er noch breiter.

»Offen gesagt, ich auch. Das war keine Frühjahrsbrise. Manche wären jetzt bis zu den Zehennägeln blau.«

»Und was nun?« fragte ich zähneklappernd.

»Wir warten hier. Dreht sich der Wind, schmilzt der Schnee schnell.«

Die Pferde mußten versorgt werden. Atan füllte Schnee in den Kessel, stellte ihn über das Feuer. Das Wasser vermischte er mit Kleie und Salz. Er fütterte die Tiere aus einem kleinen Eimer, den er in seiner Satteltasche mitführte. Ich sagte:

»Du denkst wirklich an alles!«

Er erwiderte mein Lächeln.

»Hoffentlich.«

An dem Atem und dem Geruch der Pferde spürte ich, wie sich die Tiere entspannten. Sie waren müde und dösten bald ein. Atan setzte sich zu mir, zog seinen Wolfspelz über uns beide. Wir schmiegten uns zum Schutz vor der Kälte eng aneinander. Ich genoß es, seine Wärme und Berührung zu spüren. Ich fühlte mich in seiner Nähe sicher und behaglich.

»Es ist seltsam«, sagte ich.

»Was ist seltsam?«

»Mir ist, ist ob ich dich schon immer gekannt hätte.«

»Als ich in den Vereinigten Staaten war«, sagte er, »hatte ich oft das Gefühl, ein anderer Mensch zu sein. Die Amerikaner boten uns die Chance, unsere Feinde besser besiegen zu können. Deshalb schluckte ich vieles; das Opfer schien mir angemessen. Tests hatten ergeben, daß mein Gefühl für Raumverhältnisse besonders ausgeprägt war. Eine genetische Fähigkeit der Jäger. Leider hat der Mensch im technologischen Zeitalter keine Verwendung für solche Talente – es sei denn, im Militär.«

Der Sturm warf aufheulend einen Schneewirbel in die Grotte. Das Feuer flackerte, und Atan schürte die Glut.

»Wie du weißt, wurde ich in der Auswertung von Luftaufnahmen ausgebildet. Das interessierte mich. Daneben konnte ich Kleidungsstücke mit einer Knochennadel flicken und erkannte den Unterschied zwischen der Fährte eines fliehenden und eines ahnungslosen Hirsches. Als Mann aus der Bronzezeit machte ich dem Army-Psychologen Kopfzerbrechen. Intellektuell erwartete man von mir Beschränktheit. Ich habe noch einen ihrer Rapporte im Kopf: Die Selbsteinschätzung des Analysanden beruht auf dem Wissen seiner Kulturgeschichte und der erfinderischen Kombinationsgabe, mit der er es nutzt. Seine eigene Wertwelt wird dabei niemals in Frage gestellt. Er will sich auch nicht analytisch preisgeben.«

»Das wird's wohl gewesen sein«, sagte ich und lachte. Er lachte auch.

»Das Interpretieren von Aufklärungsfotos wurde sozusagen zu meinem Job. Ich wurde zum Sergeanten befördert, die Air Force hätte mich gerne in Vietnam eingesetzt. Ich sagte nein. Dieser Krieg war nicht mein Krieg. Außerdem hatte ich anderes zu tun. Denn inzwischen peitschte die große proletarische Kulturrevolution die schlammigen, schmutzigen Wasser aus der alten Welt, wie die chinesische Nachrichtenagentur *Hsin hua* schrieb, als die ersten Rotgardisten nach Tibet eingeflogen wurden. Die folgende Terrorkampagne kostete eine Million Menschenleben. Nahezu alle Klöster und Heiligtümer wurden zerstört oder dienten als Schweineställe. Der Gebrauch der tibetischen Sprache wurde unterdrückt, wir bekamen chinesische Namen. Handwerk und traditionelle Kleider wurden verboten, wir sollten uns als Maoisten verkleiden. Reformen kamen erst 1980 auf. Die Sinisierung sollte gebremst werden. Natürlich nicht aus menschlicher Einsicht, sondern aus politischer Berechnung. In der inneren Mongolei, an der Grenze zur Sowjetunion, war es zu blutigen Aufständen gekommen. Den Han-Chinesen war das lästig. Die Minderheiten sollten sich – bitteschön – ruhig verhalten.«

Atans Gedächtnis war besser als meins; ich hatte das alles kaum noch im Kopf.

»Als uns die USA schnöde im Stich ließen, bezogen wir Munition aus Sowjetrußland. Wir sprengten Straßen und Brücken in die Luft, störten ein paar Garnisonen wie Fledermäuse aus ihrer Ruhe auf. Das nützte nicht viel. Schon in den achtziger Jahren standen in Tibet über einhundert nuklearbestückte Raketen. Die Basen für die neuen CSS-4-Raketen, mit Mehrsprengköpfen ausgerüstet, befinden sich in Nongpo, Nyitri und Powo Tamo. In dem sogenannten TAR-Testgelände für Atomwaffen ist heute rund ein Drittel des chinesischen Atomwaffenpotentials gelagert. Tibet ist mit einem Netz von Radarstationen und Militärflugplätzen überzogen. Das Testgelände für Nuklearwaffen in Amdo wurde 1990 gebaut. China ist längst in der Lage, Südostasien militärisch zu bedrohen. Nepal hat Angst und katzbuckelt beflissen. Im Krisenfall können hier rasch Truppenbewegungen stattfinden.«

Ich wußte von Karma, daß Mitglieder der chinesischen Botschaft in Kathmandu tibetische Flüchtlinge verhören und fotografieren dürfen. Hunderte wurden zurück über die Grenze gebracht.

»Die Behörden rechtfertigen sich damit, daß die Tibeter keine gültigen Ausweise haben. Aber welcher Flüchtling hat die schon?«

»Nepal ist knapp bei Kasse«, erwiderte er achselzuckend.

»Wie kommt es nur«, fragte ich bitter, »daß du den Mut noch nicht verloren hast?«

Er fuhr sich mit der Hand über die Augen.

»Seit über vierzig Jahren führe ich Krieg gegen China. Das ist ein ganzes Menschenleben. In früheren Zeiten hätte ich mit einer schönen, klugen Frau meine Jurte geteilt. Ich hätte Töchter und Söhne gezeugt und meine Kraft auf sie übertragen. Ich hätte davon gelebt, daß die Herden wachsen, ich hätte aus unverseuchten Wildwassern getrunken und statt Satellitenbildern die Sterne betrachtet. Ich hätte einen Teil der Ernte an die Klöster abgeliefert, Butter für die Lampen gespendet und die hohen Lamas geehrt, die durch ihre Gebete die Welt vor der Vernichtung bewahren. In meiner Einfalt hätte ich ein zufriedenes Leben geführt. Das Schicksal hat es nicht gewollt, und die Erde hat mich lange genug getragen.«

Ich sagte matt:

»Aber wenn du Hoffnung brauchtest, wer konnte sie dir geben?«

Mit starrem Blick betrachtete er die Flammen, die sein Gesicht beleuchteten. Sein Antlitz schimmerte wie aus Bronze, reglos, kein Muskel zuckte. Es ist nicht nur die Bräune, dachte ich in jäher Ergriffenheit, der Staub aller Steppen hat seine Haut gegerbt und verdunkelt.

»Der Gesang meiner Mutter«, antwortete er.

27. Kapitel

Es ist so lange her«, sagte Atan, »und ich höre nicht mehr ihre Stimme. Nur der Klang schwebt noch irgendwo in mir, dicht hinter dem Rand der Erinnerung. Manchmal wache ich auf, und er verblaßt gerade. Doch eines Tages wird er ganz entschwinden. Ich weiß das und finde mich damit ab. Was bleibt, sind ihre Melodien, ihre Worte, leuchtend wie am ersten Tag ihrer Erschaffung. Meine Mutter sang nur die guten Worte. Nie öffnete sie ihre Lippen zu einem Fluch. Auch nicht, als sie starb. Da betete sie zu den Göttern.«

Atan sprach mit eintöniger, gleichmäßiger Stimme. Ein bitterer Zug lag um seinen Mund. Ich hatte stets versucht, mir eine genaue Vorstellung von ihm zu machen. Seine ungewöhnliche Einstellung zum Leben faszinierte mich. Auf die ihm eigene Weise war Atan ein Aristokrat, Angehöriger eines Adels der höheren Einflüsse, der unsichtbaren Mächte, erblich und unangreifbar. Ich glaubte kaum, daß er unredlich handeln konnte, auch wenn er es gewollt hätte.

»Du sagtest, deine Mutter rief die Geister herbei?«

Er beugte sich vorwärts und hielt die Hände ans Feuer; ich sah, daß sie zitterten. Der Schmerz in ihm mußte stark sein.

»Sie löste zuerst ihr Haar, was mehrere Stunden in Anspruch nahm. Denn nach Art der Nomadenfrauen trug sie es – zu Ehren Buddhas – in hundertacht Zöpfen geflochten. In der Welt der Geister aber ist das Haar mit dem Gras verbunden, mit den Pflanzen und dem wachsenden Wald. Und gleichzeitig entspricht das menschliche Haar den Federn, dem Element der starken Schwingen der Vögel, die, von jeder Schwerkraft befreit, unsere Seele zu den Göttern tragen. Eine Gebetsfahne ist nichts anderes als das Symbol der Feder, Kennzeichen der geflügelten Kreatur, die mit den Windströmen zu den Berggipfeln steigt. Hast du das nicht gewußt?«

Ich schüttelte langsam den Kopf. Von meinen tiefen Wurzeln getrennt, hatte ich dieses Wissen verloren. Er jedoch sah eine andere Welt, eine andere Erde. Die Jurten seiner Kindheit waren Treffpunkt der Himmels- und Erdmächte, die Milchstraße die Naht des kosmischen Zeltes. Im Zentrum der Jurte schwang sich die große Firststange dem Polarstern entgegen, leitete die Kräfte der Gestirne tief in den Boden, ein niemals versiegender Strom der Energien. Und unter der Firststange herrschte die Frau, die Lebensspenderin. Der Mann war dazu geschaffen, ihr seinen Samen zu spenden, das Kind zu zeugen. Seine Kraft stand im Dienste der Mutter, die Menschen und Götter hervorbrachte. Die Frau trug und nährte das Kind, die Frucht, um die sich alles dreht. Sie war das Heiligste auf Erden. Der Mann war ihr Schutzschild. Mehr nicht.

»Nachdem Shelo ihr Haar gelöst hatte, wusch sie ihre Hände in einem Waschbecken, kleidete sich in ein weißes Gewand und knotete sieben Gürtel um ihre Taille. Jeder Gürtel entsprach einer Farbe des Regenbogens. Shelo konnte die Gürtel nicht ohne Hilfe befestigen. Uma, meine Großmutter, half ihr dabei. Die Gürtel mußten auf besondere Art geschlungen werden, um Shelos Körper vor den Zugriffen der Geister zu schützen. Denn eine Schamanin in Trance ist durchlässig für fremde Wesenheiten und kann ebenso von guten wie von bösen Geistern heimgesucht werden. Über ihrem Gewand trug Shelo einen besonderen Umhang. Er war aus Hirschleder, mit Türkisen und Muscheln behangen. Auf der Vorderseite leuchteten zwei Brustplatten aus Silber. Zwei weitere Platten waren an den Schultern angebracht. Ihr Kopfputz, mit Federn geschmückt, hatte die Form eines Dreispitzes. Zwei dieser Spitzen versinnbildlichten die Ohren des ›heiligen Pferdes‹, das die Seele der Schamanin zu den Geistern trug. An der Kopfbedeckung hing ein Mondstein, den die Frauen für gewöhnlich als Ohrring tragen und dem Schutzkräfte gegen Halserkrankungen zugeschrieben werden. Inzwischen fanden sich die

Gäste in der Jurte ein und wurden von meiner Großmutter mit Gerstenbier bewirtet. Sie bot auch Blättertabak an. Jeder konnte sich mit diesem Tabak einige Zigaretten drehen, die dann in das lange Haar gesteckt wurden. Wenn alle getrunken hatten, warf Shelo eine Handvoll Gerstenkörner in die Jurte und verneigte sich in alle vier Himmelsrichtungen. Dann klopfte sie mit der Faust neun Mal auf den Boden, um die bösen Geister zu verscheuchen, und setzte sich unter den Firstbalken auf einen Teppich. Derjenige, der diese Zeremonie erbeten hatte, reichte ihr Gerstenbier in einer Silberschale. Shelo tauchte zwei Finger der linken Hand in die Schale und besprengte alle Gäste mit dem Bier. Der Rest wurde auf dem Boden verschüttet. Nun brachte man der Schamanin ihr symbolisches Reittier, die Trommel. Es war eine Rahmentrommel aus Weißholz, mit Kupferschellen und verblichenen Stoffstreifen versehen. Das schwärzliche Trommelfell zeigte, daß sie sehr alt war. Der mit Marderfell umwundene Schlegel wurde ›die Peitsche‹ genannt. Shelo hielt die Trommel zuerst in die Nähe des Feuers, um sie anzuwärmen; man hatte kleine Herzkugeln getrocknet und angenehm duftende Räucherblätter in die Glut gestreut. Sobald die Trommel erwärmt war, wurde sie von Shelo geschultert. Uma half ihr, das Instrument in die richtige Lage zu bringen, und reichte ihr den Schlegel. Einige Atemzüge lang verharrte Shelo völlig regungslos, als ob sie ihre Kräfte sammelte. Dann berührte sie mit dem Schlegel das Trommelfell, schlug den ersten Ton. Er verursachte ein dumpfes Brummen: ›Hör zu!‹ Wie ein Echo schlug sie den zweiten Ton, und die Trommel gab Antwort: ›Ich bin bereit.‹ Shelos Gesicht war wunderbar ruhig. Die halbgeschlossenen Lider ließen das Weiß des Augapfels sehen. Nur ihr Arm hob und senkte sich, während die Schläge wellengleich durch die Jurte fegten. Einige Minuten lang geschah nichts, dann ließ ein Luftzug alle erschauern. Sie wußten, daß sie sich nicht bewegt hatten, aber sie wußten auch, das Geisterpferd war nahe. Jeder konnte seinen Atem spüren, genau beobachten, wie es in ihr Blickfeld glitt und dann wieder daraus verschwand.

Seine Hufe hoben und senkten sich in wirbelndem Rhythmus, die Augen funkelten, die Mähne wehte wie ein Kometenschweif. Alle wußten, was geschehen würde, und erlebten trotzdem einen Augenblick des Staunens, als Shelo sich auf seinen Rücken schwang, mit ihm in silberklare Weiten schwebte. Sie überflogen glitzernde Sternenmeere, durchquerten pulsierende Glutlöcher, tauchten in leuchtende Schatten. Überließ sich Shelo dem Geisterpferd, konnte niemand – am wenigsten sie selbst – vorhersagen, wohin sie die ›Schatzsuche‹ führen würde. Ihr Gesang beschrieb die Bilder, die ihr auf der Reise begegneten, und alle, die in der Jurte versammelt waren, ließen sich von ihm tragen. Die Trommel trieb sie voran, rief sie zurück, wenn sie ihrem Rhythmus entflohen, holte sie ein, um sich wieder mit ihnen im Wirbel der Schläge zu vereinen. Jeder Gast nahm an der Reise teil, jeder sah ein anderes Bild, eine andere Landschaft, ein anderes Gesicht; und die erschauten Wunder erfüllten sie mit ungeheurer Kraft und überwältigender Freude. Jeder erkannte die Dinge, die ihm wichtig und teuer waren, erlebte den Wohlstand und das Glück, die er für sich, seine Familie und seine Herden erträumte. Und dann, in langsamen Abstufungen, verdunkelte sich das Weltenmeer. Die Trommel schwieg, das Geisterpferd ruhte. Sanft, wie ein Frühlingsregen fällt, schwebten die Teilnehmer aus fernen Welten wieder auf die Erde zurück, der Erfüllung ihrer Wünsche gewiß. Der uralte Zauber wirkte: Aus Ferne wurde Nähe, und aus Nähe wurde Sein. Denn sie hatten die Gedanken der Zukunft gedacht. Jeder herbeigesehnte Wunsch mußte zwangsläufig Wirklichkeit werden, die Kraft des Glaubens ihm Gestalt und Leben verleihen. Die Menschen waren fest und zutiefst überzeugt davon.

Eine Zeitlang verharrte Shelo in todesähnlicher Erstarrung. Noch war sie mit der Vision nicht fertig. Sie saß hoch aufgerichtet; ihre weit geöffneten Augen blickten ins Leere. Sie war empfindungslos geworden, atmete kaum hörbar; ihre Haut war eisig, ihre Lippen blutleer. Ihr Herz klopfte langsam, ihr Puls schlug regelmäßig und schwach. Das war jedesmal ein schmerzvoller Augenblick. Sie erwachte sehr langsam, unter Stöhnen und Erschauern. Sobald Uma sie behutsam von der Trommel befreit hatte, legte sie sich dorthin, wo sie war, in ihrem zerknitterten Gewand, und schlief wie eine erschöpfte Bauersfrau ein. Uma nahm ihr den Kopfputz ab, deckte sie mit ihrem Mantel zu. Solange sie schlief, durfte keiner die Jurte betreten.

Ich weiß nicht, ob Shelo unter ihren Fähigkeiten litt. In jeder Generation gab es eine Frau oder einen Mann, die für den Gesang geboren wurden. Als ich alt genug war, um diese Dinge zu verstehen, sagte Shelo einmal zu mir:

›Wenn ich auf Reisen gehe, bin ich keine Frau mehr. Ich bin eine Erschaffene, eine Meisterin der Wesen (*srid-pa yod-kyi bdag-po*). Die Welt, die ich betrete, kennt keine Jahreszeiten. Sie ist die Ur-Welt, die vor uns da war und nach uns bestehen wird.‹ Ich fragte sie, ob ich sie eines Tages in diese Welt begleiten konnte. Sie schüttelte den Kopf. ›Nein‹, sagte sie, ›du bist nicht dafür gemacht.‹

Wozu bin ich denn gemacht?‹ fragte ich. Da trübte sich ihr Blick. Sie griff sich an die Stirn und seufzte.

›Das kann ich dir nicht sagen, Atan. Dunkelheit verhüllt es.‹

Doch sie war nachdenklich und schweigsam an diesem Tag, wie ich es nicht von ihr gewöhnt war.

Heute nehme ich an, daß die Seelenreisen, die sie durchführte, sich mit den Techniken der gelenkten Phantasie der modernen Psychotherapie vergleichen ließen. Das schöpferische Potential wird gebändigt und gestaltet. Shelos Schutzpatron war Milarepa, ein Heiliger, der im elften Jahrhundert lebte. Der Meister der mystischen Gesänge gehörte dem Orden der *Kagyüpa* an. Er ist eine mächtige Schutzgottheit, die mächtigste von allen. Shelo nahm ihn allein in ihrer Seele wahr. Zweifellos waren ihre Fähigkeiten bedeutend. Manche Gesänge, die sie vortrug, waren längst in Vergessenheit geraten. Nur die Alten erinnerten sich, sie in ihrer Jugend gehört zu haben. Die Balladen, die Shelo bei ihrer ›Schatzsuche‹ fand, vergaß sie, sobald sie aus ihrer Trance erwachte. Doch die Anwesenden behielten sie in der Erinnerung; sie gaben sie an ihre Kindeskinder weiter, und so leben diese Gesänge noch heute. Auch für mich dichtete sie ein Lied. Als Kind war ich sehr stolz darauf.«

Ich lächelte Atan an.

»Wie heißt dieses Lied?«

»Du würdest die Worte nicht verstehen, weil sie in der *Dakini*-Sprache sind. Ich muß die Strophen für dich übersetzen. Warte, laß mir ein wenig Zeit.«

Nur das Knistern der Flammen, das scharfe Heulen des Sturms waren zu hören. Vor dem Eingang der Nische wirbelte Schnee wie ein Vorhang aus flimmerndem Silber. Atan sagte:

»Übersetzt klingt es natürlich nicht so schön wie in unserer Sprache.«

Ich schüttelte den Kopf.

»Das macht nichts.«

Mit halb geschlossenen Lippen begann er leise, fast tonlos zu summen. Ich hätte nicht sagen können, ob Atan eine angenehme Stimme hatte. Sie war ungeschult und schien in ihrer Rauheit wie ein natürliches Echo der Steine. Die halb gemurmelten Töne gehörten einem Bereich an, der sich der Macht der vertrauten Rhythmen entzog und der Bewegung der Dinge entstieg, die den Menschen unbewegt erscheinen, weil ihr eigenes Leben nur kurz ist: dem Wachsen und Absterben der Bäume, dem Zerfall der Gebirge, dem Atem des Schnees, dem Kreisen des irdischen Planeten.

»Wer packt den wilden Yak an den Hörnern?
Wer zähmt den Tiger mit bloßer Hand?
Wer fängt das Wasser mit einem Seil?
Der Sohn der weißen Berglöwin.
Der Sohn des schwarzen Adlers.
Er reitet den Sturmwind.
Er ruft den Blitz,
Er streift den Mond mit seinem Haar.«

Die kehlige Stimme verstummte ganz plötzlich, hinterließ eine seltsame Leere in mir. Mir war, als ob sich seine Worte in mein Herz bohrten wie ein Messer. Ich dachte, er wird mich immer in Erstaunen versetzen. Er saß mit untergeschlagenen Beinen und starrte in die Glut, als ob er dort magische Zeichen erblickte. Sein Gesicht war unbewegt, alterslos wie eine Maske. Doch mir war, als sei irgendwo in seinem Innern ein Damm gefährdet, eine Schranke am Einstürzen. Die flackernde Umrißlinie der Flammen umgab ihn wie die schattenhafte Aura des Todes. Ich empfand eine merkwürdige Unruhe deswegen.

»Es ist ein sehr schönes Lied«, sagte ich sanft.

Er wandte den Blick nicht von dem Feuer.

»Ein Mann muß irgend etwas im Kopf haben, wenn er nicht in seiner Haut ersticken will.«

28. Kapitel

Ich brach nach einer Weile das Schweigen.

»Atan?«

Er erwiderte meinen Blick wie jemand, der mit halbem Geist woanders ist.

»Ja?«

»Erzähl weiter«, sagte ich.

Er straffte sich, warf einige Zweige in die Glut. Er hatte wieder vollkommene Gewalt über sich selbst, vollkommene Ruhe. Die Worte kamen ihm gelassen von der Zunge.

»Die Familie meines Großvaters«, begann er, »gehörte zu den berühmten »Zehn Sippen von Nangchen«. Sie kamen von dorther, wo die Sonne aufsteigt; sie bewachten ihre Herden und gründeten niemals Städte. Wenn das Gras abgeweidet war, zogen sie weiter. Sie pflanzten kein Getreide an, aber ihre Waffen waren stets die besten. In ihren Werkstätten unter freiem Himmel schmiedeten sie Säbel und Lanzen, auch Gewehre. Sie hatten die Ebenen bis zum Gelben Fluß erobert, das »Volk der Gräser« – die Ackerbauern – unterworfen. Das Blut, das in ihren Adern floß, war das Blut der Könige. Sie lebten in Steppen und Hochtälern; die wilden Tiere, die Wölfe, die Bären, die Schneeleoparden waren ihre Gefährten. Im Frühling begaben sie sich bewaffnet auf die Wanderschaft, um in den Städten Tauschhandel zu treiben. Doch im Laufe der Jahrhunderte änderten sich ihre Lebensgewohnheiten. Zuerst suchten sie in Hütten Zuflucht vor den Winterstürmen, dann bauten sie Häuser für die kalte Jahreszeit.

Unser Haus befand sich in der Klosterstadt Lithang und war nicht aus Lehm, sondern aus zerschlagenen Felsblöcken gebaut. Ein eisenbeschlagenes Doppeltor aus massivem Holz führte in den gepflasterten Hof mit den Stallungen für die Pferde. Quadratische Steinsockel erlaubten ein müheloses Besteigen der Reittiere. Die Herden überwinterten im Freien, wurden aber bei starkem Schneefall in Gehegen untergebracht, damit sie vor wilden Tieren sicher waren. Das Haus hatte hochgezogene Mauerpfeiler an den vier Ecken des Flachdaches, was ihm das Aussehen einer turm- und zinnenbewehrten Burg gab. In Kham trug jedes Haus am Dachfirst die Symbole des *Phurbu,* des dreikantigen Zauberdolches mit dem Yakschwanz, die Beschwörungszeichen gegen Blitz und Donner. Diese Steinsymbole waren oft schon uralt und zerbröckelt. In alle Hauswände war das linksdrehende Hakenkreuz eingeritzt, in der *Bön*-Religion das Emblem der vier Himmelsrichtungen. In die Enden der Deckenbalken waren Tierköpfe geschnitzt. Zu dem Flachdach gelangte man mit einer Leiter. Dort stand der große Weihrauch-Opferofen für das Morgengebet. Auf dem Dach wurde Brennholz aufgeschichtet und das Heu im Herbst über dem Dachrand getrocknet. Auf Strohmatten und Leinentüchern lagen Buchweizen, Gerste, Mais, Erbsen, Raps und Hanf. Gelbe Kürbisse waren aufgeschichtet. Vor Beginn der Schneefälle wurden die Wintervorräte ein letztes Mal in der Sonne gewendet und das Heu gestapelt. Auf dem Dach lagerten auch die Rückstände des Gerstenbiers, das in großen Holzgefäßen gärte. Das Leben war hart; nichts durfte vergeudet werden. Unten im Haus gab es einen besonderen Raum, mit Löchern im Boden, wo wir unsere Notdurft erledigten. Die Fäkalien wurden in Behältern gesammelt und als Dung verwendet.

Grundsätzlich waren unsere Häuser die steinere Übertragung der Nomadenzelte. Ein einziger großer Raum diente als Koch-, Wohn- und Schlafbereich. Der Boden war aus gestampftem Lehm und blitzsauber. In der Mitte befand sich die aus feuerfestem Lehm gebaute Kochstelle, das Zentrum des Familienlebens. Ähnlich wie in China besaß sie drei große, eingemauerte Kessel, jeder dafür vorgesehen, ein besonderes Gericht zu kochen. Wie auch in der Jurte war Yakmist, zu

Kugeln geformt und getrocknet, das wesentliche Brennmaterial. Neben dem Herd stand auch der große Holzzylinder zur Bereitung des Buttertees. Die Möbel bestanden zumeist aus Truhen mit wuchtigen Kupferbeschlägen und allen möglichen Ornamenten. Wir schliefen auf Matten, mit Haaren von Moschustieren ausgestopft und mit seidenbezogenen Kissen gepolstert. Der wichtigste Gegenstand im Raum war der Hausaltar. Ein kunstvoll geschnitzter Tisch aus Walnußholz trug 108 kleine Silberbecher für das Wasseropfer sowie eine Anzahl kostbarer Butterlampen. Vor der Buddhastatue brannte Tag und Nacht Weihrauch, der ganze Raum war von dem angenehmen Duft erfüllt. Auf dem Altar lag eine Gebetsschnur; hier wurde ebenfalls der *Phurbu*-Dreizack aufbewahrt. Er war aus schönem Stahl mit edelsteingeschmücktem Griff und steckte in einer Opferschale voller Reiskerne.

Denke ich an meine Kinderjahre in Lithang, so höre ich das Bellen der Hunde, das Krähen der Hähne von Hof zu Hof, die Rufe der Stadtbewohner, den vielstimmigen, tiefen Summton der betenden Mönche. Doch meine Welt ist nicht mehr – sie überlebt als Kulisse, als Touristenfalle, als Lockmittel für ausländische Devisen. Was kann ich anders tun, als sie tief in mir zu bewahren? Aber ich darf nicht zuviel an sie denken. Ich habe nicht die Kraft, wie meine Mutter sie hatte.«

Ich nickte. Atan fuhr fort:

»In Lithang waren die Häuser verschachtelt wie Bienenwaben. Wir Kinder kletterten über Leitern, sprangen von Dach zu Dach und wurden in jedem Haus mit Gelächter und Leckereien empfangen. Dann, sobald der Schnee unter der Frühlingssonne schmolz, zogen wir wieder auf die Weideplätze. Wir stellten die Jurten auf; die Butterlampen brannten auf dem tragbaren Holzaltar. Wir saßen und schliefen auf niedrigen Bänken, mit Teppichen und Fellen ausgelegt. An den Pfählen hingen Lederbeutel in verschiedenen Größen für Wasser, Milch und Proviant. Der Joghurt wurde jeden Tag neu zubereitet, der Käse eingetrocknet. Die geröstete Gerste blieb für Monate eßbar, wenn sie nicht naß wurde. Der Frühsommer war die Zeit, wo die Yaks geschoren wurden. Die Hirten warfen eine Schlinge um das Bein des Tieres, brachten es zu Fall und beraubten es seiner Wolle. Die Yaks kannten die Prozedur und sträubten sich kaum; sie waren uns sogar dankbar, denn in den kommenden heißen Monaten war ihnen das dicke Winterfell lästig.

Hirten und Bauern waren keine Leibeigenen. Sie verwalteten nach eigenem Gutdünken ihre Äcker, nahmen sich, was sie zum Leben brauchten, und zahlten lediglich Lehnsteuern in Form von Getreide oder Tieren. Sie waren in der Tat die rechtmäßigen Besitzer der Äcker, denn die Lehnsfürsten konnten diese nicht beanspruchen, solange die Steuern pünktlich gezahlt wurden. Das galt vor allem, wenn die Pächter ihr Haus selbst gebaut hatten. Nur ein schlimmes Vergehen gab Anlaß, daß ein Bauer fortgejagt wurde. So kam es, daß manche Ländereien seit Generationen in derselben Familie waren.

Die Sippen bildeten einen Stammesverband. Die Anführer kamen zu gewissen Zeitpunkten zusammen, um über Fragen der Weidegründe, des Viehbestandes zu entscheiden. Jeder Anführer konnte sein Amt auf seinen Sohn – oder seine Tochter – übertragen, doch nur, wenn diese sich fähig zeigten. An der Spitze des Stammesverbandes stand ein Fürst, der das Land regierte, auf dem die Sippen wanderten.

Noch vor fünfzig Jahren gab es kaum Straßen in Kham, nicht einmal eine zuverlässige geographische Karte. Dafür konnten wir mit einer denkwürdigen Geschichte prahlen. Vor 1500 Jahren nämlich hatte unser König Songtsen Gampo die Länder Nepal, Indien, China und Afghanistan unter seine Herrschaft gebracht und somit das größte Reich, das jemals auf Erden bestand, gegründet. Aber Erobern ist leichter als Regieren. Nach Songtsen Gampos Tod zersplitterte die Macht, das Reich zerfiel. Seine Nachkommen waren keine sanften Schäfer. Plünderungen mit der Waffe in der Hand waren Vorrecht und Unterhaltung der Steppenreiter. Im 19. Jahrhundert rückten die Chinesen mit Straßenverbindungen näher an Kham heran. Wir erteilten ihnen eine Lektion, indem wir 1918 die

Grenzstadt Kangting einnahmen. Die Chinesen riefen englische Truppen zur Hilfe. Die Engländer beendeten den Krieg, indem sie unsere Waffenzufuhr über das indische Kalimpong unterbanden und den britischen Konsul als Vermittler schickten. Der Frieden währte bis 1928, als die Chinesen in einen Streit zwischen zwei Klöstern eingriffen. Unverzüglich beglichen wir unsere Scharmützel und fielen in Setchuan ein. Der 13. Dalai Lama erhob mahnend seine Stimme. Wir beugten uns seinem Wunsch. Doch nach seinem Tod rebellierten wir aufs neue, diesmal gleichzeitig gegen China und Lhasa. Unser Kampf gegen die Verwaltung von Lhasa, die wir als unfähig und degeneriert ansahen, währte Jahre und brachte nichts, außer, daß wir schief angesehen wurden. Die Gefahr, die inzwischen aus China drohte, erkannten wir früher als andere, aber man hörte nicht auf uns.

Mein Großvater Djigme war Clanführer und ein sehr angesehener Mann. Zu seinen Aufgaben gehörte es, jährlich die Weideplätze an die Familien zu verteilen und im »Rat der Ältesten« Recht zu sprechen. Seine Frau Uma war eine *Ngolok* aus der Provinz Quinghai, südlich des Kuku-Noor, des größten Binnensees der Welt. Im Mittelalter waren die *Ngolok* für ihre Schmiedekunst berühmt. Sie fertigten Rüstungen und Helme an, die nur die Augen freiließen, und Panzer für die Pferde. Selbst heute noch steht für das Wort »mächtig« der alte Ausdruck *dbu rmog btsan-po,* der im übertragenen Sinn »starker Helm« bedeutet. Die *Ngolok* hatten für buddhistische Friedfertigkeit wenig übrig. Sie waren dafür bekannt, daß sie ihre Gefangenen in frische Yakfelle einnähten und sie in der Sonne trocknen ließen. Seit urdenklichen Zeiten wurden die *Ngolok* von Königinnen regiert. Diese galten als Inkarnationen der Berggöttin Drema-Dasma. Adjungdojo, die letzte Herrscherin, starb ein paar Jahre vor meiner Geburt. Sie hatte siebzehn Ehegatten und eine Leibgarde von siebentausend Kriegern, die sie jährlich bei ihrer Wallfahrt zum Heiligen Berg Anyemtaschin begleiteten, wo sie Dankopfer darbrachte und die Geister anrief. Anyemtaschin bedeutet »Große Mutter«. Der Berg ist siebentausend Meter hoch. In seinen Gletschern entspringt der Quellstrom des *Hoangho*, der Gelbe Fluß, der China bewässert.

Meine Großeltern begegneten sich in Lithang. Uma war zu Pferd gekommen, um ihrem älteren Bruder Tenpa Rimpoche eine Spende zu überreichen. Tenpa Rimpoche, der als Inkarnation im Kloster lebte, war ein weiser und gelehrter Mann, umgänglich und etwas schwerfällig. Als Uma ihr Pferd besteigen wollte, scheute das Tier aus irgendeinem Grund; Djigme gelang es, das Pferd einzufangen und zu beruhigen. Die jungen Leute fanden Gefallen aneinander, die Eltern gaben ihre Zustimmung. Dem Brauch entsprechend, hatte Uma gleichzeitig Djigmes jüngeren Bruder Burgang geheiratet. Dieser starb ein paar Jahre später an einer Grippe, die viele Opfer dahinraffte, und so blieb Djigme Umas einziger Gatte. Doch sollte es ihnen nicht vergönnt sein, ein glückliches Leben zu führen. Von ihren ersten vier Kindern überlebte keines das Säuglingsalter. Powo, der fünfte Sohn, starb im Alter von sieben Jahren an Pocken. Als ob sie das Schicksal trösten wollte, brachte Uma schließlich ihr letztes Kind, ein Mädchen, zur Welt. Die Eltern gaben ihr den Namen Shelo.

Ich muß auf die Bedeutung der Blutsbande in unserer Gesellschaft hinweisen. Die anverwandten Familien werden bei uns »die Knochen« genannt – eine Bezeichnung, die auch in China und Korea gebräuchlich ist. Sie schließt die Verwandtschaft bis ins neunte Glied ein und bringt Pflichten mit sich, auch politische. Die Abstammung durch die Frauen wird *Sha*-Fleisch – genannt und hat das stärkere Gewicht. Der nächste männliche Verwandte eines Kindes ist der älteste Bruder der Mutter oder der Großmutter. Mein natürlicher Beschützer war also nicht mein Vater, sondern Tenpa Rimpoche, mein Großonkel mütterlicherseits. Die Gegebenheit sollte später für mich von Bedeutung sein, weil mein Vater, wie du hören wirst, ein besonderes Schicksal erlebte.«

29. *Kapitel*

Atan trank einen Schluck Tee und sprach weiter.

»Meine Großeltern waren sehr wohlhabend. Ihre Herden zählten Tausende von Yaks, Pferden und Ziegen. Den Sitten der *Ngolok* entsprechend, wurde Shelo kaum anders erzogen als ein Sohn. Das Leben der Nomaden, angeblich frei von Fesseln, besteht in Wirklichkeit aus einer Unmenge winziger, genau zu beachtender Einzelheiten. Mit sieben Jahren wurde Shelo eine kleine Ziegenherde anvertraut. Sie lernte *Dri*-Yakweibchen – zu melken. Sie half bei der Pferdezucht, führte die Tiere zur Tränke, sah zu, wie die Hengste kastriert wurden und Stuten ihre Fohlen zur Welt brachten. Bald war sie eine kühne und gewandte Reiterin. Oft sah man das kleine Mädchen auf dem Rücken eines jagenden Pferdes, das sie ohne Sattel oder Zaumzeug zu lenken wußte. Sie übte sich auch im Steinschleudern. Dieses Spiel, das der Verteidigung gegen Raubvögel und wilde Tiere dient, lernen alle Kinder, sobald sie die Herden hüten. Als Shelo größer wurde, lernte sie mit einem Gewehr umzugehen. Aber Kham ist auch das Land der besten Bogenschützen. Wir benutzten Bogen aus Birkenholz, kurz und stark. Als Heranwachsende zeigte sich Shelo in dieser Kunst sehr geschickt und erregte bei jedem Wettkampf Bewunderung.«

Atan stockte, seine Augen blickten wild umher. Das flackernde Licht ließ seine Wangen noch eingefallener, die Schatten unter den Augen noch tiefer erscheinen. Was immer er in den Flammen sah, es waren Gespenster. Sie stürzten aus allen Schatten hervor, webten das Gefüge der Erinnerungen, in dem er sich verstrickte. Mit einem Gefühl der Scheu goß ich Tee in die Schale.

»Trink!«

Er leerte die Schale, wischte sich mit dem Handrücken über die Lippen. Seine Stimme klang rauh.

»Warte eine Minute. Ich sehe Dinge, die ich nicht sehen will. Aber ein Mann kann nicht dasitzen wie ein erschrecktes Kind, das sich die Faust in den Mund stopft.«

Seine Stimme flößte mir Furcht ein.

»Willst du nicht lieber aufhören zu reden?«

Er schüttelte den Kopf.

»Nein. Was man begonnen hat, soll man zu Ende führen. Seit vierzig Jahren schleppe ich die Erinnerungen mit mir wie Ketten. Heute abend will ich sie zu Staub machen.« Er atmete tief, ehe er wieder zu sprechen begann.

»Natürlich wurde Shelo auch in weiblichen Fertigkeiten unterwiesen. Sie lernte, in der Jurte Ordnung zu halten, Ziegen- und Yakwolle zu spinnen, die Butter für die Altarlampen zu mischen und das Morgengebet vor dem Weihrauch-Ofen zu sprechen. Mit bunten Fadensternen und Kreuzstickereien fertigte sie kleine »Geisterfallen« an, die sie an Holzstäben knüpfte. Sie wurden zu Quadraten, Dreiecken und Sechsecken geformt und an Bäume gehängt, um die bösen Geister von den Weiden fernzuhalten.«

Es wurde sehr dunkel und kalt in der Höhle. Atan schürte die Glut, die Flammen gewannen wieder Kraft. Er sagte: »Ich habe noch nicht von meinem Vater gesprochen. Sein Name war Tilen. Er war ein Waisenkind aus dem Stamm der *Horpa*. Seine Eltern waren bei einem Erdrutsch ums Leben gekommen. Der kleine Junge überlebte und wurde von meinen Großeltern aufgenommen. Uma, die ihren verstorbenen Kindern nachtrauerte, war sehr zärtlich zu ihm. Im Laufe der Jahre wurde ihr Tilen teuer wie ein eigener Sohn. Shelo und Tilen wuchsen zusammen auf und wurden in den Wintermonaten gemeinsam unterrichtet. Damals gab es auf dem Land keine öffentlichen Schulen. Aber die Klöster richteten kleine Privatschulen ein, wo Laienbeamte arme und reiche Kinder, Mädchen und Knaben, kostenlos unterrichteten. Es wurde lediglich von den

Eltern erwartet, daß sie den Lehrern Geschenke machten; einen Sack Reis oder Tee, Zucker, Yakbutter und Schafsfelle. Bei der Aufnahme schenkten die Schüler ihrem zukünftigen Lehrer eine glückbringende *Kata*. Jedes Kind mußte eine runde Matte mitbringen, auf der es saß, eine hölzerne Tafel, einen Bambusstift, braune Tinte aus gebrannter Gerste und schwarze Tinte aus Ruß. Die Kinder gingen in ihren besten Kleidern zur Schule, und das Lernen wurde mit großer Ehrfurcht betrieben. Tilen zeigte sich besonders geschickt und wurde von den Lehrern sehr gelobt. Er war still und besonnen und lernte gut, während Shelo selten bei der Sache war. Es mangelte ihrem Geist keineswegs an Wissensdurst, aber das Verlangen, auf einem ungesattelten Pferd zu reiten und auf Bäume zu klettern, war stärker. Sie war wild, wenn sie auch aus wohlhabender und fast herrschaftlicher Familie stammte. Umas Erzählungen der räuberischen Vergangenheit ihrer Vorfahren säten Abenteuerlust in ihr Kinderherz. Stillsitzen lag ihr nicht. Shelo und Tilen gingen zur Schule, bis sie die Regeln der Grammatik beherrschten und Rechenaufgaben lösen konnten. Dann waren die Eltern der Ansicht, daß ihre Erziehung sich dem Praktischen zuwenden sollte. Zwar meinte Tenpa Rimpoche, Tilen habe das Zeug, Mönchsbeamter zu werden. Doch der Junge zeigte keine Begeisterung. Nein, er wollte draußen bei den Tieren sein.

Tilen war schon als Kind durch seine Körpergröße aufgefallen. Als Halbwüchsiger überragte er die meisten. Doch er war schüchtern, ging mit gebeugtem Rücken und ließ den Kopf hängen, als ob er seine Hünengestalt als unschicklich empfand. Er war ein Riese mit Kindergesicht, zärtlich trotz seiner Muskelkraft, außerordentlich geschickt im Umgang mit Tieren, besonders mit kranken. Die Hirten brachten ihm oft junge Füllen, die an Koliken litten, oder von Dornen verletzte Ziegen. Tilens gelenkige Finger untersuchten liebkosend das schmerzverkrampfte Tier, das sich bald beruhigen und pflegen ließ. Schon als junger Mann besaß er erstaunliche Kenntnisse über allerlei Planzen, Blätter, Wurzeln und Körner, aus denen er

Medizin herstellte, die die Beschwerden der Tiere linderte. Keiner konnte sagen, wo er sich dieses Wissen erworben hatte. Er besaß diese Gabe von Geburt an, und die Tiere vertrauten ihm. Er betrat sogar das Gehege der Yaks zur Paarungszeit. Für gewöhnlich sind Yaks sehr zutraulich und sanft. Aber wenn sie in der Brunft untereinander um die Weibchen kämpfen, werden sie wild. Sie stehen einander gegenüber, Kopf gegen Kopf, Horn gegen Horn. Keiner will dem anderen den Weg freigeben. In ihnen ballen sich alle Gewalt und Grausamkeit der Welt zusammen. Es kommt nicht selten vor, daß sie sich zu Tode bekämpfen. Die Tiere sind wie berauscht; sie fallen auch Menschen an, spießen sie auf ihre Hörner auf, werfen sie um und zertrampeln sie. Tilen jedoch zögerte nicht, sich auch in dieser Zeit auf die Weide zu begeben; das Mitgefühl brachte ihn dazu, wenn er ein tödlich verletztes Tier seine Eingeweide hinter sich durch das Gras schleifen sah. Mit einem scharfen Messer gab er ihm dann den Gnadenstoß.

Wann entdeckten Shelo und Tilen, daß sie einander liebten? Die Nomaden drosseln ihre Kinder nicht mit den Fesseln moralischer Vorurteile. Ihre freie, natürliche Lebensart setzt der Begegnung zwischen den Geschlechtern keine Schranken. Shelo und Tilen ritten gemeinsam in die Berge, fanden Höhlen oder Senken im Tannenwald, die der Wind mit Nadeln gefüllt hatte. Sie warfen sich nackt unter eiskalte Wasserfälle, wärmten sich im gleichen Schafspelz, liebten sich unter einem Himmel, der soviel weiter und höher war als überall sonst auf der Welt, füllten ihre Sinne mit Lebenshunger und Liebesgier.

Eines Tages erfuhr Tilen von Shelo, daß sie schwanger war. Beide besprachen, was zu tun sei. Sie wollten den Eltern keinen Kummer machen. Es galt als äußerst schändlich, die Familie durch eine unpassende Heirat zu verstimmen. Nach einer gewissen Bedenkzeit gaben die Eltern ihr Einverständnis, obwohl Tilen nicht aus einer Familie gleichen Standes kam. Shelos Freundinnen taten sehr konsterniert. Die *Khammo* – die Frauen aus Kham – legen Wert auf Vermögen. Wie? Nur ein einziger Mann, und arm noch dazu? Shelo duldete leichten

Herzens ihre Späße. Herden besaß sie genug. Und was das andere betraf, nun, bewies ihr Tilen nicht jede Nacht, daß er drei kräftige Männer zu ersetzen wußte? Nachdem die Hochzeit beschlossen war, begaben sich die jungen Leute mit den Eltern zum Kloster, um Tenpa Rimpoches Segen zu erbitten. Umas Bruder war inzwischen zum Abt ernannt worden, ein hochgewachsener Lama mit langsamen Bewegungen und tiefen, eindringlichen Augen. Seine Hände waren klein für einen so großen Mann und merkwürdig weich. Die Kraft, die in ihm schlummerte, war so gut verborgen, daß niemand sie wahrnahm, am wenigsten er selbst. Es war weniger die Kraft des Glaubens, als die wilde, kühne Kraft seines Nomadenblutes. Jahrelang würde sie ungebraucht in der Tiefe seines Wesens ruhen. Ich aber würde erleben, wie sie erwachte und den ganzen Mann mitriß wie ein berstender Strom.

Tenpa Rimpoche empfing das junge Paar voller Zuneigung. Er ließ einen Astrologen kommen, um einen günstigen Tag für die Trauung zu wählen. Der Stern des entsprechenden Tages und die Elemente beider Personen müssen übereinstimmen. Das Mädchen sollte nicht älter als der Junge, beide Brautleute auch nicht gleichaltrig sein. Plötzlich zeigte der Astrologe ein verstörtes, ja entsetztes Gesicht. Man stellte ihm beunruhigt Fragen. Hatte er ein Unglück gesehen, ein böses Omen? Der Alte schüttelte den hageren Kopf. Seine wäßrigen Augen starrten ins Leere. Er bewegte sich zunehmend unruhiger, atmete rasselnd und stieß jene scharfen Zischlaute aus, mit denen ein Orakel verkündet, daß das Sehen über es kommt.

»Nein, nein! Ihr wäret ein sehr glückliches Paar geworden. Aber es wird nicht dazu kommen …«

Sein Körper schwang hin und her, die Zischlaute folgten dem Rhythmus seines röchelnden Atems.

»Das ist kein Fluch! Das ist eine Warnung! Sie hängt über uns wie der Schatten eines Berges. Das Böse kommt! Der Große Wagen wird die Welt überrollen, unsere Leiber und Seelen zermalmen. Man wird euch trennen, aber diese Trennung ist heilig. Der Mann wird den Edelstein schützen, die Frau durch das Feuer gehen. Die Frucht ihrer zärtlichsten Liebe wird ihr den Schmerz schenken, den sie herbeisehnt, und der wilde Yak ihren Feind durch die Nebel tragen ...«

Dann kam der alte Mann wieder zu sich; ein junger Mönch hielt ihm eine Schale Tee an die Lippen. Der Astrologe verschluckte sich, hustete, holte zitternd Atem. Und dann quollen, während das alte Gesicht müde zur Seite sank und ein Beben über sein Kinn lief, Tränen unter den zerfurchten Lidern hervor.

»Ich weiß nicht, was ich gesagt habe. Mein Herz ist schwer vor Kummer. Das Opfer muß gebracht werden. Die Hochzeit wird nicht stattfinden ...«

Traurig und erschrocken verließen das junge Paar und die Eltern das Kloster. Shelo und Tilen wollten die bösen Vorzeichen nicht wahrhaben. Sie forderten das Schicksal heraus, bestanden auf ihrem Wunsch. Die verunsicherten Eltern zögerten. Gerührt von der Verzweiflung ihrer Kinder, gaben sie schließlich nach. Ein anderer, jüngerer Astrologe befragte die Sterne, berechnete einen günstigen Zeitpunkt für die Hochzeit und versprach, mit besonderen Riten das böse Omen zu bannen. Da traf die Kunde ein, daß der junge Dalai-Lama, auf Pilgerfahrt zu den heiligen Stätten des Buddhismus, in Kürze in Lithang eintreffen würde. Ein bedeutendes Ereignis. In der Klosterburg und in den umliegenden Klöster lebten an die sechstausend Mönche und Nonnen. Es gab eine Verwaltung, eine Garnison, eine Polizeistation und ein großes Marktviertel. Lithang selbst hatte zweitausend Einwohner und war für die Bauern und Nomaden der Umgebung eine Art kleinere Hauptstadt. Einige Wochen vor dem Besuch Seiner Heiligkeit reiste eine Abordnung von Lhasa nach Kham, um den Aufenthalt des jungen Gottkönigs vorzubereiten. Der Dalai Lama würde einen Monat in der Klosterburg verbringen und mit vielen Gelehrten Gespräche führen. Seiner Heiligkeit unterstand ein großer Verwaltungsapparat mit zwei Abteilungen. Die eine bestand aus 175 besonders ausgebildeten Mönchsbeamten, die andere aus der gleichen Zahl adliger Laien. Nun begab es sich, daß einige dieser Beamten auf der Reise von einem Unwetter überrascht wurden. Faustgroße Hagelkörner zwangen sie, ihren Ritt zu unterbrechen. Meine Großeltern boten den Reisenden an, in ihren Jurten das Ende des Gewitters abzuwarten. Die prachtvoll gekleideten Beamten wurden mit allen Ehren bewirtet, und Tilen sorgte dafür, daß ihre Pferde die beste Pflege bekamen und ausreichend mit Wasser und Futter versorgt wurden. Das einnehmende Wesen des jungen Mannes, seine auffallende Körpergröße und sanfte Geschicklichkeit entgingen nicht der Aufmerksamkeit der hohen Besucher. Als sich das Unwetter beruhigt hatte, rief ein älterer Mann Tilen zu sich. Er trug ein kostbares Gewand nach mongolischer Art. Sein Hut war mit goldenen Bändern und Seidenquasten geschmückt. Tilen stand eingeschüchtert vor ihm, ließ Kopf und Arme hängen. Der Beamte stellte ihm mit gütiger Stimme verschiedene Fragen. Die Offenheit und Klugheit des jungen Mannes gefielen ihm. Der Beamte erklärte, daß die Leibwächter des Dalai Lama von besonders kampfgeschulten Mönchen gestellt wurden, die alle über einen Meter achtzig groß sein mußten. Fand man irgendwo in Tibet einen athletischen jungen Mann, der zudem über Scharfsinn und ein angenehmes Wesen verfügte, wurde er nach Lhasa gebracht, wo man ihn für diese ganz besondere Aufgabe ausbildete, vorausgesetzt, er erklärte sich bereit, Mönch zu werden. Die hochgewachsenen, furchtlosen *Khampas* waren für dieses Ehrenamt nahezu prädestiniert. Ihre Aufgabe bestand darin, die Privaträume Seiner Heiligkeit zu bewachen, während der öffentlichen Zeremonien für Ordnung zu sorgen und den Dalai Lama auf seinen Reisen Geleit zu geben. Ob er, Tilen, bereit sei, sich dieser hohen Aufgabe zu stellen? Das Angebot rief in Tilen Bestürzung hervor. Sein Kinn sank auf die Brust, er brachte kein Wort über die Lippen. Der Beamte lächelte verständnisvoll. Es läge an Tilen, meinte er, sich für oder gegen das Angebot zu entscheiden. Keiner werde gezwungen. Doch welch eine Ehre! Kaum einer habe es jemals gewagt, sich dieser heiligen Pflicht zu entziehen.

Tilen bat zitternd um einige Stunden Bedenkzeit, die ihm gütig gewährt wurden. Grau im Gesicht suchte er Shelo auf, um sich mit ihr zu beraten. Shelos Herz wurde schwer. Der Astrologe hatte die Wahrheit erschaut. In ihren Augen schimmerten Tränen.

»Tilen, das Schicksal ist gegen uns. Dein Sohn wächst in mir, doch wir müssen uns trennen. Sicherlich hältst du mich in diesem schweren Augenblick für hartherzig – aber das stimmt nicht. Wir müssen das Opfer bringen.«

»Woher weißt du, daß es ein Sohn wird?«

»Das Geisterpferd hat mich zu ihm geführt.«

»Und du, Shelo, was wird aus dir werden?«

Da belebte sich ihr Gesicht; sie lächelte ihr bezauberndes Lächeln.

»Du hast doch gehört? Der wilde Yak wird meinen Feind durch die Nebel tragen.«

»Und das Kind?«

»Er wird als Sohn der Großen Jurten geboren. Er wird furchtlos aufwachsen, die Hohen Berge besteigen und die Herden tief unten auf der Ebene wie Ameisenschwärme sehen. Er wird mit dem Adler fliegen und den Sturm reiten.«

Beide Liebenden hatten gelernt, Visionen zu achten. Das Rad des Schicksals drehte sich. Ihre Bestimmung war schon besiegelt.

»Ich will meinen Sohn sehen«, stieß er hervor. »Und wenn es auch nur ein einziges Mal ist.«

»Du wirst ihn sehen«, sagte die junge Frau. »Ich verspreche es dir. Eine *Ngolok* hält stets ihr Wort.«

Ihre Hände streichelten ihn sanft, ihr warmer Atem strich über seine Wange. Sie flüsterte.

»Ich werde dich immer lieben.«

Einige letzte Stunden voll träumerisch-schöner Ruhe blieben ihnen, eine jener Nächte, die einem Mann mehr wert sind als alle anderen im Leben. Dann wurde es Tag. Der Weg war gewählt; Tilens Fuß betrat ihn schon. In ein paar Stunden würde er die Jurten seiner Kindheit für immer verlassen; er würde sein langes Haar scheren, auf das er so stolz war, und das Mönchsgewand tragen. Der Schritt war nicht rückgängig zu machen. Hatte er erst sein Gelübde abgelegt, würde er nach neuen Gesetzen leben: ein Mönch werden, im Wesen und Sein. Shelo jedoch war es, als werde ihre Seele zerstampft wie das Salz im Mörser. Doch ihre Visionen hatten ihren Willen gestärkt. So jung sie war, hatte sie bereits erfahren, wie unberechenbar die Vorsehung sein kann, und sich damit abgefunden. Tiefe Ruhe kam über sie, es war ein Zustand des Friedens und des Kräftesammelns. Sie dachte an das Kind, fühlte es in ihrem Blut wachsen, bis es voll ausgebildet war. Und in einer Sommernacht, als Sternschnuppen in großer Dichte herabstürzten, fühlte sie die ersten Wehen. Sie lag unter der Öffnung der Jurte, nahm trotz ihrer Schmerzen die Schönheit dieser Nacht wahr. Sie packte die Firststange und hielt sich daran fest, und der Himmel schien mit ihr und ihrem Kind im Mittelpunkt langsam zu kreisen. Sie flüsterte Tilens Namen wie eine Beschwörung, und als ihr Herz vor Sehnsucht und Qual zu zerspringen drohte, fiel das Kind wunderbar schnell aus ihrem Leib auf das weiche Schafsfell zwischen ihren Beinen. Uma durchschnitt die Nabelschnur mit einem scharfen Stein, hob das Baby auf und wusch es; sie sagte mit wehmütiger, aber glücklicher Stimme, daß es schwerer sei als ihre eigenen Kinder. Shelo drückte es an ihre Brust und steckte ihre Finger in seine Hand, um den Griff zu spüren; die winzigen Finger schlossen sich fest, und es schrie aus kräftigen Lungen. Shelo schlief eine Weile, während Uma Wacholderzweige verbrannte und die Jurte in Ordnung brachte. Bei Tagesanbruch nahm Shelo ihren Sohn in die Arme und stillte ihn zum ersten Mal. Sie nannte ihn Atan. In der alten Sprache der *Ngolok* bedeutet dieser Name »der Fürst«.

30. Kapitel

Ich wuchs heran; mein Leben spielte sich in einer Beständigkeit ab, die das Wesen eines Kindes festigt. Der Zauber der Kindheit ist eine mächtige Magie. Wenn uns später das Leben zu Selbstentfremdung, Haß und Mord führt, so bleibt diese Erinnerung als Trost. Die Unschuld der ersten Kinderjahre wandert mit uns, durch Granatfeuer und Trümmerhaufen, und schenkt uns ein Versprechen der Wiedergeburt.

Als kleiner Junge war ich schnellfüßig, neugierig und jähzornig. Die religiöse Erziehung dämpfte meinen heftigen Charakter, erweckte gleichzeitig ein unbegrenztes Gefühl des Vertrauens. Khampakinder sind nie allein. Sie sind zu jeder Zeit umgeben von Großeltern, Onkeln, Vettern, Dienern, die mit den Kleinen schmusen, ihnen vorsingen, Geschichten erzählen. Nie wurde ich angeschrien, nie hörte ich ein hartes Wort. Jeder beugte sich lachend meinen Launen, so daß ich bald schrecklich verzogen war.

Meinen Vater hatte ich nie gekannt, doch jeder nannte seinen Namen mit Ehrfurcht. Mit den Jahren wuchs seine Bedeutung. Man sprach von seiner Kraft und Weisheit; davon, wie gut er reiten konnte, wie freundlich zu allen Menschen er war und wie mitfühlend zu den Tieren. In meiner Vorstellung sah ich ihn im *Potala*, erfüllt von seiner großen Aufgabe, umgeben von Frömmigkeit und Prunk, hochgeschätzt wegen seiner Treue und seiner Stärke. Und dennoch in Gedanken bei seinem kleinen Sohn. Mein Herz klammerte sich fest an die Überzeugung, daß mein Vater ein Held war; und indem ich so dachte, wuchs in mir das Bedürfnis, unbesiegbar wie er zu werden.

Ich war fünf Jahre alt, als meine Mutter mir mitteilte, daß wir zum Neujahrsfest nach Lhasa reiten würden. Shelo hatte mit den Vorbereitungen alle Hände voll zu tun, während ich vor Freude kaum zu bändigen war. Endlich kam der Tag der Abreise. Da die Wege nicht sicher waren, begleiteten uns vier bewaffnete Diener und zwei Pferdeknechte. Ein Maultier trug unser Gepäck. In Lhasa würden wir in einem Rasthaus übernachten, das einem Verwandten gehörte.

Losar, das Neujahrsfest, ist mit dem Aufstieg des neuen Mondes verbunden, und begann in diesem Jahr im Februar. Zu dem Anlaß fanden sich Tausende von Pilgern in der Hauptstadt ein. Das Neue Jahr erwachte mit Lärm und Gelächter, mit Zeremonien, Empfängen, Festessen, Umzügen und Feuerwerken. Es war wichtig, daß man sich vergnügte, seine besten Kleider trug, als Omen für Wohlstand und Glück. Nach drei ausgelassenen Tagen wurde die Stimmung besinnlich. *Mönlam Tschenmo*, das Große Gebet, feierte Buddhas Sieg über die Dämonen, die ihn bei seiner Meditation in Versuchung geführt hatten.

Wir reisten ohne Zwischenfall über die Päße. Meine Gedanken flogen, die Ungeduld machte mich toll. Ich wollte vorwärts stürmen wie der Blitz, wie der Adler, wie der reißende Wildbach. Reiten, Tag und Nacht, um unser Ziel noch früher zu erreichen! »Zu einer solchen Hast ist kein Anlaß«, meinte Shelo lachend, »denk doch an die armen Pferde!«

Es kam alles ganz anders. Der alte Winterteufel mit den bleiernen Eingeweiden spielte uns einen bösen Streich. Von einer Stunde zur anderen setzte Schneefall ein, dicht und stetig fielen die Flocken. Wir mußten die Reise unterbrechen, tagelang in einem verschneiten Dorf warten. Welch eine Enttäuschung! Die Bauern klagten: »Das ist der tiefste Schnee, den wir seit Jahren hatten.« Endlich zog der Winterteufel seinen Bauch wieder ein, hinterließ einen wütenden kleinen Jungen und einen Himmel, der blank war wie Türkis. Wir ritten weiter; aber die weiße Decke lag hüfttief auf den Pfaden. Es war ein Wunder, daß wir es schafften und Lhasa am Tag des Lichterfestes erreichten.

Es war die Stunde des Vogels, die Schatten wurden länger,

der Himmel, seit Tagesanbruch klar, war jetzt von einem grellen Blau, und die dahineilenden Wolken ließen ihn noch höher und blauer leuchten. Auf der Asphaltstraße wanderten Tausende von Menschen. Die Bewohner der umliegenden Landbezirke kamen zu Fuß oder zu Pferd, mit dem Wagen oder von Sänften getragen. Die einen drehten ihre Gebetsmühlen, andere ließen Gebetsschnüre aus Knochenkügelchen oder Halbedelsteinen durch die erstarrten Finger gleiten. Manche warfen sich flach zu Boden, erhoben sich wieder und wiederholten diese Gebetsübung von neuem. Im Gedränge kamen wir nur schrittweise vorwärts. Yaks, mit Gepäck beladen, Maulesel, Reiter und betende Pilger, Lastwagen und Jeeps verstopften die Straße. Ich war mit den natürlichen Geräuschen der Steppe aufgewachsen. Der ungewohnte Lärm verwirrte mich: Hupen, Rufe, Räderknarren mischten sich in das Geräusch der Motoren, die im Schneematsch beschleunigt oder gebremst wurden. Am Straßenrand waren Zelte aufgeschlagen. Vor kleinen Öfen kauerten Bauern, brühten Tee auf und verkauften getrocknetes Yakfleisch, in Öl gebackene Krapfen und alle möglichen Zuckerwaren. Die ganze Straße war mit Reliquienschreinen gesäumt. An Stangen, im scharfen Wind gebogen, flatterten Tausende von neuen Gebetsflaggen in den Himmelsfarben blau und weiß. Vieles, was ich sah, ist mir entfallen, aber auch heute, nach all diesen Jahren, empfinde ich noch dasselbe Gefühl des Schwindels, des Sich-Eröffnens einer anderen Welt, die der erste Anblick des *Potalas* in mir erweckte. Lange Zeit waren nur verschneite Höhenrücken zu sehen. Ganz plötzlich senkte sich die Straße, die Hügel glitten zurück, gaben den Blick frei auf einen Kranz weißer Berge. Und in ihrer Mitte, wie ein Riesenjuwel in einem Schrein, erhob sich ein Bauwerk im goldenen Strahlenkranz. Was konnte das sein? Eine Luftspiegelung? Eine Fieberphantasie? Ich schloß die Augen vor Angst, ein Wimpernzucken könnte das Bild verscheuchen. Blinzelnd öffnete ich sie wieder … Nein, es war da! In meiner Vorstellung war der Potala nur eine Burg gewesen, wie jeder Fürst sie in Kham bewohnt. Doch alle Schneegipfel der Welt schienen sich über dieses Bauwerk zu neigen. Die ganze Gegend roch nach Segen und Göttern. Bis heute kenne ich keinen anderen Ort, der einen solchen Eindruck hervorzubringen vermag. So groß, dachte ich, so gewaltig ist die Macht meines Vaters! Er wohnte im *Potala* – im Winterpalast seiner Heiligkeit, schwebend, wie der Volksmund sagt, »über den fünffarbigen Wolken des Paradieses«. Von Schneeschleiern umweht, krönte das Bauwerk die Stadt, erstreckte sich die Hänge hinunter, Terrasse über Terrasse, leuchtend wie pures Gold. In Ehrfurcht beugte ich den Kopf, faltete meine erstarrten Hände. Ich betete die heiligen Worte: »O mani padme hum«, und meine Augen wurden feucht.

Wir ritten an dem Berg Tschagpori vorbei, mit seiner berühmten Medizinschule, von der heute bloß Ruinen übrig sind, aus denen ein Fernsehturm ragt.

Bald kam, an einem anderen Hang, die Klosterstadt Drepung in Sicht, mit ihren Dächern aus vergoldetem Kupfer und rauchgeschwärztem Gebälk, mit ihren zinnenbewehrten Wachtürmen, ihren scharfen Schatten. Ein Bollwerk aus engen Gäßchen, bemalten Gebetsmauern, kleinen *Ghompas* – Heiligtümer – Hinterhöfen und sich herabwindenden Treppen. In den Tempeln waren viele tausend Mönche beim Gebet. Die ganze Klosterfestung summte wie eine Bienenwabe.

»Amla, Amla!« rief ich aufgeregt. »Werde ich bald meinen Vater sehen?«

Sie lächelte mir zu. In ihren Augen schimmerte es feucht.

»Ja, das wirst du.«

»Wird er auch mich sehen?«

»Still, Atan, still! Du darfst nicht vergessen, artig zu sein. Ja, er wird dich sehen. Heute ist ein großer Tag.«

Der Palast, glühend im Abendlicht, dehnte sich mit Türmen und Pfeilern, mit Hallen und Vorbauten über verschneite Felsen. Von Stufe zur Stufe wuchs er empor. Ja wahrhaftig, erdgeborene Giganten mußten die Festung errichtet haben. Wer sonst hätte diese Mauern, diese Pfeiler, diese Sockel erschaffen können? Man sah, wie sie aus den Felsen wuchsen, von der untersten Sprosse bis zu den funkelnden Türmen, eine ständige Bewegung aus Stein. Das Auge glitt an den Mauern empor, von einer vogelumflogenen Terrasse zur anderen, noch höher hinauf bis zu den Säulen mit den Goldkapitellen, über denen die Dächer kronengleich funkelten. In diesem Palast tat mein Vater seinen Dienst.

Die Stadt selbst mit ihren Tempeln in der Mitte duckte sich in eine Bodensenkung. Und doch atmete sie Feierlichkeit aus, weil sich alle Umrisse und Formen gleichsam himmelwärts fortsetzten. Als ob die Häuser selbst sich danach sehnten, emporzuschweben zu den Göttern, die in den Bergen lebten als Gefährten der Sonne, der Sterne und der Winde. Unterhalb der Ringmauer verlief der *Lingkor*, der äußere Pilgerweg. Wir gelangten mit Mühe durch ein gewaltiges Tor. Menschen verstopften alle Straßen, ihr gefrorener Atem schwebte weiß über den dunklen Köpfen. Daß es in Lhasas Armut, Schmutz und Elend gab, sah ich nicht. Ich bewegte mich in einer Welt der Götter und Heroen. Mein kindlicher Sinn war erfüllt von einer Sehnsucht nach Klarheit und schönen Dingen. Noch heute glaube ich, daß dieser erste Eindruck mein späteres Leben geprägt und mich zu dem gemacht, was ich geworden bin: ein Mensch, der die Vergangenheit wie einen Rausch empfindet. Ich bin ein Mann, der das Paradies als Illusion im Abendlicht sah, und sich nun vor Sehnsucht nach einem Trugbild verzehrt.

In jener Nacht also war Lhasa in Licht getaucht. Kerzen, Fackeln und kleine Öllampen beleuchteten Gebetsstätten und Statuen, Häuser, Höfe und Gassen, in denen sich filigrane Schatten bewegten. Der Vollmond überzog die Berge mit Silber. Meine müde Stute trug mich durch die Menge – ein Diener führte sie am Zügel, was ich mir sonst nicht hätte gefallen lassen. Jetzt merkte ich es kaum.

Das Surren der Gebetsmühlen, das Murmeln unzähliger Stimmen mischte sich in den schweren Duft nach Weihrauch, Ölgebäck und warmem Gerstenbier. Kinder in bunten Festkleidern drehten sich wie Kreisel. Der Widerschein der flackernden Feuer ließ nußbraune Gesichter wie Kupfer und Gold glänzen, verwandelte Lumpen in edles Brokat und schmierige Schafsfelle in kostbare Mäntel. Tausende von Räucherstäbchen brannten in jedem Heiligtum. Die Butterlampen schienen in der Luft zu hängen; sie flackerten hin und her oder brannten still und stetig. Alle Säulen waren mit kostbarem Brokat geschmückt. Im Dämmerlicht kauerten die Mönche, schlugen kleine Zimbeln und sangen. Wir näherten uns dem *Barkhor,* dem inneren Pilgerpfad, der den Jokhang-Tempel umgab. Hier gab meine Mutter den Knechten die Anweisung, die Reittiere fortzuführen. Sie behielt nur die Diener bei sich. Wir gingen zu Fuß, geschoben von der Menge. Alle starrten zu etwas hin, das wir noch nicht sehen konnten. Ein rosafarbenes Leuchten, das gelegentlich wuchs oder abnahm, in Safrangelb und zurück in Rosa umschlug. Auf dem Vorplatz staute sich eine Menschenmauer; ich stolperte, forderte mit Geschrei, daß man mich beachtete. Ein lachender Diener hob mich auf seine Schultern. Endlich sah ich, wohin alle schauten, und vor meinen Augen tat sich eine Märchenwelt auf. Ölflämmchen brannten auf Tragaltären, und die Nacht schien von feurigen Pünktchen übersät. Das Flackerlicht fiel auf riesige Bildwerke. Es war, als ob jede Figur, jedes Muster, einen eigenen schwachen Schimmer ausstrahlte. Es verschlug mir die Sprache. Hier leuchteten die Blumen und Früchte, die Blätter und Dolden aller Erd- und Himmelsgärten. Wunderbar abgestimmt in den Farben, traten Hirsche und Rehe, Löwen und Tiger, Affen und Elefanten aus mandelgrünen Wäldern hervor. Ein Pfau schlug sein Rad, ein Pferd flog in die Wolken. Hier wirbelte ein Dämon, die Zähne gebleckt zu drohendem Fauchen, dort tanzte eine Fee. Eine vierarmige Gottheit lächelte auf dem Lotusthron, die Sonne färbte die Schneeberge rosa, und Buddha, golden gekrönt, schwebte im fünffarbigen Lichtkreis über smaragdenen Gewässern. Ich war vor Staunen ganz benommen. In meiner Einfalt setzte ich alles mit meinem Vater in Verbindung. Ich brauchte bloß an ihn zu denken, um tiefe Freude zu verspüren, Freude, aber auch Beklemmung. Kinder sind Zauberer und sehen in die Zukunft, auch wenn sie die Zeichen nicht deuten.

Die Utopisten der heutigen Tage malen Engel an die Wände, die nicht ins Paradies führen. Die Gottlosen verlachen die Gläubigen: Religion ist Opium für das Volk, der Spruch ging um die Welt. Im Zeitalter der Partei ging die Menschlichkeit verloren. Damals jedoch, bevor uns die Chinesen vorwarfen, auf den Knien zu rutschen statt zu denken, standen am *Barkor* die Häuser der Beamten und Kaufleute, wuchtige Steingebäude, mit eisenbeschlagenen Portalen und Balkonen, von massiven Pfeilern gestützt. In dieser Nacht waren die Fenster im Erdgeschoß mit Kissen und Teppichen ausgelegt. Unter purpurnen Baldachinen lehnten schöne Frauen, der Kälte wegen in Pelze gehüllt. Ihr Haar war zu einem Zweispitz hochgesteckt, mit Bernsteinkugeln und Jadespangen geschmückt. Hinter den Frauen drängten sich Dienerinnen, Kinder in den Armen. Andere Diener hielten Schaulustige von den Fenstern fern. Alle warteten auf die Prozession Seiner Heiligkeit, die in Kürze hier vorbeikommen würde. Es war strengstens verboten, sich auf den Balkonen der oberen Geschosse aufzuhalten, denn kein Mensch hatte das Recht, in Gegenwart Seiner Heiligkeit höher als er selbst zu stehen oder zu sitzen. Beide Straßenseiten waren mit weißen und gelben Kreidelinien bezeichnet, und alle dreißig Meter stand ein Weihrauchgefäß. Reihen von Mönchen säumten die Straße, und die gefürchteten *Dopdops,* die Mönchspolizisten, teilten aufs Geradewohl Stockschläge aus. Ihre Gewänder, an den Schultern mit Leder gefüttert, ließen sie noch gewaltiger erscheinen. Wenn sie drohend mit den Stöcken auf den Boden schlugen, stoben die Menschen erschrocken auseinander.

Plötzlich klangen von weither Trompetenstöße. Eine Militärkapelle hatte zu spielen begonnen. Die Männer, in Wickelgamaschen und Tropenhelmen nach britischem Vorbild, nahmen zu beiden Seiten der Straße Aufstellung. Ihre befehlshabenden Offiziere kamen mir kriegerisch und schneidig vor. Ich bewunderte sie sehr und wünschte mir die gleiche Uniform. Doch als die Soldaten ihre Waffen senkten, legte sich ehrfürchtiges Schweigen über die Menge. Einzig das Knirschen der Schritte im Schnee, die dünnen Stimmen der Kleinkinder und dann und wann ein Husten waren zu hören. Im Gedränge, wo wir Platz gefunden hatten, hob mich meine Mutter auf ihre Arme. Das nun erklingende Geräusch jagte mir eine Gänsehaut über den Rücken: das intensive, magische Brummen der Muschelhörner dröhnte über die Stadt. Und wie ein Echo stieg aus der Finsternis ein schwingendes Dröhnen. Die heiligen *Da-Ma*-Trommeln schlugen den ersten Ton: Die Prozession setzte sich in Bewegung! Am Ende der Straße lösten sich Gestalten aus der Nacht. Zuerst erschienen Mönche mit erhobenen Kienfackeln. Schwaden dunstigen Weihrauchs stiegen auf. Die Mitglieder des Mönchsrats, in weiten Umhängen mit gelben Hauben, hochgeschwungen wie Hahnenkämme, trugen die Prozessionsbanner der verschiedenen Bruderschaften. Dann folgten sechs Ponys, mit Seide und Satin geschmückt, jedes trug zwei *Da-Ma*-Trommeln, die von zwei Männern in wechselndem Rhythmus geschlagen wurden. Flöten setzten ein. Zum erstenmal vernahm ich die Klänge der *Suna*, voller Feierlichkeit und Freude. Alle Musiker trugen Brokatgewänder, weiße Blusen, flache Hüte mit baumelnden Quasten und lange goldene Ohrringe. Eine Gruppe Mönche, jüngere und ältere Männer, schüttelten kleine Schellen. Jetzt prasselten Hufe auf die nassen Steine. Die Reitpferde der »Schappes« – der Ratsteilnehmer – und der hohen Beamten waren mit Decken aus Samt und Brokat bedeckt. Ihre Sättel waren aus feinstem Leder, das Zaumzeug mit Gold geschmückt. Die Pferde wurden von jüngeren Beamten am Zügel geführt. Die Gewänder der Adeligen wetteiferten um den höchsten Glanz. Matte und schimmernde Seide. Silber und Goldfäden. Buntbestickte Stiefel aus weichem Leder. Kostbare Schmuckspangen, goldene Kopfbedeckungen. Die Reiter bewegten sich wie ein lebender Fries, zwischen Licht und Schatten. Das dauerte endlos. Welch ein Aufwand! Welch ein Prunk! Ich schaute aufgeregt dahin und dorthin. Die Menschen beugten die Stirn, doch viele taten es lächelnd. Die Adeligen übten Macht aus, keine Tyrannei; das tibetische Volk war unzeitgemäß ehrfürchtig,, aber weder servil noch apathisch. Es unterschied sehr wohl zwischen den Göttern und ihren Stellvertretern, erfand Spottverse und übte Kritik. Das Schicksal war nie so eng, daß es Mißgunst aus einfachen Seelen preßte. Dieselben Sitten galten bei arm und reich, und zwischen den Aristokraten und dem Volk wirkten ausgleichend die Zünfte. Der Glaube kam nicht von oben, sondern aus dem Herzen der Menschen. Das war es, was die Chinesen nie begreifen konnten: die natürliche, reine Flamme der Religion. Sie reduzierten die Kraft unseres Glaubens zu Rückständigkeit und nannten sie Demagogie.

Der Trommelklang entfernte sich; die murmelnden Gebete verklangen. Der Griff meiner Mutter wurde fester; ich spürte ihre steigende Erregung, als die persönliche Umgebung des Dalai Lamas in Erscheinung trat: der Kämmerer, der Mundschenk, die Intendanten, die Gelehrten. Ich flüsterte an Shelos Ohr: »Kommt mein Vater jetzt?«

Sie nickte, ihre Wange an die meine gepreßt. Ungeheure Stille breitete sich aus – jene Keimstille, die aufkommt, wenn der Mensch überwältigt seine eigene Seele erlauscht. Meine spähenden Augen glitten über die Masse der verzückten Gesichter. Mein Vater! Wo mochte er sein? Da erstarrte mein Blick: Eine goldgelbe Riesenblüte schwamm auf dem Gewässer der Nacht. Langsam glitt sie heran, ließ alle Gesichter in zartem Schimmer erglühen. Jünglinge trugen eine Sänfte, die größte, die ich je gesehen hatte. Ein kräftiger Mönch ging voran, hielt einen Schirm aus Pfauenfedern, der im Luftzug erzitterte. Alle standen tief gebeugt und unbeweglich, die Hände vor der Stirn gefaltet. Auch die adligen Damen an den Fenstern beugten das Haupt, so daß sie mit ihrer Haartracht das Fenster berührten. Die Dienerinnen drückten die Köpfe der Kinder sanft, aber nachdrücklich hinunter. Meine Mutter jedoch stand aufrecht. Ihr Atem ging keuchend. Vor der Sänfte ritt auf einem ruhigen Pferd der *Löntschen,* der Herold Seiner Heiligkeit, der ein Gewand nach mongolischer Art und einen Hut mit goldenen Seidenbändern trug. Die Sänfte war von einer Gruppe von sechs hochgewachsenen, breitschultrigen Mönchssoldaten umgeben. Die persönliche Leibgarde Seiner Heiligkeit.

Die Sänfte kam näher, glitt lautlos vorüber, wie ein Traum. Zwischen den dottergelben Vorhängen erblickte ich ein feines Profil, mit einem schwebenden Lächeln darauf. Eine Hand, so zart wie die eines Mädchens, segnete die Menge. Neben der Sänfte schritt, mit Gewehr und Peitsche bewaffnet, ein einzelner Mönchssoldat. Er wirkte wie ein Riese, ein Wächter des Himmels; sein Gesicht war golden wie Feuer, jung und streng. Und jetzt tat meine Mutter etwas Ungeheuerliches. In der ehrfürchtigen Stille erklang ihre Stimme rauh und klar – die Stimme einer Schamanin eben.

»Sieh, Tilen! Hier ist Atan, dein Sohn.«

Und indem sie das rief, hob sie mich mit ihrer ganzen Kraft empor, so daß der Soldat mich sehen konnte. Und er – mein Vater – verlangsamte seinen Schritt, blickte in unsere Richtung. Noch heute entsinne ich mich, wie sich der Blick meines Vaters in mein Herz bohrte. Alles leuchtete in ihm in diesem Augenblick; goldenes Licht schien aus seinen Augen, aus seinem Antlitz zu strahlen. In diesen wenigen Sekunden – solange die Sänfte, in feierlichem Schritt getragen, an uns vorbeischwebte – sah ich die Liebe, die Freude und den tiefen Schmerz auf seinem Gesicht. Sein Mund öffnete sich; doch kein Ton kam über seine Lippen. Er neigte nur den Kopf, deutete einen Gruß an, der sowohl mir als auch meiner Mutter galt, bevor ihn zwei weitausgreifende Schritte wieder auf die Höhe der Sänfte brachten. Er schwang die Peitsche hoch über seinen Kopf – es mochte als Gruß gelten, als stolze Huldigung.

Und dann war es vorbei. Ich spürte eine Art heftiges Zittern; nach einer Weile merkte ich, daß dieses Beben aus der Brust meiner Mutter kam. Ihr Atem ging tief und keuchend. Sie preßte mich an sich; es war ihr krampfhaftes, unterdrücktes Schluchzen, das mich schüttelte. Dann erklang ein großer Seufzer, wie ihn Kranke manchmal hören lassen; ihre Augen schlossen sich, während Tränen über ihre Wangen liefen. Leise, kaum hörbar, flüsterte sie an meiner Wange:

»Du hast ihn also gesehen. Er brachte sein Opfer, Atan. Und jetzt bewacht er den Edelstein.«

31. Kapitel

»Meine Erinnerung an Lhasa«, fuhr Atan fort, »steht ganz im Banne dieser ersten Eindrücke. Die Bilder sind in mir, leuchtend und wunderbar. Ich erlebte, wie die Veränderung unser Volk erfaßte, wie das Lachen und die Lieder und die Gebete verstummten. Für diese Dinge gibt es keine Wiederkehr. Die Götter schlafen. Eines Tages, in tausend Jahren vielleicht, werden sie mit staunenden Augen auf die Erde blicken und nur Schatten auf verbrannten Steinen finden. Unsere Religion verbietet das Töten jeder Kreatur, Mensch oder Tier. Wir sind – würde ich sagen – nicht zeitgemäß. Es gibt Völker, die dem Leben nicht soviel Wert beimessen. Das hat auch praktische Seiten. Wer die Welt verändern will, muß Blut vergießen, anders geht es nicht. Und so lernte auch ich, am Rande meines Gewissens zu leben.

Mein Großvater Djigme war ein umgänglicher Mann, mit blitzenden Augen und humorvollem Mund. Wenn er Gerstenbier trank, wurde er unsicher auf den Beinen und erzählte Geschichten, die meine Großmutter zum Lachen brachten. Sie hatte ein mädchenhaftes Lachen, fröhlich und glockenklar. Sie konnte von ganzem Herzen über Dinge lachen, die andere nur mäßig oder überhaupt nicht komisch fanden. Djigme gefiel das sehr. Nachdem Uma an Typhus erkrankt und gestorben war, war er nie mehr derselbe. Nun trank er nicht mehr, um sich zu freuen, sondern um zu vergessen; er schämte sich auch nicht seiner Tränen. Doch wenn Djigme im Rat seiner Stimme erhob, wurde ihm immer noch zugehört. Keiner verspottete ihn, weil er trauerte. Jeder ehrte seinen Schmerz.

In den Wintermonaten ging ich in Lithang zur Schule. Unser Lehrer, Kelsang Jampa, war ein älterer Mann von ungefähr fünfundsechzig Jahren, hager, kleingewachsen und mit weißen Haarstoppeln. Er war der lustigste Mann, den ich jemals gesehen hatte, mit dem schelmischen Gesicht eines Gnoms. Er besaß einen schier unerschöpflichen Schatz alter Spottverse, absonderlicher Sagen und nicht immer stubenreiner Geschichten von Mönchen und Nonnen. Er konnte dabei seine Stimme verstellen wie ein Schauspieler und die verschiedensten Rollen durch Gestik und Mienenspiel darstellen. Da ich ihn mochte, lernte ich schnell, ohne die großen Gedanken zu begreifen, die sich in seinen vergnügten Anekdoten verbargen. In den Jahren, die seitdem verflossen sind, erkannte ich nach und nach die goldenen Wahrheiten dieses großartigen alten Lehrers. Er benutzte die Magie der Worte ebenso wie meine Mutter die Magie der Gesänge. Nur klare Köpfe können der Dunkelheit trotzen, die Feinde verhöhnen und für die Freiheit streiten. Das war es, was ich bei ihm lernte.

Zu jener Zeit gehörten uns zweihundert Pferde, ein paar tausend Schafe und achthundert Yaks. Die Yaks waren die Grundlage des tibetischen Lebens. Sie dienten als Packtiere und – wenn sie keine Hörner hatten – als Reittiere für Frauen und Kinder. Sie lieferten die tägliche Milch. Ihr Fleisch, getrocknet und mit Salz und rotem Pfeffer gewürzt, hielt sich ein Jahr lang. Aus den Häuten der alten Büffel fertigte man Fellboote, die jeder Strömung trotzten, Zeltdecken und Umhänge für den Winter, in früheren Zeiten auch Schilder, die Pfeile und sogar eine wuchtig gestoßene Lanze abhielten. Die feinere Haut der Kuh lieferte Leder für Kleider und Stiefel. Aus der Wolle wurden feste, wasserdichte Stoffe gewonnen, unsere Jurten waren aus Yakwolle, die sowohl vor Hitze, als auch vor Kälte schützte. Fellriemen dienten zum Binden und Knüpfen, die Sehnen als Fäden. Aus den Knochen machte man Werkzeuge und Nadeln. Die Hörner wurden zu Wasserbehältern, Tintenfässer und Schnupftabakdosen verarbeitet. Fast alle Dinge, die wir brauchten, stammten von den Yaks. Unsere Hirten stellten Butter, Käse und Borax her; sie verpackten die Butter in feuchte Häute, damit sie sich lange hielt. Die getrockneten Käselaiber wurden auf einer Schnur gefädelt zusammengebunden und auf dem Markt in Lithang angeboten. Von dem Verdienst kaufte meine Mutter Salz, das die Karawanen brachten, Seidenstoffe, Tee, Streichhölzer und Seife und manchmal auch Gold- oder Silbermünzen, Korallen und Bernstein, um ihr Geld gut anzulegen.

Wir zählten regelmäßig unsere Yaks; das Zeichen des Besitzers wurde ihnen nicht in den Schenkel, sondern in die Hörner gebrannt, was dem Tier weniger Schmerzen bereitet. Eines Tages, im Spätsommer, ritt ich mit Shelo auf die Weide. Es war ein schwüler, dunstiger Tag. Die Tiere bewegten sich träge. Plötzlich zog ein Gewitter auf. Das Gelb der Hügel verwandelte sich in tiefes Violett unter dicken, schwarzen Wolken. Ein heftiger Wind bewegte die Gräser. Wir ritten in schnellem Trab heimwärts, doch das Unwetter kam uns zuvor. Eine Kette von Blitzen zuckte auf, manche fielen ganz nahe; der Donner rollte ununterbrochen. Bald fielen die ersten Tropfen; dann fegte ein gewaltiges Rauschen heran. Regen, hart wie Blei, peitschte unsere Schultern und Rücken. Der Wind heulte, auf unseren Ohren lag ein Druck, der uns schwindlig machte. Ehe ein Donnerschlag verhallt war, schmetterte ein neuer dazwischen. Wir ritten durch die graue Regenwand, durch das Feuer der Blitze, das jedesmal die Pferde aufschreckte und ausbrechen ließ. Als für einen kurzen Augenblick der Donner schwieg, vernahmen wir in der Nähe ein lautes, schmerzvolles Muhen. Wir hielten die Pferde an und lauschten. Eines unserer Tiere mußte in Not sein. Plötzlich streckte Shelo den Arm aus. »Da!« Schnell ritten wir in die Richtung, aus der das Brüllen kam, und entdeckten unter einem Baum eine dunkle Masse, die sich bewegte. Der Blitz hatte einen gewaltigen Ast von der Krone geschlagen. Unter einem Gewirr von Laub und verbrannten Zweigen lag ein Yak in einer großen Blutlache. Eines seiner Hörner war abgebrochen. Wir sahen sofort, daß er nicht zu unserer Herde gehörte.

»Ein *Drong*!« rief Shelo.

Die Drongs sind wilde Yaks, die im Gebirge leben. Diese Tiere sind mächtiger und größer als zahme Yaks. Zum Pflügen und Lastentragen eignen sie sich nicht. Es kam vor, daß wir ihnen Kühe überließen, damit wir im nächsten Frühjahr junge, kräftige *Dzos* bekamen. Ausgewachsene Drongs können fast zwei Meter bis zum Widerrist erreichen. Sie sind prächtig anzusehen, mit großen, geheimnisvollen Köpfen. Ihre Hörner, auswärts gebogen, schimmern lang und scharf wie Säbel. Ihr dunkelbraunes, ins Schwarze übergehende Fell fällt mähnengleich über Rückgrat und Flanken. Sie beherrschten schon die Hochtäler, als die Menschen noch in Grotten ihre ersten Pfeile schnitzten.

Das verunglückte Tier, eine Kuh, warf ihren schwerfälligen Körper hin und her, krümmte den Hals und reckte den Kopf, verzweifelt bemüht, ihre Last abzuschütteln. »Armes Tier!« sagte ich zu ihr. »Was machen wir jetzt mit dir?«

»Bleib ihr vom Leibe!« warnte mich Shelo.

Sie selbst näherte sich furchtlos der schmerzgepeinigten Kuh, packte den schweren Ast und versuchte ihn wegzuziehen. Es gelang ihr nicht. Die Kuh zitterte zunehmend stärker, brüllte und stöhnte. Offenbar hatte ihr der Ast das Rückgrat gebrochen. Plötzlich schüttelte sie ein heftiges Zucken, die Augen traten ihr fast aus den Höhlen. Rasselnder Atem drang aus den geweiteten Nüstern. Die Beine streckten sich; ein tiefer Seufzer hob die verschwitzten Flanken. Dann fiel der schwere Körper zurück und lag still. Im weißen Flackerlicht trat ich zaghaft näher.

»Ist sie tot?«

Shelo nickte atemlos, wischte sich das nasse Haar aus dem Gesicht. Da hörten wir ein schwaches Blöken. Unter den knackenden Zweigen bewegte sich etwas, ein lockiges, nasser Kopf tauchte aus dem Blattwerk auf. Bevor sie starb, hatte die Kuh ein Kälbchen geworfen! Und – welch ein Wunder: Das kleine Tier war weiß, mit gelblichen Flecken hier und da. Weiße Yaks sind äußerst selten. Deswegen sagt man, daß sie Glück bringen. Wir befreiten das Kälbchen aus dem Gewirr der Zweige, hoben es mit vereinten Kräften hoch. Es war nicht viel schwerer als ein großer Hund, klebrig vom Blut seiner Mutter. Zwar konnten wir das Tier einige Schritte weit tragen, nicht jedoch auf das Pferd heben. Inzwischen zog das Gewitter weiter; die Sonne leuchtete aus gelben Wolkenschichten, und ein großer Regenbogen schwebte über den Hügeln.

»Bleib bei ihm«, sagte Shelo. »Ich hole die Hirten.«

Sie stieg in den Sattel, ritt davon. Ich setzte mich neben das Kälbchen, das zusammengekauert am Boden lag. Es drückte seinen Kopf auf meine Knie.

Die Hirten kamen bald und brachten den kleinen Yak in das Lager. Alle freuten sich über die gelungene Rettung und bewunderten das Tier. Das Kälbchen stand auf zitternden Beinen, und ich hielt es dicht an mich gepreßt. Und um Mitternacht schliefen wir beide in der Jurte, unter der gleichen Decke, als ob es die natürlichste Sache der Welt sei. Am Morgen erwachten wir fast mit dem gleichen Atemzug. Shelo stellte lachend das Tier auf den Boden. Nun stand es da, immer noch schwankend, aber man sah ihm an, daß es sich aufrecht halten wollte.

Das Kälbchen wurde zusehends kräftiger. In den ersten Tagen blieb es in der Nähe der Jurte, dann bewegte es sich frei im Lager. Und jeden Abend stand es vor dem Eingang der Jurte und wollte bei mir schlafen. Djigme und Shelo lachten und erhoben keinen Einspruch. Fortan teilten wir das Lager. Weil das Kälbchen blaue Augen hatte, gab ich ihm den Namen *Yu* – Türkis. Djigme meinte, ich sollte mir etwas anderes einfallen lassen. Tierkinder hätten nur bei der Geburt blaue Augen. Ich glaubte Djigme nicht. Yu war etwas Besonderes! Doch die Farbe der Pupille veränderte sich, wurde schiefergrau, dann schwarz. Ich war enttäuscht, aber Yu behielt seinen Namen. Eine Zeitlang glaubte ich, das es ganz mir gehörte. Yu wuchs schnell, wurde immer lebhafter, tolpatschiger und wilder. Bald hatte ich keine anderen Interessen mehr als diesen kleinen Yakbullen. Ich legte große Strecken zurück, um an besonderen Stellen Gras für ihn zu schneiden, das nach Anis oder Honig schmeckte. Ich fand bald heraus, welche Kräutermischung meinem Tier am besten schmeckte. Auch zu den Tränkeplätzen auf den Weiden ging ich, wo die *Dri* um die Wasserrinnsale standen. Wenn ich meine Stute Powo ritt, hüpfte und sprang Yu übermütig neben ihr her. Powo hatte viel Geduld mit ihm, und die Leute gewöhnten sich an den seltsamen Anblick eines kleinen Yakbullen, der dicht neben einer Stute trottete.

Den Winter verbrachten wir in Lithang. Ich spielte mit Yu im Hof. Bald jedoch wurde es unmöglich, Yu frei herumlaufen zu lassen; er verfolgte die Ziegen, griff die Hunde an und ging mit gesenktem Kopf auf alles los, was sich bewegte – ob es ein flatternder Vogel war oder die im Wind wehenden Gebetsfahnen. Er war wirklich ein stürmischer Bulle; schon wuchsen ihm die kleinen Hörner. Er stellte viel Unfug an; erst wenn ich aus der Schule kam, wurde er friedlich. Ich brauchte nur auf besondere Art auf den Fingern zu pfeifen, schon lief er mir entgegen, anhänglich wie ein Haustier. Yus Freundschaft galt nur mir, meiner Mutter und meinem Großvater. Allen anderen Menschen gegenüber verhielt er sich bockig. Von niemandem ließ er sich streicheln oder anfassen, nicht einmal von den Hirten, die doch zu seiner gewohnten Umgebung gehörten. Ich konnte mit ihm umgehen, wie ich wollte, ihn an den Hörnern packen, an seinem dicken Schweif ziehen und sogar auf ihm reiten. Eines abends sagte Djigme zu mir: »Atan, das Tier ist ein Drong. Er wittert dich aus großer Entfernung und kommt, sobald du pfeifst. Das ist eine schöne Sache. Aber ein wilder Yak muß in den Hochtälern leben und lernen, eine Herde zu führen. Du siehst ja, wie gewalttätig er ist. Yu kann nichts dafür, es ist sein Instinkt. Es ist besser, wir schenken ihm die Freiheit.« Meine Kehle wurde eng. »Er ist mein Freund!« stieß ich verzweifelt hervor. Großvater faßte mich an der Schulter.

»Auf Ehre und Gewissen, mein Junge, er wird es bleiben. Aber du darfst ihn nicht seiner Freiheit berauben. Er wird viel glücklicher in seinen Hochtälern sein als bei uns im Hof, wo wir ihn angebunden halten müssen.«

So war ich gezwungen, mich von Yu zu trennen. Djigme ritt mit uns in die Berge, auf dreitausend Meter Höhe, wo die

Drongs leben. Als die Herde in Sicht kam, stieg ich vom Pferd und bat Großvater, hier zu warten. Er ließ mich gehen. Er wußte, daß mir nichts Böses zustoßen würde. Ich wanderte mit Yu den Hang hinauf, folgte der undeutlichen Spur der Tiere, die sich im Gestrüpp oder zwischen den Steinen verlor. Die Drongs wurden unruhig, als wir uns näherten. Ich machte Yu deutlich, daß ich nicht weitergehen konnte. Ich nahm seinen Kopf zwischen beide Hände, legte meine Stirn zwischen seine Hörner und nahm weinend Abschied von ihm.

Yu schien diese Geste zu verstehen; langsam entfernte er sich, näherte sich den Weibchen, die ihn mit dumpfen Brummton riefen. Plötzlich wandten die Weibchen sich ab, entfernten sich zwischen den Felsblöcken. Yu folgte ihnen den Hang hinauf. Ich hörte das Rollen eines Kiesels. Dann Stille. Er war fort.

In der Nacht hatte ich einen seltsamen Traum. Ich erklomm einen Berghang. Zuerst war Nebel da; dann wuchs eine Gestalt aus dem Dunst. In der Finsternis stand Yu, den Wind witternd. Er schimmerte in der Nacht wie ein Wesen aus Licht; ich steckte zwei Finger in den Mund, begrüßte ihn mit dem gewohnten Pfiff. Yu spitzte die Ohren; dann senkte er den Kopf und stürmte auf mich zu. Im Traum sieht man Bilder, Geräusche hört man selten. Yu fegte völlig lautlos herbei. Seine Hörner glänzten, und ich konnte Blut daran sehen. Ich streckte beide Arme nach ihm aus, doch meine Hände griffen durch ihn hindurch. Als ich an mir herabblickte, leuchtete weißes Licht aus mir.

Da erwachte ich, steif vor Kälte. Der Morgen dämmerte. Ich hörte ein Geräusch, und meine Mutter setzte sich neben mich.

»Nun, Atan, hat Yu dir einen Traum geschickt?«

Verdutzt sah ich sie an. Sie lächelte.

»Du hast im Schlaf gepfiffen.«

Ich beschrieb ihr, was ich gesehen hatte. Shelo hörte aufmerksam zu.

»Von den Tieren kommt viel Kraft«, sagte sie. »Yu hat dir im Traum gezeigt, daß er dein Schutzgeist ist.«

Ich fragte mit gespannter Stimme:

»Muß ich jetzt zu ihm beten?«

»Nein. Schutzgeister bringen uns der Erleuchtung nicht näher. Aber sie sind bei uns, Diener, Freunde und Helfer.«

»Hast du auch einen Schutzgeist, Amla?«

»Das ist klar«, sagte sie. »Wie könnte ich sonst die Trommel reiten? Yu spricht zu dir in der Sprache des Herzens. Und alles, was du fühlst, überträgt sich auch auf ihn. Und das ist gut so. Du wirst noch manches von ihm lernen. Vertraue ihm, wenn du in Gefahr bist. Er wird dir seine Kraft schenken. So!«

Sie nahm meine Hand in ihre braune Hand mit den schlanken Fingern und drückte sie leicht. Ich spürte einen warmen Strom, der durch meine Handfläche ging, wie eine seltsame Schwingung. Ein Schauer überlief mich. Mächtige Kräfte pulsierten in meinen Adern. Das Gefühl überwältigte mich. Es schien mich von der Außenwelt abzutrennen, sogar von mir selbst. Ich riß die Decke hoch, wickelte mich fest in sie ein, rollte mich zusammen. Shelo indessen saß ganz still. Ihre Hand streichelte mich; ich spürte ihre Finger wie Federn, die leicht und unentwegt meine Schultern und meinen Kopf berührten.

32. Kapitel

Ich war ungefähr neun Jahre alt, als mein Großvater, der kurz zuvor noch auf seinem Pferd gesessen hatte, plötzlich ganz blaß im Gesicht wurde und zu Boden sank. Shelo schickte sofort einen Reiter nach Lithang. Bald erschien ein kleiner Mönch, eifrig und lebhaft, bereit, in Buddhas Dienst mit seinen Händen zu heilen. Djigme kam nach einer Weile wieder zu sich. Doch als sich der Arzt über ihn beugte und fragte, wie er sich fühle, konnte er nicht sprechen; die Hälfte seines Mundes war empfindungslos. Sein linker Arm gehorchte ihm nicht mehr, ebensowenig wie die ganze linke Körperseite. Auch der linke Winkel des Mundes und der linke Winkel des Auges waren herabgezogen; trank er etwas, rann ihm die Flüssigkeit seitwärts über die Wange. Man mußte ihn füttern wie ein kleines Kind. Der Arzt kam fast täglich; er half Djigme, seinen Arm zu strecken und zu biegen, damit wieder Kraft in die gelähmten Glieder kam. Gleichzeitig sprach er mit den Augen zu Shelo, wie das Ärzte tun, so daß Djigmes Tod, einen Monat später, sie nicht unvorbereitet traf. Freunde und Verwandte halfen Shelo bei der Vorbereitung zur Trauerfeier. Sie brachte verschiedene Opfer dar, spendete den Armen Geld, um Verdienste für den Verstorbenen zu erwerben. Der Leichnam wurde mit Heilkräutern und besonderen Ölen eingerieben und in weiße Baumwolle gehüllt. In seinen besten Gewändern gekleidet, wurde er vor einem Wandschirm auf Kissen gebettet. Djigme trug einen Umhang, mit Luchsfellen gefüttert, seinen Festschmuck und einen Kopfputz, der fünf Götterbilder darstellte. Butterlampen brannten auf dem Altar, die Luft war dunstig vor Weihrauch. Das Haus war voller Menschen, die kamen und gingen. Djigme lag da, mit gefalteten Händen, als ob er heiter vor sich hin träumte. Ein feines Lächeln schien auf seinen Lippen zu schweben; der Anblick tröstete mich ein wenig. Sterben war vielleicht doch nicht so schlimm, wie ich dachte. Eine Gruppe Lamas, acht an der Zahl, kauerten auf dem Teppich. Sie wiegten sich leicht vor und zurück und beteten mit weichen, summenden Stimmen. Ihre Aufgabe bestand darin, Tag und Nacht bei dem Leichnam zu wachen, solange er im Haus blieb. Der Astrologe kam, bestimmte die Zeitspanne der Aufbewahrung und den Tag für die Bestattung. Die Zeremonie sollte nach vier Tagen zur »Stunde der Schlange« – am hellichten Morgen also – stattfinden. Die »Windbestattung« wurde im Beisein der Lamas durchgeführt. Angehörige waren nur auf ausdrücklichen Wunsch zugelassen. Kinder niemals.

Der Ausdruck »Windbestattung« blieb mir bei aller Vertrautheit ein Geheimnis. In meiner Phantasie sah ich Großvater in einer Luftsäule zu den Wolken schweben. Man sagte auch, daß die »Boten des Himmels« die Verstorbenen zu den Göttern trugen. Wie denn? Auf Vogelschwingen? Und warum durfte ich das nicht sehen? Die Neugierde wuchs und ließ mir keine Ruhe, so beschloß ich, heimlich dabei zu sein. Mein gütiger Großvater würde mir verzeihen.

Am letzten Tag, bevor die Leiche aus dem Haus gebracht wurde, trugen die Dienstboten frühmorgens kleine Eimer mit Butteröl in die Klöster und Tempel. Sie nahmen auch die Kleider des Verstorbenen mit, alle gut verpackt und beschriftet, als Opfergaben für die Lamas. Zur festgelegten Stunde wurde der Leichnam zum Ort der Bestattung gebracht. Die Lamas sangen Gebete und schlugen kleine Zimbeln. Shelo führte die Prozession eine kurze Wegstrecke an, weil ein Familienmitglied diese Pflicht erfüllen mußte. Dann blieb sie mit gefalteten Händen stehen, und die Verwandten brachten sie zurück nach Lithang.

Keinem fiel auf, daß ich mich davonstahl, und, als alle fort waren, der Prozession in vorsichtiger Entfernung folgte. Der Ort befand sich weit abseits der Stadt, hinter dem Ausläufer einer Hügelkette, die der Wind zu seltsam geformten Felsrippen geschliffen hatte. Tiefe Stille lag über der Landschaft, nur der Wind sang wie ein fernes Flötenspiel. Als die Prozession anhielt, duckte ich mich hinter die Steine. Ein Diener hatte Djigme auf seinem Rücken getragen; nun lud er ihn behutsam auf einer Felsplatte ab. Sechs vermummte Männer warteten bereits dort. Das wenige, was ich von ihren verhüllten Gesichtern sah, war braun wie Holz. Nur noch die Mönche knieten abseits in ihren roten Gewändern. Der Wind trug mir das Murmeln der Gebete zu, den hellen Klang der kleinen Zimbeln. Ich nahm all meinen Mut zusammen, wie das Knaben tun, und kroch unbemerkt näher. Ein plötzliches Flügelrauschen ließ mich den Kopf heben. Geier segelten mit ausgebreiteten Schwingen über die Felsen. Sie flogen mit starken Schlägen und begannen, in immer engeren Kreisen abwärts zu schweben. Ihre Schatten glitten dicht über mich hinweg, so daß ich ihre weiße Sprungfedern sah. Ich verstand das nicht. Wenn Geier sich auf diese Weise versammelten, so geschah es stets, um sich auf ein verendetes Tier herabzustürzen – das war mir seit jeher bekannt. Doch mein entsetztes Kinderherz wollte nicht glauben, daß die Anwesenheit dieser Vögel etwas mit meinem Großvater zu tun hatte. Zum ersten Mal befiel mich Angst. Angst vor dem Unbegreiflichen, vor dem, was ich nicht fassen konnte. Bei jedem Atemzug schlug mein Herz heftiger, stieg die Gänsehaut mir über Hals und Arme.

Inzwischen wickelten die Männer ihre Tücher fester um den Kopf des Leichnams, so daß nur die Augen freiblieben. Zwei von ihnen hoben ein Beil auf und wogen es in der Hand. Sie drehten den verhüllten Leichnam flach mit dem Gesicht nach unten auf den Felsen. Die Angst vor Bestrafung für mein heimliches Zuschauen wuchs durch das Entsetzen vor dem Mysterium. Und trotzdem brachte ich es nicht fertig, davonzulaufen. Die erschreckte Überraschung, die nackte Furcht lähmten mich ganz. Das war das Ende meiner Kindheit, ich hatte es plötzlich begriffen. Da sah ich beide Männer das Beil hoch über den Kopf schwingen. Die Schneiden glitzten silbrig in der Sonne, sausten herunter, als wüßten sie selbst, was sie zu tun hatten. Mit schrecklich klatschendem Geräusch flogen Djigmes beide Arme vom Körper. Vor Grauen stieß ich die Faust in den Mund. Mein Großvater, nein, nicht mein Großvater! Das war nicht möglich. Er, der noch als Verstorbener so friedlich gelächelt hatte, wurde vor meinen Augen in Stücke geschlagen. Und mit jedem Hieb, der sein Fleisch, seine Knochen zerhackte, schienen sich die Geier zu vermehren. Ihre Flügel peitschten die Luft, während sie über die Felsen flatterten. Sie falteten die Schwingen, landeten mit ausgestreckten Krallen. Schluchzen stieg in mir hoch, als die Männer den Geiern die zerstückelten Gliedmaßen zuwarfen. Ich lehnte an einem Stein und erbrach mir beinahe das Herz aus dem Leib. Die Geier fraßen, was ihn vorgeworfen wurde, und warteten mit kleinen Zischlauten, bis sie wieder gerufen wurden. Alle Knochenreste wurden in einem Kübel zerstampft, mit Gehirn und Eingeweide zu einem Brei vermischt; nicht das geringste durfte von dem Körper zurückbleiben. Ich aber preßte mich an die heißen Steine. Der Wind wehte stärker, blies Sand und Staub in meine Augen. Und mit dem Wind schien eine Stimme zu mir herüberzuwehen. Da fiel ein Schatten über mich. Blinzelnd hob ich die Augen. Ich sah ein besorgtes Gesicht, spürte Hände, die sanft meine zuckenden Schultern packten. Ein junger, kräftiger Lama kniete in seinem roten Gewand vor mir auf dem Stein. Er beugte sich vor, ich starrte ihn an, klammerte mich an ihm fest, mit den verzweifelten Armen eines Ertrinkenden.

»Was tust du hier, Atan?« hörte ich ihn sanft fragen. »Weißt du denn nicht, daß Kindern dieser Ort verboten ist?«

Ich drückte den Kopf an seine Schultern. Er war ein ernster junger Mann, braun und dunkeläugig. Mit seiner harten jungen Hand strich er zärtlich über mein Haar. Er sprach weiter, mit leichtem Vorwurf in der Stimme:

»Du hättest nicht kommen sollen. Es ist nicht gut, zu früh und zu sehr aus der Nähe Dinge zu sehen, die du nicht verstehst.« Meine Zähne schlugen aufeinander. Ich stammelte:

»Sie tun meinem Großvater weh. Er war so ruhig und hat gelächelt. Jetzt hat er ganz entsetzliche Schmerzen ...« Doch der Lama schüttelte den Kopf. Seine Stimme klang völlig ruhig.

»Nein. Es macht ihm nichts mehr aus. Hast du nie eine Schlange im Frühling gesehen, die ihre Haut wie eine vertrocknete Hülle verläßt? So ist es auch mit uns Menschen. Dein Großvater braucht seinen alten Körper nicht mehr. Eine neuer, unverbrauchter Körper wartet schon auf ihn.«

»Wie lange muß mein Großvater warten, bis ... bis er wieder leben kann?«

»Nur neunundvierzig Tage. Vielleicht gelingt es ihm sogar früher, weil er ein guter Mensch war. Deswegen ist es so wichtig, daß der verbrauchte Körper schnell vernichtet wird.«

Ich fragte: »Wird er wieder aussehen, wie er war?«

»Gewiß nicht. Er wird als Säugling wiedergeboren. Ein ganz neuer Mensch, ein ganz neues Leben! Ist das nicht wunderschön? Aber es ist durchaus möglich, daß sein Geist sich an einiges aus seinem früheren Leben erinnert. Jeder Mensch hat da etwas zu erzählen. Sogar du. Hast du nie das Gefühl gehabt: Diese Sache kenne ich, an diesem Ort bin ich schon mal gewesen?«

Ich nickte verwirrt. Der junge Mönch lächelte mir zu, wie ein Freund.

»Nun, Kind, das alles ist schwer für dich. Nimm es als Erfahrung auf deinen Lebensweg mit. Vielleicht macht es dich stark.«

Langsam klärten sich meine Augen. Die Männer räumten ihre Sachen zusammen. Die Geier hatten ihre Aufgabe erfüllt, die Seele meines Großvaters befreit. Ich fühlte mich besser. Nach einer Weile erhob sich der Lama und nahm meine Hand.

»Die Männer haben ihre Arbeit getan. Jetzt werden sie essen und trinken. Komm, ich bringe dich zu deiner Mutter zurück. Sie wird sich bestimmt Sorgen machen.«

Unruhig schaute ich auf. Mein schlechtes Gewissen plagte mich.

»Werden Sie ihr sagen, wo Sie mich gefunden haben?«

Er begegnete ernst meinem Blick.

»Nur mit deiner Erlaubnis. Ich bin ein Mönch und kann schweigen.« Ich schluckte und sagte dann:

»Ich will es ihr lieber selbst sagen.«

Er lächelte und drückte meine Hand.

33. Kapitel

Nach dem Tod meines Großvaters wurde an jedem siebten Tag ein besonderes Gebet gesprochen. Drei Wochen später war die offizielle Trauerzeit vorbei. Wir mußten das Haar waschen und ein Schwitzbad nehmen. Alle Gebetsflaggen wurden ausgewechselt. Freunde und Verwandte schenkten uns neue Kleider. Ich bekam einen Filzhut, wertvoll bestickte Stiefel und einen Mantel aus Schafspelz, mit jadegrünen Brokatstreifen gesäumt. Die Kleider gefielen mir sehr; ich stolzierte selbstgefällig herum und ließ mich bewundern. Kinder vergessen schnell.

Unsere Herden stellten ein beachtliches Vermögen dar, das Shelo als einzige Tochter nun erbte. Auf seinem Sterbebett hatte ihr Djigme die Führung des Clans anvertraut. Die *Khammo* kannten sich in diesen Dingen aus. Sie handelten klug und umsichtig, ließen sich selten auf Streit ein und behielten das Wohl der Allgemeinheit im Auge. Die Männer waren oft monatelang unterwegs – früher auf Raubzügen, heute, um Salz zu gewinnen oder Tauschhandel zu treiben. Bald begannen auch ältere Häuptlinge, Shelos Meinung mit Wohlwollen zu hören, und aus Wohlwollen wurde Achtung. Daß Shelo eine »Erfinderin der Schätze« war, verstärkte ihren Einfluß. Die Menschen kamen von weither, um ihre Gesänge zu hören.

Meine Mutter verbrachte täglich viele Stunden im Sattel. Unter ihrem Filzhut fiel ihr geflochtenes Haar weit über die Hüften hinab. Schwere Ketten aus Korallenkugeln und rautenförmigen Silbergeschmeide funkelten auf ihrer Brust. Ihre *Tschuba* aus Rohseide war hinten gerafft wie ein Königsmantel. Neben der Reitgerte steckten zwei Dolche mit silbernen Griffen in ihrem Gürtel; sie trug stets ein Gewehr bei sich, manchmal einen Bogen.

Shelo war sechsundzwanzig Jahre alt. Ihre Haut war faltenlos, ihre Lippen waren frisch und rot. Und doch lag ein strenger Stolz auf ihrem Gesicht, der sie älter erscheinen ließ. Ich ritt neben ihr her und hatte viel zu lernen.

Mein Pferd hieß »Khan«, er war ein heißblütiger, prächtiger Rappe mit eisernen Kiefern und samtenem Maul, das eigentlich viel zu groß für mich war. Seine Lungen hatten nie Erschöpfung gekannt, und in seinem tapferen Herzen hatte nur ein Gefühl Platz: seine Liebe zu mir. Shelo, die unfehlbar das Wesen eines jeden Pferdes erkannte, vertraute mich ihm an. Man sagt, die Khampa-Pferde hätten mehr Verstand als ihre Reiter ... Ich könnte nichts über die Liebe zu meinem Land sagen, wen ich diese Liebe nicht erlebt, sie nicht eingesaugt hätte mit der Muttermilch. Ich trage den Zauber meiner Heimat in mir. Noch heute suche ich in meiner Erinnerung unsere Lagerfeuer am Rande der Welt.

Ich habe den Dalai Lama sehr lange nicht verstanden. Es gab eine Zeit, da meine kindliche Verehrung in Mißtrauen und Zorn umschlug. Jene Zeit nämlich, als wir kämpften und starben, und Seine Heiligkeit uns zur Gewaltlosigkeit aufrief. Heute weiß ich, daß Haß aus Haß geboren wird. Der Dalai Lama sah tiefer; der Schmerz, den er empfunden haben muß, können wir nur erahnen. Als Seine Heiligkeit uns aufforderte, die Waffen niederzulegen, schossen sich einige von uns eine Kugel durch den Kopf. Wir waren unserem Haß ausgeliefert.

Ich war elf, als meine Mutter einen Verwalter anstellte, der ihr bei der Arbeit half. Namyang war ein fröhlicher, gut aussehender Mann, der bereits eine Frau und drei halbwüchsige Söhne hatte. Es dauerte nicht lange, da bat er Shelo, seine zweite Frau zu werden. Doch Shelo fand es nicht klug, ihn zu heiraten; sie befürchtete – vermutlich nicht zu unrecht – daß mir meine Halbbrüder das Erbe streitig machen könnten. Namyang fügte sich, ziemlich widerstrebend, wie ich später erfuhr. Er versuchte mehrmals, Shelo zu überreden, doch sie blieb bei ihrer Meinung. Ob sie Liebhaber hatte? Ja, gewiß, und soviel sie wollte. Nicht selten hatte ich Männer vor ihrer Jurte warten sehen; Nomadenkinder kennen das Geheimnis, sie sehen es oft genug bei den Tieren, und nehmen es als etwas Natürliches hin. Doch ihre Gefühle sind – wie bei allen Kindern – noch in Knospen gehüllt und zart.

Zu jener Zeit erreichten die Nachrichten aus der Hauptstadt nur verspätet unsere Hochtäler. Viele Dinge geschahen, ohne daß man uns befragt hätte. 1951 hatten tibetische Abgeordnete in Abwesenheit Seiner Heiligkeit in Peking den sogenannten 17-Punkte Vertrag unterschrieben, der Tibet praktisch den Chinesen auslieferte. Das Siegel des Dalai Lama, das den Vertrag beglaubigte, war eine Nachahmung. Und 1959, auf dem Weg ins Exil, erklärte Seine Heiligkeit den Vertrag als ungültig. Das alles ist inzwischen bekannt. Es war schon so, daß die Mehrheit der Tibeter in Frieden leben wollte. Die Chinesen bemühten sich sehr, das Land zu modernisieren. Sie erschlossen Erdölvorkommen, bauten Schulen und Krankenhäuser – eines für die Tibeter, die anderen für ihre eigenen Leute und die Soldaten. Es galt als Bevorzugung, wenn kranke Tibeter in diese Lazarette aufgenommen und von chinesischen Ärzten behandelt wurden. Manche Leute sahen das als Fortschritt an. Den Khampas gab das zu denken. Die alte Straße nach Lithang war in Wirklichkeit nur eine schlechte Piste, eng und voller Windungen, im Sommer staubig und in der schlechten Jahreszeit ein einziger Schlammfluß. Hier begegnete man Leuten von überall her, Nomaden, Bauern, Handwerkern, Schäfern, Händlern; Pilger aus allen Teilen Tibets und die großen Karawanen zogen vorbei. Menschen und Vieh wanderten abseits der großen Asphaltstraße zwischen Kangting und Lhasa, die wir den Chinesen verdankten. Diese Straße, in einer durchschnittlichen Höhe von viertausend Meter gebaut, überquerte vierzehn Bergzüge und sieben große Flüsse. Am Anfang sahen wir die Straße eher als etwas Gutes an. Die chinesischen Ingenieure und Topographen waren keine ungern gesehenen Gäste. Sie kauften Geflügel, Ziegen und Schweine, tauschten sie oft gegen nützliche Gegenstände: Streichhölzer, Petromax-Lampen, Aluminiumgeschirr, Eimer und Schüsseln aus Plastik, wattierte Jacken und Nylonmützen, die vor Regen schützten. Chinesische Ärzte behandelten die Kranken und heilten sie schneller, als wir es mit unserer traditionellen Medizin fertigbrachten. Oft sahen wir Autos – sowjetrussische Jeeps zumeist –, die hohe Beamte beförderten. Arbeiter und jüngere Beamte fuhren in Lastwagen. Aber wir bemerkten auch, daß zahlreiche Fahrzeuge Truppenverbände in die Hauptstadt führten. Ich hatte geglaubt, alle Kommunisten arbeiteten hart und aßen dasselbe, aber bald sah ich, daß es ein Menge Unterschiede gab. Die Straße wurde von Soldaten gebaut, die ihre schwere Arbeit klaglos verrichteten; oft sangen sie dazu, aber ihre Gesichter sahen dabei nicht fröhlich aus. Sie waren schlecht gekleidet und froren und erhielten nur zwei karge Mahlzeiten am Tag. Die Offiziere mieteten gute Häuser und ließen sich von dem Mißtrauen der Bevölkerung nicht einschüchtern. Sie hatten eine verbindliche Art, tibetische Beamte, Mönche und Kaufleute großzügig zu bewirten und ihnen nach dem Mund zu reden. Sie erklärten, daß sie von der Weisheit hoher Lamas lernen wollten; zu den Händlern sagten sie, die Soldaten seien da, um sie vor den Räubern zu schützen. Ihren Hochmut verbargen sie äußerst geschickt. Sie achteten unsere Sitten, so daß ihnen eigentlich niemand ein Vorwurf machen konnte. Sie baten meinen Onkel Tenpa Rinpoche, ihnen Lehrer für die Ausbildung der chinesischen Soldaten zur Verfügung zu stellen. Tenpa Rimpoche fand einige Lamas, die Chinesisch konnten und sich dazu bereit erklärten. Die Straße war so breit, daß zwei Lastwagen gut nebeneinander herfahren konnten. »Wozu eigentlich?« wollten unsere Häuptlinge wissen. Die Chinesen lächelten. Auf diese Weise konnten Geräte, Nahrung und Heizmaterial bei Mißernte oder Schneetreiben schnell herbeigeschafft werden. Warum fuhren Militärfahrzeuge Tag und Nacht vorbei? Weil an vielen Stellen gleichzeitig gebaut wurde. Der Asphalt sollte vor dem Wintereinbruch gelegt werden, damit er festen Halt bekam. Die Häuptlinge witterten Verdruß. Die Volksbefreiungsarmee war seit 1949 in Lhasa stationiert. Innerhalb eines Jahres waren über zehntausend Chinesen dazugekommen. Ferner sahen die Häuptlinge, daß den Tibetern allmählich ihr sprichwörtlicher Langmut verloren ging. Trafen sie Chinesen auf den Straßen, verknoteten sie die Enden ihrer Schärpen und schlugen auf sie ein. Oder sie klatschten in die Hände, was sehr kränkend ist (man klatscht in die Hände, um böse Geister zu verscheuchen.) Die Chinesen nahmen von den Beleidigungen keine Notiz. Die Häuptlinge lachten darüber, doch sie blieben skeptisch. Sie nannten die Eindringlinge *Tenda Gyamar* – die roten Feinde der Religion. Die Chinesen steckten voller Machenschaften, leicht durchschaubar übrigens und äußerst gefährlich. Bevor die Khampas aus diesen Leuten Hackfleisch machen würden, war es gut, von den Chinesen zu nehmen, was sie zu geben hatten.

34. Kapitel

Ich traf Xiao Dan zum ersten Mal bei meinem Lehrer Kelsang Jampa. In ganz Tibet richteten die Chinesen Schulen, Vereine und Kulturgruppen ein, und das meistgebrauchte Wort in ihrem Mund war »patriotisch«. In diesem für die Zukunft Tibets entscheidenden Augenblick sei es die Pflicht eines jeden, patriotisch zu sein. Xiao Dan hatte Kelsang Jampa eine Spende geschenkt, was den alten Mann sehr rührte. Er erklärte, daß er den Auftrag habe, eine Schule einzurichten, wo tibetische Kinder chinesisch lernen konnten. Tibet sei kein besetztes Land, sondern freier Teil eines freien Staates. Kelsang Jampa erwiderte, daß er keinen Augenblick daran gezweifelt habe. Der Zufall wollte, daß mich meine Mutter mit getrocknetem grünen Yakkäse und einem irdenen Topf mit Quark zu ihm schickte. Es war allgemein üblich, den Lehrern Geschenke zu machen. Ich war überrascht, einen Chinesen bei ihm anzutreffen, und starrte ihn argwöhnisch an. Mein Lehrer nannte meinen Namen und bemerkte dazu, ich sei sein vorlautester Schüler, wobei er mir zublinzelte. Xiao Dan lachte fröhlich, die Wärme und die Offenheit seines Lachens gefielen mir. Er war hochgewachsen, sein Gesicht wirkte sanft. Er sprach sehr behutsam und schelmisch, sagte in ernstem Tonfall, er sei eigens für mich gekommen, und ich müsse bei ihm Chinesisch lernen. Die Lehrbücher würden bald aus Beijin eintreffen; inzwischen würde er mich nach Gehör unterrichten und mir zweitausend neue Schriftzeichen beibringen. Ich sah Kelsang Jampa bestürzt an; dieser jedoch nickte mir freundlich zu.

»Lerne Chinesisch! Jede Sprache ist gut.«

Meine Mutter hatte nichts einzuwenden, und so ging ich in den Unterricht. Es kamen nur wenige Kinder. Die Eltern erlaubten es ihnen nicht; sie mißtrauten den Chinesen. Xiao Dan war ein guter, einfühlsamer Lehrer; seine Aufgabe war zweifellos nicht leicht, weil die Kinder verschiedenen Altersgruppen angehörten. Der Unterricht fand an drei Wochentagen, von zwei bis fünf Uhr nachmittags statt. Wir mußten ihn mit *Chi-ling* begrüßen, bevor wir uns setzten. Ich konnte schlecht stillhalten und hatte meinen eigenen Kopf, aber die chinesischen Ideogramme faszinierten mich. Ich war von ihrer Sichtbarmachung eines Gegenstandes oder eines Gedankens ganz bezaubert. Xiao Dan sah meinen Wissensdurst und brachte viel Geduld für mich auf. Er selbst war noch jung – vierundzwanzig, wie er mir sagte – und auf seine Art vom gleichen Lerneifer erfüllt. Er hatte begonnen, Tibet zu lieben, was seine Einsicht bereicherte, aber nicht unbedingt seiner Aufgabe entsprach.

Im Oktober fanden bei uns die Reiterspiele statt. Die Nomaden kamen von weither, um ihre Reitkünste zu zeigen und sich im Bogenschießen zu messen. An dem Festtag war das Herbstlicht von blendender Klarheit. Die Luft war klar und prickelnd und duftete nach Absinth. Die prächtig geschmückten Pferde stampften vor Erregung. Die meisten Reiter waren jung; sie trugen verschiedenartige Kleidung und Schmuck, je nach ihrer Provinz. Ihre bronzebraunen Gesichter hatten den Ausdruck von Jägern, die es gewohnt sind, Beute zu machen. Die Hunde, die niemals fehlen durften, liefen aufeinander zu, bellten und winselten und machten den größten Lärm. Plötzlich traf, zu meiner großen Überraschung, Kelsang Jampa in Begleitung von Xiao Dan ein. Der alte Gelehrte ritt auf einem gutmütigen Maultier; Xiao Dan war mit dem Fahrrad gekommen. Ich sprengte beiden Männern auf Khan entgegen, und Kelsang Jampa sagte mit humorvollem Lächeln: »Ich bat meinen geehrten Gast, sich an unserem Fest zu erfreuen. An dem Rennen wird er nicht teilnehmen. Seinem Drahtesel würde die Luft ausgehen.«

Das vergnügte mich sehr; Khan und ich zeigten ihm ein paar Kunststücke, und Xiao Dan sparte nicht mit Lob. Doch plötzlich wandte er die Augen von uns ab und fragte Kelsang Jampa:

»Wer ist dieses wunderschöne Mädchen dort?«

Mein alter Lehrer folgte seinen Blick. Ein feines Lächeln kräuselte sein Mundwinkel.

»Sie ist Shelo, die Herrin der Pferde.«

»Sie ist meine Mutter!« rief ich stolz.

Shelo ritt Lapka, ihre dunkelbraune Lieblingsstute. Sie trug ein rotes Mantelkleid und ein Kopfband, das seitlich mit großen Türkisen und Silberspangen befestigt war. Sie würde am Rennen teilnehmen, aber nur aus Freude am Spiel. Sie wollte ihr Reittier aufwärmen und sparte ihre Kräfte für später auf. Schon warf der Ruf eines Horns sein vielfältiges Echo über die Steppe. Im selben Augenblick hoben sich, wie in einer einzigen Bewegung, alle Reitgerten. Tosend und donnernd fegten die Reiter über die Steppe hinweg. Geisterpferde, die schon vorbei waren, ehe das Auge sie richtig wahrnehmen konnte, brausend wie eine Sturmflut und von unvergleichlicher Pracht. Das Stampfen vieler Hufe schlug Funken aus dem Boden, schleuderte Erdbrocken hoch. Die weiße Ziellinie hatte man mit ungelöschtem Kalk auf dem Boden gezogen. Rechts vom Ziel stand ein beflaggter Mast. Links davon ein anderer. Acht Runden mußten gedreht werden, bevor der Sieger sein naßgeschwitztes Pferd mit knappem Vorsprung durch das Ziel brachte. Doch bis zu diesem Sieg, welche Hetzjagd, welche Verfolgung! Welch wildes, verbissenes Getümmel! Die dichtgedrängten Zuschauer jubelten. Ich sah an Xiao Dans Gesicht, daß er noch nie so erstaunliche Reiter gesehen hatte. Er ließ Shelo nicht aus den Augen, die mit den Gewinnern scherzte und trank. Ich sagte zu Xiao Dan: »Meine Mutter hält eine große Überraschung für uns bereit!«

»Und was sollte das wohl sein?« fragte er.

Ich blinzelte ihm zu.

»Sie werden schon sehen!«

Schon wechselte das Bild. Junge Männer und Frauen zeigten ihre Reitkünste. Sie konnten auf dem Pferderücken stehen oder gleichzeitig zwei Pferde reiten, indem sie mit jedem Fuß auf einem standen. Sie glitten unter dem Leib ihre Pferde auf die andere Sattelseite, hingen am Hals ihrer Tiere, ließen sich im Galopp mitschleifen, schwangen sich von beiden Seiten wieder empor. Sie beugten sich mit angezogenen Knien weit aus dem Sattel, schwangen ihren linken Arm nach vorn, hoben weiße Glücksschärpen oder Zigarettenpäckchen vom Boden auf. Höhepunkt des Festes war das Bogenschießen. Das Ziel, eine Bronzescheibe, mit einer handtellergroßen Öffnung in der Mitte, hing an einer roten Seidenschnur und wurde von einem Jungen zum Schaukeln gebracht.

»Jetzt! Jetzt!« schrie ich, als Shelo an die Reihe kam. Xiao Dan stand neben seinem Fahrrad und sah gebannt zu. Shelo ritt stehend, in langsamem Trab. Ihr rotseidenes Mantelkleid wehte im Wind. Ihre Reitstiefel aus weichem Leder fingen jede Bewegung des Pferdes ab. Sie hielt ihren Bogen in der Hand; den mit Pfeilen gefüllten Köcher hatte sie geschultert. Plötzlich, mit einigen kleinen Zischlauten, trieb sie Lapka zu voller Geschwindigkeit an. Und während die Stute im geschmeidigen, weichen Galopp vorbeijagte, nahm Shelo mit blitzschneller Bewegung einen Pfeil aus dem Köcher, spannte den Bogen, ließ den Pfeil losschnellen, legte einen zweiten an, bevor der erste die Scheibe erreicht hatte. In einem einzigen Bewegungsfluß schoß sie auf diese Weise sieben Pfeile ab, die alle die Öffnung der Bronzescheibe durchflogen. Dann brachte sie ein kleiner Sprung wieder sitzend in den Sattel. Ich sehe sie noch heute, wie sie ihre Stute herumriß, fröhlich lachend ihren Bogen schwang. Der Anblick wird mir ewig in Erinnerung bleiben. Ich werde ihn mit in den Tod nehmen als das Schönste, was meine Augen auf Erden je erschauten.

Ob ich auch ein guter Bogenschütze sei? wollte Xiao Dan wissen. Und wieviel Pfeile ich denn durchs Ziel brächte?

»Manchmal zwei«, erwiderte ich wahrheitsgetreu, und fügte gleich eine Übertreibung hinzu: »Oder auch drei oder vier!« Die Prahlerei war nicht so waghalsig, wie sie klang: Xiao Dan hörte nur mit halbem Ohr zu, denn Shelo ritt uns entgegen. Als Siegerin hatte sie einen jungen Hengst erhalten, der neben ihr an der Leine trabte; ein feingliedriger Rotbrauner aus guter Zucht, mit intelligenten Augen. Das Tier trug eine schön gewebte Satteldecke, eine Glücksschärpe war um seinen Hals geschlungen. Shelos Augen richteten sie auf Xiao Dan, der an seinem Fahrrad lehnte. Sie lächelten einander zu. Er nannte seinen Namen und sagte, daß er mein Lehrer sei. Shelo erwiderte, daß Kelsang Jampa es ihr bereits mitgeteilt habe. Ob er reiten könnte, fragte sie. Er schüttelte lachend den Kopf und zeigte dabei ein Aufblitzen ebenmäßiger weißer Zähne.

»Ich wüßte nicht einmal, von welcher Seite ich aufzusteigen hätte!«

Sie hob ihre Brauen, die schwarz und kühn geschwungen waren wie Schwalbenflügel.

»Von beiden Seiten und im Notfall von hinten«, gab sie spöttisch zurück. Sie betrachtete den jungen Chinesen. Er war ein Fremder und vielleicht sogar ein Feind. Seine Güte und Freundlichkeit waren trotzdem offensichtlich. Unvermittelt sagte sie: »Ich habe soeben diesen Hengst gewonnen. Er geht sehr gleichmäßig und hat ein freundliches Gemüt. Sein Name ist Tokar. Unsere Pferde haben Namen und sind fühlende Wesen, merken Sie sich das. Mein Sohn lernt bei Ihnen Chinesisch. Wenn Sie es wünschen, kann er Sie das Reiten lehren.«

Ihre Worte klangen leicht herausfordernd. Für eine Khammo ist ein Mann, der nicht reitet, kein Mann. Dazu kommt, daß die Chinesen oft grausam zu Tieren sind, was uns sehr mißfällt. Aber Xiao Dan machte ein erfreutes Gesicht und ging sofort auf ihren Vorschlag ein. Seine Wangen waren um eine Spur dunkler geworden. Heute weiß ich, daß es ihm darum ging, in der Nähe meiner Mutter zu sein. Und so lernte er in kürzester Zeit reiten. Er besaß eine eigenartige, ruhige Macht über sein Pferd, frei von Emotion und auf stille Weise wirksam, so daß er im voraus jede Bewegung abschätzte und das Tier durch die Kraft seines schweigenden Willens lenkte. Er war oft in unserer Jurte zu Gast oder ritt mit meiner Mutter Steigbügel an Steigbügel. Inzwischen behandelte sie ihn, als sei er in ihrem Land geboren. Wenn sie mit ihm scherzte, leuchteten seine Augen wie die Augen eines Hundes, den man streichelt. Mir erzählte er Geschichten aus dem alten China, in denen furchtlose Helden Tragödien und Gefahren meistern. Ich genoß diese Geschichten. Sie sprudelten aus Xiao Dan wie aus einem unerschöpflichen Brunnen. Bald begann er, tibetische Kleider zu tragen. Er war Parteimitglied, aber von Natur aus ein Liberaler. Ihn trugen die Fundamente eines einfühlsamen, natürlichen Verstandes. Er mißtraute dem grandiosen Chor derer, die überzeugt waren, sie allein hätten alle Wahrheiten der Doktrin für sich gepachtet. Doch allmählich ging eine Veränderung mit ihm vor. Er wirkte merkwürdig bedrückt. Sein Gesicht verzog sich nicht mehr zu einem verschmitzten Lächeln, wenn er zu mir sprach. Im Unterricht trug er eine kalte, sachliche Miene zur Schau. In seinen Augen stand eine eigenartige Unruhe. Ich erinnerte mich an die Gerüchte, die über die Kommunisten im Umlauf waren. Es hieß, daß die Chinesen Neuangekommene zu erproben pflegten; daß sie überall Spitzel hatten und hart gegen ihre eigenen Leute vorgingen, wenn sie sich an eine fremde Lebensart anpaßten und das entwickelten, was sie »nichtproletarisches Denken« nannten. Ich konnte mir nichts unter all dem darunter vorstellen und war verwirrt. Und ich vermißte sein Lachen.

In einer Sommernacht erwachte ich und fand Shelo nicht neben mir in der Jurte liegen. Ich rief sie halblaut, bekam aber keine Antwort. Da warf ich meine Decke zurück, trat leise nach draußen. Die dunkle Luft war durchscheinend klar. Ein ununterbrochenes Gewirr von Geräuschen zog durch die Nacht: das ferne Meckern der Ziegen, das Zirpen der Grillen; Fledermäuse schwirrten wie kleine schwarze Geister über die Jurten. Ich wanderte fort vom Lager, einen kleinen Bach entlang. Plötzlich blieb ich mit zurückgelehntem Kopf stehen. Angespannt lauschte ich. Das Geräusch, das ich hörte, erschien mir wie ein natürliches Echo der Steppe, dem Flüstern hoher Gräser ähnlich, wenn der Atem des Windes sie berührt. Und doch war es eine menschliche Stimme. Ich merkte kaum, daß ich mich bewegte, dem Geräusch entgegen ging. Durch das Plätschern des Wildbachs hörte ich es deutlicher: Er war die Stimme einer Frau, rein, klar und unbeschwert. Mein Herz schlug heftig. Es war die Stimme, die mich in Tausenden von Nächten in den Schlaf sang, die zum Klang der Trommel das Geisterpferd lenkte, die so gut lachen, scherzen und befehlen konnte.

Es war die Stimme meiner Mutter. Als ich näher heranschlich, sah ich, daß zwei Gestalten neben dem Bach am Boden lagen. Das Gesicht des Mannes konnte ich nicht sehen, aber ich wußte, daß es Xiao Dan war. Er war völlig nackt. Seine schöne, lange Rückenlinie, sein Gesäß, seine Schenkel schimmerten wie Marmor im Sternenlicht. Shelos offenes Gewand war bis zu ihrer Taille hochgezogen, darunter trug sie nichts. Xiao Dan hielt sie mit beiden Armen umfangen, drückte sein Gesicht auf ihren nackten, langsam kreisenden Bauch. Ihre Haare lagen wie ein Kranz auf dem weißen Ufersand. Ich sah ihre Hände, die das Haar des Mannes streichelten, dann wieder nur ihr Gesicht mit den glänzenden Augen. Sie öffnete ihre Schenkel weit, und er drückte sein Gesicht hinein, während sie die Beine leicht anhob und leise seufzte. Ich stand wie gebannt; das alles dauerte endlos. Auf einmal richtete Xiao Dan sich auf, preßte ihren Körper an sich, stieß kraftvoll in sie hinein, tat es immer und immer wieder. Sie hob das Becken, um ihn noch tiefer in sich einzulassen. Ich sah den federnden Rhythmus seiner Muskeln, sah, wie er sich in der warmen, dunklen Öffnung bewegte, durch die ich das Licht der Welt erblickt hatte. Ich fühlte Schmerz und Leere in mir, weil meine Mutter ihm Einlaß gewährte; weil sie ihr warmes, weiches Fleisch für ihn öffnete. In diesem Leib hatte sie mich getragen, neun Monate lang, ihr Atem hatte meinen Atem belebt. Und jetzt trug sie nicht mich, sondern einen anderen, seine Lippen saugten an den Brüsten, die mich genährt hatten. Und plötzlich hörte ich sein Keuchen. Er warf mit heftiger Bewegung den Kopf zurück, Zuckungen durchliefen seinen Körper, bevor er schlaff und schwer auf sie fiel, das Gesicht auf ihre Brüste legte. Seine Zunge leckte den glänzenden Schweiß von ihrer Haut. Sie sah zu den Sternen hinauf, ihre Hände lösten sich von seinem Rücken, fielen herab, lagen im Sand wie zwei dunkle, flache Muscheln.

Da wandte ich mich ab und rannte davon. Ich fühlte in mir den Drang, mit nacktem Körper die Steine, das Gras, die Luft zu berühren. Ich warf mich ins Gras, zitternd vor Einsamkeit. Der Wind flog über die Gräser, berührte meine Haut. Ich dachte an den Leib meiner Mutter, gespreizt wie ein Blütenkelch, an ihre kleinen Brüste, schimmernd im Sternenlicht, an ihre langen, geschmeidigen Beine. Meine Hand glitt unter meine Kleider, bewegte sich über meinen Unterleib, in dem mein Herz plötzlich zu pochen schien. Ein Ziehen war in mir, ein heftiger schmerzhafter Druck. Ich streichelte mich mit unruhigen, brennenden Fingern, rieb und preßte mein kleines erigiertes Glied. Ich dachte an meine Mutter, und ich dachte an Xiao Dan, daran, wie sie ihn in ihren Leib gefangen hielt. Er war nicht mein Vater, und doch tat er das, was mein Vater getan hatte, als er mich zeugte. Irgendwie wollte ich in dieses Spiel einbezogen werden, ich rieb und rieb und schloß ganz fest die Augen dabei. Dann spürte ich Schmerz und Seligkeit, einen peitschenden Blitz. Mit keuchenden Atem sank ich zurück, spürte klebrige Nässe auf meinen Fingern. Und dann war es vorbei. Ich lag erschöpft im Gras, der ferne Bach murmelte und gluckste. Meine Brust hob und senkte sich. Über mir raschelten Zweige. Ich blinzelte, sah hinauf. Aus einem Baum löste sich eine Eule, flog weich und lautlos empor. Ihr schwarzer Umriß zeichnete sich gegen den Himmel ab; mir war, ob sie meine Seele zu den Sternen trug. Es war ein Zeichen der Wiedergeburt. Und auch ein Zeichen des Todes.

Danach waren die Dinge nie mehr, wie sie vorher waren. Ich weiß nicht einmal, ob ich auf Dan eifersüchtig war. In seiner Nähe geriet ich in einen merkwürdigen Zustand, eine Mischung aus Neid, Zorn und konfusem Begehren. Was wollte ich eigentlich? Nicht einmal ich selber wußte es. Ich haßte und liebte Xiao Dan, wollte ihn töten und zugleich in seine

Haut schlüpfen. Die Wunde war tief; sie ließ sich nicht verbinden. Ich genoß diesen Schmerz, ich war geradezu versessen auf ihn. Eine Zeitlang konnte ich Shelo nicht in die Augen sehen, doch sie sagte nichts. Ich nehme an, daß sie den Grund meines Verhaltens ahnte. Eine Mutter kennt ihr Kind, und das Wissen einer Schamanin geht tief.

Einmal, an einem Herbsttag, ging ich mit Xiao Dan auf die Jagd. Im allgemeinen wird die Jagd in Tibet ungerne gesehen, weil die buddhistische Religion das Töten von Lebewesen verbietet. Aber Khampas lieben die Jagd, vielleicht deshalb, weil ihre Lebensweise mit urwüchsigen Dingen verknüpft ist.

Xiao Dan war ein guter Schütze, während ich Pfeil und Bogen oder meine Steinschleuder benutzte. An jenem Morgen ritten wir hoch in die Berge; es war ein kühler, klarer Tag, der Pfad ging steil aufwärts. Die Granitflächen glitzerten, zeigten funkelnde Quarzstrahlen und Schwefelvenen. Dan schien glücklich an diesem Morgen. Sprach er zu mir, zeigte er sein mildes, müdes und spöttisches Lächeln. Im Wald kreuzten wir die Fährte eines Hasens. Ich sprang zu Boden, die Spuren waren kaum eine halbe Stunde alt. Hasenfleisch ist sehr zart. Ich sagte, daß ich das Tier mit der Steinschleuder erlegen wollte.

»So erwischst du ihn nicht«, meinte Dan.

»Aber ganz bestimmt!«

Ich erklärte ihm alles sehr gründlich. Ein Hase hat zwei Fährten und weicht nie davon ab. Ich brauchte mich nur gegen den Wind anzuschleichen und zu warten, bis er sich putzte oder fraß.

»Dann treffe ich ihn ins Rückgrat, ohne daß er leiden muß.«

Dans Mundwinkel zeigten ein Lächeln, aber ich merkte, daß er mich nicht verhöhnte. Wir beschlossen aus Spaß, daß jeder auf eigener Faust versuchen sollte, den Hasen aufzuspüren. Plötzlich nippte auf der anderen Seite einer Lichtung ein Zweig auf und nieder. Das Schleifen kam näher. Es hörte sich an, als ob Menschen tastend ihren Weg suchten. Doch es waren keine Menschen, sondern dunkle Tiergestalten, die langsam durch das Unterholz brachen. Drongs! Von allen Seiten erfüllten jetzt die Geräusche knackender und raschelnder Zweige den Wald. Ich stand ebenso regungslos wie der Baumstamm, an dem ich lehnte. Gemächlich zogen die Drongs vorbei, wandernden Felsblöcken ähnlich. Die Geräusche entfernten sich; auf einmal herrschte lastende Stille. Kein Vogel flatterte oder erhob seine Stimme.

Aus dem Wald jenseits der Lichtung löste sich eine Gestalt. Schwerfällig, riesengroß, trat sie aus dem Schatten. Ein Yakbulle in all der gewaltigen Kraft seiner Gattung – mit dem Unterschied, daß er – und er alleine – schneeweiß war. Fast ein Jahr war es her, daß ich mich von Yu getrennt hatte. Das Tier, das ich nun sah, war das leuchtende Gespenst meiner Träume. Er stand im Tannenwald wie ein Riese aus der Vorzeit, so ruhig, daß ich die dunklen Augen sah, in denen sich der Bogen der Sonne widerspiegelte. Da legte ich beide Finger an die Lippen, stieß den schrillen, vogelähnlichen Ruf aus, mit dem ich einst meinen kleinen Bullen zum Spiel aufgefordert hatte. Yu spitzte die Ohren. Seine dunklen Nüstern blähten sich. Er wußte, wer ich war. Es war ganz selbstverständlich und natürlich, daß ich ihm entgegenlief, daß ich ihm um den Hals fiel und den breiten Kopf an mich zog, wie früher.

Ich sprach zu ihm, leicht vor mich hinsingend, und er hörte zu. In seinen Augen sah ich Ausdrücke auftauchen und wechseln, die ich einer nach dem anderen benennen konnte: Freude, Wohlwollen, Großmut und Gutmütigkeit. Und auch er sprach zu mir, mit diesem langsamen Dröhnen in seiner Brust. Unvermittelt schwoll ein Laut aus seiner Kehle wie ein lauernder böser Atemzug. Ich stand im selben Augenblick aufrecht. Durch Yus Reflexe hindurch, dessen Regungen ich von Anfang an kannte, hatte auch ich gespürt, daß die Unruhe nahte. Den Hufschlag und das Stampfen des Pferdes hörte ich, bevor ich etwas sah. Dann spielte sich alles mit betäubender Schnelligkeit ab. Das Hufgeräusch schien von allen Seiten zugleich zu kommen, die ganze Lichtung mit seinem Trommeln zu erfüllen. Yu zuckte zusammen, als Dans rotbrauner Hengst aus dem

Dickicht stürmte. Die Wucht seines Durchbruchs war so groß, daß die Äste krachten und splitterten. Im Zeitraum einer flüchtigen Sekunde sah ich Dans schlanken Körper, sah das Aufblinken von Metall, die aus kurzer Entfernung auf uns gerichtete schwarze Mündung seines Gewehres. Er schrie aus Leibeskräften.

»Weg da, Atan!«

Ich begriff im selben Atemzug, daß er nicht abdrücken konnte, weil ich mich genau in der Schußlinie befand.

»Nicht schießen!« brüllte ich.

Der kleine Hengst rollte wild die Augen. Dan riß ihn auf der Hinterhand herum. Yu hatte den Kopf gesenkt. Das silberhelle Vlies war gesträubt, sein merkwürdig graziler, elastischer Huf scharrte den Boden. Sein Schweif fegte die reglose Luft und klatschte dann wie ein Peitschenhieb gegen seine Flanke. Ein dumpfes Knurren, aber so, daß jedem das Blut zu Eis erstarren mußte, erschütterte seine mächtige Brust. Ich warf mich mit aller Kraft gegen den Yakbullen, packte ihn an einem Horn.

»Nein, Yu, nein!«

Xiao Dan versuchte gleichzeitig, sein Pferd zu beruhigen und das Gewehr im Anschlag zu halten. Der Rotbraune drehte sich wie rasend im Kreis. Seine Flanken waren mit Angstschweiß bedeckt.

»Gehen Sie! Schnell!« rief ich.

Xiana Dan nickte verstört, straffte die Zügel, drängte seinem Pferd die Fersen in die Flanken, wich langsam zurück. Die Herde mußte irgendwo in der Nähe grasen; aber die Drongs würden nicht angreifen, solange der Leitbulle nicht das Signal gab. Doch sie haßten den Geruch der Menschen, die Vorsicht gebot, nicht länger hier zu verweilen.

Einige Minuten später erreichte ich den Ort, wo ich Khan angebunden hatte. Dan wartete bereits auf mich. Ich band hastig das Pferd los, stieg in den Sattel. Wir ritten im schwingenden Trab; nichts war zu hören als das leise Klingeln des Halsputzes meines Rappens, das Geräusch der Hufe auf dem weichen Boden. Dan sagte:

»Ich habe große Angst um dich gehabt.«

»Um mich? Sie meinen, dieser Drong könnte mir Böses tun? Sie irren sich. Ich kann mit ihm machen, was ich will.«

Ich erzählte, wie Shelo und ich das Kälbchen gefunden und großgezogen hatten.

Ich sah Dan herausfordernd an.

»Yu gehorcht mir. Sie haben es ja gesehen. Wenn ich es wünsche, nimmt er Sie auf die Hörner!«

Sein Ausdruck veränderte sich kaum merklich; und doch zog über seine empfindsamen Züge plötzlich ein verhaltener Schmerz. »Würdest du es wünschen, Atan?«

Die Stille dehnte sich aus, bis ich nach einer Weile langsam den Kopf schüttelte.

»Nein, ich glaube nicht.«

Er ließ einen Laut hören, der wie halb ein Lachen, halb ein Seufzer war. Ich konnte nur die Oberfläche seiner Seele erkennen. Und doch wußte ich, daß er mich durchschaute.

35. Kapitel

Zu Beginn des Spätherbstes waren die Tage fast immer grau. Manchmal klarte der Himmel auf, wölbte sich hart und blau über den Bergen, die dunkel glänzten wie Zinn. Wir hatten die Tiere von den Hochweiden ins Tal gebracht, unser Winterquartier in Lithang bezogen. Ich besuchte weiterhin die tibetische Schule; daneben ging ich in den chinesischen Unterricht. Ich beherrschte die Schriftzeichen schon recht gut.

Es kam mehrmals vor, daß chinesische Offiziere dem Unterricht beiwohnten, sie saßen schweigend da und machten sich Notizen. Wir Kinder waren jedesmal sehr eingeschüchtert. Sogar die Vorlautesten wurden still. Wir lachten zwar hinter ihren Rücken, aber ihre Anwesenheit wirkte beklemmend. Es hieß, am Anfang käme man mit den Chinesen gut aus, später jedoch seien sie »wie eine nasse Haut, die immer enger wird, wenn sie trocknet«. Eines Tages kamen zwei Männer, die wir noch nie gesehen hatten, in die Klasse. Der eine war schmalgesichtig und kurzbeinig und trug eine dicke Brille. Er setzte die ganze Zeit eine übereifrige Miene auf und gehörte offenbar zu den Menschen, die sich gerne vordrängen. Der andere, ein hochgewachsener Offizier, machte einen stattlichen Eindruck. Kommandant Chen Wenyuan war so groß, daß sein Kopf fast bis an die niedrigen Deckenbalken reichte. Sein Knochenbau war kräftig, und er hatte die schwerfälligen, aber geschmeidigen Bewegungen eines Ringkämpfers. Seine Haut war fahl, trotz der Sonnenbräune. Die Augen mit den kleinen Pupillen lagen tief in den Höhlen, wirkten teilnahmslos und sahen doch alles. Sein Kinn war sorgfältig rasiert, und seine Nasenflügel bebten, wenn er sprach. Auf den ersten Blick hatte er ein rundes, eher wohlwollendes Gesicht; trotzdem waren alle Linien hart und auf merkwürdige Weise nach unten gezogen. Er konnte auch lächeln, nicht frostig, sondern auf eine freundliche, verbindliche Art. Aber trotzdem, es war unecht, dieses Lächeln, eine Pose.

Xiao Dan erklärte, die Herren seien gekommen, um unsere Fortschritte zu prüfen. Er sprach in heiterem Ton, doch ich bemerkte seine Angst. Das verwirrte mich. Ich spürte die Gefahr, listig, giftig und vielleicht unabwendbar; ich konnte sie buchstäblich riechen. Chen Wenyuan ließ jedes Kind aufstehen und ein paar chinesische Sätze sagen; als ich an der Reihe war, nickte Chen Wenyuan mit wohlgefälliger Miene und sprach einige lobende Worte auf tibetisch. Er artikulierte sehr deutlich und hatte eine gute Aussprache. Seine Stimme war erregungslos, eigentümlich fremd; eine fremde Stimme, die fremde Gedanken vermittelte. Er lächelte dabei. Das Lächeln erfaßte nur den Mund; die Augen blickten stählern und unbeteiligt. Ein solches Lächeln täuscht kein Kind. Ohne nachzudenken wußte ich, daß er mich in Wirklichkeit verhöhnte. In seinem Lächeln lag eine solche Verachtung, daß sich in mir plötzlich ein bisher unbekanntes Gefühl regte: das Gefühl, gedemütigt zu werden. Plötzlich empfand ich eine Wut, wie ich sie noch nie in meinem Leben gespürt hatte. Dieser ekelhafte Klotz wagte es, mich, einen Sohn aus großer Jurte, wie Dreck zu behandeln! Ich legte allen Hochmut, dessen ich fähig war, in meinen Blick, schaute ihm gerade in die Augen und wartete ab, was er tun würde. Chen Wenyuans Blick glitt nur leicht über mich hin; so betrachtet man eine elende Raupe, die man zerquetscht und gleich wieder vergißt. Wenn ich gekonnt hätte.

Der Tonfall hatte zur Folge, daß Dan noch nervöser, noch bedrückter wurde. Unruhe flackerte in seinen Augen. Ich spürte dieses undefinierbare Fluidum, diese Trübung der Atmosphäre, durch die sogar ein Kind errät, daß ein Mensch sich fürchtet. Seine Furcht aber war von besonderer Art. Manchmal, wenn er sprach, zuckte ein krampfhaftes Lachen um seinen Mund. Jenes verbitterte, ironische Lachen, das dann erst aufstiegt, wenn man alle Tränen geweint hat.

In Lithang waren die meisten Häuser kleine Festungen, mit Dächern, die einander fast berührten. Zwischen den Mauern waren Heuschober aufgerichtet. Wir Kinder kletterten daran hinauf und hinab, sprangen von einem Dach auf das andere und spielten Verstecken. Oder wir saßen auf den Mauern wie kleine Wächter, atmeten den Duft von den Weihrauchöfen ein und überblickten das Kommen und Gehen in den Gassen. Eines Tages, im Abendlicht, stieg ich über die Holzleiter in den zweiten Stock, wo wir die Vorräte lagerten. Die Strohmatten und Leinentücher unter dem Getreide erstickten meine Schritte. Gerade wollte ich über die nächste Leiter durch eine offene Falltür in den Wohnraum gelangen, als ich Shelo und Dan sprechen hörte. Ihre Stimmen klangen anders als sonst. Beunruhigt spähte ich durch die Falltür. Die schrägen Strahlen der Sonne brachen durch die schmalen Fenster, ließen Kupfer, Zinn, buntgestreifte Stoffe und honigbraunes Holz aufleuchten. Im purpurnen Licht bewegte sich Shelos Schatten an den Wänden. Bei starken Gefühlsregungen pflegte sie auf und ab zu gehen, wie Männer es manchmal tun. Dan stand neben der Feuerstelle, in der einige Kohlen glühten, und sah ihr zu. Plötzlich blieb Shelo vor ihm stehen und blickte ihm in die Augen.

»Kannst du nichts tun?«

Er schüttelte den Kopf.

»Nein. Ich nicht.«

»Warum du nicht?«

»Ich muß tun, was sie mir sagen«, erwiderte er mit seiner heiseren, sanften Stimme. »Ich kam hierher, um zu unterrichten. Ich bin an diesem Ort glücklich gewesen. Ich beklage mich nicht, Shelo. Es mußte so kommen.«

»Was haben sie dir gesagt, Dan?«

Er rieb sich müde die Stirn.

»Ich hätte ohnehin nach Shanghai zurück gemußt. Ich habe Aussicht auf eine Stelle in einer Hochschule.«

Ihre Augen funkelten ihn an. »Womit haben sie dir gedroht, Dan? Ich will es wissen!«

Er preßte die Lippen zusammen und schwieg. Wieder wandte sie sich von ihm ab, durchmaß den Raum mit ihren geschmeidigen Pantherschritten. Sie trug ein violettes Mantelkleid, die aufgekrempelten Ärmel ließen das lila Seidenfutter sehen. Dan senkte den Kopf. In seinem schmalen Gesicht war kein Gefühl zu erkennen. Erneut blieb sie stehen, kehrte ihm jedoch den Rücken zu. Sie sprach leise.

»Wann fährst du?«

»Bei Tagesanbruch geht ein Konvoi nach Kangting. Sie holen Transportarbeiter. Man hat mir gesagt, daß ich mitfahren kann. Von da aus sehe ich weiter.«

Sie stand still und nickte nur. Dans Blick verriet Schmerz, war jedoch ohne jede Auflehnung. Als er sprach, klang seine Stimme tonlos.

»Es tut mir leid, Shelo. Wäre ich der Sohn eines Bauern oder Mechanikers, wäre für mich alles einfacher. Aber meine Eltern sind Buchhändler, im heutigen China ein gefährlicher Beruf ...«

Sie drehte sich nach ihm um. Die großen Bernsteinkugeln, eine über jedem Ohr, leuchteten in ihrem geflochteten Haar.

»Ich hab' ja gesagt, ich bring die Wahrheit heraus!«

In der Stille hörte ich ihn atmen. Dann sagte er dumpf:

»Sie stehen im Verdacht, antirevolutionäre Schriften in Umlauf gebracht zu haben. Ich sagte Chen Wenyuan, auf Denunzianten sei kein Verlaß. Er gab mir sogar recht. Sie würden nur bestraft, meinte er, wenn die Schuld erwiesen ist. Aber es würde besser sein, wenn ich nicht in Tibet bliebe.«

Meine Mutter antwortete ganz ruhig.

»Das ist Erpressung.«

»Es gibt noch andere Gründe.«

»Nenn sie mir.«

»Ich bin ein schlechtes Parteimitglied. Ein Reaktionär. Chen Wenyuan weiß als politischer Kommissar, was er mir zumuten kann und was nicht. Er glaubt, daß ich als Lehrer hier nicht geeignet bin. Letzten Ende sei es eine Frage der Berufung, der Begeisterungsfähigkeit und der persönlichen Überzeugung.«

»Hat er das gesagt?«

»Er mißtraut mir. Er verlangt Hingabe, und die bringe ich nicht auf. Ich wüßte nicht einmal, wofür ich kämpfen sollte. Für eine bessere Welt? Ich glaube nicht mehr daran. Die Welt kann nur schlechter werden. Ich jedoch habe – für eine kleine Weile nur – eine Welt voller Wunder und Harmonie erlebt. Und ich werde nie verleugnen können, was ich geliebt habe. Ich werde wohl dafür büßen müssen.«

Er machte eine resignierte, traurige Handbewegung. Stille senkte sich nieder. Shelo stand dicht vor ihm, forschte lange in seinem Gesicht, bevor sie antwortete:

»Ich bin eine *Ngolog*; in meinem Stamm teilen die Frauen mit mehr als nur einem Mann ihr Lager. Doch mein Los ist es, daß die Männer, an denen mein Herz hängt, mir genommen werden. Doch nimm dich in acht in deiner Heimat, sei doppelt vorsichtig. Du hast nichts zu verbergen, Dan. Aber deine Aufrichtigkeit wird dich in Gefahr bringen.«

»Und du, Shelo? Was wird aus dir?«

Die rötliche Sonne glitt über die steinerne Wand. Shelos Augen glitzerten. Sie sprach mit dem rauhen, schleppenden Klang der Schamanin in der Stimme.

»Der Tag ist vorbei, Dan. Was uns gegeben wurde, können wir nicht bewahren. Da wir in diesem Leben keine Erfüllung fanden, müssen wir auf das nächste hoffen. Und wenn wir uns noch einmal begegnen sollten, werden wir uns gewiß erkennen. Die Götter sind gerecht. Das wenigstens möchte ich glauben.«

Er trat an sie heran, griff nach ihrem Arm.

»Atan wird traurig sein. Ich habe nicht den Mut, von ihm Abschied zu nehmen. Würdest du es für mich tun?«

»Ja. Und er wird es verstehen.«

»Sag ihm, er soll mich nicht vergessen.«

»Ich werde es ihm sagen. Leb wohl jetzt, mein Lieber. Du hast eine lange Reise vor dir.«

Mit diesen Worten legte sie ihm die Hand auf die Stirn, in der uralten Segensgebärde der Lamas. Ihre Armbänder klirrten leise. Sie brachte ihr Gesicht ganz nahe an das seine heran; ihre

Lippen legten sich auf seine Lippen. Eine kurze Berührung nur, fast ein Hauch. Dann löste sie sich von ihm, er wandte sich ab, ging mit schleppenden Schritten zur Tür. Ich empfand das Bedürfnis, mich an die Mauer zu lehnen und zu weinen; ich drückte den Kopf an die Wand, als wollte ich in den vertrauten Steinen auf eine geheime Stimme lauschen, die mich beruhigte. Doch keine Stimme war da, die mir Trost zusprach, nur die bestürzende, erschreckende Einsicht, daß ich ihn mehr geliebt hatte als sie. Ein Kind ist solchen Gefühlen gegenüber machtlos. Noch heute ist mir unklar, warum die Erinnerung an ihn in meinem Geist so lange haftenblieb. Noch Jahre danach plagte mich die Erinnerung, machte mir in manchen Augenblicken schwer zu schaffen.

Dann wurde die tibetische Schule geschlossen. Kelsang Jampa, unser guter Lehrer, war entlassen worden. Er sei alt, hieß es, und ruhebedürftig.

Das erste wirklich bedeutende Problem war die Ernährung. Die Chinesen mußten von der Bevölkerung mit Lebensmitteln versorgt werden. Sie bezahlten zwar dafür, aber die Preise stiegen natürlich, und wurden für die Tibeter unerschwinglich. Das war der Anfang großer Veränderungen. Die Chinesen verlangten von den Herdenbesitzern hohe Beträge in Naturalien. Eines Tages kam Chen Wenyuan zu meiner Mutter, um den Viehbestand zu zählen. Er erschien mit ein paar Männer in blauen Overalls, die sich Agro-Experten nannten. Chen Wenyuan schlug meiner Mutter vor, einer Vereinigung beizutreten, in der man sie mit modernen Wirtschaftsmethoden vertraut machen würde. Er gebe ihr diesen Rat, sagte er, weil sie als Frau über einen großen Viehbestand herrsche und die grobe Arbeit doch ziemlich schwer für sie sein müsse. Shelo erwiderte, Tibeterinnen seien durchaus in der Lage, sich um ihre Güter zu kümmern. Er müsse sie trotzdem bitten, zu den Versammlungen zu kommen. Finanzen, Bildung, Landwirtschaft und Gesundheitswesen seien reformbedürftig und direkt dem neu gegründeten PCART (*Preparatory Committee for the Autonomous Region of Tibet*) unterstellt. Die politischen Funktionäre seien bereit, die lokalen Führer bei ihrer Verwaltungsarbeit zu beraten. Shelo begegnete ungerührt seinem Blick.

»Wir machen es wie unsere Vorfahren. Das ist gut für uns und soll auch so bleiben.«

Der Kommissar lächelte, bezog seine Begleiter in sein Lächeln mit ein. Alle nickten ihm zu, zeigten gleichzeitig und beflissen die Zähne. Doch als Chen Wenyuan sich erneut an Shelo wandte, war sein Lächeln verschwunden.

»Ein lebhafter Geist muß vieles erforschen. Es sind nur die Allerweisesten und die Dummen, die Selbstkritik ablehnen. Bald wird Tibet die beste Regierung der Welt haben. Wir alle stehen im Dienst eines großen Plans. Wir wollen euch helfen, gute Arbeit zu leisten.«

Sie hob höhnisch die schwarzen Brauen.

»Leiden wir Hunger? Oder Durst? Haben wir kein Dach über dem Kopf? Keine Kleider, die uns vor der Kälte schützen? Sind wir unwissend oder krank?«

Die Chinesen wurden unruhig. Einer hüstelte mit abgewandtem Gesicht. Chen Wenyuans Augen wurden schmal. Er schnitt ihr mit einer schroffen Geste das Wort ab. Shelo hob trotzig das Kinn. Eine Khammo läßt sich nicht über den Mund fahren.

»Genug. Wir brauchen keine Hilfe. Und auch keine Ratschläge. Wir entscheiden selbst, was gut für uns ist was nicht. Haben Sie Geduld. Wir werden es Sie wissen lassen.«

Die Besucher verabschiedeten sich höflich und gingen. Shelo besuchte nicht die Versammlung und zahlte auch nicht die ihr aufgebürdete Geldstrafe. Die Chinesen unternahmen zunächst nichts gegen sie; wenn sie auf Widerstand stießen, zogen sie sich zurück und versuchten es später noch einmal.

Niemand traute den Chinesen. Hinter ihrem Lächeln lauerten Gefahren. 1954 wurde allen Tibetern mitgeteilt, der Große Steuermann habe in seiner Weisheit beschlossen, die Landreform um sechs Jahre hinauszuschieben. Gleichzeitig wurde bekannt, daß die chinesische Nationalversammlung den jungen Dalai Lama mit seiner Gefolgschaft nach Beijing eingeladen hatte. Er sollte mehrere Monate bleiben und ganz China bereisen, um sein Wissen zu erweitern. Ich war sehr betroffen und fragte meine Mutter:

»Werden die Chinesen Seine Heiligkeit töten?«

Sie lächelte und strich über mein Haar.

»Nein, Atan, da kannst du ganz beruhigt sein. Dein Vater ist ja bei ihm.«

Ich war sofort wieder froh. Solange mein Vater Seine Heiligkeit schützte, konnte ihm nichts Böses zustoßen.

Nachrichten drangen erst mit Verspätung nach Kham. Immerhin erfuhren wir, Mao Tse-Tung habe dem Dalai Lama versichert, keinerlei politische Macht in Tibet ausüben zu wollen. Industrie und Handel sollten ausgebaut, das bestehende System jedoch unangetastet bleiben. Die Bevölkerung glaubte der Propaganda. Die Khampa-Häuptlinge jedoch meinten, es würde alles weitergehen wie zuvor und schlimmer werden. Ihre ersten Angriffe auf chinesische Truppenverbände hatten bereits im Winter eingesetzt. In Bepla und im angrenzenden Königreich Mustang hatten sie Gewehre und Munition gekauft. Das Kriegsmaterial wurde auf Schleppschlitten über die vereisten Seen befördert. Andere Schlitten brachten Vorräte an Trockenfleisch, Tsampa, Salz und Zucker. Die Chinesen waren über diese Vorgänge beunruhigt. Von offizieller Seite hieß es, daß »vereinzelte Räuberbanden ihr Unwesen trieben«. Die Militärbehörden machten den Khampas Geschenke, um sie auf ihre Seite zu bringen. Die Häuptlinge setzten sie in Munition um. Noch blieben die Angriffe sporadisch. Man durfte nicht zu viel riskieren: der Dalai Lama war in Peking; die Chinesen konnten ihn als Geisel mißbrauchen.

In diesem verhängnisvollen Jahr 1954 mehrten sich die bösen Zeichen. Im Juli verloren bei Überschwemmungen in der Stadt Gyantse mehr als zweitausend Menschen ihr Leben. Es war, von Erdbeben abgesehen, die größte Katastrophe in Tibet seit Menschengedenken. Viele glaubten, daß dieses

Unheil nur hatte geschehen können, weil der Dalai Lama das Land verlassen hatte. Das Schicksal Seiner Heiligkeit beunruhigte das tibetische Volk, waren die Ränkespiele der Chinesen doch sattsam bekannt. Tatsächlich bemühte sich Mao Tse-Tung mit allen Mitteln der Verschlagenheit, Seine Heiligkeit für seine Pläne zu gewinnen. Doch die falschen Versprechungen und die Schmeicheleien Pekings glitten an ihm ab. Seine Friedfertigkeit, sein gesunder Verstand, seine Jugend letztlich, warnten ihn vor Schwätzern und Schwindlern. Mao und seine Ratgeber setzten die Waffen ihrer Arglist gegen ihn ein; er nahm sie sanftmütig auf und legte sie hinter sich auf den Boden. Die Chinesen konnten ihn weder blenden noch für ihre Zwecke mißbrauchen.

Dieser ganz junge Mann – fast noch ein Kind – trug mehr Stärke in sich als alle Heerscharen kreischender Fanatiker. Aber das würde die Welt erst später erfahren.

Der Frühling kam mit starken Regenfällen, Bergstürzen und Überschwemmungen. Die Leute waren froh und erleichtert, als Seine Heiligkeit im Mai 1955 nach einer langen, beschwerlichen Reise wohlbehalten aus China zurückkehrte. Ich jedoch, der Kindheit noch ganz nahe, war überzeugt, daß es mein Vater war, der ihn in dieser langen Zeit vor tausend Gefahren bewahrt hatte.

Nach der Rückkehr Seiner Heiligkeit fanden in Lhasa mit großen Pomp die Feierlichkeiten anläßlich der Ernennung Tibets zum autonomen Gebiet statt. Die Chinesen streckten die Hand nach der Macht aus und pflückten sie wie eine reife Frucht. Die Götter in ihren Tempeln blickten grimmig oder milde lächelnd auf die rechtlose tibetische Regierung, die – offiziell – Seiner Heiligkeit und dem 10. Panchen Lama unterstand. Aber die Politik wurde von einer Kommission beschlossen, der kein einziger Tibeter angehörte. Seine Heiligkeit war lediglich dem Namen nach Präsident; in Wirklichkeit waren ihm die Hände gebunden.

In Lithang – wie in den meisten Städten – lag die Verwaltung in den Händen der Chinesen. Viele Soldaten hatten in der

Klosterstadt Garnison bezogen. Im Bazar begegnete man Scharen hochnäsiger Beamte mit ihren Familien, die raffgierig, laut und zutiefst gelangweilt ihr Geld ausgaben. Aber wir sahen auch Chinesen in Lumpen, die an der Straße arbeiteten; man sagte uns, es seien Mitglieder des Kuomintang, die ihre Strafe verbüßten. Oft brachten ihnen Tibeterinnen etwas zu essen oder warme Kleider, aber die Wachsoldaten beschimpften sie und schickten sie weg. Die scheinbar gelassene Stimmung im Land war die Ruhe vor dem Sturm. Zwischen Chinesen und Tibetern klaffte ein Abgrund, den kein erbaulicher Spruch aus Maos roter Fibel überbrücken konnte. Die Chinesen begannen, die Tibeter gegeneinander aufzuwiegeln. Sie bezahlten Bauern, damit sie ihre Lehnsherren beschuldigten. Menschen, die für schmutzige Dienste Geld nehmen, gibt es überall. Verleumdung ist einer sehr menschliche Schwäche. Die *Thamzig* – Volksgerichte – breiteten sich aus, wurden ständig brutaler. Tatsachen, Phantasien und Antipathien tobten sich dort aus. Die Chinesen verlasen eine endlose Liste von Verbrechen, die die Angeklagten – Ladeninhaber, Viehbesitzer oder Adlige – begangen haben sollten. Die Tibeter lauschten fassungslos dem Rachegeschrei.

Die Chinesen hatten mit der Kompromißbereitschaft und Friedfertigkeit der Tibeter gerechnet; nicht mit dem hitzigen Blut der Steppenreiter.

In der Tat herrschte auf chinesischer Seite ein katastrophales Unwissen über das Wesen und die Kriegsführung der Khampas. Und das zu einer Zeit, da fünfzigtausend berittene Kämpfer ihre Jurten und Burgen bereits verlassen hatten. Die Khampas stellten raffinierte Fallen. Ihre Pferde schlurften auf unbeschlagenen Hufen durch die Nacht, den Verbindungsstraßen entgegen, auf denen die Truppenverbände entlangzogen. Das Dunkel der Nacht, das Rasseln der Armeefahrzeuge erstickte die leisen und undeutlichen Eindrücke, die das Heranrücken der Reiter begleitete: das leise Klirren von Metall, das gelegentliche Aufschimmern eines Säbels oder eines Gewehrlaufes. Und wenn das hämmernde Stakkato der heranstürmenden Hufe aus der Stille wuchs, war es für die Chinesen schon zu spät. Die Khampas tauchten aus Schluchten empor, rasten Steinhänge hinab, deren Gefälle eigentlich ein vorsichtiges Schrittempo erfordert hätte. Doch ihre Pferde hatten – wie man sagte – Augen unter den Hufen. Nicht immer gelang der Überfall; oft war das Blei schneller als die Reiter. Prasselnde Granaten zerstückelten Männer und Pferde und tränkten die Erde mit Blut. Aber die Chinesen wußten nie, wann die Reiter wieder zuschlagen würden, welche Falle sie als nächste bereithielten. Das bewirkte, daß immer neue Truppenverbände als Verstärkung über die Grenze kamen. Die Khampas wüteten schrecklich im Nahkampf. Und wenn sie keine Patronen mehr hatten, schwangen sie den Säbel. Viele Soldaten starben an Ort und Stelle oder wurden, gräßlich verstümmelt, ins Lazarett nach Lhasa gebracht. Schließlich sah sich die 18. chinesische Armee gezwungen, sich aus der Provinz Kham zurückzuziehen. Doch der Kampf hatte gerade erst begonnen.

36. Kapitel

Nach dem Abrücken der Volksarmee hatten alle chinesischen Beamten Kham überstürzt verlassen. Daraufhin hatte Khangsar, der Abt des Klosters von Lithang, als ranghöchster Mönchsbeamter die Distriktverwaltung übernommen. Nach dem Ultimatum der Chinesen, sämtliche Waffen abzuliefern, berief er eine Ratssitzung ein. Die verschiedenen Lager waren mehr als drei oder fünf Tagesritte entfernt; doch die Reiter aus Lithang sprengten über die vereiste Erde, gaben die Nachricht von Mund zu Mund. Khangsas hatte auch die Führer der einzelnen Clans in den Ratsaal gebeten. Nach unserer Tradition kommt ein Junge mit dreizehn Jahren – wenn er ein Pferd zu lenken vermag – in das Alter, wo er in die Geschäfte der Erwachsenen eingeführt wird. Mir fehlten ganze fünf Monate – ich zählte sie verbissen und wütend an den Fingern ab. Meine Mutter überraschte mich dabei. Rasch verbarg ich die Hände hinter meinem Rücken. Shelo betrachtete mich nachdenklich: »Nun, Atan? Warum bist du zornig?«

Ich blieb stumm, sie las in meinem Gesicht und sagte:

»Wenn du älter bist, mußt du dein Handwerk kennen, und zu früh ist besser als zu spät. Wer weiß, wieviel Zeit dir noch bleibt? Wasch dich, zieh dein bestes Kleid an und komm!« So betrat ich hinter meiner Mutter den Versammlungssaal. Durch die Fenster leuchtete die fahle Wintersonne auf die braunroten Roben der Mönche, auf die Luchs- und Wolfsfelle der Fürsten und Häuptlinge. Alle trugen ihre schweren Amulette, ihre silbernen Anhänger, ihre Ringe aus Türkis. Alle waren mit ihren Waffen gekommen, mit Schildern aus Leoparden- und Yakfellen, rasselnden Degengehängen, Gewehren und Dolchen. Den Gästen zu Ehren war der Boden mit besonders kostbaren Teppichen bedeckt, die junge Novizen schenkten den Tee ein. Der Abt nahm mit meinem Onkel Tenpa Rimpoche und einigen bedeutenden Lamas den Ehrenplatz ein. Khangsar war ein stämmiger Mann mit groben, aber freundlichen Zügen.

Ich entdeckte, daß alle großen Häuptlinge hier waren, dazu einige, die ich nie gesehen hatte. Zu der Forderung der Chinesen war die unverschämte Weisung an die tibetische Armee gekommen, sich der Volksarmee anzuschließen, um die Rebellen im Kham zu schlagen. Die Regierung in Lhasa hatte die Forderung entrüstet zurückgewiesen, jedoch keine Bereitschaft gezeigt, den Okkupanten die Stirn zu bieten. Seine Heiligkeit selbst klammerte sich an sein Prinzip der Gewaltlosigkeit.

Der Kleinmut der tibetischen Führungsschicht hatte in den Jurten Empörung ausgelöst. Die Chinesen drohten mit dem vollen Einsatz ihrer Militärmacht. Viele Tibeter behaupteten: »Wer zögert, ist verloren«, und damit mochten sie recht haben.

»Die Chinesen sind schwach«, sagte ein Häuptling. »Wir haben sie in den Teehäusern sitzen sehen, zu lange haben wir sie da sitzen sehen. Sie haben Opium in den Knochen. Wir werden sie wegkratzen wie ein Hund seine Flöhe.«

Der nächste teilte seine Meinung.

»Wenn sie den Krieg wollen, sollen sie ihn haben. Noch sind wir ein freies Volk. Aber wenn die Chinesen unser Land beherrschen, lassen sie keine Frucht auf den Bäumen, kein Blatt an den Büschen, keinen Menschen und kein Tier lebendig.«

Ein dritter zeigte Bedenken.

»Man muß warten können. Natürlich ist das Warten schwierig. Aber der Schnee ist gut für uns und schlecht für die Volksarmee.«

So ging es hin und her. Auf einmal wurde es draußen vor dem Tor lebhaft. Ich sah, wie der Abt und mein Onkel einen Blick tauschten. Dann trat ein Mann in den Saal. Ein dunkelblauer, sehr weiter, faltenreicher Mantel lag um seine Schultern. Darunter trug er eine Uniformjacke der indischen Armee,

Jodhpurs und englische Reitstiefel. Sein Haar, bereits dünn an den Schläfen, war von einem wunderbaren Silbergrau. Er verneigte sich vor dem Abt und den hohen Lamas. Ich fragte mich, wer er wohl sein konnte.

Ein Häuptling, in schwarze Wolfsfelle gehüllt, gab düster zu bedenken, daß wir zu wenig Waffen hatten.

»Unsere Gewehre sind alt. Bei gutem Licht und an einem klaren Tag kann ich eine Kugel so weit schleudern, wie ein Knabe einen großen Stein schleudert – wenn auch nicht so genau. Die Chinesen haben Flugzeuge, Panzer und Kanonen.«

»Das ist die Art der Neureichen«, rief einer, und alle lachten. Der Häuptling sprach weiter:

»Wenn wir gute Maschinengewehre hätten, brauchten wir nicht wie die Irren von einem Hügel zum anderen zu stürmen, während die Kolonne, die wir stoppen wollen, weiterfährt. Solche Überfälle wirken bei dem Feind wie ein Wespenstich bei einem Rehbock: Er reizt ihn, aber schwächt ihn nicht. Und der Sieg bleibt fern.«

Da erhob sich der Mann, der zuletzt erschienen war. Eine Bewegung ging durch die Menge, und gleichzeitig entstand ein Raunen. Endlich hörte ich seinen Namen, und mein Blut schien schneller zu fließen. Denn der Mann, der jetzt das Wort ergriff, war Rapgya Pangda Tsang.

»Du kannst beruhigt sein, Onkel«, sagte er. »Die Maschinengewehre sind in versiegelten Ladungen unterwegs. Sie werden bald eintreffen. Es sind ziemlich viele.«

Er hob die rechte Hand, ballte und öffnete sie viermal. Jede Faust bedeutete die Zahl hundert. Ein verblüfftes Murmeln lief durch die Reihen. Rapgya lächelte.

Innerhalb einer Stunde hatte ich viele bedeutsame Häuptlinge kennengelernt. Daß mir aber nur Rapgya Pangda Tsang gegenüber stand, überstieg meine kühnsten Vorstellungen.

Rapgya war der Jüngste der drei Pangda-Brüder, Söhne eines reichen Händlers aus Chamdo. In den dreißiger Jahren hatten Yampel, Topgyay und Rapgya gleichzeitig die Zentralregierung in Lhasa und den chinesischen Kriegsherrn Liu bekämpft. Alle drei waren hochgebildet, schrieben und sprachen fließend chinesisch. In seiner Jugend hatte Rapgya Aufsehen erregt, weil er einige Fragmente der Werke von Karl Marx sowie die Drei Volksprinzipien von Sun Yat-Sen übersetzt hatte. Rapgya und seine Brüder waren keine Kommunisten, sondern lediglich von gewissen Idealen der Linken getragen. Die Verlogenheit der Chinesen hatte sie schnell ernüchtert. Innerhalb weniger Monate waren aus den Brüdern Tsang glühende Nationalisten geworden. Ihre Bemühungen, in Tibet eine politische Einheit herbeizuführen, waren gescheitert. Trotzdem waren ihre Verwegenheit, ihre Freude an schönen Pferden, am Wetten, Trinken und Schießen zur Legende geworden.

Ehrfurchtsvolles Schweigen entstand, als Rapgya erneut das Wort ergriff. Atemlos hörten ihm alle zu; er ließ uns wissen, daß wir auf die Unterstützung der USA zählen konnten. Bereits 1944, nach der Schließung der Grenze nach Burma, war die CIA bestrebt gewesen, eine Verbindungsstraße nach China offenzuhalten. 1950 hatte Tibet erfolglos die Vereinigten Nationen aufgerufen, das Eindringen der Chinesen zu verurteilen. Tibets Gesuch wurde abgelehnt und kam sechs Jahre lang nicht mehr zur Sprache. Den USA wäre es nicht im Traum eingefallen, auch nur den kleinen Finger für uns zu rühren. Doch auf einmal horchte man auf. Der Einfluß von Senator Joseph McCarthy hatte seinen Höhenpunkt erreicht. Der Kommunismus war nun zu bekämpfen.

Welche Unterstützung war von den Amerikanern zu erwarten? Ironischerweise kam die Antwort von Tai-Wan. Die chinesischen Nationalisten hatten begriffen, daß die Khampas im Begriff waren, das zu erreichen, wovon Tchang Kai-Tscheck nur träumen konnte: die Walze der Volksarmee stillzulegen. Und so kam es, daß sich die USA gewillt zeigten, mit Hilfe der Tai-Wan Chinesen die »unwissenden Barbaren und Diebe« für ihre Zwecke einzuspannen. Dabei spielten die Brüder Pangda, die für ihre Geschäfte regelmäßig nach Indien reisten, als Mittelsmänner eine wesentliche Rolle.

Alle Ratsteilnehmer zeigten offen ihre Erregung. Mit amerikanischer Hilfe konnten sie die Volksarmee schlagen! Doch Rapgya kannte die Menschen und winkte ab, mit müdem Sarkasmus.

»Sie benutzen uns für ihre Sache. Das läßt sich nicht vermeiden. Aber wir können Nutzen daraus ziehen. Sie haben Waffen und Material. Wir haben die Männer, und wir haben das Geld, sei es in Form von Gold, Silber, Reis oder Vieh. Geld ist das Rad des Lebens, Profit schmiert dieses Rad. Wir können uns zusammentun und die Waffen finanzieren , die wir brauchen.«

Shelo ergriff in dieser Beratung nur einmal das Wort. Doch wie stets war das, was sie sagte, von Bedeutung.

»Im Winter«, sprach sie, »verzehren die Menschen die Ernte des Sommers. Stimmen wir für den Krieg, ist die nächste Ernte nicht gewährleistet. Ein harter Winter könnte auch bewirken, daß der Viehbestand sinkt. Eine Hungersnot würde die Folge sein, und dann dürfte es dem Feind leichtfallen, uns zu schwächen. Wir sollten ausreichende Vorräte anlegen.«

Die Ratsmitglieder tauschten Blicke und nickten. Der Abt schlug vor, die Vorräte in die Kasematten des Klosters zu schaffen, die genug Raum boten, um im schlimmsten Fall einer Belagerung standzuhalten. Zum Glück war die Ernte gut gewesen. Ferner sollten die Geldschätze als Reserve für die Kriegskosten und einen Notbestand an einem sicheren Ort aufbewahrt werden. Mein Onkel Tenpa Rimpoche riet uns, die Befestigungsmauer zu stärken. Die Beratung dauerte Stunden, und als endlich die Sitzung aufgehoben wurde, stürmte ich sofort nach draußen. Nach einer Weile sah ich Rapgya, umgeben von seinem Gefolge, mit eiligen Schritten über den Hof kommen. Ein Stallknecht wollte ihm den Steigbügel halten. Als Knabe war ich flinker – aber nicht flink genug. Denn Rapgya Pangda Tsang warf seinen Mantel zurück und schwang sich mit einer einzigen leichten und sicheren Bewegung in den Sattel. Ich aber ließ den Steigbügel nicht los und rief zu ihm empor: »Herr, wenn ich erwachsen bin, will ich ein großer Kämpfer sein, wie du!«

Er lachte. Seine Augen funkelten etwas gönnerhaft; ich merkte, daß er alt genug war, um sich geschmeichelt zu fühlen.

»Du wirst schon bald kämpfen, mein Junge. Im Frühling sind keine Chinesen mehr da. Wir werden sie alle verjagt haben!«

Mit diesen Worten bohrte er seine stumpfen Sporen in die Flanken des Fuchses und sprengte über den Hof. Sein blauer Mantel blähte sich im Wind; es war, als ob Schwingen ihn trugen. Für solche Augenblicke lebt jeder Junge. Ich hatte einen Helden gesehen, eine lebende Legende. Und er hatte mich beauftragt zu kämpfen.

37. Kapitel

Der Aufstand breitete sich aus wie ein Buschfeuer. Jeder Stamm bildete eine unabhängige Streitmacht, mit ihren eigenen Häuptlingen an der Spitze. Gleichzeitig traten auch die Mönche in den Krieg. Sie hatten sich zwar dem Studium der Religion zugewandt, doch in ihrem Blut hatte sich durch Generationen der Kampfgeist der Steppenreiter vererbt. So holten die Mönche die Waffen aus ihren Verstecken hervor. Der Kampf würde einen hohen Blutzoll verlangen, das wußte jeder. Der Krieg mit Korea war beendet; die Sowjetunion unterstützte die chinesische Volksarmee, verkaufte ihr die Mig 15 und die Iljuschin 28. Dazu kamen Panzerfahrzeuge und Lastwagen, um die Truppenverbände nach Tibet zu befördern. Auch waren die Chinesen aus Schaden klug geworden: sie schickten keine Halbwüchsigen mehr, sondern hartgesottene Truppen und kampferprobte Offiziere.

Ganz Osttibet griff zu den Waffen. Rapgya Pangda Tsang hatte seine Verbindungen spielen lassen: Flugzeuge aus Tai-Wan warfen mit Fallschirmen amerikanische Waffen und Radioempfänger im Kampfgebiet ab. Aber gleichzeitig erfuhren wir von den Vergeltungsschlägen der Chinesen, von den Brandbomben, den Angriffen der gefürchteten Iljuschin 28. In den Militärberichten hieß es nach ein paar Monaten, der Aufstand sei niedergeschlagen und die Rebellen auf der Flucht, in Wirklichkeit flackerte der Aufstand noch fünfzehn Jahre lang, immer wieder sporadisch. Ich weiß es, weil ich dabei war und das tat, was mir Rapgya aufgetragen hatte – ich kämpfte. Die Belagerung von Lithang war meine Feuerprobe, und seitdem war es mein Schicksal, immer in der heißesten Glut zu stehen.

Rapgya organisierte mit Hilfe seines ältesten Bruders Yampel den Waffenhandel vom indischen Kalimpong aus. Der dritte Bruder, Topgyal, war in Tibet geblieben und überwachte die Karawanen, die die Waffen nach Kham beförderten. Die Lieferungen waren stark vom Wetter abhängig. Monsunregen und Schneefälle behinderten das Vorrücken der Karawanen. Die Waffen trafen oft erst mit großer Verspätung ein. Inzwischen war Chinas südliche Grenze mit Truppen besetzt. Die Volksarmee setzte ihre Iljuschin 28 ein, bombardierte die Stützpunkte der Rebellen.

In Lithang war alles ruhig. Shelo ging wie stets ihren Aufgaben nach. Doch in ihrem Wesen machte sich eine Veränderung bemerkbar, die mich beunruhigte. Abends, wenn sie an der Feuerstelle saß, schien sie durch die Flammen auf ferne Orte und Dinge zu schauen.

Eines Abends schickte meine Mutter die Dienstboten weg. Sie entzündete Feuer in einer Räucherschale und warf Rinden in die Glut. Als der Rauch hochstieg, rieb sie ihre Schläfen und Handgelenke mit Kräuterbalsam ein. Ich kauerte neben ihr und fühlte, wie der süß-herbe Duft auch mich berauschte. Mein Mund wurde trocken, und mein Atem ging schwer. Nach einer Weile öffnete Shelo einen kleinen Beutel und schüttelte eine Anzahl kleiner beschnitzter Knochen verschiedener Tiere auf ein weißes Tuch. Nur sehr selten und bei wichtigen Anlässen befragte meine Mutter das Orakel der Knochen. Diese waren von unterschiedlicher Form und Größe und verkörperten die Ahnen. Der Große Knochen – das Schulterblatt eines Damhirsches – stellte die äußeren Einflüsse dar: Stillstand, Veränderung, Geburt, Tod. Shelo begrüßte jeden Knochen mit seinem besonderen Namen und bat ihn um Beistand. »Führungsknochen, befähige mich, deine Absichten zu kennen. Weiblicher Knochen, sage mir, was erzählt und erlebt wurde. Männlicher Knochen, erwecke in mir das Wissen. Großer Knochen, hilf mir, den Zweck meiner Geburt zu erfüllen.«

Als die Rinde glühte, legte Shelo behutsam die Knochen in die Räucherschale und richtete ihre ganze Aufmerksamkeit auf die züngelnden Flammen. Bald sprühten Funken auf, kleine Risse sprangen in die Knochen. Shelo verharrte in tiefem Schweigen, bis das Feuer verglühte, und auch ich saß vollkommen still. Dann wickelte Shelo das Tuch um ihre Hände und nahm die Knochen aus der Asche. Es nahm geraume Zeit in Anspruch, bis sie die Markierung gedeutet hatte. Schließlich seufzte sie tief und legte die Hand an den Kopf. Ihr Schweigen währte so lange, daß ich es nicht mehr aushielt.

»Amla, was sagen die Knochen?«

Sie fuhr leicht zusammen.

»Sie bringen mir Grüße von den Geistern. Lange Zeit waren sie fern. Jetzt sind sie wieder da und lehren mich die alten Lieder. Sie wollen, daß ich singe, um die Kämpfer zu stärken.«

Die Feder eines Nachtvogels schien mich kalt zu streifen. Mein Herz schlug wild.

»Amla, werden die Chinesen kommen?«

Sie seufzte tief.

»Ja, Atan. Schon bald. Die Knochen haben es gesagt.«

Prahlerisch, wie Knaben oft sind, entgegnete ich heftig:

»Ich fürchte mich nicht!«

Sie hatte die Arme verschränkt, als ob sie fröstelte.

»Du bist mein Sohn. Es wäre schlimm, wenn du dich fürchten würdest. Du wirst ein klares Auge brauchen und eine sichere Hand. Du wirst einen einzigen Pfeil haben, und der muß treffen.

Ich runzelte verwirrt die Stirn. »Nur einen einzigen Pfeil?«

Sie nickte. Das Feuer wärmte, und trotzdem schien sie zu frieren. Ihre Stimme klang seltsam heiser.

»Die Knochen sagen, so wird es sein. Du darfst den Mut nicht verlieren! Gib mir dein Versprechen, Atan!«

Ich öffnete den Mund; da gab es unzählige Fragen, die ich in Worte hätte fassen können, wären nicht die schwarzen Augen gewesen, die so starr in die meinen blickten. Ich fühlte den entsetzlichen Schmerz in ihrem Inneren. Der Schreck ging mir durch und durch. Es war, als sinke Dunkelheit auf mich herab. Kalter Schweiß bracht mir aus allen Poren. Ich stammelte:

»Ich … ich verspreche es dir.«

Da seufzte sie tief und wie erlöst.

»Es ist gut. Ich danke dir, Kind. Das ist alles, was ich sagen kann. Sei ohne Furcht. Dein Schutzgeist wacht. Er wird meinen Feind durch den Nebel tragen; die Bäume werden seine Knochen zerreiben und die Dornen seine Leber in Fetzen reißen …«

Ein eiserner Ring schien meine Schläfen einzuschnüren. Die Finger meiner Mutter, die meine Stirn berührten, waren eiskalt. Die Kraft, die in ihr lebte, war zu stark für mich. Es war die Kraft der wachsenden Bäume und des wirbelnden Schnees, die Kraft der ziehenden Wolken und der wandernden Sterne. Es war die Kraft des Lebens.

Ein beißender Frostwind fegte über die Dächer. Er trug Schneegeruch in sich. Lange vor der Morgendämmerung war die Steppe weiß und der Himmel schwarz und tief. Es war Februar; der Neumond wuchs. In zehn Tagen würde das Neujahrsfest beginnen.

38. Kapitel

Kurz vor Neujahr zogen lange Kolonnen von Lastwagen, Panzern und marschierenden Soldaten auf Lithang zu. Das Kampfgebiet dehnte sich aus, die Frontlinie rückte näher.

Obwohl auf das Neujahrsfest dunkle Schatten fielen, nahmen die Vorbereitung ihren üblichen Verlauf. Die Bevölkerung schrubbte mit nassen Besen die Trittsteine, kehrte jeden Unrat weg. Die Mönche bestiegen Gerüste, um Wasserspeier, Fenster und Dachterrassen zu reinigen. Sie befestigten neue Gebetsfahnen, schmückten Tempel und Heiligtümer. Die Waffenruhe, die vereinbart worden war, hatte sich herumgesprochen, und die Nomaden kamen von weither. Bald wimmelte es in Lithang von Menschen; zu *Losar* kamen sie in so großer Zahl, daß es unmöglich war, für alle einen Platz zum Schlafen zu finden. Die Pilger mußten ihre eigenen Jurten unterhalb der Mauern des Klosters aufstellen. Die Nomaden ritten auf Mauleseln oder auf prächtig herausgeputzten Pferden; der drohende Krieg konnte nicht ihre Freude an schönen Sätteln und kostbar bestickte Satteldecken trüben.

Sie trugen ihre schönsten Kleider, doch auch ihre besten Waffen. Dolche und Säbel funkelten, und in den silbernen, leise klingenden Brustamuletten spiegelte sich die Wintersonne. Horden von kläffenden Hunden folgten den Reitern, schnappten nach den Beinen der Maultiere.

Straßenhändler boten ihre Ware feil. Geruch von Siedefleisch, brennendem Kuhmist und Gewürzen erfüllte Treppen und Gassen. Alle Menschen wollten das Kloster besuchen und beten, viel Butter und Weihrauch spenden, um das Böse zu bannen; aber sie wollten sich auch vergnügen, Waren verkaufen, die rituellen Tänze bewundern, essen und trinken und an

Wettspielen teilnehmen. Lithang war erfüllt von Stimmen und Gelächter, von Glockengebimmel und dem Rasseln der Gebetszylinder. Zum erstenmal waren mir die Farben, die Geräusche nicht lieb und vertraut; ich nahm sie wie ein fremdes Schauspiel wahr, und meine Haut prickelte. Ich schlief sehr unruhig in dieser Zeit; nachts sang und pfiff der Wind ums Haus. Und ich hörte die Stimme meiner Mutter, die schlafend vor sich hin summte oder Worte sprach, die ich nicht verstand.

Das Kloster von Lithang war – wie nahezu alle tibetischen Klöster – eine Festung. Die Stadtmauer war in regelmäßigen Abständen mit Wachtürmen versehen. Unter der Mauer lagen Tausende von Steinen, in denen die heiligen Worte *Om Mani Padme Hum*, Abbildungen des Buddhas oder der Swastika eingraviert und mit leuchtenden Farben bemalt waren. Auf den ältesten Steinen waren noch Tiere sichtbar, und manchmal auch Darstellungen von geheimnisvollen Wesen, halb Mensch, halb Tier. Zum Kloster führte ein Weg den Hang hinauf; er wurde von solchen *Mani*-Steinen gesäumt. Sie begrenzten einen heiligen Bezirk, den böse Geister nicht betreten durften. Die Schutzmauer bildete gleichzeitig den ersten Absatz des vierstöckigen Kostergebäudes. Die getünchten Mauern leuchteten in der heiligen Farbe karminrot. Bärenschädel, Geweihe und Hörner schmückten die Dächer und gemahnten an den uralten Pakt der Menschen mit dem Tierreich. Im Herzen der Kapelle erhob sich der Matreya, der Buddha der Zukunft. Die Statue war zwölf Meter hoch; ihr Antlitz lächelte rätselhaft und heiter wie ein Versprechen auf ferne, glückliche Zeiten. Von ihrem vergoldeten Sockel aus blickte sie auf die Pilger herab.

Auf der anderen Seite der Tempelanlage befanden sich die Medizinschule, die Bibliothek und die Druckerei. Neben diesen Räumen gab es eine Anzahl größerer Küchen, die Vorratskammern und die Getreidespeicher, die Schwitzbäder und die Stallungen für die Tiere. Vom Tempel aus führten nur ein paar Schritte zu den Residenzen der Äbte und der hohen Lamas sowie zu den Schlafstellen der Mönche. Alle Elemente dieses gewaltigen Bauwerkes waren durch enge Gassen und steile Treppen verbunden; und in diesem Labyrinth, in dieser Stadt in der Stadt, drängten sich zu *Losar* Tausende von Menschen.

Am zweiten Tag der Feierlichkeiten bildeten die Tänze im Innenhof des Klosters einen Höhepunkt der Zeremonien. Ich wollte die Tänze nicht verpassen. Schritt für Schritt erklomm ich im Gedränge die Stufen. Es gelang mir wie in jedem Jahr, durch die Menge der Zuschauer bis in die erste Reihe zu schlüpfen. Die Tänzer trugen einen Dreispitz als Kopfputz. Die eine Hälfte ihrer Masken war weiß, die andere schwarz. Weiß ist die Farbe der Verklärung, der Wiedergeburt; Schwarz die Farbe der Meditation und gleichzeitig jene der fruchtbaren Erdtiefen. Beide Farben stellen Himmel und Erde dar, die Hochzeit des alten und des neuen Jahres. Auf Rücken und Schultern der Tänzer glitzerten Umhänge aus schweren Brokat. Ein netzartiger Rock aus elfenbeinfarbenen Ketten bewegte sich klappernd bei jeden Schritt. Diese Ketten waren aus Menschenknochen geschnitzt, sie stellten die Fortpflanzung dar, die Schöpfung, die niemals endet. Sie sind das Wesentliche, der Sitz der Seele und gleichzeitig das Symbol der Askese, der sich die Mönche unterwerfen, um Erleuchtung zu erlangen. Nun stellten sich die Tänzer in der Mitte des Hofes auf, verneigten sich gegen den Estrade des Abtes. In der rechten Hand hielten sie einen Donnerkeil, das Symbol der Männlichkeit, des Blitzes und der dreifachen Zeitepochen: Vergangenheit, Gegenwart, Zukunft. Die Bronzeglocke in der linken Hand war weiblich; sie ist Sinnbild der universalen Harmonie, aber auch der Scheinwelt, da der Glockenklang verweht. Die sich ergänzenden Instrumente stellen das Wissen dar; ihr Klang vermittelt zwischen Lebenden und Toten.

Das erste, was ich vernahm, waren die Trommeln. Fast im gleichen Augenblick rollte eine Klangwelle über den Platz. Die Mönche hatten ihre Lippen an die hölzernen Mundstücke der *Sangdung* gelegt. Die aus mehreren Röhren bestehenden Hörner mit ihren gewaltigen Schalltrichtern waren so lang, daß sie einige Schritte von den Musikern entfernt auf dem Erdboden ruhten. Die Trommeln rasselten, die Kupferglocken schlugen, als eine Gruppe dämonischer Fratzen, mit Hörnern und Stoßzähnen versehen, über den Platz wirbelte. Die Zuschauer stießen Schreie gespielten Entsetzens aus; sogar ich verzog leicht das Gesicht, als der rußgeschwärzte König der Dämonen mich mit seinen Fellen streifte. Der Tanz wurde vom Klang der *Kanglins* geleitet, mit Leder und Messing eingefaßten Flöten. Andere Masken gesellten sich hinzu; sie waren beim Volk sehr beliebt, stellten die Geister der Vegetation und der Tierwelt dar. Die Tänzer trugen Felle und Gewänder aus schillerndem Brokat. Ihre hölzernen Tiermasken waren bemalt und vergoldet. Nacheinander erschienen Hirsch, Wolf, Fuchs, Adler, Affe und Hase, von den Zuschauern mit Gelächter und fröhlichen Zurufen begrüßt. Die Tänzer trieben allerlei Possenspiele, schlugen Purzelbäume, schüttelten Glocken. Dann brachten vier maskierte Novizen ein großen Blatt Papier aus Pflanzenfasern herbei. Ein Mönch hatte seinen Daumen mit Tinte geschwärzt und die Umrisse einer menschlichen Gestalt darauf gezeichnet. Das im Wind flatternde Blatt wurde in der Hofmitte ausgebreitet und festgehalten. Die Trommeln dröhnten stärker, während alle Tänzer unter der Führung des furchterregenden Dämonenkönigs viermal das Papier umkreisten. Sie luden damit alle Übel des vergangenen Jahres auf die gezeichnete Gestalt ab.

Inzwischen war ein großes Feuer unter der Ringmauer entfacht. Zwei Novizen brachten einen riesigen Kochkessel voller Öl heran. Vom Wind geschürt, hüpften und züngelten die Flammen höher. Die Zuschauer duckten sich lachend und wichen zurück, um sich vor den Hitzewellen zu schützen. Als das Öl kochte, ergriffen die maskierten Novizen das Papier, falteten es zusammen und stopften es in den Kessel, wo es sich zischend und prasselnd zusammenkrümmte. Nun erschien ein älterer Mönch; er hielt in beiden Händen eine Schädelschale. Der Schädel, Sitz des menschlichen Geistes, symbolisiert gleichzeitig das Himmelsgewölbe. Aus dieser Schädelschale goß der Mönch Alkohol in das brodelnde Öl. Ein Zischen, eine wirbelnde Flammengarbe: In dunklen Schwaden stieg der

Rauch auf. Die Menschen schrien fröhlich auf. Nun war es soweit! Alles Übel des Jahres war vernichtet. Eine kleine Pause entstand, bevor die Musiker erneut ihre Instrumente ansetzten, denn nun würden die Tiermasken einen besonderen Tanz aufführen, der für Wohlstand und Fruchtbarkeit im Neuen Jahr bürgen sollte. Doch soweit kam es nicht.

Ganz plötzlich senkte sich Schweigen über die Zuschauer. Und in diesem Schweigen geschah es. Ich spürte den Riß, die Trennung. Im Bruchteil eines Atemzuges starb meine unbeschwerte Kindheit, barsten Himmel und Erde. Die Explosion fegte Steinblöcke, Mörtel, Blutspritzer und zerfetzte Gliedmaßen über den Platz. Genau dort, wo einige Minuten zuvor die Glücksflammen das Böse vernichtet hatten, klaffte nun ein riesiges Loch in der Mauer. Schwarzer Qualm wälzte sich hindurch. Die Belagerung Lithangs hatte begonnen. Sie würde 64 Tage dauern.

39. Kapitel

Die Wächter hatten Alarm geblasen, aber zu spät. Das Fest sollte ein Tag der Tränen werden. Unbemerkt, im Schutz der Dunkelheit, hatte die Volksarmee die Stadt umzingelt. Sämtliche Bewohner von Lithang und Tausende von Auswärtigen waren in der Stadt gefangen. Eine wunderbare Falle, großartig angelegt, und sie sprang erwartungsgemäß zu. Von allen Seiten rumpelten Lastwagenkolonnen heran; die Soldaten sprangen aus den Fahrzeugen, geduckte Gestalten, bis an die Zähne bewaffnet. Andere Soldaten bezogen Position in dem steilen Felsengestade außerhalb der Stadt. Wieder andere schafften Artillerie und Munition in die kleinen Häuser rund um den Basar und in den Ruinen der »alten Stadt«, die das Erdbeben von 1950 zerstört hatte. Inzwischen feuerten die Panzer ohne Unterlaß: Jede Explosion löste Steinblöcke, wirbelte Schutt und Erdmassen auf. Den Befehlsschreien folgte in Sekundenschnelle das Rattern der Maschinengewehre. Kreischende Menschen stoben nach allen Seiten davon. Die Verwundeten schrien, während ihre Angehörigen sie forttrugen. Kaum landete ein Geschoß, da krachte schon das nächste. Jeder Schuß löste neue Panik aus, hinterließ Tote und Verletzte. Novizen stolperten die Treppen hinauf und hinunter, andere schlugen die Trommel oder bliesen die Muschelhörner, um die Götter um Beistand anzuflehen.

Auch meine Mutter hatte ihr Gewehr bei sich und zusätzlich auch eines für mich. Sie gab mir Patronen und den Rat, mit der Munition sparsam umzugehen.

Gegen Abend sank die Temperatur. Die Kälte biß mit eisigen Zähnen in unsere Haut. Die drohenden Wolken im Norden verkündeten Schnee. Unser Haus befand sich im unteren

Stadteil, am Südhang. Doch der Weg dahin war uns abgeschnitten. Hunderte von Menschen konnten das Kloster nicht verlassen. Die Strahlen der Scheinwerfer beleuchteten die Stadt, so daß es hell war wie am Tag und doppelt so gefährlich, weil sich jeder Schatten am Boden abzeichnete. Wir machten uns Sorgen um die Dienstboten, die geblieben waren, um das Haus zu bewachen. Zum Glück befanden sich die Herden hinter den chinesischen Linien. Die Hirten würden die Tiere aus dem Gehege lassen und sie zu den fernen Weiden treiben, wo sie eine Chance hatten, zu überleben.

So verging diese erste Nacht in bitterer Kälte. Die Mönche teilten warmes Essen und Tee aus. Fast pausenlos donnerten die Geschosse. Trat eine kurze Stille ein, kreischten die Chinesen durch ihre Lautsprecher. Sie brüllten, wenn wir uns nicht ergäben, würden weder Greise noch Säuglinge die Stadt lebend verlassen. Die Khampas antworteten mit einem Kugelregen; einige hatten sich ganz nahe an die chinesischen Stellungen geschlichen und zielten sehr genau. Oft sah man im Licht der Scheinwerfer, wie unten die Toten fortgetragen wurden.

Die Nacht ging vorüber, und wieder ein Tag und dann nochmals eine Nacht. Schneewirbel peitschten über die Stadt, eiskalte Winde heulten in den Gassen. Und immer wieder ließen Geschosse die Mauern erzittern. Aber die Schäden blieben erstaunlich gering; die jahrhundertealten Befestigungsmauern hatten schon mehrere Erdbeben überdauert. Erst allmählich rissen die Geschosse Lücken in die Festung, spalteten die Wachttürme, durchzogen das Mauerwerk mit tiefen Rissen. Schutt und blutgefärbter Schneeschlamm bedeckten Höfe und Gassen.

Nach einer Woche hatten die Chinesen die Klosterstadt völlig von der Außenwelt abgeschnitten. Immer wieder versuchten sie, die Festung einzunehmen, durch den Bleihagel der Khampas hügelaufwärts zu stürmen. Die Verteidiger kämpften um jeden Fußbreit Boden, in Granatlöchern, auf Trümmerhaufen, zwischen Mauerresten. Jedesmal, wenn ein Khampa fiel, nahm ein anderer seinen Platz ein. Die Volksarmee schaffte neue Geschütze und Munition heran, Lastwagen brachten Verstärkungstruppen, aber jeder Angriff brach unter der Abwehr der Khampas zusammen. Die Kommunisten wichen zurück, verloren die Nerven. So ging es nicht. Immerhin hatten sie bemerkt, daß das Feuer der Belagerten nachließ; also mußten die Khampas bereits mit der Munition sparen. Schneestürme fegten über die Hochsteppe, die Soldaten waren von den Nahkämpfen erschöpft, viele krank, schwerverwundet und nicht mehr zu gebrauchen. Die Klosterstadt konnte nicht im Sturm genommen werden; man würde sie noch über Wochen hin Stück für Stück zusammenschießen müssen. Lithang war umzingelt, die Lebensmittel fehlten, der Brennholzvorrat wurde knapp. Es würde nichts schaden, ein paar Drohungen auszusprechen. Also wurde ein Abgesandter geschickt. Der Abt erklärte sich bereit. In Begleitung von acht finster blickenden Wachoffizieren ging Chen Wenyuan durch verwüstete Straßen, an brandgeschwärzten Ruinen vorbei. Kein Krieger zeigte sich. Vor dem Haupttor standen regungslos bewaffnete Mönche. Chen Wenyuan und seine Begleiter traten in den Innenhof. Sie wanderten durch verlassene Gänge, an eingestürzten Säulen vorbei. Das Kloster glich einer Höhle, beklemmend und leer, vom düsteren Schneelicht gespenstisch erleuchtet.

Als das einfache Volk erfuhr, daß Khangsar das letzte Ultimatum abgelehnt hatte, brach Panik aus. Viele Menschen versuchten, die Stadt zu verlassen. Doch sie kamen nicht weit: Kaum erschienen sie vor den Toren, eröffneten die Chinesen das Feuer. Die Menge flutete schreiend zurück. Granaten prasselten gezielt in das Gewimmel. Hunderte starben.

Ich jedoch traf niemanden, denn mein Gewehr funktionierte nicht. Ich schnitt mir einen Bogen und Pfeile zurecht. Shelo half mir dabei, nähte mir einen Köcher und Handgelenkschützer aus Leder. Der Bogen aus Birkenholz war stark und genau meiner Größe angepaßt. Shelo hielt die Pfeilspitzen in heiße Glut, damit sich die Fasern zusammenzogen und härteten. Ich war stolz, daß ich wieder eine Waffe hatte. Gerade noch rechtzeitig: Ein paar Tage später gab es keinen Baum und keinen Strauch mehr in Lithang. Man zerhackte die Möbel, die dichten Holzläden, brach Balken aus den Mauern, um Brennholz zu gewinnen. Es war die Zeit, da die Mönche die Lautsprecher der Chinesen mit den Klostertrommeln übertönten und die Krieger Beleidigungen über die Schanzen schrien; es war die Zeit, da die Festung rief, sang und betete, als ob die Wände selbst eine Stimme hätten. Doch eines Tages verstummten die Stimmen; nur noch die Trommeln schlugen. Das Volk schwieg. Die Kräfte waren gebrochen. Einige Vorräte befanden sich noch im Kloster, doch sie wurden von Tag zu Tag weniger. In Lithang lebte kein einziges Tier mehr. Alle waren geschlachtet und verzehrt worden. Die Verwundeten konnten nicht gepflegt werden. Tagelang weinten die Kinder vor Hunger. Die Brunnen waren zugefroren, jeden Morgen mußte der frische Eispanzer zerschlagen werden. Um das Wasser zu schmelzen, brauchte man das letzte kostbare Brennholz. Dann lutschte man Eis. Man konnte die Brunnen nicht desinfizieren. Die Menschen erkrankten an Ruhr. Eine Möglichkeit, den Kranken zu helfen, gab es nicht; es waren zu viele. Medikamente waren nicht mehr da. Kinder und alte Leute starben zuerst. Man verscharrte sie im Schnee, um den Verwesungsgeruch zu bekämpfen. In dieser Zeit sah ich den Tod, überall sah ich ihn; die Toten lagen im Lazarett, in den Trümmern ihrer Häuser. Ich war wie gebannt, und trotzdem brachte ich es nicht fertig davonzulaufen. Es gibt ein Geheimnis der Toten; nur der Schmerz kann es ahnen. Doch wem genügt ein Geheimnis?

Die Chinesen warteten. Sie hatten in diesem Spiel die besseren Karten. Noch wehrten sich die Belagerten mit dem Mut der Verzweiflung, glaubten aber nicht mehr, daß sie siegen würden. Die frierenden, ausgehungerten Menschen waren nur noch die Schatten ihrer selbst. Aber eine belagerte Stadt führt ein zähes Eigenleben, das am Widerstand wächst. Aus der Tiefe der Verzweiflung wachsen in den Menschen neue Kräfte. Tag und Nacht nahmen die Belagerten das Kloster unter Beschuß, Tag und Nacht pochten im Heiligtum die Trommeln, machtvoll und stetig wie ein Herz, das einen verwundeten Körper am Leben erhält. Die Mönche lösten einander an den Trommeln ab; wenn einer vor Erschöpfung zu Boden sank, packte der Nächste den Schlegel. Aber eines Tages schwieg auch die Trommel; die Kräfte versagten, das mächtige Herz war verstummt. Lithang war die Stelle, an der sich das Leben Tibets ausblutete. Nichts half über die furchtbare Erschöpfung hinweg. Doch in der folgenden Nacht, als die Sterne wie Fackeln glühten, trat eine Frau auf die höchste Terrasse des Kosters. Die vergoldeten Reliquienschreine der heiligen Lamas waren zerbröckelt, ihre Asche in alle Winde verstreut. Aufrecht in ihren schmutzigen Kleidern, das aufgelöste Haar mit Türkisen geschmückt, legte Shelo ihre abgemagerte Hand auf die Steine. Die Nacht war windstill, die verschneiten Berge schimmerten wie Kristall. In den Feldküchen der Chinesen brannte Feuer; das Licht der Karbidlampen zog entlang den Zelten eine helle Bahn durch die Nacht. Die Chinesen wärmten sich an den Flammen, saßen vor großen Kesseln; ihre Stimmen, ihre Musik waren deutlich zu hören. Sie benutzten alle Lautsprecher, um Propaganda für die Revolution zu machen. Die Verwundeten hatte man nach Lhasa gebracht, frische Truppenverbände waren eingetroffen. Shelos eingefallene Züge leuchteten im Sternenlicht. Die Abmagerung enthüllte den Adel ihres Gesichtes, die Ruhe und den Stolz der Züge. Eine Weile wanderte sie auf und ab, bewegte ruhelos die Arme, als sammle sie etwas ein, was ich nicht sehen konnte und das sie an sich zog. Auf einmal holte sie tief Luft, öffnete die Lippen. Und die Stimme, die sich in den Himmel schwang, war nicht mehr die Stimme einer Frau; sie war nicht einmal die Stimme eines einzelnen Menschen. In ihrem Gesang vibrierte der Gong, schrillten die Flöten, schlug golden und dunkel die Laute. In Shelos Stimme sangen die Geister der Toten, der Gefallenen, der Ahnen, die uns in den schweren Stunden großer Prüfungen zur Seite stehen. Shelo stand mit zurückgelehntem Kopf. Ihre Augen, groß und leuchtend, starrten ins Leere; sie sang in die Unendlichkeit hinein. In der Ferne kam Wind auf, kreiste über die Berge, fegte in mächtigen Wellen über die Steppe. Getragen von magischen Kräften warf Shelo ihren Gesang dem Wind entgegen; und der Wind trug ihn auf seinen Flügeln empor zu den Wolken. Sie waren die Stimme aller, die da sterben würden und deren Herzen vor Schluchzen nicht sprechen konnten. Und die Menschen von Lithang, frierend, bis auf die Knochen abgemagert, hörten tief in ihrem Blut die Stimmen der Totengeister. »Wir kommen!« rief Shelo. Und die Geister sprachen: »Wir sind da!«

In allen Höfen, in allen Gassen, wurden Schritte hörbar. Ein Mönch schlug mit neuerwachter Kraft die Trommel, ein anderer blies das Muschelhorn. Die Frauen zählten die Patronen, die Männer schärften ihre Säbel. Die Menschen im Bannkreis ihrer Furcht entwuchsen dem Schweigen, fanden zusammen zu jener eigentümlichen Gemeinschaft, die ein geteiltes Schicksal erzeugt. Lithang stand vor dem Ende der Welt, und die Menschen erlebten es mit dem abgründigen, geheimnisvollen Stolz derer, die sich als letzte fühlen unter den Sternen.

Und so geschah es fortan jede Nacht. Und jede Nacht verlängerte sich unser Leben, unser aller Leben, um einen weiteren Tag. Doch die Zwiesprache mit den Geistern erfüllte Shelo mit steigender Unruhe. Sie schlief kaum noch. Nachts wanderte sie durch die Gänge, murmelte leise vor sich hin. Manchmal traten junge Novizen aus einer Tür, schwankend, frierend, mit erschrockenen Kinderaugen. Shelo nickte ihnen zu, freundlich und ernst, als ob sie ein großes Geheimnis mit ihnen teilte. Sie ging weiter wie eine Schlafwandlerin; ich folgte ihr stumm, mit umgehängtem Köcher, den Bogen in der Hand. Ich fühlte das Wunder, das sie bewirkte. Im Heiligtum kauerten die Lamas vor den dunklen Nischen der Statuen. Ihre Gewänder waren zerfetzt, starr vor Schmutz, ihre verkrusteten Lippen flüsterten die heiligen Worte. Keine Butterlampe brannte, kein Feuerbecken glühte. Shelo ging von Statue zu Statue, sprach heimlich mit jeder. Der bronzene Matreya schien einen eigenen schwachen Schimmer auszustrahlen. Shelo verharrte lange vor ihm, flehte um Segen, preßte die Stirn gegen den vergoldeten Sockel. Ihre Augen flackerten, ihre blutleeren Lippen waren fein gekräuselt wie dünnes Seidenpapier. An ihrem Hals schlug der Puls ungleichmäßig und stürmisch. Sie bewegte unentwegt die Hände, hob sie manchmal zum Mund, stöhnte leise. Sie sah Dinge, die ich nicht sah. Ich sah nur das eisige Dunkel, atmete die Gerüche von Schweiß, Fieber und kaltem Weihrauch ein. Über finstere Steintreppen und hölzerne Leitern gelangten wir nach draußen auf die Terrasse. Kalte Luft schlug uns entgegen. Hinter den Zinnen ragten die Ruinen der Wachttürme empor. Das Dach war zugeschneit, an einem Bärenschädel hingen dicke Eiszapfen. Ich sah, wie meine Mutter sich in der Dunkelheit bewegte. Und wieder sang sie, Nacht für Nacht, immer wieder; und bald war es, als ob die Belagerer selbst auf diesen Gesang warteten, ihn nahezu herbeisehnten. Jedesmal, wenn der Wind ihren Gesang durch die Luft trug, wurde es im Lager der Chinesen still. Es war die Stille, die hörbar wird, wenn die Schlagworte schweigen und die Gefühle erwachen. Und einmal schrie ein chinesischer Soldat laut und verzweifelt auf; sein heftiges Schluchzen wurde von zornigen Zurechtweisungen unterbrochen. Die Offiziere bemerkten die Gefahr. Irgendwie mußten sie diese Stimme zum Schweigen bringen. Sie versuchten, den Gesang mit Musik und Sprechchören zu übertönen, grölten Schmährufe und Propagandareden durch Mikrofone und Lautsprecher. Sie hatten Shelo mit dem Feldstecher entdeckt, richteten ihre Scheinwerfer auf sie. Lichtkegel tasteten die Ruinen ab. Die Gewehre knatterten. Oft schlugen Kugeln dicht neben Shelo in die Wand, so daß sie von Splittern getroffen wurde. Shelo beachtete sie nicht, sie schien unverwundbar. Die Khampas schossen nur selten zurück, denn sie hatten kaum noch Patronen und warteten, bis es Tag wurde, um ihre Ziele besser zu treffen. Tenpa Rimpoche brachte sie in sein Gemach, bettete sie auf sein Lager, deckte sie mit Fellen zu. Ich legte mich zu ihr, wärmte sie mit meinem Atem, und für ein paar Stunden schlief sie dann.

Die chinesischen Soldaten waren gut genährt und ausgeruht. Was ihnen fehlte, war die Tatenfreude. Das Zeichen zum

Angriff wurde gegeben. Die Volksarmee hatte geglaubt, leichtes Spiel zu haben; die Ernüchterung war umso brutaler. Die Khampas kämpften mit Bajonett, Dolch und Säbel, wie sie es seit Jahrhunderten taten. Sie erbeuteten jede Waffe, rissen den Chinesen die warmen Kleider vom Leib, die Mützen, die Stiefel. Der Durchbruchversuch mißglückte, die Volksarmee zog sich zurück. Die Sonne ging unter, wieder wurde es Nacht. Die Waffen schwiegen. Im chinesischen Lager herrschte Bestürzung. Hatte die nächtliche Stimme, die Stimme aus den Jenseits das Blut der Belagerten verjüngt? Hoch oben, im Schatten der Zinnen, wanderte Shelo mit ruhelosen Schritten. Jede Nacht sang sie kraftvoller und strahlender. Ihre Stimme, vom Glanz des Himmels magisch angezogen, hallte in der Ferne wider. Doch in der letzten Nacht, als der Mond wie blaues Eis funkelte, taumelte Shelo; ihre Stimme erstarb in einem Röcheln. Ihre tastenden Hände griffen nach ihrer Kehle, und ein Blutfaden rann aus ihrem Mund. Sie fiel, die Hände ausgestreckt, auf die Knie. Bevor ich sie halten konnte, schlug sie auf den Boden, und der Schnee um sie herum färbte sich rot. Ich dachte, sie sei von einer Kugel getroffen worden, schrie laut um Hilfe. Dann erschien Tenpa Rimpoche, gab mit leiser Stimme Anweisungen. Zwei Mönche hoben Shelo auf, trugen sie vorsichtig die Leitern hinunter, durch düstere Hallen und winklige Gänge. Shelo röchelte. Ihr schwarzes Haar schleifte über den nassen Boden.

»Ist sie verletzt?« schluchzte ich. »Wird sie sterben?«

Tenpa Rimpoche umfaßte meine Schultern.

»Nein, Kind. Beruhige dich!«

Hinter den schmalen Fenstern zeigte sich der erste Streifen der Dämmerung. Die Mönche brachten Shelo in Onkel Tenpas Gemach, betteten sie auf sein Lager. Jeder Atemzug schien ihre Brust zu sprengen. Tenpa Rimpoche nahm einen Krug, füllte einen Becher bis zum Rand mit Wasser aus dem Brunnen. Ich richtete Shelo auf, hielt ihr den Becher an die Lippen. Sie trank in gierigen Zügen, dann öffnete sie die Augen, sah mich an und versuchte zu sprechen. Nur ein gurgelndes Röcheln drang aus ihrer Kehle. Ihr Gesicht war so fahl wie der dämmernde Wintermorgen. Stöhnend sank sie zurück. Tenpa Rimpoche nahm mir behutsam den Becher aus der Hand. Ich starrte ihn an.

»Onkel, was … was ist mit ihr?«

Ich sah im Dämmerlicht seine geröteten Augen. Sein Gesicht war lederbraun und fast ohne Fleisch.

»Kind, ihre Stimmbänder sind gerissen. Sie wird jetzt für lange Zeit verstummen.«

»Wird sie wieder sprechen können?«

Tenpas Stimme war nur ein heiseres Flüstern.

»Eines Tages … wenn das Schicksal es will. Aber die Stimme, die du dann hören wirst, wird eine andere sein …«

Ich starrte ihn an, sah die Tränenspur auf seinen gefurchten Wangen. Shelo klammerte sich mit beiden Händen an die Felldecke. Ihr Atem rasselte, sie zitterte zunehmend stärker. Ich fühlte das Fieber in ihrem Körper. Ich legte mich dicht neben sie, schlang beide Arme um sie. Draußen wurde es heller und heller. Bald ging die Sonne auf. Es war der 63. Tag der Belagerung. Raubvögel kreisten über der Klosterburg und lauerten auf ihren Fall.

40. Kapitel

In der perlmutfarbenen Helle der Morgenfrühe hörte ich im Schlaf ein dumpfes, fernes Grollen, ein unheimliches, drohendes Brummen. Das Brummen kam näher, wurde lauter, ohrenbetäubend. Irgendwie wußte ich, daß es kein Traum war, wollte mich aber nicht damit abfinden. »Wach auf! Geh fort von hier!« Es war die Stimme meiner Mutter, die nicht mehr sprechen konnte. Ihre Stimme bohrte sich in mein Bewußtsein, mit jedem Atemzug. »Steh auf! Worauf wartest du noch?« Und in dem Augenblick, da ich unter größter Anstrengung erwachte, schlug das Dröhnen wie ein Blitz ein. Ich fuhr im panischem Entsetzen hoch, starrte in Shelos weit aufgerissene Augen. Ihre Hände, die mich wachgerüttelt hatten, halfen mir aufzustehen. Wir wankten zum Fenster, spähten nach draußen. Der Innenhof war voller Menschen, die alle nach oben schauten. Die Burg erzitterte, von den Wänden bröckelte Mörtel. Das Dröhnen ging in gellendes Pfeifen über. Da erschütterte ein Donnerschlag die Burg. Welt und Himmel zerbarsten in Scherben. Die Explosion riß die schreienden Menschen zu Boden. Blut spritzte auf. Tote und Verletzte lagen wie verstreute Kleiderbündel in den Trümmern. Rauch drang in den kleinen Raum, in dem wir standen und nach Luft rangen. Shelo gab mir durch Zeichen zu verstehen, daß wir fliehen mußten. Ich schlang hastig den kleinen Köcher um, griff aus Gewohnheit nach dem Bogen, der mir so nutzlos wie ein Spielzeug vorkam. Shelo packte meine Hand, zerrte mich nach draußen. Mönche und Novizen hatten alles gepackt, was ihnen in die Hände fiel, um sich zu verteidigen. Ihr Geschrei widerhallte in den Gängen, ihre rennenden Füße verursachten ein ununterbrochenes Getrappel. Wir stolperten im Gedränge die Stufen hinab, rannten durch rußgeschwärzte Räume und verschachtelte Innenhöfe. Eine zweite, noch heftigere Explosion ließ die Burg erzittern. Rauch und Staub hüllten das Kloster ein. Ein paarmal klammerte sich Shelo an mir fest, hustete sich fast die Lunge aus dem Leib. Die Volksarmee hatte ihre Lektion gelernt. Die Belagerung war Zeitverschwendung gewesen. Die Flugzeuge leisteten bessere Arbeit. Wir wurden mit der modernen Kriegsführung konfrontiert, mit der Zerstörung auf Knopfdruck. Wir hatten Säbel, Gewehre und türkisgeschmückte Dolche. Aber weder Flak- noch Sperrfeuer. Der Tempel mit seinem vergoldeten Dach stand noch; nur etwas Staub rieselte aus den Steinvorsprüngen. Frauen, Kinder und alte Menschen suchten dort Zuflucht, stießen und drängten in wilder Hast vorwärts. Schluchzen, Wimmern und Klagen erfüllte die Luft. Und plötzlich donnerte ein schrilles Pfeifen heran, ein gigantischer Schatten raste über den Hof. Shelo warf beide Arme um mich. Ich hörte das Prasseln von Steinen und wurde gegen eine Wand geschleudert. Im selben Augenblick barst das Heiligtum, das goldende Dach explodierte. Der Tempel wankte, als sei er nicht auf uraltem Stein, sondern auf flüssigen Schlamm erbaut. Die kaminroten Wände stürzten nieder, und hoch über dem flackernden Leuchten ruhte der Matraya, der Buddha der Zukunft, auf seinem goldenen Sockel. Die Statue schien in den Flammen zu schweben, wie auf einem wogendem Meer. Hustend, nach Atem ringend, kam ich wieder zu mir. Das Echo der Explosion dröhnte in meinem Kopf. Ich hatte das Gefühl, taub zu sein. Bitterer Staub drang mir in Mund und Nase. Ein Gewicht lastete auf mir, nahm mir den Atem.

Allmählich wurde ich gewahr, daß Shelos Arme mich noch immer umschlungen hielten. Sie lag quer über mir, und ich erstickte fast unter dem Druck ihrer Umarmung. Endlich bewegte sich Shelo. Ihre Arme lösten sich von mir. Ich konnte mich aufrichten. Wir husteten und würgten, das Blut floß und aus Nase und Ohren. Shelo war am Kopf verletzt, ein Splitter hatte sich in ihre Stirn gebohrt. Ich weiß nicht, wie wir die Explosion hatten überleben können. Shelo hielt sich an mir fest, doch dann schwankte sie und fiel wieder hin. Ich kauerte mich neben ihr nieder. Als ich den Splitter behutsam aus ihrer Stirn zog, begann die Wunde zu bluten. Shelo stützte sich schwer auf mich, um wieder auf die Beine zu kommen. Der Hof war mit Toten und Verstümmelten übersät. Zwischen Mörtel und Steinen wälzten sich blutende Menschen.

Die Klosterstadt, die seit Jahrhunderten stand, erlebte ihren letzten Tag auf Erden. Unaufhaltsam warfen die Kampfmaschinen ihre Bombenlast ab. Die Überlebenden fochten ihren letzten Kampf. Nur wenige entkamen. Die meisten versuchten es gar nicht. Sie hatten keine Kraft mehr.

Gegen Abend zogen die Flugzeuge ab. Doch dann kamen die Fußtruppen und gingen mit methodischer Begeisterung ans Werk. Hunderte von Mönchen und Nonnen wurden niedergemetzelt, die Verletzten in Stücke gehackt. Ganze Familien wurden zusammengetrieben und durch Genickschuß getötet. Manchen Kindern drückte man ein Gewehr in die Hand. Man ließ sie die Waffe auf ihre Eltern richten und preßte die Finger der Kinder auf den Abzug. Daraufhin wurde verkündet, die glorreiche Volksbefreiungsarmee habe die Rebellen verjagt, die Stunde der Justiz sei angebrochen.

Shelo hatte durch ihre Kopfverletzungen viel Blut verloren. Mir war es gelungen, sie hinter einen Mauervorsprung zu zerren. Die Mauer bildete eine Art Höhle. Als ich mit Shelo dort hineingekrochen war, fühlte ich mich besser. Das Loch war ziemlich tief; ich glaubte nicht, daß sie uns hier nicht finden würden.

Die Dämmerung war vom roten Glühen der Brände erfüllt. Manchmal, wenn Mauern einstürzten oder Dächer nachgaben, fegten stinkende Rauchwolken durch das krachende Getöse. Ich kauerte dicht neben Shelo. Am ganzen Leib war ich wund, meine Rippen geprellt, Brust, Rücken, Arme, alles tat weh. In der Ferne hörte ich Entsetzensschreie, zornige Stimmen, das Geräusch von Maschinengewehren. Ich wartete zitternd, daß der Lärm verhallte. Sobald es still wurde, atmete ich auf. Shelo bewegte sich nur langsam, mit größter Mühe. Ihre Lider flatterten. Sie versuchte wach zu bleiben, aber die Augen fielen ihr immer wieder zu. Ich wußte damals nicht, daß eine schwere Kopfverletzung diesen Betäubungszustand erzeugt. Ich dachte, wenn sie ein paar Stunden ruht, wird sie wieder bei Kräften sein. Sobald es dunkel war, mußten wir die Flucht durch die Trümmer wagen. Jetzt noch nicht. Shelo war zu geschwächt. Wir würden nicht weit kommen. Ich hatte noch drei Pfeile im Köcher. Ich prüfte mit dem Daumen die Spitzen. Wer uns hier festzunehmen versuchte, den würde ich nicht verfehlen.

Ich fror und glühte zugleich, meine Zähne klapperten. Noch etwas Geduld … Eine Zeitlang hörte ich nichts. Ich entspannte mich gerade, da blitzte auf einmal etwas Helles auf. Mein Haar sträubte sich. Soldaten, etwa acht an der Zahl, wanderten in zwei Gruppen auf das Ruinenfeld zu. Die einen kamen von rechts, die anderen von links. Sie hatten starke Taschenlampen bei sich. Ich hörte die Kommandorufe, die Tritte der eisenbeschlagenen Stiefel. Ich biß mir hart auf die Lippen. Stillhalten. Verstecken und vorbeiziehen lassen. Ich duckte mich tiefer, preßte mein Gesicht in den Schutt. Shelo schlief. Die Schritte und Stimmen kamen näher. Ich drehte den Kopf zur Seite, zog die Füße an. Rühr dich nicht. Atme nicht, wenn du kannst. Ein Lichtstrahl tastete vor mir den Boden ab, zuckte und tanzte um mich herum. Ich schloß die Augen. Die Sekunden dehnten sich. Und da, ausgerechnet da, bewegte sich Shelo und stöhnte. Die Taschenlampe hob sich, schien mir grell ins Gesicht. Gleichzeitig rief einer der Soldaten seinen Kollegen etwas zu. Es klang wie ein Bellen. Hartes Gelächter antwortete. Meine Augen blinzelten ins Licht. Die Soldaten kamen von allen Seiten herbei. Sie waren mit Maschinenpistolen bewaffnet, die Knöpfe ihrer Uniformen glitzerten, ihre Beine stecken in Stiefeln mit Gamaschen. Der Mann, der mich entdeckt hatte, bückte sich und leuchtete in den Spalt. Shelos Lider zuckten unter dem blutverklebten Haar. Sie straffte die Muskeln, atmete schwer und keuchend. Der Chinese ließ ein heiseres Lachen hören. Meine Hand flog an den Köcher, doch nicht schnell genug. Bevor der Pfeil an der Bogensehne lag, trag ein Fußtritt mein Gelenk. Ich schrie auf, ließ den Bogen fallen. Der Soldat packte mich, zerrte mich aus dem Versteck. Ich sah aus den Augenwinkeln, wie ein zweiter Soldat mein Pfeilbündel zerbrach und in den Schutt warf. Wie durch einen Nebel hörte ich Stimmen und Gelächter. Ich drehte und krümmte mich, bohrte meine Zähne in die Hand des Mannes, der mich hielt. Der Soldat zog mich an den Haaren, zerrte meinen Kopf nach hinten. Ich rammte ihm mit aller Gewalt mein Knie in den Unterleib. Er grunzte und ließ mich los. Ein Kolbenschlag traf mich mit voller Wucht am Rücken, ein zweiter am Kopf. Ich stürzte zu Boden. Der Schmerz betäubte mich; von den Hüften abwärts war ich wie gelähmt. Ich konnte mich nicht rühren, vor meinen Augen drehte sich alles. Ich sah, wie zwei Chinesen sich bückten, meine Mutter aus dem Versteck schleiften und auf die Beine stellten. Sie griff nach dem Dolch an ihrem Gürtel, doch ein Soldat drehte ihr den Arm auf den Rücken. Sie stöhnte, ließ den Dolch fallen. Sie schlug um sich, wehrte sich, doch ihre Kräfte waren verbraucht. Sie fiel in die Trümmer, versuchte sich hochzustemmen, aber die Soldaten hinderten sie mit Fußtritten und Kolbenschlägen immer wieder daran, bis sie regungslos am Boden lag. Zwei Soldaten beugten sich zu Shelo hinunter, packten sie unter den Armen und schleiften sie, eine dunkle Blutspur zurücklassend, durch den Schutt. Ich wollte mich aufrichten. Es ging nicht. Weil ich weder schrie noch mich regte, hielten mich die Soldaten wohl für tot. Das Geräusch ihrer Schritte entfernte sich. Ich legte beide Handflächen auf die Erde, versuchte mich auf die Knie zu stemmen. Kalter Schweiß brach mir am ganzen Körper aus. Der rauchschwarze Nachthimmel mitsamt dem blutbefleckten Mond stürzten auf mich nieder. Mein Gesicht fiel in den Schutt. Ich verlor das Bewußtsein.

41. Kapitel

Der Wind weckte mich. Ich wußte nicht, was geschehen war, warum ich solche Schmerzen hatte. Das Pochen in meinem Kopf war kaum zu ertragen; die Erde war sonderbar heiß unter mir, und ich hatte entsetzlichen Durst. Ich fuhr mit der Zunge über die trockenen Lippen. Vor mir leuchtete ein Feuer, schwelte eher, als daß es brannte. Unbestimmte Geräusche drangen an mein Ohr – Schreie, Explosionen. Als wieder ein Andeutung von Kraft in meine Glieder zurückkehrte, hob ich mich schwankend auf die Knie. Die Anstrengung ließ mich mit den Zähnen knirschen. Die dunkle Erde zog mich an, und meine Seele sehnte sich verzweifelt nach dem Frieden, den sie zu versprechen schien. Aber eine gigantische, rotglühende Erscheinung schlug mich mit unwiderstehlicher Kraft in ihren Bann, fesselte meine Aufmerksamkeit. Konnte ich meinen Augen trauen? Als ich endlich erfaßte, was ich sah, kämpfte Ungläubigkeit mit fassungsloser Bestürzung in mir. Der bronzene Matreya, der einzige, der sich im zerstörten Heiligtum noch auf dem Sockel hielt, hatte alle Hitze aufgesaugt. Das Standbild leuchtete glühendrot, wie Eisen auf dem Schmiedeamboß, ohne seine Form zu verändern. Unter dem mächtigen Kopfputz wölbte sich die klare Stirn, die Augen mit den hohen Brauenbögen blickten heiter, die schön geschwungenen Lippen deuteten ein Lächeln an. Das Riesenantlitz schaute herab, wie der Himmel auf die Erde schaut, unfaßbar in seiner Majestät, unerforschlich in seinem Geheimnis. Die friedlich erhobene Hand versprach Gnade und Erlösung. Sein Lächeln war eine Andeutung davon, eine Wohltat, ein Versprechen. Der Matreya glühte, er glühte sich aus in tiefem Mitgefühl und Ruhe, als schmelze und verbrenne in ihm die Substanz des

Schmerzes. Kleine Funken umflogen ihn wie Glühwürmchen, und jeder Funke war ein Gebet. Er war der Buddha der Zukunft, jener, der über der Welt mit ihren Menschen schwebt, diesem Schlund der Hölle mit ihren giftigen Nebeln. Er wartet; seine Stunde ist noch nicht gekommen. Vielleicht in tausend Menschenaltern wird er sein Haus über den Wolken verlassen und Einzug in unsere Herzen halten. Mir aber hatte er sich in jener Nacht gezeigt, leuchtend wie ein Wesen aus Gold. Und solange Atem in mir ist, bewahre ich dieses Bild in mir. Ich habe einen schweren Weg zurückgelegt; und nicht immer war mein Pfad gerade; das Blut, das an meinen Händen klebt, kann ich nicht reinwaschen. Ich wandere durch eine Welt schwarzer Schatten, von Dämonen bevölkert. Wir sind eine widerliche Gattung. Eigentlich möchte ich wissen, warum Buddha uns hilft.

Ich kämpfte gegen die Müdigkeit an, die mich lähmte. Ich hatte etwas zu tun ... etwas Wichtiges. Wie lange lag ich schon so da? Ich bemerkte, daß der Mond eine große Strecke gewandert war. Erinnerungsfetzen wirbelten durch mein leeres Gehirn, und dann kehrte schlagartig mein Bewußtsein zurück. Ich sah wieder, wie die Soldaten Shelo aus ihrem Versteck zerrten, sie mit Kolbenschläge und Fußtritten malträtierten. So qualvoll war das Bild, daß ich nur noch Schmerzen spürte. Ich mußte Shelo retten. Ich war überzeugt, daß ich sie befreien konnte, wenn ich es nur schlau genug anstellte. Doch zuerst mußte ich Kraft sammeln. Viel Kraft. Ich schloß fest die Augen und dachte an Yu. Bald war mir, als erfülle sein Bild alle Winkel meines Bewußtseins. Als ich ihn ganz deutlich sah, pfiff ich leise zwischen den Zähnen und erbat seine Hilfe. Yu war mein Schutzgeist. Wo immer er auch sein mochte, er würde mich hören; ich glaubte es felsenfest. Ich war ein Naturgeschöpf, einfältig vielleicht, aber Autosuggestion vermag eine Menge zu bewirken.

Die Anstrengung hatte mich erschöpft; mein Kopf tat mir entsetzlich weh. Ich wartete darauf, daß es besser wurde, bevor ich weiter überlegte. Ohne Waffen keine Rettung. Ich konnte

Steine werfen; Steine gab es genug. Doch hatte ich kaum mehr die Kraft dazu. Der Dolch fiel mir ein. Shelo hatte einen Dolch gehabt. Schweißgebadet kroch ich am Boden herum und tastete das Geröll ab. Plötzlich schlossen sich meine Finger um einen Metallgriff. Eine beruhigende Wärme stieg in meinen Arm hinauf. Sie schien von dem Messer auszugehen, das so leicht in meiner rechten Hand lag. Gut. Ich steckte die Klinge in den Gürtel. Was noch? Ich hatte einen Bogen gehabt. Aber was war mit den Pfeilen? Ich rutschte auf den Knien im Kreis herum und suchte. Den Bogen bekam ich bald zu fassen; er war etwas verdreht, aber noch zu gebrauchen. Ich tastete nach dem Köcher, fand ihn. Zwei Pfeile waren zerbrochen, der dritte wie durch ein Wunder unversehrt. Ich hängte den Köcher um, legte den Bogen über meine Schulter. Taumelnd kam ich auf die Füße. Ich fühlte mich grauenhaft. Ich hätte alles gegeben für einen Schluck Wasser, für etwas heißen Tee, der mir den salzigen Geschmack von der Zunge gespült hatte. Schwerfällig stapfte ich durch die Ruinen. Hier und dort regte sich noch ein Funke Leben, ein fast unhörbares Atmen. Ich stapfte weiter, mein einziger Gedanke war Shelo. Ich dachte an nichts anderes als an ihre Rettung. In den Ruinen war alles still, gespenstisch still; nur in der Ferne hörte ich Stimmen und Gelächter, und diesen Geräuschen wanderte ich entgegen. Von dem, was ich in jener Nacht sah, ist mir nicht mehr viel in Erinnerung, und ich kann nur froh darüber sein. Ich sah keine Bilder mehr, sondern verschwommene Alpträume. Diese Alpträume sind es, die vierzig Jahre lang den Haß in mir schürten. Dazu kamen die Einzelheiten, die ich später erfuhr. Khangsar hatte man die Füße mit Ketten zusammengebunden, die Hände mit Stacheldraht an eine Stange gefesselt. Mit einer anderen Kette erdrosselte man ihn, obgleich die Überlebenden von Lithang um Gnade für ihn flehten, und die Mönche sich den Chinesen zu Füßen warfen, um statt seiner zu sterben. Tenpa Rimpoche nagelte man auf ein Brett, stellte es auf und feuerte durch seine Brust. Alle Clanführer, die in die Hände der Chinesen fielen, wurden nackt aufgehängt und mit glühenden Eisenstangen gefoltert. Man hielt sie tagelang am Leben. Die Soldaten strichen Salben auf die Wunden, damit sie schnell zuheilten und schmerzvoll wieder aufrissen.

Der sinkende Mond stand schräg über den Bergen, als ich mich der Ringmauer näherte. Stimmen und Gelächter waren jetzt ganz nahe. Scheinwerfer erleuchteten die Nacht. Im Helldunkel erklomm ich die Böschung, spähte auf die andere Seite. Die Chinesen hatten ihre roten Banner aufgepflanzt. Sie feierten ihren Sieg. Warum war ich so sicher, daß Shelo noch lebte? Ich kann es bis heute nicht sagen. Die wenigen Bewohner von Lithang, die das Millitär verschont hatte, waren auf einem Feld unter der Mauer zusammengetrieben worden. Sie kauerten hinter einem Stacheldraht, ausgehungert und schlotternd vor Kälte. Die zerlumpten Gestalten wurden von Soldaten mit Maschinenpistolen bewacht. Ich hörte das Wimmern der Säuglinge, das Schluchzen der Frauen, die sich die Chinesen zu ihrem Vergnügen genommen hatten. Manchmal schrie ein Verwundeter auf. Und trotzdem fühlte ich Erleichterung: Wenigstens wußte ich jetzt, wohin sie Shelo gebracht hatten. Ich war nicht so dumm zu glauben, ich könnte die Wachtposten überlisten. Aber auf irgendeine Weise wollte ich meine Mutter wissen lassen, daß ich in der Nähe war. Ohne nachzudenken schob ich zwei Finger in den Mund und pfiff den hohen, schrillen Ton, mit dem ich Yu zu rufen pflegte. Shelo würde das Signal unter Tausenden erkennen. Es war schrecklich leichtsinnig von mir, aber so weit dachte ich nicht. Ruckartig drehten sich die Wachen in meine Richtung, brachten ihre Waffen in Anschlag. Ein erregter Wortwechsel folgte. Mit rasendem Herzen duckte ich mich in den Schatten. Jede Sekunde dehnte sich zur Ewigkeit. Nach einer Weile bewegte ich mich vorsichtig und spähte über die Mauer. Die Wachsoldaten wanderten am Stacheldraht auf und ab, argwöhnisch, aber nicht übermäßig beunruhigt. Sie mochten denken, daß ein Vogel geschrien hatte. Geduckt lief ich die Mauer entlang. Die Scheinwerfer brannten grell in meinen Augen, dafür war ich fast unsichtbar. Knaben haben eine sehr relative Vorstellung von Gefahren, aber ich wußte zu gut Bescheid, als daß ich mich – so dunkel es auch sein mochte – an der Horizontlinie gezeigt hätte. Denn keine Nacht ist so schwarz wie ein Körper, der plötzlich vor dem Hintergrund des Himmels auftaucht.

Als ich unter der Mauer entlangkroch, fuhr der Wind in meine Bogensehne: sie summte leise, wie eine Mücke. Unvermittelt überfiel mich die Erinnerung, die ich die ganze Zeit in mir getragen hatte. Eine klare Stimme sagte mir ins Ohr: »Du wirst nur einen einzigen Pfeil haben, und der muß treffen.« Es war die Stimme meiner Mutter gewesen, als sie das Orakel der Knochen verkündet hatte. Ich zog mich an der Mauer empor. Das war leicht, weil die Chinesen eine große Anzahl Steine aus dem Zement gebrochen hatten, um ihre Schanzen zu stützen. Am Rand zog sich Maschendraht entlang, der aber einen entschlossenen Kletterer nicht abzuhalten vermochte. Flach auf dem Bauch liegend, spähte ich hinab. Vor mir lag das Lager der Offiziere; dahinter – etwas höher gelegen auf der anderen Seite – standen die Zelte. Hinter den Zeltwänden schimmerte Licht, bewegten sich Schatten. Angetrunkene Stimmen grölten. In ihren von Karbidlampen erhellten Unterkünften hatten die Herren zufriedenstellend gespeist und getrunken und waren nun in einem Zustand lärmender Zufriedenheit. Das Areal war nicht mit Maschendraht eingegrenzt. Jede Minute zählte. Ich vertraute wohl darauf, daß nichts und niemand mich würde aufhalten können. Doch bevor ich von der Mauer glitt, spähte und lauschte ich ein letztes Mal. In diesem Augenblick schlüpfte ein Mann aus einem Zelt. Ich hielt den Atem an. Der Mann ging schwankend ein paar Schritte. Ein Lichtschein fiel auf sein Gesicht, und ich erkannte ihn. Ich hörte mein Herz schlagen, und ein Zittern durchlief mich von Kopf bis Fuß. Chen Wenyuan stand still, atmete schnell und kurz. Mir war, als sei ich losgelöst von dieser Erde, allein im Dunkeln mit einer Bestie in Menschengestalt. Er räusperte sich, spuckte kräftig aus und wandte sich um. Das Gesicht verschwand in der Dunkelheit, wurde unsichtbar, ohne daß ich dabei Erleichterung empfand. Nur meine angespannten Muskeln lockerten sich ein wenig. Vorsichtig sah ich auf, schnappte leise nach Luft. Rühr dich nicht. Warte, bis er weg ist ... Haßerfüllt folgte ich ihm mit den Augen. Doch Chen Wenyuan ging nicht sofort in das Zelt zurück, sondern stapfte ein paar Schritte weiter zu einer Lichtung, auf der einsam ein kleines Feuer brannte. Chen Wenyuan ging auf eine Gestalt zu, die reglos in der Dunkelheit stand. Nein, sie stand nicht. Sie hing an einem Holzgestell, das man in den Boden gerammt hatte. Unter der Gestalt schwelte das Feuer. Chen Wenyuan bückte sich, nahm einen Stock und schürte die Glut. Die Flamme wehte hoch. Die Gestalt zuckte in ihren Fesseln. Das Feuer beleuchtete sie. Mein Herz setzte aus. Es war Shelo.

Wie oft man sie vergewaltigt hatte, werde ich nie erfahren. Sie war bis zu den Hüften entblößt und blutverschmiert. Als Chen Wenyuan in die Flammen stocherte, warf sie den Kopf auf die Seite. Ihr Mund öffnete sich, doch sie gab keinen Laut von sich. Nur ein dicker Blutklumpen quoll zwischen ihren Lippen hervor: man hatte ihr die Zunge herausgeschnitten. Chen Wenyuan lachte glucksend und berührte ihre Beine mit dem Stock. Die Beine zuckten. Da sah ich, daß ihre Füße im Feuer hingen. Das eine Bein war bis zum Knie hinauf verbrannt, die Knochen lagen bloß. An dem anderen hingen noch ein paar Muskelfetzen, an denen Chen Wenyuan nun herumstocherte, als wollte er prüfen, ob das Fleisch gar war.

Was ich damals empfunden habe, weiß ich nicht mehr. Ich wollte schreien, würgte aber jeden Laut hinunter. Ich wußte, daß ich nur einen Pfeil hatte: einen Pfeil, um Shelo zu töten. Und gleichzeitig wußte ich, daß ich diesen letzten Pfeil nicht vergeuden durfte. Ich hatte eine Pflicht zu erfüllen – die heiligste auf Erden. Mein ganzer Körper, meine Seele, mein Herz sträubten sich dagegen. Ich kämpfte gegen das Grauen an, ich fürchtete, es werde mich in Stücke reißen, meine Fetzen im Wind verstreuen. Irgendwie aber mußte ich bei Besinnung bleiben. Keiner konnte ihr helfen, wenn nicht ich. Ich atmete die kalte Luft, und mit dem Schmerz, der mir jeder Atemzug verursachte, tat ich mir Gewalt an bis an die Grenze des Todes.

So bezwang ich mich, obgleich jeder Muskel zitterte und meine Seele im Dunkeln versinken zu wollen schien. Und nach diesem Schmerz hatte ich meine Furcht besiegt und wußte, daß ich handeln konnte.

Ein klares Auge und eine sichere Hand, das war es, was ich jetzt brauchte. Ich hörte meinen Atem, während ich vorsichtig den Pfeil zog.

Der Bogen bebte. Ich mußte meine ganze Kraft aufbieten, bis ich den Pfeil an die Sehne legen konnte. Noch wehrte sich meine Hand, aber ich durfte Shelo nicht warten lassen. Das schuldete ich ihr, als letzten Beweis meiner Liebe. Sie litt seit Stunden. Vielleicht hatte sie meinen Ruf gehört und mich herbeigesehnt, mit der ganzen Kraft ihres starken Herzens. Ich sollte es sein, der ihre Ketten brach, ihr den ewigen Frieden schenkte. In der nächsten Sekunde stand ich aufrecht auf der Mauer, den Bogen im Anschlag, und schrie aus Leibeskräften:

»Amla, gib mir deinen Segen!«

Sie zuckte in ihren Fesseln. Ihre Augen wandten sich mir zu; ich sah den Funken, der in ihnen blitzte. Sie neigte mit letzter Kraft den Kopf und warf ihn dann zurück, bot sich als Zielscheibe dar. Für den Bruchteil eines Atemzuges herrschte vollkommene Stille. Es war, als ob alles – die Luft, die Erde, die Menschen und die Sterne – den Atem anhielten. Ich straffte die Schultern, spannte den Bogen. Der gefiederte Pfeil nahm seinen Flug und durchbohrte Shelos Hals. Die Wucht des Einschlags wirbelte sie wie eine Stoffpuppe herum. Ich spürte den Schock wie den Schlag einer Riesenpeitsche. Der dunkle Blutstrahl, der sich über ihre Brust ergoß, war mein eigenes Blut. Ihr letzter Atemzug verband sich mit dem Röcheln in meiner Lunge. Sie drehte sich noch immer, doch ihre Wange war jetzt zur Seite geneigt. Sie war ihrer Qualen ledig. Für immer und ewig. Ich jedoch, zu Tode verwundet, spielte mit dem Gedanken, mich fallen zu lassen, mit ihr, in ihren Armen. Aber sie, von allen Wesen meinem Herzen am nächsten, hätte es nicht gewollt.

Und dann sah ich ihn, den Teufel. Nicht einmal eine Minute

war vergangen. Er drehte leicht den Kopf, sah nach links und nach rechts, erkannte meine Gestalt. Unvermittelt zuckten die Muskeln um seinen Mund. Nicht Zorn oder Verblüffung traten in seinen Blick, sondern eine Art von anerkennendem Hohn. Seine Zähne blitzten jäh auf, und dann nickte er mir zu, als wollte er sagen: »Gut gespielt, Junge!«. Und klatschte ironisch Beifall.

Der Haß, der in mir brodelte, schien der Haß der Erde selbst zu sein; der Haß der verwüsteten, gepeinigten Erde Tibets. Ich kreischte wie ein Falke: »Bastard! Verfluchter! Fang mich doch, wenn du kannst!«

Der Haß riß mich hoch und trug mich wie auf Schwingen. Ich sprang von der Mauer hinunter, als sei ich schwerelos. Ich landete auf meinen Füßen, richtete mich auf und begann zu laufen. Ich hatte eine Lunte gezündet. Warnrufe gellten, Unteroffiziere brüllten ein Durcheinander von Befehlen, Betrunkene stürzten schläfrig und verwirrt aus den Zelten. Ich hörte die Kugeln pfeifen, schlug einen Haken, war schon zwischen den Lastwagen. Im Schatten jagte ich die Böschung empor, durchbrach das Lager. Eine kurze Strecke offenen Talgrunds lag zwischen dem Camp der Offiziere und dem nächsten Hügel. Den mußte ich erreichen, bevor die Beine unter mir erschlafften. Das Echo der Schüsse verfolgte mich. Eine Nebelschicht hing über dem Tal; ich tauchte darin ein. Jeder Schritt bedeutete nicht nur Raumgewinn, sondern eine erbeutete Spanne Lebenszeit.

42. Kapitel

Der Nebel, eiskalt und feucht, glitt an mir vorbei. Ein herber Geruch nach Rauch und Benzin lag in der Luft. Blindlings lief ich dem Hügel entgegen. Hinter mir schlugen Kugeln ein, doch nach den ersten Salven wurde nicht mehr geschossen. Die Soldaten wollten kein Blei verschwenden. Der Nebel schluckte ihre Stimmen. Selbst mein Stolpern, Stürzen, mein wildes Atmen blieben gedämpft. Und plötzlich hoben sich die Schleier, Tal und Himmel wurden klar. Im Osten strömte der erste Schein der Morgendämmerung über das Tal, während die Ausläufer der Hügelkette sich noch in die Dunkelheit duckten. Gegenüber meinen Verfolgern hatte ich einen Vorteil: Die Gegend war mir vertraut wie meine Jurte. Ein Blick über meine Schulter zeigte mir, daß sich nicht mehr als drei Männer durch das Tal bewegten. Man hatte es offenbar für sinnlos gehalten, die ganze Abteilung Soldaten auf ein ausgehungertes Nomadenkind zu hetzen. Eine der Gestalten erkannte ich trotz der Entfernung an ihrem Gang. Nachträglich habe ich mich oft gefragt, was Chen Wenyuan wohl veranlaßt hatte, selbst auf die Pirsch zu gehen, anstatt seine Männer zu schicken. Ich weiß es bis heute nicht. Er mochte es als Vergnügen angesehen haben. Ich indessen lief weitern, bis die Beine unter mir erschlafften. Alles an mir war eiskalt: die durch Schweiß und Schnee naßgewordenen Kleider, jeder Finger, die Knochen, die schmerzenden Gelenke. Ich wandte mich kurz um: Die Männer holten auf. Der Schein ihrer Taschenlampen kam näher. Dann wehte wieder ein Nebelschleier vorbei; ich sah einige Sekunden lang überhaupt nichts mehr. Meine Füße waren bleischwer, Funken flackerten vor meinen Augen, und ich prallte gegen einen Fichtenstamm. Ich hielt mich daran fest, zu

Tode erschöpft. Ein paar Augenblicke verstrichen. Dann wandte ich den Kopf, und kaum dreißig Sekunden später schlug mir der Geruch entgegen. Und jetzt jagte nicht mehr die Angst, sondern ein Gefühl des Triumphes Schauer über meine klamme Haut. Nur wilde Yaks, deren Körper warm sind vom Laufen, senden diese mächtige Witterung aus. Nie werde ich wissen, warum Yu in diesem Winter seine Hochweiden verlassen hatte. Ich nehme an, daß die tieffliegenden chinesischen Staffeln ihn beunruhigt hatten. Yu war im Flackern der Blitze zur Welt gekommen. Bei den Menschen hatte er Wärme und Nahrung gefunden. Der Leitbulle hatte es nicht vergessen. Ein Instinkt mußte ihn dazu getrieben haben, seine Herde schutzsuchend in unsere Nähe zu bringen. So jedenfalls erkläre ich die Dinge heute. Damals aber steckte ich einfach zwei Finger in den Mund, pfiff aus heiserer Kehle. In der Stille der ersten Morgenstunden schrillte der Pfiff weithin. Auch Chen Wenyuan sollte ihn hören.

Er antwortete mit vergnügtem Gelächter. Unentwegt kletterte ich höher, lockte ihn weiter. An der Schneegrenze verstärkte sich der Wind. Mein Atem gefror stoßweise, aber Chen Wenyuan blieb mir auf den Fersen. Er war an das Höhenklima gewöhnt und hielt gut durch, während seine Begleiter zurückfielen. Ich jedoch war fast am Ziel. Ich spürte es im Vibrieren der Luft, im unmerklichen Beben der Erde. Die leisen Geräusche, das Schnaufen und Grunzen auf der Bergflanke waren mir vertraut. Und als sich die Nebel teilten und die *Drongs* paarweise oder in Gruppen erschienen, da schluchzte ich auf vor Freude und zugleich in jähem Schmerz. Die Tiere, über den Kamm verstreut, blickten in gespannter Aufmerksamkeit talabwärts. Trotz ihrer Unruhe standen sie still. Ihre buschigen Schwänze bewegten sich, ihre Nüstern zogen die Witterung ein.

»Yu!« keuchte ich. »Yu! Wo bist du?«

Alles war in dunkles Grau getaucht. Schneeflocken fielen. Ich schob meine steifen Finger in den Mund, pfiff mit letzter, ersterbender Kraft. Der Pfiff zerriß mir fast die Kehle. Ich verspürte einen eisigen Hauch, und der Leitbulle trat aus der Dunkelheit, weiß schimmernd und gewaltig, wie ich ihn im Traum gesehen hatte. In seinen Augen schimmerte der helle Bogen des Himmels. Sein Antlitz war das eines Fürsten, langgehörnt und fruchteinflößend, breitstirnig und edel. Er kam ganz nahe und beschnupperte mich. Er wußte, wer ich war. Seine Gefühle für mich kamen wohl aus den verborgensten Winkeln der Erinnerung, warm und vertraut wie die ersten Laute, Berührungen und Geräusche des Lebens. Ein Kiesel löste sich unter schweren Sohlen. Der Leitbulle schüttelte den Kopf und brummte. Durch die Ausstrahlungen meines Körpers, dessen Regungen er von Geburt an kannte, spürte der Leitbulle, daß ich Angst hatte, und daß der Feind ganz nahe war. Vielleicht hatte er auch zwischen den Felsen das Metall einer Waffe blinken sehen. Ein Knurren erschütterte seine Flanken, so mächtig, als sei es der Berg selbst, der grollte. Er schwang den Schweif. Der mächtige Kopf senkte sich, und nur die Hörner verharrten aufrecht wie Säbel. Als er angriff, war es wie eine Explosion. Der stampfende Körper brach über die Bergflanke wie eine Lawine. Das war das Ende der Jagd. Der Verfolger hatte es auf einmal begriffen. Er riß seine Maschinenpistole hoch, feuerte zweimal aus nächster Nähe. Die Kugeln streiften die Flanken des Tieres. Rotes Blut spritzte. Die Wunden reizten den Leitbullen, wie der Stich einer Hornisse ihn gereizt hätte. Chen Wenyuan versuchte zu fliehen, glitt im Schnee aus, stolperte. Das brüllende Tier war schon über ihm, senkte den Kopf und stieß zu. Ich sah den Chinesen in der Luft hängen, auf beide Hörner aufgespießt, die ihm den Leib oberhalb des Gürtels durchbohrt hatten. Chen Wenyuan schrie, verrenkte sich im Todeskampf. Der Leitbulle donnerte den Hang hinab und trug ihn auf seinen Hörnern. Er setzte in Sprüngen über den Schnee, schleuderte sein Opfer gegen den Felsen, rieb und zerschmetterte es an Baumstämmen. Nach einer Weile erstarb das qualvolle Brüllen, doch in der Ferne gellten andere Schreie: Die Soldaten flohen in kopfloser Panik. Ich schickte ihnen ein gellendes Triumphgeheul hinterher, ehe ich, von Brechreiz geschüttelt, auf den frostigen Boden fiel. Ich keuchte und würgte. Und während die Herde langsam an mir vorbeizog, stieg heftiges, unbeherrschtes Schluchzen in mir hoch. Es waren die letzten Tränen, die ich in meinem Leben vergießen würde. Und als ich – lange Zeit später – mein Gesicht hob, hatten sich die Nebel gelichtet, und ich sah jenseits des Kammes die brandgeschwärzten Ruinen.

Am stahlgrauen Himmel verblaßten die Sterne. Nur über den Trümmern hing wie eine gewitterschwarze Wolke der Rauch. Ich sah die Gräben und Schanzen der Chinesen, die Panzer, die Fahrzeuge, die blutroten Banner. Unsere Ahnen hatten die Klosterburg für ihre Nachkommen gebaut, für die Götter, die uns liebten. Jetzt war alles dahin, verschwunden, ausgelöscht. Dort aber, wo einst das Heiligtum gestanden hatte, schimmerte die Statue in purpurner Glut. Wenn der Rauch zur Seite abzog, sah ich sie ganz deutlich. Es war, als ob das Standbild lebte und pulsierte wie ein Riesenherz. Und mir war, als ob das Bild durch den Tränenschleier wuchs, größer und größer wurde. Zitternd vor Fieber sah ich das ruhevolle Antlitz näher schweben, den ganzen Himmel erleuchten. Ich lag, befreit von Fesseln und Furcht, in einem Meer von goldenem Licht. Rings um mich spürte ich eine Kraft, heiter und über alles menschliche Tun erhaben, Ruhe spendend und Trost verheißend.

So schlief ich ein. Als ich erwachte, war nichts davon geblieben. Eine bleigraue Schneefront türmte sich unheilvoll auf. Das helle Morgenlicht war ausgelöscht wie eine schwache Kerzenflamme. Hustend, von Fieberschauern geschüttelt, lag ich im verschneiten Gebüsch. Die Kopfschmerzen waren kaum auszuhalten. Die Luft roch nach Asche und Verwesung. Wind, Schnee und Einsamkeit umgaben mich. Ich stemmte mich hoch und entdeckte, daß frischer Schnee die Spuren der Drougs bereits verwischte. Die Fährte war kalt, ohne jeden Geruch. Sie lief über den Hang und verschwand in der grenzenlosen Weite der Hügel. Ich sollte die Herde niemals wiedersehen.«

43. Kapitel

Atan lehnte sich zurück auf den Ellbogen. Seine dunkles Gesicht war mit einem leichten Schweißfilm überzogen. Die Pferde standen still und schliefen; noch blies der Wind, war aber schwächer geworden. Nur vereinzelte Schneeflocken wirbelten aus der Dunkelheit. Atan hustete schwer und erschöpft. Mir fehlte die Kraft, ihm zu sagen, nun sei es genug. Wie entsetzlich muß es gewesen sein, dachte ich, wie grauenhaft! Nach einer Weile schaute Atan mit mattglänzenden Augen auf.

»Sag nichts über den verdammten Husten«, knurrte er. »Ich habe so viel geredet, da würde selbst eine Dogge heiser werden.«

»Ist der Tee noch heiß?« murmelte ich. »Komm, trink etwas ...«

Er nahm den Becher, den ich ihn reichte, trank in langen, durstigen Zügen. Ich schluckte würgend.

»Kennt Chodonla diese Geschichte?«

Er wischte sich über den Mund.

»Nein.«

»Wer kennt sie?«

»Nur du.«

Ich starrte ihn an.

»Spiel nicht mit mir, Atan. Ich kann dir das nicht abnehmen.«

»Und doch ist es die Wahrheit. Vor einem Feind bin ich nie davongelaufen. Vor mir selbst jahrelang.«

Ich sagte nichts. Das mag stimmen, dachte ich. Das Kind, das in inniger Gemeinschaft mit den Kräfte der Natur lebte, hatte er aus seinem Gedächtnis verbannt. Jetzt war er, durch alle Zeiträume seines Lebens, den dunklen Weg zurückgegangen. Und dort, wo es hell wurde, wartete das Kind. Doch es war gestorben.

Ich legte die Hand an Atans Gesicht, streichelte es sanft, ließ meine Fingerspitzen über Wangen und Mund gleiten.

»Es tut mir leid. Vielleicht hätten wir nicht darüber reden sollen …«

Er straffte sich ein wenig.

»Doch. Das alles steckte in mir wie ein fester Klumpen Blut. Jahrelang habe ich alle diese Bilder von mir ferngehalten. Ich war nicht bereit, mir Rechenschaft zu geben.«

»Ich habe das Gefühl«, sagte ich, »daß ich dich jetzt besser verstehe. Was ich nicht verstehe, ist …«

Ich stockte. Er warf mir einen Blick zu.

»Die Sache mit deinem Vater, meinst du?«

Ich nickte wortlos.

»Warte«, sagte er. »Es gibt vielleicht eine Erklärung.«

»Und du kannst mir sagen, welche?«

Unvermittelt glitt ein Lächeln über sein Gesicht.

»Veranlagung«, brummte er. »Du weißt inzwischen, daß ich früher gewisse Fähigkeiten hatte.«

»Und heute nicht mehr?«

»Soll ich weiter erzählen?«

Ich sah auf meine Uhr.

»Es ist fünf. Noch zwei Stunden, bis es hell wird.«

»Bist du müde?«

Ich seufzte.

»Nein. Nur traurig.«

Er verzog bitter den Mund.

»Und was geschah danach?« fragte ich.

»Ich wurde krank«, sagte Atan. »Lungenentzündung, innere Blutungen, Hungerödeme und eine beginnende Hirnhautentzündung. Damals war mir das natürlich nicht klar. Ich fühlte mich bloß entsetzlich elend. Als Nomaden mich in den Hügeln fanden, war ich nur noch Haut und Knochen. Sie hatten selbst nur das Nötigste zum Leben, aber sie teilten es mit mir. Über einen Monat lag ich todkrank und von quälenden Alpträumen heimgesucht in ihrer Jurte. Daß ich überlebte und allmählich wieder zu Kräften kam, verdanke ich meiner zähen Natur und der aufopfernden Pflege meiner Gastgeber.

Lithang war gefallen. Aber zahlreiche Stämme waren in die Berge geflüchtet und sammelten ihre Kräfte für den Widerstand. Alle Herden waren von den Chinesen beschlagnahmt worden: ich besaß kein einziges Schaf mehr! Doch später gelang es mir, ein Pferd zu stehlen. Und als ich, zerlumpt wie ein Bettlerkind, zu den Kriegern in den Bergen stieß und sagte: »Ich will kämpfen!«, da war keiner, der mich verhöhnt hätte. Man wußte, wessen Sohn ich war. In Kham galt meine Mutter bereits als Legende. Mein Schicksal hatte sich schnell herumgesprochen. Und so wurde ich in einer ganzen Reihe von *Magars* – Kriegslagern – hart, aber zweckdienlich erzogen. Erfahrene Kämpfer hielten es nicht für unter ihrer Würde, mich auszubilden. Und so ritt ich mit den Kriegern und lernte mein Handwerk.

Nach der Bombardierung von Lithang setzte die Volksbefreiungsarmee ihr Zerstörungswerk fort. 1959 stellte eine internationale Juristenkommission fest, daß in Kham über 250 Klöster und Siedlungen zerstört worden waren. Gegen die Flugangriffe waren wir machtlos. Doch wir sprengten Straßen und Brücken, um die Truppenverbände aufzuhalten. Südlich von Batang begannen die Waffenlieferungen aus Taiwan regelmäßig einzutreffen. Die Fallschirme, die ihre Lasten abwarfen, vermittelten uns zugleich das trügerische Gefühl, wir hätten draußen in der Welt Verbündete. Die Volksarmee rächte sich an der Bevölkerung. Zwischen 1956 und 1957 wurden über viertausend Menschen gefoltert und umgebracht. Viele Säuglinge wurden gleich nach der Geburt ihren Müttern weggenommen und nach China gebracht. Die Chinesen sagten, daß Elter mit feudalistischer Überzeugung ihre Kinder niemals in fortschrittlicher Weise erziehen könnten. Außerdem würden die Babies die Eltern bei der Arbeit stören. Gerechterweise muß gesagt werden, daß nicht alle Chinesen solche Greueltaten billigten. 1956 desertierten über viertausend Soldaten, flohen durch die Mongolei und baten in der Sowjetunion um

Asyl. In China selbst brachen zahlreiche Unruhen aus. Von diesen Ereignissen wußte man im Westen nur wenig. Die USA und Großbritannien verhängten eine Nachrichtensperre, und die duldsame Haltung Nehrus in dem Konflikt zeigte deutlich, wo die Interessen Indiens lagen. Die Augen Europas richteten sich auf Ungarn, wo gerade der Aufstand ausgebrochen war.

Daß die Großgrundbesitzer und Aristokraten Lhasas sieben Jahre lang mit den Kommunisten in scheinbarer Harmonie lebten, mag unglaublich klingen. Und doch war es so. Die tibetischen Adeligen pflegten einen aufwendigen Lebensstil und waren – im wahrsten Sinne des Wortes – Kosmopoliten. Die warme Jahreszeit verbrachten sie in ihren Landhäusern, unternahmen Ausflüge und badeten in den Seen, was in den heißen Monaten als glücksbringend galt. Sie fuhren zum Einkaufen nach Neu Delhi, besuchten Freunde in Kathmandu, ließen ihre Töchter und Söhne in Indien oder Großbritannien erziehen.

Die Chinesen waren überall, aber die Adligen dachten an ihr Vergnügen, an galante Abenteuer. Die Chinesen predigten Moral und Genügsamkeit, die Aristokraten tanzten Chachacha. Ihre Zeit war abgelaufen – sie erkannten es nicht. Das Problem war, daß unter den Adligen zwei Ansichten herrschten: Die einen glaubten, daß es am besten wäre, mit den Chinesen so gut wie möglich auszukommen, die anderen wollten sie sofort aus dem Land jagen. Das wäre mit einem gut ausgekügelten Angriffsplan möglich gewesen. Das murrende Volk war kampfbereit. Die entsetzlichen Geschichten, die die Flüchtlinge aus Kham und Amdo zu berichten wußten, verbreiteten Trauer und Schrecken in der Bevölkerung. Aber niemand traf im richtigen Augenblick die richtige Entscheidung, während die Chinesen eine ausgeklügelte Strategie verfolgten. Sie legten es darauf an, das Ansehen Seiner Heiligkeit zu schmälern, die Befugnisse der Regierung zu verringern, die versprochene Autonomie einzuschränken. Das war die chinesische Art. Reichten wir ihnen den kleinen Finger, packten sie die ganze Hand, rissen uns mit Haut und Haaren in ihr ideologisches Paradies.

Seine Heiligkeit war knapp über fünfundzwanzig Jahre alt,

ein meditativer und sanftmütiger Mensch. Erst allmählich wurde ihm klar, daß seine gutgläubige Offenheit mißbraucht wurde. Die Schreckensnachrichten aus Kham erfüllten ihn mit Entsetzten und Trauer. Seine Minister unternahmen nichts oder kaum etwas, um den Greueltaten ein Ende zu setzen. Sie hatten Angst, daß die Chinesen ihre Güter beschlagnahmen würden. Und so lud sich der Adel Lhasas einen Teil der Schuld auf die brokatbehängten Schultern, daß Tibet zum Land der Tränen wurde.

In dieser Zeit kämpften die Rebellen unter der Leitung von Asuktsang, einem der Gründer der freiwilligen nationalen Verteidigungsarmee (NVDA), die bereits über 80 000 Guerillakrieger, vorwiegend Khampas, verfügte. Aber auch Bauern und Mönche hatten sich den Rebellen angeschlossen. Ich wurde fünfzehn und kam damit in das Alter, in dem ich ausgesuchten Kämpfergruppen – den Khelenpa – beitreten konnte.

Asuktsang war ein hochgewachsener Mann mit breiten Schultern und dem hartknochigen Gesicht der Steppenreiter. Sein blauschwarzes Haar war zu einem Zopf aufgesteckt. Über seine Schläfe lief eine tiefe Narbe, eine Erinnerung an seinen Kampf mit chinesischen Opiumschmugglern in der Wüste von Kukunor. Er galt als ebenso verschlagen wie redegewandt, polemisierte mit Genuß und überlegte eiskalt.

Eine Ratssitzung ist mir besonders in Erinnerung, weil sie das Schicksal Tibets entscheidend beeinflußte.

Die Sitzung fand in einer Einsiedelei in der Nähe von Batang statt, im Schein flackernder Kerzen. Es war ausgesprochen kalt, der scharfe Wind hatte die Gebetsfahnen draußen zerrissen. Die Wände waren von Ruß und Feuchtigkeit verdunkelt. Auf einem Regal stapelten sich alte Schriftrollen. Tsultrim Rimpoche, unser Gastgeber, war ein bedeutender Lama, der hier vor den Verfolgungen Zuflucht gefunden hatte. Ich kauerte stumm und zerlumpt hinter einigen älteren Mönchen, von Ehrfurcht ergriffen. Denn die hier versammelten Häuptlinge waren die bedeutendsten ihrer Zeit. Jeder dieser Männer führte zwei oder drei Dutzend Sippen an, die ihrerseits einem Clanführer unterstellt waren. Ihre Kleider waren von ausgesuchter Kostbarkeit, ihre Kappen aus Marder oder Luchs, und die bestickten Schaftstiefel mit den stumpfen Sporen reichten ihnen bis über die Knie. Alle trugen Gewehre und Maschinenpistolen. Ihre mit Edelsteinen geschmückten Kurzsäbel hingen an der Hüfte, die Dolche an einem Riemen am Halsausschnitt.

Tsultrim Rimpoche hieß seine Gäste willkommen und eröffnete die Ratssitzung mit einigen schlichten, kummervollen Worten.

»Die Chinesen sind wie ein großer See um uns herum, und die Tibeter sind ein Eiland in der Mitte der Fluten. Wenn wir nicht an unsere Götter glauben, werden wir überspült und fortgeschwemmt.«

Asuktsang erhob sich, und ihn begrüßte die Stille der Anerkennung, die mächtigen Kämpfern zugestanden wird. Doch bei seinen ersten Worten ging ein Raunen durch die Menge. Ich spürte, wie sich meine Haare vor Erregung sträubten. Denn Asuktsang war im Begriff, die Hölle mobilzumachen und ein Pulverfaß darunter zu entzünden.

Für die Khampas war die Situation nie günstiger gewesen. Die chinesische Repressionspolitik hatte die sprichwörtliche Geduld der Bevölkerung aufgebracht. Nach siebenjähriger Besatzung kontrollierten die Chinesen nur einen geringen Teil des Landes. Es gab zu dieser Zeit bloß drei Straßen, die die Hochebene Tibets durchquerten – ein Gebiet, fast so groß wie Europa. Die Chinesen mochten eine ganze Kette von Forts dort entlang bauen, ihre Garnisonen waren leicht einzunehmen. Ihre Truppen kannten Maos Sprüche auswendig, aber Mao sagte nicht, was zu tun war, wenn zweihundert berittene Krieger eine Kaserne belagern, in der ein paar Soldaten in ihren Baumwollstrümpfen schlotterten.

Flugzeugangriffe – wie ich sie in Lithang erlebt hatte – waren nur gegen größere Städte einsetzbar, und daher verschanzte sich keine Khampafamilie mehr hinter Stadtmauern. Drohte Gefahr, erfuhren es die Sippen durch Rauchzeichen und Spiegelsignale. Die Krieger schwärmten aus, um den

Angriff der Chinesen abzufangen; die Frauen und Kinder brachen eilig die Jurten ab und ritten davon. Innerhalb einer Stunde war ein Lager aufgelöst, spurlos in der Weite der Landschaft verschwunden.

Asuktsang erwähnte die Erdrutsche, die seit ein paar Tagen die große Kangting-Chamdo-Lhasastraße an mehreren Stellen unbefahrbar machten. Jede Truppenverstärkung war unterbunden. Außerdem konnten die Chinesen keine Verpflegung herbeischaffen. Asuktsangs Worte gingen in Gelächter unter. Jeder wußte, daß die Chinesen die tibetische Nahrung nicht vertrugen. Unsere Nahrungsgrundlage bildete die Gerste, aus der wir *Tsampa* gewannen. Die Chinesen wollten die Gerste durch Weizen ersetzen. Im tibetischen Klima jedoch erfror der Weiten bereits vor der Ernte.

»Ihre Krankheit liegt in dem Glauben, daß ihre Panzer uns einschüchtern können«, rief hochmütig der Jüngste der Brüder Andrutsing. Asuktsang sprach sehr sachlich. Wollten wir die Chinesen endgültig vertreiben, mußten wir Lhasa einnehmen. Seine Heiligkeit, diese noch jugendliche, aber große Persönlichkeit, durfte nicht länger als Geisel dunkler Machenschaften mißbraucht werden. Asuktsang schien es an der Zeit, gegen das Hauptquartier in Lhasa offensiv zu werden, da sich in der Hauptstadt bereits Tausende von Flüchtlingen aus Kham und Amdo eingefunden hatten. Man würde dort Verbündete finden. Asuktsang besaß jene eigentümliche Kombination von Mut und Instinkt, die gefährliche Glücksspieler und brillante Strategen gemeinsam haben. Seine Wahrnehmung war richtig, sein Plan gut ausgereift. Wollten wir die Hauptstadt einkreisen, mußte zuerst der *Loka* – die Kornkammer Tibets – eingenommen werden. Von dieser Provinz aus führten zahlreiche Bergpfade nach Bhutan und in den Nordosten Indiens. Über diese Grenzen trafen regelmäßig die Waffenlieferungen der Gebrüder Pangda ein. Und in dieser Provinz war auch der Kern der Volksbefreiungsarmee stationiert.

»Jagen wir die Chinesen aus *Loka*«, sagte Asuktsang, »ist das Spiel halb gewonnen. Die Bevölkerung wird uns unterstützen. Und wenn unser Plan mißglückt und die Chinesen uns vernichten, so sterben wir eben. Aber niemals wird der Vorwurf auf uns lasten, wir hätten nicht alles gewagt, um Seine Heiligkeit und unser Land zu retten.«

Asuktsang machte eine Pause. Dann sprach er grimmig die abschließenden Worte: »Es mag sein, daß unsere Sonne sinkt. Möge sie blutrot untergehen!«

Die Beratung dauerte lange. Ich verpaßte kein Wort und empfand dabei das aufwühlende Gefühl, daß der Mut dieser Männer sich auf mich übertrug; er schien mich wieder mit mir selber zu vereinigen. Die Hölle kannte ich bereits; die Schrecken, die mich Tag und Nacht begleiteten, prallten an meinem Herzen ab. Und meine schweigsame Liebe, meine Sehnsucht, galten einzig und allein ihr, der Toten.

Nach der Ratssitzung, als ich wie betäubt neben den Pferden kauerte, legte sich plötzlich eine Hand auf meine Schulter. Es war Asuktsang.

»Trink!« sagte er.

Ich richtete mich auf, erblickte im Sternenlicht das stolze Gesicht, das Wind, Kälte und Sonne zu einer ledernen Maske gegerbt hatten. Ich wollte zunächst meinen Augen nicht trauen. Daß der Kommandant eigenhändig einen Becher für mich gefüllt hatte, erfüllte mich mit Bestürzung. Demütig nahm ich ihm den Becher aus den Händen und trank, ohne es zu wagen, seinem Blick zu begegnen. Asuktsang nickte mir zu und zeigte sein seltenes Lächeln. Ich sah das Aufblitzen der weißen Zähne.

»Hast du gut zugehört, Junge? Wenn du einmal alt bist, werden sich die Menschen an diesen Tag erinnern. Dann wirst du sagen können: Ich war dabei! Und du wirst deinen Kindern und Kindeskindern davon erzählen.«

Damals wußte ich es noch nicht: Was in der Einsiedelei beschlossen wurde, war die größte Herausforderung unserer tausendjähriger Geschichte. Und mehrmals konnten wir die Hand nach dem Sieg ausstrecken, die Chinesen warfen ihn uns hin, wie einen blutigen Mantel. Aber retten ließ sich Tibet nicht mehr, nicht auf diese Weise.

44. Kapitel

In den nächsten zwölf Monaten stand uns das Glück zur Seite. Wir fielen in den *Loka* ein und eroberten nacheinander die chinesischen Befestigungen von Gya-la Dzong und Guru Nakye am Tsampo-Fluß. Wir griffen die große Straße an, über die der Holzvorrat für die Volksarmee geliefert wurde. Wo das Holz ausging, vermochte sich die Armee nicht zu halten. Und kurz darauf fielen die chinesischen Garnisonen von Lobhu Dzong, die großen Festungen von Towa und Lhuntse , die jene lebenswichtigen Straßen nach Buhtan und Indien bewachten. Viele Chinesen starben. Weil ich den Kämpfern imponieren wollte, zeugte meine Haltung in dieser Zeit mehr von falschem Draufgängertum als von kluger Überlegung. Als ich meine ersten Feinde abschoß, waren sie für mich nichts anderes als Zielscheiben. Mit einem Fingerdruck zu töten ist die einfachste Sache der Welt, wenn man genügend Patronen im Gürtel hat. Ich war jung, mein Auge war scharf.

So lebten wir unter härtesten Bedingungen ein Dasein, wie es zu jener Zeit an keinem Ort der Welt gelebt wurde. Die Welt aber erfuhr kaum etwas von uns, und in den Pressemeldungen wurde unser Kampf nur wenig oder überhaupt nicht beachtet. Wir gaben uns keinen Illusionen hin. Im Gegenteil: Die Zeit drängte. Beijing rüstete sich zum Gegenanschlag, und alles ließ darauf schließen, daß wir uns auf größte Schwierigkeiten gefaßt machen mußten. Die Unruhe in der Bevölkerung wuchs. Über 15 000 Flüchtlinge aus dem Kham hatten in Lhasa Zuflucht gesucht; die Lebensmittel wurden knapp. Nicht nur, daß die Flüchtlinge mittellos waren, sie lebten zudem in ständiger Furcht vor der chinesischen Geheimpolizei. Täglich wurden Khampas verhaftet. Jene, die Waffen besaßen, darunter auch viele junge Frauen, strömten nach Loka, um gegen die Chinesen zu kämpfen. Der ständige Menschenstrom kam Asuktsang gelegen. Viele Rebellenkrieger mischten sich unter die Flüchtlinge. Sie fielen die Soldaten im Schutz der Dunkelheit an, so daß sich die Chinesen bald nur noch in Gruppen auf die Straßen wagten. Manchmal gelang es ihnen, Rebellen bei Hausdurchsuchungen zu stellen. Die Khampas wußten, was sie erwartete, wenn sie den Soldaten in die Hände fielen. Sie leisteten Widerstand bis in den Tod. Manche erschossen oder erdolchten sich selbst, bevor man sie fassen konnte. Die Chinesen ließen ihre blutigen Leichen auf der Straße verwesen – als Abschreckung für die Bevölkerung. Auch versuchten sie mit allen erdenklichen Mitteln, die Widerstandskämpfer in Mißkredit zu bringen. Es gab Chinesen, die schon jahrelang in Tibet lebten und keine sprachlichen Probleme mehr hatten. Man verkleidete sie als Khampas und schickte sie in die Dörfer, wo sie Pferde stahlen und die Bewohner in Angst und Schrecken versetzten. Im allgemeinen wurden sie bald entdeckt.

Inzwischen hatten wir die Heilige Stadt mit einem dichten Netz von Lagern umzogen. Als Rückzugsgebiet dienten uns die terrassenförmig ansteigenden Berge. Die Hochebene mit der Militärstraße lag in Reichweite unserer Gewehre. Pausenlos rollten die Lastwagen. Chinesen in olivgrüner Uniform kreuzten auf Fahrrädern endlose Züge schwerbepackter Yaks. Offiziere mit dem roten Stern auf Mütze und Ärmel fuhren in offenen Autos. Die Chinesen schafften Arbeiter und Material herbei, um die Straßen auszubessern. Viele Transporte führten Geschütze und Panzer mit sich. Wir ritten über alte Karawanenwege, vor und hinter den Fahrzeugen der Feinde. Die Zahl der Rebellen wuchs ständig. Mönche und Nonnen, aus ihren Klöstern vertrieben oder der Folter entkommen, schlossen sich uns an.

Nyerpa Rimpoche, der Abt des Ma-Tschen-Klosters nördlich von Lhasa, gewährte Asuktsang und seinem Gefolge ein paar Nächte lang Obdach. Noch dreißig Jahre zuvor hatte das Kloster große Flächen Ackerland besessen und war geistiges

Zentrum für Dörfer gewesen, die bis zu fünfzig Tagesreisen entfernt lagen. Als die Chinesen kamen, blieb die Pacht aus, die Spenden wurden selten; Pilger wagten sich kaum noch auf die einsamen Bergpfade. Inzwischen sah das Kloster völlig verkommen aus. Die Wandgemälde waren abgebröckelt. Alte, wertvolle Schriften vermoderten. Treppen endeten irgendwo in der Luft, und nachts raschelten Ratten im Gebälk. Das Kloster beherbergte noch an die fünfzig Mönche, die meisten alt und bei schlechter Gesundheit.

Eines Abends, als ich naßgefroren und schlotternd die Pferde fütterte, kam ein Mönch und forderte mich auf, ihm zu folgen. Wir hatten zwei stürmische Regentage hinter uns. Durch Gänge, die nach Fäulnis rochen, führte mich der Mönch in Nyerpa Rimpoches Gemach. Zwei Mönchssoldaten bewachten die Tür. Ich schlüpfte aus meinen Filzstiefeln und trat ein. Einige Butterlampen brannten. Das Zimmer war karg eingerichtet, nur über der Altarwand aus Nußbaum hingen zwei schöne, zerschlissene Rollbilder. Der Abt saß barfuß und mit verschränkten Beinen auf alten Schlafstellen und Kissen aus verblichener Seide. Seine ausgetretenen Schuhe ohne Senkel standen an der Tür, daneben Asuktsangs Stiefel. Dieser hatte auf einem Kissen am Boden Platz genommen. Er trug Reithosen, eine Tuchjacke mit Messingknöpfen und darunter sein Hemd aus Fallschirmseide. Sein Wolfsfell war um seine Hüften gelegt. Ich grüßte mit gefalteten Händen. Nyerpa Rimpoche gab mir einen Wink, mich zu setzen. Ich ließ mich in gebührendem Abstand auf dem Boden nieder. Der Abt nickte mir freundlich zu. Er hatte ein rundes, intelligentes Gesicht, kupferfarbene Haut und schlechte Zähne. Seine Worte begleitete er fast nie mit einer Geste. Und doch war seine persönliche Ausstrahlung groß, und die Aura, die ihn umgab, voller Kraft. Er schenkte mir einen belustigten Blick.

»Nun, Atan, bist du hungrig?«

Ich verneinte respektvoll, obwohl mein Magen laut knurrte und beide es hören mußten. Der Abt hob die Brauen.

»Müde vielleicht?«

Seine Stimme klang erstaunlich jugendlich und fröhlich. Ich verneinte erneut. Der Abt schmunzelte.

»Seltsam«, sagte er zu Asuktsang, »im Alter dieses Jungen war ich stets hungrig und müde.«

Ich rutschte unbehaglich hin und her, obwohl ich wußte, daß er mich neckte. Nyerpa Rimpoche gab ein Zeichen. Einer der Mönche reichte mir einen Becher, füllte ihn mit heißem Buttertee, den ich dankbar schlürfte. Ich war durchgefroren, aber meine Sinne waren geschärft. Es lag eine besondere Spannung im Raum, die sich nicht mit dem Verstand erfassen ließ. Doch der Abt wartete freundlich, bis etwas Wärme in meine Glieder zog, ehe er mit nachdrücklichen Ernst zu sprechen begann.

»Atan, diese Dinge sind eigentlich zu schwer, um einen Knaben damit zu belasten.«

Der Abt segnete mich und sprach weiter. Obwohl sich die Situation in Lhasa täglich verschlechterte und jede Familie angsterfüllt war, hatten die Zeremonien zu Neujahr ungehindert stattfinden können. Doch jetzt geschahen Dinge, die Anlaß zu großer Beunruhigung gaben. Das kommunistische Hauptquartier hatte Seine Heiligkeit eingeladen, die Vorstellung einer Tanzgruppe aus China zu besuchen. Man hatte ihn jedoch wissen lassen, daß kein tibetischer Soldat die Steinbrücke zum Hauptquartier überschreiten dürfe. Seiner Heiligkeit war lediglich erlaubt worden, sich mit einigen unbewaffneten Begleitern zum Theater zu begeben.

Nyerpa Rimpoche machte eine Pause und sah mich scharf an.

»Die Nachricht ist unbedingt zuverlässig. Wir haben sie vom Kommandeur der Leibwache Seiner Heiligkeit.«

Stille. Seine Worte hingen zwischen uns im Schweigen des Raumes, zitterten wie eine Kompaßnadel. Denn der Kommandeur der Leibwache war niemand anders als mein Vater.

Beide Männer ließen mich nicht aus den Augen. Ich spürte, wie alles Blut aus meinem Gesicht wich.

Ein unerwarteter Schmerz überfiel mich; ich senkte den Kopf noch tiefer. Asuktsang sagte:

»Dazu kommen andere Nachrichten. Vor ein paar Tagen teilte Radio Beijing mit, daß Seine Heiligkeit zum Nationalen Volkskongreß nach China reisen würde. Wer informierte den Sprecher? Seiner Heiligkeit wurde keine offizielle Einladung überbracht. Das Spiel der Chinesen war stets so krumm wie das Bein eines streunenden Hundes. Aber diesmal hinkt es. Alles deutet darauf hin, daß Seine Heiligkeit nach China gebracht und festgehalten werden soll.«

Ich befeuchtete meine Lippen, streifte Asuktsang mit einem Blick. Er merkte, daß ich die Lage erfaßt hatte.

»Die Kommunisten können es sich nicht leisten, Zeit zu verlieren. Seine Heiligkeit weiß, daß er als Geisel verschleppt werden soll. Und er weiß auch, daß eine Absage für die Chinesen einen großen Gesichtsverlust bedeuten würde. Die Furcht, daß sich die Kommunisten am Volk rächen könnten, bedrückt ihn zutiefst. Seine Heiligkeit ging mit sich selbst zu Rate. Er befragte das Orakel, ob er fliehen sollte, und die Anwort lautete: *Ja*. Die Mitglieder des *Kaschag* und die Volksvertreter gaben ihre Zustimmung. Seine Heiligkeit wird also Tibet verlassen. Aber das Volk darf nicht beunruhigt werden. Auch besteht die Gefahr, daß sich die Mönche der großen Klöster dem Entschluß widersetzen. Ferner könnte ein Vorstoß der Kommunisten den Fluchtweg nach Süden unterbinden. Deshalb wurden alle Vorbereitungen heimlich und mit aller Vorsicht getroffen. Es darf nichts durchsickern, verstehst du?«

Er sah mich finster an. »Du weißt, Junge, daß jeder Khampa, der eine Waffe führt, für ihn sterben würde.«

»Ja, Herr«, sagte ich dumpf.

Asuktsang nickte.

»Gut, Atan. Nun höre. Wir müssen jeden Tag zu unserem Vorteil nutzen. Seine Heiligkeit hat dem Besuch des Theaters am zehnten März zugestimmt. Das ist also in vier Tagen. Sobald das Volk erfährt, daß ihn die Chinesen entführen wollen, geht hier das Pulverfaß hoch. Ein solcher Verlauf würde ihn in größte Gefahr bringen. Wir müssen also Seine Heiligkeit über die Pässe nach Indien bringen, bevor der Explosionspunkt erreicht ist. Die Khelenpa werden die Nachhut bilden und die Chinesen aufhalten. Meldereiter sind zu allen Karawansereien unterwegs. Der Privatschatz Seiner Heiligkeit wurde bereits weggeschafft. Nun zu dir, Junge. Deine Aufgabe wird es sein, den Kommandeur Tilen aufzusuchen und ihm den Fluchtplan zu erläutern.«

Ich fühlte, wie meine Gesichtszüge starr wurden. Die Zerstörung Lithangs war meinem Vater bekannt. Aber wußte er auch, wie Shelo gestorben war? Wie konnte ich ihm unter die Augen treten? Der bloße Gedanke schon machte mich krank.

Es sei naheliegend, meinte Asuktsang, mir als dem Sohn des Befehlshabers diese Aufgabe zu übertragen. Möglicherweise auch würde der Feind, der überall Augen und Ohren hatte, einem Knaben weniger Beachtung schenken. In Lhasa sollte ich einen gewissen Osher aufsuchen. Ich würde ihn in einem der Flüchtlingslager finden. Osher hatte in jungen Jahren mit den Brüdern Pangda ruhmreich gekämpft. Er hatte ein gutes Netz geknüpft und würde mir weiterhelfen.

Anschließend erfuhr ich Einzelheiten über den Fluchtplan, über die Wahl bestimmter Leute, über die Vorkehrungen hinsichtlich der Reise und so fort. Ich mußte alles im Kopf behalten, was mir nicht weiter schwerfiel.

Während der ganzen Zeit hatte der Nyerpa Rimpoche seine Haltung auf dem Ruhebett nicht verändert. Nun seufzte er und rieb sich die nackten Zehen.

»Irgendwelche Fragen, mein Sohn?«

Mein Herz schlug heftig. Keine Fragen, nein. Nur noch diese:

»Wann soll ich reiten?«

»Jetzt gleich, mein Junge.« Der Abt blinzelte mir zu. »Aber auf jeden Fall nicht mit leeren Magen.«

Er legte mir eine Glücksschärpe um den Hals. Dann ging ich in den Speiseraum und verzehrte schweigend den Gerstenbrei, den man eigens für mich mit einigen Fleischbrocken angereichert hatte. Die Henkersmahlzeit, dachte ich bitter. Ich würgte jeden Bissen hinunter. Mein Magen war kalt.

Ich ritt damals einen robusten Schimmel, dessen Stirn bis unter die Augen gleichmäßig schwarz war. Deswegen hatte ich dem Tier den Namen *Bak* – Maske – gegeben. Da der Hengst einen anstrengenden Ritt vor sich hatte, mischte ich *Tsampa* mit Butter und Teeblättern und fütterte ihn aus einem Eimer. Als ich den Sattel festschnallte, kam Asuktsang in den Hof. Er prüfte eigenhändig meine Pistole und gab mir Patronen. Er riet mir, die Waffe gut zu verstecken. Sein dunkles Gesicht schien seltsam bewegt. Auf einmal sagte er:

»Hier ist mein Messer. Trage es.«

Meine Kehle wurde eng. Ich nahm die lange, dünne Klinge und spürte sofort die Harmonie von Griff und Messer. Es war eine wunderbare Klinge, in Indien angefertigt; sie schien in meiner Hand zu leben. Ich legte das Messer zuerst an meine Stirn, dann an meine Brust. Vor Ergriffenheit brachte ich kein Wort über die Lippen. Ich spürte sein Vertrauen wie eine Last auf mir liegen, doch es war eine Last, die ich tragen konnte.

Der Kommandant gab ein Zeichen. Zwei Mönche zogen die hölzernen Torflügel auf. Asuktsang stand, in sein schwarzes Wolfsfell gekleidet, mit verschränkten Armen in der Dunkelheit. Ich schwang mich in den Sattel, hob den Arm zum Abschied und ritt davon.

Es war Neumond und stockdunkel. Manchmal prasselte ein Regenschauer herab, doch das natürliche Fett meines Schafsfells schütze mich vor der Nässe. Zwischen Fels und Abgrund führte der Weg hinauf und hinab, doch Bak, unbeschwert und leichtfüßig, setzte seine Hufe auf Stellen, die kein Mensch geahnt hätte. Der Pfad wurde ständig schmaler und führte in die Tiefe. Ich konnte gerade noch den nickenden Kopf des kleinen Hengstes sehen, die wippenden Ohren.

Irgendwann hörte der Regen auf, aber ich merkte es lange Zeit nicht, da so viel Feuchtigkeit von den Zweigen tropfte. Endlich kroch eine matte Dämmerung hervor, und bald wurde das Winterlicht heller. Der Felsabhang fiel in steilen Stufen in die Ebene hinab. Von Süden her floß wie ein großes, gelbes Band der Kongka-Chu, der in den Brahmaputra mündete, durch das Hochtal. Im aschfarbenen Morgengrauen erkannte ich, wie hoch das Wasser stand, und erschrak. Es kam oft vor, daß der Fluß in einer Nacht stark anschwoll. Was nun? Jede Brücke wurde von Soldaten bewacht. Ich hatte den Fluß schwimmend überqueren wollen, aber das Hochwasser war gefährlich, und ich würde bei der Suche nach einem abgelegenen Übergang viel Zeit verlieren. Doch ich hatte keine Wahl. Ich ließ Bak auf dem Weg über den Hang verschnaufen. Ein kleiner seichter Bach führte Gletscherwasser; ich ließ das müde Tier etwas trinken, ehe ich ihm das Maul zuband und weiter ritt. Der Tag brach auf; ein feuchter Tag ohne Sonne, voller Nebel. Ich vermied es, durch Dörfer zu reiten. Auch näherte ich mich nicht der Asphaltstraße, die sich als dunkler Streifen bisweilen zwischen den Hügeln zeigte. Das chinesische Militär wachte überall. Meine Kleidung, mein Aussehen würden sofort Argwohn erregen. Ich durfte keinerlei Risiko eingehen.

Schon von weitem war das Brausen des Flusses zu hören. Als ich nach langen Umwegen endlich das Ufer des Kongka-Chu erreichte, erwartete mich ein entmutigender Anblick. Die lehmgelben Wassermassen schäumten, führten Wurzeln, Bruchholz und ganze Baumstämme mit sich. Verzweifelt dachte ich an die verlorene Zeit, ritt flußabwärts, bis ich endlich eine geeignete Sandbank entdeckte. So entledigte ich mich meiner Kleidung, bis auf den Lendenschurz, verknotete alles zu einem Bündel auf dem Rücken. Ich lockerte die Sattelgurte, um Bak ein ungehindertes Schwimmen zu ermöglichen, und trieb das Tier ins Wasser. Die eiskalte Strömung erfaßte uns von der Seite mit voller Wucht und riß uns fort. Nach Luft ringend, krallte ich mich am Hals des Pferdes fest. Bak schwamm mit kräftigen Bewegungen auf die Sandbank zu, doch die Strömung war stärker. Ich spürte, wie das Tier unter mir fortgerissen wurde. Plötzlich fegte auf den Wellenkämmen eine schwarze Masse heran. Das Treibholz bildete einen Klumpen, der hoch über meinen Kopf ragte. Der Sog des Wassers schleuderte den Klumpen mit voller Wucht auf mich zu. Ich verstrickte mich in einem Gewirr von Ästen, Zweigen und Eisbrocken. Ein Baumstamm wirbelte mir entgegen. Ich preßte mich dicht an das Pferd, doch vergeblich. Dann hörte ich ein dumpfes Krachen. Ein Lichtstrahl zuckte auf, ein ungeheures Rauschen erfüllte meinen Kopf. Und dann war nur noch Dunkelheit und Stille.

45. Kapitel

Plötzlich wurde ich wach. Mein Kopf schmerzte, rötliches Licht flackerte vor meinen Augen. Für einen Augenblick glaubte ich zu träumen. Ich lag warm und bequem, war in Schafsfelle gewickelt. Ich hörte Stimmen, sah Schatten, die sich bewegten. Im matten Feuerschein eines Ofens sah ich das Gesicht einer Frau, die sich über mich beugte. Sie war nicht mehr jung, ihr Haar war bereits grau. Aus ihrem Gesicht blickten klare, sanfte Augen, und an ihrer Wollschürze klingelten kleine Glöckchen. Nun tauchte auch das Gesicht eines jungen Mannes auf. Die Ähnlichkeit der beiden war unverkennbar. Noch bevor ich etwas sagen konnte, hielt mir die Frau einen dampfenden Becher an die Lippen. Ich trank gierig. Beide nickten zufrieden, und der junge Mann sagte:

»Wir haben dich aus dem Wasser geholt.«

Ich blinzelte. Schlagartig kehrte die Erinnerung zurück.

»Mein Hengst?« fragte ich.

»Sorge dich nicht, auch ihm geht es gut«, erwiderte die Frau.

»Und wem kann ich für all diese Güte danken?« fragte ich.

»Ich heiße Tseten«, sagte die Frau. Sie deutete auf den jungen Mann. »Lobsang, mein jüngster Sohn, trug dich auf seinen Bärenarmen aus dem Fluß. Das Wasser hatte dich auf eine Sandbank geworfen.«

Lobsang lachte schallend. »Tatsächlich verdankst du deine Rettung deinem Hengst. Er lief am Ufer hin und her und wieherte. Zuerst wollte er mich nicht in seiner Nähe haben. Erst später ließ er es zu, daß ich ihn trockenrieb und fütterte.«

Ich dankte innerlich meinem treuen Gefährten. Wahrscheinlich hatte Lobsangs Hand nach mir gerochen; deshalb hatte Bak ihm erlaubt, ihn zu berühren.

Tseten sagte: »Du wirst nun gut schlafen und morgen wieder reisen können.«

Ich schüttelte den Kopf; das Hämmern in meinem Schädel wurde heftiger. Schlafen? Unmöglich! Ich sagte, daß ich in Lhasa erwartet wurde und sofort weiterreiten mußte. Mutter und Sohn tauschten einen betroffenen Blick.

»Laß dich warnen!« rief Lobsang. »Weißt du denn nicht, daß die Chinesen Seine Heiligkeit entführen wollen? Das Volk greift zu den Waffen. Zu Tausenden strömen sie zum Norbulinka-Palast. Alle sind bereit, Seine Heiligkeit mit ihrem Leben zu schützen.«

Es beginnt, dachte ich. Es hat schon begonnen. Ich wiederholte, daß ich fort müßte. Meine Gastgeber beugten sich meiner Forderung. Sie mußten erkannt haben, daß ich zu den Rebellen gehörte, und stellten keine Fragen. Doch Tseten sagte:

»Warte, deine Kleider sind naß. Du bist müde und hungrig. Bleib bis zur Stunde des Vogels und laß dich pflegen.«

Wollte ich meinen Auftrag ausführen, mußte ich meine Kräfte schonen. Ich dachte auch, daß ich in der Nacht gefahrloser würde reiten können. Und so dankte ich meinen Gastgebern, schloß die Augen und sank in tiefen Schlaf.

Zur verabredeten Zeit weckte mich Tseten. Ich fühlte mich wieder ganz wohl, und jede Minute war jetzt kostbar. Ich trank einen Becher Tee nach dem anderen, verschlang bis auf den letzten Bissen den heißen Weizenfladen mit Salz und Butter, den die Frau auf der Feuerstelle für mich gebacken hatte. Meine Kleider waren inzwischen trocken; die durchnäßten Stiefeln würden sich durch die Körperwärme bald dehnen. So nahm ich Abschied von Mutter und Sohn.

Am nächsten Morgen erreichte ich Lhasa. Es war der 8. März 1959. In meiner Erinnerung lebte eine goldglitzernde Märchenstadt, getaucht in Zauberlicht. Die Wirklichkeit war eine Stadt in Alarmbereitschaft, voller Lärm und Gestank. Ein starker Wind wirbelte Staub auf, Militärfahrzeuge patroullierten. Tausende strömen zum *Norbulinka,* zum »Edelsteingarten«, dem Sommerpalast Seiner Heiligkeit. Frauen und Männer trugen Plakate und Spruchbänder mit antichinesischen Aufschriften. Die Menge schrie, das Chaos war ohrenbetäubend. Unweit des *Linkhors* fand ich eine Frau, die gegen Bezahlung bereit war, mein Pferd auf ihrem Hof unterzubringen.

Ich versteckte mein Haar unter der Pelzkappe und bahnte mir einen Weg durch die aufgebrachte Menge. Wenn ich einen Rebellen sah, tauschte ich mit ihm die heimlichen Erkennungszeichen und fragte nach Osher. Man führte mich zu einem Lager am Stadtrand. Zwischen ärmlichen Jurten und primitiven Hütten waren Leinen gespannt. Stoffe wehten im Wind. Bald würde ein Sandsturm die Stadt in gelbroten Schwaden ersticken; doch vorerst spürte man nur die ersten Anzeichen. In einem zerlumpten Zelt saß ein alter, vierschrötiger Mann mit einem mächtigen Kopf. Seine struppigen Zöpfe waren völlig weiß. Er war in einen zerschlissenen Schafsmantel gehüllt und rauchte eine Pfeife. In der Mitte des Zeltes brannte ein Tonofen, auf dem eine Suppe in einem Kessel brodelte. Ich begrüßte ihn mit der Ehrerbietung, die ich seinem Rang schuldete. Er betrachtete mich aus schmalen, grauen Augen.

»Setz dich«, knurrte er. »Hast du gegessen?«

»Nein, Herr.«

Ein Junge kam in das Zelt, füllte die heiße Gerstensuppe in Schalen. Wäre ich nicht so aufgewühlt gewesen, hätte ich über die Wortkargheit des Alten lächeln können. Doch Geduld war eine Sache, die mir in den *Magars* gründlich beigebracht worden war. So schlürfte ich still die heiße Suppe. Nach dem Essen schenkte uns der Junge Buttertee ein. Osher wies ihn hinaus und befahl ihm, nicht zu lauschen und niemanden hineinzulassen. Als wir allein waren, sagte Osher:

»Dein Vater wacht Tag und Nacht vor den Privatgemächern Seiner Heiligkeit. Er läßt niemanden vor, der nicht eine schriftliche Bewilligung des Ministerrats erhalten hat.«

Ich befeuchtete meine Lippen mit der Zunge.

»Ich muß ihn sehen.«

Osher nickte düster.

»Heute abend wird man dich zu einer Stelle führen, wo du über die Mauer kannst.«

Er warf mir einen scharfen Blick zu.

»Was soll ich tun?« fragte ich.

Osher zündete seine Pfeife an. Sein Ausdruck war verschlagen und zugleich belustigt.

»Das werde ich dir gleich sagen. Aber betrachte die Angelegenheit als Geheimnis.«

Ob er jemals selbst im *Norbulinka* gewesen ist, kann ich nicht sagen. Jedenfalls beschrieb er mir die Grundrisse der Residenz und die Aufteilung der Räume so genau, daß ich sie bald im Kopf hatte.

Man erfuhr am gleichen Tag, daß Seine Heiligkeit nun doch nicht die Theateraufführung besuchen würde. Er hatte es den Chinesen am Telefon mitgeteilt, denn zwischen dem *Norbulinka* und dem Hauptquartier war eine Direktleitung gelegt worden. »Mein Volk läßt es nicht zu«, soll er schlicht gesagt haben. Die Nachricht verbreitete sich in Windeseile. Die Menge schrie vor Freude und weinte vor Ergriffenheit. Die Nacht war finster, aber lärmerfüllt. Der Wind trug das Geschrei der Menge aus der Stadt hinaus, und überall bellten Hunde.

Kurz vor Mitternacht erschien plötzlich ein junger Mönch vor dem Zelt, und Osher befahl mir, mit ihm zu gehen.

Der Sommerpalast befand sich unweit des Kyischu-Flusses. Der Strom stand nie still; in der Monsumzeit bedrohte Hochwasser den Edelsteingarten. Man hatte eine Mauer und kleine Deiche errichtet, die immer wieder fortgespült wurden. Im Park wurde der Lehm mit dem Flußwasser und Yakdung vermischt, Schicht um Schicht zusammengetragen. Hohe Bäume wuchsen hier, Obst- und Nadelbäume und herrliche Blumen. Mitten durch den Park lief eine zweite, gelb getünchte Mauer. Sie erhob sich rund um den Privatgarten und die Residenz Seiner Heiligkeit. Ihre beiden Tore wurden streng bewacht. Nur die vergoldeten Dächer leuchteten, und die Bäume warfen Schatten darüber.

In dieser Nacht kauerten Hunderte von Menschen unter den kahlen Bäumen; kleine Feuer flackerten. Ganze Familien hatten sich mit Decken und Kochkesseln hier niedergelassen. Die Menschen saßen Schulter an Schulter in der Dunkelheit. Nur ihre Umrisse waren sichtbar, und manchmal im Licht der Sterne ein braunes Gesicht, fiebrige Augen und Hände, da und dort auch ein funkelnder Ohrring oder ein Türkis. Die betenden Stimmen erzeugten ein heimliches Raunen, es klang wie das verhaltene Seufzen aller Dinge. Aber in der Ferne kreischten die Lautsprecher der Chinesen, beschwörten das Verhängnis herauf, das man nicht wegbeten konnte.

Der Mönch führte mich zu einem kleinen Gehölz dicht an der Mauer. Er holte einen Gegenstand aus der Tasche seiner Robe und gab ihn mir. Es war ein Seil, an dem ein mit Stoff umwickelter Greifhaken hing. Ich suchte eine geeignete Stelle, an der ich das Seil werfen konnte, ließ es kreisen und warf es über die Mauer. Dann zog ich kräftig an. Ich hatte gut gezielt, der Haken blieb an den Ziegelsteinen hängen und saß fest. Ich packte das Seil mit beiden Händen und kletterte an der Mauer hoch. Dann schwang ich mich über den Rand und sprang geräuschlos auf der anderen Seite ins Gras. Ein paar Minuten lang hockte ich auf den Fersen und wartete, daß sich der Schmerz in meinem Nacken beruhigte. Vereinzelte ferne Schreie und Schüsse drangen in die verwunschene Dunkelheit wie ein Echo aus einer anderen, bedrohlichen Welt. Und doch schien dieser gefährdete Garten mit seinen glücklichen Tieren für alle Ewigkeit in flüsternden Frieden eingebettet zu sein. Ich kroch im Schutz der Gebüsche bis zu den hölzernen Zierbalkonen heran. Die Ostwand lag in tiefem Schatten. Eine Fensterreihe befand sich zu ebener Erde; hier lag die große Audienzhalle, wo sich bei Feierlichkeiten Beamte, Lamas und ausländische Gesandte einfanden. Vorsichtig richtete ich mich auf und spähte hinein. Im Licht der großen Kronleuchter schillerten die Rollbilder wie lebendiges Gold. Durch die Scheiben sah ich Mönche und Beamte aufgeregt kommen und gehen. Nach einer Weile trat eine Gruppe Menschen nach draußen.

Ich hörte, wie Türen zugeschlagen wurden, dann die Geräusche abfahrender Wagen. Lange Zeit kauerte ich im Dunklen und wartete. Um Mitternacht erloschen die Lichter in den Räumen. Nur die Privatgemächer Seiner Heiligkeit im oberen Stockwerk waren noch erleuchtet. Jetzt war es an der Zeit, zu handeln.

Unterhalb des Balkons entdeckte ich ein schmales Sims, das zu den anderen Fenstern und dann weiter um den Palast herumführte. Ich kletterte hinauf und erreichte einen Mauervorsprung, auf dem ich stehen konnte. Dann zog ich Shelos kleinen Dolch hervor, schlug mit der Spitze kurz und heftig an die Scheibe. Sie zerbrach sofort; ich wartete ein paar Sekunden mit klopfendem Herzen. Nichts rührte sich. Tastend schob ich den Arm durch die Öffnung, fand einen Riegel, zog ihn zurück. Das Fenster öffnete sich knarrend, doch der Wind übertönte jedes Geräusch. Vorsichtig kletterte ich hinein. Zum ersten Mal spürte ich, in welch irrsinnige Lage mich die Umstände gebracht hatten. Das Gefühl, heimlich wie ein Verräter in das Wohnhaus Seiner Heiligkeit eingedrungen zu sein, erfüllte mich mit Scham und Schrecken. Noch während ich überlegte, was als nächstes zu tun war, hörte ich Schritte. Ich warf mich hinter eine Säule. Ein junger Mönch schlurfte die Treppe hinunter; er trug einen großen Zinnkrug mit Tee. Ich hörte seine hastigen Atemzüge. Als er an mir vorbeilief, sprang ich hervor, drückte ihn an die Wand und hielt ihm Asuktsangs Messer an die Kehle. Der Mönch zog zischend Luft ein. Seine Augen weiteten sich vor Panik. Zum Glück hatte er den Krug nicht fallengelassen.

»Beweg dich nicht.« flüsterte ich. »Versuch nicht, um Hilfe zu rufen! Sei ruhig, und dir wird nichts geschehen.«

Er nickte.

»Der Kommandeur ... Wo ist er?«

Der Mönch stammelte, daß der Befehlshaber vor dem Wohngemach seiner Heiligkeit wache.

»Komm mit!«

Der Mönch schluckte würgend, setzte sich taumelnd in

Bewegung. Wir gingen den Korridor entlang, stiegen eine kleine Treppe hinauf. Unvermittelt erklangen Stimmen und Schritte. Stufen knarrten. Es mußte gerade Wachablösung sein: Männer kamen die Haupttreppe empor, um Posten zu beziehen. Ich zog den Mönch weiter; auf einmal schwang eine Tür auf. Mit gezücktem Gewehr stellte sich mir ein Wächter entgegen. Er mußte ein verdächtiges Geräusch gehört haben. Hinter ihm, in einem spärlich erleuchteten Raum, sprangen Schatten auf und umringten mich. Ich ließ den Mönch los; er stieß einen winselnden Laut aus, duckte sich und rannte davon. Die Wachen packten mich von allen Seiten. Sie rissen mir den Dolch aus der Hand, drückten mir die Mündungen ihrer Gewehre in die Nieren. Ich würgte die Worte hervor, während sie mir die Arme auf dem Rücken verdrehten.

»Asuktsang schickt mich … zum Kommandeur. Ich muß ihn sehen! Es ist wichtig!«

Alles, war mir zuteil wurde, waren Prügel, wilde Blicke und scharfe Worte. Ein Pockennarbiger herrschte mich an:

»Immer ruhig, Kleiner! Vielleicht sagst du uns erst mal, wer du bist?«

»Ich bin Atan, sein Sohn.«

Sie ließen von mir ab. Ich blickte in dunkle Khampagesichter und entspannte mich, was den Männern nicht entging. Doch sie zögerten immer noch. Sie wußten offenbar nicht, ob sie mir glauben sollten.

»Warte!« zischte ein Soldat. »Keine Bewegung!«

Sie stießen mich an die Wand und durchsuchten mich. Sie nahmen mir das Messer, die Pistole und das Seil mit dem Greifhaken ab. Ich leistete keinen Widerstand.

»Wie bist du in den Palast gekommen?« schnaubte der Pockennarbige. Ich hielt es für das Beste, ihm die Wahrheit zu sagen, was sich als Fehler erwies.

»Durch ein Fenster.«

Sie erstarrten, doch nur für eine Sekunde. Seine Heiligkeit mochte mir das Sakrileg verzeihen, die Wachen aber gerieten in Weißglut. Sie waren vollkommen von Sinnen. Am meisten brachte sie in Zorn, daß ich sie überlistet hatte. Schnell wie eine Katze wich ich einem Stock aus, der nach meinem Kopf schlug. Doch von der anderen Seite traf mich ein Kolbenschlag zwischen den Schultern, und ich hustete mir fast die Lunge aus den Leib. Es hatte wenig Sinn, mich zu wehren. Verdammt, sie hätten sich lieber selbst verprügeln sollen! In diesem Augenblick wurde eine Tür aufgerissen.

»Was geht hier vor?« fragte eine Stimme.

Sie klang zornig, aber verwirrend tief, mit dem kehligen Tonfall der Nomaden. Die zupackenden Hände ließen von mir ab. Mein Vater stand vor mir; und von dieser Sekunde an hatte ich nur Augen für ihn. Er kam mir noch größer vor, als ich ihn in der Erinnerung gehabt hatte, denn er war kräftiger geworden und trug statt der Mönchsrobe die Uniform. Gedanken und Gefühle glitten wirr durch meinen Sinn, und mein Herz schlug bis zum Hals, während ich die Hände in der Geste des Respekts faltete. Er indessen starrte mich an.

»Er sagt, daß Asuktsang ihn schickt«, knurrte der Pockennarbige. Mein Vater nickte ihm zu, fast geistesabwesend, ohne die Augen von mir abzuwenden.

»Es ist gut. Ihr könnt gehen.« Zu mir sagte er:

»Komm, Atan.«

Ich folgte ihm in einen kleinen, schlicht eingerichteten Raum. Tilen legte kurz den Finger an die Lippen.

»Sprich leise. Seine Heiligkeit hat lange gebetet. Die Ruhe, die er gefunden hat, braucht er.«

Im Zimmer befand sich eine große Sitzbank, die als Lager diente. Butterlampen leuchteten vor einem kleinen Altar aus Walnußholz. Auf dem Gesicht meines Vaters hatte ein hartes Leben Spuren hinterlassen. Dunkle Schatten lagen um seine Nasenflügel und um die Augen. Um den Mund hatten sich tiefe Falten gebildet. Forschend musterte er mich unter dunklen Brauen, bevor er nach einer Weile das Schweigen brach.

»Du bist so groß, wie ich es war in deinem Alter. Und du wirst noch wachsen. Es ist nicht immer leicht, wenn man die Größten um einen halben Kopf überragt.«

Er lächelte ein wenig. Ich erwiderte nichts. Mein Geist war wie gelähmt. Sein Lächeln verschwand:

»Was hast du mir zu sagen?«

Ich ließ die Arme hängen, unfähig, ein Wort über die Lippen zu bringen. Tilen runzelte die Stirn.

»Es betrifft deine Mutter, nicht wahr? Was ist es also? Laß es mich wissen!«

Ich erschrak, ich konnte nicht weinen, nicht einmal jetzt.

Ich öffnete den Mund und begann zu sprechen. Die genauen Worte sind mir entfallen. Das Gesicht meines Vaters wurde starr wie Stein. Die Wahrheit ist manchmal so bitter, daß sie starke Menschen stärker macht. Doch da begegnete mein Blick seinem Blick. Und ich sah, daß seine Augen voller Tränen schimmerten, während die meinen brannten, aber trocken blieben. Unser Blicke hielten einander fest, lange Zeit.

Er sagte heiser:

»Mein Sohn, laß es dich nicht reuen. Du hast getan, was richtig war.«

Ich zitterte bis in die Fingerspitzen.

»Vater?«

»Ja, Atan?«

»Vergib mir ihr Blut!«

»Sie gab dir ihren Segen.«

»Aber du, Vater?«

»Ich sage: Es war deine Pflicht. Du hast ihre Ketten gebrochen.«

Er bewegte sich auf mich zu, schwerfällig wie ein alter Mann, legte beide Hände auf meine Schultern.

»Sie war geboren, um als Heldin zu sterben. Dein Schicksal war es, ihr beizustehen, als sie dich am nötigsten brauchte. Du trägst eine Wunde in dir; eine Wunde, die niemals heilen wird. Trage sie mit erhobenen Haupt!«

Seine Worte klangen tief in mir. Eines Tages vielleicht würde ich sie als Trost empfinden. Aber nicht einmal dessen war ich mir sicher.

Er murmelte jetzt wie ein Mann, der im Schlaf spricht.

»Mein Leben steht im Dienst Seiner Heiligkeit. Aber mein Herz gehört nach wie vor ihr, der Herrin der Pferde. Ich würde ihr Antlitz nicht vergessen, selbst wenn ich zehntausend Jahre in Dunkelheit zubringen müßte. Und etwas in deinem Gesicht, Atan, erzählt mir von ihr …«

Er verstummte; ich sah auf seinen leidenden Mund und spürte seine Gedanken, wie er die meinen spürte. Schließlich straffte er sich. Es war jetzt etwas Neues an ihm. Eine Stille und eine Macht.

»Komm, mein Sohn. Wir müssen jetzt tun, was getan werden muß. Asuktsang schickt dich mit einer Botschaft zu mir. Nun, wie lautet sie?«

Ich sagte, was man mir aufgetragen hatte. Im Schutz der Nacht würde man Seine Heiligkeit, sein Gefolge und seine Familie aus dem Palast geleiten. Sie würden auf der bereitstehenden Ramagang-Fähre den Fluß überqueren und dann in das von uns kontrollierte Gebiet reiten. Ich gab ihm die wesentlichen Einzelheiten bekannt, und es waren ziemlich viele. Als ich ihm alles mitgeteilt hatte, nickte mein Vater:

»Sage Asuktsang, daß wir auf das Signal warten und bereit sind. Seine Heiligkeit weiß, daß er mehr für sein Land tun kann, wenn er nicht in die Hände des Feindes fällt. Wir werden um sein Wohl bemüht sein und ihm die anstrengende Reise so leicht wie möglich machen …«

Wir sprachen noch ein wenig von den verstorbenen Großeltern; von anderen Menschen, die er gekannt und geliebt hatte. Wir sprachen von Lithang; doch Lithang bestand nicht mehr, und über die verkohlten Ruinen strichen nur die Adler. Mein Vater stellte einige Fragen, die mich betrafen, und gab mir Geld aus seiner persönlichen Schatulle. Er war stolz, daß ich zu den *Khelenpas* gehen würde, mahnte mich jedoch, mein Leben nicht leichtfertig aufs Spiel zu setzen.

Nach einer Weile warf er einen Blick aus dem Fenster. Der Tag brach an; schwarz hoben sich die Bäume gegen den kupferfarbenen Himmel ab. Mein Vater seufzte.

Wir umarmten einander stumm und innig. Tilen ließ mir

meine Waffen zurückgeben. Ein Mönch bekam den Auftrag, mich zum Quartier der Dienerschaft zu bringen, wo ich eine warme Mahlzeit erhielt. Dann geleiteten mich die Wachen aus dem *Norbulinka*.

Ich sollte meinen Vater nie wiedersehen; er starb einige Jahre später in Dharamsala, wo Seine Heiligkeit die Exilregierung gründete.

Was in den folgenden Tagen in Lhasa geschah, gehört bereits zur Geschichte. Seine Heiligkeit selbst berichtete in seinen Memoiren, wie man das Gerücht in Umlauf brachte, daß er sich in den *Potala* zurückziehen würde. Einige Lastwagen fuhren zum *Potala* und wieder zurück, ein Tarnmanöver, das die Chinesen täuschen sollte. Inzwischen hielt sich Osher mit seinen Kriegern bereit. Zuerst brachte man die geistlichen Betreuer des Dalai Lama und die Mitglieder des *Kashags* im Laderaum eines Lastwagens unter der Plane versteckt aus dem Palast. Ein paar Stunden später folgten der Dalai Lama, seine Eltern und seine Geschwister. Alle, auch Seine Heiligkeit, waren als Soldaten verkleidet. Sie verließen den *Norbulinka* zwei Stunden vor Mitternacht; es war kalt, ein heftiger Wind rüttelte an den Zweigen. Als Seine Heiligkeit mit seinen Begleitern durch die Menge schritt, nahm er seine Brille ab, um nicht erkannt zu werden. Im Schein eines blassen Mondes lagerten Tausende, die für ihn beteten. Er wußte, daß sie sterben würden. Sein Herz blutete für sie, würde immer bluten. Die Luft knisterte und vibrierte, die Scheinwerfer, die das Hauptquartier der Chinesen erleuchteten, entfalteten einen fernen Lichthof am Himmel. Das schwarze Wasser plätscherte und schäumte, die Fähre war bereit. Am anderen Flußufer, im Schutz der Dunkelheit, warteten zu Pferd die Anführer der *Khelenpas*. Sie würden die Fliehenden über die Pässe geleiten, über die höchsten Berge dieser Welt, heil und sicher ins indische Exil.

46. Kapitel

Ich habe seither in vielen Schlachten gekämpft und viele Städte brennen gesehen. Es ist einfach, einen Menschen zu töten; meistens sorgte ich dafür, daß es schnell ging. Bei den *Khelenpa* hatte ich manches gelernt, und am Anfang fühlte ich mich manchmal versucht, den Tod meines Opfers in die Länge zu ziehen. Aber dann dachte ich an meine Mutter. Ihr Herz würde nicht einverstanden sein, und so ließ ich es bleiben.

Mit neunzehn ging ich nach Taiwan, dann in die USA, wie ich bereits erzählte. In Colorado hielten sie uns für ungebildete Wilde, die Trainingsprogramme waren demnach auf minderbemittelte Geschöpfe zugeschnitten. Wir waren Experimentierobjekte. Am liebsten hätten sie uns im Käfig gehalten. Immerhin durften wird uns am Samstag abend betrinken und in Bordelle gehen, von denen es eine ganze Anzahl gab. Nachdem ich meinen Führerschein gemacht hatte, erlaubte man mir, mich außerhalb des Camps zu bewegen – man erklärte mir nur, daß ich in Schwierigkeiten geraten könnte, was auch immer wieder passierte. Gleichwohl bekam ich ein paar Extrastreifen am Ärmel. Man wollte mich in Vietnam einsetzen. Ich sagte, das sei nicht mein Krieg. Wenn mich die Army in das Cockpit einer ihrer F-4 gelassen hätte, wäre ich das Musterbeispiel eines Piloten geworden, die Nase am Zoom-Objektiv, die Bordkanonen aktiviert, im Tiefflug über chinesische Garnisonen. Man brauchte nur die richtigen Knöpfe zu drücken. Doch die USA wollte uns diese hübschen Spielzeuge nicht überlassen. Sie waren zu teuer. Wir – die Menschen – stellten billigeres Material dar. Man wollte kleine Zinnsoldaten aus uns machen, die den Chinesen ein paar Löcher in die Uniformen brannten. Als Ablenkung, sozusagen, während die Boys in Vietnam Napalm vom Himmel schickten, die Wälder mit Gift tränkten und sich mit Halsketten aus vietnamesischen Fingern schmückten.

Die CIA verzichtete bekümmert auf mich; die Investition hatte sich nicht gelohnt. Man schickte mich schleunigst zurück. Ich rekrutierte einige Männer, bildete sie gut aus, und ein paar Jahre lang richteten wir ziemlichen Schaden an. Zwar waren die Waffen und Funkgeräte, mit denen uns die CIA versorgte, Bestände aus den Arsenalen des Zweiten Weltkriegs, aber wir konnten damit umgehen.

Es war die schlimmste Zeit für Tibet. Das Land war den Rotgardisten ausgeliefert, der abscheulichsten Brut, die eine verbrecherische Politik an die Macht bringen kann. Mit der Schilderung ihrer Verbrechen lassen sich Bände füllen. Die Kulturrevolution hatte ganz China das Zähneklappern gelehrt, aber die Tibet zugefügten Greultaten übertrafen alles. Tibet war die Hölle auf Erden, wenn ich je eine gesehen habe.

Das Reich wurde zum Land der nie gesühnten Verbrechen. Tibetische Sprichwörter, Redensarten und Volkslieder wurden verboten. Den Buddhismus hatte es nie gegeben, Seine Heiligkeit war »ein Metzger mit blutigen Händen, der sich von Menschenfleisch ernährte.« Sich tibetisch kleiden? Verboten! Muschelketten tragen? Verboten! Hautiere halten? Weg mit den nutzlosen Essern! Nicht einmal ihre Namen durften die Tibeter behalten. Sie mußten die chinesische Entsprechung annehmen, in der eine Silbe von Maos Namen eingeschlossen war. Neugeborene wurden nach der Hausnummer genannt, nach Geburtsdatum, Gewicht oder nach dem Alter des Vaters.

Menschen wurden der Mund zugenagelt, weil man sie ertappt hatte, wie sie die Lippen im Gebet bewegten. Alle Küchengeräte aus Messing, Bronze und Kupfer wurden beschlagnahmt. Die Rotgardisten zerschlugen sogar die Blumentöpfe; künftig sollten die Tibeter keine Blumen mehr begießen, sondern sich statt dessen dem Studium der hehren Worte Mao Tse-Tungs widmen.

Wer das rote Buch nicht ständig bei sich trug und zitieren konnte, wurde verhaftet.

Aber ich will zu deiner und meiner Geschichte zurückkehren. Da gibt es ein Ereignis, das ich vergessen hatte. Hör zu: Ich weiß nicht genau, in welchem Jahr es war. Jedenfalls trieb ich mich in Lhasa herum. Der kollektive Wahnsinn hatte seinen Höhepunkt erreicht, Sabotage gehörte zur Tagesordnung. Da ich auf der »goldenen Brücke zum Sozialismus« nicht ausrutschen wollte, hatte ich mein Haar geschoren, steckte in dem einheitlichen blauen Anzug und trug Maos erbauliche Fibel in der Brusttasche. Ich hörte Geschrei. Schmährufe und das Prasseln von Steinen. Ich ging um eine Ecke und sah, wie einige Rotgardisten einen Mann steinigten. Sonst war niemand auf der Straße, alle hatten das Weite gesucht. Der Mann kauerte an einer Wand und schützte den Kopf mit den Armen. In seinem Haar klebte Blut. Solche Szenen erlebte ich zur Genüge; diese fand ich besonders abstoßend. Der Mann hatte zwei kleine Töchter. Die Rotgardisten drückten den Kindern Steine in die Hand und verlangten, daß sie ihren Vater steinigten. Die Mädchen schrien und weigerten sich. Sie mochten nicht älter als vier Jahre sein. Die Bande war so beschäftigt, daß sie mich nicht kommen sah. Aber das Krachen eines Faustschlags auf dem Kopf eines Menschen ist zu hören, so gut auch die Technik sein mag. Die anderen wirbelten herum, als ihr Genosse zu Boden ging. Einer hob sein Gewehr, doch ich war schneller und schlug ihm ein paar Zähne aus. Ich riß das Gewehr an mich, schmetterte dem nächsten den Kolben über den Schädel. Ich betätigte nicht den Abzug; ihre Gleichgesinnten plünderten in der Nebenstraße; ein Schuß würde sie anziehen wie Bluthunde. Auch mit dem Kolben ließ sich gut arbeiten; eine Minute später hatte ich zwei Karabiner erbeutet. Die Rotgardisten lagen bewußtlos auf der Erde oder erbrachen Blut. Kein schöner Anblick für Kinder, aber vermutlich würden sie noch mehr blutende Menschen im Staub liegen sehen, ehe sie erwachsen wurden. Ich sagte: »Weg von hier!« und half dem Mann auf die Beine. Er war blaß, hatte Blutergüsse an der Stirn. Die kleinen Mädchen hielten sich schluchzend an ihm fest. So kamen wir nicht vorwärts. Ich warf dem Mann ein Gewehr zu, hob beide

Mädchen hoch, jedes auf einen Arm. Wir rannten los, aber nicht schnell genug. Der Mann taumelte und hielt sich den Kopf, und ich mußte auf die Kleinen achten. Hinter uns näherte sich Lärm mit einer Geschwindigkeit, die mich ängstigte. Einer der verletzten Rotgardisten hatte Alarm geschlagen. Ich sah eine angelehnte Tür, die zu einem Innenhof führte. Solche Höfe hatten manchmal Dachtreppen, wie damals unsere Häuser in Lithang. Ich stieß die Tür auf. Im Hof häufte sich Schutt. Das geplünderte Haus war unbewohnt. Eine steile Treppe führte nach oben. Wir hatten die Chance eines Kaninchens in einem Gebüsch voller Füchse, aber es gab keine Wahl. Ich stellte die Kinder auf den Boden und sagte: »Hier hinauf!« Sie kletterten mühelos empor, während ich dem Vater half. Oben warfen wir uns flach auf den Bauch. Ich prüfte das Magazin und hielt das Gewehr im Anschlag. Die kleinen Mädchen gaben keinen Laut von sich; das Gebrüll auf der Straße sprengte uns beinahe die Ohren. Einige bange Minuten vergingen. Von der Straße drang noch immer der Lärm, doch jetzt aus größerer Entfernung. Ich ging vorsichtig die Treppe hinunter und spähte durch die Tür. Auf der Straße wirbelte der Staub, doch es war alles ruhig. Die Rotgardisten hatten ihre Verletzten fortgeschafft. Ich winkte mit dem Karabiner. Der Vater und die Kinder stolperten die Treppe herunter. Ich nahm dem Mann das Gewehr ab; er konnte nichts damit anfangen. Er blickte mich an, steif und hilflos. Stockend erzählte er mir, daß die Rotgardisten die Kinder mit einer Süßigkeit angelockt hatten. Die kleinen Mädchen hatten »bitte« und »danke« gesagt, was verboten war, und ihren Vater somit als Reaktionär entlarvt.

»Die Rotgardisten drohten mir, die Kinder wegzunehmen, weil ich sie im alten Denken erziehe.«

Er wischte sich den Staub aus den geröteten Augen.

»Ich danke Ihnen«, setzte er bewegt hinzu.

»Ein gefährliches Wort heutzutage«, brummte ich. »Sie sollten es lieber vergessen.«

Wir tauschen ein unfrohes Lächeln. Seine Stirn war blau angeschwollen. Er starrte mich unentwegt an. Mir fielen seine

Augen mit den sehr großen, etwas verschwommenen Pupille auf.

»Wer sind sie?« fragte er.

»Nur ein Reiter«, entgegnete ich.

Er nickte, er hatte verstanden. Ich sagte:

»Gehen Sie, schnell! Und es wird besser sein, wenn Sie sich eine Zeitlang nicht in der Stadt blicken lassen.»

Die beiden Kinder klammerten sich an die Hände des Vaters. Sie sahen einander so ähnlich, daß man sie kaum unterscheiden konnte. Ich lächelte sie an.

»Es war gut, daß ihr euch gewehrt habt. Das, was man von euch verlangte, war schlecht. Ihr müßt eure Eltern lieben, niemals die Partei.«

Sie nickten beide gleichzeitig, mit großen, verwirrten Augen. Ich öffnete die Tür einen Spalt breit und gab dem Mann ein Zeichen. Unsere Blicke trafen sich; er flüsterte einen Segenspruch und schlüpfte mit den Kindern an mir vorbei. Die Mädchen drehten sich immer wieder nach mir um. Ich hielt den Finger am Abzug. Erst als sie außer Sichtweite waren, versteckte ich die Karabiner hinter einem Balken. In der Nacht würde ich kommen, um sie zu holen. Ich hatte dem Vater und seinen Kinder geholfen. Aber die Sache war ohne Bedeutung für mich, und eine Stunde später hatte ich sie vergessen. Und wie steht es mit dir, Tara? Erinnerst du dich jetzt?«

Ich versuchte meine Gedanken zu ordnen. Atans Schilderung weckte verschütterte Empfindungen in mir; längs vergessene Bilder gelangten zurück in mein Bewußtsein. Ich hörte Geschrei, sah drohende Gesichter; konfuse Erinnerungen, von denen ich zunächst nicht wußte, hatte ich sie erlebt oder erträumt.

Ich rieb mir die Schultern. »Ja, ich entsinne mich. Aber nur ganz schwach. Irgendwie weiß ich noch, daß Chodonla und ich ganz entsetzliche Angst hatten. Man hat uns in ein zerstörtes Haus getragen. Wir mußten eine Treppe hinaufklettern, und Vaters Gesicht blutete.«

Ich starrte ihn fassungslos an.

»Wie kommt es nur, daß ich dich nicht erkannte habe?«

Er zeigte ein flüchtiges Grinsen.

»Wie solltest du? Ich war als Maoist verkleidet!«

Ich lächelte auch, aber nur halbherzig.

»Ich bin ziemlich durcheinander, entschuldige.«

Irgendein Instinkt in mir hatte ihn sofort erkannt. Seine Erscheinung im Lager hatte ein merkwürdiges Gefühl in mir ausgelöst, einen leichten Schwindel, als habe sich mein Puls plötzlich beschleunigt. Er war mir vertraut gewesen wie ein Freund aus der Kindheit, wie irgendeine Bekanntschaft aus längst vergangenen Zeiten. Er hatte seine Rolle gespielt in meinem Leben. Es war Atans Bild, das mein Vater noch immer in seinen Augen trug. »Mein Vater hat dich niemals vergessen« sagte ich. »Ich denke auch, daß dieser Vorfall ihn veranlaßt hat, Tibet zu verlassen. Vater war nie ein tatkräftiger Mann, nicht im geringsten praktisch veranlagt. Meine Mutter regte sich darüber auf. Sie sagte immer, auf Tashi ist kein Verlaß.«

»Dein Vater ist ein Träumer.«

Atan wiederholte die Worte, die er Tage zuvor gesagte hatte. Ich seufzte.

»Vielleicht warst du der Mann, der er sein wollte. Ein Idealbild, verstehst du? Es ist eigentlich unglaublich! Er hat dich ständig gesucht und dich irgendwann gefunden.«

Er nickte ruhig. »Er hat seinen Geist wandern lassen. Es gibt Menschen, die das können.«

»Es geht um Chodonla«, sagte ich, sehr erregt. »Er gibt sich die Schuld, daß alles so gekommen ist. Und jetzt ist Chodonla in Not. Du hast sie früher schon einmal gerettet. Er hat dich gerufen. Anders kann ich es nicht erklären.«

»Einst«, sagte er dumpf »waren mir Geheimnisse vertraut. Ich war in meinem Herzen überzeugt, daß die Geister mich liebten. Nachher lebte ich weiter und hatte nur Steine als Kissen. Doch was die Geister aufbewahrten, ist nicht verloren. Das Geheimnis ist wieder da. Es war kein Zufall, daß unsere Wege sich kreuzten ...«

Ich flüsterte:

»Mir ist so bange um Chodonla. Jeder Tag bringt mich näher zu ihr. Und gleichzeitig habe ich das Gefühl, daß ich ihr nicht mehr helfen kann. Daß sie sich mit jedem Atemzug weiter entfernt. Sag, Atan, wie hast du sie gefunden? Nach so vielen Jahren …«

»Es waren schlimme Jahre.« Mit einem Seufzer lehnte er den Kopf an die Wand. »Tibet kannte weder Sonne noch Mond, weder Sommer noch Winter. Wie kann man leben, wenn das Leben selbst ein Verbrechen ist? Massenhinrichtungen. Zwangsarbeit. Hungersnot. Die Chinesen teilten das Land in Volkskommunen auf. Sie bestimmten, wieviel Vieh eine Nomadenfamilie besitzen, wann ein Tier geschlachtet werden durfte. Man brauchte eine Genehmigung, um Holz und Yakdung zu sammeln. Es war verboten, sich außerhalb des Hauses oder Feldes frei zu bewegen; verboten, einen kranken Verwandten zu besuchen. Ein Großteil jeder Ernte war für die Armee bestimmt. Die Tibeter aßen Wurzeln, Gräser und Baumrinden. Inzwischen führten die Chinesen immer mehr Panzer und Fahrzeuge ein. Sie fühlten sich von Indien bedroht. Die übliche Paranoia. Alle strategischen Grenzen zum Himalaya wurden überwacht. Die Chinesen gaben Unsummen aus, um geheime Flugbasen, unterirdische Bunker, Raketenabschußrampen und Versorgungsdepots zu bauen. Tibet wurde zur chinesischen Festung; jede Familie wurde überwacht.

Bis Ende der sechziger Jahre hatten uns die USA unterstützt. Die *Khelenpa* konnten mit guten Waffen vom benachbarten Mustang aus operieren. Gleichzeitig befürworteten die USA die UNO-Resolution, die sich für die »Achtung der fundamentalen Menschenrechte des tibetischen Volkes« einsetzte. Aber unsere Exilregierung bestand auf Tibets Recht auf Unabhängigkeit und sorgte im Konzert der Nationen für Mißtöne, die man mit Rücksicht auf China gedämpft zu halten versuchte. Dann veränderte sich die Lage, leider nicht zu unseren Gunsten. Zu Beginn der siebziger Jahre beendete die CIA ihr aktives Engagement in der Tibetfrage – gerade zu der Zeit, da über 150 000 chinesische Soldaten das Land besetzten. Und es sollte noch schlimmer kommen: 1971 unterstützte die USA die Aufnahme des kommunistischen China in die Vereinten Nationen. Ein Jahr später setzte Präsident Nixon auf die »chinesische Karte« und kehrte das Schicksal Tibets unter den Teppich. Die CIA entzog uns ihre kärgliche Unterstützung, und die Chinesen übten vermehrt Druck auf die Nachbarländer aus. Nepalesische Truppen griffen unser Lager in Mustang an. Wir hätten sie zurückschlagen können. Wir waren kampferprobt, hatten nichts mehr zu verlieren. Da traf ein Tonband mit einer zwanzigminütigen Botschaft Seiner Heiligkeit ein. Er bat uns, an die zwölftausend tibetischen Flüchtlinge in Nepal zu denken. Es bestand die Gefahr, daß sie an China ausgeliefert wurden. Er erinnerte uns daran, daß Blutvergießen und Gewalt zu nichts führen als zu immer größerem Leid. Er bat uns, die Waffen niederzulegen. Dafür versprachen uns die Nepalesen, daß sie ihre Truppen zurückziehen würden.

Für uns brach eine Welt zusammen. Wir hatten gekämpft und gelitten, unsere Familien aufgegeben oder verloren; es gab keine Stadt in Kham, die nicht ein Ruinenfeld war. Wir, die wir zwei Jahrzehnte lang die Volksbefreiungsarmee in Schach gehalten hatten, sollten uns den Nepalesen unterwerfen? Es war das Ende. Viele von uns wählten den Freitod. Sie schossen sich in den Kopf oder schnitten sich die Kehle durch. Andere ergaben sich; und sobald sie ihre Waffen abgeliefert hatten, sahen sie, daß sie in eine Falle getappt waren. Hinter dem Rücken Seiner Heiligkeit hatten China und Nepal ein Abkommen getroffen. Die Nepalesen fielen in die Lager ein, verhafteten alle Anführer und übergaben sie den Chinesen. Nur einigen gelang die Flucht – ich gehörte dazu.

Im September 1976 starb der »Große Steuermann«. Wenige Wochen nach seinem Tod wurden seine Frau Jiang Quing und die »Viererbande« verhaftet. Sogar China atmete auf. Als der gemäßigte Deng Xiaoping an die Macht kam, schöpfte man Hoffnung in Tibet. Die neuen Führer wollten den USA beweisen, wie großzügig und fortschrittlich sie sein konnten. Leider stellte Tibet – immerhin ein Viertel des Territoriums der

Volksrepublik – lediglich Chinas Hinterhof dar. Die Chinesen hatten alle Rechte – die Tibeter fast keine. Apartheid gab es nicht nur in Südafrika. Da wir diese Ungerechtigkeiten nicht klaglos schluckten, flammte eine Revolte nach der anderen auf. 1977 gelang es uns, einen Konvoi von über hundert Lastwagen der Volksbefreiungsarmee zu überfallen, auszuplündern und in Brand zu stecken. Im Juli des gleichen Jahres zettelten wir in der Umgebung des Kuku-Noor-Sees einen Aufstand an, der selbst hartgesottenen Chinesen das Fürchten lehrte. In dieser Zeit suchte ich immer wieder den Tod; doch der Tod wollte nichts von mir wissen. Keiner ahnte – ich am allerwenigsten – daß nicht mehr die Liebe zur Heimat, sondern allein selbstzerstörerische Verzweiflung meine treibende Kraft war. Indessen, die Chinesen sahen ein, daß sie Osttibet nicht zähmen konnten, und lockerten die Zügel. In Lhasa durften Tibeter wieder auf den geheiligten Pilgerpfaden wandern. Das Verbot, die Nationaltracht zu tragen, wurde aufgehoben. Die Mao-Kleidung hatte ausgedient; man brauchte Devisen und wollte Touristen anlocken. Heiligtümer wurden in aller Eile und mit dürftigem Material wieder aufgebaut; alte Mönche sollten die Kulisse beleben, junge Novizen setzte man als Statisten in die Klöster. Am 10. März 1978 (dem Jahrestag des Aufstandes in Lhasa) forderte Seine Heiligkeit freie Ein- und Ausreise für Tibeter. Immer noch bestrebt, sich in ein gutes Licht zu setzten, erteilten die Führer in Beijin die Genehmigung. Erstmals seit 1959 durften die Tibeter mit ihren geflüchteten Verwandten Briefe wechseln – und sie sogar besuchen.

Eine Zeitlang glaubte ich, daß ich weder Menschen noch Tieren niemals wieder wirkliche Zuneigung würde entgegenbringen können. Die Kämpfe, die Folter, das Gefängnis, ich hatte alles überlebt. Wozu eigentlich? Ich wußte nicht, womit ich meine Tage füllen sollte; ich war noch stark, und vor mir lagen endlose Jahre. Eine Zeitlang war ich wie betäubt. Meine Aufnahmefähigkeit für billigen Import-Whisky war nahezu unbegrenzt. Es war wohl zuviel, was damals meiner Kinderseele zugemutet worden war; ich zahlte jetzt den Preis, und die Zinsen dazu. Ich lebte von Tag zu Tag, mal mit dieser, mal mit jener Frau. Ein goldfarbenes Gesicht, eine Gestalt auf einem Pferd konnten ein schmerzliches Verlangen in mir erwecken. Hatte ich eine Frau gewonnen, so fesselte sie meine Sinne nie für lange. Ich hätte heiraten sollen. An manchen Tagen war ich halb entschlossen. Ich habe drei Kinder gezeugt, die bei ihren Müttern leben. Aber immer wieder befiel mich diese schreckliche Lähmung. Die Geister sprachen nicht mehr zu mir. Sie hatten mich verworfen, wie ich sie verworfen hatte. Warum sollte ich mich nicht in Kham niederlassen und dort meine Tage beenden? Vor einer Jurte zu sitzen, den Einradtraktoren nachzublicken und zu sehen, wie die Kinder wachsen, mochte einen Mann zufrieden stimmen, doch für mich war es zu spät. Die Chinesen waren überall und führten ihre Lebensweise ein, mit Frühturnen und scheppernder Marschmusik aus allen Lautsprechern. Meine Kinder trugen zu der Tschuba amerikanische Plastikmützen »made in China«, und sprachen untereinander Chinesisch, während Tibetisch in der Schule Wahlfach war. Den Mönchen erwiesen die Kinder Achtung, wie es sich gehört; sie waren auch keine schlechten Reiter, aber alle wünschten sich ein chinesisches Fahrrad. Die Chinesen bauten Sägewerke und eine Papierfabrik. Sie bauten eine Bahn und eine Brücke, um Holz nach China zu schaffen. Fortwirtschaft bringt Geld; die Chinesen lebten davon, und die Wälder würden bald sterben. Die Hochebene versandete in der Trockenheit, die Berge wurden von Jahr zu Jahr kahler, die Bäche trockneten aus. Wir wanderten auf zugeschütteten Massengräbern; noch ein oder zwei Generationen, und die Dinge, die seit Jahrtausenden bestanden hatten, würden nicht mehr sein. Die Zeit würde kommen, da keine Erinnerung mehr bestehen würde an das Grausame, das hier geschehen war. Wir würden nur Träume bewahren. Träume von Legenden, von guten Göttern und helfenden Geistern. Die Wandlung vollzog sich bereits: Die krassen wirtschaftlichen Gegensätze schürten den Unfrieden; Raffsucht und Betrug nahmen zu. Ich hatte das Gefühl, immer tiefer in den Wahnsinn zu versinken. Ich betrank mich jede

Nacht; und vor meinem inneren Auge flimmerte eine Gestalt, die halb verbrannt über einem Feuer hing …

Die Rettung kam, als ich sie am wenigsten erwartete. 1989, das denkwürdige Jahr, in dem die Berliner Mauer fiel, war gleichzeitig auch das Jahr, in dem der Platz des Himmlischen Friedens in Beijin zum Friedhof der Demokratie wurde. Die Nationen erstarrten. Sie hatten China für vertrauenswürdig gehalten. Als obendrein Seiner Heiligkeit im gleichen Jahr der Friedensnobelpreis verliehen wurde, war das Maß voll. Schachmatt für China. Und ein gewaltiger Gesichtsverlust. Die Opportunisten im großen Welttheater spendeten schadenfroh Beifall. In Tibet löste die Nachricht einen Freudentaumel aus. Die Chinesen ließen es uns büßen. Was folgte, war eine furchterregende Demonstration nackter Gewalt. Diesmal nicht vor den Augen der Öffentlichkeit. Über Tibet wurde das Kriegsrecht verhängt. Es herrschte strikte Nachrichtensperre. Ohne Rücksicht wurden die Touristen mitten in der Nacht aus dem feudalen »Holiday Inn« gejagt und ersucht, das Land binnen sechsunddreißig Stunden zu verlassen. In Tibet war eine neue Generation herangewachsen; Menschen, die sich nicht so leicht einschüchtern ließen. Und diese neue Generation war nicht für Kompromisse zu haben. Sie hatte Kontakt zu Exiltibetern und wußte, daß es eine andere Freiheit gab als jene, die man ihr vorgaukelte. Auch tibetische Kader und Staatsangestellte hatten es satt, benachteiligt zu werden. Sie wagten, gegen die Regierung aufzumucken. Mönche und Nonnen schlossen sich ihnen an. Sie schienen stark, ihr Mut war bewundernswert; was fehlte, war das Fernsehen. Die Demonstrationen wurden derart brutal bestraft, daß sich viele entsetzt zur Flucht entschlossen, solange dafür noch Zeit blieb. Auch verkündete die Regierung, daß Kinder, deren Eltern an Demonstrationen teilnahmen, weder für eine Ausbildung noch für qualifizierte Stellen in Frage kommen würden; sie würden ihr Leben lang niedrige Arbeit verrichten müssen. So flohen immer mehr Tibeter, um der Verzweiflung und der Folter zu entkommen. Sie flohen – während ich im Alkoholnebel brütete.

Eines Tages raffte ich mich fluchend auf. Ich war nicht der einzige in diesem Land, dem es dreckig ging. Ich lief jeder Spur nach, wie ein Reiter, der sich in der Steppe verirrt hat, fand alte Freunde und entwickelte Pläne mit dem Ziel, Flüchtlinge über die Grenze zu bringen. Wir knüpften ein Netz, das im Laufe der Jahre immer enger wurde. Wir versorgten die Flüchtlinge mit Kleidern und Geld, besorgten ihnen Pilgerpässe. Entlang den Karawanenstraßen fanden sie Freunde, die ihnen Obdach gaben, ihre Verletzungen pflegten. Lastwagenfahrer nahmen sie unentgeltlich mit, Bauern besorgten ihnen Reittiere. Das verkürzte die Wege über die Pässe nicht, machte sie aber leichter. Oft vertrauten uns Eltern ihre Kinder an. Die Eltern fühlten sich fremd und bedroht in diesem chinesischen Tibet. Ihre Kinder sollten im Exil ihre Kultur und Sprache bewahren können. Die Eltern wußten, daß sie ihre Kinder vielleicht nie wiedersehen würden, und es kam zu herzzerreißenden Abschiedsszenen. Das Ziel war meistens Dharamsala, der heilige Ort, an dem Seine Heiligkeit lebte. Die Eltern sparten sich jeden Bissen vom Munde ab, aber den Kindern gaben sie Geschenke mit. Für ihn. Es war ihnen ein Trost, sie in seiner Obhut zu wissen.

Die Zeit des Selbstmitleids war vorbei. Ich verschrieb mich keiner höheren Idee, von höheren Ideen hatte ich die Nase voll. Ich wollte mit den Geistern Frieden schließen, im Schatten ihrer Schwingen ruhen. Ich wollte mich nicht mehr an Panzern messen, sondern an meinen Träumen. Träume sind die Realität von morgen, die Quellen, aus denen wir Kraft schöpfen. Tibet braucht Träume, sonst wird es nicht überleben.

Es war für mich nicht schwer, von Alkohol und Drogen loszukommen. Ich mußte nur den Willen aufbringen.

Unser Netz war dicht geknüpft; wie vielen Menschen wir eine Verhaftung ersparten, kann ich nicht sagen. Einer unserer Agenten war eine Frau. Sie hatte Verbindungen zum Gong An Ju, und ihre Nachrichten waren zuverlässig. Man hatte mir gesagt, daß sie in einem Bordell arbeitete, wo Sicherheitsbeamte verkehrten. Sie ging ein großes Risiko ein; ich bewunderte ihren Mut und wollte sie sehen.

47. Kapitel

Lhasa war eine graue Stadt unter einem dichten Netz von Elektrizitäts- und Telefonleitungen geworden. Man hatte Laternen aufgestellt, die nie brannten, und Bäume gepflanzt, die nie grünten. Wohnblöcke stießen in die alte Stadt hinein, die Betonbrandung des sozialistischen Größenwahns warf hohe Wellen. Alles war schwülstig, überdimensional, seelenlos. Viele alte Häuser standen leer; unsichtbare Blutströme flossen in den zugemauerten Räumen. In den Höfen häufte sich Unrat. Den Linkhor krochen zerlumpte Pilger entlang. Lastwagen donnerten vorbei. Manchmal spuckten Radfahrer auf die kriechenden Gestalten; sie merkten es nicht, ihre glänzenden Augen sahen nur das Jenseits. Sie gehörten zum Stadtbild, die Behörden duldeten sie.

Lhasa wirkte zweckmäßig und modern auf den ersten Blick; auf den zweiten sah man den Verfall; Armut und Elend lauerten unter der grauen Tünche. Auch mit Schnaps und Geschlechtskrankheiten kann man ein Volk zugrunde richten, es bettelarm machen, ihm den Lebensmut nehmen. Einige »patriotische« Adlige hatten überlebt, bekleideten gute Stellen in der chinesischen Verwaltung. Manche nützten das System, sich persönlich zu bereichern; die meisten jedoch betrieben im Stillen eine vorsichtige Gratwanderung. Sie erwirkten Konzessionen, taten nicht immer, was sie tun sollten, spielten oft ein gefährliches Spiel. In Lhasa gab es jede Menge Läden, Restaurants und Cafés, ein Theater und einen geheizten Swimmingpool. Die meisten tibetischen Familien lebten in einer »Arbeitseinheit«, schöpften Wasser aus einer gemeinsamen Pumpe und benutzten Gemeinschaftslatrinen. Der *Potala*, frisch getüncht, leuchtete hell unter Quellwolken oder schwebte im Nebel. Die vergoldeten Symbole des Buddhismus glänzten. Heiligtümer und Vorzeigeklöster zogen devisenbringende Touristen an. Später, in ihr jeweiliges Land zurückgekehrt, würden die Touristen berichten, sie hätten mit eigenen Augen gesehen, daß die Chinesen den Tibetern die freie Ausübung ihrer Religion gestatteten. Die Touristen sollten den Eindruck gewinnen, daß die Chinesen wohl einige Fehler machten – welche Nation macht sie nicht? – aber durchaus redlich Selbstkritik übten. Fremdenführer gaben bereitwillig zu, daß manches geschehen sein mochte, was übertrieben und grausam war. China hat Tibet aus dem Mittelalter in das zwanzigste Jahrhundert geführt! Seht doch, wie modern und sauber die Stadt ist, wie die Mönche ihre schönen alten Bräuche pflegen, wie die Kinder wohlgenährt und die Alten glücklich sind. Ja, aber was war mit den vielen Lumpensammlern, den betrunkenen Bettlern, den spindeldürren Kindern draußen auf dem Land? »Bitte, habt Geduld mit uns«, antworteten höflich die Dolmetscher. »Tibet ist ein flächenmäßig riesiges und dünnbesiedeltes Land. Wir können nicht alle Teile der Bevölkerung gleichzeitig zum Wohlstand führen. Ungleichheiten bestehen zwangsläufig, sie werden auch noch eine Generation lang andauern, aber dann ist die Armut ausgerottet, und für alle scheint das Morgenrot.« Die Rhethorik kam an. Die Touristen hörten zu, nickten, zeigten sich beeindruckt. Manche – die Aufgeklärten – lächelten skeptisch. Die Fremdenführer behielten sie im Auge. Das chinesische Personal im »Holiday Inn« trug tibetische Tracht. In den Wänden oder in den Kopfkissen steckten Mikrofone. Manchmal entdeckten die Touristen die Mikrofone und erhoben Protest. Die Chinesen entschuldigten sich. In Lhasa beachtete man mich kaum. Ein Nomade, der ein Fuchsfell um den Kopf trägt, dessen Pfoten ihm um die Ohren baumeln, ist dort keine außergewöhnliche Erscheinung. Ich fiel lediglich auf, wenn ich in einer der kleinen Imbißstuben eine Suppe schlürfte oder in einer Bar einen Whisky trank. Für gewöhnlich fehlt den Nomaden das Geld dazu. Und in einem Bordell für chinesische Beamte haben sie nichts zu suchen.

Das *Amy* war ein Tanzlokal und gehörte zu den besten der Stadt. Im ersten Stock befanden sich ein Restaurant und ein paar Spielsäle mit Mah-Jong und Fantan-Tischen. Im obersten Stock lagen die Stundenzimmer. Die Männer, die hier verkehrten, waren Militärangehörige, Beamte, Offiziere. Es war später Nachmittag: Die Mädchen saßen auf Stühlen, rauchten und warteten auf die Kunden. Sie trugen hochgeschlitzte chinesische Gewänder, die ihre Schenkel beim Sitzen entblößten. Die Tibeterin, die ich suchte, erkannte ich auf den ersten Blick, nur vom Instinkt geleitet. Man hatte mir von ihrem Mut erzählt, nicht von ihrer Schönheit. Mein Herz begann plötzlich schneller zu schlagen. Sie war klein von Gestalt, mit schmalen Hüften und langen Beinen. Wenn ich ihr beide Hände um die Taille legte, dachte ich, würden meine Finger sich berühren. Ihr Kleid, aus rotgrüner chinesischer Seite, war eng geschnitten. Lange Wimpern beschatteten ihre Augen, die wie schwarze Opale glitzerten. Die olivfarbene Haut war stark gepudert, das Muttermal über ihrem Mund war als Blickfang schwarz nachgezogen. Ihr scharf geschnittenes Profil erinnerte an die Frauen der *Ngolog*. Ihre Ohren waren muschelförmig und sehr klein, die Lippen üppig und von der Farbe der Wildkirschen. Über dem Mund lag ein Ausdruck tiefer Traurigkeit. Ihr nachtfarbenes Haar trug sie zu einem Knoten gebunden. Es war nicht nur ihre Schönheit, die mich in ihren Bann zog, sondern vielmehr ihre Entrücktheit, die den Eindruck erweckte, als bewege sich diese Frau in einer Traumwelt. Sie hatte etwas aufreizend Abweisendes an sich, eine Gleichgültigkeit, eine beunruhigende Mischung aus Schmerz und Menschenverachtung. Als ihre Blicke mich streiften, grüßte ich sie; sie zögerte, ehe sie stumm meinen Gruß erwiderte. Ich fragte sie, ob sie etwas trinken wollte. Ich hatte Tibetisch gesprochen; sie antwortete in der gleichen Sprache, aber mit einem starken chinesischen Akzent. Ihre Stimme war leise, fast ein Flüstern. Noch ehe sie sich zu mir an den Tisch gesetzt hatte, sah ich, daß sie betrunken war. Man mußte ganz genau hinsehen, um es zu merken. Sie bestellte für sich einen chinesischen Brandy. Sie prostete mir zu.

»Wo kommt du her?«

»Aus Amdo«, log ich. »Ich habe ein paar Tiere auf dem Markt verkauft.«

Sie schlug ihre Beine übereinander; sie trug Pantoffeln aus Brokat mit sehr hohen Absätzen, die hierzulande ein Vermögen kosteten.

»Du bist also Viehhändler?«

»Ich besitze eine kleine Herde. Ich kommen manchmal nach Lhasa.«

Sie nickte. Seitdem die Chinesen da waren, machten Viehhändler das große Geld. Die Schlachter waren ausnahmslos Muslime.

»Gefällt dir Lhasa?« fragte sie.

»Es wird viel gebaut«, antwortete ich.

Sie warf mir einen langen Blick zu. Ich erregte ihre Neugierde, aber sie traute mir nicht. Sie nahm einen Schluck aus ihrem Glas.

»Wo wohnst du?«

»Ich bin gerade erst angekommen.«

»Hast du Familie hier?«

»Nein.«

»Wie heißt du?«

Ich zögerte, doch nur kurz, dann nannte ich ihr meinen Namen.

»Ich heiße Chodonla«, erwiderte sie leise. Es war, als gebe sie ein Geheimnis preis. Wir unterhielten uns eine Weile. Sie sagte mir, daß ihre Eltern nicht mehr in Tibet seien. Sie selbst war in China in einer »Schule der Nationalitäten« erzogen worden und sprach fließend chinesisch. Ich ahnte, daß sie zu den tibetischen Kindern gehörte, die man deportiert hatte, um aus ihnen gute Kommunisten zu machen. Bei einigen war die Verpflanzung gelungen. Bei den meisten nicht. Ich stellte keine weiteren Fragen. Sie setzte hinzu:

»Ich bin Witwe und habe ein Kind.«

Ich sah diese Auskunft als Rechtfertigung für die Arbeit, die sie tat. Sie trank einen Schluck Brandy und hustete.

»Ich war Lehrerin, aber ich mußte den Beruf aufgeben. Ich habe etwas an den Lungen, deswegen.«

Zwei chinesische Offiziere kamen herein. Mädchen gesellten sich zu ihnen. Alle sprachen laut miteinander und lachten. Nach einer Weile sahen die Offiziere zu uns hinüber und versuchten offenbar zu hören, was wir sagten. Chodonla hustete hinter vorgehaltener Hand und war mir einen Blick zu, in dem eine Warnung stand. Ich erhob mich.

»Vielleicht bin ich morgen noch in Lhasa.«

»Morgen habe ich keine Zeit«, sagte sie laut. Ich warf einen Geldschein auf den Tisch. Die Chinesen folgten mir mit den Augen, als ich ging.

Ich kam am nächsten Tag wieder. Sie stand hinter der Bar und spülte Gläser. Die Discomusik spielte laut, irgendeine Schnulze aus Hongkong. Es roch nach kaltem Rauch und chinesischen Gewürzen. Das *Amy* führte ein reichliches Sortiment alkoholischer Getränke: Whisky, Cognac, Perlwein, Wodka, Brandy und das chinesische Quingdao-Bier, das viel zu süß ist. Ich bot Chodonla eine Zigarette an, die sie sich selbst anzündete. In China – und neuerdings auch in Tibet – rauchten nur »schlechte« Frauen. Sie inhalierte tief und stützte die Ellbogen auf den Tisch. Ihre Hände waren klein und weich wie die eines Kindes und zitterten leicht. Die blutrot lackierten Nägel paßten nicht dazu.

»Wo lebst du?« fragte sie.

»Es kommt vor«, sagte ich gedehnt, »daß ich in einer Jurte lebe.«

Jetzt war es, als lächle sich kaum merklich. Ich legte meine Finger behutsam auf die ihren, formte unser geheimes Erkennungszeichen. Sie fuhr leicht zusammen. Ihre Augen weiteten sich. Sie schluckte und sagte:

»Sie beobachten dich.«

»Das kann ich nicht ändern.«

»Du solltest nicht mehr kommen.«

»Das wäre zweifellos besser«, gab ich zu. »Wo kann ich dich treffen?«

Ihre Augen schweiften nervös umher. Leise und verstohlen nannte sie mir eine Adresse.

»Die Wohnung gehört einem Freund. Er ist nicht da. Eine Frau kümmert sich um das Kind. Sie wird schlafen.«

Der chinesische Besitzer des Restaurants kam hinter einem engen Türvorhang hervor. Chodonla biß sich auf die Lippen. Ich zeigte auf die Brandyflasche und hielt ihr mein Glas hin. Sie füllte es, mit geübter Hand. Ich klaubte einige Münzen aus meiner Tschuba, legte bedächtig jede einzelne auf den Tisch. Der Besitzer sah mir auf die Finger. Als ich fertig war, raffte er das Geld mit einer Handbewegung zusammen und steckte es in die Kasse. Ein paar Männer in der grünen Uniform der Sicherheitsbehörden saßen in der Nähe der Tanzfläche. Sie musterten mich von oben bis unten, und ihre kalten Gesichter verhehlten nicht ihre Mißbilligung. Ich erwiderte ihre Blicke, worauf sie mir den Rücken zuwandten. Chodonlas Gesichtsausdruck warnte mich. Man sollte sich nicht freiwillig in die Höhe des Löwen begeben. Ich nickte Chodonla kurz zu.

»Heute abend?«

»Zur Stunde des Ochsens«, flüsterte sie. »Warte draußen auf mich.«

Sie nahm das leere Glas und hielt es unter den Wasserhahn. Ich stapfte hinaus uns setzte mich an den Straßenrand vor das rotbeflaggte Shopping-Center. Dort atmete ich die stinkenden Abgase ein und versuchte herauszufinden, ob ich möglicherweise schon bespitzelt wurde. Aber ich sah nichts, was mir verdächtig erschienen wäre. Am Abendhimmel zogen weiße Quellwolken auf. Ich hatte mich verliebt.

Sie wohnte in einem der gesichtslosen Wohnblöcke am Stadtrand. Ein paar kleine Bäume warfen Schatten auf die von Graffiti zerkratzten Mauern. Die Straße war staubig und ungepflastert, und doch war es – für tibetische Begriffe – eine Luxusgegend. Hier wohnten chinesische Staatsangestellte und einige Tibeter, die ein hohes Gehalt bezogen. Die meisten Chinesen gingen ungern nach Tibet; sie mochten weder das Land noch das Klima noch die Leute; aber die Löhne waren höher als im Mutterland, und die Wohnungen standen ihnen fast kostenlos zur Verfügung. Ich kauerte im Schatten und wartete; es war Herbst, aber die Kälte machte mir nichts aus. Sie kam kurz nach Mitternacht. Alleine, auf einem Fahrrad. Sie trug zu ihrer Hose eine Daunenjacke und eine Mütze. Sie schloß auf, schob das Fahrrad in den Eingang. Als ich mich aus der Dunkelheit löste, legte sie kurz die Finger an die Lippen.

Sie wohnte im dritten Stock. Die Treppe war dunkel und steil. Auf jedem Absatz schien das blaue Nachtlicht durch trübe Fensterscheiben. Chodonla schloß die Tür auf und zog zuerst die Läden zu, bevor sie Licht machte. Zwei Zimmer, wie ich sehen konnte. Eine Luxusabsteige mit Badewanne, Toilette und Kochnische. Aber in Lhasa herrschte Wassermangel und chronischer Stromausfall, so daß die ganze Herrlichkeit nicht viel nützte. Der Boden war mit Linoleum ausgelegt, die wenigen Möbel waren nach chinesischem Geschmack aus Kunststoff gefertigt. An den Wänden hingen Drucke, Spielzeug lag herum. In der Kochnische stapelte sich schmutziges Geschirr. Einen Hausaltar gab es nicht, aber vor einem Rollbild billiger Machart stand eine kleine Butterlampe, in einem Gefäß, das alt und schön war. Chodonla entzündete die Lampe, und eine winzige Flamme züngelte neugierig hierhin und dorthin, gleichsam freudig, daß man sie geweckt hatte. Inzwischen ließ Chodonla ihre Daunenjacke von den Schultern gleiten und zog ihre Mütze aus der Stirn. Ihr rabenschwarzes Haar fiel bis zu den Hüften hinab.

»Bier?« fragte sie.

Ich nickte.

»Setz dich«, sagte sie.

Ich zog in der Tür meine Stiefel aus, wickelte meinen Fellmantel um die Taille und zog mir einen Stuhl heran. Chodonla kam mit einer Flasche zurück, goß ein und reichte mir das Glas.

»Ich weiß, wer du bist. Man spricht oft von dir.«

Ich stütze mich auf den Ellbogen.

»Was sagt man denn?«

»Daß du ein großer Kämpfer bist.«

Ich lächelte über den volkstümlichen Ausdruck, den sie benutzte. »In eigener Sache ist man kein Held.«

Sie sagte ganz kindlich:

»Du siehst jünger aus, als ich mir dich vorgestellt hatte.«

»Bist du schon lange dabei?« fragte ich.

Ihr Gesicht wurde hart.

»Seit dem Tod meines Mannes.«

Ich betrachtete ihr Profil, die schmale Nase, den leidenden Mund.

»Du bist traurig«, sagte ich.

Sie schüttelte heftig den Kopf.

»Ich bin nicht traurig.«

»Ich kann verstehen, daß du es bist«, sagte ich.

Sie wandte den Kopf ab und hustete.

»Sie haben ihn verhaftet.«

»Ach darum ...«

»Der Krieg wird für mich nie aufhören.«

»Der Krieg hört für Leute wie uns nie auf«, sagte ich.

Sie nahm einen großen Schluck, wischte mit dem Handrücken über den Mund.

»Sie kommen nachts, hast du das gewußt? Ich lasse immer das Licht an. Eine Gewohnheit von mir. Hinter der Tür schläft mein Kind. Ich will nicht, daß sie im Dunkeln kommen.«

»Dein Freund« fragte ich, »was treibt er so?«

»Er ist Ingenieur und arbeitet auf einer Baustelle. Er heißt Sun Li.«

Die Chinesen leiden unter Bauwut. Sie verwirklichen alle Pläne: Kraftwerke, Straßen, Brücken, Flugplätze. Sie ruinieren dieses Land, ein Raubbau ohne Ende.

Ich brauchte Informationen für das, was ich vorhatte. Aber ich stellte keine Fragen. Später, dachte ich. Nicht jetzt.

Statt dessen sagte ich:

»Das alles muß schwer für dich sein.«

Sie verneinte mit einer Art müder Überheblichkeit.

»Ich weiß Dinge, von denen die Leute im allgemeinen nichts wissen. Wenn die Beamten frei haben, kommen sie und bleiben die ganze Nacht. Sie spielen Fantan mit hohen Einsätzen. Sie schlafen sehr wenig; sie trinken und reden über sich selbst.«

Sie zwinkerte mir plötzlich zu. »Ich trinke mit ihnen um die Wette. Schnaps vertrage ich ganz gut, weißt du?«

»Ja, das habe ich bemerkt.«

»Man muß nur mit ihnen trinken, lächeln und gut zuhören. Das ist alles.«

Ich betrachtete diese junge Frau, die hart war wie Kristall und zart wie eine Jasminblüte. Wer war sie? Wer war sie wirklich?

»Du hörst gut zu«, sagte ich. »Du hast vielen Menschen das Leben gerettet.«

Sie hob jetzt ihre Stimme; ihr Gesicht wurde plötzlich hart.

»Sie werden verhaftet, in eine Zelle gesperrt. Sie wissen nicht, wie es ist, bevor sie es nicht selbst erlebt haben. Viele werden abtransportiert. Ich habe das oft erlebt, wenn ich sie nicht schnell genug warnen konnte. Und nie wieder kommt die geringste Nachricht von ihnen, nie das geringste Lebenszeichen, nie.«

Sie nahm einen Schluck. Ihre Zähne schlugen an das Glas. Sie sagte leise:

»Am Anfang traute man mir nicht.«

Ich nickte.

»Das kann ich mir denken.«

Leise, im Ton eines Geständnisses, sagte sie:

»Ich weiß wohl, daß die Männer auf der ganzen Welt über das, was ich tue, einhelliger Meinung sind.«

»Mönche allemal«, sagte ich. »Wenn es Tag wird, früh morgens, denken sie jedesmal an eine Frau, und es ist keine da.«

Sie verkniff sich ein Lächeln.

»Zuerst wußten sie nicht, was sie von mir halten sollten. Sie sagten nicht, wir brauchen Sie nicht. Sie sagten: Das Risiko ist zu groß. Ich meinte: Ich habe keine Angst vorm Sterben. In der ersten Zeit haben sie mir nicht geglaubt.«

»Und danach?«

»Danach änderte sich ihr Umgangston.«

»Ich verstehe.«

Ich lachte. Sie lächelte nur.

Ich nahm das leere Glas aus Chodonlas Händen und stellte es auf den Tisch. Dann streckte ich die Hand aus, strich über ihr Haar, ließ es durch meine Finger gleiten. Sie fuhr fort, mich zu betrachten, und ich sah, daß ihre Lippen zitterten. Sie war völlig ungeschminkt, und ihr Antlitz war von verwirrender Harmonie. In ihren mandelförmigen Augen tanzten zwei goldene Funken. Als ich ihre Wange streichelte, keuchte sie leicht, weil sie zuvor den Atem angehalten hatte. Dann neigte sie den Kopf; ihr Gesicht preßte sich an meine Brust.

Neben dem Zimmer befand sich ein kleiner Schlafraum, ein Bett, das modrig roch. Der Raum war unterteilt; eine Decke hing an einer Leine, dahinter schliefen die alte Frau und das Kind. Eine mit Ölpapier bezogene Lampe warf auf den Boden eine rötliche Pfütze, die wie eine Blutlache aussah. Vor diesem Bett entkleidete sie sich, die Augen unverwandt auf die meinen gerichtet. Sie hatte nicht den Blick einer Hure, hatte ihn nie gehabt – ihr fehlte das Verheißungsvolle. Auch versuchte sie nicht, mich zu verführen. Sie entkleidete sich in aller Unschuld, mit wehmütiger Lässigkeit, als wäre sie allein. Zwischen uns fiel kein Wort. Ich nahm sie in die Arme und spürte ihren zerbrechlichen Körper. Ihre Arme hingen herab, und ihre rot lackierten Nägel leuchteten wie Blutstropfen. In dem Augenblick, da ich ihren Büstenhalter löste, wich sie heftig zurück. Doch ich hatte die vernarbten Brustwarzen bereits gesehen. Sie machte eine Bewegung, unwillkürlich, wie mir schien; ihre roten Nägel schossen auf meine Augen zu. Doch ich war schneller, packte sie an den Gelenken, riß sie herum. Sie fiel rücklings auf die Matratze. Ich legte mich auf sie, machte sie mit meinem Gewicht bewegungsunfähig. Sie wand sich verzweifelt unter mir, doch ich hielt sie fest. Ich sah ihre umschatteten Augen, sah ihre kleinen, scharfen Zähne aufblitzen. Ihr Gesicht wurde schmal, ihre verstümmelten Brüste preßten sich an meine Haut.

»Was meinst du?« fragte ich leise. »Warum schämst du dich

vor mir? Sei doch stolz: Diese Narben sind Siegeszeichen. Da, sieh dir meine an.«

Ich nahm ihre Hand, führte sie über meine nackte Brust. Ihre Augen, dunkel und matt, wurden plötzlich feucht und durchsichtig wie Glas.

»Es hat so weh getan«, murmelte sie.

»Es ist schwer, Schmerzen zu ertragen. Und noch schwerer, sich nicht dabei zu schämen. Aber man kann es lernen. Wer in die Gesichter seiner Folterer blickt, sieht keine Menschen, nur Instrumente des Grauens. Flehen und Schreie sind für sie Genuß. Verhöhne sie, und du wirst siegen. Und wenn der Schmerz zu stark wird, nimmt ihn die Ohnmacht von dir.«

Ich fühlte, wie sie am ganzen Körper zitterte. Leise, kaum hörbar, sagte sie:

»Ich habe keine Kraft mehr.«

»Wir haben genug Kraft«, erwiderte ich. »Solange wir daran glauben.«

Ihre Wimpern senkten sich über die Augen wie Vorhänge. Sie kämpfte gegen ihre Tränen, als seien sie etwas Widernatürliches. Ich streichelte ihren Kopf; er fühlte sich durch ihr Haar hindurch an wie der eines Kindes. Ich hatte solches Mitleid mit ihr. Es drängte mich, sie zum Reden zu bringen, doch ich fürchtete, sie zu demütigen. Ihre Finger tasteten über meine Brust, knoteten den Gürtel meiner Tschuba auf. Ich brauchte nicht lange, um mich zu entkleiden. Sie half mir dabei, und diesmal waren ihre Gesten sehr kundig. Sie war ausdauernd in ihrer Zartheit. Ihre Augen waren weit geöffnet, nicht mehr ängstlich jetzt, sondern überrascht, fassungslos. Ich nahm ihr Gesicht in beide Hände, küßte sie. Ich führte sie aus den geheimen Winkeln ihrer Zurückhaltung heraus, bis sie mir ihr Vertrauen schenkte und eine langgezogene leise Klage sich aus ihrer Kehle löste, eine Klage, die wie das Zerreißen fein gesponnener Seide klang.

Später blieben wir ein paar Augenblicke lang unbeweglich liegen. Neben mir vernahm ich Chodonlas Atemzüge. Ihre zerbrechlichen, zu heißen Hände streichelten meine Schultern, während sie aus den Tiefen der Lust langsam an die Oberfläche der Wirklichkeit zurückkehrte.

Ich sagte: »Es tut mir leid, ich wollte dir nicht wehtun.«

Sie sah an sich herab, betrachtete ihre Brüste. »Ich zeige sie nie. Die Kunden können mit mir machen, was sie wollen. Nur das nicht. Es wird geduldet. Chen, der Besitzer, weiß Bescheid. Aber er plaudert nichts aus. Viele Kunden kommen meinetwegen, das weiß er.«

In den weichen Schatten zwischen ihren Brüsten glitzerte Schweiß. Ich strich mit der Zunge darüber.

»Wie ist es geschehen?«

Ihr Gesicht verkrampfte sich; sie rollte sich zusammen, beide Arme vor die Brüste gepreßt, schüttelte den Kopf und flüsterte etwas. Ich konnte erraten, was es bedeutete, und sah, daß sie nicht antworten konnte. In dieser Nacht sprachen wir nicht mehr darüber. Und auch nicht über andere Dinge. Und als es hell wurde, sagte sie, daß ich jetzt gehen müsse.

48. Kapitel

In dem eigenartigen Gefühl, das ich für Chodonla empfand, mischte sich Mitleid mit körperlicher und psychischer Anziehungskraft. Noch nie war mir eine so widersprüchliche Frau begegnet wie sie. Sie verblüffte mich. Ihre bloße Gegenwart löste bei mir einen Zustand permanenter Erregung aus. Mut fasziniert mich immer, bei Männern wie bei Frauen, und ich hatte das starke Gefühl, daß ich, meine Mutter ausgenommen, nie zuvor einer mutigeren Frau begegnet war. Dabei machte ihre Gestalt eher den Eindruck ungeheurer Zerbrechlichkeit. Doch so zart ihr Körper, so unbezähmbar war ihre Seele. Ich war von ihr betört, weil sie scheinbar an nichts glaubte. Ihr müdes Lächeln war geisterhaft. Sie mußte die Verzweiflung gekannt haben, das lähmende Entsetzen, die Umklammerung des Wahnsinns. Da gab es bisweilen eine Handbewegung, eine Kopfwendung, einen Blick, die mir Scheu, ja Ehrfurcht einflößten vor soviel Stolz und Weisheit. Und jede Stunde, die ich mit ihr verbrachte, schien mir die kostbarste meines Lebens, wußte ich doch aus Erfahrung, daß der glückselige Wahn vergehen und die unbarmherzige Wirklichkeit wieder zuschlagen würde.

Von Sun Li war selten zwischen uns die Rede, vielleicht infolge des Schweigens, das zwischen uns herrschte, wenn wir uns in der Nacht liebten. Wir vergingen beide in einer Art irrsinnigem Rausch. Es mochte vorkommen, daß Chodonla ihn kurz erwähnte.

»Ich wohnte in einem Zimmer ohne Heizung, ohne fließendes Wasser. Kunsang war stets erkältet. Sun Li hatte Mitleid mit ihr.«

Das Kind. In Chodonlas Gedanken war das Kind immer da. Es machte sie stark. Da Chodonla nachts arbeitete, bezahlte sie eine Frau, Ani Wangmo, die das Kind betreute und zur Schule brachte. Sie gab fast ihr ganzes Gehalt dafür aus. Ani Wangmos Mutter hatte bei einer adligen Familie gedient. Die Rotgardisten zwangen Mutter und Tochter, in einem Steinbruch zu arbeiten.

»Man hat sie so geschlagen, daß sie fast überschnappte.«

Nach einer Vergewaltigung wurde Ani Wangmo zur Abtreibung gezwungen und gegen ihren Willen sterilisiert.

»Nach ein paar Jahren wurde die Mutter mit Knochenbrüchen entlassen. Sie konnte nicht mehr gehen. Ani Wangmo schob sie in einem Schubkarren, den sie gestohlen hatte. Die Mutter starb.«

Ani Wangmo war eine schmale, gebrechliche Frau mit verkrüppelten Gelenken. Kummer und Entbehrungen hatten sie bereits in jungen Jahren verbraucht. Ich begrüßte sie mit Ehrerbietung, sie schien darüber erfreut. Sie hatte etwas von einem kleinen, stolzen Vogel an sich. Ihre Sprache hörte sich schlicht, aber keineswegs ungebildet an. Sie wusch die Kleine, gab ihr zu essen, brachte sie frühmorgens zur Schule. Als ich Kunsang zum ersten Mal sah, war sie knapp sechs Jahre alt und schlief auf ihrer Matratze. Die schwarzblauen Augenbrauen wölbten sich voller Unschuld, die Wimpern waren ungewöhnlich dicht. Ihr kleiner Mund glich einer Knospe. Ich hatte nur Söhne, derbe, braungebrannte kleine Kerle. Der Anblick dieses kleinen Mädchens rührte mich. Als ich sie betrachtete, erwachte sie; ihre mandelförmigen Augen blinzelten mir verschlafen zu. Chodonla umarmte die Kleine, zog ihr die Decken zurecht. Die langen Wimpern senkten sich. Kunsang schlief friedlich wieder ein.

»Manchmal ist es herrlich, daß ich sie habe«, sagte Chodonla.

»Ist das Kind von ihm?« fragte ich.

Sie stand vor der Kochplatte, zerkrümelte ein Stück Teebrickett, das sie mit etwas Salz in den kupfernen Kessel warf. Ihr Gesicht war abgewandt, ich sah nur ihr Profil.

»Ich weiß nicht, von wem es ist. Es kann von irgendeinem sein.«

Ihre Stimme klang schneidend. Ich sagte:

»Du brauchst dich nicht zu rechtfertigen.«

Das Kind gehört der Mutter. Man fragt die Frauen nicht, von wem sie ein Kind tragen; das kommende Leben ist heilig. Doch die Art, wie sie sprach, machte mich hellhörig: Es war, als ob tiefes Elend ihre Lippen versiegelte. Nach einer Weile sagte sie: »Ich habe Kunsang zu Hause zur Welt gebracht, und nicht im Volkskrankenhaus. Ani Wangmo hat mir geholfen. Ich hatte Angst, daß man das Baby durch eine Injektion tötete. Kunsang hat keine legalen Papiere. Sie dürfte nicht einmal zur Schule gehen. Aber Sun Li hat Schmiergelder gezahlt. Er liebt die Kleine. Er hatte einen Sohn und eine Tochter und hat beide verloren.«

Ich sah sie fragend an. Sie hob die schmale Hand, strich ihr Haar aus der Stirn.

»Sie starben auf dem Platz des Himmlischen Friedens. Die Panzer haben sie frühmorgens überrollt, als sie in ihrem Zelt schliefen.«

Ich zündete mir eine Zigarette an. Sie setzte sich, goß Tee in eine dieser billigen Tassen aus chinesischem Porzellan, wie sie in Lhasa an jedem Marktstand verkauft werden. Sie streckte die Hand nach einer Zigarette aus, trotz ihrer angegriffenen Lunge.

»Drei oder viermal war ich nahe daran, ihn zu verlassen. Aber ich denke an die Kleine. Jetzt macht es mir nichts mehr aus, seine Konkubine zu sein. Komisch, wie schnell man sich doch an so etwas gewöhnt.«

Sie hielt die Zigarette zwischen den Lippen. Ich gab ihr Feuer.

»Ist er grob zu dir?«

Ich hoffte, daß es so war, dann würde sie vielleicht bald genug von ihm haben. Sie sah mich erstaunt an.

»Grob? Nein, überhaupt nicht. Er ist sehr sanft. Er sagt, daß er die Partei nicht liebt, weil sie die eigenen Kinder frißt. Das sagt er nur zu mir. Er hat viel gelitten. Er ist ein guter Mensch.«

»Der andere ... liebt er dich?«

»Auf seine Art, ja. Ich bin ihm unentbehrlich geworden.«

Der Stachel der Eifersucht bohrte sich tiefer in mein Fleisch. Ich fragte schonungslos:

»Liebst du ihn?«

Die Antwort kam schnell und ohne Umschweife.

»Nein.«

»Wie erträgst du ihn dann?«

»Wie alle anderen. Aber ich kenne ihn besser, das ist der Unterschied. Er hat Alpträume. Er nimmt jeden Abend Schlaftabletten. Zwei, hat der Arzt gesagt. Nicht mehr als zwei. Er muß vorsichtig sein, das Mittel ist sehr stark. Aber die Träume kommen immer wieder. Ich wecke ihn, und er beruhigt sich. Er braucht mich. Ich bin sein ... Nachtwächter.«

»Würdest du ihn verlassen?«

»Es ist möglich, daß er eines Tages wieder nach China geht. Bis dahin bleibe ich bei ihm.«

»Aus welchem Grund?«

»Es gibt nur einen: Kunsang. Sie ist für mich der zwingendste Grund auf der Welt, gut zu ihm zu sein.«

Sie sprach leichthin. Ich wußte, daß kein Gedanke selbstlos ist, kein Beweggrund unverfälscht. Und doch traute ich ihr nicht. Es war, als ob sie in einem Winkel ihres Herzens nicht an das glaubte, was sie sagte. Sie trug einen Schmerz in ihrem Inneren, einen Schmerz, der dem meinen glich; doch jedes Nachdenken konnte die Geburt der Erinnerung auslösen. Chodonla wollte keine Erinnerung. Sie kam mir unendlich vertraut vor, als sei sie ein Stück von mir, und gleichzeitig stellte sie mich vor ein Rätsel. Jede Nacht, die ich mit ihr verbrachte, war wie eine phantastische Bewußtlosigkeit. Wir teilten das Zimmer mit Ani Wangmo und dem Kind, aber wer in einer Jurte aufgewachsen ist, wird für die Gegenwart anderer unempfindlich. Unsere Fähigkeit zur Wahrung der Unstörbarkeit hängt mit dem Aufbau bestimmter innerer Kräfte zusammen. Nomaden sind nüchterne Menschen. Wir laufen den Frauen mit der gleichen Unbefangenheit hinterher, wie die Hengste unserer Herden den Stuten. Und ebenso unbefangen teilen die

Frauen mit einem kräftigen Mann ihr Lager; sie verlangen nichts von ihm, als daß er ihnen Genuß verschafft. Worin unterschied sich die Begegnung mit Chodonla von allen Begegnungen zuvor? Ich war wie ausgehungert; dieses geheimnisvolle, unberechenbare Gefühl schlug in mich ein wie ein Wolkenbruch in rissige Erde. Vielleicht war es nur eine Täuschung. Doch es weckte mich; es gab mir meine Lebenskraft zurück.

Wenn sie von der Arbeit kam, war sie oft noch geschminkt. Dann war ihr Gesicht fremd, eine Maske. Eine Maske aus rosafarbenem Puder, purpurn gefärbten Lippen, kräftig geschwungenen Augenbrauen. Der Duft ihres Geschlechts mischte sich mit dem Geruch anderer Männer, und dies steigerte mein Verlangen, trieb mich zur Raserei. Eines Abends war sie so betrunken, daß sie vor der Haustür vom Fahrrad stürzte, was einen ziemlichen Lärm verursachte. Außer ein paar Schrammen war sie unverletzt. Ich zog sie hoch, legte ihren Arm um meine Schultern, faßte sie um die Hüfte und führte, oder vielmehr: schleppte sie in die Wohnung hinauf. Dort legte ich sie in ihren Kleidern aufs Bett. Sie rollte den Kopf hin und her und brachte die Augen nicht auf. Ihre Schminke hinterließ Flecken auf dem Kopfkissen, ihr verschmierter Mund war rot, als habe sie Blut getrunken. Ich streichelte sie, bis sie einschlummerte. Sie glühte und hustete, legte beide Arme um meinen Hals, klammerte sich an mir fest, wie ein Kind an der Mutter. Ich wurde fast verrückt vor Verlangen. Vor Morgengrauen wachte sie auf; ihre Augen schimmerten klar im Nachtlicht.

»Schläfst du?« flüsterte sie.

Ich küßte ihre trockenen Lippen.

»Es tut mir leid …« sagte sie leise. »Es ging mir nicht gut.«

»Komm!« flüsterte ich.

Hastig begann ich, sie zu entkleiden. Wir hatten nur wenig Zeit; ich mußte gehen, bevor es hell wurde. Sie lebte in ständiger Angst, daß sie bespitzelt wurde. In dieser Nacht aber liebten wir uns, wie ich es nicht für möglich gehalten hätte. Nie hatte ich auf dem Gesicht einer Frau so tiefe Leidenschaft gesehen. Die Schmerzen, die man uns zugefügt hatte, entfernten sich, wurden hinausgeschleudert in eine Welt, die wir verwarfen. Wir schufen unsere eigenen Schmerzen; sie gehörten zu uns, sie hörten nicht auf. Sie waren Wahrheit jenseits der Wirrnis.

Ich war viel unterwegs; aber mehr als ein oder höchstens zwei Monate ohne sie hielt ich nicht aus. Mein Herz und mein Fleisch bedurften ihrer, ich war von ihr besessen. Ich erzählte ihr wenig von mir, sprach nie über meine Mutter. Oft war ich nahe daran, aber mich beunruhigte ihre extreme Empfindsamkeit. Ich liebte sie viel zu sehr, um sie mit den schrecklichen Dingen zu quälen. Ich stellte ihr auch keine Fragen mehr; was sie gelitten haben mochte, konnte ich nur ahnen. Endlich hatte ich erkannt, worauf es ankam: nicht auf Rache, sondern darauf, daß man sich vor dem Bösen rettete und mied, was einem wehtat.

Ich kannte sie jetzt ein halbes Jahr. Die wenigen Stunden, die ich mit ihr verbringen durfte, genügten mir nicht, aber ich fügte mich. Wenn sie sagte, ich könne nicht kommen, machte ich ihr nie einen Vorwurf. Doch im Laufe der Monate fand ich sie sehr verändert, ohne genau sagen zu können, weshalb. Endlich fiel es mir auf: Sie war schlank gewesen, jetzt war sie hager; die Haut spannte über den zarten Knochen. Auf ihren Wangen waren hellrote Flecken, sie schien ständig ein leichtes Fieber zu haben. Eines Nachts war es Ani Wangmo, die mich in die Wohnung ließ. Chodonla würde etwas später kommen, sagte sie. Die Kleine schlief; es lagen neue Spielsachen im Zimmer. An einem Haken hing ein Morgenrock, den ich nicht kannte. Ani Wangmo sagte, daß Sun Li für ein paar Urlaubstage in Lhasa gewesen sei. Ich versuchte, mir meine Wut darüber nicht anmerken zu lassen. Ani Wangmo stellte eine Schale mit Tee auf den Tisch. Ich merkte, daß sie etwas sagen wollte und mit sich selbst rang.

»Nun, was gibt's?« knurrte ich.

Sie schwieg lange; ich ließ ihr Zeit. Schließlich sagte sie: »Chodonla ist krank. Sie will nicht, daß du es erfährst.«

Eis ist nicht so kalt, wie es nun der Griff der Furcht nach meinem Herzen war.

»Was ist es, Ani Wangmo?«

»Im Krankenhaus hat man sie geröntgt. Man hat ihr gesagt, sie solle nach Hause gehen und sich ausruhen. Das sagen sie immer, wenn es sehr schlimm ist.«

Chodonla kam spät in der Nacht. Sie goß sich einen Brandy ein, trank in kleinen Schlucken. Ihre Wangen waren leicht gerötet, ihre Lippen gekräuselt wie dünnes Seidenpapier. Ihre Pupillen leuchteten, und unter ihren Augen lagen Schatten wie zerdrückte blaue Trauben.

»Du solltest nicht so viel trinken«, sagte ich.

Sie zeigte ihre übliche kleine Grimasse, indem sie die Zähne seitwärts in die Unterlippe grub.

»Gibt es denn etwas anderes, womit man leben kann, wenn nicht mit Alkohol?«

»Du bist krank«, sagte ich ohne Umschweife. »Ani Wangmo hat es mir gesagt. Warum gehst du nicht ins Krankenhaus?«

Sie saß auf dem Matratzenrand, gehüllt in ihren neuen Morgenrock aus Kunstseide. Ihr dunkler Blick war teilnahmslos. Auf ihren Lippen lag ein seltsames Lächeln, mit dem sie sich selbst auf sonderbare Weise zu verspotten schien.

»Ich habe keine Vorzugsberechtigung für ein Bett, und die Warteliste erstreckt sich über Jahre. Und für mich ist es längst zu spät. Laß uns nicht davon reden. Trink!«

Sie füllte mein Glas und versuchte zu lächeln, brachte es aber nicht fertig. Ich legte den Arm um sie; sie lehnte den Kopf an meine Schulter. Ich sagte:

»Ich habe dir nie Fragen gestellt.«

»Ja, das ist besser.«

»Jetzt möchte ich dir einige stellen.«

»Es ist schon so lange her. Ich habe das alles schon fast vergessen.«

Sie war so schwer zu durchschauen, oft so gesprächig, ohne jedoch je etwas zu sagen. Ich dachte, ich werde es nicht übers Herz bringen, sie zu quälen.

Über Lhasa wehten Stürme; die Lampe flackerte und verlosch schließlich. Trotz der geschlossenen Fensterläden war es im Raum nicht dunkel; ein Gitter aus Licht malte sich auf den Boden. Eine Nacht wie jede andere in Lhasa. In den Gefängnissen schrien die Gefolterten. Ihre Schreie tropften durch die Mauern wie Feuchtigkeit. Ich hörte sie in mir und fröstelte.

»Hast du noch Durst?« fragte ich.

Sie hielt mir ihr Glas hin. Auf ihrer Stirn klebten Schweißtropfen. Ich nahm die Flasche, füllte ihr Glas und sagte:

»Du kannst dir aussuchen, ob du sprechen oder nichts sagen möchtest, ganz wie du willst.«

»Wir haben nicht viel Zeit«, sagte sie leise.

Es beginnt, dachte ich. Sie war dabei, die starre Mauer abzutragen, die sie in jahrelanger Arbeit um sich herum errichtet hatte. Sie hielt plötzlich die Hand vor die Augen, als versuche sie, Gespenster abzuwehren, die vor ihr auftauchten. Ihre Erinnerungen suchten den Weg ins Freie. Manchmal murmelte sie etwas Unverständliches, rieb sich die Stirn. Das erste Aufschluchzen war so schwer, daß es einem Röcheln glich. Tränen quollen unter den geschlossenen Lidern hervor, sie drückte den Handrücken gegen die Zähne, weinte verbissen in sich hinein. Weitere Seufzer folgten, leichtere, als wäre nun der Bann gebrochen. Sie flüsterte:

»Ich habe das alles hinter mir gelassen.«

»Ich möchte wissen, was sie dir angetan haben.«

Ihre Zähne schlugen aufeinander. Sie sagte:

»Es ist sehr schwierig, darüber zu sprechen.«

49. Kapitel

Sie setzte setzte sich mit dem Rücken zur Wand, mir gegenüber. Es war kalt im Raum, sie hatte Fieber und hustete. Ich legte die grüne Satindecke um ihren dünnen Körper. Nur ihr Kopf ragte hervor, unwirklich schien er auf dunklem Gewässer zu schwimmen. Sie kauerte unter der Decke, und jetzt, im Schmerz, bebten ihre Nasenflügel, ihr Gesicht zog sich zusammen, ihre Pupillen wurden eng. Sie sprach zuerst stockend, von Schluckauf unterbrochen, hustend, keuchend. So erfuhr ich ihre und Norbus Geschichte. Nicht alles; nur einen Teil. Über vieles wollte sie nicht sprechen. Auch nicht über ihre Familie. Sie hatte anscheinend eine behütete Kindheit gehabt. Und eine Zwillingsschwester, Tara, an der sie sehr hing. Die Rotgardisten waren über Tibet hergefallen, und die Eltern wollten sich in Sicherheit bringen. Einige Dienstboten gingen mit der Familie ins Exil, sattelten heimlich Pferde und Maultiere. Es war stockdunkel und regnete in Strömen. Im letzten Augenblick bemerkte Chodonla, daß ihr kleiner Hund fehlte. Sie lief in die Stallungen, um das Tier zu suchen. Als sie zurückkam, war die Karawane ohne sie aufgebrochen.

»Meine Eltern haben mich verlassen. Sie konnten schneller fliehen, wenn ich nicht dabei war … Das hat man mir gesagt. Ich denke, es war gelogen. Ich vermißte meine Schwester und weinte jede Nacht. Es hat nie aufgehört. Meine Schwester ist der Mensch auf der Welt, von dem ich am meisten träume. Und sie gleichzeitig der Mensch, an den ich am wenigsten denke. Du verstehst vielleicht?«

»Ja.«

Sie war durch Lhasa geirrt, tagelang. Alle Verwandten waren auf der Flucht. Die Rotgardisten plünderten jedes Haus, zerstörten Klöster und Heiligtümer. Chodonla hatte sich von Abfällen ernährt und in Ruinen geschlafen. Als die Rotgardisten sie fanden, warfen sie ihren Hund in die Luft und spießten ihn auf ein Bajonett auf. Sie pferchten Chodonla mit anderen Kindern in einen Lastwagen. Man brachte sie nach China, wo sie in einem Heim erzogen wurde.

»Vor ein paar Jahren«, sagte Chodonla, »habe ich in Lhasa einen Onkel getroffen. Er sagte, daß meine Eltern mich ihr Leben lang gesucht hätten. Ich empfand wenig dabei. Mit der Zeit war es mir gleichgültig geworden. Und ich hatte Angst, mit ihm zu sprechen. Mein Mann war im Gefängnis gestorben. Ich wurde überwacht ...«

Sie war sechs Monate in Haft gewesen, an Händen und Fußgelenken gefesselt. Als sie entlassen wurde, war sie nur noch Haut und Knochen. Sie war verstümmelt, ihr Haar war ausgefallen, ihr Zahnfleisch entzündet. Sie hatte hohes Fieber. Was mit Norbus Leiche geschehen war, wußte sie nicht; man hatte sie irgendwo verscharrt. Sie hatte ihre Stelle verloren. Das wenige, was sie besaß, war beschlagnahmt, ihr Zimmer in der Arbeitseinheit ihrer Nachfolgerin zugeteilt worden. Eine Nachbarin gab ihr Unterkunft und pflegte sie, auf die Gefahr, selbst verdächtigt zu werden. Chodonla war lange krank. Ani Wangmo hatte nicht das Geld, um Medikamente zu kaufen. Als Chodonla merkte, daß sie schwanger war, wollte sie abtreiben. Der Vater des Kindes mußte einer ihrer Folterer sein, der Gedanke war ihr unerträglich. Ani Wangmo sagte, daß der günstige Zeitpunkt längst überschritten sei. Nun würde man das Ungeborene in kleinen Stücken aus ihrem Leib holen. Und dazu ohne Narkose. So sei es auch bei ihr gewesen, damals. Eine Abtreibung ist in den Augen der Tibeter etwas Abscheuliches. In ihrer Qual redete sich Chodonla ein, daß das Kind von Norbu sein könnte. Sie trug es aus und brachte es mit Ani Wangmos Hilfe zur Welt.

Ihr Mutterherz regte sich, und sie schenkte dem Baby ihre verzweifelte Liebe. Sie konnte Kunsang nicht ernähren; Ani Wangmo fand eine Amme für sie.

Lange Zeit konnte Chodonla nicht schlafen, lag jede Nacht wach, hörte das kleinste Geräusch. Sie verlor die Kontrolle über ihr Denkvermögen. Wer bin ich? fragte sie sich. Wo befinde ich mich? Wie heißt diese Stadt hier? Warum fühle ich mich so schlecht? Und wer war Norbu? Was geschah mit ihm? Hat er je existiert? Wenn dann endlich der Schlaf zurückkam, lag sie wie eine Tote auf Ani Wangmos Matratze, schlief die ganze Nacht und manchmal den ganzen Tag. Der Raum hatte kein Fenster, kein Licht. Aber Chodonla erholte sich. Etwas Neues erwachte in ihr, etwas Hemmungloses, Wildes. Man hatte Norbu ermordet, ihr Leben zerstört. Sie würde sich rächen. Und ihr schien, als ginge sie schließlich ganz in diesem Verlangen nach Rache auf.

Sie gab sich einem fliegenden Händler hin, auf einer schmutzigen Matte. Als Lohn ließ er sie ein paar Stunden für ihn arbeiten. Sie verkaufte billige Türkis-Imitationen und Bernsteinketten aus Plastik. Sie trug den Schmuck mit Anmut und lockte die Kunden an. Ihr Haar wuchs kräftig und füllig nach; allmählich kehrte ihre Schönheit zurück. Sie nahm es nicht wahr, weigerte sich, in einen Spiegel zu schauen. Nach ein paar Monaten zettelte der Händler eine Schlägerei an, schlug einen Mann zum Krüppel und wurde verhaftet. Seine Frau beschimpfte Chodonla und schickte sie weg. Sie begegnete einem Vernehmungsoffizier, der sie im Gefängnis gehabt hatte, und folgte ihm auf sein Zimmer. Er benutzte sie auf eine Art, die ihr vertraut war. Sie empfand keinen Ekel dabei, weder vorher noch nachher. Die Offiziere reichten sie untereinander weiter, wie ein Spielzeug. Chodonla hatte sich längst daran gewöhnt, auf ihre Wünsche einzugehen. Die Schmerzen empfand sie kaum, sie hatte Schlimmeres erduldet. Ein paar Geldscheine machten das wett.

Einer der Männer machte sie im *Amy* mit dem Besitzer bekannt. In China waren solche Häuser geschlossen worden, in Lhasa blühte das Geschäft. Der Besitzer sah sofort, daß man Chodonlas Schönheit und perfekten Kenntnisse der chinesischen Sprache besser einsetzen konnte. Er zahlte die nötigen

Schmiergelder; Chodonla erhielt eine Arbeitsbewilligung. Ihr Gehalt war schäbig, aber sie bekam eine Zulage für Kleider und Schminke und durfte kleine Geschenke behalten. Sie kaufte sich einen kleinen Spiegel, steckte ihr Haar auf, wie es verlangt wurde, schmückte es mit Bändern und Spangen. Sie betonte ihr Muttermal, färbte sich die Augen schwarz, die Lippen purpurn. Sie erkannte sich nicht wieder, zertrümmerte den Spiegel mit der Puderdose und verletzte sich die Hand.

Chodonlas Haß kühlte nicht ab, sondern loderte tief in ihr, wie ein unzähmbares Feuer. Im *Amy* verlangten die Gäste nach ihr. Es gab kluge Köpfe unter ihnen, Männer, die ein hartes Leben führten und Zerstreuung suchten, wie überall. Chodonla strahlte diesen besonderen Reiz aus, den nur Menschen haben, die entweder pervers oder unheilbar krank sind. Sie sah so kühl aus, so betörend unnahbar. Sie floh in einen Bereich, der für die anderen unzugänglich war, blieb unerkannt. Sie tat alles, was von ihr verlangt wurde, ohne die geringste Furcht zu zeigen, so leicht, so natürlich und in vollkommener Ruhe. Nur ihre Brüste zeigte sie keinem. Auch das faszinierte. Die Gäste tranken viel, wie Männer es sich fern von ihren Familien angewöhnen. Chodonla trank mit ihnen, lächelte, hörte zu. Alkohol vertrug sie, auch den stärksten. Sie war zu dünn, aber sie war nie hungrig. Es erschöpfte und erzürnte sie, daß man sie zum Essen zwang. Die Kunden mochten es nicht, wenn die Mädchen zu mager waren.

Im Gefängnis war sie mit Nationalisten in Berührung gekommen, manche waren nur noch menschliche Wracks. Sie hatte sich einige Namen gemerkt. Obwohl sie unter Beobachtung stand, ging sie Risiken ein, lieferte Informationen, überbrachte persönliche Nachrichten: »Sagen Sie Frau Sowieso, daß ihr Sohn noch lebt, aber deportiert wurde.« Sie entwickelte in diesen Dingen eine kaltblütige Gerissenheit. Ihre Verabredungen erfolgten immer in letzter Minute, an unerwarteten Orten und zu unerwarteten Zeiten; an Straßenkreuzungen, auf dem Markt, in einem Kloster inmitten von Touristen. In Lhasa wimmelte es von grünen Uniformen, die Sicherheitspolizei war überall. Kontrollposten überwachten jede Bewegung innerhalb der Stadt. Hausdurchsuchungen konnten jederzeit durchgeführt werden. Aber immer wieder wurden Kopien der verbotenen tibetischen Flagge hergestellt. Flugblätter, die zum Widerstand aufriefen, wurden an Hauswände geklebt. An vielen Holztüren waren eine gelbe Sonne und ein weißer Halbmond gekritzelt, die Symbole für den Dalai Lama und den Pantschen Lama.

Chodonla setzte täglich ihr Leben aufs Spiel. Es war ihr gleichgültig. Sie wollte ihre Rache zu Ende führen und durchhalten, solange sie konnte. Sie wußte aus eigener Erfahrung, wie wichtig es ist, verletzte Demonstranten in Sicherheit zu bringen. Nicht nur, daß die Chinesen ihnen jegliche medizinische Hilfe verweigerten. Sie spritzten den Verwundeten Drogen in die Venen und verhörten sie dann. Die Gefangenen packten alles aus. Die Chinesen trugen Unterlagen zusammen, legten Akten an. Ein paar Tage später wurden ganze Familien verhaftet. Die Furcht war überall, entsetzlich, erdrückend. Das einfache Volk hatte Angst vor den Chinesen wie vor Triebverbrechern. Das war es, was es nicht verstehen konnte: ihre absolute Gleichgültigkeit gegenüber menschlichem Schmerz. Zu den Rebellen gehörten Menschen aus allen Schichten, Frauen und Männer, Bauern, Mönche, Studenten. Man sprach flüsternd von Chodonla; man bewunderte ihren Mut. Nur wenige kannten ihren Namen. Und ihren Beruf fast keiner.

»Und dann«, sagte Chodonla, »lernte ich Li kennen.«

Er saß mit Freunden an einem der Fantan-Tische; Chodonla hatte bemerkt, daß er sie beobachtete. Nach der Spielrunde, die er verlor, lud er sie an seinen Tisch. Er sprach leise, höflich, bot ihr eine Zigarette an und bestellte französischen Champagner, den teuersten. Er war Ingenieur und hatte sich für drei Jahre in Tibet verpflichtet. Man hatte ihm eine Dienstwohnung zur Verfügung gestellt, aber die meiste Zeit lebte er auf der Baustelle, in der Nähe von Shigatse. Das Leben war eintönig. Keine Zerstreuung, kein Fernsehen, weder Bücher noch Zeitschriften; die Ausgaben der »Volkszeitung« trafen mit vierzehntägiger Verspätung ein. Jetzt habe er zwei Wochen Urlaub. Ob er verheiratet sei? fragte Chodonla. Ja, aber seine Frau sei bei schlechter Gesundheit. Ob er Kinder habe? Er antwortete dumpf:

»Ich hatte einen Sohn und eine Tochter. Beide sind tot.«

Chodonla nippte schweigend an ihrem Glas. Sie wußte, wann Fragen erwünscht waren, und wann nicht. Doch er setzte hinzu: »Ihr Gesicht erinnert mich an meine Tochter Mei.«

Wie alt sie denn sei, wollte er wissen. Sie machte sich, wie üblich, fünf Jahre jünger; Chinesen haben eine Vorliebe für kindhafte Frauen. Sun Li schlief nicht mit ihr, nicht an diesem Abend, und auch nicht am nächsten, aber er bezahlte sie gut für die Zeit, die sie mit ihm verbrachte. Er erzählte ihr, daß er ein Elektrizitätswerk am Ufer des Tsangpo baute. Mit einem besonderen Wärmepumpensystem sollte die Stromversorgung in Shigatse verbessert werden.

»Das Problem ist, wir mußten dabei eine Brücke bauen, die ohne genügende Schleusenkapazität entworfen wurde. Wir blockieren dabei den Fluß, der anschwillt, sobald der Monsun einsetzt. Kürzlich hat ein Erdrutsch drei Tote gefordert. Aber die Behörden lassen einfach in den Raum hinein bauen, weil es so geplant wurde. Im Zeitalter der Technik entstehen die Katastrophen durch die Dummheit der Menschen.«

Er sah Chodonla mit traurigen Augen an.

»Die Äcker sind für Monate von Schlammpfützen überflutet. Und ich sitze nachts wach und denke, wie ich den Bauern helfen könnte.«

Chodonla behielt ihr Erstaunen für sich. Seine Offenheit war ungewöhnlich. Im allgemeinen logen sich die Kaderleute etwas zurecht oder sagten nur die halbe Wahrheit. Sie übten auch niemals Kritik; bei ihnen lief alles reibungslos nach Parteivorschriften.

Am dritten Abend zahlte Sun Li für ein Zimmer. Er zog sich langsam aus, ohne sie aus dem Blick zu lassen. Einen Augenblick stand sie, Sun Li den Rücken zugekehrt, vielleicht um seinem Blick zu entgehen. Dann riß sie am durchgehenden

Reißverschluß, so daß ihr Kleid mit einem Schlag auf ihre weiß leuchtenden Beine fiel. Sie trat darauf und wankte leicht, als sie die Spange ihrer hohen Schuhe öffnete und dabei die Balance verlor. Sie trug Nylonstrümpfe und Strumpfhalter, auch das war Vorschrift. Sie zog alles aus, nur den Büstenhalter nicht, ging auf die andere Seite des Bettes und streckte sich im Schein der Lampe aus. Er war gut und zärtlich zu ihr. Sie hob die Beine leicht an, wölbte ihm ihr Becken entgegen. Doch er sagte, sie sollte auch den Büstenhalter lösen. Mit einem Klagelaut verbarg sie ihr Gesicht mit beiden Händen. Er sprach sanft zu ihr; sie gab seinem Wunsch nach. Ihre Augen füllten sich mit Tränen. Er wurde blaß, stellte Fragen. Da sie ihm vertraute, erzählte sie ihm einiges. Das, was sie ihm verschwieg, konnte er sich ausmalen. Vielleicht auch nicht.

»Wir lagen nebeneinander, auf dem weißen Bettuch«, erzählte Chodonla. Er zündete sich eine Zigarette an, aber er wandte den Kopf nicht zu ihr. Er erzählte ihr, daß er beide Kinder auf dem »Platz des Himmlischen Friedens« verloren hatte. Sie waren Studenten und hatten am Aufstand teilgenommen. Liu war zwanzig, im ersten Universitätsjahr, Mei erst siebzehn, fast noch ein Kind. Im Morgengrauen eröffneten die Soldaten das Feuer. Liu traf eine Kugel; er war schon tot, bevor ihn der Panzer überrollte. Mei wurde bei lebendigem Leib zerquetscht. Die Toten wurden auf der Stelle verbrannt. Sun Lis Frau verlor vor Kummer den Verstand und wurde in eine Heilanstalt eingewiesen, wo man sie mit Elektroschocks behandelte.

Mit Ani Wangmo und dem Kind bewohnte Chodonla ein ungeheiztes Zimmer in der ehemaligen Altstadt. Sie hatten Wände und Fenster mit Zeitungen verklebt. Lhasa liegt auf 3770 Meter Höhe, die Kälte ist scharf. Im Raum gab es nur eine Glühbirne. Etwa dreißig Personen teilten sich einen Wasserhahn und eine Toilette ohne Spülung. Jeden Morgen steckte Chodonla den Yakdung-Ofen an, dessen Abzugsrohr durch ein Loch in der Tür ins Freie führte. Der Ofen war alt und brannte manchmal nicht. Der stickige Rauch war Gift für Chodonlas Lungen, und Kunsang war chronisch erkältet. Als Sun Li Chodonla vorschlug, mit der Kleinen in seine Dienstwohnung zu ziehen, willigte sie nach anfänglichem Zögern ein.

Er war bereit, für ihren Unterhalt aufzukommen, und verstand nicht, warum sie sein Angebot ablehnte. Er glaubte, daß man sie im *Amy* unter Druck setzte und bot dem Besitzer Geld an, um Chodonla »loszukaufen«. Daß die Weigerung von Chodonla ausging, kränkte ihn. Sein Einkommen war achtmal so hoch wie ein vergleichbarer Arbeitslohn in Zentralchina. Er besaß die Mittel, um hilfreich zu sein. Chodonla konnte ihm die Wahrheit nicht sagen. Sun Li fragte nicht weiter. Sein Vertrag lief ab; in einigen Monaten würde er Tibet verlassen, und eine Prostituierte mußte sehen, wie sie durchs Leben kam.

Sun Li war müde, erschöpft. Er war traurig und gut. Chodonla konnte ihn lange ansehen. Auch wenn er lachte, war in seinem Blick ein Schimmer von Trauer. Es waren die Augen eines verzweifelten Mannes. Es war gefährlich für sie, ihn anzusehen. Eine verloren geglaubte Regung kehrte zurück, weich, vertrauend, arglos. Sie hatten seltsame Momente, in denen sie ruhig und entspannt miteinander redeten und manchmal sogar lachten. Chodonla teilte ihre Einsamkeit mit ihm, mehr nicht. Sie teilten auch das Bett, aber meistens blieb er nachts auf seiner Bettseite. Er fand sich ruhig damit ab, daß ihm Sexualität nicht mehr viel bedeutete. Nachts redete er halb im Schlaf. Er sagte, er sei unglücklich, er glaube nicht mehr an China und auch nicht mehr an den Beruf, den er ausübe; er glaube an nichts mehr. Die Liebkosung ihrer Hände beruhigte ihn. Und am Morgen schien er vergessen zu haben, was er in der Nacht gesagt hatte. Es war eine gegenseitige Zuneigung, die sie verband, ein tröstlicher Ersatz für Liebe. Sun Li brauchte diese Frau, in deren Träumen er ein Fremder war. Er überließ ihr die Wohnung, als wollte er sie bestechen, damit sie ihn über einen Strom führte, der Ewigkeit entgegen, nach der er sich sehnte. Und wenn sein Gewissen ihm vorwarf, er lebe auf der Flucht vor sich selbst, so bettelte er um ein paar Augenblicke mehr in diesem Zustand am Rande der Illusion. Er hing sehr an Kunsang, nahm sich immer Zeit für sie, brachte ihr Kaugummi und bunte chinesische Spielsachen mit. Das kleine Mädchen sprach gut Chinesisch und mochte ihn sehr. Sie war inzwischen neun Jahre alt geworden. Einmal sagte er plötzlich zu Chodonla:

»Kunsang sollte in China erzogen werden. Da hätte sie bessere Chancen als hier.«

»Nein! Das will ich nicht.«

»Vielleicht solltest du es dir überlegen. Was hier geschieht, ist sehr unberechenbar.«

Kunsang war Halbchinesin, *Khang ma char* – weder Regen noch Schnee, wie man in Tibet solche Kinder nannte. Aber sie hatte keine legale Existenz, das wurde hier übel vermerkt. Sun Li sprach weiter, als ob er laut dachte.

»Ich könnte ihr Vormund sein. Die Behörde würde zu meinen Gunsten entscheiden. Meiner Frau würde es gut tun, wieder ein Kind zu haben.«

Chodonla starrte ihn an. Unvermittelt war ihr, als bekäme sie keine Luft mehr. Haß explodierte in ihr, so daß sie innerlich zitterte. Sie mußte alle Selbstbeherrschung aufbieten, um es sich nicht anmerken zu lassen. Unter dem Druck der Angst versagte ihre Stimme.

»Du kannst mir mein Kind nicht wegnehmen.«

»Das will ich ja auch nicht. Sei nicht wütend. Welche Möglichkeiten hat Kunsang in Tibet?«

»Ich ... ich verstehe nicht, was du meinst.«

Er seufzte mitfühlend.

»Es tut mir leid, Chodonla. Diese Dinge müssen ausgesprochen werden. Du kennst doch die Behörden. Sobald ich keine Schmiergelder mehr zahle, wird man Kunsang von der Schule weisen. Sie ist wirklich begabt. Du kannst ihr den Weg nicht verbauen. In China könnte sie zur Universität gehen ... Für sie ist das Leben hier ungeeignet. Früher oder später wird sie es merken und unglücklich sein. Du wirst es bereuen, Chodonla. Glaube mir doch, sie wird es in China viel besser haben.«

Am letzten Morgen, bevor er zurück zu seiner Baustelle fuhr, bat er Chodonla, sich nackt, nur mit ihrem schwarzen

Büstenhalter bekleidet, auf die grünseidene Decke auszustrecken. Sie öffnete die Beine, und er legte sich bedächtig und akkurat dazwischen. Er hob mit beiden Händen ihr Gesäß, drang heftig keuchend in sie ein. Diesmal erreichte er den Orgasmus, so stark, daß es ihn schüttelte.

Das Morgenlicht fiel in den Raum. Sun Li warf einen Blick aus dem Fenster. Der Fahrer stand vor dem Haus, an seinen Jeep gelehnt, und rauchte eine Zigarette. Sun Li las seine Kleider auf, die verstreut auf dem Boden lagen, und begann sich anzuziehen. Er nahm sein Gepäck, warf eine Daunenjacke über seinen Arm.

Als er gegangen war, sah Chodonla einige Geldscheine auf dem Tisch. Sie bückte sich, holte eine Schachtel unter dem Bett hervor. Sie bewahrte dort ihre Habseligkeiten auf: ihren Trauring, ein altes Bild Seiner Heiligkeit, Norbus Brille und eine dünne Kette mit Blutkorallen, sein letztes Geschenk. Chodonla warf das Geld in die Schachtel, machte den Deckel zu und schob sie wieder unter das Bett. Sie lag auf den gespreizten Knien, beide Arme auf die grüne Decke gestützt, und erbrach sich.

»Das war vor vier Tagen«, sagte Chodonla. »Seitdem schlafe ich nicht mehr. Ich bin müde, Atan. So entsetzlich müde ...«

Ein Hustenanfall schüttelte sie. Sie war immer noch ganz verstört von all dem Erinnern. Ich löste mich von ihr, hob die Flasche vom Boden auf.

»Trink.«

»Ja.«

Ich hielt das Glas, gab ihr zu trinken. Nach jedem Schluck holte sie keuchend Atem.

»Wie das gut tut!« flüsterte sie.

Sie zitterte jetzt weniger. Ihre Hand fuhr zerstreut durch das Haar, über die flatternden Lider. Sie richtete sich ein wenig auf.

»Ich wollte dich fragen, Atan ... würdest du etwas für mich tun?«

Ich nickte.

»Angenommen ... mir sollte etwas zustoßen ... würdest du Kunsang über die Grenze bringen?«

Ich sagte, sehr ruhig und jedes Wort betonend:

»Warum meinst du, daß dir etwas zustoßen könnte?«

Sie überging die Frage, sprach weiter, wie im Fieber.

»Sun Li meint es gut. Und er sagt die Wahrheit. Er liebt Kunsang sehr, er hält sie für klug. Aber ich bin ihre Mutter, und ich bin Tibeterin. Kunsang soll nicht als Chinesin aufwachsen. Einmal muß ich ja aufhören, diese Angst zu haben, daß sie erleben könnte ... was ich erlebt habe ... oder auch das, was mit Sun Lis Kindern geschah. Diese Angst, sie ist nicht auszuhalten!«

»Ich weiß.«

»Sag mir, daß du es tun wirst. Sag es mir bitte!«

Ich strich liebkosend über ihr Haar. Es knisterte leise unter meinen Fingern. Sie starrte mich an, mit der gleichen unentwegten Angst im Gesicht. Ich atmete den Geruch ihres Puders ein, den Geruch ihrer Schlaflosigkeit, den Geruch anderer Männer. Und gleichzeitig empfand ich den Geschmack ihrer Lippen, ihres ganzen warmen und verwundeten Fleisches. Ich nahm sie in die Arme und wiegte sie, wie man es bei kleinen Kindern tut, wenn man sie trösten will.

»Ich werde es tun. Ich verspreche es dir.«

Ihr keuchender Atem verlangsamte sich. Sie ließ den Kopf an meine Schulter sinken, begann unzusammenhängende Worte zu stammeln, die ich gar nicht erst zu verstehen versuchte. Ich legte ihren Kopf auf das Kissen, deckte sie zu, schützte sie vor der kalten Luft.

»Schlaf jetzt!«

Im Halbschatten sah ich, wie ihre Augen und ihr Mund glücklich lächelten. Ihre Lippen bewegten sich an meiner Wange.

»Jetzt kann ich schlafen ...«, murmelte sie. »Jetzt kann ich endlich schlafen ...«

Wir lagen Gesicht an Gesicht. Ich liebte sie sehr, so unerträglich maß- und grenzenlos, daß ich nichts fand, wie ich es hätte ausdrücken können. Ich betete, daß ihre Gedanken an sich und an Kunsang von Friede und Ruhe erfüllt sein mochten und nie mehr von Angst. Ich betete, daß alles, was man ihr angetan hatte, aus ihrem Geist verschwand wie ein böser Traum. Das war mein Gebet. Ich wußte kein anderes.

»Ich bin für dich da«, sagte ich leise, »das weißt du doch.«

»Du bist da, Atan.«

Sie lag zitternd und schmal in meinen Armen, wiederholte die Worte, fast schlafend und tief erschöpft vor Müdigkeit, Erleichterung und Schmerz. Ihre Lippen rochen nach Fieber, und ihre Wangen unterhalb der dunklen Wimpern waren gerötet. In ihrem Gesicht war Ruhe, aber kein Trost. Und mit einem Mal wußte ich, daß sie sterben würde; ich wußte es so sicher, als ob sie es mir jetzt gesagt hätte. Das Wissen ließ mich erbeben, mein Herz bäumte sich auf, mein ganzer Körper krümmte sich vor Verzweiflung. Der verblassende Mond, das erste goldene Frühlicht über Berge und Steppe, die Begeisterung des Vogels, der singt und der Klarheit des Morgens Flügel verleiht, sie würde es niemals erleben. So sehr ich sie liebte, ich konnte sie nicht retten. Sie ruhte an meinem Herzen, schon tief in der kalten Erde eingebettet, mit mir.

50. Kapitel

Nachdem ich Chodonla versprochen hatte, für Kunsang zu sorgen, wurde sie ruhiger«, sagte Atan. »Und gleichzeitig ergab sie sich ganz ihrem Geschick; es war, als ob sich ihre Lebensfäden mit einem Schlag gelockert hatten. Ihre Krankheit nahm einen unerbittlichen Lauf, sie suchte nicht, den Strom einzudämmen oder gegen ihn anzukämpfen. Es war, als ob sie sagen wollte: »Es ist aus mit mir, vorbei.« Manchmal war sie ganz in Schweigen versunken und dann wieder von einer ungewohnten, aufgedrehten Fröhlichkeit. Ihr Husten war der schrecklichste Klang, den ich in dieser Zeit hörte, ich fühle noch immer den Widerhall in meinem Herzen. An ihrem Hals oberhalb des hohen chinesischen Kragens schlug ihr Puls ungleichmäßig und stürmisch. Sie spuckte hellrotes Blut, versuchte es vor mir zu verbergen. Zu Kunsang sagte sie, es käme vom Zahnweh. Ich sah die Kleine selten, weil ich Chodonla meistens nachts besuchte. Doch ein paar Mal war sie noch wach gewesen. Chodonla hatte Kunsang gesagt, daß ich ein Verwandter war. Ich kam aus einem für sie fernen Land, aus Kham. Das interessierte sie.

»Wie bist du gekommen, Onkel? Mit einem Lastwagen?«

»Nein, mit einem Pferd.«

»Kann ich es sehen?« rief sie lebhaft.

Ich sagte zu ihr:

»Würdest du gerne mal auf einem Pferd reiten?«

Sie nickte begeistert. Nichts gefiele ihr besser. Ich erzählte ihr, daß meine Mutter in ihrem Alter jedes Pferd, auch das wildeste, furchtlos geritten hatte. Kunsang lauschte mit leuchtenden Augen. Und beim nächsten Mal, als ich kam, gab sie mir eine Zeichnung.

»Für dich, Atan!«

Die Zeichnung zeigte ein Mädchen auf einem Pferd. Das Pferd war dunkelbraun; das Mädchen trug ein rotes Kleid und ein Kopfband mit Türkisen. Im Hintergrund waren Schneeberge zu sehen, und über ihnen schien die Sonne. Meine Kehle wurde eng. Sun Li hatte Kunsang Malpapier und Buntstifte mitgebracht, die in Lhasa Mangelwaren waren. Und durch ihn, durch Sun Li, war in Kunsangs kindlicher Phantasie meine Mutter zum Leben erwacht. Sie blickte mich gespannt an. Ich wandte das Gesicht ab; sie sollte nicht sehen, wie sehr ich mit meinen Gefühlen kämpfte. Kunsang zupfte mich unruhig am Ärmel. Ob mir die Zeichnung nicht gefalle?

»Kann ich sie behalten?« fragte ich heiser.

Sie lächelte überglücklich.

»Ich habe sie ja für dich gemacht!«

Ich steckte die Zeichnung in meine Brusttasche. Und seitdem trage ich sie immer bei mir wie einen Talisman.

Das letzte Mal, als ich Chodonla sah, war sie vor Unruhe ganz wirr, rauchte eine Zigarette nach der anderen.

»Etwas liegt in der Luft. Vor dem Jokhang sind Manöver geplant. Die Behörden rechtfertigen ihre Vorbereitungen als Präventionsmaßnahmen. Es gibt Gerüchte, Atan. Sie haben Namenslisten. Sie sagen, Drepung macht Probleme. Die Mönche hetzen die Bevölkerung auf. Das sagen sie immer. Ich habe Angst ...«

Ich antwortete: »Man kann die Menschen nicht davon abhalten zu demonstrieren.«

Chodonla fror in ihrem kurzärmeligen chinesischen Kleid. Ihr Gesicht war weiß wie Porzellan.

»Im Gefängnis, da haben sie besondere Methoden.«

»Ich kenne bereits einige.«

Ihre Finger hoben die Zigarette zum rotgeschminkten Mund; sie waren unendlich dünn, ohne Mut, ohne Kraft.

»Sie haben neue. Ich weiß nicht wohin mit mir, Atan, ich werde verrückt! Du mußt die Mönche zur Vernunft bringen. Sie sollen nicht demonstrieren. Um keinen Preis!«

Mönche kann man nicht zur Vernunft bringen. Die haben ihren Glauben, der bekanntlich Berge versetzt. Trotzdem sagte ich: »Ich will sehen, was ich tun kann.«

Ich nahm ihr behutsam die Zigarette aus dem Mund. Sie hustete, blies mir den Rauch ins Gesicht. Chodonla wankte auf ihren Absätzen. Ich hielt sie an den Ellbogen fest. Die Röte auf ihren Wangen war unnatürlich. Sie lehnte die Stirn an meine Schulter. In ihren Schläfen klopfte das Fieber.

»Ich träume immer wieder von meiner Schwester, nie von dir. Ist das nicht merkwürdig?«

»Ich träume oft von dir«, sagte ich kehlig.

Sie schwankte, legte beide Arme um mich.

»Wirklich?«

»Träume hin und wieder von mir«, sagte ich. »Ich bitte dich sehr.«

Sie hob den Kopf und lächelte. Ihr Lächeln brach mir das Herz. Ich riß sie an mich wie ein Wahnsinniger. Ihre Pupillen schienen sich noch weiter zu öffnen. Ich folgte dem Licht in ihren Augen. Unter dem Stoff ihres Kleides spannte eine heftige Woge ihre Hüften; es war, als ob ihr Unterleib mir entgegenschlug. Ich zerrte mit einem Ruck ihr Kleid nach oben, preßte sie an mich, schob ihren Slip über die Schenkel. Stehend drang ich in sie ein; sie fiel gegen die Mauer, bewegte sich mit mir, im Rhythmus meiner Bewegungen. Sie schenkte mir ein zerbrechliches Lächeln, ihre Beine gaben unter ihr nach. Ich fing sie auf, hob sie hoch. Ich legte sie auf das Bett, streifte ihr die Schuhe von den Füßen. Ihr Körper vibrierte wie eine Bogensehne. Ich legte beide Arme unter ihren Rücken, drückte mein Gesicht auf ihre klamme Haut. Ihr Tod war in mir und pochte in meinen Schläfen, in der Kehle, im Unterleib. Der Schmerz war so groß, daß ich fast erstickte. Ich schluchzte stumm und tränenlos, sie stützte sich auf ihr kleines Gesäß, wölbte die pulsierenden Hüften; ihre Spalte, angeschwollen und noch feucht von meinem Samen, öffnete sich wie eine Wunde. Ich umschloß sie ganz mit den Lippen. Mein Geist war in ihrem Fleisch gefangen. Und für eine Weile stand das Leben noch still.

Ich wohnte in einem Gasthof, der einem Nepalesen gehörte. Hier verkehrten vorwiegend Händler, manche mit Frauen und Kindern. Ich teilte einen Raum mit einem Stoffhändler, der wenig begeistert war, mich als Zimmergenossen zu haben, und ängstlich seine Waren um seine Matratze stapelte. Ich mahnte die Mönche zur Vorsicht, aber sie waren viel zu aufgebracht, um mir Gehör zu schenken. Und am nächsten Tag erschien ein Leitartikel in dem parteitreuen »Tibet Daily«, der das Pulverfaß zündete. Es dauerte nicht lange, und die Hölle brach los. Mönche und Nonnen forderten in Sprechchören Freiheit für Tibet, die Bevölkerung schloß sich an. Zwei Tage lang staute sich der Geruch nach Staub, Blut und Tränengas über Lhasa; ein Geruch, der mir allzu vertraut war. Als es vorbei war, sah ich die Lastwagen die »Feinde des Volkes« in das Gurtza-Gefängnis bringen, wo man die »neuen Methoden« jetzt ausprobieren konnte. Kindliche Mönche und Nonnen, kahlrasiert und blutüberströmt, mit Gesichtern, grau vor Angst. Und am Abend des gleichen Tages ritt ich mit Sonam aus Lhasa fort. Sie jedenfalls habe ich retten können. Und später auch ihr Kind – unterwegs. Es war ziemlich heikel, ich bin keine Hebamme. Trotzdem bilde ich mir etwas darauf ein, es geschafft zu haben …

Es tut mir leid, Tara, es war eine lange Geschichte. Dabei macht sie nur einen Bruchteil meines Lebens aus.«

»Und das andere?«

»Erzähle ich dir später. Hast du keine Angst, mit mir zu reisen?«

»Das hättest du früher fragen sollen.«

Er grinste.

»Warte, laß mich das Feuer schüren. Ich muß dir etwas zeigen.«

Er entfachte die Glut in seiner schnellen, geschickten Art. Als die Flammen hell loderten, zog er ein kleines Paket aus seiner Brusttasche. Das Päckchen war in Plastik eingewickelt und durch ein kräftiges Gummiband zusammengehalten. Ein kleines Etui mit Drehbleistift und Kugelschreiber gehörte dazu. Zum Vorschein kam eine auf Millimeter gezeichnete Landkarte von Tibet. In der Mitte, schön zusammengefaltet, steckte eine Kinderzeichnung. Sie zeigte ein Mädchen auf einem Pferd, eine heitere Darstellung, wie Kinderaugen solche Figuren sehen, halb Wirklichkeit, halb Phantasie. Kunsang war wohl völlig bei der Sache gewesen, ganz vertieft, ihre Arbeit hatte sie sicher ganz ausgefüllt; die Zeichnung drückte Lebendigkeit, aber auch eine starke Intensität des Gefühls aus.

»Ich verstehe …«, seufzte ich. »Und was hast du noch, Atan?«

Er breitete die Landkarte auf dem Boden aus, glättete sie mit der flachen Hand.

»Sie ist im Maßstab 1:200000. Kennst du dich aus?«

»Nicht besonders. Hast du die gezeichnet?«

»Sowas lernt man bei der Army. Das war keine verlorene Zeit.« Ich sah mir die Karte genauer an. Berge und Flüsse, Seen und Städte waren akkurat eingetragen, mit Markierungen in verschiedenen Farben bezeichnet. Ich hob fragend die Brauen. »Atomraketen?«

»Richtig. Die Standorte sind rot eingekreist. Sie hängen direkt vom »Neunten Büro« ab, in dem die Fäden des gesamten chinesischen Nuklearprogramms zusammenlaufen. Die Zahl der Mittelstreckenraketen beträgt weit über hundert. Sie sind auf alle Arten von Zielen ausgerichtet und jederzeit einsatzbereit. Die Kommandozentren sind in unterirdischen Bunkern untergebracht.«

Ich schluckte.

»Was bedeuten die anderen Markierungen?«

»Die Kreuze bezeichnen Kernkraftwerke und Deponien nuklearer Abfälle, die Dreiecke Uran-Vorkommen. Die bei Lhasa sind die größten der Welt. Die Testfelder für Giftgase und bakteriologische Waffen sind mit Gelb markiert. Die Zahl der Krebskranken und der mißgebildeten Kinder taucht in keiner Statistik auf. Ich habe ein paar Untersuchungen gemacht. Die Tendenz steigt jährlich um mehr als 25 Prozent.«

Ich spürte, wie mein Gaumen kalt wurde.

»Du bist ein gefährlicher Mann, Atan.«

Fältchen zeigten sich in seinen Augenwinkeln.

»Habe ich jemals das Gegenteil behauptet?«

»Du bist ein Spion.«

»Kann man sagen, ja.«

»Ist das Risiko, geschnappt zu werden, nicht groß?«

»Eins zu hundert.«

»Und wenn sie dich erwischen?«

Er verzog das Gesicht.

»Die Gefahr hindert mich nicht daran, das zu tun, was ich im Sinn habe.«

»Und was hast du im Sinn?«

Sein Lächeln verschwand, während er die Karte akkurat zusammenfaltete und mit der Zeichnung in die Hülle steckte. »Zu wissen, wo der Feind seine Waffen lagert, interessiert nicht nur mich, sondern auch das amerikanische Außenministerium. Die neuen Satellitensysteme überwachen jeden Quadratmeter Erde. Der Himmel ist voll davon, Asien ist komplett vernetzt. Das Ziel der USA ist nach wie vor, Chinas Aufstieg zu bremsen. Das ist gut für uns, bringt aber kurzfristig nichts. Denn inzwischen nützt China die jährlich erneuerte Mehrbegünstigungsklausel für seine Exporte in die Vereinigten Staaten, baut seine Waffenarsenale aus und spielt auf Zeit. Ich liege seit zehn Jahren mit der Nase im Dreck und sammle Informationen. Aufklärungsinstrumente können das besser und schneller. Das Problem ist nur, woher bekommen wir die Aufnahmen? Das Pentagon rückt damit nicht raus. Folglich muß man auf antiquierte Methoden zurückgreifen. Es ist nur eine Frage der Geduld, aber davon habe ich viel.«

»Atan, bist du verrückt? Es ist unglaublich! Wozu machst du das?«

»Für die USA ist ein Atomkrieg in Asien ein eingeplantes Risiko; durchaus zumutbar, solange keine Ölquellen im Spiel sind. Ich bilde mir ein, daß sich mit der Karte – so stümperhaft sie sein mag – etwas machen läßt. Die Führer in Beijin betreiben beflissen Augenwischerei. Diese Informationen könnten bei gewissen Nachbarländern Chinas ein Frösteln hervorrufen.«

»Wem willst du sie verkaufen, Atan?«

Er lachte leise vor sich hin.

»Verkaufen? Ich war einmal sehr, sehr nahe daran. Aber ich halte lieber an meinen Grundsätzen fest. So denke ich, daß Seine Heiligkeit für die Karte Verwertung hätte. Er ist in erster Linie Mönch, und für ihn kommt nur der gewaltlose Weg in Frage. Aber Gewaltlosigkeit, mit einleuchtenden Druckmitteln verstärkt, kann eine Supermacht an den Verhandlungstisch zwingen. Dafür gibt es Beispiele in der Geschichte.«

»Du hast diese Informationen für den Dalai Lama zusammengetragen?«

»Ich hoffe bloß, daß er mir keine Moralpredigt hält.«

»Weiß er davon?«

»Noch nicht.«

Ich starrte ihn an. Ich konnte es immer noch nicht fassen.

»Glaubst du wirklich, daß du etwas bewirken kannst?«

»Mir ist es sogar schrecklich ernst damit. Seine Heiligkeit hat den Traum, Tibet in einen Ort des Friedens umzuwandeln, in dem Menschen und Natur in Harmonie leben. Ihm schwebt ein kreatives Zentrum für die Förderung und Entwicklung des Friedens vor. Er wünscht sich, die tibetische Hochebene in den größten Naturpark, die größte Biosphäre der Welt zu verwandeln. Das jedenfalls sagte er 1989 in Oslo, und die ganze Welt hörte zu. Die Vision eines Utopisten? Vielleicht. Ich war lange genug Realist. Jetzt habe ich die Nase voll und möchte an ein paar verrückte Sachen glauben. Träume, die uns unausgesetzt und mit großer Gewalt befallen, werden mitunter wahr.«

51. Kapitel

Der Zauber Tibets wirkte wie ein Rausch; ich hätte es nicht für möglich gehalten. Der in der Nacht gefallene Schnee war in dem Hochtal bereits wieder unter der Sonne geschmolzen. Nur die Berge im Osten lagen im Schatten; hier war der Schnee gefroren, und die Hufe der Pferde sackten in der Kruste ein. Die Gletscher funkelten, das Azurblau war von gläserner Härte. Als der Schnee von den Felsen herunterstäubte, tanzten Eiskristalle im Licht, die Luft war von wirbelnden Funken erfüllt. Eine seltsame Energie schien Himmel und Erde zu verbinden. Sie strömte durch meinen Körper hindurch, verband mich mit der Luft, mit der Sonne, mit dem Boden. Blau und Weiß, die Farben des Himmelsgottes, verkörperten Licht und Raum, und tränkten die Menschen mit Kraft.

Der Weg stieg endlos an, wie eine Treppe. Manchmal dachte ich, dieser Weg konnte nur zum Ende aller Wege führen. New York, Kathmandu, Istanbul und Rom hätten ebensogut auf verschiedenen Planeten liegen können. Hier und da lösten sich Steine, hüpften polternd und sirrend in die Tiefe. Dann flatterten Vögel auf, die in den Schluchten Nahrung suchten. Ihr Gefieder leuchtete kupferfarben in der Sonne, bevor sie wie Schemen zurück in die Tiefe sanken. Ein Tag verging, dann ein zweiter und noch ein dritter. Die Bergkette schien enger zusammenzurücken, eine unüberwindliche Wand zu bilden. Wir erreichten eine Landschaft, in der man vergeblich eine Spur von Leben suchte, eine Landschaft aus Stein, Schnee und eisiger Sonne. Hier wehte der Wind wie ein Orkan. In hundertfachem Echo warfen die Felswände sein Heulen und Pfeifen zurück. Langsam, Schritt für Schritt, wagten sich Ilha und Bemba auf das Gletschereis. Die Pferde verstanden es, sich mit

Hilfe des Windes vorwärts zu bewegen, sich gegen ihn zu lehnen, um sich im Gleichgewicht zu halten. Für mich war die Anstrengung gewaltig; meine Lungen flogen, das Herz hämmerte mir. Atan sorgte stets für ausreichend Wasser, denn der Körper braucht viel Flüssigkeit.

Endlich erreichten wir die Paßhöhe. Wie Hunderte von Reisenden vor uns, befestigten wir eine Glücksschärpe um einen weißen Stein und legten ihn auf das mit Gebetsfahnen geschmückte Paßheiligtum. Wir sprachen ein Gebet, glücklich darüber, das wir den ersten Teil der Reise überstanden hatten. Doch der Abstieg war noch heikler. Tückische Gräben und Rinnen durchzogen den Hang, der fast senkrecht in die Tiefe fiel. Auf der Nordseite hatte der Wind zum Glück nachgelassen. Außer dem Hufschlag der Pferde, ihrem keuchenden Atem, dem Knirschen des Sattelleders, war die Stille nahezu vollkommen. Atan ritt vor mir und erkundete den Weg; ich sah nur seinen breiten Rücken, in Wolfsfell gehüllt. Er schien weder Hitze noch Kälte zu spüren, sein Oberkörper war nackt unter der seidenen Wickelbluse der Nomaden. Ich trug eine Schneebrille; er brauchte keine. Beim Reiten war er sehr wortkarg; seine ganze Aufmerksamkeit galt dem Gelände; nichts entging ihm, seine wachen Sinne nahmen alles auf. Seit vielen Tagen nun lebte ich mit ihm; er hatte mit mir seine Vergangenheit geteilt; es war merkwürdig, wie vertraut er mir geworden war. Und doch blieb er für mich ein Geheimnis. Meine Haut prickelte, wenn ich ihn ansah und über diese Dinge nachdachte. Er trug in sich die Ausstrahlung von Waldluft, von hohen Bergen und kreisrunden Jurten, von funkelnden Seen und warmen, beseelten Steinen. Sein ganzes Wesen stand im Zeichen einer Leidenschaft, die aus dem lebendigen Blut kommt. Und doch begleiteten ihn, wie unsichtbare schwarze Schwingen, die Schatten des Schreckens und des Todes.

Die Nordflanke des Himalaya senkte sich der tibetischen Hochebene zu. Manchmal erblickten wir in der Weite einige Hirtenzelte, die sich wie Schildkröten unter der blauen Bergdecke duckten. Berittene Schäfer trieben ihre Herden heimwärts. In der klaren Luft sahen wir sie sehr deutlich, obwohl sich die Entfernung zwischen uns in Stunden messen ließ. Einmal, in der Morgenfrühe, als wir weitab einer Straße ritten, zeigte mir Atan in einer Schlucht die verrosteten Blechteile abgestürzter Fahrzeuge.

»Das war im Frühjahr. Eine Steinlawine. Ein ganzer Straßenabschnitt wurde in die Tiefe gerissen. Über fünfzig Chinesen fanden den Tod.«

Baumstämme und Felsbrocken lagen quer über den Abhang verteilt. Balken, die den Schotterweg hätten stützen sollen, ragten ins Nichts.

»Sie holzen die Wälder ab und denken nicht an die Folgen«, sagte Atan. »Fünfzig Milliarden Dollar brachte der Holzschlag den Machthabern in Peking. Wir haben ein Sprichwort: »Mit den Schätzen, die sie aus unseren Klöstern raubten, haben die Chinesen eine goldene Brücke nach Peking gebaut. Mit dem Raub unserer Wälder fügten sie noch eine hölzerne hinzu.««

»Aber die Wälder rächen sich«, sagte ich leise.

Er nickte.

»Ja, und ihre Rache reicht weit. Der Yangtse, der Mekong, der Brahmaputra und der Indus entspringen in unserem Hochland. Erd- und Geröllmassen verstopfen die Flüsse. Alle Flutkatastrophen im indischen Subkontinent wie auch in China selbst sind auf den Kahlschlag der tibetischen Wälder zurückzuführen.«

Im Gebirge hängt die Tageslänge von der Höhe der umgebenden Gipfel ab. In der Mittagshitze löschte die Sonne jeden Schatten. Doch sobald sie hinter die Berge tauchte, wehte eisiger Wind. Ein Rauschen schien vom Himmel zu wehen, das Herannahen der Nacht zu verkündigen. Sprunghaft zog sich das purpurne Licht von den Bergwänden zurück. Eines Nachts lagerten wir auf einem flachen Geländestreifen dicht unterhalb der Schneefelder. In viertausend Meter Höhe war der Himmel wie schwarzes Kristall, der Mond aus blauem Eis, und jeder Stern hauchte seinen gefrorenen Atem auf die Erde. Und wie jede Nacht lebte ich nur für den Augenblick, da Atan, nachdem er die Pferde versorgt hatte, sich zu mir in den engen Schlafsack zwängte. Sobald meine Arme sich um seinen schlanken Hals legten, spürte ich die Feuchte des Verlangens in meinem Mund, das Feuer der Sehnsucht im Mark meiner Knochen. Ich stöhnte leise unter dem Gewicht seines Körpers, spürte, wie die gleichen Erregungsschauer ihn durchliefen. Seine Hand fuhr langsam über meine Brust, strich an der Taille vorbei, berührte meine Hüften. Er tastete, öffnete meinen Reißverschluß mit einer einzigen, kurzen Bewegung, schob meine Jeans, die Strumpfhose und den Slip halb über die Schenkel. Seine Hand auf meinem nackten Bauch fühlte sich erstaunlich warm an. Ich drückte die Schenkel zusammen, schloß seine Finger ein. Dann zog ich mit beiden Händen seinen Kopf zu mir und suchte seine Lippen. Nach einer Weile befreite er seine Hand aus meinen zusammengepreßten Schenkeln; seine Finger legten sich auf meinen Unterleib, tauchten tief und wissend in mich ein, weckten Besessenheit, schauderndes Verlangen. Ich schob meinen Pullover und das Unterhemd hoch; streckte ihm meine Brüste entgegen, dürstend nach dem Gewicht seines Körpers, nach dem Geschmack seiner Haut. Sein lockiges Haar – ein wenig glatt wegen der Feuchte der Nacht – hing kalt über meinem Gesicht, aber die Kopfhaut fühlte sich warm an. Seine Zunge berührte meine Zähne. Sein Mund war geübt, wunderbar, jeder Kuß löste lustvolle Schmerzen aus. Das Erschauern zog weiter in meinen Bauch, meine Brüste spannten sich und schmerzten. Ich öffnete die Beine, so weit es in dem engen Schlafsack ging. Er zog mein Gesäß mit beiden Händen leicht auseinander, drang in mich ein. Er paßte sich den Bewegungen meines Körpers an, stieß langsam und beherrscht zu. Er wußte, worauf es ankam. Wieviele Frauen hast du gehabt, Atan? Das war eine Frage, die ich dir nie stellen werde. Niemals. Ich nahm sein Pochen in mir auf, das Heben und Senken seiner harten Flanken erregte mich bis zum Wahnsinn. Jeder Stoß verfeinerte mein Empfinden. Ich spürte seine Kraft in mir; sie wuchs und spannte sich mit jedem Stoß, wie ein steigender Pulsschlag. Sein Leben war in mir gefangen, sein Geist würde es niemals sein. Ich besaß ihn nicht, würde ihn niemals besitzen. Mir schenkte er seine Kraft, seine verwirrende Sinnlichkeit. Seine Liebe aber galt Chodonla. Das war eine Sache, mit der ich mich abzufinden hatte. Vielleicht suchte er sie in mir, in meinem Körper, und erkannte sie wieder. Meine Hand, die ihn im Spiel mit seinen Lenden erregte, war Chodonlas Hand, mein weit gewordener Leib Chodonlas Leib; ihre Lust kreiste in mir, mit jedem federnden Schlag seiner Hüften. Vor seiner Netzhaut flimmerte ihr Bild, er vertauschte mein Gesicht mit ihrem Gesicht, rief stumm ihren Namen. Vielleicht bildete ich es mir auch nur ein. Was spielte das für eine Rolle? Das Verlangen, von dem ich besessen war, konnte sich nur durch sie, durch Chodonla erfüllen. Es überwältigte mich, aber darin lag kein Widerspruch. Ich sprach mit meinem Körper zu ihm, sein Körper antwortete in der gleichen Sprache; ich wußte, ohne daß er es sagte, daß er mich mit Leib und Seele begehrte. Es war kein Kompromiß, und es verblieb kein Schmerz. Chodonlas müdes Lächeln schwebte über unserer Umarmung, bis unser Atem gleichmäßig ging und die Wärme der Erschöpfung unsere Körper lockerte. Atan richtete sich auf, zog den Wolfspelz dicht über uns, das weiche Fell kitzelte meine Nase. Wir lachten leise in der Dunkelheit. Ich umfaßte seine nackten Hüften, preßte sie an meinen Bauch. Er antwortete mit sanften, aufreizendem Druck.

»So?«

»So, ja. Beweg dich nicht.«

Der Mond leuchtete hinter den Bergzacken, und zwischen den Sternen wanderte ein Satellit. Der Wind flüchtete dunkel über die Gipfel hinweg, fiel in den Schluchten nieder. Wir jedoch schliefen, jeder geborgen in den Armen des anderen, mit Eisdiamanten im Haar.

Am Morgen war der Himmel grün und klar; aber Atan zeigte mir dunkle Wolken, die von Norden und Süden heranzogen. In Nepal schneit es, sagte er. Bald ritten wir an einem zugefrorenen Flußlauf vorbei, der kaum noch ein Murmeln hören ließ. In der Sonne war es erträglich, doch im Windschatten fraß sich die Kälte schmerzhaft in die Lungen. Ich schlug meinen Kragen hoch, zog Handschuhe an, setzte die Schneebrille auf. Violett schimmernde, zerzauste Dohlen schwärmten im Wind herbei, wirbelten hoch empor in die Luft, segelten über die Hänge. Dann und wann kam ein Dorf in Sicht. Die zumeist weißgekalkten Häuser waren in die Felsen gehauen. Die silbrigen Birken hatten den größten Teil ihrer gelben Blätter abgeworfen, die Gersten- und Buchweizenfelder schimmerten braun. Ein Zug dunkler, zottiger Yaks kam uns entgegen. Der Wind trug ihre Grunzlaute, das Bimmeln ihrer Messingglöckchen zu uns. Neben den Tieren liefen zwei Männer in Tschuba und abgenutzten Filzstiefeln. Eine Frau trug einen Klumpen Käse in einem Korb, in weiche Birkenrinde gewickelt. Sie hatte ein zerfurchtes Gesicht und taillenlange, graumelierte Zöpfe. Zu ihrem schwarzen tibetischen Kleid und der buntgestreiften Wollschürze trug sie eine Windjacke. Alle drei lächelten, hoben grüßend die zusammengelegten Hände. Die Frau schenkte uns ein kleines Stück Käse, und wir kauften ihr dazu noch etwas ab. Wir rasteten auf einer Bergwiese, aßen den Käse mit ein paar Zwiebeln. Er schmeckte würzig und herb. Am Nachmittag ritten wir einem brausenden Gebirgsbach entlang und kamen bald zu einer größeren Ortschaft, die sich um ein Kloster scharte. Atan sagte, daß der Abt Tukten Namgang ein Freund sei und uns Unterkunft geben würde.

»Er ist einer der unsrigen«, fügte er hinzu.

Das Sumpa Khanpo-Kloster erhob sich am Berghang, hinter Tannen und Birken. Vor den Wänden lagen aufgeschichtete Stapel von Reisigholz, die bis weit über das Dach reichten. Der Weg folgte den Windungen des Flußlaufes. Gießbäche schäumten; ein kleiner Regenbogen hing im Sprühregen. Wir ritten über eine Brücke, und ich sah im Wasserlauf einen Felsblock, auf dem man das Mantra »Om Mani Padme Hum« in wuchtigen Buchstaben eingeritzt hatte. Auch auf der schmalen Straße waren die uralten Glückszeichnungen mit weißem Kalk gemalt worden. Vor windschiefen *Stupas* flatterten an hohen Stangen himmelblaue und weiße Gebetsfahnen.

»Heute ist Feiertag« sagte Atan. »Das ist gut für uns, da fallen wir nicht auf.«

Er hatte mich gewarnt: Schnüffler waren überall. Es kam vor, daß sich Männer des »Public Security Bureau« als Händler oder Bettler tarnten und sich unter die Pilger mischten.

»Aber wir erkennen sie sofort, sobald sie den Mund aufmachen. Auch wenn es Tibeter sind«, ergänzte er achselzuckend.

Zwischen den klobigen Häusern mit ihren hölzernen Türen und schmalen Fensterschlitzen verstopfte die Menge alle Straßen. Viele drehten Gebetsmühlen, das Murmeln betender Stimmen erfüllte die Luft. Männer und Frauen trugen Pelzkappen, bunte Schultertücher und neue, schön bestickte Filzstiefel. Die Frauen waren mit Silberketten, Blutkorallen und Türkisen geschmückt. Einige alte Menschen zwirbelten Wollgarn auf Handspindeln. Sie taten es ganz entspannt und offenbar aus Gewohnheit, um ihre Hände tätig zu halten.

Atan erklärte mir, daß im Kloster seit sieben Tagen eine Kalachakra-Initiation stattfand. Heute war der letzte Tag. Die Zeremonie, eine der bedeutendsten des tibetischen Buddhismus, dauerte von Neumond bis Vollmond. Sie war dem großen Mysterium von Zeit und Raum geweiht, denn *Kala* heißt Zeit und *Chakra* bedeutet Rad. Wie stark das alles noch hier lebendig ist, dachte ich, mit einem kleinen Schauer der Vorfreude. Es roch nach süßem *Tschang*, nach Weihrauch und Sandelholz, nach Tierfellen, Schweiß und Yakdung. Ein paar chinesische Soldaten in grüner Uniform lehnten an einem häßlichen Betongebäude, zwei Jeeps standen davor. Weil das Gedränge so groß war, führten Atan und ich unsere Reittiere am Zügel. Die Augen der Chinesen glitten gleichgültig über uns hinweg. Ich preßte die Kiefer aufeinander. Ich mußte blaß geworden sein. Atan hatte nicht einmal mit der Wimper gezuckt. Seine Gelassenheit grenzte an Leichtsinn. Oder auch nicht. Gerade seine Besonnenheit war es, die ihn vor Gefahren schützte. Er bewegte sich locker und täuschend arglos, mit der Unbefangenheit und dem ruhigen Blick eines Mannes, der seinem Handwerk nachgeht und sich nicht das geringste vorzuwerfen hat.

Ein stark ansteigender Pfad, von weißen Steinen gesäumt, führte zum Kloster. Die Steine begrenzten den heiligen Bezirk, den die bösen Geister nicht betreten durften. Auch hier herrschte ein ständiges Kommen und Gehen von Pilgern. Manche krochen auf den Knien hinauf, das schweißglänzende, verzückte Gesicht von der Sonne beleuchtet. Einige trugen ein gelbes Schultertuch und eine rote Kopfbinde. Ein massives Holztor mit Eisenbeschlägen führte ins Innere des Klosters. Aus der Nähe fiel mir auf, wie alt und baufällig das Gebäude war. Breite, schlecht ausgebesserte Riffe klafften im rotbraunen Mörtel.

»In der Gegend kommen oft Erdbeben vor«, sagte Atan. »Die Gemeinde ist arm, und das Kloster liegt nicht auf der üblichen Touristenroute. Die Chinesen sind nicht daran interessiert, das Gebäude zu restaurieren.«

Oberhalb der Fenster flatterten Stoffbahnen. Auf dem Dach waren die vergoldeten *Gyaltsen*, die Siegeszylinder der buddhistischen Lehre, in bedauernswertem Zustand. Einige Novizen hatten uns in der Menge aufgespürt und rannten uns entgegen: zehn- bis dreizehnjährige Knaben, die Atan freudestrahlend und aufgeregt begrüßten. Sie streichelten die Pferde, ergriffen die Zügel, die Atan ihnen lächelnd überließ. Zu mir sagte er:

»Sie werden sich gut um die Tiere kümmern.«

Ein junger Mönch verschwand im Eilschritt und kam ein paar Minuten später in Begleitung eines hochgewachsenen Mannes zurück. Er war festlich in Gelb gekleidet. Tukten Namgang war ein überaus schöner Mann, mit feinen Gesichtszügen, gewölbten Brauen und großen, glänzenden Augen. Als er Atan erblickte, leuchtete sein Gesicht freundlich auf. Seine dunklen Augen schimmerten voller Zuneigung. Wir falteten die Hände, empfingen seinen Segen und überreichten ihm eine der Begrüßungsschärpen, die Tibeter auf Reisen stets bei sich haben. Atan stellte mich vor; er sagte, daß ich Ärztin sei und aus der Schweiz komme. Der Abt hieß mich willkommen, liebenswürdig und etwas in Eile.

»Im Augenblick herrscht Hochbetrieb. Wir gedenken des

Schutzpatrons unseres Klosters, des ehrenwerten Lodrö Tsogyal Rimpoche, mit einem Mandala-Ritual. Das bringt Aufregung in unser beschauliches Leben«, setzte er mit nachsichtigem Kopfschütteln hinzu. »Die Novizen sind etwas übermütig.«

Zwei junge Mönche trugen Zinngefäße mit gezuckerter Yakmilch als Willkommenstrunk. Ich kostete die Flüssigkeit; sie schmeckte scharf, kam mir jedoch nach der langen Reise wunderbar erfrischend vor. Gleichzeitig war ich überrascht und bewegt, daß der Abt eine wichtige Zeremonie verließ, um uns wie Ehrengäste zu empfangen. Daß Atan ein Anführer der Rebellen war, wußte ich ja, jetzt wurde mir klar, daß seine Stellung innerhalb der Bewegung bedeutend sein mußte. Ich fühlte plötzlich Schmerz auf mir lasten. Nur freie Menschen können sich verschenken, und er tat es von ganzem Herzen. Aber eines Tages würde er mich verlassen. Nicht wegen einer Frau, nein, wegen der Herausforderung, der lebenslangen Unrast – oder wegen Tibet. »Er wird dich unglücklich machen«, hatte Karma gesagt. Sie hatte geahnt, daß ein schweres Schicksal vor mir lag, ohne zu wissen, welche Form es annehmen würde. Die Leute denken meist über Worte gar nicht nach, ich auch nicht. Daß Leidenschaft so weh tun konnte, hätte ich nicht gedacht. Es war unlogisch, völlig verkehrt und gefährlich obendrein. Nimm dich zusammen, Tara. Der Mann kommt aus dem Land der Meteore, der Katastrophen. Er macht dich mondsüchtig und gierig wie eine Katze im Frühsommer. Schlaf mit ihm, solange du kannst, und vergiß deine sentimentalen Regungen.

Tukten Namgang entschuldigte sich: der Feierlichkeiten wegen sei das Kloster von lokalen Würdenträgern überfüllt. Atan könne jedoch im Gemeinschaftsraum schlafen. Als Frau war mir nicht gestattet, im Kloster zu übernachten, aber der Abt sicherte mir eine Unterkunft im Dorf zu. Ich war zerschlagen und durchgefroren und freute mich, daß ich endlich wieder in vier Wänden übernachten konnte. Nachdem das geregelt war, lud uns der Abt ein, an der Zeremonie teilzunehmen. Wir gingen, geschoben und umdrängt von den Pilgern, bis zu einem großen gepflasterten Innenhof. Es schien fast unmöglich, durch das Tor hindurchzukommen. Doch zwei Mönchswachen hielten die Pilger mit behutsamer Gebärde zurück, so daß sich vor uns eine Gasse bildete. Der Innenhof war von einer hölzernen Galerie umgeben, die ziemlich morsch aussah. Ein aufgeblähtes weißes Zeltdach dämpfte die Bergsonne, tauchte alle Gesichter in helles, verschwommenes Licht. Die Luft war erfüllt vom Murmeln der Gebete, vom friedvollen Surren unzähliger Gebetsmühlen. Die beiden Mönchswachen gingen voraus; die Menschen traten stumm beiseite. Aus allen Gesichtern sprach Liebe, Andacht, tiefe Verehrung. Die Hofmitte war mit fein geharktem Sand bestreut. Einige Mönche knieten dort. Sie trugen dunkelrote Gewänder; eine gelbe Schärpe war um ihre Schultern geschlungen. Die Mönche hatten kleine Röhrchen in der Hand, die feinkörnigen bunten Sand enthielten. Mit einem winzigen Holzstab führten sie sachte über die geriffelte Oberseite des Röhrchens, so daß der Sand in einem feinen Strahl herausrieselte. Sie trugen Mundbinden, um das Kunstwerk nicht mit ihrem Atem zu gefährden. Auf diese unendlich langsame, geduldige Art hatten sie ein farbenreiches, geometrisches Muster aus buntem Sand geschaffen, in sich präzise abgegrenzt und von atemberaubender Schönheit, einer traumhaften Stickerei ähnlich. Der Abt las die Bewunderung in meinem Blick und machte sich trotz des Lärmpegels die Mühe, mir Erklärungen zu geben. In Abwesenheit Seines Heiligkeit hatte er das Amt des »Varjia-Meisters« zu übernehmen. Zuvor hatte er den Ort meditativ gereinigt, indem er im Zentrum des Hofes die zehn »zornigen Gottheiten« aus sich herausströmen und in einen Ritualdolch eingehen ließ. Dann hatte er mit einer weißen, in genäßten Kalk getränkten Schnur die Hauptlinien des Mandalas gezeichnet. Denn ein Mandala konnte nie improvisiert werden; das Grundgerüst der Linien war unabänderlich. Das Erschaffen hatte vier Tage in Anspruch genommen. Jede Farbe stand für eine Himmelsrichtung: Schwarz für Osten, Rot für Süden, Gelb für Westen, Weiß für Norden.

»Nach dem Zeichnen der Hauptlinien«, erläuterte der Abt, »hat der Vajira-Meister die Stellen vorbereitet, in denen die angerufenen Gottheiten niederfahren werden. Ein Mönch wird mit Safranwasser die entsprechenden Stellen reinigen, bevor der Vajira-Meister für jede Gottheit ein Gerstenkorn niederlegt. So wird das Mandala belebt.«

Der Abt lächelte herzlich, sprach mit besonnener Stimme weiter. Die letzte Phase der rituellen Vorbereitung begann mit dem Zupfen der »Weisheitsschnur«, die aus fünf verschiedenen Fäden gezwirnt wurde. Die fünf Farben symbolisieren je eine Weisheit Buddhas. Der Vajira-Meister selbst hatte die Ostseite des Mandalas eingefärbt. Erst dann konnten die Mönche von der Mitte her langsam das gesamte Mandala entstehen lassen.

Tukten Namgang nickte mir zu; seine Augen schimmerten heiter und verklärt. Ich dankte ihm, daß er mir das alles deutlich machte; ich wußte viel zu wenig von diesen Dingen. Was hier vor sich ging, berührte mich tief. Das Wort *Mandala* kommt aus dem Sanskrit und bedeutet »Kreis«. Es war zugleich Bild der geschlossenen Ganzheit und des Universums. Ein Palast der Götter mit vier Toren, Sinnbild der kosmischen Ordnung; und gleichzeitig ein Integrationsweg, eine Darstellung der geistigen Vollendung. Das Mandala stellt die Quintessenz der Welt und der Menschen dar; es wirkte wie ein Labyrinth, in dem sich der Geist verlor. Diese Dinge, dachte ich, müssen unmittelbar erfaßt werden, ohne nachzudenken, denn mit Vernunft kann man ihnen nicht beikommen. Wir brauchen dazu keine Theorien, nur ein Emporschwingen der Phantasie und klare Traumbilder. Ich rieb mir die Stirn. Diese Traumbilder, woher kamen sie, wer hatte sie erfunden? Sie schienen mir so alt wie die Menschheit selbst.

Ja, wir waren gerade rechtzeitig gekommen und erlebten, wie das Mandala vollendet und belebt wurde. Dann trug eine Gruppe von Lamas die heiligen Vasen mit den Gaben für die zwölf Opfergöttinnen herbei; zwölfmal umkreisten sie mit lautlosen Schritten das Mandala, und zwölfmal sprach der Abt seinen Segen dazu. Nachdem man die Opfer dargebracht hatte, traten Tänzer in alten, kostbaren Brokatgewändern in Erscheinung. Wie vergilbt und zerschlissen die Stoffe auch sein mochten, sie schillerten bei jeder Bewegung im wechselnden Spiel des aufgefangenen Lichtes. Die Tänzer trugen Kronen, mit Juwelen besetzt, die zweifellos noch echt waren. Auf ihren braunen Gesichtern lag eine Verzückung, die aus tiefstem Herzen kam. Da niemand sich rühmen konnte, eine Gottheit leibhaftig vor sich gesehen zu haben, verlieh ihnen die menschliche Phantasie mannigfaltige Aspekte, kleidete sie in reiche Gewänder, oder ließ sie nackt und vergoldet in der Sonne leuchten. Das alles war nichts; wichtig war, was die Seele empfand, wenn sie zum Gefäß der Gottheit wird. Die Luft vibrierte vom Doppelklang der Trommeln und Zimbeln. Ich glaubte, in einem Ozean zu schwimmen, in einem Ozean der Sonne, der Musik, des goldenen Lichtes. Die Tanzenden ließen sich von den Instrumenten tragen, umkreisten das Sandbild in langsamen, sich drehenden Bewegungen. Sie verwandelten sich selbst in ein Mandala; ihre Schritte und Gesten zeichneten das Symbol, vermenschlichten es. Die Initianten, alle mit dem roten Kopfband versehen, schlossen sich dem Reigen an. Das Kopfband veranschaulichte ihre geistige Blindheit, bevor sie das Mandala von der Ostseite her in Gedanken betraten. Mitgezogen und gelockt von den Stimmen und Bewegungen, wanderten sie durch den kosmischen Tempel. Ihr Besuch war mit keiner Fürbitte verbunden; er diente nur der Verzückung, der heiteren Kommunion mit den Göttern. Mit jedem Anruf, mit jedem Schritt entfalteten sich die Flügel, die sie durch Raum und Zeit trugen, dem Geheimnis entgegen. Sie bildeten sich nicht ein, das Rätsel lösen zu können. Sie besuchten nur ein Haus, dessen Tore sich von Morgenrot zu Morgenrot öffneten, und fühlten sich erquickt und gestärkt. Doch so wie im Herzen des Lebens der Tod lauert – der Tod, der nie ein Ende ist, sondern ein ewiger Kreislauf, ein Neuaufgang –, so war auch das Mandala vergänglich. Es hatte seinen Zweck erfüllt, den Menschen eine Ahnung der Ewigkeit verliehen. Das rote Kopfband wurde gehoben von den Händen, die es gewoben hatten. Und keiner würde sich beklagen, die Blindheit gekannt zu haben, jetzt, wo seine Augen sahen. Dann wurde das Kunstwerk zerstört, auch das gehörte dazu. Die Mönche, die das Mandala geschaffen hatten, strichen mit einem Pinsel den farbigen Sand behutsam zusammen. Sie hoben ihn in den Handflächen hoch und füllten ihn in eine große, silberne Urne. Ich sah die Farben sich vermischten, das Muster sich auflösen, das Bild verschwinden, und empfand eine seltsame Wehmut dabei, während die Menge in heiterem Schweigen den Ablauf der Zeremonie betrachtete. Die Urne wurde mit Brokattüchern umhüllt, mit einem korbartigen Deckel versehen. Die ranghöchsten Lamas reihten sich zu einer Prozession, die Pilger drängten sich um sie herum. Sie gingen betend den Pfad hinunter, bis zu dem Fluß, der unweit des Klosters zwischen den Steinen dahinfloß. Am Ufer wurde die Urne aus ihrem Brokatkleid befreit; ein letztes Mal sprach der Abt seinen Segen. Unaufhörlich ihre Gebete murmelnd, hoben die Lamas den Deckel und neigten die Urne über die Strömung. Der Sand der Erkenntnis wurde dem Fluß anvertraut, wie die Asche eines Verstorbenen, denn Leben und Tod vereinten sich im Wasser. Farbige Kreise, Schleifen und Schnörkel bildeten ein letztes, natürliches Mandala, das sich mit den leichten Wellen vermischte und verschwand. Zurück blieb ein Duftschleier von verbranntem Sandelholz, schwebend über dem Wasser wie ein Atem aus einer anderen, herrlicheren Welt.

52. Kapitel

Eine Witwe mit kupferbraunem, gegerbtem Gesicht, die Mutter eines Novizen, gab mir Unterkunft für die Nacht. Dolkars bescheidenes Haus stand unterhalb des Klosters. Da ich Tukten Namgangs Gast war, behandelte mich die alte Dame so zuvorkommend, daß es mir fast peinlich war. Sie bereitete den Buttertee mit Sorgfalt, schüttelte lange den heißen Tee, bis die Butter ganz aufgelöst war und dem Tee eine cremige Dichte gab. Sie hatte ein Wasserbecken für mich bereitgestellt. Ein Stück Seife und ein sauberes Handtuch lagen daneben. Sie erzählte mir, daß ihr Mann zwölf Jahre in chinesischer Gefangenschaft gewesen war.

»Er war ein kräftiger Mann. Aber als man ihn freiließ, erkannte ich ihn kaum wieder. Er war nur noch Haut und Knochen, hatte das Gehör verloren und fast keine Zähne mehr im Mund. Ein paar Monate später starb er an Typhus«, sagte Dolkar und wischte sich die Augen. Ihr ältester Sohn war nach Nepal geflohen; er hatte dort einen kleinen Laden und schickte ihr Geld. Ehrfürchtig zeigte sie mir ihren kostbarsten Schatz: ein altes, vergilbtes Bild Seiner Heiligkeit. Sie bewahrte das Bild in einer Truhe auf, vor einem winzigen Hausaltar; es war immer noch verboten, Bilder des Dalai Lama zu besitzen.

»Aber ich kann ohne das Bild Seiner Heiligkeit nicht leben.« Dolkar hob das Foto ehrfürchtig an ihre Stirn. »Das Bild gibt mir soviel Schutz und Kraft. Ich weiß, daß Seine Heiligkeit stets in Gedanken bei uns ist.«

Als ich ihr sagte, daß ich den Dalai Lama in der Schweiz gesehen hatte, als er das Kloster von Rikon besucht und an verschiedenen Veranstaltungen teilgenommen hatte, kannte Dolkars Ergriffenheit keine Grenzen. Sie nahm meine Hände und drückte sie, daß es fast schmerzte. Ihre Fragen sprudelten hervor wie ein Wasserfall. Ich mußte ihr ganz genau berichten, wo und wie die Begegnung stattgefunden hatte, bis ich vor Müdigkeit fast umfiel. Schlafen konnte ich nicht viel, denn zahlreiche Pilger übernachteten unter freiem Himmel, tranken reichlich *Tschang* und lärmten und sangen wie in einer Schweizer Festhütte. Beim ersten Hahnenschrei erwachte ich, und zwar buchstäblich, denn der Hahn und zwei glucksende Hennen übernachteten im gleichen Raum, in einer Kiste. Dolkar wagte die Hühner nicht draußen zu lassen; sie hatte Angst, daß sie ihr in der Nacht gestohlen wurden. Die Zeiten hatten sich geändert, seufzte sie; die Menschen litten Not, und es gäbe viele Gelegenheitsdiebe. Ich bot Dolkar Geld für die Übernachtung an; sie wies es fast entrüstet zurück. Nein, wie käme sie dazu, Geld von mir zu nehmen? Ich hätte Seine Heiligkeit gesehen, sei von ihm gesegnet worden. Jeder Augenblick meiner Anwesenheit sei für sie ein unermeßlicher Schatz. Sie umarmte mich zum Abschied, legte mir eine weiße Glücksschärpe um den Hals. Ihr Kinn zitterte dabei, und ihre Augen standen voller Tränen.

Bei Sonnenaufgang traf ich Atan vor dem Klostertor. Ein Schwarm Novizen belagerte die hohe Mauer; sie waren alle bemerkenswert schweigsam, ihre Augen glänzten, sie sahen gebannt zu, wie Atan die Pferde sattelte. Die Tiere waren mit Trockenerbsen gefüttert worden und sahen zufrieden und ausgeruht aus. Man hatte sie sogar gebürstet. Ich fragte Atan, was denn die Jungen so beeindruckte. Er erklärte, daß er den Novizen Geschichten aus seiner Jugendzeit erzählt habe.

»Sie haben das alles nie gekannt und werden es niemals erleben.« Er sah gedankenverloren zu ihnen hin. »Sie wissen, daß wir am Anfang einer anderen Zeit stehen. Vom Sinn des neuen Werdegangs verstehen sie nicht viel. Nun, auch andere Dinge lassen die Menschen reifen. Vielleicht helfen ihnen die Götter.«

Tukten Namgang trat mit schlurfenden Schritten aus dem Tor. Er war noch unrasiert und trug die dunkelrote Alltagsrobe. Wir verneigten uns vor ihm, wie es ihm zukam, dankten ihm für seine Gastfreundschaft. Er legte seine Hand auf mein Haar, und selbst als er sie zurückgezogen hatte, war mir, als fühle ich noch immer, feierlich über mir schwebend, seinen Segen. Atan und der Abt reichten einander die Hände. Sie sprachen kein Wort dabei, tauschten nur einen langen, dunklen Blick, als suchten sie nach einer Botschaft im Herzen. Beide Männer konnten Geheimnisse für sich bewahren. Und so fragte ich Atan nicht, worüber sie am Abend gesprochen hatten. Wir hielten uns nicht länger auf. Die Pilger verließen das Dorf in Scharen; wir wollten die Menge nutzen, um unbemerkt von den PSB-Leuten das Dorf zu verlassen. Die chinesischen Soldaten standen am gleichen Ort wie am vergangenen Tag und sahen den Pilgern zu, die sich mit Maultieren, Pferden oder zu Fuß auf den Weg zu ihren abgelegenen Dörfern machten. Ich hoffte, daß ihnen meine Kleider, die schmutzig, aber von guter Machart waren, nicht auffielen. Doch wir hatten Glück. Die Menge war zu dicht, als daß die Soldaten jeden ins Auge fassen konnten.

»Vor ein paar Jahren wollten sie das Fest verbieten«, erzählte mir Atan, als wir die Ortschaft verlassen hatten. »Es brachen Krawalle los, und zwei Soldaten wurden von der Menge gesteinigt. Die Schuldigen wurden hingerichtet. Genickschuß. Aber die Garnison wurde nicht verstärkt, und schließlich durfte die Zeremonie stattfinden. Das Dorf liegt zu abgelegen und hat keine strategische Bedeutung.«

»Ich habe alles, was ich hier sah, sehr tief empfunden.«

Er nickte.

»Ich ebenso. Wir nehmen alle Symbole wahr und gehen mit ihnen therapeutisch um. Eine Zeitlang werden die Menschen wieder zufrieden leben, sagte mir Tukten Namgang.«

Ich sagte:

»Bisher verstand ich nicht viel von diesen Dingen. Mein Leben in Europa hat Spuren hinterlassen. Vielleicht sollte ich umdenken.«

Er zeigte sein schönes, warmes Lächeln.

»Es gibt ein Sprichwort: Zu derselben Weisheit ziehen Pilger mit verschiedener Geschwindigkeit, von verschiedenen Ausgangspunkten, mit unterschiedlicher Aufbruchszeit.«

Unsere Blicke trafen sich. Ich seufzte.

»Ach, bist du auch auf der Reise?«

Sein Lächeln verschwand.

»Wir sind ein Volk in der Falle der Geschichte. Es ist nicht gut, in geistiger Abhängigkeit eines Eroberers zu leben. Es mag vorkommen, daß zwei Kulturen zu einer einzigen verschmelzen. Nicht aber die Tibeter und die Chinesen. Unsere Kulturen ergänzen sich nicht. Und falls die Chinesen es schaffen, unser Volk so zu schwächen und zu vernichten, daß es vom Erdboden verschwindet, wie sie es am liebsten hätten, nun, so lehrt uns die Geschichte, daß unser Schicksal kein Einzelfall ist.«

»Die Chinesen sehen sich als Weltmacht.«

»Ja, sie versuchen sich von der Erde zu erheben, indem sie an ihren Schnürsenkeln ziehen.«

Ich lachte. Doch er fuhr fort.

»Der Vorsitzende Mao wollte das Ich töten. Der Mensch sollte im Dienst des Kollektivs stehen. Man kann Ideologien erkennen, die Schiffbruch erleiden werden. Sie tilgen die Farben des Geistes, ersetzen sie durch ein Räderwerk. Wir tragen die Farben in uns wie einen Regenbogen, den keiner zu fangen oder zu fesseln vermag. Woher wüßten wir, wie wir leben sollten, wenn wir nicht an etwas glaubten, das größer ist als wir? Wer würde uns lehren zu leben? Die Kommunistische Partei?«

Auf dem Weg in Richtung Norden bewahrten das Buschwerk, die Staudengehölze und die Föhren noch die bunten Farben des Herbstes: rot, safrangelb, violett. Darüber ragten wie weiße Träume die Eisgipfel, und noch höher drehte sich das Tageslicht in blauschwingenden Kreisen, genau wie die Adler, die mit ihren schwarzen Schwingen die Schneehänge streiften. Die sich im Wind rührende Kraft erfüllte mich mit Leben; ich empfand die Energie dieser Luft; sie wirkte wie ein Rausch, sie vermehrte meine Kräfte. Das wilde Leben der Berge, das Leben der Bäume und Felsen und Tiere war erfüllt von Weisheit und Macht. Menschen, die diese Macht nicht anerkannten, waren in ihrer Entwicklung zurückgeblieben. Sie würden nie Freundschaft mit der Schöpfung schließen. Sie redeten von einer besseren Welt, während sie die Welt zerstörten. Aber eines Tages würden ihre Herrschaft, ihre Gewalt sich wie Rauch am Himmel auflösen, denn die Schöpfung war größer als die Menschen, unbesiegbar.

Bei Nachtanbruch rasteten wir unter einer kleinen Anhöhe, die uns vor dem beißenden Wind schützte. Atan führte mich dicht an den Rand einer Felswand. Ein dünnes Rinnsal glitt über abgeschliffenes Gestein und floß in ein kleines, natürliches Becken. Im Laufe der Jahrhunderte hatte das Wasser die moosbewachsenen Wände geglättet, daß sie wie Keramik schimmerten. Ringsum wuchsen Krüppelsträucher und erstaunlich kräftige, hochgeschwungene Halme. Atan nickte mir zufrieden zu.

»Wir haben Glück. Es kommt vor, daß die Quelle trocken ist. Sie gibt gutes Trinkwasser, aber wir müssen es abkochen.«

Mit steifen Beinen ließ ich mich aus dem Sattel gleiten. Kleine Aschehaufen und Reste von »Zivilisationsabfall« zeigten, daß dieser Rastplatz oft besucht wurde. Wir befreiten die Tiere von Sattel und Zaumzeug und führten sie an das Becken. Der Wasserspiegel lag glatt und ruhig da. Mineralische Beimischungen hatten dem Wasser eine schimmernde Kupfersulfatfarbe gegeben, so daß es dunkelgrün schillerte. Ein Duft stieg aus dem Wasser, frisch, leicht und würzig, als wären alle Gerüche der Gräser, der Blumen und der Bäume in ihm vereint.

»Woher kommt das?« fragte ich Atan verwundert.

»Das sind die Wurzeln und Pflanzen, die im Wasser wachsen. Abends, wenn die Luft kalt wird, spürt man den Duft.«

Er führte die Pferde an das Becken und ließ sie etwas trinken, ehe er ihnen das Maul zuband. Dann löste er eine Handvoll Moose aus dem Becken und rieb ihre schwitzenden Flanken ab. Ich wollte ihm dabei helfen. Doch als ich die Hand in das Wasser tauchte, zog ich sie mit einem Überraschungslaut zurück. Ich glaubte, daß mein Arm zu Eis erstarrte. Atan nickte mir zu.

»Das Wasser aus den tiefen Erdschichten erwärmt sich nie.«

Ich beugte mich über die grüne Fläche, sah mein Gesicht in ihr wie einen weißen Schatten. War es der kalte Hauch des Wassers? Eine Gänsehaut überlief mich. Ich hatte großen Durst und freute mich auf den Tee, den Atan nun zubereitete. Müde saß ich in meinem Schlafsack, während Atan Wurzelholz suchte, das er zwischen drei Steinen aufhäufte. Er strich ein Zündholz an und machte Feuer. Eine kleine Flamme schoß knisternd empor. Der Rauch duftete würzig. Erschöpft beobachtete ich, wie er ein Stück von dem Teeziegel zerbrach, die getrockneten Blätter in den Topf warf, wo das Wasser bereits kochte. Aus einem Lederbeutel entnahm er die Butter, die er den Mönchen im Sumpa Khanpo-Kloster abgekauft hatte, warf sie in das kochende Wasser und mischte sie mit Salz. Dann goß er den Inhalt in den Thermoskrug und schüttelte ihn. Die tibetische Angewohnheit, den Tee gesalzen statt gezuckert zu trinken, war keine Geschmacksverirrung, sondern eiserne Notwendigkeit: Das Salz führte dem Körper die in dieser Höhenlage unentbehrliche Flüssigkeit zu.

Atan hatte sein Wolfsfell um die Hüften gewickelt und trug nur seine Tschuba. Die verblichene Rohseide war unglaublich robust, sie hatte sich seinem Körper angepaßt wie eine zweite Haut. Ich betrachtete sein schmales, etwas flaches Profil, seine vollen, sinnlichen Lippen. Der Ritt hatte ihn überhaupt nicht ermüdet. Und gleichzeitig fiel mir die Sparsamkeit und Präzision seiner raschen, elastischen Bewegungen auf. Instinktiv vermied er jede unnötige Kraftverschwendung. Ich staunte immer wieder, wie wandelbar er war. Manchmal ließen ihn die Linien auf seinem Gesicht alt und verbittert aussehen; dann wieder trat ein unerwartet leuchtendes Lächeln auf, so jung wie der Anfang dieser Welt. Ich konnte diese Wesensauszeichnung, die ihn so einzigartig machte, nicht fassen. Ich konnte ihn nur ansehen – und leiden. Ein solcher Mann, dachte ich, wäre überall auf dieser Welt zuhause. Was tut er hier in Tibet? Und doch war er ein Steppenreiter, ein Nomade, ein Mensch aus einer anderen Welt; und er war es aus eigener Wahl, aus eigenem Willen.

»Atan, hast du nie daran gedacht, ins Ausland zu gehen?«

Er nahm eine Tasse, goß Tee aus der Thermosflasche hinein, fügte *Tsampa* hinzu und reichte sie mir. Wir mischten es mit den Fingern und einem Stück Butter, bis es teigig wurde.

»Der Wind bläst mich dahin und dorthin, wie Distelsaat. Und ich bin anmaßend genug zu glauben, daß ich hier noch gebraucht werde.«

»Eines Tages wirst du dieses Leben satt haben.«

»Es ist schon soweit. Die chinesischen Lautsprecher töten mir die Nerven. Jeden Morgen das Geplärr, pünktlich zwei Stunden vor Sonnenaufgang: auf zum Frühturnen, in Beijin ist schönes Wetter! Und das verfluchte Gehupe! Sie können keine Kurve nehmen, ohne der Welt zu verkünden: Ich fahre ein Auto! Ich habe die Schnauze voll. Aber im Augenblick habe ich noch zu tun. Wenn ich damit fertig bin und mir die Knochen schmerzen, wer weiß?«

»Viel zu verlieren hast du ja nicht«, sagte ich, bitter auflachend.

»Höchstens meine Geduld. Zur Jahrtausendwende werden mehr als hunderttausend Chinesen in Lhasa angesiedelt sein. Ich hege eine gewisse Abneigung dagegen. Ein Glück, daß ich nicht ständig daran denke. Man spricht auch davon, daß die Garnisonsstadt Bayi, die erst seit zehn Jahren besteht, Lhasa als Hauptstadt der »autonomen Region Tibet« ablösen soll. Bayi liegt genau auf der Einfallachse zu den zentralasiatischen Nachbarn Pakistan, Afghanistan und Tadschikistan. Ein strategisch wichtiger Ort also. Das Problem liegt in Tibet, bei unserer stillschweigenden Abfindung mit der chinesischen Besatzung. Ich sage »Abfindung«, nicht »Zustimmung«.«

Der Vollmond funkelte hinter den Gipfeln wie eine Schale aus Aquamarin. Die Spiralwolken der Sterne wehten über den Himmel. Ich fühlte die Zeit dahinströmen, beinahe wie einen Fluß, einen Strom aus etwas noch feinerem als die Luft, wie ein nicht fühlbares, nicht aufzuhaltendes Element. Für gewöhnlich mißtraute ich überhitzten Gemütszuständen. Aber später, im Schlafsack, da spürte ich unsere Seelen, die von einem zum anderen gingen, von ihm zu mir, von mir zu ihm. Ich wußte, daß sie unmerklich, allmählich und in dämmerhaften Übergängen den Weg zueinander gefunden hatten. Das Gesicht an seine harte Schulter gepreßt, sagte ich Atan, daß ich mir nicht vorstellen könne, jemals wieder von ihm getrennt zu sein. Ich sagte es, nachdem ich aus dem Taumel der Sinne erwacht war, dessen ich mich nie für fähig gehalten hätte. Er hatte mich verhext, und die verschiedenen Empfindungen lagen miteinander im Streit. Dieser verdammte Kerl war der größte Zyniker, der mir je begegnet war, und trug gleichwohl auf seiner Stirn ein Licht. Und mit jedem Augenblick wurde er mir mehr und mehr etwas Besonderes. An der Oberfläche meiner Haut lagen alle Nerven bloß, mit Selbstverleugnung sollte mir keiner kommen. Und so, seine Hände in meinen Haaren, das elastische Gewicht seines Körpers auf mir, riß ich ihn plötzlich fester an mich und flüsterte dich an seinem Mund die Worte, die ich nie hätte sagen sollen. Etwas hatte mich dazu gebracht, sie auszusprechen – etwas, das stärker war als ich.

»Vergiß es«, flüsterte ich. »Ich meinte es nicht so.«

Zu meiner Überraschung hörte ich ihn leise lachen.

»Warum hast du es dann gesagt?«

»Es tut mir leid. Ich hatte keinen eigentlichen Grund.«

»Bei solchen Dingen weiß man trotzdem immer ein wenig warum.«

Ich wandte das Gesicht von ihm ab.

»Ich bin verwirrt. Mach es mir nicht schwer, Atan.«

Tibets Reiternomaden sind nüchterne Realisten, aber sie verstehen die Macht der Leidenschaft. Und kein Mann hätte meinen Gefühlsausbruch zärtlicher aufnehmen können als er.

»Es kommt vor, daß wir auf unserem Lebensweg stolpern. Du solltest dir keine Vorwürfe machen.«

»Ich habe wenig Erfahrung mit Männern.«

Er hatte seinen Arm aufgestützt; das spöttische Flackern eines Lächelns zog über sein Gesicht.

»Das glaube ich nicht.«

»Du machst dich lustig über mich.«

Er befeuchtete seine Fingerspitzen mit der Zunge und legte sie auf meinen Mund.

»Nein. Die Liebe ist kein Pferd, das man herbeirufen oder wegschicken kann.«

Ich öffnete die Lippen; er schob seinen Finger tiefer in meinen Mund. Ich leckte leicht mit der Zunge an ihm, und sofort kribbelten meine Bauchmuskeln, spannten sich und erschauerten in neuem Begehren. Er merkte es sofort und blinzelte schelmisch. Ich schob ihn weg.

»Oh, hör auf, mich nicht ernst zu nehmen! Ich habe unsere Beziehung nicht geplant. Womit das zusammenhängt, kann ich dir nicht sagen. Aber ich werde immer auf dich warten.«

In der Dunkelheit konnte ich sein Gesicht kaum mehr erkennen, doch ich spürte, daß sich sein Ausdruck veränderte. Er sagte kehlig:

»Jeder wartet auf irgendetwas. Chodonla wartet auf den Tod.«

Ich verschloß mich ihm, rollte mich schwer atmend auf die Seite.

»Ich will, daß sie gesund wird.«

Er seufzte.

»Sie nicht. Ihr Geist ist zu stolz, um erniedrigt zu werden. Sie hat ihr Leben bereits aufgegeben. Der Gedanke gibt ihr Selbstachtung.«

Ich sagte wie ein dummes Schulmädchen:

»Es hat nichts damit zu tun.«

»Es hat alles damit zu tun.«

Ich hatte einen Kloß im Hals.

»Das finde ich sehr töricht.«

Er drückte sein Gesicht an meines.

»Ja, das finde ich auch. Aber so liegen die Dinge nun mal.«

»Und du?« flüsterte ich.

Er bewegte seine Lippen an meinem Hals und sagte leise:

»Wenn ich das verlassen muß – und das kann viele Male vorkommen – werde ich immer darauf warten, dich wiederzusehen.«

In meinem Traum war jemand, der mich ansah. Ich spürte ganz deutlich eine Nähe, einen Blick. Der Atem, der über mein Gesicht streifte, war kälter als der Atem des Windes. Der Mond ging mit der Dunkelheit im Westen unter, und die Sterne schienen in der metallischen Stille der Nacht zu vibrieren. Als ich mich aus dem Schlafsack befreite, geschah es mit der Leichtigkeit und Sicherheit, die nur der Traum verleiht. Atan, der beim kleinsten Geräusch erwachte, schlief weiter. Träumend näherte ich mich dem Becken, ließ mich am Ufer auf die Knie nieder. Als ich mich über das Wasser beugte, sah ich, blaß wie eine Seerose, ein Antlitz schweben. Es war das Gesicht einer Frau, nachdenklich und von großer Melancholie. Das halb gelöste Haar verlor sich in der Tiefe. Ein dunkler Wasserfilm überglänzte das Gesicht, die halb offenen Lippen leuchteten karminrot. Es war mein Gesicht und doch nicht mein Gesicht; vor Kälte zitternd, beugte ich mich näher über den Rand des Beckens, bis mein Atem die Wasserfläche trübte. Da bewegte sich das Antlitz, deutete eine Lächeln an. Ich zitterte stärker; ich war mir mit jeder Faser meines Seins der Nähe dieser Kälte bewußt. Eine Vibration ging von ihr aus, eine Stimme und doch keine Stimme.

»Wärme mich«, flüsterte das Wesen. »Mir ist so kalt ...«

Instinktiv wußte ich, daß ich träumte. Das Bild im Wasser konnte nicht sprechen – wenn ich nicht sprach. Auf einmal hob sich das Gesicht kaum merklich. Eine Luftblase entstieg dem purpurnen Mund, bevor sich das Traumbild trübte, wie ein weißer Schimmer in die Tiefe glitt. Von unbeschreiblicher Panik erfaßt, tauchte ich beide Hände ins Wasser, fühlte eisige, erstarrende Kälte. Meine Nägel kratzten an Steinen, an glitschigem Moos. Bei jeder Wellenbewegung hob sich das Antlitz ein wenig; ich versuchte es zu fassen, stocherte im Wasser herum. Verschwommene Flecken glitten über das Wasser, bewegten sich wie helle Funken in der Dunkelheit. Das Gesicht lag tief unten auf dem Grund. Es kam mir wie ein Bild vor, das man ansehen, aber nicht berühren konnte. Endlich fand ich einen festen Gegenstand, ein seilartiges, klebriges Gebilde. Krampfhaft zog ich daran; das Wasser schwappte hoch, aber ich bekam das Ding nicht los. Die Kälte schlug an mein Gesicht. Auf einmal löste sich der Gegenstand, das eisige Wasser spritzte nach allen Richtungen. Ich ließ mich auf die Felsen sinken, starrte benommen auf das, was ich in der Hand hielt: ein grünes Tangbüschel, pelzig und tropfend. Ich murmelte:

»Wie eine Tote.«

Ich warf das Büschel ins Wasser. Eine Kreiswelle breitete sich aus, eine saugende Kraft zog mich an. Mein Kopf war viel zu schwer, mein ganzes Gewicht rutschte nach unten. Ich machte eine nickende Bewegung und fiel. Arme fingen mich auf. Ich fühlte mich hochgehoben, in einer festen, warmen Umarmung gehalten. Sie war kein Traum, sie war spürbare Wirklichkeit. Ich schnappte nach Luft und mußte plötzlich entsetzlich niesen. Mein Körper, mein Kopf wurden vor Kälte geschüttelt. Was mir an Gefühl geblieben war, konzentrierte sich auf die Hände; der Schmerz war nicht auszuhalten. Andere Hände, braun und stark, schlossen sich um meine, rieben sie mit kreisenden, kräftigen Bewegungen. Meine Finger waren halb gekrümmt, die Haut durchscheinend weiß. Jeder Knorpel tat mir zum Verrücktwerden weh, aber dieser neue Schmerz brachte Wärme, brachte Leben. Das klumpige Gefühl ließ nach; ich konnte die Finger bewegen.

»Komm!« sagte Atan.

Er half mir hoch, führte mich zu dem Schlafsack, der noch warm von seinem Körper war. Ich kroch schlotternd hinein. Atan zog den Reißverschluß bis an mein Kinn.

»Das Wasser ist fast unter dem Gefrierpunkt. Der Temperaturschock hätte dich töten können.«

Endlich konnte ich sprechen. Ich sagte:

»Ich … ich habe geträumt.«

Er schnalzte verärgert mit der Zunge.

»Früher hörte ich alle Geräusche. Ich werde alt.«

»Nein. Ich habe mich im Schlaf bewegt, denke ich.«

»Verdammt, Tara«, knurrte er. »Kommst das oft bei dir vor?«

»Nur einmal, als ich zehn war. Da fand mich meine Mutter auf dem Balkon, im vierten Stock. Meine Beine baumelten über den Rand. Ich schlief bei ihr im Zimmer. Sie hatte nichts gehört, bloß den Luftzug gespürt.«

Der Wind schnitt wie ein Messer, er tat mir weh, besonders auf der Brust. Aber das wollte ich ja gerade, echte Schmerzen, das war das richtige jetzt, damit ich wieder zu Verstand kam. Noch immer war die Kälte um mich, so dicht und fest, daß sie mir unter die Kleider drang, unter die Haut. Atan fuhr fort, meinen erstarrten Körper durch den Schlafsack zu reiben. Ich stammelte:

»Ich … ich habe sie im Wasser gesehen.«

»Wen hast du gesehen?«

»Sie!« stieß ich hervor. »Chodonla! Das war sie doch, nicht wahr?«

Unsere Augen trafen sich. Wortlos stand er auf und schürte das Feuer. Ich verschränkte die Arme. Der Traum war noch erschreckend gegenwärtig. Die Helligkeit nahm zu; der Himmel leuchtete orangegelb. Die prustenden, stampfenden Pferde hoben sich dunkel vom Horizont ab. Atan band ihnen den Futtersack um. Dann ging er zu dem Becken, füllte Wasser in den kleinen Kessel.

»Hat sie gesprochen?«

Ich richtete mich auf, zog die Daunenjacke an. Meine Stimme klang unwirklich und tonlos in der frostigen Stille.

»Warte, laß mich nachdenken … Sie hat gesagt … mir ist kalt, wärme mich!«

Ich stieg in meine Bergschuhe, rollte die Schlafsäcke zusammen. Die Bewegung lenkte mich ab; ich atmete tief und fühlte, wie mein Kopf immer klarer und freier wurde. Nach einer Weile setzte ich mich zu Atan ans Feuer, hielt die Hände über die wärmende Glut. Er zerbröckelte Ziegenfleisch, knetete Tsampa zu kleinen Kügelchen, schüttete das Ganze in den kochendheißen Tee und rührte um. Seine Stille beunruhigte mich, bis er mit einer Frage das Schweigen brach.

»Was hast du noch gesehen?«

»Sie hatte ein besonderes Mienenspiel.«

Atan sah mich mit einem sonderbar aufmerksamen Blick an. Seine Augen wurden schmaler und schimmerten unergründlich. So unbewegt war sein Gesicht, als wäre er aus Granit gemeißelt.

»Sie tut es oft«, sagte er. »Genauso, ja.«

Ich spürte ein heftiges Zittern in mir.

»Das verstehe ich nicht.«

»Trink«, sagte er.

Ich nahm die Tasse, die er mir reichte. Der Tee war so heiß, daß ich mir die Zunge verbrannte. Ich war entsetzt über mich selbst, über den Traum und über die Ängste, die er in mir auslöste.

»Atan, was hat das zu bedeuten?«

Er schüttelte den Kopf.

»Ich weiß es nicht.«

»Wie denkst du darüber? Sag es mir bitte!«

»Ich denke, daß sie dir ein Zeichen schickt.«

Seine Augen blickten so fern und dunkel, daß ich erschrak. Ich wollte sachlich bleiben, aber es gelang mir nicht. Ich war zu sehr aus der Fassung gebracht.

»Glaubst du, daß wir noch rechtzeitig kommen?«

»Es kann sein, daß es zu spät ist.«

Seine Worte trafen mich wie ein Schlag.

»Atan, kannst du Gedanken lesen?«

»Ich bin ein Zeichenleser.«

Er erhob sich, eine leichte, federnde Bewegung, und zertrat die Glut. Dann nahm er Sattel und Zaumzeug, schwang sie sich auf die Schultern und ging zu den Pferden. Als wir kurze Zeit später aufbrachen, hörten wir die Vögel singen. Ein tiefes Karminrot färbte die Hänge, Quellwolken glühten. Ich blickte zu dem Ring der Eisberge empor, golden im Frühlicht; weit, weit in der Ferne lag, wie die blaue Mündung eines Flusses, das windgepeitschte tibetische Hochtal.

53. Kapitel

Wir hatten den Weg quer durch die Hügel genommen und den Militärposten Tingri hinter uns gelassen. Schnurgerade verlief die Straße nach Lhasa. Die Sonne blinkte auf den Windschutzscheiben der Lastwagen, Busse und Militärjeeps, die Staubfahnen hinter sich herzogen. In den Lastwagen saßen chinesische Soldaten. Gruppen von Arbeitern – tibetische Männer und Frauen – bauten Stützmauern, besserten Schlag- und Wasserlöcher aus. Sie bewegten sich wie Schemen. Ihre Gesichter und ihre Kleider waren ebenso weiß gepudert wie die Landschaft.

»Straßenbaubrigaden«, sagte Atan. »Ihre Arbeit nimmt nie ein Ende. Der Asphalt platzt bei jedem Regenguß.«

Wir ritten über die schmalen Pfade, die Generationen von Lasttieren an den Berghang gegraben hatten. Krähen segelten über uns im Tiefflug. Hier oben war der abgeholzte Berg fast kahl; er war zum Reich der Schatten, der Einsamkeit geworden. Die Erosion hatte brutale Spuren hinterlassen. Spalten und Rillen gruben sich tief. Oft sah es aus, als habe der Berg, in tausend Stücke zersprungen, seine Splitter in weitem Umkreis verstreut. Über flache Lehmhäuser wehte Rauch, blau wie Kornblumen, auf den Dächern stapelten sich Gestrüpp und Wurzeln als Brennholz. Die Chinesen schlugen die Berge kahl, aber die Straße entlang pflanzten sie Bäume an und schichteten um jeden Baum eine Mauer auf, zum Schutz vor Ziegen oder Yaks. Die Touristen wollten Bäume sehen, das hatten auch die Behörden begriffen. Vereinzelte Pappeln standen schief im Wind, die letzten Blätter der Birken schimmerten wie blasser Honig. Magere Esel grasten am Rande der Felder. Oft trafen wir kleine Steinhügel, auf denen Gebetsfahnen wehten. Die

Sonne hatte sie ausgebleicht, der Wind zerschlissen. Nie unterließen wir es, einen Stein aufzulegen, um die Berggeister zu ehren. Hier und da wuchsen die Ruinen alter Klöster aus der Erde. Die Rotgardisten hatten die goldenen Statuen geschmolzen, das Holz aus den Mauern gezogen, mit Hammer und Spitzenhacke jede Burg dem Erdboden gleichgemacht. Die Luft war von Leid getränkt. Aus kalten Tiefen emporsteigend, auf den Schwingen des Windes getragen, schwärmten Totengeister über die Ruinenfelder. Im Dunkeln meines Herzens hörte ich ihre Schreie und fröstelte.

Eine eiserne Hängebrücke überquerte den Kyutschu, seinen ausgeschwemmten Talgrund. Das lehmigbraune Wasser schäumte. Und jenseits der Hügel lag Lhasa.

In meiner Erinnerung, in meinen Träumen, flimmerten unscharfe Bilder. Wann hatte ich diese Dinge gesehen? Als ich ein Kind war? Früher? Jeder Mensch trägt solche Traumstücke in sich, Bilder aus einer entfernten Vergangenheit, aus dem Gedächtnis der Ahnen. Sicherlich waren diese Bilder den Erzählungen meiner Eltern nachempfunden; kaum etwas in Tibet kam mir wirklich fremd vor. Es gibt eine Schwelle in uns, jenseits derer das, was wir heute sind, ihren Ursprung nimmt. Zu diesem Ursprung kehrte ich jetzt zurück. Zu meiner Kindheit, zu den Vorfahren, zu Chodonla.

Durchsichtig und weit glänzte der Himmel; vereinzelte Wolken glitten über die Hügel, bleifarbenen Walen gleich, die im Blau des Himmels wie in einem Ozean schwebten, nach Lhasa.

Den *Potala* hatte ich auf Tausenden von Abbildungen gesehen. Doch auch in meinem Herzen hatte ich sein Bild bewahrt. Und genau so erblickte ich ihn jetzt in seiner Größe, seiner Harmonie. Und darüber das Eis in den Höhen mit dem Leuchten von reiner Helle und unbegreiflicher Macht. War es das Licht der Sonne oder die blaue Luft, oder formte ich selbst ein Bild, das meiner Erinnerung entsprach? Oder mischte ich alles, diesen Augenblick, meine Geschichte? Der Palast hatte seine Seele eingebüßt, seinen Atem verloren, er war nur noch ein

Museum, von Touristen besucht, und für jedes Foto mußte gezahlt werden. Die Mönche lebten in Armut, die Behörden kassierten das Geld. Tibets Götter lebten im Exil, fernab auf den Berggipfeln, weit weg vom Geschrei der Menschen.

Unter dem *Potala* lag die Stadt, von Verkehrsströmen und Lärm erfüllt; Reihen neu erbauter Wohnblöcke, mit Rauhputz versehen, Fenster wie leere Höhlen, Schrottplätze, Fabriken, bläuliche Wolken aus Abgasen und Ruß. Das maßlos Zerstörerische dieser erstickenden Häßlichkeit hatte ich geahnt; sie traf mich trotzdem wie ein Schlag ins Gesicht. Manchmal erkannte ich Blickpunkte, an denen ich, schien mir, schon einmal gewesen war. Aber alles blieb voneinander getrennt, auseinandergerissen. Als ob ich von Orten träumte, an denen ich schon gewesen zu sein glaubte, und die es in Wirklichkeit nicht gab. Hier also lebst du, Chodonla. Du plauderst und trinkst mit deinen Peinigern, du lieferst dich ihrer Gier aus, du spuckst Blut. Du bist eine Heldin. Ich weiß kaum etwas von dir, Chodonla. Ich sehe dich nur in Atans Augen. Wer bist du? Auch die Kraft des Erinnerns läßt nach, die Umrisse werden unsicher. Es wird seltsam sein, dir zu begegnen, mich selbst in dir wie in einem Spiegel zu sehen. Vielleicht sind wir jetzt zu verschieden? Zwei Fremde nur, die ungeschickte Worte tauschen, fast gleichzeitig, leise, eine nie geübte Wechselrede: »Bist du es, Chodonla? Bist du es wirklich?« – »Ja, ich bin es. Ich erkenne dich: du bist Tara. Du hättest nicht kommen sollen. Warum bist du hier?« – »Ich bin Ärztin, Chodonla, ich will dir helfen.« – »Du kannst mir nicht helfen. Laß mich, es ist zu spät.«

Die Wirklichkeit rückte näher. Und die Häßlichkeit. Sie kam von außen, sie hatte sich dieses Ortes bemächtigt: Überall wurde gebaggert; Lhasa widerhallte vom Bohren und Hämmern, vom Hupen, Surren, Klirren und Scheppern. Auf einem kahlen Platz prangte als Dekoration eine alte, verrostete Mig. Zeitgenössische Kunst, dachte ich höhnisch. Die Mode war chinesisch: Kniestrümpfe aus Nylon, Schuhe aus Plastik, Mützen der amerikanischen Rapper, verkehrt herum getragen und made in Hongkong. Chinesische Spielsalons. Chinesische

Kneipen. Chinesische Restaurants. Ein chinesisches Theater, ein chinesisches Kino. Dies war jetzt eine chinesische Stadt. Die Stimmen waren sehr laut; Chinesisch ist eine Sprache, die geschrien wird. Wir wurden einbezogen in das pausenlose Kommen und Gehen, in das Dröhnen und Tosen und Geschrei. Lhasa liegt in 3770 Meter Höhe und stank entsetzlich. Und darüber der Himmel, wolkenlos jetzt, ein Himmel aus blauem Kristall, schwindelerregend, atemberaubend, ewig.

Wir führten unsere Reittiere am Zügel. Wir fielen nicht auf; wir waren Pilger. Die Zahl der Pilger ging in die Tausende. Die meisten waren Nomaden, vorwiegend alte Männer und Frauen. Manche konnten sich kaum noch dahinschleppen. Ihre braungebrannten Gesichter glänzten wie staubiges Kupfer. Schwester ihrer Not, teilte ich ihre Sehnsucht zu der Vergangenheit, ihre verzweifelte Liebe zu einer neu aufgebauten Stadt, die im Sterben lag …

Atan führte mich in eine Herberge; er ließ mich allein, während er die Pferde versorgte. Er wußte, bei wem er sie unterbringen konnte. Wie vorauszusehen, war Chodonla zu dieser Zeit schon im *Amy*. Er wollte ihr mitteilen, daß ich da war.

»Schonend«, hatte ich gesagt.

Er hatte unfroh gelächelt.

»Ich verstehe schon.«

Er ging, und ich blieb allein in einer Zelle ohne Fenster, mit billigen Rollbildern geschmückt. Die Staubschicht auf dem Lehmboden war frisch gefegt worden. Im Zimmer standen zwei Bettgestelle aus Eisen, ein wackeliger Tisch, zwei Stühle, ein Messingkrug, eine giftgrüne Plastikschale und zwei Becher. Die Matratze hatte Flecken, die Decken stanken nach Chlor, auf dem zerknitterten Kopfkissen klebte ein Haar, das nicht von mir war. Ich warf meinen Schlafsack auf das Bett. Das Wasser lief aus einem Wasserhahn im Hof. Eine Frau saß dort, rieb Wäsche in der Plastikschüssel und schlug sie auf einen Stein. Sie grüßte verhalten, als ich zur Toilette ging. Das WC war ein Holzbau, mit ein paar Löchern. Ich füllte Wasser in den

Krug, wusch mich in der Zelle, über der Schüssel. Ich holte meinen kleinen Spiegel aus der Tasche. Mein Gesicht war braungebrannt, mit Ringen unter den Augen, die Lippen waren aufgesprungen. Ich cremte mich ein, mit Niveacreme. In meinem Haar knirschte Sand. Ich sehnte mich nach einer heißen Dusche. Chodonla hat ein Badezimmer, hatte Atan gesagt. Ein Seufzer entfuhr mir. Vielleicht konnte ich bei ihr mein Haar waschen, ein Bad nehmen. Ich legte mich auf meinen Schlafsack. Mir war kalt. Ich zog einen Pullover an.

Die Herberge hatte ihre vielfältigen Geräusche: Seufzer, Schnarchen, Wimmern, Lachen, das Schlurfen vieler Schritte, das Knarren der Bettfedern, ein gleichmäßiger, unaufhörlicher, intimer Lärm. Hier lebten die Pilger in enger Gemeinschaft; es war, als ob mich nichts von den anderen trennte. Jeder Luftzug, der durch die Ritze der Tür drang, brachte den Geruch nach Stoff, schmutziger Baumwolle und Bratfett. Ich spürte eine merkwürdige Müdigkeit, eine Lethargie, die mir die Augen schloß. Ich lag mit dem Blick zur Decke, mein Herz klopfte dumpf und schnell. Ich fühlte mich wie eine Unbekannte, kam mir ferner und unbegreiflicher vor als alle Fremden, die neben mir sprachen, lachten oder schliefen. Warum war ich hier? Welches Ziel hatte ich, das ich mit solcher Hartnäckigkeit verfolgte? Chodonla? Ich streckte in Gedanken die Arme nach ihr aus; doch sie wich zurück, wie das Antlitz im Wasser, nebelhaft, kalt, in alle Ewigkeit unerreichbar.

54. Kapitel

Eine Hand rüttelte mich an der Schulter. Ich schlug die Augen auf. Die Glühbirne brannte. Ein Schatten streifte über die Wand. Atan. Die rostigen Federn knarrten, als er sich neben mir auf der Bettkante niederließ. Ich hob den Kopf.

»Ach Atan, es tut mir leid, ich bin eingeschlafen.«

Er sah mich an, saß ganz still, ich hörte ihn nicht einmal atmen. Dann sagte er:

»Da stimmt etwas nicht.«

Ich richtete mich auf.

»Was ist los, Atan?«

Er antwortete in seiner gewohnten Art, nachdenklich und leise: »Chodonla war nicht im *Amy*. Ich habe ein Glas getrunken und bin gleich wieder gegangen. Irgendetwas gefiel mir nicht.«

Ich holte tief Luft. Sachte, unmerklich, erfaßte mich Furcht. Die Dinge geschahen, ohne daß ich etwas anderes tun konnte, als sie geschehen zu lassen. Atan fuhr fort:

»Ich kenne das von früher. Ich merke, wenn etwas faul ist. Und dann bin ich sehr vorsichtig.«

Ich starrte ihn an. Wahrscheinlich sah ich geistesabwesend aus. Er sprach weiter.

»Ich bin an Sun Lis Wohnung vorbeigegangen. Alles war wie sonst … Alles, bis auf eine Einzelheit …«

Ich rührte mich nicht. Er hielt die Augen unverwandt auf mich gerichtet.

»Die drei Blumentöpfe«, sagte er.

Ich befühlte mein Gesicht mit den Händen. Was redete er sich da zusammen?

»Die Blumentöpfe?« murmelte ich.

Er nickte.
»Sie stehen nicht mehr vor dem Fenster.«
Plötzlich überlief mich eine Gänsehaut.
»Was hat das zu bedeuten?«
Er stand auf. Die Bettfedern schnellten quietschend hoch.
»Nichts Gutes, fürchte ich. Sie liebte ihre Blumen.«
Er nahm den Krug, goß Wasser in einen Becher.
»Sie wohnt nicht mehr da.«
Er leerte den Becher, wischte sich mit dem Handrücken über die Lippen. Ich verschränkte fröstelnd die Arme.
»Und was nun, Atan?«
Er betrachtete mich im Schein der Glühbirne, die an einem Stück Kabel an der rissigen Decke hing.
»Chodonla hat ihr Zimmer im Shöl-Viertel behalten. Sie wollte ein Dach über dem Kopf haben, für den Fall, daß Sun Li seine Dienstwohnung aufgab.«
Meine Handflächen wurden feucht.
»Glaubst du, daß sie da ist?«
»Ich hoffe es«, sagte er finster.
Ich schwang die Beine aus dem Bett, zog meine Socken an und stellte die Füße auf den Lehmboden.
»Komm, laß uns hingehen!«
Es war früher Nachmittag; zu dieser Zeit war Markt. Auf dem Weg zum Barkhor-Platz liefen wir an Hunderten von Geländewagen, Bussen, Fahrrädern und Motorrädern vorbei; alle Straßen waren verstopft, aus jedem chinesischen Laden klang Discomusik aus Hongkong. Frauen und Männer trugen Kisten, balancierten Körbe, schoben Handwagen. In einer Gasse kauften modisch gekleidete Tibeterinnen Butter, die Nomaden in Schläuchen aus Yak-Därmen anboten. Nepalesische Straßenzahnärzte hatten ihre Instrumente auf einem Tuch ausgebreitet. Auf dem Fleischmarkt waren alle Schlachter nach wie vor Moslems, denn Tibetern ist das Töten jeglicher Lebewesen nicht erlaubt. Schweine ohne Kopf, halbe Schafe hingen an eisernen Haken an Holzgestellen. Die alten Häuser waren durch Feuchtigkeit und Moder ergraut, und im Erdgeschoß schienen kleine

Läden mit ihrem üblichen Angebot an Plastikzeug das Innere zu sprengen. Soldaten in der grünen Uniform der Volksarmee schlenderten über den Markt. Auf den ersten Blick schienen es lauter junge Burschen zu sein; ich beobachtete sie verstohlen und bemerkte, daß sie sich benahmen, als ob Schauspieler eine Show für sie veranstalteten; sie riefen einander zu, steckten die Köpfe zusammen und grinsten. Einer von ihnen zeigte mit dem Finger auf einen uralten Mönch, der auf einer Kiste unter einem chinesischen Filmplakat saß. Er betete mit kräftiger, jugendlicher Stimme; sein Gesicht war ruhig, voller Falten. Sah er die Chinesen, oder sah er sie nicht mehr? Das Gefühl für Heimat stellt sich erst wieder ein, wenn wir Orte und Menschen wiedersehen, die ein Teil unserer Vergangenheit sind und all das verkörpern, was uns einmal lieb war. Hier sah ich nichts, was mein Herz berührte. Meine Wurzeln waren nicht mehr hier; die Chinesen hatten sie herausgerissen.

Chodonla wohnte in einem kasernenartigen Betonblock, der dreistöckig um einen Lehmhof gebaut war. Jede Wohnung verfügte über einen schmalen Balkon. Einige Kinder spielten Fußball. Es roch nach Abgasen, Müll und Essen. Bevor wir in das Haus traten, warf Atan einen Blick ringsum; ein scharfer, wachsamer Blick, der alles erfaßte. Im Treppenflur war kein Licht, und auf jedem Absatz sechs Türen aus Kunststoff. Hinter den Türen schallten Stimmen, klapperten Töpfe, Kinder riefen, ein Säugling schrie. In dem Haus gab es keine Kanalisation, kein Wasser, keine sanitären Anlagen. Atan ging weiter, die Treppe hinauf. Drittes Stockwerk, wieder sechs Türen. Atan blieb vor einer Tür stehen und klopfte; er tat es schnell und leise, als ob er eine kleine Trommel rührte. Ich holte tief Luft, versuchte meinen Atem in die Gewalt zu bekommen. Ein paar Sekunden vergingen. Zuerst Stille, dann schlurfende Schritte. Dicht hinter der Tür wurde eine Frage gemurmelt. Atan gab keine Antwort, klopfte nur mit dem Fingerknöchel. Ein Rascheln, die Tür öffnete sich einen Spalt, mit quietschendem Geräusch. Im schummrigen Licht, das aus dem mit Zeitungen verklebten Fenster fiel, stand eine kleine Frau mit dunklem

Gesicht. Das dünne Haar war zu Zöpfen geflochten, ihr Kleid war geflickt, die gestreifte Wollschürze farblos vom vielen Waschen. Sie sah Atan vor sich im Treppenhaus stehen. Ihre Augen trübten sich; ein leichtes Stöhnen entrang sich ihr, ein Aufschluchzen fast. Sie öffnete den Mund, um etwas zu sagen. Da glitt ihr Blick an ihm vorbei, richtete sich auf mich. Ein Ausdruck fassungsloser Panik erfaßte ihr Gesicht. Ihr Mund zitterte in einem verzweifelten Versuch, etwas herauszuschreien. Doch nur eine Art ersticktes Gurgeln drang aus ihrer Kehle. Sie taumelte zurück, die Hand auf den Mund, als hätte sie ein Gespenst erblickt. Atan fing sie auf, als die Knie unter ihr nachgaben. Schlaff wie eine Stoffpuppe, die Augen verdreht, hing sie in seinen Armen. Ich hielt ihren Kopf.

»Rasch, aufs Bett! Öffne das Fenster!«

Er tat, was ich sagte. Ich lockerte ihre Tschuba, fühlte ihren Puls. Meine Ähnlichkeit mit Chodonla mußte wie ein Schock auf sie gewirkt haben. Der kühle Luftzug aus dem Fenster brachte die Frau wieder zu sich. Sie stöhnte, griff sich mit beiden Händen an den Hals. Ich bat Atan um Wasser. Er füllte ein Glas. Ich stützte sie, hielt ihr das Glas an die Lippen. Sie trank, hustete, verschluckte sich. Das Wasser lief ihr über das Kinn. Als das Glas geleert war, lehnte sie sich an den sie haltenden Arm und schlug die Augen auf. Sie starrte mich an, wimmerte leise vor sich hin. Ich wagte sie kaum zu umarmen, aus lauter Angst, ihr die Knochen zu brechen. Sie war so entsetzlich dünn. Ich lächelte ihr zu.

»Beruhigen Sie sich, Ani Wangmo. Es tut mir leid, daß wir Sie erschreckt haben. Ich bin Tara, Chodonlas Schwester.«

Sie zitterte zunehmend stärker. Mir war klar, daß sie nicht nach Worten suchte, sondern daß es einfach eine Weile dauerte, bis sie wieder zu sich kam. Sie stammelte:

»Ich … dachte … sie sei wieder da!«

Ich strich ihr das Haar aus der feuchtklebrigen Stirn.

»Wir sind Zwillinge, deswegen. Ich bin Ärztin und arbeite in Nepal. Ich habe in Europa studiert. Hat sie nie von mir gesprochen?«

Sie drückte ihre Handflächen gegen die Schläfen. Heftiges Schluchzen schüttelte sie. Selbst ihre Kleider zitterten mit ihr.

»Sie ist tot«, stieß sie hervor.

Ein Motorrad rollte in den Innenhof; unvermittelt krachte der Lärm an mein Trommelfell. Dann Schweigen. Der Fahrer hatte den Motor abgestellt. Ich sah zu Atan empor. Sein Gesicht war steinern. Kein Sterbender konnte blasser sein.

Ich sprach als erste, wie im Traum.

»Tot? Das kann nicht sein.«

Leise schluchzend schmiegte sie den Kopf an meine Schulter. Nach einer Weile hörte ich Atans Stimme, rauh und dumpf wie die eines Fremden.

»War sie in Haft?«

Ani Wangmo tastete nach meiner Hand und preßte sie, als ob ich sie vor dem Ertrinken retten müßte. Die Berührung schien ihr Kraft zu geben.

»Nein. Aber sie hatte Angst.«

»Weshalb?« fragte Atan.

Ani Wangmo sprach altes Tibetisch, mit überholten Höflichkeitsformen, die jedem Wort eine feierliche, inhaltsschwere Betonung gaben. Nicht einmal bei meinen Eltern waren solche Redewendungen im Gebrauch.

»Das wollte sie nicht sagen, Herr. Eines Nachts kam sie sehr erregt nach Hause. Sie hatte hohes Fieber. Sie weckte die Kleine und zog sie an. Ich sollte sofort mit ihr die Wohnung verlassen. Mitten in der Nacht, und in eisiger Kälte! »Geh irgendwohin, weg«, sagte sie. »Aber wohin?« Sie rieb sich die Stirn. Sie war sehr erregt. »In unser altes Zimmer. Hast du noch Geld?«

Sie zog die Schachtel unter dem Bett hervor. Das Geld sei für Kunsang, sagte sie. Aber ich sollte davon nehmen, wenn ich brauchte. Und ich sollte auf euch warten, Herr. Ihr würdet kommen und Kunsang ins Ausland bringen. Zu der Kleinen sagte sie: »Du gehst jetzt ein paar Tage nicht zur Schule. Warte noch, ich habe etwas Schönes für dich!« und gab ihr die Korallenkette. Dann versuchte sie, ihren Trauring zu tragen, doch abgemagert, wie sie war, glitt er ihr ständig vom Finger. Daraufhin gab sie ihn mir; ich solle ihn verkaufen, wenn ich in Not sei. Sie sah entsetzlich aus. Ihr Taschentuch war voller Blut, und der Husten zwang sie ein paarmal auf die Knie. Ich hatte große Angst, aber sie versuchte zu lächeln. Es sei nur zur Vorsicht, und ich sollte mir keine Sorgen machen. So ging ich denn.«

Atan preßte die Lippen zusammen und schwieg. Ani Wangmo fuhr mit dem Handrücken über ihr tränenfeuchtes Gesicht. Vier Tage später kam ein Vernehmungspolizist und forderte sie auf, die Leiche einer Frau zu identifizieren, die man im Kyischu gefunden hatte. Es war Chodonla. Die Ermittler stellten Selbstmord fest.

»An manchen Stellen ist der Fluß sehr tief«, Ani Wangmos Stimme brach. »Sie hatte ziemlich lange im Wasser gelegen. Sie … sie sah nicht mehr so aus wie früher. Ich sagte Kunsang, ihre Mutter sei schon lange krank gewesen. Ihr sei schlecht geworden, als sie spazieren ging, und sie sei ertrunken. Die Wahrheit … die Wahrheit konnte ich ihr nicht sagen. Es ist entsetzlich, sich das Leben zu nehmen!« flüsterte Ani Wangmo, mit bebenden Lippen.

Ich kniff die Augen zusammen. Ich wollte den Blick nicht auf etwas Bestimmtes richten. Meine Schwester war tot. Kein Wort, kein Lächeln würden wir jemals teilen. Wasser hatte uns damals entzweit, und Wasser hatte die Trennung endgültig vollzogen. Ihr Geist und mein Geist wehten durch zwei Welten, ohne sich zu berühren; beide Welten waren real, aber es gab keine Brücke. Wir konnten uns nur in Träumen begegnen.

Dann hörte ich Atans Stimme, sie schien von weither zu kommen.

»Sie hat das jetzt alles hinter sich gelassen.«

Mein Blick klärte sich. Ich sah das dumpfe Elend auf seinem Gesicht, die Wut und die Verzweiflung in seinen Augen. Ich flüsterte rauh:

»Was vielleicht noch wichtiger ist, Atan: Ich spüre, daß sie hier steht, ganz nahe bei uns …«

Er senkte seinen schweren Blick auf mich und nickte.

Ani Wangmo sprach weiter. Sie war zur Vernehmung geladen worden. Man teilte ihr mit, daß Chodonla mit den Nationalisten in Verbindung gestanden und sicherheitsgefährdende Nachrichten weitergegeben hatte. Ani Wangmo wurde geschlagen und verhört. Die Polizisten durchsuchten das Zimmer, fanden das Geld und das Bild Seiner Heiligkeit. Das Foto galt als Beweis für Chodonlas Schuld. Das Geld wurde konfisziert. Ein Polizist riß Kunsang die Korallenkette vom Hals. Ani Wangmo rechnete täglich mit ihrer Verhaftung, die zur Folter und zur Hinrichtung führen würde. Doch sie mußte lediglich einen Schein unterschreiben und sich verpflichten, Lhasa nicht zu verlassen. Das Kind durfte bei ihr bleiben; man ließ sie wissen, daß die Vormundschaftsbehörde den Fall übernehmen würde.

Atan, dessen Gesicht zu einer düsteren Maske erstarrt war, fuhr leicht zusammen und blinzelte.

»Und Kunsang? Wo ist sie jetzt?«

Ein paar Tage später, sagte Ani Wangmo, erschien ein Polizist, diesmal in Begleitung von Sun Li. Er sprach zu ihr sehr freundlich und mitfühlend, bedauerte Chodonlas Tod. Es waren die Behörden, die ihn benachrichtigt hatten. Er war gekommen, um das Kind zu holen. Man hatte ihm das Sorgerecht für Kunsang bewilligt. Der Fall sei ziemlich heikel gewesen, aber die Behörden hätten Verständnis gezeigt. Kunsang sei zur Hälfte Chinesin und solle im Mutterland erzogen werden. Sun Li erklärte, daß sein Vertrag bald auslief. Er hatte seine Dienstwohnung für seinen Nachfolger freigemacht, und sein Aufenthalt in Shigatse war nur eine Frage von Wochen.

Ich streichelte Ani Wangmos Arm, eine weiche lockere Haut über den zerbrechlichen Knochen. Ihre gequälten Augen suchten Atans Blick.

»Ihr müßt wissen, wie es gewesen ist, Herr. Kunsang hatte seit Chodonlas Tod nur geweint. Sie weigerte sich, Herrn Sun zu begleiten. Sie sagte, daß sie auf ihren Onkel warten wollte.

»Meine Amla hat gesagt, er geht fort, aber er kommt immer

zurück. Er wird mir ein Pferd mitbringen und mit mir über die Pässe reiten.«

Sie lebte in dieser Hoffnung. Sie fragte immer wieder: »Wo ist er? Wann kommt er endlich?« Jedesmal, wenn Lärm im Treppenhaus war, riß sie die Tür auf: »Mein Onkel ist da!«

Doch ich sagte zu ihr: »Er kommt, wenn es dunkel ist, das weißt du doch. Du hörst nichts – kein Geräusch. Und plötzlich steht er vor dir.« – »Ja, das stimmt«, sagte Kunsang. »Er kommt ganz leise die Treppe hinauf.«

Sie wartete Abend für Abend, stand am Fenster und spähte durch die Zeitungen. Mitten in der Nacht rüttelte sie mich wach. »Ani Wangmo! Hör doch! Ist er gekommen?« – »Noch nicht, mein Liebes, beruhige dich. Er wird kommen. Sehr bald.« Und sie sagte: »Du darfst nicht schlafen, Ani Wangmo. Du mußt wach bleiben, damit du ihn hörst.« Ich versprach es. Und so lag ich wach und lauschte auf jedes Geräusch. Ich höre nicht mehr so gut wie früher, deswegen ...«

Ani Wangmo seufzte.

»Kunsang erzählte das alles ganz unbefangen, Herr. Sie wußte nicht, daß sie Dinge sagte, die Euch in Gefahr bringen konnten. Zu alldem lächelte Herr Sun Li verständnisvoll. Er meinte, es sähe leider so aus, als ob der Onkel sein Versprechen vergessen hätte. Sonst wäre er ja längst gekommen, nicht wahr? Es wäre zwecklos, auf ihn zu warten, das müsse Kunsang doch einsehen. Bald würde sie mit dem Flugzeug nach China fahren, und da gäbe es interessantere Dinge als bloß Pferde. Er bedauerte auch, daß man ihr die Kette genommen hatte. Doch sie solle nicht traurig sein: in China würde er ihr eine schöne Armbanduhr kaufen. Kunsang nahm schweigend seine Worte auf; doch ich merkte, daß er sie überzeugt hatte. Der Fahrer wartete schon im Hof. Kunsang erlaubte mir nicht, ihr bei den Vorbereitungen für die Reise zu helfen. Sie nahm nur das Nötigste mit. Sie sagte: »Meine Sachen sind nicht schön genug für China.« Ich umarmte meine Kleine ein letztes Mal, und sie stieg mit Herrn Sun Li in den Jeep. Als sie zum Abschied winkte, sagte Herr Sun Li etwas Lustiges, denn ich sah, daß sie lachte. Seit dem Tod ihrer Mutter hatte sie nicht mehr gelacht. Ich war traurig, glücklich und besorgt zugleich. Ich habe kein Geld und wußte, daß ich das Zimmer nicht behalten konnte. So fragte ich den Polizisten, ob ich jetzt Lhasa verlassen dürfte. Ich habe eine Cousine auf dem Land, bei der ich unterkommen kann. Der Polizist war kein böser Mensch; ein paar Tage später bekam ich die Erlaubnis.«

Sie putzte sich die Nase mit dem Taschentuch, das ich ihr gegeben hatte, und richtete die Augen wieder auf Atan.

»Doch ich wollte Ihre Rückkehr abwarten, Herr. Chodonla hatte mir einen Brief für Euch anvertraut. Ich hatte ihn gut versteckt. Die Polizisten haben ihn nicht gefunden.«

Sie stützte sich auf meinen Arm, um auf die Beine zu kommen, schlurfte mühsam durch das Zimmer; ihr Schatten glitt über die Wand, die mit vergilbten Zeitungen beklebt war, über den kleinen, mit rotem Seidenstoff bespannten Altar. Sie trat zum Fenster und beugte sich hinaus. Zwischen dem Rahmen und der Betonmauer war ein winziger Spalt. Ani Wangmo schob ihre knochigen Finger hinein, zog einen dünnen Umschlag hervor, den sie Atan überreichte. Auf dem Umschlag stand kein Name. Er nahm den Brief, riß den Umschlag auf und las ihn mit unbewegtem Gesicht. Dann reichte er mir wortlos den Brief. Ich sah, daß Chodonla die tibetische Schrift nur mangelhaft beherrschte.

Chodonla war vorsichtig; der Brief begann ohne Anrede.

»Allem Anschein nach hat mich jemand denunziert. Nach der Demonstration sind viele verhört worden. Ein Verhafteter hat meinen Namen genannt. Ich werde nie wissen, wer es war. Es ist das Ende. Sie werden mich holen, unmöglich, daß es anders sein wird. Ich stelle fest, daß ich seit jeher darauf gefaßt war. Aber ich kann es nicht ertragen, nicht noch einmal. Ich bin zu krank, ich habe keine Kraft mehr. Es kann sein, daß ich versage. Sie haben die Mittel dazu. Dann sind alle in Gefahr – auch du. Ich habe mich entschieden, nichts zu riskieren. Nun vertraue ich dir mein Kind an, wie ich dir mein Leben anvertrauen würde. Sie ist der Herzschlag meines Lebens, die Kraft, die mich atmen läßt. Meine Eltern und meine Geschwister sind in Europa, in der Schweiz. Aus Gründen, die dir bekannt sind, habe ich nie Verbindung mit ihnen aufgenommen. In letzter Zeit habe ich oft an meine Schwester Tara gedacht. Ich möchte glauben, daß sie mein Kind nicht im Stich lassen wird. Die Schweizer Botschaft in Kathmandu wird dir ihre Adresse vermitteln. Ich habe Kunsang etwas Geld hinterlassen; verwende es, wie du es für richtig hältst, um das Kind aus Tibet zu schaffen. Gib gut auf dich acht! Die Chinesen ziehen an einem Faden; bald reißt das ganze Netz. Aber du wirst durch die Maschen schlüpfen, wie immer. Leb wohl. Du weißt ja, unser Glauben verbietet, sich das Leben zu nehmen. Aus Strafe wird die Linie der Wiedergeburt unterbrochen. Nun, ich habe kein Verlangen mehr, zu fühlen und zu denken. Die Wand zwischen Jetzt und Niemehr ist hauchdünn und durchsichtig. Ich messe am Sternenlicht die Stunden ab, und mein Herz flattert wie ein Vogel in einem Käfig. Die Erde birgt keinen Raum mehr für mich. Ein Nichts soll mein Alles sein. Bald werde ich nichts anderes mehr zu tun haben, als zu träumen. Ein fernes Jahrhundert wird meiner Seele einen unversehrten Körper schenken, meine Augen öffnen für neue Farben und Klänge. Darauf warte ich ohne Unruhe, mit einer Geduld ohne Grenzen. Erzähle Kunsang nicht das Schlechte, nur das Gute von mir. Ich bete für ihre Zukunft, für ihr Glück. Entlaste mich vor meinen Eltern und sage meiner Schwester, daß ich sie immer vermißt habe. Glaube nicht, daß ich traurig bin. Das Leben kehrt wieder, unsere Seele wird sich erinnern; ich weiß, daß ich dich immer finden werde.«

»Atan«, flüsterte ich.

Er rührte sich nicht. Sein Gesicht lag im Schatten. Etwas in meinem Kopf pochte und glühte. Der Schmerz wuchs, ein Feuer in Brust und Kehle, und ich wußte, daß er sich nur in Tränen lösen würde. Fassungslos, betäubt, wischte ich mir den Schleier aus den Augen.

»Atan«, wiederholte ich.

Er wandte mir langsam das Gesicht zu. Der Kummer hatte seine Züge zu einer düsteren Maske erstarren lassen. Die Haut um seine Augen war dunkel und gespannt; fast war mir, als liege ein Lächeln auf seinen Lippen. Aber dann erkannte ich, daß der gekrümmte Mund Schmerz zeigte. Nach einer Weile zog er die Lider zusammen. Er wischte sich die Augen mit einer Hand; sein Blick klärte sich, ich merkte, daß er mich wieder wahrnahm. Es kostete ihn viel Mühe zu sprechen, doch seine Stimme klang ruhig, als er sagte:

»Wir reiten nach Shigatse. Und holen das Kind.«

55. Kapitel

Bei Sonnenaufgang machten wir uns auf den Weg. Wir hatten Abschied von Ani Wangmo genommen; ohne das Geld, das wir ihr da ließen, hätte sie nicht zu ihrer Cousine reisen können. Sie war völlig mittellos, aber zu stolz, um unsere Hilfe zu erbitten. Sie umarmte und segnete uns wie eine Mutter. Ihre gebückte Gestalt erfüllte mich mit Wehmut. Im früheren Tibet hätte ich sie in mein Haus genommen; sie hätte bis an ihr Lebensende weder Hunger noch Einsamkeit gekannt. Diese Zeiten waren nicht mehr. Wie anders als mit Dankbarkeit konnte ich ihre Treue vergelten?

Der Tag erwachte im Nebeldunst. Wolken verhüllten die Eisenbrücke und die Telefonmasten, die flachen Häuser, die steilen Mauern des *Potala,* die frisch vergoldeten Heiligtümer. Der Fluß, der Chodonlas bleiche Gestalt über die Sandbänke getragen hatte, brauste unter den Nebeln. Leb wohl, Stadt in Grau. Ich werde dich nie wiedersehen, nicht in diesem Leben. Lebt wohl, farbloser Beton, kachelhelle Fassaden, Bagger und Lastwagen, protzige Toyota-Jeeps, schreiende Lautsprecher. Ich komme nicht wieder. Die Chinesen haben den Traum der Technokraten verwirklicht, den blinden Gärtner hergebracht und die Rose ohne Duft. Ich wollte glauben, daß ihr Traum begrenzt war, daß ein Anderswo hinter den Wolken wachte. Ich war zu spät nach Lhasa gekommen. Das Unklare, das Schmerzvolle kann einen Augenblick täuschen. Aber auch in der Verspätung lag ein Sinn. Das Ungewisse war scheußlich jetzt. Dieser Druck, diese Last auf dem Herzen. Du bist schon so alt, Kunsang, daß du alles vermuten kannst. Es mußte ja vorkommen, daß dich die Angst packte. Und du hättest schwerlich vermeiden können, mit ihm zu gehen, wirklich. Reiten, immerzu reiten, mit eisigen Flüssen, das Gesicht von Staub verbrannt, rissig vor Kälte. Gewundene Pfade am Rande der Abgründe, Schritt für Schritt vorwärts; am Fuß granitener Säulen, im Schatten von Felsen, höher als Türme. Den Hauch erstarrter Gletscher atmen, während Stunden vergehen und die Sonne die Nacht in ihre Herzen trägt. Am Horizont glänzten die Achttausender, der Everest Range, die höchsten Berge der Welt. Hier war alles Staub und Geröll. Gab es überhaupt noch irgendwo Bäume, Wiesen, Blumen? Bestand die Welt nicht einzig aus der Substanz der Berge, die den Atem der Ewigkeit zu Asche zermahlte? Manchmal klebten Dörfer an den Hängen. Die Sonne funkelte zwischen den Ästen entlaubter Nußbäume, und wispernde Winde strichen über die Felder. Hier gab es keine Traktoren; Yakgespanne zogen die Pflüge, welche den Boden lockerten. Hier sichelten die Frauen noch das Getreide wie vor Jahrhunderten, und zum Dreschen wurden Maulesel im Kreis geführt. In der Ebene verlief endlos und schnurgerade die Straße. Die Straße der Dämonen, nannte sie Atan, mit schiefem Lächeln. Ich verstand ihn nicht.

»Was willst du damit sagen?«

»Der Überlieferung nach gehen Dämonen niemals im Zickzack, immer nur den geraden Weg.«

»Im übertragenen Sinn?«

Er nickte.

»Es läßt sich kaum in Zweifel ziehen.«

Wir lachten, aber wir fühlen uns elend. Unweit der Straße wandte sich der Tsangpo wie ein blaugrünes Reptil, glitt langsam und stetig nach Osten. Schluchten öffneten sich wie die Einschnitte eines Riesensäbels. Der Fluß schäumte tief im Schatten oder unter Felsen, prall von der Sonne beschienen. Der ständig wehende Westwind hatte Dünen gebildet, bleiche Hänge, an denen der Sand bald sirrend flirrte, bald röhrend dröhnte. Hier und da ritten wir an Ruinen vorbei, aufgereckt wie Raubtierzähne, oder bereits der Erde wiedergegeben, zu Stein geworden, zu Staub zerrieben, fast schon unsichtbar.

Nachts rasteten wir unter einem Felshang, an einer Stelle,

an der kein Stein fallen konnte. Wir preßten uns aneinander in der Enge des Schlafsacks, lagen Stirn gegen Stirn, bis uns der Kummer die Augen schloß. Unsere Umarmung war die stille Begegnung zweier Menschen, die den Tod kennen und den Schmerz teilen. Über uns kreisten Nebel, sprühten die Sterne. Manchmal fauchte der Wind, manchmal wehte Schnee, wir wurden naß bis auf die Knochen. Es hatte kein Ende, wir waren müde, wir waren in Eile, wir mußten weiterreiten, immer weiterreiten. Die Zeit drängte; es konnte nur eine Frage von Tagen sein, bis Schneefall einsetzte und die Bauarbeiten am Kraftwerk eingestellt wurden.

»Die Kaderleute bleiben nicht lange«, sagte Atan. »Sie verdienen viel Geld, aber das Klima macht sie neurotisch.«

Und wenn wir in Shigatse waren, was dann? Wir lebten in einer Welt bedrückender Schwierigkeiten, wir suchten eine Tür und verirrten uns in Sackgassen.

»Wir sind beinahe da. Was sollen wir tun, Atan?«

»Da stehen so einige Dinge im Weg.«

»Ich könnte mit Sun Li sprechen. Ihm sagen, daß Kunsang meine Nichte ist ...«

»Es geht nicht, Tara. Sun Li hat gesetzlich das Sorgerecht.«

»Aber wenn er sieht, daß das Mädchen eine Familie hat ...«

»Glaube mir, es ist aussichtslos. Und es liegt nicht einmal am bösen Willen. Du hältst dich illegal im Land auf. Du wirst automatisch verdächtigt. Und bist mit einem Mann unterwegs, der ganz oben auf der schwarzen Liste steht.«

Ich lachte unfroh.

»Natürlich ist das schlimm.«

»Ich würde sagen, gefährlich.«

»Chodonla hat nie gewollt, daß Kunsang nach China geht!«

»Chodonlas Meinung zählt hier nicht. Sie war eine »Risikoperson«, für chinesische Maßstäbe eine schlechte Frau und obendrein todkrank. Sun Li meinte es ehrlich. Er glaubte, Kunsang geradezu gerettet zu haben. Daß er seinen Kindern nachtrauert, sieht jeder ein. Es war eine abscheuliche Sache damals – und leider typisch. Seine Frau ist nicht mehr jung.

Wer weiß, mit welchen Mitteln sie behandelt wurde? Sun Li hofft offenbar, daß sich ihr Zustand dank der Kleinen bessert. Mit seinem Anliegen kam er bei den Behörden sicherlich gut an. Weil es ihrer politischen Linie entspricht. Sie planen schon jetzt, Kunsang später nach Tibet zurückzuschicken und im Rahmen der »Sinisierung« einzusetzen.«

»Wie Chodonla ...« murmelte ich gepreßt.

»Ja. Man wird aus ihr eine emsige kleine Ameise machen. Ihre Erziehung bringt das am Ende fertig. Sie wird dabei nicht unglücklich sein, aber auch nie als Chinesin empfinden. Und will sie jemals ihre Freiheit erlangen, muß sie sich ihre Seele aus dem Leib reißen.«

Meine Gedanken gingen im Kreis. Sinnlos, es schien alles so sinnlos.

»Welche Chance haben wir, Atan?«

»Keine einzige.«

Er sprach ausdruckslos, zeigte die Ruhe und den Hochmut eines Felsens. Er machte mich verrückt. Ich bewegte den Kopf nach allen Seiten, um ihn abzukühlen und mir Klarheit zu verschaffen.

»Wir können Kunsang doch nicht einfach entführen!«

Ein Funke glomm in seinen Augen auf.

»Um die Wahrheit zu sagen, dies ist wahrscheinlich die einzige Möglichkeit.«

Es verschlug mir buchstäblich den Atem. Du mußt dich beruhigen, sagte ich zu mir. Atans Gelassenheit stand in bestürzendem Gegensatz zu meiner eigenen Erregung. Die Jahre des Umherziehens, der Nachtwachen, der Geduld und der Wagnisse hatten sein Denken geprägt. Zwangsläufig war das so, und ich mußte mich damit abfinden.

»Wie stellst du dir das vor, Atan?«

Er schwieg eine Weile. Auf seinem Gesicht lag jener erregende Ausdruck von Kühnheit, von Herausforderung und Schärfe, den solche Männer manchmal annehmen, wenn sie in Gedanken an früher die zukünftigen Gefahren abwägen.

Schließlich sagte er:

»Ich muß mir das Gelände ansehen. Und dann werde ich mir einen Plan zurechtlegen. Ich bin ganz geschickt in diesen Dingen.«

Ich spürte einen Kloß im Hals.

»Ich weiß, daß du ganz geschickt bist. Aber was könnten wir sonst tun?«

»Nichts. Vielleicht weiter nachdenken.«

Und weiter ging die Reise, über Bergwege, Kämme und Geröllhalden. Die Ausdauer der Pferde war unermüdlich. Auf der Straße kam ein Treck holzbeladener Lastwagen in Sicht. Sie schaukelten, bremsten, blieben in Schlaglöchern stecken. Geplatzte Reifen mußten ersetzt, bedrohlich schwankende Wagenladungen neu befestigt werden. Wir – fast unsichtbar in der Weite der Landschaft – kamen schneller vorwärts. Doch die Kälte nahm zu. Böen, scharf und schneidend, zwangen uns immer wieder, uns tief in den Sattel zu ducken. Oft mußten wir anhalten und mit den Füßen kräftig stampfen, um das Blut wieder in die Zehen zu treiben. Weit vor uns, in der klaren Luft, glänzten die ersten Ausläufer des Kyetrakgletschers, Vorboten der Eiswelt. Wolken jagten über Steinwüsten dahin, die Sonne schien wie durch ein Brennglas. Zwischen Lhasa und Shigatse lagen rund vierhundert Kilometer. Wir schafften die Strecke in neun Tagen, immer oberhalb der Straße, von einem Seitental ins andere, tief unter uns die Ebene mit dem schäumenden Flußband, seinen Stromschnellen und den weiten Schotterflächen, die im Frühjahr und Sommer überschwemmt wurden.

Am Kahma-la Paß wehte Schneewind. Auch hier hatten Pilger die *Lahrtsen* – die Gebetsheiligtümer – mit weißen Steinen errichtet. Wir begegneten einigen von ihnen, Männern und Frauen, auf Mauleseln oder zu Fuß, die – aus welchen Gründen auch immer – die alte Piste bevorzugten. Wir grüßten einander, tauschten ein paar Worte, sprachen Segenswünsche aus. Ich verteilte Medikamente. Der Paß war die Grenze zwischen den Provinzen U und Tschang; der Abstieg nach Shigatse begann.

Ich war sehr unruhig in dieser Zeit; mein ganzer Körper war in Aufruhr. Es ging nicht weiter, es konnte nicht so weitergehen. »Wenn ich nachdenke, krepiere ich«, sagte ich mir, und dachte lieber nicht. Ich hatte keine Vorstellung von Shigatse, Tibets zweitgrößter Stadt, dem Sitz des Panchenlamas. Die Altstadt mit den flachen, rostroten Lehmhäusern war gut erhalten, wenn sich die chinesische Planungswut auch hier in baumlosen Plätzen, unfertigen, dachlosen Bauten und schnurgeraden Straßen zeigte. Trotz Abgasen, Lärm und Discomusik war Shigatse eine heilige Stadt. Gebetsfahnen, auf Schnüren gereiht, flatterten über dem Verkehr. Die mehrstöckigen, weiß getünchten Mauern des Tashilumpo-Klosters, die ehemalige Residenz den Panchenlamas, ragten wie eine Skulptur am Berghang. Die vergoldeten *Tschörten* funkelten; auf den Dachterrassen leuchtete rot die Glut schwelender Weihrauchopfer. Die Masse der kupfernen Dächer stieg in Kaskaden empor, zeigte, was Tibet früher war, was Tibet nie mehr sein würde: ein Hort der Seele. An einer Felswand wurde an hohen Feiertagen das größte Rollbild der Welt entfaltet. Gut restauriert, und den Touristen vorgeführt. Man hatte den Mönchen gesagt: »Ihr dürft wieder eure alten Bräuche aufnehmen, wir erlauben es euch.« Was für die Tibeter den Himmel auf Erden zeigte, brachte den Chinesen Profit.

»Früher«, sagte Atan, »hatten die Rotgardisten alle *Mani-Steine* mit Mao-Sprüchen beschmiert. Man hat sie entfernt. Die Chinesen haben bemerkt, daß die Touristen nichts dafür übrig hatten.«

Auch die Gold- und Silberschmiede durften wieder in sogenannten »volkseigenen Betrieben« ihre Kunst ausüben. In den Produktionsräumen begegnete man ehrwürdigen alten Meistern und ganz jungen Lehrlingen, aber kaum Vertretern der mittleren Generation. Die Rotgardisten hatten begnadete Künstler auf die Felder geschickt, um Weizen für ihre Nudeln anzubauen.

Das Kraftwerk befand sich im Tal, unweit des Flusses. Die Sonne brannte grell, und im Schatten war es eiskalt. Im Wasser zogen einige *Ghawas* – Boote aus Yakhäuten – vorbei. Am Ufer flatterten Gebetsfahnen an hohen Stangen, einige erhoben sich sogar mitten im Wasser.

»Man hat sie neu aufgestellt«, sagte Atan. »Für die Touristen natürlich.«

An einer Biegung führte eine moderne Betonbrücke über den Tsangpo. Gleich dahinter befand sich das Kraftwerk. Der Schornstein, die Hochspannungsgerüste und die Freilichtmasten erhoben sich in einer zwischen den Bergzügen ausgeschachteten Scharte, eine Ebene fast, die sich weiter im Tal wieder verengte. Auf dem Grunde einer riesigen Grube bewegten sich ruckweise die Bagger, die Motoren dröhnten. Die Ladeschaufeln hoben und senkten sich, der Aushubsand, Schlamm und Steine donnerten in die Wannen großer Laster, die das Material fortbrachten. Die Maschinen mit den gewaltigen Stahlkiefern kamen mir wie gierige Ungeheuer vor, wie mechanische Saurier. Das ganze Gelände glich einem Ameisenheerlager, zwischen Ufer und Felswand, mit großen, aus dem braunen Berg herausgetragenen Rampen, Scherben und Aschenhaufen. Vor dem hellen Hintergrund der Steine hob sich der Maschendrahtzaun die ganze Senke entlang deutlich ab. Der Zaun wurde von einem dreifachen Stacheldraht gekrönt, der über Isolatoren gespannt und offenbar elektrisch geladen war.

»Es wird Probleme geben«, seufzte ich.

»Ja.« Atan kaute an einem Grashalm. »Es ist an der Zeit, daß es welche gibt.«

Wir kauerten auf einer Granitwand, im Schatten eines Krüppelzedergebüsches jenseits des Flusses. Die Pferde hatten wir weiter unten, in einer Senkung, angepflockt. Atan saß auf den Fersen, in einer Stellung, die er stundenlang einhalten konnte, ohne zu ermüden. Seine Arme waren locker über die Knie gelegt. Die Gebetsflaggen im Wasser flatterten; die Masten bebten im Wind. Atans kieselharte Augen, die die Anlage beobachteten und jede Einzelheit gründlich studierten, verrieten kein Gefühl. Er wirkte müde, und er hatte sich seit

Tagen nicht rasiert. Ich lehnte mich mit der Schulter an einen Baumstamm. Meine Kehle war trocken, ein ständiges Würgen quälte mich. Nach einer Weile spuckte Atan den Grashalm aus.

»Ich werde mit dem Boot gehen. Die Böschung ist steil. Da haben sie nur einen Maschendraht gespannt. Den kann ich knacken.«

Er sprach ruhig, wobei er mit seiner schmalgliedrigen Hand auf verschiedene Punkte im Gelände wies.

»Die Arbeiter sind in Baracken untergebracht, die Ingenieure in Fertigunterkünften. Da oben, siehst du? Gleich vor der Felswand. Aber ich will sicher sein, daß Sun Li die Kleine bei sich hat. Das muß ich zuerst herausfinden.«

»Wie willst du das feststellen, Atan?«

»Indem ich ein paar Leute treffe. Reine Routine.«

»Und was dann?«

»Es könnte eine lange Nacht werden«, sagte er.

Er führte mich in eine Herberge in der Nähe des Klosters. Männer und Frauen schliefen in getrennten Gemeinschaftsräumen. Pferde und Lasttiere wurden an langen Yakhaarleinen im Innenhof angebunden. Meine Zimmernachbarinnen waren eine alte Frau und eine junge Mutter mit ihrem Baby, das fürchterlich schrie. Ich setzte mich zu ihr auf das Eisenbett und stellte fest, daß der Säugling eine starke Augenentzündung hatte. Die eiternden Lider waren völlig verklebt. Ich bestellte abgekochtes Wasser, säuberte mit einem Tuch die Augen des Kindes und bestrich sie mit einer Salbe, die ich der Frau überließ, nachdem ich ihr gründlich erklärt hatte, wie sie die Behandlung vornehmen mußte. Die junge Mutter mit dem kupferroten Gesicht und den herrlich schweren, glänzenden Zöpfen dankte mir überschwenglich. Die alte Frau wollte wissen, wo ich herkam. Ich sagte, daß mein Mann und ich aus Kathmandu kamen und zu den heiligen Stätten pilgerten. Ein paar Stunden vergingen; die alte Frau war eingeschlafen, die Mutter gab ihrem Baby die Brust. Es wurde schon dunkel, als Atan an die Tür klopfte. Ich öffnete; ein Windstoß fegte in das

Zimmer. Ich trat zu ihm nach draußen auf den Gang und schloß die Tür hinter mir.

»Es ist besser, wir verschwinden«, sagte er ohne Umschweife. »Morgen trifft eine Delegation aus Kanton ein. Irgendein Minister. Bei solchen Anlässen ist die Polizei nervös.«

Ilha und Bemba hatte er bereits gesattelt. Ich stellte keine Fragen und packte schnell meine Sachen zusammen. Tatsächlich waren überall Barrikaden aufgestellt; vor allem die Mönche wurden angehalten und kontrolliert. Wir führten unsere Pferde am Zügel, mieden das Zentrum und verließen die Stadt über eine dichte Verkehrsstraße. Erst als wir hinter dem Kloster den Weg in die Hügel einschlugen, bracht Atan das Schweigen.

»Kunsang ist im Lager. Sie gilt als Sun Lis Tochter. Ein Student aus der Agrarschule kommt täglich und bringt ihr Chinesisch bei.«

»Wie hast du das herausbekommen?«

»Ich habe verschiedene Fragen gestellt und meine Ohren gespitzt. Das andere war komplizierter. Immerhin habe ich den Mann gefunden, den ich suchte. Er heißt Konchok. Er ist Bootsmann und hat uns schon ein paarmal geholfen. Er wird mich heute nacht über den Fluß rudern.«

Ich holte tief Luft. Ich konnte mich nicht erinnern, ein einziges Mal in meinem Leben leichtsinnig gewesen zu sein. Aber ich mußte es sagen.

»Ich komme mit.«

Er wandte mir das Gesicht zu.

»Ausgeschlossen. Du weißt nicht, was du da redest.«

Ich antwortete ziemlich heftig:

»Ich weiß genau, was ich rede. Chodonla war meine Schwester, und bisher habe ich nicht einen Finger für sie gerührt!«

»Ich habe Chodonla ein Versprechen gegeben. Du nicht.«

»Du setzt dein Leben aufs Spiel, und ich soll die Pferde hüten?«

»Du kennst die Chinesen nicht.«

»Wir werden ihnen schon entgehen«, sagte ich.

»Du bist nicht sehr einsichtig, Tara.«

»Ich habe einen tibetischen Dickschädel.«

»Du riskierst viel dabei.«

»Hör zu, da ist ein kleines Mädchen. Das ist etwas anderes, als eine Brücke in die Luft zu jagen. Eine Frau kann ein Kind beruhigen und zwar so, daß es keinen Lärm macht. Meinst du nicht auch, Atan?«

Sein Lächeln blitzte auf.

»Ich gebe ungern zu, daß du recht hast. Ein Mann wird unbeholfen, wenn er eine Waffe trägt und ein Kind aus dem Schlaf holen muß.«

»Du wirst allmählich vernünftig.«

Sein Lächeln verschwand.

»Ich wollte dich nicht in diese Sache reinziehen.«

»Ich stecke schon drin. Bis über beide Ohren. Das ist es ja eben, Atan. Du tust es für Chodonla. Ich auch. Mein Vater hat das alles vorhergesehen. Soll ich mich vor ihm schämen müssen?«

Er starrte vor sich hin, und der Blick aus seinen verengten Augen wanderte weit fort wie seine schweifenden Gedanken. Er seufzte.

»Ich weiß es nicht.«

»Alles gemeinsam«, sagte ich. »Versprochen?«

Er sagte dumpf:

»Ich habe Angst um dich.«

»Und ich um dich. Versprochen?« wiederholte ich.

Im roten Schein der Sonne wandte er mir das Gesicht zu. Unsere Augen trafen sich. Er nickte fast kaum merklich.

»Versprochen.«

56. Kapitel

Wir kauerten im Buschwerk, neben den angepflockten Pferden, und warteten auf das Boot. Scheinwerfer erleuchteten das Kraftwerk, der kreideweiße Boden schimmerte wie Salz. An einer Stelle wurde in Nachtschicht gearbeitet; der Lärm der Preßlufthammer dröhnte über den Fluß. Die Nacht war kalt und würde noch kälter werden. Ich trug meine Daunenjacke. Atan hatte seinen Fellmantel hochgeschnürt und mit dem Ledergürtel fest verknotet. Er erklärte mir den Grundriß des Lagers, indem er mit einem Stock in den Sand zeichnete.

»Ich werde vorausgehen. Bleib immer hinter mir im Schatten. Zu den Unterkünften der Ingenieure führen Stufen, mit Holz verstärkt. Paß auf, daß du nicht stolperst. Sun Li wohnt im zweiten Haus von links. Um elf Uhr ist Schichtwechsel. Die Nachtwächter gehen in die Kantine. Wir haben eine halbe Stunde.«

»Und wenn Sun Li um Hilfe ruft?«

»Er wird kaum Gelegenheit dazu haben.«

Atan zog gelassen eine Pistole hervor, die er unter seinem Mantel in einem Schulterhalfter trug.

Ich schluckte.

»Atan …«

»Ich habe sie in Nepal erstanden.«

»Trägst du die immer mit dir herum?«

»Seitdem ich mit dir reise, in der Satteltasche. Mit ein paar anderen Kleinigkeiten. Ich wollte dir keine Angst machen.«

»Ich bin kein Angsthase.«

Er grinste plötzlich.

»Solche Schießeisen gehen schnell los.«

»Und machen Lärm.«

»Dieses trifft nicht immer sehr genau. Dafür knallt es nur leise. Es hat einen Schalldämpfer.«

Mir wurde es plötzlich flau im Magen.

»Atan, du willst ihn doch wohl nicht umbringen?«

»Wenn es geht, werde ich es vermeiden.«

Dann schwiegen wir wieder. Ich war schon in besserer Verfassung gewesen. Immer wieder liefen Schauer durch meinen Körper, und meine Füße zuckten. Wind und Wasser waren voller merkwürdiger Geräusche. Oder waren es bereits die Wachtposten, die uns anschlichen? Eine Frau durfte nicht so nervös werden, daß sie anfing, Gespenster zu hören. Ich steckte meine Hände mit den gefütterten Fäustlingen in die Taschen der Daunenjacke und versuchte mir einzureden, daß ich warme Finger hatte. Atan saß völlig reglos da, lauschte mit gespannten Sinnen in die Nacht. Die leisen und undeutlichen Eindrücke für Auge und Ohr, die zu ihm heraufdrangen, sagten ihm viele Dinge, für die ich blind und taub war. Zeit verging. Endlos, wie mir schien.

Atan, der sich bisher keinen Fingerbreit gerührt hatte, wandte plötzlich den Kopf in Richtung der Brise. Kaum dreißig Sekunden später vernahm auch ich ein leises Plätschern.

Atan warf mir einen Blick zu und erhob sich federnd. Ich zog mich an einem Ast hoch, wobei ich mir von der Hüfte an abwärts wie gelähmt vorkam. Mit weit ausholenden Schritten und vollkommen lautlos ging Atan zum Ufer. Ich stolperte hinter ihm her, die Böschung entlang, und sah einen schwarzen Schatten über das Wasser gleiten. Atan hockte sich nieder und pfiff leise. Vom Boot her erklang der gleiche Pfiff. Langsam näherte sich die »Ghawa« dem Ufer. Diese Boote bestanden aus einem Flechtwerk aus zähen, elastischen Ästen, welche fest zusammengeschnürt und mit vier aneinandergenähten Yakhäuten überspannt waren. Die Nähte waren mit Kohlenteerwasser dicht gemacht worden. Ein Holzring trug das Bootsgerippe und diente gleichzeitig als Rand. Eine »Ghawa« konnte zehn Personen tragen und auf den Rücken eines einzigen Trägers geladen werden. Der Bootsmann saß auf einem dünnen

Brett, und zwar so, daß er das Fahrwasser flußabwärts überblicken konnte. Das Ruder war eine Art Holzgabel, zwischen deren Zinken ein Stück Leder befestigt war. Wenn die Boote längere Zeit im Wasser gelegen waren, mußten sie an der Luft getrocknet werden.

Geräuschlos stieß das Boot an die Böschung. Wir wateten über die glatten, schlüpfrigen Steine. Der faulige Geruch des Wassers stieg mir in die Nase. Die Nässe gurgelte um meine Bergschuhe. Die »Ghawa« drehte ein wenig ab, aber mit einem Ruderschlag legte sie der Bootsmann seitwärts, und sie rührte sich nicht mehr. Der Mann streckte mir die Hand aus; ich ergriff sie und stieg in das Boot. Atan kletterte hinter mir hinein. Im fahlen Licht erblickte ich einen kleinen Mann, gedrungen und kräftig, mit einer Haut wie glänzend gegerbtes Leder. Er hatte ein breites Grinsen und blitzend weiße Zähne. Er nickte mir freundlich zu, bevor er mit Atan zu flüstern begann. Er hielt mit der rechten Hand das Ruder, während er die Finger der linken Hand in der Zeichensprache der Khampas bewegte. Atan wandte sich mir zu.

»Die Wachen wurden kürzlich verdoppelt. Sie fürchten Sabotage. Und nachts lassen sie Hunde frei.«

Ich dachte, das fehlte auch noch. Ich war nicht mit der Angst vor Hunden geboren worden, bloß hatte ich nie einen Hund gehabt und wußte nicht, wie man mit ihnen umgehen sollte. Und Wachhunde sind gefährlich. Atan war mein Gesichtsausdruck nicht entgangen. Seine Lippen kräuselten sich, als sei er belustigt.

»Konchok sagt, es sind Jurtenhunde. Mit denen werde ich fertig.«

Na, das werden wir ja sehen, dachte ich schicksalsergeben.

Inzwischen setzte die »Ghawa« ab; die geschmeidigen Bootswände bogen sich unter dem Druck der Wellen, und ich hatte das unangenehme Gefühl, viel zu nahe beim eiskalten Wasser zu sein. Der Fluß bedeckte große Sandbänke, die wie fahle Flecken schimmerten, aber Konchok schien sie alle zu kennen. Er bewegte fast geräuschlos das Ruder; das Boot kam nur langsam gegen die Strömung an. Eine Felswand reckte ihren schwarzen Rand hoch über diesen Teil des Flusses empor. Ich sah beunruhigt hinauf. Nicht ein einziger vorspringender Stein, nicht ein Spalt, an dem man sich hochziehen konnte. Allmählich senkte sich der Felsen. Der Fluß machte eine Biegung; jenseits der Klippen lag eine kleine Ausbuchtung, und bald hatten wir sie erreicht. Im lockeren Geröll war eine Stange mit Gebetsfahnen aufgepflanzt, die still in der Dunkelheit hingen. Konchok warf ein Haltetau aus, das sich um einen Stein legte. Er blickte zu Atan hinüber, wobei er ein paarmal die Finger bewegte. Atan nickte mir zu.

»Er wird hier auf uns warten.«

Das Boot berührte fast das steinige Ufer, so daß wir an Land steigen konnten. Es zeigte sich, daß hier die Felswand eine Bresche bildete, an der sich hochklettern ließ. Weit über uns in der Dunkelheit ragte ein Hochspannungsmast. In der Bucht hatten die Arbeiter Abfall gelagert: Flaschen, verrostete Dosen, Lumpen und Plastik. Wir kletterten die Böschung empor, duckten uns im Schatten des Hochspannungsmastes. Von hier aus konnten wir das Gelände überblicken. Auf dem Schornstein und dem Dach des Turbinenhauses blinkten kleine Lichter. Die Bagger waren schon in einer Reihe aufgestellt. Im fahlen Licht der Scheinwerfer kamen ein paar Männer aus einem Bau. Ich zählte; es waren achtzehn Leute. Sie gingen auf ein langes, niedriges Gebäude zu, bei dem die Tür und zwei Fenster schwach beleuchtet waren. Einige Wächter, mit Maschinenpistolen bewaffnet, schritten auf und ab. Ein dumpfes Vibrieren belebte die Stille. Atan legte das Ohr an den Boden. Das schwere Summen kam aus der Erde. Ich sah ihn fragend an.

»Maschinen«, flüsterte er. »Wahrscheinlich haben sie unterirdische Werkstätten. Von dort sind auch die Arbeiter in die Kantine gegangen.«

Der Zaun aus Stacheldraht hob sich deutlich vor dem hellen Hintergrund der Scheinwerfer ab. Überall hingen Warnschilder in chinesischer und tibetischer Sprache. Wir krochen weiter, immer im Schatten des Hochspannungsmastes. Atan legte sich unter den Zaun, griff nach einer Kombizange, die er in der Tasche trug, und schnitt den Stacheldraht an zwei Stellen auf. Der Draht gab mit leisem Sirren nach; die Öffnung war groß genug, daß wir hindurchschlüpfen konnten. Die Scheinwerfer leuchteten grell, doch viele Winkel blieben im Schatten. Bald waren wir mitten auf dem Areal: Das Kraftwerk war keine hundert Meter entfernt. Die Fertigbauten für die Ingenieure befanden sich oberhalb einer Rampe. Die zweihundert Meter offene Fläche bis dahin erschienen mir entsetzlich weit, auch wenn sie teilweise im Schatten lagen.

Die beiden Hunde erschienen fast zur gleichen Zeit. Ich hörte das gedämpfte Trommeln ihrer Pfoten, noch bevor ich sie sah. Zwei riesige Doggen, mit kurzem Fell, breiter Brust und kräftigen, muskulösen Beinen. Man hatte ihnen die Ohren gestutzt, so daß ihre Köpfe noch gewaltiger wirkten. Völlig lautlos stürzten sie auf uns zu, kein Knurren kam aus ihrer Kehle, aber in den Gesichtern und den Augen von eisigem Gelb zeigte sich tödliche Kampfbereitschaft. Die gemeine, die erbärmliche Angst zog jeden meiner Muskeln einzeln zusammen. Eine seltsame Erstarrung schwächte meine Gedanken. Obwohl der nackte Instinkt mich zur kopflosen Flucht drängte, rührte ich mich nicht vom Fleck. Atan stand vor mir wie eine schwarze Säule in der Dunkelheit und wich keinen Schritt zurück. Die Hunde kamen direkt auf ihn zu, strafften die Muskeln zum Sprung. Ein leiser, modulierter Pfeifton bremste sie mitten im Schwung. Das Pfeifen war kurz und deutlich, aber ohne Schärfe. Er schien zu sagen: »Hört mir zu!«

Augenblicklich und mit gleitender Bewegung schlugen die Hunde einen Haken, schüttelten klirrend die Halsbänder, an denen sie tagsüber an Ketten gehalten wurden. Atan pfiff weiter, jetzt noch leiser und sanfter. Er stand vollkommen bewegungslos, und die Hunde duckten sich vor ihm, legten die Schnauze in den Staub. Ihre aufmerksamen, intelligenten Blicke waren auf ihn gerichtet. Atans Lippen waren jetzt geschlossen, nur noch ein kaum vernehmbarer, gleichmäßiger Laut war zu hören. Er kennt ihre Sprache, dachte ich, starr vor

Erstaunen. Er hat sie von seiner Mutter gelernt. Die Hunde mochten die Sprache nie gehört haben, aber ihr Instinkt wußte darum. Sie bewegten ihre Schwanzstummel, gaben einige seltsame Geräusche von sich, eine Mischung zwischen Winseln und Gähnen. Dann setzten sie sich beide, legten sich auf die Vorderpfoten und hechelten, wie beruhigte Tiere das tun.

Nach einer kleinen Weile bewegte Atan die Hand; das Zeichen galt mir. Ich ging in vorsichtigem Abstand an den Doggen vorbei, ohne daß sie sich rührten. Sie knurrten leise, ihr Kiefer hing entspannt herab; ich sah die Zunge zwischen den glänzenden Reißzähnen. Im Lager herrschte Schweigen; man hörte nur das dumpfe Geräusch der Maschinen; es summte anhaltend und ließ sich nicht lokalisieren. Atan bewegte sich schnell, immer im Schatten. Ich ging dicht hinter ihm her. Mir war nicht mehr besonders kalt, nur meine Zähne klapperten und mein Magen rumorte. Angst, dachte ich, ich hatte sie auf diese Weise noch nie erlebt.

Auf einmal drehte sich Atan kurz um, deutete auf die mit Holz verstärkten Stufen. Die Fertigbauten der Kaderleute hatten keine Fenster; hier und da fiel ein dünner Lichtschein aus der Ritze zwischen Tür und Boden. Lautlos stiegen wir die Stufen hinauf. Auch bei Sun Li brannte Licht. Atan blieb vor der Tür stehen, horchte ein paar Sekunden lang. Es war eine einfache Tür aus Kunststoff. Atans Hand glitt an den Waffenhalter. Ich hörte ein metallisches Klicken. Im selben Augenblick drückte er die Klinke, öffnete mit einem Kniestoß die Tür; sie war nicht abgeschlossen gewesen. Ich trat hinter ihm in den Raum, und er schloß die Tür und drehte gleichzeitig den Schlüssel.

Ein Mann saß im Licht einer schwachen Glühlampe vor dem Tisch, auf dem er Papiere ausgebreitet hatte. Er war blaß, groß und schwerfällig, hatte kurzgeschorenes, ergrautes Haar. Der Gesichtsausdruck war erschrocken, wirkte aber sanft. Es war ein ruhiger Mann – anständig und ehrlich – das sah man auf den ersten Blick. Ich schätzte sein Alter auf etwa fünfundvierzig. Er hatte eine Zigarette in der Hand und blickte geradewegs in die Mündung der Pistole, bevor er in Atans Gesicht schaute.

Mit einem einzigen Blick erfaßte ich die Unterkunft, stellte fest, daß sie dürftig eingerichtet war, halb als Schlafzimmer, halb als Arbeitsraum diente. Ein altmodischer Metallschreibtisch, daneben Berge von Akten. Kisten und Kartons mit verschiedenen Beschriftungen stapelten sich im Hintergrund. An jeder Wand stand ein Feldbett, und in einem dieser Betten schlief ein Kind. Ich sah nur eine kleine Hand, die aus den Decken ragte, und flutendes Haar, wie ein Fächer auf dem Kissen ausgebreitet.

Zwei Sekunden oder mehr vergingen. Es gibt Menschen mit einer angeborenen und anerzogenen Vorsicht, die sie langsam denken und langsam handeln lassen. Sun Li gehörte offenbar zu ihnen. Er stieß den Rauch durch die Nase, drückte die Zigarette im Aschenbecher aus. Er tat es mit großer Gelassenheit, ohne daß seine Hand dabei zitterte.

»Was wollen Sie? Wer sind Sie?«

Er sprach ein abgehacktes, korrektes Tibetisch, aber so gedämpft, daß ich mich unwillkürlich vorneigte, um ihn besser zu verstehen. Mein Gesicht erschien voll im Licht. Sun Lis Augen weiteten sich. Er mußte sich mühsam zusammenreißen.

»Chodonla!« flüsterte er.

Atans Stimme klang hart und kalt.

»Falsch geraten«, sagte er.

Er bewegte leicht die Waffe in Kunsangs Richtung. Ich verstand ihn, ging auf das Feldbett zu. Sun Li schob den Stuhl zurück, versuchte mir den Weg zu versperren.

»Sind Sie verrückt?« stieß er hervor. »Lassen Sie das Kind in Ruhe!«

Atan zielte unverwandt auf ihn.

»Stillsitzen!«

Sun Li preßte die Lippen zu einer geraden Linie zusammen. Wortlos fiel er auf den Stuhl zurück, wobei er mit den Ellbogen leicht die Papiere verschob. Atans Arm zuckte blitzschnell vor. Er ergriff das Handy einen Sekundenbruchteil schneller als Sun Li und ließ es in seiner Tasche verschwinden.

»Sie sollten lieber vernünftig sein«, sagte er.

Sun Li nahm sich gewaltig zusammen. Ich fühlte mich ihm gegenüber eine Erklärung schuldig.

»Ich bin Tara, Chodonlas Schwester. Sie will, daß ich das Kind zu mir nehme.«

Sun Li hatte sich wieder im Griff. Seine Antwort war so ruhig wie der Blick, der sie begleitete.

»Ich bin ihr legaler Vormund. Ich habe alle Dokumente unterschrieben. Wollen Sie die Papiere sehen?«

»Wir glauben Ihnen aufs Wort«, sagte Atan.

Sun Li räusperte sich.

»Ich verstehe das nicht. Was wollen Sie mit dem Kind?«

»Das geht Sie nichts an.«

Ich trat an das Feldbett und setzte mich auf den Rand der Matratze. Kunsangs Gesicht war zur Wand gekehrt. Ich sah ihre Wangenlinie, ihren zart geschwungenen Hals. Meine Hand schloß sich leicht um ihre schmale Schulter.

»Kunsang … wach auf!«

Ich rüttelte sie sanft. Sie bewegte das Gesicht; ihr Haar hatte einen metallischen Schimmer. Die halbrund geschnittenen Fransen bedeckten die Stirn. Ihre Haut war samtig und ganz leicht olivenfarben, ihre Ohren wohlgeformt und klein.

»Kunsang …« flüsterte ich.

Die schwarzen Wimpern zuckten. Kunsang hatte leicht den Kopf gehoben; ihr verschlafener Ausdruck klärte sich. Der Blick ihrer mandelförmigen Augen wurde scharf. Wie in einem fernen, sehr fernen Spiegel entdeckte ich den Abglanz meines Gesichtes auf dem ihren; die ausgeprägten Wangenknochen, die langen Brauen, das eckige Kinn. Ihre Lippen waren weich und voll, die Mundwinkel traten ein wenig nach innen. Ja, ich erkannte sie – und gleichzeitig auch mich. Ein unendliches Vertrautheitsgefühl pulste in meinen Adern. Sie indessen starrte mich an. Zwischen ihren Brauen hatten sich zwei kleine, senkrechte Falten gebildet. Plötzlich richtete sie sich auf den Ellbogen auf.

»Amla!«

Ich lächelte mit zitternder Unterlippe.

»Ich bin Tara, ihre Schwester. Wir waren Zwillinge. Hat sie dir nie von mir erzählt? Ich sehe ihr ähnlich, nicht wahr?«

Sie nickte, stumm und steif, bevor ihr Blick an mir vorbei glitt und sich auf Atan richtete. Schrecken und Betroffenheit malten sich auf ihrem Gesicht. Mit einem kleinen, erstickten Aufschrei sprang sie aus dem Bett. Ihre nackten Füße klatschten auf dem Boden. Sie lief zu Sun Li, umschlang ihn mit beiden Armen, stellte sich schützend zwischen Atan und ihn.

»Tu ihm nicht weh, Onkel!«

Atan verzog die Lippen.

»Ich bin nur vorsichtig, Kunsang. Komm, zieh dich an. Wir gehen.«

Ihr zartes Gesicht verhärtete sich; sie preßte die Lider zusammen, so daß ihre Augen ganz schmal wurden.

»Ich will aber nach China fahren!«

Ihre Augen sahen Atan gerade ins Gesicht. Sie trugen einen Ausdruck von Eigensinn. Atans Ausdruck änderte sich nicht. Doch ich nahm seine gespannte Aufmerksamkeit am beschleunigten Rhythmus seines Atems wahr. Die Augen des Kindes blieben unnachgiebig. Schlagartig hatte die Stimmung gewechselt. Sun Li entspannte sich mit einem tiefen Atemzug, strich mit der Hand durch die Haare des Kindes. Er sprach jetzt geduldig und ernst, ohne ein Zeichen von Verwirrung.

»Kunsang bleibt bei mir. Sie ist ein begabtes und intelligentes Kind. In Tibet hätte sie keine Chance.«

Atan nickte kalt.

»Um sie wäre es wirklich schade.«

Sun Li furchte die Stirn.

»Darf ich fragen, wer Sie sind? Doch nicht ihr Vater?«

Atans Augen begann so heiß zu leuchten, daß es mir den Atem verschlug.

»Nein«, sagte er.

Sun Lis Stimme wurde um eine Spur schärfer.

»Chodonla stand unter Bewachung. Man hat mir ihre Akten gezeigt.«

»Sie war meine Frau«, sagte Atan.

Sun Li lehnte sich leicht zurück.

»Davon hatte ich keine Ahnung«, sagte er steif.

Inzwischen suchte ich Kunsangs Sachen zusammen. Eine warme Hose, ihre Windjacke. Mütze, Schal, Handschuhe. Kunsang warf einen Blick zur Seite und beobachtete, was ich tat, sagte jedoch kein Wort. Ich bemühte mich, sie nicht zu beachten.

»Als die Rotgardisten kamen«, sagte ich zu Sun Li, »mußten meine Eltern Tibet verlassen. Chodonla wurde auf der Flucht von uns getrennt.«

Er nickte mit eisigem Gesicht. Ich fuhr fort:

»Meine Familie lebt in der Schweiz. Ich wußte, daß Chodonla krank war und bin wegen Kunsang nach Tibet gekommen. Sie soll in Europa erzogen werden.«

Sun Li schüttelte ruhig den Kopf.

»Das Leben in Europa ist nichts für sie. Kunsang gehört nach China. Ihr Vater war Chinese. Das ist Ihnen doch sicher bekannt. Das allein zählt.«

»Kunsang«, sagte Atan, »du wußtest, daß ich kommen würde.«

Sie schaute zuerst auf ihn, dann auf mich. Jäh schoß ihr das Blut in die gebräunten Wangen. Ich sagte, jede Silbe betonend: »Kunsang, er hält immer sein Wort. Deine Mutter hat es nie bezweifelt.«

»Ja«, flüsterte das Kind. »Das hat sie mir gesagt.«

Ihre Augen waren dunkel und groß geworden und ihre Lippen ganz weiß. Sie wandte sich an Sun Li und sagte mit bebender Stimme:

»Sie haben mich angelogen. Warum?«

Sun Lis Gesicht war um eine Spur dunkler geworden.

»Kunsang, es tut mir leid ...«

Wieder legte er seine große Hand auf das Haar des Mädchens. Diesmal wich sie heftig zurück.

»Rühren Sie mich nicht an! Sie ... Sie haben ...«

Sie schluckte, sprach nicht weiter. Tränen glänzten in ihren Augen.

Sun Li senkte die Stirn. Sein Mund zitterte.

»Ich habe nicht gelogen, Kunsang. Ich habe wirklich geglaubt, daß er nicht kommen würde.«

Sie betrachtete ihn, voller Zorn und Kummer, und richtete dann ihre Augen auf Atan.

»Doch. Er hat gelogen. Er ist mit den Polizisten befreundet. Und deswegen ist meine Mutter gestorben. Es war kein Unfall. Ich weiß es. Man hat sie ständig überwacht. Sie hatte solche Angst, daß sie wieder ins Gefängnis mußte ...«

Mit berechnender Kälte, erbarmungslos, hatte sie jedes Wort einzeln betont.

»Ja«, sagte Atan. Mehr sagte er nicht.

Sun Li starrte auf ihn, dann auf Kunsang. Ein Ausdruck von Schmerz zog seine Mundwinkel nach unten.

»Kunsang ...«, murmelte er, »ich habe es nicht so gemeint. Ich verspreche dir ...«

Er streckte den Arm nach ihr aus. Sie wandte sich von ihm ab, wie von einem wesenlosen Schatten, und trat einen Schritt auf mich zu.

»Dir glaube ich, weil du wie meine Amla aussiehst!«

»Komm, zieh dich an!« sagte ich sanft. »Wir haben nur wenig Zeit.«

Ich schob ihr die Hose über den dünnen Pyjama. Eine Bluse. Den Pullover. Die Schuhe. Sun Li ließ mich nicht aus den Augen. Als ich Kunsang in die Jacke half, fragte er:

»Was sind Sie von Beruf?«

»Ich bin Ärztin.«

Der Schmerz, das Bewußtsein seiner Niederlage, raubten ihm die Gelassenheit, die er bisher mühsam bewahrt hatte.

»Ihre Schwester war eine Hure«, sagte er hart.

Ich preßte die Lippen aufeinander.

»Man kann darüber so oder auch anders denken.«

Sein Hochmut brach plötzlich durch. Auf der gespannten Haut traten die Knochen seines Kiefers deutlich hervor.

»Sie bringen das Kind in Gefahr«, sagte er drohend zu Atan.

Dieser erwiderte ausdruckslos seinen Blick.

»Das Risiko werden wir nicht eingehen.«

Sun Lis Stimme klang schneidend.

»Sie werden das Gelände nicht lebend verlassen.«

»Es sei denn, Sie verhalten sich ruhig.«

Atan trat schnell hinter ihn und schlug ihm mit der Pistole an den Kopf, eine geschulte, äußerst knappe Bewegung. Kunsang stieß einen angstvollen Laut aus. Sun Li kippte seitwärts vom Stuhl. Atan fing ihn auf, bevor er zu Boden ging. Er schleifte ihn durch den Raum, warf ihn bäuchlings auf das Feldbett und sagte zu Kunsang, über seine Schulter hinweg:

»Er wird das aushalten.«

Er steckte die Waffe in den Halter, holte einen Strick aus der Tasche. Er brauchte kaum eine Minute, bis er Sun Lis Hände auf den Rücken gefesselt und an der Eisenstange des Bettes festgeknotet hatte. Ein paar Socken hingen an einer Leine zum Trocknen. Atan verband ihm mit einer die Augen und stopfte ihm die zweite in den Mund. Dann raffte er mit einem Griff die verstreuten Papiere auf dem Tisch zusammen und stopfte sie in seine Brusttasche. Er nahm die Pistole hervor und wies wortlos zur Tür. Ich packte Kunsangs Hand. Sie war eiskalt. Wir traten nach draußen in die Dunkelheit. Kein Mensch in Sicht, die Hunde waren verschwunden. Im Hintergrund stieg das Licht der Scheinwerfer auf geheimnisvolle Weise, wie es schien, aus dem Boden empor. Darüber war der Himmel pechschwarz. Kein Licht in der Kantine, nirgendwo ein Geräusch. Nur die unterirdischen Maschinen surrten. Wir rannten los.

Scheinwerfer flammten auf, diesmal in unserer Richtung. Das grelle Licht schien mir prall in die Augen. Mir war, als ob die Strahlen mich festhielten, ich sah nur noch blendenden Nebel. Gleichzeitig ertönte eine Art Kreischen, der Lärm schien von allen Seiten zu kommen, den ganzen Platz mit seinem Gellen zu erfüllen. Atan rief etwas, aber der Lärm ließ kein Wort zu mir dringen. Endlich erreichte seine Stimme mein Ohr.

»Lauf, Tara!«

Ich rannte, Kunsang hinter mir herziehend, mehr oder

weniger parallel zum Gebäude. Das Mädchen hielt sich den Arm vors Gesicht. Aus der bebenden Lichtkulisse lösten sich Gestalten. Wir kamen nicht schnell genug vorwärts. Atan lief hinter uns, deckte unsere Flucht. Ohrenbetäubender Lärm ging blitzartig los. Ich hatte das Gefühl, daß mein Trommelfell platzte. Das Maschinengewehrfeuer ratterte an die Betonmauer, in deren Schatten wir liefen. Durch einen Lautsprecher verstärkt, wurden Befehle in chinesischer Sprache über den Platz gebrüllt. Kunsang stolperte. Ich zerrte sie hoch. Atan warf sich gegen die Mauer und schoß zurück. Meine Lungen flogen, ein herber Geschmack von verbranntem Pulver war in meinem Mund. Kunsang lief gut, doch ermüdete allmählich, keuchte und taumelte. Atan schlug immer wieder Haken; ich hörte das trockene, dumpfe Geräusch seiner Pistole und wußte, daß er die Taschen voller Patronen hatte. Es ist schwierig, auf Menschen zu zielen, die geduckt im Schatten rennen. Die Kugeln pfiffen an unseren Köpfen vorbei, zu hoch. Doch jetzt kamen die Schüsse tiefer, mähten bereits den Boden vor uns, warfen kleine Erdspritzer auf, die wie ein dünner Regen an unsere Beine prasselten. Die Wachen rannten mit hochgehaltener Waffe über den Platz, um uns den Weg abzuschneiden. Ein Geschoß stieß an das Metallteil eines Baggers und prallte mit einem spitzen Laut ab. Endlich erreichten wir die Böschung. Ich schnappte nach Luft, meine Lungen brannten, mit jedem Atemzug wurde es schlimmer. Kunsang klammerte sich an mich, sie konnte sich kaum noch auf den Beinen halten.

Völlig ausgepumpt erreichten wir das Flußufer, krochen unter dem Stacheldraht hindurch. Die Wachen waren kaum fünfzig Meter entfernt. Ich sah, wie Atan zurückblieb, sich unter dem Hochspannungsmast duckte und einen Gegenstand hervorholte. Blindlings kletterte ich die Böschung hinunter, zerrte Kunsang hinter mir her, half ihr über die schwierigen Stellen. Ein Stein unter meinem Fuß gab nach, ich schlug mir heftig das Knie an; andere Steine sausten prasselnd an mir vorbei. Kunsang stolperte über das Geröll, das durch meinen Sturz gelockert war, stürzte in einem Stein- und Sandregen ab. Einen

Atemzug lang blieb sie benommen liegen. Humpelnd lief ich zu ihr. Meine Kleider, naß vor kaltem Schweiß, klebten an meinem Rücken. Kunsang bewegte sich mühsam, richtete sich auf. Ihre Hände waren verschrammt, ihre rechte Wange aufgeschürft. Ein Krachen, das den Boden erschütterte, setzte für Sekunden dem mechanischen Tanz der Maschinengewehre ein Ende. Splitter prasselten, gefolgt von Stimmgewirr und Schreien. Eine Granate, dachte ich. Ich packte Kunsangs Hand, rannte auf das Boot zu, das nahe beim Ufer wartete. Konchok streckte beide Arme aus, hob Kunsang ins Boot. Ich kletterte hinter ihr hinein. Die Beine gaben unter mir nach. Halb sitzend, halb kniend, klammerte ich mich mit beiden Händen am Bordrand fest.

Die Schläge meines Herzens lähmten mich, der Lärm um mich herum verursachte in mir eine Art Leere. Wieder brach das Feuer der Maschinengewehre los. Ich preßte die Zähne zusammen. Wo war Atan? Ich sah nur die Schatten der Büsche unter weißflimmernden Rauchwolken. Da – wieder das krachende Getöse. Eine zweite Granate. Schrilles Brüllen drang durch das Prasseln der Gewehre. Im wirren Spiel von Hell und Dunkel sah ich Atans Gestalt plötzlich neben dem Hochspannungsmast. Eben stand er noch da – und in der nächsten Sekunde war er schon auf der Höhe des Kammes, das heißt, nicht genau auf der Höhe, sondern knapp darunter. Er ließ sich geduckt und schnell über die Steine gleiten, als eine neue Salve die Luft zerriß. Atan schien für einen kurzen Augenblick aus dem Gleichgewicht gebracht. Er rutschte die letzten Meter ab, fiel auf alle Viere, als versagten seine Knie den Dienst, kam wieder auf die Beine und landete mit einem schwerfälligen Sprung im Boot.

»Bist du verletzt?« stieß ich hervor.

»Nicht schlimm!« keuchte er. »Los!«

Konchok bewegte das Ruder, trug das Boot auf die andere Flußseite, in den Schatten der Sträucher. Atan lud seine Pistole. Er wischte sich die blutbefleckten Finger am Fellmantel ab, schraubte den Schalldämpfer von seiner Pistole und zischte:

»Hinlegen!«

Ich warf mich auf den Bauch, legte einen Arm um Kunsang und lauschte auf mein Herzklopfen. Die Wachen – etwa zehn an der Zahl – erschienen fast alle gleichzeitig oben auf der Klippe. Einer zündete ein großes Fackellicht an, mit dem er das Wasser absuchte. Atan stützte sich auf den Ellbogen, zielte sehr sorgfältig über den Bootsrand und schoß. Aus dieser Nähe und ohne den Schalldämpfer ließ uns der Knall zusammenfahren. Das Fackellicht erlosch. Abermals brüllte der Lautsprecher durch die Nacht. In einer langen Linie floß der Tsangpo an dem Kraftwerk vorbei; dann wendete er seinen Lauf und entfernte sich von dem Sperrgelände. Atan füllte das Magazin und hob die Pistole. Wieder flammte Licht auf. Wieder ein Knall. Das Licht erlosch, blendete erneut. Atan zielte, drückte ab. Das Licht flackerte schwächer. Durch den Tumult von Rufen und Schreien drang das lange Trommelfeuer der Maschinengewehre. Ein Kugelregen fegte über das Boot. Es nahm und nahm kein Ende. Ich fühlte, wie Kunsang neben mir am ganzen Körper zitterte. Auf einmal durchfuhr ein schweres Beben das Boot. Konchok, über das Ruder geduckt, stieß atemlos ein Schimpfwort aus. An zwei Stellen hatten Kugeln die Yakhäute durchlöchert. Wasser strömte in das schwankende Boot. Schon knatterte der nächste Kugelregen dicht über die Wasserfläche. Die »Ghawa« drehte sich um ihre Achse, stieß gegen eine Sandbank. Kunsang richtete sich verstört auf, klammerte sich am Bootsrand fest. Atan schnellte hoch, packte sie und riß sie herunter. Wieder knatterte Maschinenfeuer. Atan zuckte ein wenig zusammen, riß die Hand halb zum Kopf hoch und warf sich quer über Kunsang.

»Atan!« schrie ich. »Atan!«

Mir brach kalter Schweiß aus. Entsetzen schüttelte meinen Körper, daß ich fast toll wurde. Doch da bewegte sich Atan, legte beide Handflächen flach auf den nassen Boden und stemmte sich hoch. Sein langes Haar fiel ihm über die Stirn. Er wischte sich das Blut aus den Augen, tastete nach seiner Pistole. Ich hörte, wie er gepreßt atmete. Seine Augen schweiften umher, sein Gesicht war lehmfarben unter dem Blut. Offenbar hatte die Kugel seinen Schädel über dem Haaransatz nur gestreift. Ich schluchzte vor Erleichterung auf. Mein Herz klopfte, daß es weh tat. Kunsang wimmerte entsetzt vor sich hin. Ich drückte sie fest an mich.

»Bleib ruhig …« flüsterte ich. »Es wird schon alles gut werden …«

Eine letzte Salve fegte über uns hinweg; doch wir hatten die Stelle erreicht, wo der Fluß einen Bogen machte. Die Schreie wurden schwächer, die Lichter blieben in der Ferne zurück. Ein schwacher Schimmer zitterte über den Felsen, bevor auch dieser erlosch und wir nur noch die Sterne sahen.

57. Kapitel

Atan?« murmelte ich. »Wie fühlst du dich?«

Er starrte vor sich hin, dann bewegten sich seine Lippen.

»Ganz gut. Wo sind wir?«

»Wir haben es fast geschafft«, sagte ich.

Wir hockten bis zu den Knöcheln im eiskalten Wasser, das Boot wurde immer schwerer zu lenken. Atan blickte auf seine Pistole, schob die Sicherung vor und steckte sie weg. Seine Bewegungen waren schwerfällig.

»Wo sind die Pferde?«

Ein Wunder, daß er überhaupt noch denken kann, dachte ich. Ich blickte umher und erkannte das kleine Gehölz, wo wir die Pferde gelassen hatten. Die Besorgnis um Atan beklemmte mich, wuchs zur Hysterie. Irgendwie mußte ich meine Nerven in den Griff bekommen. Stell dich nicht so an, Tara.

»Wir sind gleich da«, sagte ich.

Im Boot stieg das Wasser. Konchok beschrieb mit dem Ruder einen engen Kreis, lenkte die »Ghawa« den abschüssigen Uferstreifen unterhalb der Krüppelstauden entgegen. Er sprang an Land, befestigte das Boot mit ein paar geübten Griffen. Atan richtete sich ungeschickt auf. Ich half ihm aus dem Boot; er watete mit Mühe ans Ufer, wobei er das linke Bein nachzog.

»Das Boot«, murmelte er. »Weg damit!«

Konchok nickte; ein nervöses Zucken ging über sein Gesicht.

»Versenken … sofort! Sonst finden sie es …«

Atans Stimme klang trotz der Schwäche eindringlich scharf. Er griff in seine Brusttasche, brachte eine alte Börse zum Vorschein. Mit tastenden Fingern entnahm er ihr ein Bündel Geldscheine und hielt sie Konchok hin.

»… für ein neues Boot!«

Auf Konchoks dunkelbraunem Gesicht malten sich gleichzeitig Dankbarkeit, Schrecken und Besorgnis. Rauh stieß er hervor: »Dank, Herr. Ich werde für dich beten.«

Atan wandte sich wortlos ab, stapfte mit schweren Schritten auf die Pferde zu. Ich lief hinter ihm her.

»Du kannst nicht reiten. Nicht in diesem Zustand. Ich muß dich zuerst behandeln.«

Er blieb ruckartig stehen, wandte sich mir zu. Dann faßte er mich mit einem kräftigen Griff unter das Kinn. Ich starrte ihn an.

»Tara, es geht um das Kind. Du hörst besser auf, dir Sorgen zu machen, ja? Wir müssen fort. Jede Minute zählt.«

Seine Augen glänzten wie im Fieber. Ich nickte stumm, mit zugeschnürter Kehle. Er setzte sich wieder in Bewegung und zuckte zusammen, als sein verletztes Bein den Boden berührte. Er stieß den Pfiff aus, mit dem er die Pferde rief, und wir hörten ihr kräftiges Rascheln im Unterholz. Als Atan sie losband, rief Konchok atemlos:

»Warte, Herr, laß dir helfen.«

»Weg da ... verdammt!« knirschte Atan. »Ich kann es schaffen.«

Er setzte sein unverletztes Bein in den Steigbügel, hob sich langsam in den Sattel. Inzwischen half ich Kunsang. Ihre Hände waren klamm und steif, ihre Schuhe durchnäßt. Sie klapperte mit den Zähnen. Ich stieg hinter ihr in den Sattel. Atan wandte sein Reittier den Hügeln zu, und gehorsam setzte mein Pferd die Hufe in seine Spuren.

Unendlich langsam verging die Zeit. Atan saß völlig ruhig im Sattel, sein Kopf war nach vorn gesunken, als ob er nachdachte. Ich hielt verzweifelt die Augen auf ihn gerichtet und versuchte zu überlegen. Die Kugeln hatten kein lebenswichtiges Organ verletzt, keines der großen Blutgefäße. Er wäre sonst an Ort und Stelle gestorben. Je länger er durchhielt, desto besser waren die Aussichten. Aber die Schmerzen mußten entsetzlich sein. Verdammter Kerl, dachte ich. Ich hatte soviel Bleigeruch eingeatmet, daß ich einen metallischen Geschmack im Mund verspürte. Kunsangs leise Stimme riß mich plötzlich aus meiner Erstarrung.

»Onkel Atan ... muß er jetzt sterben?«

Die Worte trafen mich wie ein Messerstich. Im Gegensatz zu dem Aufruhr in mir hörte sich meine Stimme merkwürdig ruhig an.

»Nein, wie kommst du darauf? Ich bin Ärztin, das weißt du doch. Laß mich nur machen.«

»Ich wäre nämlich sehr traurig«, murmelte Kunsang. »Er hat gesagt, er würde mich reiten lehren.«

Sie lehnte den Kopf an meine Schulter. Ich konnte ihr Gesicht nicht sehen, aber ich spürte nach einer Weile, daß sie eingeschlafen war. Die Hügel waren pechschwarz, die Mondsichel hing tief über den Bergen. In weiter Ferne lag Shigatse, die Lichter blinkten matt durch eine Mauer aus Finsternis. Atan hielt plötzlich an. Er schien sich nicht um einen Zentimeter bewegen zu wollen, vielleicht um seine Kräfte zu schonen. Ich brachte Bemba neben ihm zu stehen. Er saß mit abgewandtem Gesicht. Die linke Hälfte seines Kopfes war rot vor Blut. Seine Stimme war nur ein heiseres Flüstern.

»Tara, kennst du den Polarstern?«

»Ja«, sagte ich.

»Kannst du ihn sehen?«

Ich hob den Kopf zum Himmel empor. Überall, wo ich auch schaute, waren Sterne; mir schien, als uns das Sternenmeer von allen Seiten umgab, als ob ein Stern den anderen berührte. Ich blinzelte verwirrt, erkannte schließlich die Kassiopeia. Den kleinen Wagen. Den Polarstern.

»Da ist er«, sagte ich.

»Gut. Reite voraus.«

»Atan ...«

Er preßte sein unverletztes Bein in Ilhas Flanken, und der Schimmel setzte wieder einen Fuß vor den anderen. Atan lenkte ihn nicht mehr, hielt nur locker die Zügel. Erst allmählich kam mir in den Sinn, daß er vielleicht nicht sehen konnte. In mir war eine naßkalte Übelkeit. Atan war immer vorausgeritten. Jetzt war ich es, die den Weg suchen mußte. Wenn ich bei klarem Verstand blieb, wenn ich meine Aufmerksamkeit auf die Sterne richtete, würde ich es wohl schaffen. Ich mußte es schaffen. Wieder vergingen Stunden. Atan sagte kein Wort; ich hörte nur Ilhas regelmäßige Schritte auf den Steinen. Die Sterne leuchteten schwacher jetzt. Bald wird es Tag, dachte ich. Dann werde ich ihn dazu bringen, irgendwo zu rasten.

Kunsang schlief; ihr kleiner, an mich gedrückter Körper gab mir Wärme, aber ich spürte, daß ihre Beine eiskalt waren. Ich rieb ihre Schenkel, um das Blut in Bewegung zu bringen. Sie wachte nicht auf. Nach einer Weile merkte ich, daß der Himmel im Osten nicht mehr dunkel, sondern silbrig schimmerte. Meine verklebten Augen brannten, jeder Muskel schmerzte, und ich hatte entsetzlichen Durst. Der Himmel wurde heller, färbte sich weiß. Rings um die Berge schwamm ein Kranz von goldenen Wolken, von dem sich die eine oder andere löste und über unsere Köpfe dahinsegelte. Der Schatten einzelner Felsen zeichnete sich scharf am Boden ab. Dann stieg die Sonne wie ein brennender Busch hinter den Gipfeln empor. Nichts regte sich in der ungeheuren Weite – es schien mir, als wären wir die einzigen menschlichen Wesen auf der ganzen Welt. Auf einmal fiel mir die eigentümliche Form der Felsen vor uns auf. Der schwach erleuchtete Boden glitzerte wie ein rötliches Salzmeer, aus dem schwarze, geheimnisvolle Felsinseln ragten. Ich wischte mit der Hand über die Augen und entdeckte, daß es sich in Wirklichkeit um Ruinen handelte. Es mußten die Überreste einer Burg oder eines Klosters sein.

Plötzlich vernahm ich hinter mir einen seltsamen Laut. Es klang wie ein Husten. Ich wandte mich um. Atan hatte sich leicht aufgerichtet. Er streckte den Arm aus, zeigte auf die Ruinen. Ich stöhnte vor Erleichterung auf. Endlich! dachte ich. Endlich konnte ich seine Wunden behandeln. Ich führte Benba den Hügel hinauf. Durch die Risse und Sprünge in den verfallenen Mauern funkelte der Himmel. Die Ruinen glichen einer phantastischen Kulisse, einem steinernen Traum, einer Bastion aus einer anderen Welt. Ich hatte das Gefühl, mich an einem

Ort zu befinden, wo Himmel und Erde ihre Pforten öffneten und sich ihre Kraftfelder berührten. Kraft, dachte ich unwillkürlich. Ja, die brauchen wir jetzt. Wir stiegen weiter, Absatz um Absatz. Immer wieder schaute ich über meine Schulter zurück, sah wie Atan die Arme um Ilhas Hals geworfen hatte, um das Tier zu entlasten und sich gleichzeitig an ihm festzuklammern. So ließ er sich hinaufziehen. Die Ruinen erhoben sich auf einer Felsnase unterhalb eines Berghanges. Auf der anderen Seite war die Ebene sichtbar: Der Tsangppo glitzerte im Morgendunst wie eine schmale, purpurne Ader. Die Ruinen kamen näher; die erste Sonnenglut brachte die Lehmmauern kupferrot und bronzebraun zum Erglühen. Zacken und Rillen traten deutlich hervor. Auf einmal zuckte ich zusammen: Mit heftigem Flügelrauschen stießen zwei große Krähen aus den Ruinen empor; so tief schwebten sie, daß ich das Spiel wechselnder Regenbogenfarben auf ihrer Brust sah; aufgespreizt hingen sie im Wind, kreisten und stiegen höher, wie filigran in die Morgenröte gezeichnet. Und im gleichen Atemzug vernahm ich hinter mir ein rasselndes Geräusch. Mein Herz tat einen Sprung. Angsterfüllt wandte ich mich um, sah Atan aus dem Sattel kippen, schwer zu Boden fallen. Dann lag er im Geröll und rührte sich nicht mehr. Und wie es die Khampa-Pferde tun, wich Ilha keinen Schritt von ihm, sondern senkte den Kopf und stieß ihn sanft mit dem Maul an die Schulter. Der Schimmel wirkte unendlich erschöpft. Sein schweißnasses Fell dampfte, die schlanken Beine zitterten. Ich schüttelte Kunsang wach; sie stöhnte, blickte verwirrt umher. Ich half ihr aus dem Sattel und flüsterte: »Warte hier!« Mit zitternden Beinen taumelte ich den Abhang hinunter, kniete neben Atan auf die Steine und beugte mich über ihn. Er hielt die Augen geschlossen. Sein dunkles, blutverklebtes Gesicht war merkwürdig eingefallen. Ich schüttelte ihn an der Schulter.

»Atan, wach auf! Wir sind gleich da. Komm, ich helfe dir.«

Er regte sich, zog die Brauen zusammen, legte die Finger flach auf die bebenden Lider. Dann öffnete er die Augen, warf einen Blick umher. Er deutete nach oben, zu den Ruinen, stemmte sich mit einer Hand auf den Boden und versuchte, sich aufzurichten. Ich hielt ihn fest, so gut ich konnte. Er stützte sich mit seinem ganzen Gewicht auf mich, zog das Bein hinter sich her. Sein Atem ging schwer und stoßweise. Er glühte vor Fieber, und das Glühen übertrug sich auf mich. Kunsang starrte uns an. Ich sagte:

»Kannst du dich um die Pferde kümmern?«

Sie nickte, näherte sich furchtlos den Tieren und führte sie am Zügel. Keuchend stapfte ich durch den Sand, der auf den Steinen ein seltsames Wellenmuster formte. Ich konnte Atans Gewicht kaum halten, bei jedem Schritt gaben die Knie unter mir nach. Endlich erreichte ich das Ruinenfeld, kletterte unbeholfen über die Schuttmassen. Hinter einem verfallenen Torbogen entdeckte ich einen Mauervorsprung, der eine Art Höhle bildete. Dort ließ ich Atan auf den Boden gleiten. Inzwischen kam Kunsang mit den Pferden. Ich schnallte rasch unser Gepäck ab, rollte einen Schlafsack auf und schob ihn unter Atan, daß er bequem liegen konnte. Ich griff mir an die Stirn. Was nun? Ach so! Feuer entfachen, Wasser kochen. Ob es hier wohl Wasser gab? Ja, wahrscheinlich, dachte ich, zitternd vor Erschöpfung. Er kennt jeden Rastplatz. Aber zuerst mußte ich die Wunden untersuchen. Ich holte meinen kleinen Erste-Hilfe-Kasten und kniete neben Atan nieder. Er war halbwegs bei Bewußtsein. Ich löste seinen Gürtel, schlug das Wolfsfell auseinander. Seine Jeans waren braun verfärbt, steif und klebrig vor Blut. Ich nahm eine Schere, schnitt die Hose auf, entfernte behutsam die in der Wunde klebenden Stoffetzen. Die Kugel hatte oberhalb des Knies den Knochen zerschmettert. Ich konnte unter dem Blut die Splitter sehen. Scheiße, dachte ich.

»Schlimm?« murmelte Atan.

Ich betastete das Bein, drückte langsam. Atan zuckte leicht zusammen.

»Ich muß das operieren«, sagte ich.

Er reagierte nicht. Ich blickte zu Kunsang empor, die mit entsetztem Gesicht im Sonnenlicht stand.

»Sieh zu, ob du Holz findest. Kleine Zweige und Wurzeln. Wir müssen Feuer machen.«

Sie nickte und stürzte davon. Atans blutverkrustete Lippen bewegten sich.

»Unter dem Turm … eine Quelle.«

»Ein Glück, daß du dich auskennst!« brummte ich.

Ich fühlte seinen Puls. Er ging langsam, aber kräftig. Gut. Ich schob behutsam sein Haar zurück; die Kopfwunde an der linken Stirnseite war geschwollen und blutverklebt, die Haut klaffte auseinander und mußte genäht werden. Ich sagte: »Es hätte schlimmer sein können.«

Er öffnete die Augen um eine Wimpernbreite.

»Die Pferde«, flüsterte er.

Natürlich, dachte ich, die Pferde zuerst. Ich drückte seinen Arm und erhob mich. Kunsang kam atemlos mit einem Arm voll Holz zurück. Ich sagte, sie sollte bei Atan warten. Inzwischen stapfte ich zwischen den Ruinen umher und fand nach einigen Minuten die Quelle, die unterhalb einer Felsplatte aus dem Boden sickerte. Ich schüttelte den Rest des abgestandenen Wassers aus der Feldflasche und füllte sie neu. Dann legte ich drei Steine zusammen, wie ich es bei Atan gelernt hatte, zündete das Feuer an und setzte den Kessel auf. Während das Wasser kochte, führte ich die Pferde zu der Quelle, pflockte sie dort an. Ich nahm beiden Tieren Sattel und Satteldecke ab, ließ sie trinken, solange sie mochten. Dann hing ich ihnen den Futtersack um. Als ich sah, daß die Pferde zu fressen begannen, nickte ich erleichtert. Man konnte sehen, daß sie sich besser fühlen. Ich kehrte zu der Feuerstelle zurück. Das Wasser kochte. Ich ließ das Wasser kalt werden; dann füllte ich einen Becher und gab Atan zu trinken. Seine Haut war von Schüttelfrost überzogen. Er mußte beinahe vierzig Grad Fieber haben. Das würde jetzt ein paar Stunden so weitergehen. Dann würden auf die eisige Kälte eine intensive Hitze folgen und noch größerer Durst. Ich sagte zu Kunsang:

»Sieh zu, daß wir ausreichend Wasser haben.«

Ich trank auch einen Becher, ohne meinen Durst zu löschen.

»Hör zu, Atan. Ich werde jetzt die Kugel entfernen. Die steckt im Knochen, du hast Glück, daß sie nicht in der Kniescheibe sitzt. Ich gebe dir eine Injektion. Dann wirst du schlafen, und ich kann in Ruhe arbeiten.«

Er öffnete die Augen, aber nur einen Spalt. Ich holte das Morphium aus dem Erste-Hilfe-Kasten. Es waren sechs kleine Ampullen in der Schachtel. Kunsang sah aufmerksam zu, wie ich die Glaskappe zerbrach, die Kanüle freilegte. Ich rollte Atan den Ärmel der Tschuba auf. Er ließ den Blick nicht von mir ab, als ich ihm die Kanüle in den Arm schob. Als ich fertig war, legte ich behutsam meine Hand auf seine Stirn.

»Schlaf!« sagte ich.

Er schloß die Augen, entspannte sich. Ich wartete noch eine Weile, bevor ich mich aufrichtete. Kunsang blickte verstört zu mir empor.

»Und jetzt an die Arbeit«, sagte ich. »Willst du mir helfen?«

Sie nickte stumm. Ihr aufgeschürftes Gesicht war weiß wie Elfenbein, mit blauen Schatten unter den Augen. Schweiß bedeckte ihre Stirn, und sie atmete schnell. Doch sie blieb bei mir, bis zum Schluß, reichte mir die Instrumente, wie ich es ihr sagte, und wandte kein einziges Mal die Augen ab.

58. Kapitel

Es war Nachmittag, als Atan erwachte. Ich hatte die Kugel entfernt, den Bruch gerichtet, so gut ich konnte. Dann hatte ich das Bein mit einem steifen Verband umwickelt und mit zwei festen, ebenmäßigen Stäben befestigt. Die Kopfverletzung hatte ich genäht und verbunden. Sie würde eine Narbe bis zur Schläfe bilden, aber von selbst heilen. Das Fieber war noch hoch, aber der Puls ging regelmäßig. Was mir nicht gefiel, war die Gehirnerschütterung; offenbar war sein Sehvermögen gestört, und er hatte zu viel Blut verloren. Ich beugte mich über ihn, als er die Lider öffnete. Ich hatte genügend Wasser vorbereitet und gab ihm zu trinken, wobei ich ihn zwei Codeintabletten schlucken ließ. Langsam kam er wieder zu sich.

»Wie fühlst du dich?« fragte ich.

Er verzog die farblosen Lippen.

»Fabelhaft!«

»Hunger?« fragte ich.

Er nickte. Kunsang hatte warmen Tee mit Tsampa vorbereitet; Atan trank, doch nur wenig. Er hatte noch zu hohes Fieber und versank wieder in einen schläfrigen Zustand, aus dem er erst wieder nach einer Weile erwachte.

»Tara?«

Ich beugte mich über ihn.

»Ja, Atan. Bleib ruhig liegen.«

Sein Gesicht war schrecklich zugerichtet, sein rechter Augenbrauenbogen so stark angeschwollen, daß er kaum das Lid heben konnte. Ich legte mich dicht neben ihn, damit er sich beim Sprechen nicht zu sehr anzustrengen brauchte. Er formte jedes Wort mit Mühe.

»Das hier … ist nicht gut. Ich kann nicht mehr … richtig denken.«

»Gehirnerschütterung«, sagte ich. »Das haut jeden um. Ein paar Tage Ruhe, und es gibt sich.«

Er blinzelte und fuhr fort:

»Die Chinesen werden … eine Zeitlang nervös sein. Sie werden einen Steckbrief herausgeben. Kunsang muß … ihr Haar schneiden.«

Er sah zu dem kleinen Mädchen hinüber, das unwillkürlich mit beiden Händen durch ihr Haar fuhr. Atan deutete ein Lächeln an.

»Es wächst nach.«

Ich nickte.

»Gut. Ich habe eine Schere.«

Atan atmete gepreßt, sammelte seine Kräfte. Dann sagte er:

»Tara, du mußt fort von hier.«

Ich fuhr zusammen.

»Ohne dich?«

»Ich kann nicht reiten … wie sonst. Wir kommen zu langsam vorwärts. Du mußte über den Nagpa La, bevor … der Schnee einsetzt …«

Ich schüttelte wirr den Kopf. Meine Gedanken überstürzten sich.

»Atan … ich komme nicht allein über den Paß.«

Seine Augenlider flackerten. Die Worte kamen nur schwerfällig über die blassen Lippen.

»Nicht … nicht allein. Das Sunpa-Khanpo Kloster ist nicht weit. Zwei Tage von hier. Ich zeichne dir eine Karte. Der Abt wird dir … einen Führer nach Nepal mitgeben. Jeder Tag zählt … Von Namche aus … gibt es eine Flugverbindung nach Pokhara. Man wird Kunsang einen Flüchtlingspaß ausstellen.«

Die Schwäche kehrte wieder. Das Sprechen bereitete ihm immer mehr Mühe. Ich hörte ihn keuchen, legte meine Hand auf seine Stirn, versuchte meinen Atem mit dem seinen in Einklang zu bringen. Seine Züge entspannten sich. Ich flüsterte:

»Atan, was wird aus dir?«

Er seufzte tief auf.

»Nimm ... die Hand nicht weg ...«

Ich rührte mich nicht. Etwas später öffnete er wieder die Augen.

»Ich habe hier alles ... was ich brauche. Wasser. Proviant. Sag Tukten Namgang, ich bin ... in der Festung des siebten Panchenlamas. Der Abt ... wird mir ein paar Leute schicken, die mich zum Kloster bringen. Sei ruhig, Tara. Ich komme schon durch. Die Mönche werden sich gut um mich kümmern. Es ist nicht das erste Mal ... daß mich eine Kugel erwischt ...«

»Diesmal waren es zwei.«

Ich hielt die Hand auf seine Stirn. Das Fieber war wieder gestiegen. Er sagte:

»Du darfst ... keine Zeit mehr verlieren.«

Ich kam mir völlig ausgepumpt vor, aber ich konnte nicht warten, schon seinetwegen nicht. Je früher ich das Kloster erreichte, desto schneller würde ich Hilfe herbeischaffen. Ich streichelte seine Stirn.

»Bist du hier in Sicherheit?«

Er legte seine Hand auf meine.

»Ich glaube nicht ... daß die Chinesen kommen.«

»Wie hoch stehen deine Chancen, Atan?«

Er grinste halbwegs.

»Sagen wir mal ... siebzig zu dreißig.«

Ich lehnte das Gesicht an seinen Hals. Ich spürte unter meinem Mund das hastige Pochen der Schlagader, und flüsterte:

»Ich lasse dir Tabletten da. Und Morphium, für den Fall, daß es schlimm wird ...«

»Ich komme schon zurecht«, sagte er. »Sorge gut für Kunsang.«

Ich nickte stumm. Er streichelte mein Gesicht. Der Schatten, der in seinen dunklen Augen schimmerte, war unendlich zart.

»Willst du auf mich warten, Tara? Ich komme zu dir. Ich verspreche es dir. Du mußt nur Geduld haben ... Es kann ziemlich lange dauern.«

Ich legte meine Lippen auf die seinen.

»Ich warte auf dich«, flüsterte ich. »Wenn es sein muß, mein Leben lang.«

Er lachte leise auf. Das Lachen war nur kurz, weil der Schmerz ihm gleichzeitig den Atem raubte.

»So lange wird es nicht dauern. Ich ... habe bloß ... noch eine Aufgabe zu erledigen.«

Ich schluckte würgend.

»Deine Aufgabe, ach ja! Und was wird die nächste sein?«

Eine Spur von seinem früheren Schalk zuckte um seinen Mund. Er wandte kurz den Blick ab, richtete ihn auf Kunsang und streckte die Hand aus. Das kleine Mädchen zögerte, bevor es seine Hand nahm und verlegen lächelte.

»Kunsang reiten lehren«, sagte er.

Wieder trafen sich unsere Blicke, gefangen im gemeinsamen Schmerz, und doch war dieser Schmerz mit Hoffnung verbunden. Die Trennung barg den Keim des Wiedersehens bereits in sich. Ich mußte daran glauben, daß er, allen Gefahren zum Trotz, auch diesmal sein Schicksal meistern würde. Ein mächtiger Schutzgeist wachte über ihn; ein Schutzgeist, der ihn niemals verlassen würde. Und ich wollte glauben, daß sein Schutzgeist auch etwas über Kunsang wachte, und über mich. Das Licht strahlt hell in Tibet, vom Himmel, der soviel näher ist als überall sonst auf der Welt. Die Geister wohnen in den Gipfeln, wo Adler ihre Nester bauen. Und manchmal steigen sie herab und erscheinen uns im Traum.

Epilog

Der April war in den Bergen angekommen. In Nordindien blühten die Rhododendronbäume. An den Hängen wuchsen Kiefern; ihre dunklen, lebendigen Büschel bewegten sich im Wind. In Dharamsala staute sich die Hitze, doch auf der Höhe des kleinen Ortes McLeod Ganj wehte noch der Atem des Schnees. Der Tag war klar; hinter den Moränenfeldern schimmerte der Stausee. In mäßiger Steigung führte die Asphaltstraße in Schleifen und Kurven zur Ortschaft hinauf. Der Verkehr war dicht, viele Pilger gingen zu Fuß, aber man sah auch vereinzelte Reiter. Einer dieser Reiter kam an dem großen Kasernenlager der indischen Gebirgstruppen vorbei; sein Pferd war schweißbedeckt und erschöpft. Der Reiter lehnte den Rücken an den hohen mongolischen Sattel; er trug die tibetische Tschuba und ein Wolfsfell, das in schweren Falten die hohen Filzstiefel bedeckte. Er ritt durch den Zedernwald, an der englischen Kirche und an dem Friedhof vorbei, und erreichte die ersten tibetischen Händlerbuden. Die Tibeter – aber auch einige Inder – blickten den Reiter argwöhnisch an; er jedoch schien die Blicke nicht zu spüren. War es Gewohnheit? Verstellung? Stolz oder Gleichgültigkeit? Sein dunkles Gesicht mit der Narbe an der Stirn zeigte kein Gefühl. Nach einer Weile erreichte er die Siedlung der tibetischen Flüchtlinge. Gebetsflaggen, von Zeder zu Zeder gespannt, flatterten im Wind. Zwischen den großen Himalayabäumen kam eine Anzahl tibetischer Bauten in Sicht. Der Reiter führte sein Pferd an der Bibliothek und am Krankenhaus vorbei. Im Kloster pochten die Trommeln; die tiefen Stimmen der Mönche fielen und stiegen. Die Augen des Reiters richteten sich auf den Tempel mit seinen großen, aus echtem Silber- und Goldblech gegossenen Standbildern, von denen die kostbarsten hinter schweren Scherengittern verschlossen waren.

Der Eingang zum Wohnsitz des Dalai Lama war durch einen indischen Soldaten aus dem Punjab-Regiment mit aufgepflanztem Bajonett bewacht. Der ließ ungehindert die Pilger durch, wobei er den Reiter etwas länger ins Auge faßte. Ein anderer Soldat trat vor, salutierte und sagte, man könne den Audienzhof nicht zu Pferd betreten. Der Reiter stieg aus dem Sattel. Er winkte einen tibetischen Jungen herbei, gab ihm ein Geldstück und den Auftrag, das Pferd zu bewachen. Der Mann ging durch den Hof, wobei er das linke Bein leicht nachzog. Vor dem Pförtnerhaus traten ihm Beamte entgegen. Ihr Gesicht zeigte Ablehnung und Mißtrauen. Doch der Mann sprach ganz ruhig zu ihnen, und schließlich ließen sie ihn durch. Die Besucher wurden einzeln zu einer Sicherheitskontrolle geführt. Als der Mann an die Reihe kam, gab es einen leichten Aufruhr. Zwei Beamte begannen gleichzeitig, den Fremden zu durchsuchen. Er mußte seinen Mantel ausziehen. Die Beamten brachten ein türkisbesetztes Messer, ein altes, wertvolles Kurzschwert und eine Pistole zum Vorschein. Die Tibeter flüsterten erregt, machten entsetzte Gesichter. Der Mann blieb gelassen, zeigte weder Protest noch Empörung. Ein kurzer Wortwechsel folgte. Man holte einen Sekretär aus dem Empfangsbüro. Ob der Fremde einen Termin habe? Der Mann verneinte. Er müsse eine Audienz im voraus beantragen, sagte der Sekretär. Und jetzt sei ein ungünstiger Augenblick: Seine Heiligkeit sei im Begriff, seine Reise in die Vereinigten Staaten anzutreten. Der Fremde solle sich im Herbst wieder melden und einen Termin erbitten. Der Unbekannte sagte, es genüge ihm, an der Massenaudienz teilzunehmen, die nie länger als fünfzehn Minuten in Anspruch nahm. Der Sekretär furchte nervös die Stirn. Er müsse ihn leider bitten, sich von Seiner Heiligkeit fernzuhalten. Der Fremde zögerte, doch nur kurz. Er sei gekommen, sagte er dann, um Seiner Heiligkeit ein Dokument auszuhändigen. Der Sekretär erwiderte, wenn der Fremde ihm das Dokument anvertraue, würde er dafür sorgen, daß Seine Heiligkeit es erhielt. Der Mann blickte dem Sekretär ins Gesicht; es war, als ob seine schwarzen Augen ihn durchbohrten. Der Sekretär räusperte sich. Ein spöttisches Lächeln hob die Lippen des Fremden. Er suchte in seiner Brusttasche und brachte ein kleines Paket zum Vorschein, in Plastik eingewickelt und mit einem Gummiband gehalten. Der Sekretär nahm das Paket an sich und gab ein Zeichen. Die Sicherheitsbeamten drängten den Mann zurück. Man händigte ihm seine Waffen aus, die er wortlos wieder an sich nahm. Er warf seinen Mantel über die Schultern, hinkte um die Ecke des Hofes und verschwand. Wind hatte sich aufgemacht; die Kiefern knarrten und schwankten im Luftzug. Der Sekretär öffnete das Paket; zum Vorschein kamen Papiere, mit Blut- und Feuchtigkeitsflecken. In der Mitte steckte eine Kinderzeichnung. Sie zeigte ein rotgekleidetes Mädchen auf einem Pferd. Der Sekretär zuckte die Achseln und warf das Paket in den Papierkorb.

Es gab ein kurzes Gedränge auf der Treppe. Ein respektvolles Raunen ging durch die Anwesenden. Umgeben von zwei seiner Brüder und einigen Würdenträgern kam der Dalai Lama eilig die Treppe hinunter. Sein für gewöhnlich heiteres Gesicht trug einen merkwürdigen Ausdruck, eine Mischung aus Unruhe und Besorgnis. Er ging mit großen, schnellen Schritten über den Teppich, ließ seine Blicke über die Reihe der tiefgeneigten Köpfe wandern. In der plötzlichen Stille erklang seine atemlose Stimme.

»Wo ist der Mann, der mich gerade sprechen wollte?«

Da wurde das Schweigen der Menge so tief, daß man meinen konnte, das Rauschen des Windes von den Gipfeln zu vernehmen. Und dieses Schweigen hatte nichts gemein mit Erstaunen, sondern mit ehrfürchtigem Schrecken. Der Sekretär verneigte sich und erklärte, daß der Mann keinen Termin gehabt habe und daß man ihn fortgeschickt habe.

»Schnell! Holt ihn zurück!« fiel ihm der Dalai Lama ins Wort. Sein Wunsch wanderte von Mund zu Mund. Ein paar Beamte liefen los. Der Dalai Lama blickte um sich; aus seinen sanften braunen Augen sprach Unruhe.

»Hat er nichts für mich dagelassen?«

Der Sekretär stammelte eine Entschuldigung, während ihm die Schamröte ins Gesicht schoß. Er fischte das Paket aus dem Papierkorb und überreichte es dem Dalai Lama. Dieser zog das Gummiband ab, öffnete mit seinen großen, schlanken Händen das Bündel Papiere. Lange betrachtete er die Zeichnung, wobei seine Hände leicht zitterten. Dann faltete er die Karte auseinander. Sein Gesicht erstarrte. Im Hof wurden aufgeregte Stimmen laut. Die Beamten kamen im Laufschritt zurück. Der Fremde sei nicht mehr aufzufinden. Man hatte gesehen, wie er fortritt. Der Dalai Lama nickte, faltete die Karte mit großer Sorgfalt zusammen. Ein tiefer Atemzug dehnte seine Brust, als er die segnende Hand hob. Hinter der Brille schimmerten Tränen in seinen Augen. Sein Herz hatte immer gewußt, die Götter würden siegen.

Lha Gyalo!